YANKO III
DROMENCA

written by
Anžy Heidrun Holderbach

FREESTYLE ENTERTAINMENT
anzyheidrunholderbach.com
Germany

© 2012 1. Auflage   Anžy Heidrun Holderbach
© 2014 2. Auflage   Anžy Heidrun Holderbach
© 2017 3. Auflage   Anžy Heidrun Holderbach
© 2021 4. Auflage   Anžy Heidrun Holderbach

Herstellung und Verlag:
BoD – Books on Demand, Norderstedt, www.bod.de

Bibliografische Information der Deutschen Nationalbibliothek
Die Deutsche Nationalbibliothek verzeichnet diese Publikation in der Deutschen Nationalbibliografie; detaillierte bibliografische Daten sind im Internet über http://dnb.d-nb.de abrufbar

ISBN: 9783743197497

Lungo drom
phirava korkorri
Savo drom
phiresa mo šukar gi
Mo ilo but mangel tu
oh, but mangav tu
Me žanav
te phiras khetane
Ked aves kaj mande,
te šaj čumidas?

Den langen Weg
gehe ich allein
Diesen Weg
wanderst du meine schöne Seele
Mein Herz liebt dich sehr
oh, ich liebe dich sehr
Ich weiß,
wir gehen zusammen
Wann kommst du zu mir,
damit wir uns küssen können?

**Pala Romende!
Ušten Roma!**

Sein Hemd klebte an dem abgewetzten Sitz der Aloha Airlines, und er hatte Mühe seinen Atem einigermaßen ruhig zu halten. Er fror, obwohl er schwitzte. Susannah griff nach seiner Hand, und er drückte sie, während er gebannt aus dem Fenster starrte, so, als ob er erwartete, dass jeden Augenblick das Gesicht von Susannahs Ex-Freund an der Scheibe erscheinen und ihn hämisch angrinsen würde. Sein Herz jagte, und er betete innerlich das Flugzeug möge schneller fliegen. In knapp einer Stunde sollten sie auf Kaua'i landen. Sie hatten vor dann erst einmal bei einer Freundin von Susannah unterzukommen, bis sie sich im Klaren darüber sein würden, was sie nun weiterhin unternehmen wollten.
Die Stewardess kam vorbei und reichte ihnen einen geeisten Saft in einer Art Joghurtbecher. Yanko trank einen Schluck, und als die kühle Flüssigkeit seine Kehle hinunterfloss, beruhigte er sich etwas. Er sah zu Susannah rüber und musste auf einmal grinsen.
Das war jetzt also aus seiner Erholungsphase auf Big Island geworden. Knapp einen Monat war seit seiner Anreise vergangen, und nun war er zusammen mit Susannah auf der Flucht vor ihrem völlig durchgeknallten Ex-Freund Frankie, Chef eines Marklerbüros, der sich als eifersüchtiger und äußerst faschistischer amerikanischer Patriot entpuppt hatte. Frankie hatte natürlich gewusst, dass Susannah hawaiianischer Abstammung war, jedoch gehörte Hawaii für ihn ganz selbstverständlich zu den USA, und somit zählte auch alles, was es auf den Inseln gab, inklusive ihren Einwohnern zu seinem Eigentum. Auf welchem Weg dieser Frankie erfahren hatte, dass Yanko zwar einen amerikanischen Pass besaß, aber eigentlich ein staatenloser Zigeuner war, konnte sich keiner erklären, aber er hatte es irgendwie herausgefunden, und das machte die Sache nicht besser.

Als Susannah Frankie schließlich ihre Affäre mit Yanko gestanden, und ihm auch ihren Entschluss ihn zu verlassen, mitgeteilt hatte, setzte dieser Himmel und Hölle in Bewegung, um es den beiden so schwer wie möglich zu machen. Er hatte sogar Yankos Hütte gefunden und die beiden nachts im Schlaf überrascht und Yanko mit einem Gewehr gedroht ihn zu erschießen, falls er nicht sofort verschwinden, und sich noch einmal blicken lassen würde. Dann hatte er Susannah geschnappt und sie mit zurück nach Kona genomen.

Yanko hatte sich noch in jener Nacht fest vorgenommen Susannah zu holen und mit ihr zusammen von der Insel zu fliehen, deshalb war er schon am übernächsten Tag per Anhalter nach Hilo zum Flughafen gefahren. Im Flughafengebäude hatte er anschließend sein Gepäck in einem Schließfach deponiert. Sorgfältig hatte er bereits beim Hineingehen darauf geachtet nicht besonders aufzufallen und am besten sogar völlig unerkannt zu bleiben. Seine Haare hatte er mit Gel streng nach hinten gekämmt, denn er ahnte zu Recht, dass Frankie überall seine Leute positioniert hatte. Auch war ihm klar gewesen, dass der Flughafen viel zu klein war, um eigentlich unbemerkt wieder hinaus zu gelangen. Deshalb hatte er sich dort in einer Toilette schnell umgezogen und war dann mit Sonnenbrille und Baseballkappe bewaffnet hinaus in Richtung Autovermietung gegangen. Frankies Leute sollten, für den Fall, dass sie ihn beim Hineingehen doch erkannt hatten, denken, dass er tatsächlich abgeflogen sei, und zwar allein. Doch Yanko wollte nicht ohne Susannah gehen. Nicht mehr.

Dann war Yanko mit einem Mietwagen nach Kona gefahren, und schließlich war es den beiden gelungen in einer nervenaufreibenden Nacht und Nebel Aktion aus der Stadt zu verschwinden. Allerdings waren sie sich nicht sicher, ob sie dabei tatsächlich ungesehen geblieben waren.

Es hatte ihn ganz plötzlich erwischt.

Kurz nachdem er nach Big Island zurückgekommen war, hatte es bei Pupu im Dorf eine kleine, feierliche Zeremonie gegeben, und Susannah war auch gekommen. Von diesem Tag an besuchte sie ihn so oft es ging an seiner Hütte. Sie erfand irgendwelche Kunden, die angeblich irgendwelche Häuser besichtigen wollten und belog Frankie damit nach Strich und Faden, nur, um so oft wie möglich bei Yanko sein zu können.
Es war wie ein Fieber über ihn gekommen, und von jetzt auf nachher konnte er sich ein Leben ohne sie irgendwie nicht mehr vorstellen. An Maria und seinen erst vor kurzem geborenen Sohn Daniel, wollte er dabei allerdings lieber nicht so genau denken.

Susannah lehnte ihren Kopf an seine Schulter und legte einen Arm um seinen Bauch. Yanko rutschte, so weit es der Sitzabstand zuließ, etwas runter und küsste sie in ihr langes, dunkles Haar, das ihr weit über den Rücken fiel. „Alles wird gut!", flüsterte er, obwohl er seine berechtigten Zweifel hatte. Susannah nickte und sagte: „Wie schaffen das! Bald sind wir in Sicherheit!"

Eine Woche waren sie dann auf Kaua'i, als es Yanko nicht mehr aushielt. Kaua'i war zwar eine wunderschöne Insel, aber er fand trotzdem keine Ruhe, und die Angst eventuell auf dieser Insel festzusitzen, krallte sich wie ein Schraubstock in seiner Brust fest. Die Ereignisse seiner Vergangenheit sorgten dafür, dass er sich plötzlich wieder ständig verfolgt fühlte. Es ist bestimmt nur eine Frage der Zeit, bis Frankie Susannah hier aufspürt, dachte Yanko immer wieder, denn mit ihrer heimlichen Abreise hatten sie ihn sicherlich endgültig zur Weißglut gebracht.

Yanko konnte zwar nicht mit Sicherheit einschätzen, was Frankie nun unternehmen würde, doch selbst Susannah hatte keine Mühe dabei sich die schlimmsten Dinge auszumalen. Yanko befürchtete jedoch ebenfalls, dass Frankie eventuell so weit gehen könnte, und eines Tages sogar beim Zirkus auftauchen würde.

Dennoch beschlossen sie gemeinsam nach Sheddy und damit zurück zu SAN DANA zu gehen. Sie konnten nur beten, dass Frankie sich mit der Zeit beruhigen, und sie in Ruhe lassen würde.

Maria packte kommentarlos ihre Sachen, schnappte wortlos die Kinder und verließ Yanko ein weiteres Mal.
Mala und Nino waren bereits vor zwei Wochen zurück nach St. Lucia geflogen, und nachdem Maria Yanko dann einfach in der Tür hatte stehen lassen, war es plötzlich seltsam still im Blockhaus geworden, selbst draußen regte sich in diesem Moment kein Lüftchen. Die Natur schien, genau wie Yanko, auf einmal die Luft anzuhalten, so, als könnte sie darüber entscheiden, ob das soeben Geschehene wahr werden sollte oder doch lieber nicht.
Nachdem sich die Staubwolke, die Marias Auto an diesem heißen Julitag hinterließ, wieder gelegt hatte, hätte Yanko sich am liebsten eine Zigarette angezündet. Aber es waren keine da. Notgedrungen schluckte er also den Drang danach herunter und räumte in einer Hauruck-Aktion sein Haus auf. Er riss die benutzten Bettbezüge herunter und die Fenster auf, warf alle Teppiche hinaus auf die Wiese, sammelte in Windeseile alle herumliegenden Spielsachen ein und packte sie in einen Pappkarton, den er im Anbau gefunden hatte. Er putzte, saugte, kehrte die Veranda, räumte alles weg, was nicht ihm persönlich gehörte, spülte das Geschirr ab, bezog sein Bett frisch und putzte sogar die Fenster. Zu guter Letzt hängte er die Tür wieder ein, die sein altes Blockhaus vom Anbau trennte und ließ sich dann aufs Sofa fallen.
Er wusste nicht, ob er froh oder traurig war. Es war ein seltsam neutrales Gefühl in ihm. Dennoch konnte er deutlich wahrnehmen, dass er es genoss allein in seinem Haus zu sein. Es war seltsam vertraut, und für einen Moment lang kam es ihm so vor, als hätte die Zeit zwischen Malas plötzlichem Erscheinen damals, kurz nachdem er erfahren hatte, dass Minerva nicht seine leibliche Mutter war, und heute gar nicht existiert. Yanko atmete tief durch und wünschte sich für einen

Moment lang Susannah würde jetzt nicht in Newly in einem Café sitzen und auf ihn warten.
Nach ein paar Minuten kramte er aber dann doch langsam sein Handy hervor, um ihr zu sagen, dass er jetzt losfahren, und sie abholen würde.

Die erste gemeinsame Zeit mit Susannah im Zirkus verlief sehr harmonisch. Zwar hatten die Zirkusleute, und vor allem natürlich Yankos Familie und engste Freunde zunächst nur mit dem Kopf geschüttelt, sich aber nur im Stillen ihren Teil dazu gedacht, als Yanko plötzlich mit Susannah aufgetaucht war, denn sie wussten alle nur zu gut, dass jeder lautstarke Kommentar darüber eh zwecklos sein würde. Susannah war trotzdem vom ersten Tag an herzlichst aufgenommen worden, denn sie konnte ja nun wirklich nichts dafür, und ihre Hulatanzkünste wurden postwendend in das Programm integriert, und das Publikum liebte es.
Yanko fühlte sich mit Susannah an seiner Seite pudelwohl, und er bereute keinen seiner Schritte in den letzten Wochen. Zwar haftete die Angst, dass Frankie doch noch plötzlich auftauchen könnte, selbst nach Wochen, weiterhin an ihm, doch schließlich verblasste sie zusehends, und Susannah war sich irgendwann auch ziemlich sicher, dass Frankie es mittlerweile aufgegeben hatte nach ihr zu suchen.

Ron war jedoch ziemlich entsetzt, als Yanko ihn am Telefon schließlich davon in Kenntnis setzte, dass er jetzt mit Susannah zusammen sei und Maria deshalb abgereist wäre. Er war eigentlich so geschockt darüber, dass er danach erst einmal kein Wort herausgebracht. Er stammelte nur ein kurzes „Ok..." und legte dann prompt auf. Ihm war es in diesem Moment völlig egal was Yanko nun über ihn denken mochte. Es war einfach nicht mehr normal, was Yanko mit den Frauen trieb.

Ron konnte überhaupt nicht nachvollziehen, warum Yanko Maria nun schon zum wiederholten Mal verlassen hatte. Nach der Geschichte mit Mala hatte er jedenfalls das Gefühl gehabt, die beiden wären sich jetzt endgültig richtig nah gekommen, und auch, dass Yanko sich damit wohlfühlen würde. Seine Auszeit auf Hawaii hatte Ron nicht als Beziehungskrise vermutet, zumal der kleine Daniel auch noch ein absolutes Wunschkind war. Hatte er sich so getäuscht?
Er war felsenfest davon ausgegangen, dass Keiths Unfall und dadurch Yankos Rückfall zum Alkohol dafür verantwortlich gewesen waren, dass er diese Auszeiten auf Big Island gebraucht hatte. Aber wieso nahm er sich jetzt schon wieder eine andere Frau? Warum war er nicht einfach allein zurückgekommen, und alles würde weiterlaufen wie bisher?
Ron spürte plötzlich Marias Schmerz wie seinen eigenen, und blanke Wut kroch in ihm hoch. „Soll er halt herumhuren!", fluchte er abfällig vor sich hin. „Er wird schon noch sehen wohin das alles führt!", spottete er dann noch zynisch hinterher. Anschließend schmiss er sein Handy in die Ecke und nahm sich vor, Yanko nicht mehr darauf anzusprechen.
Nach der ganzen Aktion, die Yanko mit Nino gebracht hatte, war er zudem immer noch nicht wirklich gut auf Yanko zu sprechen. Zwar hatten sie sich auf Yankos Initiative hin mal ausgesprochen, aber Ron war trotzdem noch tief verletzt und enttäuscht darüber so lange hintergangen worden zu sein.
Er hatte genug.

Maria war mit ihren fünf Kindern und Kenia im Schlepptau zurück nach Mykonos geflogen. Sie brauchte jetzt dringend erst einmal Abstand, und sie hatte keine Ahnung, ob sie jemals wieder zurück zum Zirkus gehen würde. Sie war so enttäuscht und traurig, dass sie auch keine Idee hatte, was sie in Zukunft überhaupt tun wollte.

Ihre Schwester kam und half ihr schließlich bei der Versorgung der Kinder und tröstete sie, so gut es ging.

Ron war der Einzige mit dem Maria in dieser Zeit noch sprechen wollte, und so redeten sie oft stundenlang via Internet miteinander, und sie war froh, dass er ihre Lage so gut verstehen konnte.

Es war stockdunkel als Yanko müde und entnervt vor die Tür ging und die kühle, aber immer noch recht windige Nachtluft tief einatmete. Er hätte es wissen sollen, aber irgendwie war es nicht anders gegangen. Er ärgerte sich über sich selbst und kickte ein paar Steinchen weg. Jetzt hätte er eine rauchen können, aber er zwang sich an etwas anderes zu denken, doch die Schmerzen in seiner rechten Hand steuerten seine Gedanken automatisch zu lindernden Möglichkeiten.

Es war September geworden, und der Zirkus gastierte in einer Stadt im Norden von Wyoming. Am Nachmittag des Ankunftstages waren sie gerade dabei gewesen die Zelte aufzustellen, als überraschend ein heftiger Regen mit orkanartigem Sturm losgebrochen war. Das große Zelt drohte zu zerreißen, weil es noch nicht fertig verankert gewesen war. Alle Mann waren deshalb wie auf Kommando panisch zum großen Zelt gestürzt, und Yanko war plötzlich mit dem ebenfalls erst halb aufgebauten Pferdezelt allein da gestanden, welches man bei den heftigen Windböen auch nicht einfach hätte loslassen können. So zurrte er also notgedrungen die Seitenseile mit aller Kraft allein gegen den Sturm fest und rammte die dazugehörigen Holzpflöcke mit einem Vorschlaghammer in den noch recht harten Boden. Danach war er den anderen schnell zu Hilfe geeilt, hatte unzählige Seile gesichert, war auf dem Zeltdach herumgeklettert und hatte auf die schon deutlich zu vernehmenden Stiche in seiner Hand keine Rücksicht genommen. Das Zelt war in diesem Augenblick einfach wichtiger gewesen, zumal herumfliegende lose Teile auch schon zwei Männer verletzt hatten.

Yanko schlug den Kragen seine Jacke hoch und schlenderte missmutig über den Platz. Alles was er jetzt brauchen konnte, war eine schmerzende Hand. Die Performance, die er in den letzten Tagen zusammen mit Susannah erarbeitet hatte, war wunderschön und machte ihm sehr viel Spaß, doch dazu brauchte er zwei funktionierende Hände. Dass seine rechte nach dem Überfall vor ein paar Jahren, nie wieder so geworden war wie vorher, damit hatte er sich mittlerweile fast abgefunden, dennoch war sie schon seit längerem jedenfalls schmerzfrei gewesen. Er spürte zwar immer, wenn er sie etwas stärker beanspruchte, dass mit ihr etwas nicht ganz in Ordnung war, aber in letzter Zeit war es ihm gut gelungen sie nicht zu überanstrengen.

Er redete sich ein, während er am Himmel vergeblich nach Sternen Ausschau hielt, dass der Schmerz morgen sicherlich wieder weg wäre, aber tief im Innern wusste er, dass dem nicht so sein würde. Die Hand pochte immerhin so stark, dass er keinen Schlaf gefunden hatte und deswegen jetzt über den Platz lief, so, als könnte er dem Schmerz dadurch Einhalt gebieten, in dem er ihm immer ein Stückchen vorauseilte.

Aber es funktionierte irgendwie nicht, und als der Morgen graute, saß er immer noch neben seinem Pinto und starrte vor sich hin. Der Schmerz kroch mittlerweile sogar schon bis zum Ellbogen hinauf und jede Bewegung brannte wie Feuer.

Susannah machte ihm später warme Umschläge mit einer Kräutermischung, die sie von Hawaii mitgebracht hatte, doch der Schmerz hatte sich krampfhaft festgebissen. Yanko konnte unmöglich so bei der Abendvorstellung reiten, und deshalb fiel ihr gemeinsamer Auftritt notgedrungen aus.

Yanko blieb den Abend über dann im Wohnwagen, während Susannah ihren Soloauftritt vorbereitete und auch tanzte.

Yanko hatte ihr nicht gesagt, dass sich der Schmerz immer weiter Richtung Schulter ausbreitete, und er schon gar nicht mehr klar denken konnte. Irgendetwas musste er jetzt unternehmen, denn noch so eine Nacht wollte er auf keinen Fall mehr aushalten. Und deshalb sah nur einen Ausweg.

Kurzentschlossen bestellte er ein Taxi zum Zirkusplatz und ließ sich in die Stadt fahren.

Als Susannah spät abends wieder zurück in den Wohnwagen kam, schlief Yanko tief und fest, und Susannah legte sich erleichtert neben ihn.
Am nächsten Morgen erzählte Yanko ihr dann was los sei, und dass er sich gestern noch Opium gegen die Schmerzen besorgt hätte. Susannah war zwar zunächst einmal geschockt, hatte dann aber eine Idee.
Sie schnappte Yanko, fuhr mit ihm in die Stadt und fragte dort nach einem guten Akupunkteur. Und zwei Stunden später ging es Yanko tatsächlich etwas besser. Die Chinesin hatte ihm eine Nervenentzündung im Arm diagnostiziert und dementsprechend dann die Nadeln gesetzt.
Die restlichen drei Wochen, die der Zirkus dann noch in dieser Stadt zu Gast war, ging Yanko jeden Tag zu dieser Frau und danach waren die Schmerzen zum Glück soweit zurückgegangen, dass er sie nur noch verspürte, wenn er die Hand belastete.

Kaum waren sie mit dem Zirkus wieder zurück in Sheddy, überfiel Yanko allerdings, wie aus dem Nichts, ein Gefühl tiefster Einsamkeit. Nach einer Weile stellte er jedoch fest, dass dieses Gefühl bereits zusammen mit den Schmerzen in seiner Hand zurückgekehrt war. Dieser Schmerz hatte sich wie ein Wurm irgendwie ganz tief in seinen Körper hineingewunden. Oder war er vielleicht schon längst in ihm drin gewesen? War er vielleicht der Spiegel seiner Seele?
Yanko wusste es nicht. Er wurde jedenfalls immer stiller, und den Kampf gegen diese einnehmende und lähmende Leere verlor er Tag um Tag mehr. Und die Gedanken an seinen Bruder Keith, der seit mittlerweile einem guten dreiviertel

Jahr noch immer im Koma lag, gaben diesem Wurm nur noch mehr Futter.

Eines Morgens beobachtete Susannah wie Yanko draußen am See kauerte, die Arme um die Knie geschlungen. Sie ahnte schon länger, dass ihn wieder irgendetwas quälte, hatte es aber zunächst richtigerweise nur auf die Schmerzen in seiner Hand zurückgeführt. Kurzentschlossen zog sie sich eine Jacke über, setzte sich neben ihn und legte einen Arm um seine Schultern. Sie sah, dass er mit den Tränen kämpfte.
„Hey, was machst du hier?" fragte sie sanft und fuhr ihm liebevoll durch seine etwas zerzausten Haare. Yanko spürte dabei wie sich seine Brust nur noch mehr zusammenzog. Er wollte etwas sagen, aber es ging mal wieder nicht. Er wollte ihr eigentlich sagen, dass er die ganze Zeit an Keith denken musste und sich dabei ernsthaft fragte, ob es nicht doch besser gewesen wäre, wenn er damals seiner Bitte nachgegangen wäre und die Geräte abgeschaltet hätte. Keiths Zustand war immer noch im völligen Stillstand verhaftet. Nichts hatte sich getan, seitdem er wieder ins Koma gefallen war.
Auch nach einer ganzen Weile kamen keine Worte über Yankos Lippen. Stattdessen sah er ihr in ihre mandelförmigen, tiefdunkelbraunen Augen und musste dann aber plötzlich lächeln. Sie war einfach zu umwerfend schön, und er wollte ihr den Tag nicht mit seiner miesen Stimmung versauen.
Deshalb riss er sich zusammen, stand kurzerhand auf und zog sie zu sich. „Es ist nichts! Es ist einfach schön morgens hier zu sein!", gab er ihr zur Antwort und umarmte sie, ohne noch mehr Worte darüber zu verlieren. Und während er ihren Duft einsog, hämmerte er sich fieberhaft in seinen Kopf hinein, dass er es nie mehr so weit kommen lassen würde wieder in irgendwelche Depressionen zu verfallen. Ihm fiel auch

überhaupt kein triftiger Grund ein, warum das auch passieren sollte, denn schließlich hatte er ja alles was man zu einem guten Leben brauchte und sollte deshalb einfach glücklich sein. Er trank und rauchte nicht mehr, und die Schmerzen in seiner Hand waren auch nahezu verschwunden. Und Keith würde mit Sicherheit wieder gesund werden, und im Vergleich zu seinem Bruder ging es ihm nun wirklich um ein Vielfaches besser. Alles war also gut!

Am übernächsten Tag war Yanko allein auf dem Zirkusplatz zugange und werkelte hier und da etwas herum, aber Lust dazu hatte er eigentlich nicht. Irgendwann pfefferte er den Schraubenzieher, den er gerade in der Hand hielt in den Werkzeugkasten zurück und setzte sich an den Lagerfeuerplatz.
Schon als Jugendlicher hatte er es geliebt allein auf dem Platz zu sein, denn dann herrschte oft, wie er fand, eine seltsame, fast mystisch angefüllte Stille, auf die er heute allerdings gerne verzichtet hätte. Er war verstaubt und verschwitzt, und das Hemd klebte an seinem Körper. Plötzlich war er von diesem klebrigen Gefühl völlig entnervt. Er riss sich das Hemd vom Leib, obwohl es jetzt im Oktober nicht mehr sonderlich warm war, und pfefferte es mitten in die noch übrig gebliebene Asche hinein. Eine unerklärliche Wut kroch auf einmal in ihm herauf, und er hätte einfach grundlos drauflos brüllen können, doch genau in diesem Moment kam ein Auto auf den Platz gefahren.
Yanko murmelte nur: „Shit! Was macht die denn jetzt hier?!" vor sich hin, angelte dann aber schnell wieder sein nun verdrecktes Hemd aus der Asche heraus und legte es neben sich auf einen Stein.
Er atmete tief durch als Dolores zu ihm herüberkam und sich neben ihn setzte. „Hi Yanko! Was machst du denn hier? Solltest du deine Hand nicht noch etwas schonen?", fragte sie

ihn gutgelaunt, und ihre gute Laune machte ihn nur noch grantiger, als er eh schon war. „Ich pass schon auf!", konterte er schnell und wollte schon aufstehen, doch Dolores griff blitzschnell nach seinem Arm und hinderte ihn so daran. Yanko sah sie an: „Was ist?"
Dolores erwiderte seinen Blick ohne Worte, gab ihm damit aber genauso unmissverständlich zu verstehen, dass sie sehr gerne wissen würde, was ihm über die Leber gelaufen war. Er hielt ihrem Blick stand, und nach einer Weile entspannte er sich schließlich etwas. Mit einer abwehrenden Geste untermalt, sagte er dann halb resigniert: „Oh, Mann... Ich kriege es einfach nicht hin... Ich fühle mich total... irgendwie genervt... einfach Kacke!" „Hast du Probleme mit Susannah?", fragte Dolores daraufhin nur, und konnte dabei genau beobachten, dass er mehr als nur genervt war. Sie kannte ihn schließlich schon lange genug, und sie wusste zudem, wie sehr Yanko unter der ganzen Situation mit Keith litt.
„Nein, kein Problem... Ich weiß es doch auch nicht! Ich habe das Gefühl zu ersticken... Ich will rennen... weit weg... einfach drauflos... Verstehst du das? Ich nämlich nicht!"
Doch anstatt einer Antwort ergriff Dolores spontan seine Hand und sagte nur kurz: „Los, komm!" Yanko sah sie etwas verwundert an, zog aber dann seine Jacke, die neben der Werkzeugkiste lag, an und folgte ihr.
Sie gingen ein Stückchen über die Wiese hinter dem Zirkusplatz, bis sie auf einen Weg stießen. Dolores blieb stehen und begab sich in Position. „Bist du bereit? Na, los!" Yanko verstand sofort und stellte sich neben sie. „Ok, wenn du meinst!", raunte er dann und duckte sich etwas. Dann gab Dolores das Kommando: „Auf die Plätze, fertig, los!", rief sie laut und spurtete los. Yanko wunderte sich, denn Dolores war schnell, und er hatte zunächst Mühe mit ihr Schritt zu halten. „Na, was ist?", rief sie lachend, „Ist das alles? Jetzt renn auch!

Na los, gib alles!", stachelte sie ihn an, und plötzlich sprangen die Fesseln in seiner Brust auf, und Yanko stürmte los. Mit jedem Schritt stampfte er die Anspannungen der letzten Wochen aus seinen Muskeln. Dolores hielt dennoch gut mit, und so rannten sie, bis sie beide völlig außer Atem an einem Felsvorsprung anhalten mussten. Keuchend stützten sie ihre Arme auf den Beinen auf. „Sag mal, woher kannst du denn so schnell rennen?", fragte Yanko sie noch nach Luft schnappend. Dolores grinste ihn triumphierend an: „Tja... jeder hat so seine kleinen Geheimnisse!" Yanko streckte sich und grinste zurück: „Ja, offensichtlich!", grinste er. „Besser jetzt?", wollte Dolores dann wissen. Yanko sah sie an und nickte: „ Ja, viel besser!"

Dolores trat ein paar Schritte auf ihn zu und fixierte seinen Blick. „Das solltest du öfter machen, sonst macht es dich, was auch immer es ist, noch vollends kaputt! Und noch etwas! Du kannst nichts dafür was mit Keith geschehen ist! Niemand gibt dir die Schuld dafür, denn du bist nicht daran schuld! Verstanden?!"

Yanko sah sie einfach nur weiterhin an und atmete tief durch. Da war es plötzlich wieder, das Gefühl von damals, kurz bevor die erste Tour losgegangen war, als es mal ganz kurz im Raum gestanden hatte doch mit ihr zusammenzukommen. Doch Yanko schüttelte den zarten Hauch der Anziehung schnell wieder ab und trat einen Schritt zur Seite. „Lass uns zurückgehen, Susannah wartet bestimmt schon mit dem Essen.", sagte er hastig und drehte sich schon zum Gehen um. „Yanko.", hörte er daraufhin nur. Er drehte sich wieder um. „Was ist?"

Doch wie es schon öfter mal Dolores Art gewesen war, antwortete sie ihm nicht mit Worten. Stattdessen ging sie einen Schritt auf ihn zu und umarmte ihn einfach. Ihr war es völlig egal, dass er verschwitzt und verstaubt war, sie konnte plötzlich nicht mehr anders. Wie automatisch hatte ihr Körper sich zu seinem hinbewegt.

Yanko war davon wieder mal etwas überrascht, spürte jedoch gleichzeitig wie gut ihm diese Umarmung tat. Ohne Widerrede ließ er sie gewähren, und plötzlich wurde es ihm sogar scheißegal. Er wollte sich einfach nicht mehr dagegen wehren, wenn es nun mal in ihm wäre, und wenn er Dolores irgendwie doch noch wollte, dann sollte es eben so sein. Er hatte genug von all den unzähligen gescheiterten Versuchen irgendjemandem treu zu sein, obwohl er es dennoch immer wieder versuchte. Doch dann ließ er die Mauer einfach einstürzen und seiner Leidenschaft freien Lauf, so, dass es Dolores fast den Atem raubte.

Sie hatte ja mit vielem gerechnet, jedoch nicht mit einem so derart hingebungsvollen Liebesakt, der dieser Umarmung dann folgte. Und sie ahnte bald, dass es dieses Mal nicht bei einer einmaligen Sache bleiben würde, denn da war plötzlich viel mehr. So innig hatte sie sich noch nie mit einem Mann verbunden gefühlt, wie in diesen Stunden mit Yanko auf der Wiese.

In der folgenden Nacht schlief Yanko überhaupt nicht, aber diesmal war der Grund nicht seine Hand oder seine Sorgen um Keith, sondern Dolores. Er verstand sich selbst nicht mehr. Wie konnte es sein, dass er noch am heutigen Morgen gedachte hatte, wie glücklich er mit Susannah an seiner Seite war, und dass er sie liebte, um am selben Nachmittag mit einer anderen Frau zu schlafen, die er eigentlich nicht liebte, jedenfalls nicht so. Schon bemerkte er wieder den bekannten Hauch der Flucht in sich, aber er ließ diesem jetzt keine Chance zum Wachsen. Ratlos stellte er dann allerdings plötzlich fest, dass seine angeblich große Liebe zu Susannah anfing sich rasant in Luft aufzulösen, so, wie sich die wunderschönen und einmaligen Eisblumen im Winter in der Wärme der Sonne in Wasser verwandelten und dadurch zwangsläufig einen neuen und anderen Weg einschlugen.
Susannah schlummerte seelenruhig neben ihm und hatte keine Ahnung davon, was er am Nachmittag getrieben hatte, und er beschloss ihr auch nichts davon zu sagen. Vielleicht würde sein Schweigen ja das Geschehene irgendwie umgehen und seine Gefühle für Susannah zurückbringen.

Die nächsten Tage vermied es Yanko, so gut es ging, Dolores zu sehen, was aber fast unmöglich war, denn ihr gemeinsamer Sohn Manuel wollte ja schließlich auch zu ihm, und auf dem Zirkusgelände gab es allerhand zu tun. Mykee und Dolores waren ständig dort, und als Yanko und Susannah schließlich auf Mykees Wunsch hin abends bei ihnen zum Abendessen eingeladen waren, mussten sie sich ja zwangsläufig begegnen.
Yanko versuchte sich an diesem Abend auf Manuel zu konzentrieren, und Dolores hatte, Gott sei Dank, mit Susannah schnell ein gemeinsames Thema gefunden, über das sie lange, ausgiebig und herzhaft diskutierten.

Doch irgendwann standen Dolores und Yanko plötzlich allein in der Küche, die von jetzt auf nachher um gefühlte 20 Grad wärmer geworden war.

Yanko stellte gerade das benutzte Geschirr ab, während Dolores am Spülbecken zu Gange war. Sie sah ihn dabei nur kurz von der Seite her an, und ihr Herz schlug ihr bis zum Hals hinauf. Was war zum Teufel bloß auf einmal mit ihr los? So heftig war es ihr mit ihm noch nie ergangen, obwohl sie ja schon mehrfach in ihn verliebt gewesen war, aber das jetzt verstand auch sie überhaupt nicht mehr. Sie versuchte sich auf das Spülen zu konzentrieren und senkte ihren Blick wieder, doch Yanko nahm ihr auf einmal den Spülschwamm aus der Hand. Mit einem Fuß stupste er die Küchentür so geschickt an, dass sie leise ins Schloss fiel. Dolores zitterte fast vor Aufregung. Was, wenn jetzt jemand in die Küche käme, denn es war ziemlich offensichtlich, was Yanko im Schilde führte, doch zum Nachdenken kam sie nicht mehr. Yanko nahm sie in seine Arme und küsste sie, und er war selbst darüber erschrocken, dass es ihm sogar fast egal war, ob sie jemand dabei erwischen könnte.

Sie waren von jetzt auf nachher so heiß aufeinander geworden, dass sie es fast nicht mehr stoppen konnten. Atemlos riss Yanko dann aber doch noch rechtzeitig die Bremse rein: „Dolores, stopp... Stopp!" Dolores fuhr sich durch die Haare. „Was sollen wir denn jetzt machen? Ich weiß gerade überhaupt nicht, was mit uns passiert! Du etwa?" Yanko schüttelte den Kopf. „Nein... auch keine Ahnung!"

Dann kam ihm aber plötzlich eine Idee, die er zwar selbst irre fand, aber noch bevor er groß weiter überlegte, sagte er: „Was hältst du vom Zelten? Nächstes Wochenende? In den Bergen?" Dolores sah ihn mit großen Augen erstaunt an. „Meinst du das im Ernst? Yanko, es ist fast Winter... Und was sagen wir dann den anderen?" Yanko zuckte mit den Schultern. „Keine Ahnung... Aber so geht's ja nun auch nicht weiter! Ich habe das Gefühl wir sollten das mal ausleben! Offensichtlich ist da über die Jahre hinweg vielleicht doch was zu kurz gekommen. Und das mit dem Wetter ist doch egal. Momentan liegt kein Schnee, und im Zelt wird es schon warm werden!" erwiderte Yanko leicht grinsend und war sich dabei allerdings selbst nicht sicher, ob das wirklich eine so gute Idee war, geschweige denn, ob das mit dem Ausleben tatsächlich so sein könnte, wie er es eben gemutmaßt hatte. Dolores legte daraufhin ihre Hand auf seine Brust und konnte dabei deutlich seinen erhitzten Herzschlag fühlen. Sie sah ihm lange in die Augen und sagte schließlich einfach nur: „Ja!" Yanko drückte sie kurz und flüsterte ihr ins Ohr: „Dann lass uns morgen telefonieren wie wir das anstellen, ok?" Dolores nickte nur, und dann verschwand Yanko schnell aus der Küche.

In den verbleibenden Tagen, bis er sich mit Dolores in den Bergen treffen würde, fühlte sich Yanko richtiggehend beschwingt und fast zu gut gelaunt. Susannah freute sich natürlich sehr über seine zurückgekehrte gute Stimmung. Als er jedoch plötzlich Hals über Kopf das gesamte nächste Wochenende allein mit dem Pinto in den Bergen verbringen wollte, wunderte sie sich allerdings schon ein wenig darüber. Sie wäre nämlich sehr gerne mit ihm gegangen, hatte er ihr doch schon auf Big Island von den Bergen vorgeschwärmt und ihr quasi damit versprochen sie ihr zu zeigen. Dennoch konnte Susannah sein Argument sich ein bisschen Ruhe zu gönnen auch sehr gut verstehen, und außerdem würde es mit Sicherheit noch viele weitere Gelegenheiten dazu geben.

Dolores erzählte Mykee wiederum, dass sie eine alte Freundin aus Mexiko besuchen möchte, die spontan nach San Francisco gekommen sei und nun sehr gerne mit ihr dort ein Mädelswochenende verbringen würde. Mykee hatte überhaupt keine Einwände, denn schließlich war Dolores die ganze Zeit über Tag und Nacht für die Kinder und ihn da gewesen. Im Gegenteil, er freute sich sogar sehr für sie, dass sie endlich einmal jemanden aus ihrer Vergangenheit treffen würde. Sie hatte zwar nie über Heimweh gesprochen, dennoch wusste er, dass sie manchmal welches hatte.

So kam es schließlich, dass Dolores von Yanko an einer Bushaltestelle etwas außerhalb von Newly abholt wurde, nachdem sie erfolgreich den Flughafen wieder verlassen und völlig unbeobachtet in den Bus gestiegen war.
Als das Wochenende sich allerdings dem Ende näherte, war beiden klar, dass diese Zeit nicht ausreichen würde. Und so beschlossen sie das Ganze bald zu wiederholen.
Zunächst führten sie ihren Alltag ganz normal fort und übten sich in Verschwiegenheit. Solange sie selbst nicht wussten, was ihre heiße Affäre eigentlich zu bedeuten hatte, wollten sie die anderen damit nicht unnötig verletzen.
Bald darauf gelang es ihnen eine weitere Zeit, diesmal sogar eine ganze Woche, allein in den Bergen zu verbringen, und Yanko fühlte sich dabei unglaublich frei und wie von Zementblöcken befreit, die ihn schon wieder seit geraumer Zeit zu erdrücken versuchten. Erklären konnte er seine plötzliche Leidenschaft für Dolores allerdings immer noch nicht, dennoch genoss er sie in vollen Zügen.
Irgendwann, das war beiden klar, mussten sie aber mal darüber reden, was denn nun in Zukunft geschehen sollte, schließlich könnten sie ihre geheimen Ausflüge in die Berge nicht allzu oft wiederholen. Aber war das zwischen ihnen wirklich tief genug für eine Beziehung?
Dolores war diejenige, die schließlich das Wort ergriff, und es wurde eine lange Nacht der Worte. Worte, die sie ihm schon seit einer Ewigkeit hatte sagen wollen. Worte, die bisher immer nur ganz tief in ihrem Herzen verschlossen gewesen

waren, und sie sagte sie so, dass Yanko kein einziges Mal das Bedürfnis hatte zu fliehen, denn er fühlte sich von ihnen seltsamerweise nicht unter Druck gesetzt. Ihre Worte flossen in sein Herz, und er wusste plötzlich ganz genau was er tun wollte. Sein jahrelanger Kampf gegen seine ständige Untreue würde nun endlich ein Ende haben.
Er wusste, dass Dolores Mykee sehr liebte und umgekehrt. Die beiden waren einfach ein tolles Paar. Das, was in den letzten Wochen mit ihnen hier draußen in den Bergen passiert war, konnte Yanko zwar immer noch nicht erklären, und obwohl es unglaublich toll war, wurde Yanko auf einmal klar, dass er auch Dolores auf Dauer nicht würde treu sein können. Dafür liebte er sie nicht tief genug. Irgendetwas fehlte, obwohl er sich ihr momentan unglaublich nah fühlte.
Am Ende beschlossen sie deshalb, ihren jeweiligen Partnern mitzuteilen, was zwischen ihnen abgelaufen war und auch, dass es nun vorbei sein würde. Und obwohl es sich richtig anfühlte, war der Schmerz, den dieser bevorstehende Abschied in ihnen auslöste dennoch gewaltig, und beide brauchten noch ein paar Tage, um das alles zu verdauen.

Susannah war zwar ziemlich geschockt darüber, hätte ihm aber dennoch verziehen, doch Yanko wollte plötzlich nicht mehr. Er konnte vor allem nicht mehr. So weh ihm der Abschied von Susannah auch tat, so wusste er dennoch, dass das genau die richtige Entscheidung war. Warum auch immer, er war einfach irgendwie nicht mehr in der Lage eine normale, gesunde und dauerhafte Beziehung zu führen, so sehr er es sich auch wünschte. Die jüngsten Ereignisse hatten das wieder einmal aufs Deutlichste gezeigt. Es funktionierte einfach nicht mehr. Schluss, aus!
Yanko war das alles in jener Nacht im Zelt in den Bergen klar geworden, als Dolores über ihre Liebe zu ihm und ihre Beziehung mit Mykee gesprochen hatte und ihr dabei klar

geworden war, dass sie Mykee nicht verlassen möchte, außer Yanko würde ihr hier und jetzt ein eindeutiges Ja geben können. Aber das hatte er nicht gekonnt, so stark er es in jenem Moment auch gefühlt hatte. Er hatte es ihr nicht geben können, auch, weil er sich selbst diesbezüglich nicht mehr vertraute. Ab jetzt würde er allein bleiben – ohne festen Partner, und egal mit wem er sich in Zukunft einließe, er würde demjenigen von vornherein deutlich sagen, dass es mit ihm keine feste Beziehung gäbe.

Traurig und enttäuscht kehrte Susannah schließlich allein zurück nach Big Island. Obwohl sie Angst davor hatte dort möglicherweise ihrem Ex-Freund zu begegnen, zog es sie dennoch nach Hause. Sie kam zunächst bei ihrem Bruder Pupu unter, der sie natürlich herzlich aufnahm, ihr Trost spendete und ihr schließlich zur Erleichterung auch mitteilte, dass Frankie mittlerweile geschäftlich in Japan zu tun hätte und deshalb kaum noch auf der Insel sei. Sie schrieb Yanko deswegen noch eine kurze SMS, damit er sich diesbezüglich ebenfalls entspannen konnte, was er bei dieser Wendung der Dinge wahrscheinlich eh schon längst getan hatte.
Obwohl Yanko ihr noch seine Hütte angeboten hatte, zog es Susannah doch vor bei ihrem Bruder zu bleiben. Die Erinnerungen würden einfach zu wehtun. Nur ein einziges Mal war sie kurz nach ihrer Rückkehr dort gewesen, und dabei hatte sie zudem deutlich gespürt, dass es nicht ihr Ort war. Es war Yankos Zuflucht. Es war sein Platz.

Eine Woche später, war der Zirkus für ein kurzes Gastspiel nach Denver gereist, als auf einmal Yankos Schwester Irina überraschend auf dem Platz erschien. Sie war spontan in die USA geflogen, zum einen, um endlich SAN DANA und ihre restlichen Nichten und Neffen kennenzulernen, und zum anderen natürlich, um ihren Bruder Yanko zu besuchen. Die Überraschung war ein Volltreffer. Sie wurde herzlich begrüßt, und ihre Nichte Kenia, die sie ja schon kannte, hing sofort an ihrem Hosenbein.

Da der Zirkus momentan mit voller Besetzung unterwegs war, gab es keinen freien Wohnwagen mehr für Irina, und so quartierte Yanko sie kurzerhand bei sich ein. Er hatte zwar nur ein einziges Bett in seinem Wohnwagen, aber er sah darin kein Problem mit seiner Schwester in einem Bett zu schlafen.

Sie genossen ihre gemeinsame Zeit sehr, und es gab unglaublich viel zu erzählen. Vor allem Yanko quetschte seine Schwester regelrecht nach Informationen über ihre gemeinsame Mutter aus. Er selbst wusste ja kaum etwas über Irinas Kindheit und ebenso wenig über die seiner Brüder in Griechenland. Er konnte sich an ihren Geschichten gar nicht satthören, und er freute sich den ganzen Tag über wie ein kleines Kind auf die langen Nächte, in denen sie ungestört in seinem Wohnwagen lagen und sich gegenseitig ihr Leben erzählten.

Je mehr sie von einander erfuhren, desto stärker wurde ihnen bewusst, was sie alles verpasst hatten, und die Trauer darüber saß sehr tief. Oft nahmen sie sich in die Arme, einfach um sich gegenseitig zu trösten und die unterstützende Energie des anderen zu spüren, die sie solange hatten entbehren müssen. Manchmal schliefen sie auch darüber ein, und vor allem Irina kuschelte sich dann wie ein kleines Kind an ihren großen Bruder, der ihr endlich die Kraft gab, die sie ihr ganzes Leben lang schon gebraucht hätte.

Irgendetwas in ihrem Inneren begann schließlich langsam zu heilen, offenbarte aber auch dadurch immer wieder den ungeheuren Schmerz, den sie bis jetzt mit sich herumgetragen hatten, ohne zu wissen, dass er überhaupt da war, denn sie hatten es ja nicht anders gekannt.

Auch wurde Yanko wieder einmal bewusst, wie tief der Schmerz über die frühe Trennung von seiner Mutter immer noch saß. Oftmals geriet diese Tatsache bei ihm in Vergessenheit, einfach deshalb, weil er sich verstandesmäßig gar nicht so wirklich vorstellen konnte, wie einschneidend und folgenschwer dieses Erlebnis anscheinend für ihn war. Aber jedes Mal wenn er es wagte sich daran zu erinnern und mutig genug war, dem Faden dieses fast brennenden Gefühls zu folgen, geriet er meist recht schnell an einen Punkt, an dem sich alles anfing zu drehen und er, wie in einem Strudel blitzartig in einen völlig unbekannten und bedrohlich dunklen Abgrund gesogen wurde, wobei er dabei regelmäßig das Gefühl bekam, den Verstand zu verlieren. Die Tragweite dessen konnte er überhaupt nur ansatzweise erahnen.

Immer wieder dankte Yanko innerlich dem Himmel dafür, dass seine Kinder von all ihren Müttern und Geschwistern untereinander wussten und sie sich auch alle kannten. Jetzt erst wurde ihm richtig klar, wie wichtig das für jeden einzelnen von ihnen eigentlich war. Irinas Anwesenheit und die Gespräche mit ihr, gaben ihm eine besondere Kraft und Stärke zurück, die sich unwahrscheinlich gut anfühlten.

Doch nach einiger Zeit fühlte er auch etwas, was er erst gar nicht wahrhaben wollte, und er fragte sich bald ernsthaft, ob er jetzt vollkommen abdrehen würde. Deshalb schluckte er diese merkwürdigen Gefühle vehement herunter und tat so, als ob er sie nie gehabt hätte.

Irina schlief seit Tagen nur noch in seinem Arm und wollte gar nicht mehr von ihm abrücken. Yanko ließ es auch geschehen, denn es fühlte sich einfach gut an, und seine kurzen Zweifel darüber, ob das alles noch unter Geschwisterliebe fallen würde, drängte er ebenfalls zur Seite. Da er nicht wusste, wie sich die Liebe zu einer Schwester eigentlich anfühlte, konnte er das, was da zwischen ihnen entstanden war, überhaupt nicht einschätzen. So verließ er sich diesbezüglich ab sofort einfach voll auf Irina, denn immerhin war sie bereits mit zwei Brüdern aufgewachsen von denen ebenfalls einer älter war als sie.

Eines Nachts konnte Yanko mal wieder nicht einschlafen, denn er musste dauernd daran denken, dass sie bald nach Griechenland zurückkehren würde. Da überfiel ihn eine so große Sehnsucht nach ihr, obwohl sie noch direkt neben ihm lag, dass er kurz nach Luft schnappen musste.
Davon wachte Irina schließlich auf. „Alles ok mit dir?", murmelte sie schlaftrunken. „Jaja...", erwiderte Yanko schnell, obwohl er sich überhaupt nicht ok fühlte. Am liebsten hätte er sie ganz fest an sich gedrückt, um ihr damit zu sagen, dass sie ja nicht weggehen sollte. Doch er kämpfte gegen dieses Bedürfnis an, das in diesem Ausmaß mit Sicherheit die Grenze bereits überschritten hatte.
Irina beugte sich daraufhin über ihn und blickte tief in die Augen, in die sie am liebsten schaute. Fühlte er etwa wie sie? Könnte das tatsächlich möglich sein? Quälte ihn die bevorstehende Trennung etwa ebenso sehr wie sie? Irgendwie ließ sie das Gefühl auf einmal nicht mehr los, dass dem so war.
Eines Morgens war sie aufgewacht und hätte ihn beinahe angefangen zärtlich zu streicheln, einfach, weil die Stimmung so gewesen war. Doch sie hatte es sich sofort strengstens verboten, denn das wäre einfach jenseits des Möglichen gewesen. Yanko hätte sie mit Sicherheit und verständlicherweise hochkant hinausgeworfen. Und dennoch

ließ sie diese Anziehung ab da nicht mehr los. Ihr ganzer Körper sehnte sich immer mehr nach seinem, sie wollte ihn mit Haut und Haaren ganz und gar spüren und ihn nie wieder loslassen. Gleichzeitig zweifelte sie die ganze Zeit über an ihrem Verstand und versuchte das drängende Bedürfnis irgendwie loszuwerden. Als sie Yanko aber nun in die Augen sah, hatte sie plötzlich den Eindruck in seinem Blick mehr zu lesen, als bisher.

Yanko wand sich aber plötzlich aus ihrer Nähe und setzte sich auf. Er rieb sein Gesicht. Irina gesellte sich neben ihn. „Hey Bruder, was ist los? Hast du schlecht geträumt?" Yanko sah sie an, und er wusste, dass er auf der Stelle aus diesem Wohnwagen verschwinden sollte. Doch irgendwie wollte er sie aber auch nicht einfach so im Ungewissen lassen, schließlich hatten sie in den vergangenen zwei Wochen so offen und ehrlich miteinander gesprochen, dass es eigentlich nur stimmig wäre ihr auch jetzt seine wahren Gefühle mitzuteilen.

Und dann nahm er all seinen Mut zusammen und tat es schließlich auch. Zu seiner großen Überraschung teilte Irina ihm allerdings mit, dass es ihr genauso ginge, und sie ebenso ratlos sei, was sie damit nun anfangen sollte. Schließlich beschlossen sie, sich ihren Gefühlen einfach mal hinzugeben und sich auf das Experiment einzulassen, das sie eigentlich sowieso nicht mehr aufhalten konnten.

Und Yanko hätte am nächsten Morgen seinen Wohnwagen am liebsten nie wieder verlassen, und Irina ging es genauso.

Doch eines war zu diesem Zeitpunkt jedenfalls klar geworden: Sie hatten ab sofort ein Geheimnis, das niemand wissen sollte. Und sie hatten noch etwas: Das Gefühl, dass es für ihre Situation eigentlich keine Lösung gab.

Das Klingeln seines Handys riss ihn aus dem Schlaf.
„Ja?", murmelte Yanko deshalb noch ziemlich verschlafen. Adam Brown musste lächeln. „Guten Morgen, Mr Melborn! Hier ist Adam Brown aus Santa Monica. Ich hoffe, ich störe nicht." Yanko setzte sich auf und schaute schnell auf das Display seines Handys. „Ähm, nein... Sie stören nicht! Hallo!... Was verschafft mir denn die Ehre Ihres Anrufs?" Adam Brown räusperte sich und fand die Vorstellung, dass jemand mittags um zwölf Uhr noch so verschlafen klingen konnte irgendwie amüsant. Bei ihm war es ja ein paar Stunden früher, weshalb er sich eigentlich auch sicher gewesen war, Yanko wach anzutreffen. „Wie geht es Ihnen, Mr Melborn? Ich hoffe doch gut! Ich habe da nämlich einen besonderen Anlass, weswegen ich Sie sprechen wollte!" „Mir geht's gut! Danke! Um was geht's denn?" Yanko war inzwischen aufgestanden und setzte Wasser für Kaffee auf.

Er ließ sich dann aufs Sofa fallen, und nachdem Adam Brown aufgelegt hatte, fühlte er sich wunderbar. Der Ärger darüber, dass er geweckt worden war, nachdem er endlich ein paar Stunden Schlaf gefunden hatte, war wie weggeblasen. Denn soeben war er vom Bürgermeister von Santa Monica eingeladen worden, bei einem großen Zigeunermusikevent dabei zu sein und die Ansage machen zu dürfen, wobei er die Gelegenheit nutzen könnte, ein paar informative Worte über die Situation der Roma in den USA zu verlieren.

Er fühlte sich auf einmal vogelfrei und leicht. Ruckzuck hatte er einen Flug nach L.A. gebucht und im Handumdrehen allen Bescheid gegeben, dass er für ein paar Tage weg sein würde.

Als Yanko dann zwei Tage später durch die Tür des Rathauses von Santa Monica ging, musste er zwangsläufig an seinen letzten Besuch denken, bei dem er unter sinnesraubenden Schmerzen hier eine Rede gehalten hatte.

Unwillkürlich musste er auch an Fam denken, und an seine Überlegungen, ob diese Rede eigentlich irgendetwas bewirken könnte. Doch offensichtlich hatte sie es, auch wenn sie 'nur' zu einem Musikevent geführt hatte.

Adam Brown freute sich sehr darüber Yanko wiederzusehen und lud ihn postwendend ein, Gast in seinem Haus zu sein, doch Yanko lehnte dankend ab. Er wollte lieber allein sein. Adam Brown bestand dann allerdings unerbittlich darauf ihm wenigstens seine Unterkunft zu bezahlen und quartierte ihn im Handumdrehen im Santa Monica Beach Hotel ein.
Yanko wusste gar nicht wie ihm geschah, und als er schließlich die Tür seines Balkons aufmachte und sich vor ihm der Pazifik ausbreitete und der Wind ihm ins Gesicht fegte, fühlte er sich seltsam berührt, und es tat ihm fast weh diesen wundervollen Anblick zu ertragen.
Diese Nacht schlief er draußen auf dem geräumigen Balkon, und er konnte sich zunächst an dem Rauschen der Wellen gar nicht satthören. Jetzt, Ende Januar, waren die Temperaturen selbst hier in California nicht gerade sommerlich warm, aber das störte Yanko überhaupt nicht. Er war endlich zurück am Meer, und er spürte wieder einmal wie sehr er es vermisst hatte.
Am nächsten Tag ging er als allererstes surfen, und als er sich nach Stunden auf dem Wasser schließlich ausgepowert in den Sand fallen ließ, fühlte er sich so richtig gut. Er drehte sich auf den Bauch, stützte den Kopf in die Hände und schaute zum Hotel hinüber, ließ den Blick dann den weitläufigen Strand rauf und runter schweifen, sah die Berge zu seiner Linken und Venice Beach entfernt zu seiner Rechten. Schließlich legte er den Kopf auf die Arme und fühlte sich so entspannt und wohl in seinem Körper, wie schon seit gefühlten Urzeiten nicht mehr, wenn überhaupt schon jemals. Und das, obwohl ihm bewusst war, dass sich direkt vor ihm

eine Millionenstadt ausbreitete. Es muss wohl an der Bauweise dieser Metropole liegen, dass sie mich nicht erdrückt, mutmaßte Yanko. Vielleicht lag es aber auch am Pazifik, der hier im Westen die eindeutige, und damit absolut sichere Grenze darstellte – hier war frische Luft und Natur, Wind und Freiheit.

Dass er sich mit den Jungs von der Band sofort anfreundete, verstand sich fast von selbst, und der Abend vor dem Konzert war erst am frühen Morgen zu Ende. Stunde um Stunde kramten sie gemeinsam alte Lieder aus, tanzten und sangen. Yanko wunderte sich sehr darüber an wie viele Lieder er sich plötzlich erinnerte, an die er gar nicht mehr gedacht hatte. Und als er morgens dann irgendwann ins Bett fiel, fühlte er sich so richtig satt und rund um wohl.
Das Konzert fand am frühen Abend im Greek Theater im Griffith Park statt, und es kamen mehrere tausend Besucher. Roma, Amerikaner, Mexikaner, Brasilianer, Kanadier – kurz, Menschen aus aller Herren Länder. Es war ein wunderbarer Abend voller grandioser Musik. Die Blechbläser stampften den mitreißenden Balkanrhythmus in den Staub, und die Sänger sangen sich in die Herzen der Zuhörer.
Yanko war so gut gelaunt, dass er mit Leichtigkeit die richtigen Worte zur Begrüßung fand – nicht zu viele, aber auch nicht zu wenige. Er wollte schließlich keine Informationsveranstaltung daraus machen, dennoch aber die Gelegenheit nicht ungenutzt verstreichen lassen über gewisse aktuelle rassistische Vorfälle zu berichten. Er wollte damit in keiner Weise auf die Tränendrüse drücken, er erhoffte sich dadurch nur, dass die Menschen ihre Herzen öffnen, und der Welt der Roma eine Chance geben würden. Er wollte, dass sie sich einfach einmal tief davon berühren ließen.
Und dann staunte er nicht schlecht und war sehr überrascht und fast ungläubig, als der Chef der Band ihn während dem

Konzert plötzlich auf die Bühne bat, um zusammen mit ihnen ein paar Songs zu singen. Yanko ließ sich aber nicht lange bitten.

Und dann stand er da oben und sang, und das Publikum feierte ihn, und das nicht nur aufgrund seiner wunderbaren Stimme, sondern vor allem deshalb, weil die Lieder, so wie er sie sang, die Leute sehr berührten. Sie kamen einfach tief aus seinem Herzen, und Yanko konnte sich gar nicht vorstellen, dass er das in diesem Ausmaß heute zum ersten Mal tat. Während er sang, spürte er, wie sein Herz und seine Gefühle sich über die Töne wie von selbst einen Weg nach draußen bahnten, und er fühlte sich das erste Mal vor Publikum ganz und gar authentisch. Er tat das, was tief in seinem Innern verankert war, das, was er war. Er sang von seinem Volk, von seinen Leuten, von seiner Vergangenheit, von seinem Leben. Er sang seine Lieder.

Noch in dieser Nacht beschloss die Band ihn mit auf ihre USA Tournee zu nehmen, und Yanko sagte sofort zu. Es passte einfach.

In jener Nacht klopfte es auch an seiner Hotelzimmertür. Yanko hatte sein Hemd schon ausgezogen und eigentlich gar keine Lust mehr darauf zu öffnen. Er machte aber trotzdem auf und staunte dann nicht schlecht. Vor ihm stand Margret Brown, die Frau des Bürgermeisters.

Sie war schon direkt nach dem Konzert begeistert hinter die Bühne gekommen und hatte der Band und vor allem Yanko für den grandiosen Auftritt gratuliert. Danach hatte sie sich dann immer irgendwie in Yankos Nähe aufgehalten, hier und da auch mit ihm etwas geplaudert und kleine Späßchen gemacht, bis sie schließlich später mit ihrem Ehemann zusammen das Gelände verlassen hatte.

„Hallo, Mr Melborn! Ich hoffe, ich störe Sie nicht?!", sagte Margret Brown leise, aber dennoch deutlich. Yanko räusperte sich: „Hallo, Mrs Brown! Ähm... Nein, Sie stören nicht, aber was gibt es denn? Was machen Sie hier mitten in der Nacht?" „Darf ich kurz hereinkommen?", fragte sie und sah Yanko mit schimmernden Augen an. Yanko trat zur Seite. „Ja, klar! Bitte, setzen Sie sich!", antwortete er und schloss dann die Tür hinter ihr. Sie setzten sich an den runden Tisch, um den ein paar Stühle gruppiert waren. Mrs Brown rückte sich erst ein wenig zurecht und dann sah sie Yanko an.
Sie sieht aus wie eine Wiesenblume, dachte Yanko und musste innerlich schmunzeln. Irgendwie fand er die Situation plötzlich lustig. Da saß er mitten in der Nacht mit der Frau des Bürgermeisters in seinem Hotelzimmer, hatte selbst nur eine Jeans an, und sie trug noch ihr zart geblümtes Abendkleid von vorhin. Es fehlt nur noch ein Strohhut, phantasierte Yanko weiter und stellte sie sich dabei unvermittelt auf einem Hippiefest vor. Offenbar grinste er jetzt tatsächlich, denn sie fragte: „Was ist?" „Ähm, das würde ich gerne von Ihnen wissen! Schließlich haben Sie an meine Tür geklopft! Wollen Sie was trinken? In dem Kühlschrank dort ist bestimmt etwas." Doch Mrs Brown schüttelte den Kopf. „Nein, danke! Ja, ich... Ich bin zu Ihnen gekommen, weil... nun, weil ich... Ich weiß es auch nicht so genau... Sie sind mir irgendwie nicht mehr aus dem Kopf gegangen... Ich wollte Sie einfach nur noch einmal sehen... Schließlich fahren Sie ja schon morgen mit der Band weiter nach San Diego...", erklärte sie dann etwas stockend den Grund ihres Kommens.
Yanko bekam auf einmal ein mulmiges Gefühl in der Magengegend. „Was ist los?", fragte er deshalb, diesmal etwas fordernder. Er hatte überhaupt keine Lust auf irgendwelche Gefühlsduseleien, obwohl sie persönlich ihn jetzt gerade nicht nervte. Im Gegenteil, sie hatte sogar etwas Erfrischendes an sich, eine Art, die er so noch nicht kannte. Sie war eine

Mischung aus feiner Dame und einem noch völlig unschuldigen, abenteuerlustigen Kind. Trotz allem strahlte sie irgendwie eine weise Lebenserfahrung aus, immerhin hatte sie auch schon zwei erwachsene Kinder. Mehr wusste Yanko allerdings nicht von ihr. Er hatte außerdem schon krampfhaft überlegt, ob sie sich bei seiner Rede damals im Rathaus schon einmal begegnet waren, doch er konnte sich nicht daran erinnern.

„Was war mit Ihnen eigentlich das letzte Mal bei Ihrer Rede im Rathaus los gewesen?", fragte sie ihn plötzlich unvermittelt, so, als hätte sie seine Gedanken von eben verfolgt. „Als wir uns die Hände zum Abschied gaben, wirkten Sie völlig erschöpft. Das hat mich lange beschäftigt. Mein Mann hatte das irgendwie nicht mitbekommen, naja, er war ja auch mit allem anderen sehr beschäftigt gewesen... Und als ich vorhin zu Hause war und schon zu Bett gehen wollte, ist mir das alles wieder eingefallen, und es hat mich irgendwie in Unruhe versetzt. Ich wollte es einfach wissen. Ich weiß auch nicht warum... Es tut mir leid, wenn ich Sie damit belästige!", gab sie Yanko weiterhin als Antwort und sah ihn dabei unvermittelt an.

Yanko stand ziemlich ruckartig auf. Er wusste nicht, ob er sie auf der Stelle rausschmeißen, oder selbst aus dem Fenster springen sollte. Deswegen war sie hierher gekommen? Um ihn das zu fragen? Wieso hatte sie überhaupt bemerkt, dass es ihm damals so scheiße gegangen war? Warum fragten ihn die Leute immer solche Sachen? Kaum hatte er mal gute Stimmung und fühlte sich wohl, kam irgendeiner daher und knallte ihm energetisch mit einer solchen Fragerei eiskalt eine ins Gesicht. Willkommen in der Realität – zack! Yanko ging im Zimmer auf und ab und hätte sie am liebsten angeschrien, sie möge sich zum Teufel scheren mit ihrer saudummen Frage.

Doch plötzlich hatte er eine zierliche, leicht kühle Hand auf seinem nackten Rücken, und er fuhr herum. „Es tut mir leid! Ich wollte Ihnen damit nicht zu nahe treten!", sagte Margret Brown sanft. „Das sind Sie aber!" konterte Yanko unwirsch, blieb aber dennoch bei ihr stehen. Irgendwie hatte ihre Frage gar nichts Forderndes an sich gehabt. Es war einfach nur die Erinnerung an diese Zeit, die in ihm das Gefühl der Verzweiflung wieder wachrief. Ihre Stimme hatte allerdings etwas sehr Zartes und Mitfühlendes an sich, und Yanko beruhigte sich etwas. Er setzte sich sogar wieder.

„Mrs Brown, was wollen Sie von mir? Sind Sie nur deswegen hierher gekommen, um von mir zu erfahren, wie es mir damals ging?", fragte er dann wieder etwas beherrschter. Margret Brown setzte sich ebenfalls und rückte ihren Stuhl ein wenig in seine Richtung. „Ja, auch... Ich weiß, es geht mich ja eigentlich nichts an! Wir kennen uns ja kaum... Ich... Ich würde Sie aber sehr gerne kennenlernen! Sie... Sie faszinieren mich!", sagte sie nun und errötete dabei um einen fast unsichtbaren Hauch.

Yanko atmete tief durch. Eigentlich hätte er sich über so ein Kompliment freuen sollen, aber irgendwie konnte er es nicht leicht nehmen und humorvoll damit umgehen. Er hatte plötzlich das Gefühl jemand würde ihm wieder einen Strick um den Hals legen. Abermals stand er auf und ging hinaus auf den Balkon und wünschte sich, sie würde einfach wieder gehen und noch mehr, sie wäre erst gar nicht gekommen.

Adam Brown hatte seinem Zirkus SAN DANA hier eine wunderbare Plattform gegeben. Er stand auf seiner Seite. Er hatte ihn zu dem Kongress nach Hawaii gebracht. Er hatte ihm zudem zwei tolle Gelegenheiten geschenkt in der Öffentlichkeit in einem geschützten Rahmen über die Situation der Roma in den USA zu berichten. Er war es, der ihn mit dieser Band zusammengebracht hatte und ihm dadurch nun die Möglichkeit gab, zwei Wochen lang mit den

Jungs auf Tour zu gehen und seine Lieder zu singen. Und jetzt stand Adam Browns Frau mitten in der Nacht hier in seinem Hotelzimmer und wollte offenbar mehr, als nur wissen wie es ihm damals gegangen war. Guter Vorwand, dachte Yanko und wünschte sich eine Zigarette.

In diesem Moment trat sie zu ihm hinaus auf den Balkon und stellte sich neben ihn. Ihr Blumenkleid wehte im Wind, und wenn sie einen Hut getragen hätte, würde sie ihn jetzt wohl mit einer Hand festhalten müssen.

Yanko sah sie an: „Mrs Brown, das ist sehr nett von Ihnen, aber ich wäre jetzt lieber wieder allein! Verstehen Sie mich nicht falsch, aber ich meine, es wäre wirklich besser, wenn Sie jetzt nach Hause gehen würden! Ihr Mann hat sehr viel für mich getan! Ich will nicht, dass er irgendwas Falsches denkt! Verstehen Sie?" Yanko wunderte sich, dass er dabei so höflich blieb, aber irgendwie forderte sie das heraus.

Mrs Brown lächelte plötzlich und stellte sich mit dem Gesicht in den Wind. Sie atmete tief ein, so, als ob sie noch niemals diese Luft gerochen hätte. „In ihrer Nähe fühle ich mich leicht und frei! Verzeihen Sie bitte, wenn Ihnen das unangenehm ist! Ich werde jetzt gehen! Es war schön, Sie wenigstens etwas kennengelernt zu haben!", sagte sie, erneut in einem sehr sanften Ton. Dann drehte sie sich um, ging zurück ins Zimmer, nahm ihre Tasche und zog die Tür leise hinter sich zu.

Yanko stand bestimmt noch eine halbe Stunde auf dem Balkon und starrte ihr hinterher und versuchte zu begreifen, was soeben geschehen war.

Irgendwann rappelte er sich zusammen und ging schlafen. Es wurde eine sehr unruhige Nacht, in der er von allen möglichen Beziehungen und Affären wild durcheinander träumte und dabei ständig das Gefühl hatte, verfolgt und gejagt zu werden. Schweißgebadet wachte er gegen sechs Uhr morgens auf und konnte danach nicht mehr einschlafen.

Kaum waren die Band und er später in San Diego angekommen, schlief Yanko erst einmal bis zum Soundcheck. Danach war er wieder auf dem Damm und fühlte sich gut. Die Musik heilte schließlich auch den Rest seiner schlechten Laune und puschte ihn dabei noch so richtig auf. Und als dann nach dem Konzert Margret Brown plötzlich wieder vor ihm stand, musste er sogar lachen.
Er fragte sie dann nicht mehr warum sie gekommen sei, und er fragte auch nicht, ob ihr Mann darüber Bescheid wüsste. Er ging einfach davon aus, dass er es wissen würde, denn die Browns waren weit über die Stadtgrenzen hinaus bekannt. Er fragte sie auch nicht wo sie übernachten würde, und als sie später dann einfach mit zu ihm aufs Zimmer kam, ließ er sie kommentarlos gewähren.
Dann erst lehnte er sich mit dem Rücken an die Tür und fragte sie: „Was zum Teufel machen Sie hier?" Margret Brown schien sich über Nacht in ein junges Mädchen verwandelt zu haben, dem nur der Sinn nach Spaß und Vergnügen zu stehen schien, und sie schnappte einfach Yankos Hand und zog ihn in die Mitte des Raums. Yanko war eigentlich klar was passieren würde, wenn er nicht sofort den Riegel vorschob, aber heute hatte er überhaupt keine Lust mehr dazu. Er war frei. Er war niemandem gegenüber Rechenschaft schuldig, und Mrs Brown war definitiv alt genug, um zu wissen was sie wollte.
Sie stand einfach da, hielt seine Hand fest und sah ihm in die Augen. „Er wird nichts erfahren! Das ist ganz allein meine Sache! Ich will ihn auch nicht verlassen, aber ich will diese zwei Wochen mit dir verbringen!", sagte sie plötzlich so klar und einfach, dass Yanko nur noch grinsen musste. „Und ich will frei bleiben!", gab er ihr als Antwort zurück. Sie nickte

daraufhin nur stumm, reckte dann ihren Kopf zu ihm hinauf und schloss die Augen.

Sie sieht nicht nur aus wie eine Blumenwiese, sie schmeckt und riecht auch so, dachte Yanko dann immer wieder, während sie sich für die Dauer dieser Tour liebten.

Nach der Tour war es dann mit ihnen aber irgendwie doch noch nicht vorbei, und daher beschlossen sie noch eine weitere Woche dranzuhängen. Yanko hatte zwar keine Ahnung, wie Margret das nun ihrem Mann erklären wollte, aber er hatte auch gar kein Bedürfnis danach es zu wissen.
Margret war jedenfalls völlig angetan von Yanko, und die Faszination beruhte bald auf Gegenseitigkeit. Sie führte ein Leben, welches sich Yanko nie vorstellen könnte zu leben, und für Margret war es genau umgekehrt. Sie fand es total aufregend mit einem Zigeuner unterwegs zu sein, Geschichten über seine Familie und sein Volk zu erfahren und in diese, für sie völlig unbekannte Welt einzutauchen.
Und ihr geordnetes und durchgeplantes Leben machte auf Yanko zum ersten Mal keinen einengenden Eindruck mehr, er konnte sogar, die von ihr beschriebene Sicherheit auch teilweise als angenehm nachempfinden. Gleichzeitig wusste er aber auch, dass er so nie würde leben können. Es war ihm schon ein Gräuel nur darüber nachzudenken, was in so und so vielen Jahren eventuell sein könnte. Allein der Gedanke daran Tag ein Tag aus dasselbe tun zu müssen und einen geregelten Tagesablauf zu haben, sowie ständig auf irgendwelchen Feierlichkeiten und offiziellen Anlässen immer höflich und diszipliniert aufzutreten, löste ein beklemmendes Nagen in seinem Bauch aus. Einen regelmäßigen Tagesablauf hatte er zwar auch ab und zu, dennoch war ihm die Vorstellung davon, lange Zeit im Voraus schon genau zu wissen, was dann und dann sein würde absolut zuwider.

Dabei konnte er dann stets die fast immerwährende Unstetigkeit, dieses immer irgendwie auf dem Sprung sein, so deutlich wie selten zuvor in sich pulsieren spüren. Oftmals dachte er in dieser Zeit an seinen Vater. Ob er ihm jemals gesagt hätte, dass Minerva nicht seine echte Mutter war?

Margret und Yanko waren wie Sonne und Mond, wie Wasser und Feuer, wie Blume und Fels. Nur für eine kurze Zeit wäre ihr Zusammensein möglich, bevor einer daran zerbrechen würde, denn auf Dauer gäbe es keine gemeinsame Zukunft für sie, zumindest fühlte es sich momentan für beide so an. Doch die Zeit, die sie hatten, genossen sie, so sehr es eben möglich war.

Der Abgrund war atemberaubend.

Als Yanko die Glasplattform betrat, hatte er das Gefühl augenblicklich in die Tiefe zu stürzen. Doch der Untergrund hielt. Mehrmals hatte er den Grand Canyon zwar schon aus der Luft bewundern können, doch so unmittelbar über ihm zu stehen, war doch etwas ganz anderes. Er war überwältigt von dem grandiosen Anblick des zerklüfteten Tals und Margret ebenso. Doch plötzlich wurde es Yanko schlagartig kotzübel, und er beschloss daher, lieber wieder zurück auf festen Boden zu gehen. Margret wollte jedoch gerne noch etwas bleiben, und so ging Yanko allein zurück in Richtung Parkplatz.

Kaum hatte er sich etwas erholt, stand plötzlich ein sechzehnjähriges Mädchen vor ihm und rief: „Das glaube ich jetzt nicht!" Yanko sah sie fragend an. „Was glaubst du nicht?" „Du bist doch der Sänger von der Gypsyband, die letzte Woche in der 'Today Show' war, oder? Du bist Yanko, richtig?", prasselte sie aufgeregt heraus. „Ja...", bestätigte Yanko überrascht. „Ich bin Cindy, und ich habe dich da gesehen und gehört natürlich! Das war echt richtig toll!", ergänzte sie dann strahlend. „Freut mich, dass es dir gefallen hat!", murmelte Yanko, dem immer noch etwas übel war. Normalerweise hatte er eigentlich keine Höhenprobleme, aber dieser Canyon war anscheinend doch zu hoch für ihn.

„Cindy!", hörten sie dann auf einmal eine laute, kräftige Männerstimme rufen. „Das ist mein Vater, ich muss leider los!" Plötzlich wurde sie etwas nervös. „Ich weiß, das macht man normalerweise nicht, aber darf ich dich mal anrufen?", fragte sie dann schnell, und in ihrer Stimme lag plötzlich etwas Flehendes.

Doch da stand schon ihr Vater neben ihr. „Cindy, was machst du hier? Wer ist das?", fragte er sie ziemlich barsch, und Cindy haspelte daraufhin etwas unsicher: „Das... ähm, das ist

Yanko, den habe ich neulich im Fernsehen gesehen, er singt bei dieser Band mit, die wir letztens in der 'Today Show' gesehen haben!"
Doch noch ehe sie etwas Weiteres hätte sagen können, schnappte ihr Vater sie schnell am Arm und schob sie vehement fort. Im Gehen drehte er sich aber noch einmal zu Yanko um und brüllte lautstark in seine Richtung: „Lassen Sie bloß meine Tochter in Ruhe!!! Mit Lügnern und Betrügern wollen wir nichts zu tun haben!!! Scheren Sie sich zum Teufel und Ihr Gesindel gleich dazu!!!" Und zu seiner Tochter sagte er eindringlich, jedoch so laut, dass es Yanko noch gut hören konnte: „Halte dich in Zukunft von diesen Leuten fern, das sind alles Verbrecher! Die meisten Einbrecher hier sind Zigeuner. Hörst du?! Ich verbiete es dir hiermit ausdrücklich! Ich will mit diesem Gesocks nichts zu tun haben!!! Hast du das verstanden?!" Cindy war wie aus heiterem Himmel plötzlich den Tränen nahe und nickte deshalb nur apathisch und versuchte dabei trotzdem noch einen letzten Blick auf Yanko zu erhaschen.

Yanko stand währenddessen wie vom Donner gerührt da und wusste nicht wie ihm geschah. Ein paar Leute, die das Gebrüll des Vaters eben mitbekommen hatten, standen ebenfalls noch herum und gafften Yanko an. Einige wendeten sich jedoch gleich kopfschüttelnd ab und murmelten Dinge wie: „Die sind aber auch überall!", und „Schlimm so etwas, dass der sich nicht schämt!", sowie „Man sollte sie alle erschießen!" vor sich hin, wohl darauf achtend, dass Yanko ja alles genau mitbekam. Niemand signalisierte ihm, dass er den wahren Ablauf der Geschichte eben mitbekommen hatte.
Yanko sah nur schweigend in die Runde und ging dann zu seinem Mietwagen. Das hatte gesessen. Mit so etwas hatte er natürlich überhaupt nicht gerechnet. Es hatte ihn wieder einmal urplötzlich und eiskalt erwischt. Auf einmal bekam er

Schwierigkeiten zu atmen und seine Brust schmerzte. Ein paar Minuten lang lief er dann an seinem Auto auf und ab und schlug dabei einige Male kräftig mit der Faust auf das Autodach, bis er wieder Luft bekam. Zum Glück hatte ihn wenigstens dabei niemand beobachtet.
So nah können Ruhm und Abgrund beieinander liegen. Vor einer Woche noch werde ich wie ein König gefeiert, und im Handumdrehen steckt mir der Dolch im Herz, und das beides aus ein und demselben Grund. Einfach nur deshalb, weil ich ein Roma bin, dachte Yanko kopfschüttelnd und verstand immer noch nicht, warum das eigentlich so war. Erfolgreiche Roma Musiker werden teilweise völlig übertrieben, manche sogar fast wie Götter verehrt, und ihre Herkunft als etwas ganz Besonderes hervorgehoben, als etwas, das ihre Begabung und ihr Talent begründen, und vor allem erklären soll. Aber wehe man begegnet dieser Person dann auf der Straße, im Alltagsleben, schutzlos ohne Rampenlicht, dann wird diese paradoxerweise zu einer unmittelbaren Bedrohung und fliegt oft schneller vom Podest, als sie es selbst mitbekommt, stellte Yanko frustriert und resigniert wieder einmal fest.
Als Margret schließlich zurückkam, hatte er sich wieder einigermaßen gefangen, dennoch erzählte er ihr den Vorfall noch auf der Fahrt und war plötzlich einfach nur traurig über diese ganze Sache.

In der Nähe des Canyons mieteten sie sich in einem Hotel ein und saßen abends noch in dem dazugehörigen Restaurant. Plötzlich erstarrte Yanko, denn er hörte eine Stimme, die er nicht mehr so schnell vergessen würde. Er sah auf, und es verschlug ihm augenblicklich den Appetit. Ein paar Tische weiter, aber zum Glück mit dem Rücken zu ihm, saß Cindys Vater mit seiner Familie, ebenfalls beim Abendessen.
Nach ein paar Minuten stand Yanko schließlich leise auf und ging so an dem Tisch vorbei, dass nur Cindy ihn sehen

konnte, und er deutete der überraschten, aber hocherfreuten Cindy mit dem Kopf an, dass er draußen auf sie warten würde.
Sie kam sehr schnell.
„Yanko, was machst du hier? Das ist ja ein Ding!", freute sie sich. „Ja, allerdings! Reiner Zufall! Wir haben hier ein Zimmer. Und ihr?" „Ja, wir auch! Wir müssen aufpassen! Mein Vater darf uns auf gar keinen Fall zusammen sehen, und am besten ist, wenn er dich überhaupt nicht zu sehen bekommt! Er hasst Zigeuner! Ich wusste nicht, dass es so arg ist! Er hat noch auf der Fahrt die schlimmsten Sachen über euch losgelassen. Das... das..." Cindy hatte plötzlich Tränen in den Augen. „Hey, was ist denn los? Alles ist ok! Er wird mich nicht sehen! Keine Angst!", versuchte Yanko sie zu trösten, aber Cindy schluchzte dennoch ein paar Mal auf, bevor sie weitersprechen konnte. „Yanko, ich möchte dich so gerne mal richtig treffen... Ich... ich weiß auch nicht warum genau, aber... aber, als ich euch da im Fernsehen gesehen habe, das... das hat mich total umgehauen, mitgerissen... Ich weiß nicht... Ich kann es einfach nicht vergessen... Es tut irgendwie weh... hier in meinem Herzen, aber ich weiß gar nicht wieso! Kannst du das verstehen? Ich... ich...", legte Cindy dann los und versuchte all das, was sie eigentlich bewegte Yanko in so kurzer Zeit wie möglich mitzuteilen, dabei schaute sie sich immer wieder ängstlich nach ihrem Vater um.
„Schscht! Hey, Cindy, ganz ruhig! Ich kenne das gut. Nur du solltest jetzt wieder zurück an den Tisch gehen. Ich gebe dir meine Nummer, und wenn du willst, ruf mich an, dann machen wir was aus, ok?" Cindy schienen plötzlich tausend Steine vom Herzen zu fallen. „Echt jetzt? Das wäre so toll! Wow! Danke! Vielen Dank!", freute sie sich, tippte dann noch schnell Yankos Nummer in ihr Handy ein und huschte kurz darauf zum Tisch ihrer Eltern zurück.

Und so kam es, dass sich Yanko und Cindy am nächsten Nachmittag im Hotel trafen, als ihre Eltern Tennis spielen waren und ihre beiden Geschwister im Swimmingpool planschten.
Was Cindy ihm in den folgenden anderthalb Stunden erzählte, hätte Yanko auch ihr erzählen können. Irgendwie kam sie ihm immer vertrauter vor und doch auch wieder gar nicht, schließlich kannte er sie ja kaum, und doch schüttete sie ihm ihr Herz aus, wie bei einem alten Freund. Da war urplötzlich eine gemeinsame Ebene entstanden, die Yanko nicht begreifen konnte, und auch Cindy schien davon sehr überrascht zu sein. Es war fast so, als würde man nach einem Wort suchen, das einem schon auf der Zunge liegt, aber man einfach nicht darauf kommt - je länger man krampfhaft überlegt, desto mehr entschwindet es einem. Jedes Gefühl, das Cindy ihm beschrieb, kannte er irgendwie in und auswendig, und für alles wofür sie noch keine Worte besaß, hatte er die richtigen parat. Jeder las im Spiegel des anderen wie aus einem uralten Buch.

Als Yanko Margret später von dieser Begegnung erzählte, wurde er das Gefühl nicht mehr los, dass es kein Zufall war, dass Cindy und er sich getroffen hatten. Obwohl er eigentlich schon längst davon überzeugt war, dass es in diesem Sinne eh keine Zufälle gab, war er sich aber dieses Mal richtig sicher. Dennoch kam er einfach nicht darauf, was das zu bedeuten hatte, und er grübelte darüber noch die ganze Nacht hindurch. Wieder und wieder versuchte er herauszufinden, was ihn an dieser Sache überhaupt so fesselte.
Jedenfalls war er heilfroh, dass es diesmal nicht um irgendeine Affäre ging, sondern einfach nur um eine sechzehnjährige Teenagerin, die sich offenbar überhaupt nicht wohlfühlte und die irgendwie ihren Platz im Leben suchte. Er wollte Cindy

gerne helfen, aus dem einfachen Grund heraus, weil er genau wusste wie schrecklich sich dieser Zustand anfühlte.

Immer wieder sah er ihre Augen vor sich, und immer wieder sah er sein Gesicht in ihrem Blick schimmern. Und als es ihm endlich dämmerte, was da los sein könnte, fragte er sich, wieso er nicht gleich darauf gekommen war. Es lag so nah, zu nah wahrscheinlich. So nah, wie die eigene Nase im Gesicht, die man selbst auch nur schwer sehen konnte, und doch war sie da. Als Beweis hatte er zwar nur dieses Gefühl in seinem Herzen, was ihm aber ziemlich deutlich sagte, dass das die einzige Erklärung für ihre merkwürdigen, ihm aber dennoch so bekannten Gefühle sein konnte.
Am nächsten Morgen rief er Cindy an, und sie trafen sich zum zweiten Mal, diesmal allerdings hinter dem Hotel an einem der Hinterausgänge. Als Yanko ihr dann schließlich in die Augen sah, war er sich nochmal sicher, und er begann ihr mitzuteilen was er ahnte. Dabei versuchte er so behutsam wie nur irgend möglich zu sein, denn er konnte ja nicht wissen, wie sie auf seine Vermutung hin reagieren würde. „Cindy... Ich habe die ganze Nacht darüber nachgedacht, was mit dir los sein könnte, und... ich glaube, ich weiß es jetzt! Das heißt nicht, dass es wirklich so sein muss, aber ich bin mir eigentlich ziemlich sicher, obwohl es für dich wahrscheinlich total verrückt klingen mag..." Cindy sah ihm fest in die Augen und konnte es kaum erwarten, was er ihr zu sagen hatte. „Was denn? Na los, sag schon! Bitte!", flehte sie ungeduldig.
Und Yanko holte tief Luft. „Cindy, ich habe das Gefühl, dass du eine Roma bist..." Yanko hielt dann kurz inne, um zu sehen, was das mit Cindy machte. Es herrschte plötzlich eine angespannte Stille in dem Hinterhof, und selbst die Lüftung der Kühlanlage schwieg in diesem Moment. Cindy sah Yanko mit großen Augen an und ihr Mund stand offen, so, als ob sie etwas sagen wollte, aber es kam nichts heraus. Keiner der

beiden wusste hinterher wie lange sie so dagestanden hatten, als sich nach und nach Cindys Gesicht wieder entspannte und sie sich einfach auf den Boden setzte. Yanko tat es ihr nach und legte noch spontan einen Arm um ihre Schultern.
Cindy lehnte ihren Kopf an seine Brust und wurde auf einmal ganz ruhig. „Das habe ich gestern auch schon mal gedacht!", flüsterte sie plötzlich und klammerte sich auf einmal ganz fest an Yanko. „Was soll ich denn jetzt machen? Das würde ja dann bedeuten, dass ich adoptiert worden bin!", wimmerte sie auf einmal unter Tränen. „Ich weiß es nicht, aber uns wird schon was einfallen!", sagte Yanko und hielt sie einfach weiterhin in seinen Armen. Er konnte ihren Schmerz wie seinen eigenen spüren; die Ratlosigkeit und die Einsamkeit saßen, genau wie bei ihm, tief in ihr drin.

Nachdem Yanko sich ein paar Tage später in L.A. von Margret verabschiedet hatte, was ihm dann doch ziemlich leicht gefallen war, setzte er sich in das gemietete Auto und fuhr den Highway Nr 1 nach Norden hinauf. Eine Weile lang musste er an Janina und an die gemeinsame Zeit mit ihr in San Francisco denken und war irgendwann fast soweit sie anzurufen. Aber er ließ es dann doch bleiben, denn er wusste auch gar nicht, was er ihr hätte sagen sollen. Anschließend schickte er aber den Wunsch in den Himmel, dass es ihr gut gehen möge.
Als er nach ein paar Stunden in Santa Barbara ankam, war es schon dunkel geworden, und er mietete sich im erstbesten Hotel ein. Dann schickte er Cindy eine SMS.
Yanko ging unter die Dusche und wusch sich die letzten Wochen mit Margret vom Leib. Er hatte plötzlich das Gefühl sie würde noch an ihm kleben, wie eine zweite Haut. Zum Glück war das Gefühl nach dem Duschen dann weg, und er legte sich zum Trocknen einfach aufs Bett. Er wurde plötzlich so müde, dass er fast eingeschlafen wäre, doch Cindy würde gleich vorbeikommen. Fast widerwillig rappelte er sich nach ein paar Minuten wieder hoch und zog sich an. Kaum hatte er sein T-Shirt übergestreift, klopfte es schon an der Tür.
An diesem Abend heckten sie dann einen Plan aus, wie sie am besten Zugriff auf eventuelle Adoptionspapiere bekommen könnten. Außerdem beschlossen sie das zu zweit durchzuziehen, damit auch ja nichts schiefgehen würde. Cindy sollte Schmiere stehen, und Yanko sich durch die Aktenordner in Cindys Vaters Büro wälzen, während der bei der Arbeit war.

Gesagt, getan! An einem der folgenden Tage war Cindys Familie komplett aus dem Haus, und Cindy hatte zudem früh Schule aus.

Yanko gelangte ungesehen ins Haus und stand auf einmal in einem riesigen, mit schweren, dunklen Möbeln eingerichteten Zimmer. Das Regal, in dem sich Aktenordner an Aktenordner klemmte, ragte bis zur Decke hinauf und schien endlos lang zu sein. Cindys Vater war Leiter eines Managements in irgendeiner Außendienst Firma, die Kühlanlagen jeglicher Art verkaufte.
Yanko unterdrückte sein Bedürfnis die Fenster aufzureißen und begann augenblicklich damit fieberhaft nach den vermeintlichen Dokumenten zu suchen. Nach Stunden vergeblicher Mühe entdeckte er schlussendlich hinter ein paar antiken Büchern einen Safe, doch unglücklicherweise kannte Cindy den Code nicht. Deshalb beschlossen sie daraufhin, dass Yanko besser erst einmal wieder verschwinden sollte, damit sie dann in Ruhe weiter überlegen könnten, was sie als nächstes tun wollten.

Grübelnd saß Yanko dann anschließend in seinem Hotelzimmer, und er wurde sich mit der Zeit immer sicherer. Sollte es Unterlagen über eine Adoption geben, dann wären diese mit Sicherheit in diesem Safe untergebracht. Lange überlegte er noch hin und her, aber ihm fiel auch dann nichts Besseres ein, und schließlich wählte er Rons Nummer.
Yanko hatte sich schon im Vorfeld an einem Finger abgezählt, wie Ron auf diese Geschichte und auf seine Bitte hin reagieren würde, und genauso kam es dann auch. Mit Worten zeigte Ron ihm durch das Telefon unmissverständlich den Vogel. Er war nach wie vor, nach alldem was passiert war und der ganzen Aktion mit Nino, Maria, Dolores und Susannah, Yanko gegenüber recht reserviert. Nur gut, dachte Yanko dabei, dass er Margret und vor allem die Sache mit Irina nicht mitbekommen hat, sonst würde er wahrscheinlich gar nicht mehr mit mir sprechen.

Aber es kam, wie schon so oft geschehen. Je länger Yanko auf Ron einredete und ihm die Situation schilderte, desto weniger konnte Ron seine Ablehnung aufrechterhalten.
Schließlich willigte Ron ein und war drei Tage später vor Ort. Und als Yanko ihn dann zur Begrüßung einfach umarmte, verfluchte er Yankos unwiderstehliches Charisma und seine immer noch sehr tiefen Gefühle für ihn aufs Neue. Es war sehr lange her, dass sie sich so nah waren, und es war etwas seltsam plötzlich in einem kleinen Raum mit ihm allein zu sein.
Nachdem Ron damals Yanko mit Nino erwischt, und Hals über Kopf Griechenland verlassen hatte, war lange Zeit vergangen, bis sie sich wiedergesehen hatten. Yanko hatte sich dann zwar gleich bei Ron dafür entschuldigt, dass er ihm die Affäre mit Nino verschwiegen hatte, doch ihre Verbindung hatte deutlich Risse davon getragen, und alles Weitere geschah mit sehr viel innerlichem Abstand.
Zudem war Yanko in letzter Zeit Ron wohlweislich aus dem Weg gegangen, denn er wollte um keinen Preis hören, was Ron ihm mit Sicherheit wieder alles in Bezug auf seine Bettgeschichten vorgeworfen hätte, ob er nun damit Recht haben würde oder nicht.
Yanko wollte Ron auch jetzt nicht in diese Richtung zu Wort kommen lassen und konfrontierte ihn sogleich mit der momentanen Sachlage bezüglich Cindy, nachdem sie sich hingesetzt hatten. „Ich weiß, es ist viel verlangt, aber eine andere Möglichkeit gibt es nicht! Cindys Vater würde das ja nie freiwillig zugeben, falls es so wäre. Vielleicht weiß er aber auch gar nicht, dass sie womöglich eine Zigeunerin ist. Aber wie auch immer, wir müssen unbedingt diesen Safe aufkriegen!"
Yanko lehnte sich zurück, damit er Ron nicht zu lange so nah blieb. Es erschien ihm eine Ewigkeit her zu sein mit Ron allein gewesen zu sein, und er versuchte die plötzlich

aufkommende Sehnsucht nach ihm wie eine lästige Fliege von sich abzuschütteln und sich stattdessen ausschließlich nur auf das Vorhaben mit dem Safe zu konzentrieren.

Ron sah ihm in die Augen, und dann wollte er sich eigentlich gar nicht mehr über diesen riskanten Plan, den Safe von Cindys Vater zu knacken, unterhalten. Zähneknirschend musste er vor sich selbst zugeben, dass er jetzt viel lieber Yanko einfach rüber ins Bett gezogen, und ihn geliebt hätte. Ron hatte plötzlich einen Kloß im Hals, und er bekam das Gefühl, dass in den letzten Jahren alles völlig falsch gelaufen war. Das hier war richtig! Er liebte Yanko einfach, und das hier war echt und real. Vielleicht war Yanko ja deshalb nur so krass mit Susannah umgegangen, und es hatte vielleicht gar nicht an Dolores gelegen, sondern einfach nur daran, weil er nicht mehr mit ihm zusammen war. Doch Ron musste innerlich zugeben, dass er Yanko die Liebelei mit Nino immer noch nicht ganz verziehen hatte, und er spürte wieder die tiefe Kluft, die sich seitdem zwischen ihnen aufgetan hatte.

„Yanko, ich kann dir nicht versprechen, ob das klappt, und ich habe auch überhaupt keine Lust dazu dabei erwischt zu werden!" Yanko musste plötzlich grinsen: „Denkst du ich? Aber irgendwie muss man ihr doch helfen, oder?" Ron seufzte: „Ja, schon... Yanko und sein gutes Herz! Das könntest du übrigens auch ruhig mal für deine Nächsten aufbringen!" setzte Ron noch etwas zynisch hinzu und spürte dabei deutlich, wie verletzt er eigentlich immer noch war.

„Wie meinst du das?", fragte Yanko halb misstrauisch, obwohl er schon ahnen konnte, worauf Ron hinaus wollte. „Ach, egal jetzt!", wehrte Ron aber ab, denn er wollte heute auf keinen Fall sentimental oder sogar noch wütend werden.

Aber Yanko rückte seinen Stuhl näher an den Tisch und fixierte dabei Rons Blick. „Was?", forderte er Ron nochmal auf. Doch Ron schüttelte bloß den Kopf und hätte Yanko am liebsten nur umarmt, denn er wollte plötzlich alles, was sie in

der letzten Zeit getrennt hatte mit einem Wisch einfach auslöschen. „Ich habe dich vermisst!", rutschte es Ron dann auf einmal fast aufgebend heraus, anstatt Yanko anzugehen, und er sah, dass es Yanko nicht kalt ließ, was er eben gesagt hatte.
Yanko stand kurzerhand auf und zog Ron einfach zu sich und drückte ihn an seine Brust. Er flüsterte: „Es tut mir leid!" in Rons Ohr, und dann dauerte es nicht mehr lange, bis sie sich im Bett herumwälzten.

Am nächsten Morgen holte Ron tief Luft, denn schließlich musste er es Yanko irgendwann sagen. Doch dann beschloss er doch kurzerhand es lieber auf den Abend zu verschieben, er wollte nicht riskieren, dass Yanko eventuell sauer auf ihn werden, und deshalb bei der anstehenden Aktion noch unvorsichtig sein würde.
Zum Glück jedoch hatte Ron kaum Schwierigkeiten damit den Safe zu knacken, und irgendwie gab ihm das ein gutes Gefühl, dass seine Zeit beim Militär doch für etwas gut gewesen war.
Gemeinsam kramten sie dann sorgfältig die Akten durch, die sie im Safe gefunden hatten und entdeckten darunter schließlich auch die vermuteten Unterlagen, sorgfältig in einem dünnen Ordner abgeheftet.

Als sie anschließend alle drei in Yankos Hotelzimmer saßen und die Schriftstücke nacheinander durchgingen, konnten sie es eigentlich gar nicht fassen, dass sich Yankos Ahnung zumindest schon mal soweit bewahrheitet hatte, dass Cindy tatsächlich adoptiert worden war. Allerdings gab es weder einen Hinweis auf eine Romaherkunft ihrerseits, noch auf ihre leiblichen Eltern. Als Vertragspartner war nur ein Waisenhaus in Rumänien angegeben. Trotz der Ruhe, die die Wahrheit

mit einem Mal brachte, fühlten sich alle und vor allem Cindy davon wie erschlagen.
Was sollte sie nun tun? Wie sollte sie sich denn ab heute ihren 'Eltern' gegenüber verhalten? Sollte sie sie darauf ansprechen, oder lieber doch nicht?
Nach eingehender Beratung beschloss Cindy schließlich ihnen vorerst nicht zu sagen, was sie jetzt wusste.

Später, nachdem Cindy schon gegangen war, setzte sich Ron zu Yanko aufs Bett und legte einen Arm um ihn. „Es tut mir leid, dass ich an dir gezweifelt habe! Ich dachte echt du spinnst total mit deiner Ahnung!" „Schon gut!", sagte Yanko matt und dachte dabei an Cindy, und er machte sich Sorgen, wie sie wohl die anstehende Begegnung mit ihren offensichtlichen Adoptiveltern überstehen würde.
Ron spürte, dass Yanko mit den Gedanken bei Cindy war, und trotzdem würde er es ihm jetzt sagen, denn er musste dringend heute Nacht noch nach L.A. zurück. Er hatte dort morgen Früh einen wichtigen Termin wegen seinem Pub, und außerdem wollte er mittags unbedingt am Flughafen sein.
Ron holte also erneut tief Luft: „Yanko... Ich muss dir was sagen!", begann Ron dann. Yanko sah auf. „Ja, was denn?" Ron räusperte sich. „Ich, also... Ich habe Maria vor ein paar Monaten auf Mykonos besucht, und... und da ist es dann passiert..." Yanko sah Ron zwar erstaunt an, verstand aber sofort, was da wohl passiert sein sollte, und er klopfte Ron auf die Schulter. „Ron wird wieder normal, hm?"
Ron konnte aus Yankos Blick nicht lesen, was diese Nachricht bei ihm bewirkte, doch offensichtlich hatte es ihn weder sonderlich schockiert, noch war er jetzt sauer auf ihn. Aber warum hätte er das auch sein sollen, schließlich hatte er sich zum x-ten Mal von Maria getrennt und ihr damit ungeheuer wehgetan.

Yanko stand plötzlich auf und streckte sich. Dann drehte er sich auf einmal um, stupste Ron rückwärts aufs Bett und riss an Rons Hemd und Hose, bis er sie ausgezogen hatte. „Du alter Hurenbock!", raunte er ihm dann ins Ohr. „Mich zur Sau machen und selbst kein Stück besser sein! Schleichst dich heimlich nach Mykonos und reißt dir meine Frau unter den Nagel! So geht das aber nicht!" Yanko küsste Ron zwischendurch immer wieder, während er das sagte, und Ron zog Yanko ebenfalls schnell dabei aus, ohne sich noch zu irgendeinem Kommentar hinreißen zu lassen.

Später, als Yanko dann wieder allein im Hotel, draußen auf der Terrasse saß, hielt er es plötzlich nicht mehr aus. Er musste augenblicklich ans Meer. Kaum dort angekommen, zog er die Schuhe aus und ließ seine Füße vom Meerwasser umspülen. In seinem Kopf drehte sich alles. Auf der einen Seite spürte er Ron noch ganz nah bei sich, auf der anderen Seite fühlte er sich jedoch, wie durch einen Watteberg hindurch, von allen und allem meilenweit entfernt.
Dann versuchte er zu erspüren, was er eigentlich zu Ron und Maria fühlte, aber da war irgendwie nichts Konkretes. Und er wunderte sich darüber, denn eigentlich sollte er doch froh sein. Endlich hatte Ron wieder jemanden – und sogar mal wieder eine Frau, und was für eine gleich! Er hoffte nur, dass Ron sich nicht auch eines Tages total erschöpft an Marias Seite wiederfinden würde und sie deshalb verlassen müsste.
Yanko ging noch stundenlang den Strand auf und ab und fühlte sich nach und nach dann aber doch wie von einer unbekannten, tonnenschweren Last befreit. Und nach einer Weile war er sogar richtig erleichtert darüber, dass Maria und Ron jetzt zusammen waren, denn so war Maria endlich bei jemandem angekommen, der wirklich für sie da sein konnte. Zudem war Maria ein wunderbarer Mensch, der es absolut verdient hatte einen zuverlässigen Partner an der Seite zu

haben. Und was noch beruhigender für ihn hinzukam, war, dass er seine Kinder bei Ron in guten Händen wusste. Trotz alledem ließ ihn diese Tatsache nicht uneingeschränkt jubeln, denn sie erinnerte ihn unweigerlich nur wieder an sein eigenes Versagen und an seine Unfähigkeit beständig zu bleiben.
Spät in der Nacht kehrte er schließlich missmutig in sein Hotel zurück und schlief ziemlich unruhig.

Den nächsten Tag verbrachte Yanko dann damit das Waisenhaus in Timisoara, welches nur mit Namen in dem Adoptionsvertrag genannt war, ausfindig zu machen, aber mit wenig Erfolg. Denn es stellte sich schnell heraus, dass dort keiner Englisch oder Französisch, geschweige denn Romanes, Spanisch, Deutsch oder Griechisch sprechen konnte. Und Yanko konnte kein Wort Rumänisch. Doch plötzlich kam er auf die glorreiche Idee Zoltan, den Bandleader von der Brassband, mit der er vor kurzem auf Tour gewesen war, anzurufen und ihn um Hilfe zu bitten, denn schließlich lebten die Jungs ja alle in Rumänien.
Und das traf sich optimal, denn Zoltan wollte Yanko auch schon längst angerufen haben, um ihn zu fragen, ob er nicht Lust darauf hätte auf ihrer nächsten Tour durch Frankreich und Deutschland, die schon in der übernächsten Woche starten würde, dabei zu sein. Yanko sagte, ohne noch weiter darüber nachzudenken, sofort zu, und so machten sie aus, alles Weitere dann vor Ort zu besprechen. Auf jeden Fall sicherte Zoltan Yanko zu, ihm bei der Suche in Rumänien, die Yanko dann im Anschluss an die Tour machen wollte, zu helfen.
Perfekt, dachte Yanko gerade in dem Moment, als es an der Tür klopfte. Cindy stand draußen und war völlig aufgelöst. Yanko bat sie herein, und sie setzten sich an den Tisch. „Ist was passiert?", fragte Yanko besorgt, denn es war nicht schwer zu sehen, dass es ihr nicht gut ging. Cindy zitterte, und

sie rang etwas nach Luft, denn sie hatte nicht erst auf den Aufzug warten wollen.

„Ich halte das nicht mehr länger aus! Ich muss wissen was passiert ist, und warum sie mir verheimlichen, dass ich adoptiert bin!", antwortete Cindy sogleich, und Yanko konnte dabei ihre Panik spüren. Deshalb war er äußerst froh ihr eine gute Nachricht überbringen zu können, und er erzählte ihr gleich von seinem Vorhaben. Cindy saß derweil nur da und starrte ihn ungläubig an. „Das würdest du für mich tun?", fragte sie im Anschluss völlig baff. „Cindy, ich weiß genau wie sich das anfühlt nicht zu wissen, woher man kommt! Es ist für mich kein Problem das zu tun. Ich kann dir allerdings nicht versprechen, dass ich etwas herausfinden werde. Das muss dir klar sein!", versuchte Yanko ihr zu erklären. Cindy nickte und schien sich trotzdem sichtlich zu entspannen. „Das ist echt der Hammer! Ich weiß gar nicht, wie ich dir jemals dafür danken soll!" Yanko sah sie an. „Schon ok! Du musst mir nicht danken!"

Dann lächelte sie plötzlich und war von jetzt auf nachher fast wie ausgewechselt. „Yanko, das müssen wir feiern!", stellte sie entschlossen fest, nahm dabei seine Hand und wollte schon mit ihm aus dem Zimmer stürmen. „Moment! Stopp! Wir können hier nicht einfach feiern gehen, schon vergessen? Es sollte uns hier besser niemand zusammen sehen!", erinnerte Yanko Cindy an die momentane Wirklichkeit. Cindy ließ Yankos Hand prompt wieder los und plumpste enttäuscht auf den Stuhl zurück.

„Hey, wir können aber trotzdem was machen!", sagte Yanko nach einem kurzen Moment, denn er hatte plötzlich eine Idee. „Los aufstehen! Wir fahren in die Berge! Auf, hopp!" Cindy sprang auf, und Yanko erklärte ihr daraufhin wo genau sein Auto stehen würde und gab ihr den Schlüssel mit.

Cindy schaffte es unbemerkt in Yankos Auto zu schlüpfen, und so gelang es ihnen schließlich, ohne zusammen gesehen zu werden, aus der Stadt zu kommen. Unterwegs kaufte Yanko noch ein paar Sachen für ein Picknick ein, und dann fuhren sie in die Berge hinauf.

Kaum hatten sie den Highway verlassen, bekamen sie das Gefühl in einer völlig anderen Welt unterwegs zu sein. Fern ab von jeglichem Touristenrummel, den der Pazifik tagtäglich anzog, fanden sie einige Meilen im Hinterland unwegsames Gelände und einsame Wanderpfade vor.
An einem abgelegenen Campground parkte Yanko schließlich, und sie verbrachten dort einen heiteren Nachmittag im Grünen, während die ganze Zeit über Gypsymusik in allen Variationen aus den Lautsprechern des Autos dröhnte und Yanko das ein oder andere Lied auf Cindys Wunsch hin, mitsang.
Es war schon dunkel geworden, als sie wieder in Santa Barbara ankamen, und Yanko sich schon Sorgen darüber machte, was Cindy wohl zu Hause erwarten würde, wenn sie erst so spät zurückkam. Doch Cindy konnte ihn schnell beruhigen und teilte ihm mit, dass ihre 'Eltern' und 'Geschwister' übers Wochenende zu Freunden gefahren wären und sie deshalb sozusagen sturmfreie Bude hätte.
Yanko wollte Cindy dann an einer der nahen Straßenkreuzung aus dem Wagen lassen, doch sie bestand darauf nochmal mit ins Hotel zu kommen, denn sie müssten ja schließlich die Chips noch aufessen, weil diese am nächsten Tag nicht mehr so gut wären. Yanko dachte sich nichts weiter dabei und nahm sie mit.
Als die letzten Krümel der Chips dann vertilgt waren, stand Cindy plötzlich auf und stellte sich direkt vor Yanko hin und sah ihm fest in die Augen. Yanko schluckte, denn irgendwie hatte sich die Stimmung im Handumdrehen schlagartig verändert, und es lag von jetzt auf nachher etwas in der Luft, was er eigentlich lieber nicht spüren wollte.

„Yanko, stimmt es, dass Zigeunerinnen in meinem Alter oft schon verheiratet sind?", fragte sie ihn dann, jedoch ohne den Blick dabei abzuwenden. „Ja, das stimmt! Aber nicht immer und überall. Warum willst du das wissen?", fragte Yanko. „Naja, nehmen wir mal an, und du glaubst ja, dass ich eine Zigeunerin bin, ich wäre noch zu Hause in Rumänien, dann wäre ich ja vielleicht jetzt schon verheiratet... Und wenn du da auch wohnen würdest, dann wäre ich vielleicht sogar mit dir verheiratet...", gab Cindy dann ihre Gedanken preis.
„Schon möglich, aber wir leben nicht dort, und du bist erst sechzehn!", versuchte Yanko schnell die Spannung wieder runterzuschrauben, die Cindy binnen Sekunden hatte entstehen lassen. Doch Cindy ließ sich von Yankos Worten nicht entmutigen und setzte sich prompt auf Yankos Schoß. Sie legte ihm beide Arme auf seine Schultern und sah ihm dabei weiterhin in die Augen.
Yanko atmete tief durch und versuchte seinen Herzschlag unter Kontrolle zu bringen, denn um keinen Preis der Welt wollte er sich von dieser offensichtlichen Anmache einwickeln lassen. Und trotzdem schubste er sie nicht sofort herunter. Er ließ sie sitzen und konnte sich währenddessen in ihren dunklen Augen erkennen. Warum stand er nicht auf und machte dem Ganzen auf der Stelle ein eindeutiges Ende? Aber irgendwie war er trotzdem neugierig darauf, was sie weiterhin alles tun würde, und was sie eigentlich genau damit bezweckte sich auf seine Beine gesetzt zu haben. Yanko war bis jetzt jedenfalls weit davon entfernt gewesen auch nur den Hauch eines Gedanken an etwas in diese Richtung gehendes zu haben.
„Was willst du?", fragte er deshalb und versuchte dabei so normal wie möglich zu klingen. Zur Antwort brachte Cindy ihren Mund ganz nah an sein Ohr und flüsterte entschlossen: „Ich will, dass du mich zur Frau machst!"

Yanko sah sie dann doch ziemlich verwundert an und musste plötzlich lachen. „Was?? Was soll ich?? Spinnst du??" Doch Cindy war sich so sicher wie selten, und sie wollte ihn unbedingt. Er war der Richtige, er sollte es sein. „Ich weiß, das ist für dich vielleicht jetzt etwas überraschend, aber ich habe mir das gut überlegt! Glaube mir, ich weiß, was ich will, beziehungsweise wen ich will!"
Yanko rückte sich zurecht, ließ sie aber weiterhin sitzen. Er schüttelte grinsend den Kopf. „Cindy, das geht nun beim besten Willen nicht! Wirklich nicht!!! Ich könnte dafür ins Gefängnis kommen! Sorry, aber danke für das Angebot! Such dir gefälligst dafür jemand in deinem Alter!" „Es gibt aber niemand in meinem Alter, den ich will! Schon als ich dich das erste Mal gesehen habe, ahnte ich, du könntest der Richtige sein! Und seitdem du hier bist, weiß ich genau, dass ich das erste Mal mit dir machen will! Stell dir doch einfach vor, wir wären jetzt in Rumänien oder so, und wir würden in einer Kumpania leben, und wir wären heute verheiratet worden!", sagte sie so selbstbewusst und klar, dass Yanko tatsächlich anfing sich das vorzustellen, und er musste sich widerwillig eingestehen, dass er unter diesen Umständen wahrscheinlich wirklich nicht gezögert hätte. Doch sie waren jetzt nicht in Rumänien in irgendeiner Kumpania wo irgendwelche Zigeunergesetze galten, sondern in den USA, und hier gab es sehr harte Gesetzte, was den Sex mit Minderjährigen betraf.
Und wie wenn sie seine Gedanken gelesen hätte, sagte sie noch: „Es ist mein ausdrücklicher Wunsch, warum sollte ich dich also deswegen anzeigen? Außerdem weiß kein Mensch, dass wir hier sind!" Und während sie das sagte, streichelte sie ihm sanft über die Brust und öffnete dabei geschickt einen Knopf seines Hemdes.
Plötzlich glitten Yankos Gedanken hin zu Ron und Maria und Dolores und Susannah, und er fragte sich ernsthaft, was eigentlich daran so falsch sein sollte jetzt mit Cindy ins Bett

zu gehen. Sie wollte es ja offensichtlich wirklich, so wie auch all die anderen in den letzten Jahren das von ihm gewollt hatten, und er würde ihr dabei bestimmt nicht wehtun, dessen war er sich ganz sicher. Vielleicht wäre ja auch danach wirklich alles gut, und er könnte ihr tatsächlich heute ein schönes erstes Mal bereiten. Er hatte schon von genug Frauen gehört wie schrecklich und abstoßend sie ihr erstes Mal gefunden hatten, nur weil die Jungs nicht einfühlsam und liebevoll genug gewesen waren und sich einfach nicht beherrschen konnten.
„Was ist denn so schlimm daran? Findest du mich nicht attraktiv genug? Magst du mich nicht?", fragte Cindy plötzlich ernst und sah ihm immer noch in die Augen. Sie versuchte dabei herauszufinden, was Yanko wirklich dazu fühlte. Manchmal war sie schon felsenfest davon überzeugt gewesen, dass er ihren Wunsch mit Sicherheit erfüllen würde, dennoch kam ihr gerade jetzt die äußerst bizarre Situation zu Bewusstsein, dass Yanko einfach schon um einiges älter war als sie, und ein weiterer intensiv forschender Blick in seine Augen verriet ihr, dass er, auf eine für sie kaum zu ertragende Weise, so unendlich viel mehr erlebt hatte, als sie.
Yanko riss sie aus ihren Gedanken, als er ihre Hände von seiner Brust nahm und sie mit den seinen festhielt. Es war ein vollkommen unerwartet schönes Gefühl von Nähe und Verbundenheit, das dadurch zwischen ihnen entstand, sodass Yanko für einen Moment lang vergaß, was er eigentlich zu ihr sagen wollte. Doch dann fing er sich wieder. „Hey... Du bist attraktiv, sehr sogar! Aber versteh doch bitte... Ich habe einfach Schiss, dass das dann irgendwann rauskommt, und ich deswegen womöglich noch ins Gefängnis muss... Das würde ich nicht aushalten!" Yanko hatte plötzlich unwillkürlich den sterilen Geruch vom Gefängnis in New Orleans in der Nase und ihm wurde kurz flau in der Magengegend.

Cindy drückte seine Hände etwas und führte sie anschließend und ohne Umschweife an ihre Brust. „Es wird nicht rauskommen! Das verspreche ich dir! Um Gottes willen, ich will doch nicht, dass du deswegen ins Gefängnis müsstest!!! Ich will mit dir schlafen! Du bist momentan alles für mich. Mein Retter, mein Vertrauter, mein Freund, mein Bruder, meine Welt, mein Zuhause! Ich habe doch nur dich! Du bist das einzige in meinem Leben, was wahr und echt ist! Verstehst du? Ich möchte die Wahrheit fühlen! Ich möchte mich an ihr festhalten!"

Yanko seufzte: „Cindy, ich bin dein Freund, ja, aber ich will keine Beziehung und schon gar nicht mit dir! Du bist viel zu jung, das geht einfach nicht!" „Geht es nicht, oder willst du nicht?", fragte Cindy provokativ, denn sie spürte plötzlich durchaus eine gewisse Chance aufflackern, Yanko doch noch dazu bewegen zu können mit ihr ins Bett zu gehen.

„Beides!... Cindy… Ich liebe dich nicht! Ich mag dich, ja, sehr sogar, und ich werde alles daransetzen deine Eltern zu finden, aber wir können nicht zusammen sein! Ich will frei sein, allein, verstehst du?" Cindy nickte schnell: „Ja, klar, angekommen! Ich weiß, dass wir jetzt kein offizielles Paar sein können! Aber was wir hier, heute Abend in diesem Zimmer machen, das bleibt nur unter uns, und niemand wird davon erfahren! Es würde mir einfach nur das Gefühl geben, etwas von mir zurückzubekommen, mich mit meinen Wurzeln zu verbinden, etwas sicher zu haben, auch wenn es dann später nur eine süße Erinnerung wäre!"

Yanko musste wieder schlucken. Es berührte ihn sehr, einen so jungen Menschen so etwas sagen zu hören, denn er kannte diese Gefühle und Wünsche nur zu genau, auch wenn manche durch Cindy soeben erst Worte der Beschreibung bekommen hatten. Er fühlte sich ihr plötzlich so nah, dass es ihn enorm erschreckte, und dennoch fühlte er sich sehr wohl in ihrer Nähe.

Er lächelte sie an und wollte ihr sagen, dass er sie verstehen könne, es aber trotzdem nicht ginge, und er sie jetzt nach Hause bringen würde. Aber das alles entschwand auf einmal aus seinem Kopf, und die tiefe Einsamkeit in ihm verband sich mit der ihren, und dann zog er sie einfach zu sich und umarmte sie schließlich, ohne noch weiter darüber nachzudenken. Cindy legte ihren Kopf an seine Schulter und schluchzte plötzlich heftig los. Yanko streichelte ihr sanft über den Kopf und Rücken und flüsterte immer wieder: „Ist ja gut! Schscht, alles ist gut! Du bist nicht allein! Ich bin da!"
Nachdem Cindy sich wieder etwas beruhigt hatte, stand Yanko auf, während Cindy sich auf den Stuhl setzte, und holte ihr etwas Toilettenpapier, womit sie sich die Nase schnäuzte. Dann zog Yanko sie auf einmal zu sich hoch, umfasste ihr Gesicht mit seinen Händen und küsste sie sanft auf den Mund. Es fühlte sich wunderschön und fast zerbrechlich an, aber auf eine unglaublich bekannte Weise vertraut, die ihn mehr als sicher machte, dass sie eine Romni sein musste.
Zwar wusste er nicht, was ihn da immer so sicher machte, aber er fühlte es einfach, wenn es so war. Denn dieses spezielle Gefühl kannte er schon seit er denken konnte, und er wusste immer, auch noch bevor dieser den Mund aufmachte, wenn er einem Roma gegenüberstand.

Cindy hatte ihn dann in jener Nacht nicht mehr losgelassen, und Yanko hatte versucht so sanft wie möglich zu sein, und es schien auch so, als ob es ihm tatsächlich gelungen war, ihr ein schönes erstes Mal zu bereiten, obwohl selbst sie am nächsten Morgen nicht mehr wusste, wie oft das erste Mal dann überhaupt gewesen war.
Sie hatte sich nicht in ihm getäuscht, und für sie war es der Himmel auf Erden gewesen. Als sie gegen Morgen erschöpft, aber überglücklich in Yankos Armen aufwachte, wünschte sie

sich, dass die Zeit genau jetzt anhalten möge, damit sie ihn nie wieder loslassen müsste. Längst hatte sie sich über beide Ohren in ihn verliebt, und eigentlich war das schon passiert, als sie ihn damals zum ersten Mal im Fernsehen gesehen hatte, doch seit heute Nacht umso mehr. Und, dass sie ihm nicht egal war, hatte sie während der letzten Nacht deutlich spüren können. Denn, als sie Yanko schließlich gegen Morgen gebeten hatte, sich nicht mehr rücksichtsvoll zurückzuhalten, und er sie dann seine ganze geballte Energie hatte spüren lassen, war er ihr auf einer Ebene so nah gekommen, dass sie das Gefühl hatte in jenem Moment vollkommen eins mit ihm geworden zu sein.

Als Yanko gegen Mittag schließlich aufwachte, fühlte er sich seit Monaten mal wieder richtig ausgeschlafen. Deutlich spürte er Cindy in seinem Arm noch schlafen, und er war verwundert darüber, dass sich bei ihm kein schlechtes Gefühl einstellte. Eigentlich sollte er eines haben, aber auch nach einer weiteren halben Stunde kam nichts dergleichen in ihm auf.
Nur ein einziges Mal, hatte er sich vorgenommen, als er Cindy gestern schließlich geküsst hatte. Jetzt wusste er nicht mehr wie oft sie in der letzten Nacht zusammen geschlafen hatten. Sie war jedenfalls gut vorbereitet gewesen und hatte eine große Schachtel Kondome mitgebracht. Zudem hatte sie ihm versichert, dass sie außerdem noch die Pille nehmen würde, denn eine Schwangerschaft wäre nun wirklich das allerletzte was jetzt passieren sollte.
Yanko fühlte sich so wohl wie schon lange nicht mehr, und ihm waren jetzt auch alle Gedanken an ihr Alter und an irgendwelche, in seinen Augen, dämlichen Gesetze, vollkommen egal. Er schmiegte sich an sie und begann erneut sie zärtlich zu streicheln.

Das komplette Wochenende, und noch ein weiteres verbrachten sie fast ausschließlich im Bett, und als Cindy sich schließlich von ihm verabschieden musste, riss es beiden schier das Herz aus der Brust. „Es muss leider sein! Ich fliege jetzt nach Europa und suche dann nach deinen Eltern!" „Ja, ich weiß, aber ich würde viel lieber mit dir kommen! Yanko, das war so schön, dass ich gar keine Worte dafür habe! Ich danke dir von ganzem Herzen!", sagte Cindy und versuchte dabei stark zu wirken. Yanko umarmte sie als Antwort und fragte sich wirklich, ob es tatsächlich sein könnte, dass er sich in eine Sechzehnjährige verliebt hatte.

Er hoffte anschließend allerdings nur, sie schnell aus seinem Herzen jagen zu können. Doch auch nachdem er in Frankfurt Zoltan und die Jungs aus der Band getroffen, und die ersten Konzerte gegeben hatte, spürte er sie immer noch sehr nah bei sich.

Eines Abends dann saß er nach einem wunderbaren Konzert noch Backstage, als plötzlich sein Handy klingelte und Irina dran war.
Dieser Anruf gab ihm irgendwie den Rest, und er fühlte sich mit einem Schlag wieder total eingeklemmt, wie zwischen zwei Mühlsteinen. Er wünschte sich sehnlichst mit irgendjemandem darüber reden zu können, doch Ron kam dafür einfach nicht in Frage, ebenso wenig wie alle anderen. Sie würden ihn mit Sicherheit nur für komplett verrückt erklären und ihm wahrscheinlich auch zu Recht nicht mehr zuhören wollen. Was sollte er ihnen auch sagen? Einfach die Wahrheit? Zum Beispiel, dass er zuerst mit seiner Schwester geschlafen, dann mit der Frau des Bürgermeisters von Santa Monica ein Techtelmechtel hatte und sich als krönenden Abschluss in ein sechzehnjähriges, adoptiertes Mädchen aus Rumänien verliebt hatte, die mit größter Wahrscheinlichkeit

nach eine verschwiegene Romni war, und er zwei komplette Wochenenden mit ihr im Bett verbracht hatte, darüber hinaus aber seine Schwester nicht vergessen konnte und sich jetzt genauso, wenn nicht sogar noch mehr nach ihr sehnte?

Ihm selbst wurde bei dieser Geschichte schwindlig, und er war froh von allen Beteiligten momentan ganz weit weg zu sein. Yanko erhoffte sich in dieser Zeit ein wenig Klarheit zu bekommen, um danach genau zu wissen, was er in Zukunft machen sollte. Eine Liebe zu einer Sechzehnjährigen war jedenfalls genauso unmöglich wie eine Beziehung mit seiner Schwester.

Anstatt leichter wird alles nur noch komplizierter, dachte Yanko schließlich resigniert. Am liebsten wäre er jetzt zu den Jungs rüber gegangen und hätte den Wodka mit ihnen leergetrunken.

Stattdessen stand er auf und streunte noch stundenlang ziellos durch die Stadt, bis er irgendwann hundemüde ins Bett fiel und nach einigen Anlaufschwierigkeiten dann aber doch auch ein paar Stunden Schlaf fand.

Montpellier. Camargue.

Es war Anfang April. Überall blühte es prächtig, und auch die Moskitos waren schon quirlig unterwegs.

Das letzte Mal war Yanko in dieser Gegend gewesen, als er vierzehn Jahre alt war, damals noch mit dem Zirkus seines Vaters. In jener Zeit hatte er Marie getroffen, seine erste große Liebe. Hätte er damals genug Mut gehabt, wäre er wahrscheinlich dort geblieben und hätte ihr zuliebe sogar den Zirkus verlassen. Aber irgendwie hatte er es dann doch nicht geschafft, und schließlich hatten sie sich versprochen zu schreiben, was sie auch zunächst einmal getan hatten. Doch als der Zirkus dann später aufgelöst wurde und Yanko nach Deutschland musste, brach die Verbindung ab. Und als schließlich Fam in Yankos Leben getreten war, hatte er auch aufgehört an Marie zu denken.

Doch jetzt dachte er wieder an sie. Das Konzert in Montpellier war das letzte der gemeinsamen Tour gewesen. Die Band war zwar noch zwei weitere Wochen unterwegs, aber da gab es nur kleinere Gigs in Rumänien zu spielen. Yanko hätte zwar auch dorthin mitfahren können, doch er zog es vor, bevor er dann mit Zoltan zusammen Cindys Eltern suchen würde, noch ein paar Tage in der Camargue zu verbringen und Marie ausfindig zu machen und danach noch etwas Zeit mit seiner Schwester in Griechenland zu verbringen. Er musste einfach herausfinden was das mit Irina war und endlich Klarheit schaffen.

Zunächst fuhr er nach Aigues-Mortes und hoffte, dass Maries Eltern noch dort wohnen würden, und er hatte Glück. Binnen einer Stunde hatte er Maries Adresse in Montpellier in der Tasche. Postwendend fuhr er zurück und stand rund eine halbe Stunde später in der Stadt vor ihrer Haustür. Kurz überlegte er nochmal, ob das wirklich eine gute Idee war, denn es kam ihm plötzlich fast so vor, als ob es Marie gar

nicht wirklich gegeben hätte. Sie war über all die Jahre hinweg bei ihm so sehr in Vergessenheit geraten, dass er sich fast blöd vorkam jetzt hier zu stehen. Was wollte er denn überhaupt von ihr? Etwa reden? Aber über was eigentlich?
Doch dann kamen die Neugier und die Lust sie zu sehen wieder zurück, und er klingelte. Kurz darauf stand er einer total überraschten, jedoch hocherfreuten und sehr hübschen Frau gegenüber, die er selbst dann erkannt hätte, wenn sie ihm unverhofft irgendwo anders über den Weg gelaufen wäre. Binnen Sekunden war es so, als ob sie sich vielleicht nur ein Jahr nicht gesehen hätten.
Als Yanko jedoch spät in der Nacht in seinem Hotelzimmer an die Decke starrte, erschienen ihm all die Jahre, die zwischen ihrer letzten Begegnung und heute lagen, wie ein zerklüftetes und schier unüberwindbares Gebirge. Er sehnte sich plötzlich so sehr nach der Leichtigkeit und Unbeschwertheit jener paar Monate mit ihr, dass es ihm die Tränen in die Augen trieb. Er wollte sich wieder so fühlen wie damals, stark und voller Tatendrang. Mit allen Mitteln versuchte er sämtlichen anderen Gefühlen und Erinnerungen, die ihm kaum erlaubten ein paar Minuten lang dieser Beschwingtheit von damals nachzugehen, den Eintritt zu verbieten. Es gelang ihm jedoch nur bedingt.

Marie nahm sich spontan den nächsten Tag frei, brachte ihre Kinder bei Freunden unter und stand bereits morgens um neun Uhr vor Yankos Hotelzimmer. Yanko staunte nicht schlecht darüber, freute sich aber sehr, und so verbrachten sie schließlich einen ganzen Tag miteinander. Marie erzählte ihm ausgiebigst, wie es ihr in all den Jahren ergangen war, und auch, dass sie nie aufgehört habe an ihn zu denken. Doch sie hätte bis jetzt ein gutes Leben geführt und sei glücklich.
Yanko erzählte ihr im Gegenzug nicht alles, und das auch nur in groben Zügen. Er wollte nichts spüren, was ihn eventuell

aus der heiteren Atmosphäre mit Marie hätte herausreißen können. Ihre Fröhlichkeit und Lebenslust von damals hatte sie sich jedenfalls bewahrt, und Yanko fühlte sich neben ihr wie ein verdorrter, knorriger, alter Baum.
Abends war er es dann, der sie bat nicht zu gehen, denn er hatte schon fast panische Angst vor dem gähnenden Loch, das sich schon den ganzen Tag über bedrohlich neben ihm auftat, und in das er mit Sicherheit fallen würde, wenn sie jetzt ginge und ihn allein in dem Hotel zurückließe. Marie jedoch blieb, und das offensichtlich auch mit großer Freude. Vielleicht wäre sie auch von ganz allein geblieben, denn es dauerte gar nicht lange, bis sie sich in den Armen lagen und so liebten, als wäre gar keine Zeit verstrichen.
Eine Woche lang blieb Yanko schließlich in Montpellier, und sie trafen sich so oft es möglich war. Doch auch in diesem Fall wusste Yanko, dass das mit Marie nichts auf Dauer sein würde. Sie liebten sich zwar immer noch irgendwie, aber sie liebten sich viel mehr in der Vergangenheit. Die Gegenwart jedoch war einfach nicht mehr so, wie es damals gewesen war. Jeder wusste das, und doch war diese Woche für beide wunderschön.
Als Yanko dann schlussendlich im Flugzeug nach Thessaloniki saß, war er sehr froh darüber, dass er es gewagt hatte Marie aufzusuchen. Er hatte dadurch wieder ein bisschen Verbindung mit dem Yanko von früher bekommen und fühlte sich nun etwas gestärkt und erfüllter. Es war einfach ein wunderbares Gefühl Marie wieder lebendig in seinem Leben zu wissen.
Jetzt betete er allerdings nur darum, dass sich die Sache mit Irina hoffentlich gut klären würde, und sie endlich zu einer normalen Geschwisterbeziehung zurückkehren könnten.

Als Yanko dann ein paar Tage später mit Irina zusammen am Ufer der Ägäis stand und hinaus auf das glitzernde Meer blickte, ahnte er jedoch schon, dass das nicht so einfach werden würde, wie er gehofft hatte. Marie und die Leichtigkeit von Montpellier erschienen ihm plötzlich wie ein ferner Traum, und er konnte sich in keiner Weise mehr daran kräftigen.

Am zweiten Tag war Irina nachmittags nach Hause gekommen und hatte schon, sobald sie die Haustür geöffnet hatte, gerufen: „Yanko, auf, komm!" Yanko, der sich gerade angezogen hatte, schaute sie fragend an. „Hey, was ist los?" Irina hatte ihm kurzerhand sein Hemd zugeworfen und noch schnell ein paar Sachen in eine kleine Tasche gepackt. „Ich habe eine Überraschung für dich!", hatte sie geheimnisvoll gesagt, und Yanko hatte gespürt, dass sie dabei ganz aufgeregt war. „Hoffentlich was Gutes!?", hatte sich Yanko versichern wollen, aber Irina hatte ihm daraufhin nur ins Ohr geflüstert, dass er sich beeilen solle. Blitzschnell hatte sie auch ein paar Sachen von Yanko zusammengerafft, und ehe er sich's versah, saß er in einem Mietauto, und Irina war in Richtung Osten aus Thessaloniki herausgefahren.

Nach etwa einer Stunde war es Yanko dann gedämmert, was Irina vorhatte und ihm war dabei kurz etwas mulmig geworden. Und plötzlich hatte Irina den Wagen in einer kleinen Parkbucht angehalten und Yanko angesehen. „Jetzt musst du weiterfahren! Ab hier kenne ich den Weg nicht!", hatte sie dann nur bemerkt, denn wie sie richtig vermutet hatte, wusste Yanko mittlerweile, wohin sie wollte. Sie hatten dann die Plätze getauscht, und als sie schließlich dort angekommen waren, wohin Irina wollte, war es schon fast dunkel gewesen. Nur der Vollmond hatte den Platz erhellt und silbern auf die Meeresoberfläche geschimmert.

Sie waren zu Yankos altem Lagerplatz hinausgefahren, dorthin, wo er die ersten Jahre seines Lebens verbracht hatte und liebten sich dort erst einmal wie zwei Verhungerte.
Danach legten sie sich einfach mit ein paar Decken an den Strand und genossen die leicht plätschernde Stille der verbleibenden Nacht.
Es war seltsam vertraut für Yanko dort zu sein, und gleichzeitig fühlte er sich Lichtjahre entfernt davon. Doch sämtliche Zellen seines Körpers hatten offensichtlich jeden Millimeter dieses Fleckchens Erde gespeichert, denn er sah mit einem Schlag alles wieder vor sich. Er hörte das Stimmengewirr seiner Freunde, das Geräusch, der auf das Wasser aufschlagenden Hufe der Pferde, und er roch den Rauch des Lagerfeuers. Wenn er die Augen schloss, erschienen sämtliche Wohnwagen, die umherliegenden, teilweise schon sehr verbeulten oder schrottreifen Autos und die Gesichter von all seinen Leuten ganz klar vor ihm. Er hatte nie groß darüber nachgedacht, was aus all jenen wohl geworden war. Seit er später mit seinen Eltern im eigenen Zirkus durch die Gegend gezogen war, hatte er irgendwie nicht mehr an die einzelnen Mitglieder seiner Gruppe gedacht. Er wunderte sich sehr darüber und war auch ziemlich erschrocken, und fragte sich, wie das nur passieren konnte.
Irina drängelte Yanko regelrecht mit Fragen nach alldem, was er damals in seiner Kindheit hier erlebt hatte, und Yanko hatte alle Mühe damit ihre Neugier zu befriedigen. Doch es machte ihm auch Spaß ihr alles zu erzählen, was ihm dazu in den Sinn kam. Für Irina war es ebenfalls ein besonderes Erlebnis an diesem Platz zu sein, denn ihre gemeinsame Mutter war früher schließlich öfter in dieser Gegend unterwegs gewesen.
Sie blieben ein paar Tage, und es wurden auch irgendwie Tage der Heilung. Yanko erzählte seiner Schwester so gut es ging

was ihm zu damals einfiel und zeigte ihr alle Plätze und Stellen, an denen etwas Wichtiges, oder auch völlig Unwichtiges geschehen war. Auch den anderen Lagerplatz fand er wieder, an dem er die ersten sechs Monate seines Lebens verbracht hatte und von dem er erst bei seinem ersten Treffen mit seiner leiblichen Mutter erfahren hatte. Er kannte die Stelle natürlich noch von früher, vom Spielen als Kind, aber er wusste eben damals nicht, was sich dort sonst noch alles zugetragen hatte. Und er fand auch den Platz wieder, an dem sein Vater die brennende Frau getötet hatte.
Die Erinnerungen überschlugen sich fast, und Yanko brauchte ein paar Tage, um alles einigermaßen zu ordnen. Trotz allem tat es ihm unwahrscheinlich gut in die Gegend seiner Kindheit zurückgekehrt zu sein. Es gab ihm das Gefühl, dass er doch irgendwo einmal ein Zuhause hatte, und dass dies definitiv hier an diesem schönen Ort gewesen war, und gemeinsam mit Irina stellte er sich oft vor, wie es wäre jetzt immer noch so zu leben wie früher. Sie malten sich die Szenerien genau aus und kamen dabei vom Hundertsten ins Tausendste. Dann wussten sie manchmal nicht mehr, ob sie darüber eher traurig oder froh sein sollten, dass es nicht so gekommen war, und schließlich fragten sie sich, ob sie nicht letztendlich doch mit den Veränderungen in ihrem Leben zufrieden waren. Und sie stellten bald fest, dass wohl irgendwie beides der Fall war.

An einem dieser Abende fragte Yanko seine Schwester außerdem, ob denn ihre Freunde und Mitstudenten über ihre Romaherkunft eigentlich Bescheid wüssten, doch Irina verneinte. Sie hatte schon vor Jahren erkannt, dass es ihren Weg deutlich einfacher machte, wenn sie dies nicht preisgab. Glücklich war sie darüber zwar keineswegs, und sie hatte auch nicht vor es ihr ganzes Leben lang zu verheimlichen, aber doch zumindest noch solange, bis sie sich als Lehrerin etabliert hätte. Ihr großer Traum war, wie sie Yanko dann mitteilte, Romanes als eigenständiges Fach einzuführen.

In jener Nacht unterhielten sie sich sehr ausgiebig über die Vorurteile gegenüber ihrem Volk und möglichen Wegen, um aus dieser Sackgasse wieder herauszukommen. Dass Verstecken und Verheimlichen der eigenen Herkunft oft immer noch für viele Roma der einzig sichere Weg zu Bildung und Karriere war, bedrückte sie sehr und hinterließ auch noch in den folgenden Tagen eine fast resignierte Stimmung, denn eigentlich konnten sie nicht wirklich nachvollziehen, warum das im Fall ihres Volkes immer noch so ausgeprägt war.

Nachdem sie dann wieder zurück in Thessaloniki waren und in Irinas Hochhauswohnung die erste Nacht verbracht hatten, war allerdings wieder mal schnell klar, dass beide in jedem Fall ein Leben in der Natur das dem in einer stickigen Wohnung im fünften Stock vorzogen.

Yanko hielt es dort jedenfalls kaum mehr aus. Die Wohnung war ziemlich klein, und es gab noch nicht mal einen Balkon. Irina spürte selbst sehr deutlich, dass es dringend Zeit wurde, sich eine neue Bleibe zu suchen, doch bevor sie nicht ihre ersten Gehälter als Lehrerin erhalten würde, war daran einfach nicht zu denken. Die Mieten für etwas Größeres waren schlicht und ergreifend zu hoch.

Irinas Vorschlag daraufhin, sie könnte doch für immer zu SAN DANA dazukommen, traf bei Yanko allerdings auf keine große Begeisterung. Irina behauptete zwar weiterhin steif und fest, dass sie ihre etwas ausgeuferte Geschwisterliebe mit Sicherheit bald wieder in den Griff bekämen, doch Yanko war sich da nicht mehr so sicher.

Und auch nachdem sie sich schließlich verabschiedet hatten, und Yanko nach Rumänien aufbrach, fehlte von einer geklärten Situation jede Spur.

Kaum war Yanko in Rumänien angekommen, befiel ihn ein beklemmendes Gefühl. Er konnte dies gar nicht genau erfassen, zumal er noch nie zuvor in diesem Land gewesen war und somit auch keine schlechten Erfahrungen damit verbinden konnte.

Die Sonne schien zwar, und der Himmel strahlte in einem tiefen Blau, doch Yanko hatte trotzdem das Gefühl irgendwie nicht richtig durchatmen zu können. Er schob das alles dann auf das letzte Treffen mit Irina, das zwar auf seine Weise sehr schön und auch heilsam gewesen war, jedoch ihm ebenfalls gehörig Angst machte. Sein Verstand ratterte auf Hochtouren was seine Schwester betraf und versuchte ihm ständig klarzumachen, dass er jetzt völlig verrückt geworden sei. Doch in seinem Herzen fühlte es sich seltsamerweise immer noch nicht komisch an, und trotzdem schaffte es Yanko nicht sich einfach damit abzufinden und diesbezüglich zu entspannen.

Schließlich traf Yanko Zoltan in Timisoara.
Gegen Nachmittag betraten sie dann gemeinsam das Waisenhaus, welches laut den Papieren der Vertragspartner von Cindys Adoptiveltern sein sollte. Doch schon nach ein paar Minuten wurde ihnen klar, dass sie hier wohl keinerlei Auskünfte über Adoptionen, geschweige denn von eventuell noch lebenden Elternteilen erhalten würden. Die Dame, mit der Zoltan zunächst sehr freundlich sprach, mutierte von einer Sekunde auf die andere zu einer eiskalten, abweisenden Mauer, nachdem sie sein Anliegen vernommen hatte.

Etwas ernüchtert setzten sich Zoltan und Yanko anschließend in ein Café. „Was nun?", fragte Yanko nachdenklich und blickte dabei in seine Kaffeetasse, als würde er von dort eine Antwort erwarten. „Keine Ahnung! Die Alte eben war aber

auch ätzend! So was Unverschämtes!", ärgerte sich Zoltan immer noch über die Dame vom Waisenhaus. „Die haben bestimmt was zu verbergen, so wie die reagiert hat, als du ihr gesagt hast, warum wir hier sind!", bemerkte Yanko, und er war sich ziemlich sicher, dass dem so war. Zoltan nahm einen Schluck Kaffee und zündete sich eine Zigarette an. Er bot Yanko auch eine an, aber Yanko blieb eisern, obwohl er in diesem Moment sehr gerne eine geraucht hätte.
„Ja, das glaube ich auch! Es ist ja inoffiziell bekannt, dass die meisten Häuser hier Dreck am Stecken haben, nur kann man denen einfach nichts Konkretes nachweisen!", bestätigte Zoltan aufgebracht. Yanko sah ihn an. „Wir müssen irgendwie an die Unterlagen kommen, oder mit jemandem sprechen, der damals dort gearbeitet hat!" „Gute Idee, nur, ich kenne leider niemand, der in so einem Haus war. Aber ich kann auf jeden Fall mal die Buschtrommel aktivieren, vielleicht weiß ja irgendjemand irgendwas!", schlug Zoltan dann vor, und Yanko nickte zustimmend. „Ja, mach das bitte!"
Was ein paar Tage später folgte, war eine Reise quer durch Rumänien. Die ersten Leute, die angeblich irgendetwas wussten, lebten in der Nähe von Bukarest, die nächsten, die mehr wissen sollten weiter oben im Norden bei Iasi, und so ging das mehrfach kreuz und quer durchs Land.
Schließlich saßen Yanko und Zoltan, allerdings schon etwas entnervt, in einem Zug wieder in Richtung Bukarest. Rund 70 Kilometer nordöstlich von der Hauptstadt gab es ein kleines Dorf, in dem viele Roma lebten, und in dem eine Familie ihren sogenannten festen Wohnsitz hatte, deren Tochter vor mehr als zehn Jahren angeblich gestorben war.
Zoltan und Yanko waren in den letzten zwei Wochen etlicher solcher Hinweise gefolgt, doch jedes Mal ohne Erfolg. Einige der Kinder, deren Eltern sie dann besucht hatten, waren zwar auch in Waisenhäuser oder Kinderheime gekommen, aber

keines in jenes nach Timisoara. Die ganzen Geschichten, die sie allerdings dazu noch nebenbei erfahren hatten, schlugen ihnen auch nachhaltig gewaltig aufs Gemüt.

Oftmals gaben arme Eltern ihre Kinder im Alter von ein bis zwei Jahren aus reiner Not in ein Heim, weil ihnen nämlich versprochen wurde, dass dort für ihre Kinder gut gesorgt werden würde. Das Angebot der Heime war allerdings meistens nur auf ein Jahr beschränkt. Danach sollten die Kinder normalerweise wieder zu den Familien zurückkehren. Doch des Öfteren wurde den Eltern dann im Laufe des vereinbarten Jahres mitgeteilt, dass ihr Kind leider an dieser oder jener Krankheit verstorben sei. In den meisten Fällen war die Wahrheit allerdings, dass die Kinder an Adoptionsvermittlungen verkauft worden waren. Die Adoptiveltern wurden dann wiederum in dem Glauben gelassen, dass die Kinder, die sie zu sich holen, echte Waisen wären.

Als Yanko sich das alles vorstellte und verzweifelt über den Sinn und Zweck dieser Verbrechen nachgrübelte, wurde es ihm ganz anders. Auch ein schlauer Plan, dachte er schließlich verbittert. Denn so werden Zigeunerkinder, die ja im Alter von einem Jahr noch nicht wissen, dass sie welche sind, in sogenannte anständige Nichtzigeuner-Familien vermittelt. Auf diese Weise kann man auch Zug um Zug ein Volk auslöschen, führte er seine Gedanken noch fassungslos zu Ende. An die trauernden, verzweifelten und im Ungewissen gelassenen Eltern wollte er dabei erst gar nicht denken. Selbst wenn diese ahnten, was mit ihren Kindern tatsächlich geschehen sein könnte, so hatten sie jedoch niemals eine reelle Chance herauszufinden wo ihre Kinder eventuell abgeblieben waren, geschweige denn, sie überhaupt zurückzubekommen. Da ist wirklich ein Wunder nötig, stellte Yanko resigniert fest.

Schon fast innerlich aufgebend, stiegen Yanko und Zoltan schließlich aus dem Taxi, das sie in das Dorf gebracht hatte.

Erleichtert stellte Yanko dann fest, dass er sich hier ohne Schwierigkeiten verständigen konnte, denn die meisten Bewohner waren tatsächlich Roma wie er.
Nachdem sie sich erfolgreich durchgefragt hatten, standen sie schließlich vor einer kleinen Hütte, die eher einem Bretterverschlag ähnelte, als einem Haus. Kaum hatten sie sich umgesehen, wurden sie auch schon neugierig von drei blitzenden Augenpaaren angestarrt. „Hi, ich bin Yanko, und das ist Zoltan!", stellte Yanko sie vor. Der älteste, der schon etwas größeren Kinder ergriff das Wort: „Wollt ihr zu unseren Eltern? Die sind da drin!", sagte er dann und deutete dabei mit der Hand auf die Holzhütte. Und noch ehe Yanko antworten konnte, rief der Junge, der etwa siebzehn Jahre alt sein mochte, schon lauthals nach seinen Eltern.
Kurz darauf streckte ein Mann den Kopf aus der Tür, und Yanko bat um Einlass. Sie gingen hinein und setzten sich an einen etwas wackeligen Tisch.
Die gesamte Familie lebte in einem einzigen Raum, in dem zwar alles zu finden war, was man zum Leben brauchte, aber auch nicht viel mehr. Auf dem kleinen Schrank, in dem das Geschirr stand, häufte sich ein wenig Kitsch und an den Wänden hingen Teppiche, die wohl neben dem allgemeinen Schmuck vor allem im Winter als Wärmedämmung dienten. Auf einem der beiden Sofas türmten sich allerlei Decken und Kissen.
Zunächst herrschte ein etwas betretenes Schweigen, während die Frau am Herd stand und Kaffee kochte. Als Yanko diese kleine, dunkelhäutige Frau vor ein paar Minuten zum ersten Mal zu Gesicht bekommen hatte, war es ihm kalt den Rücken heruntergelaufen. Konnte es tatsächlich möglich sein, dass sie Cindys Eltern wirklich gefunden hatten? Jedenfalls war Cindy dieser Frau wie aus dem Gesicht geschnitten, wenn man sich Cindys Haare dazu noch in Schwarz vorstellte. Yanko wusste aus Cindys Erzählungen, dass sie sich ihre Haare schon seit

Jahren blond färbte, weil ihre Adoptiveltern und Freundinnen ständig behaupteten, dass ihr eine hellere Haarfarbe besser stehen würde.
Schließlich erzählte Yanko Nicolae und Livia dann den Grund ihres Kommens. Und schon während Yanko erzählte, wurden die Gesichter der Beiden immer blasser. Yanko holte schließlich ein paar Fotos heraus, die Cindy in fast jedem Alter zeigten, und als Livia sie dann im Alter von zwei Jahren auf einem der Fotos erblickte, brach sie augenblicklich in Tränen aus.
Yanko hatte plötzlich das Gefühl seiner eigenen Mutter gegenüberzusitzen, in jenem Moment, als sie ihn damals erkannte, nachdem er sie endlich gefunden hatte.
Nicolae stand bald daraufhin auf und holte ein paar wenige schwarz-weiß Aufnahmen aus einer verstaubten Schachtel hervor, auf denen unter anderem ein acht Monate altes Baby zu sehen war, das dem zweijährigen Mädchen auf den anderen Fotos sehr ähnlich sah.

Trotz der schier unbändig große Freude, die dann so nach und nach aufkam, als es allen langsam klar wurde, dass Cindy durchaus die verlorene Tochter sein könnte, versuchte Yanko den beiden klar zu machen, dass die Fotos allein noch kein eindeutiger Beweis wären. Die beiden sagten zwar immer wieder: „Ja, das wissen wir!" und „Jaja!", doch es klang nicht besonders überzeugend. Nicolae und Livia waren jedenfalls mittlerweile davon überzeugt, dass Cindy sicher ihre schon seit Jahren totgeglaubte Tochter sei.

Am nächsten Tag, als sich alle wieder etwas beruhigt hatten, versprach Yanko Livia und Nicolae sie zu Cindy in die USA zu bringen. Er würde den Flug und die Unterkunft dort bezahlen, außerdem könnten sie später auch im Zirkus unterkommen, falls sie länger bleiben wollten oder müssten.

Irgendwann fiel ihnen auch ein, dass sie Yanko auf jeden Fall ganz dringend als Übersetzer brauchen würden, denn Nicolae und Livia konnten überhaupt kein Englisch und Cindy weder Rumänisch noch Romanes. Yanko beruhigte sie, indem er ihnen jede erdenkliche Hilfe zusicherte, die sie drüben brauchen würden.

Yanko blieb dann noch zwei weitere Tage in dem Dorf, während Zoltan sich am nächsten Morgen verabschiedete und nach Hause fuhr.

Und als Yanko schließlich im Flugzeug zurück in die USA saß und neben sich die mutmaßlichen Eltern von Cindy sitzen sah, hoffte er inständig, dass sie es auch wirklich waren. Dann versuchte er sich Cindys Gesicht vorzustellen, wenn sie ihre richtigen Eltern das erste Mal sehen würde.
Yanko grinste, denn es fühlte sich einfach nur gut an, und er war gespannt, ob Cindy ihr richtiger Name dann gefallen würde. Denn, falls sie wirklich Nicolaes und Livias Tochter wäre, würde sie eigentlich Marina heißen.

Ron nahm Yanko zur Seite, als sich der Lagerfeuerplatz lichtete und auch Nicolae und Livia schlafen gegangen waren. „Was glaubst du wie sie reagieren wird?", fragte Ron und war mehr als nur besorgt, denn immerhin handelte es sich hier um eine äußerst prekäre Situation, und Cindys Adoptiveltern würden mit Sicherheit ganz und gar nicht davon begeistert sein, wenn plötzlich die vermeintlich leiblichen Eltern auftauchten. Ron wusste auch nicht, ob er dabei mehr um Cindys, oder um Yankos, oder um sein eigenes Wohl besorgt war, denn irgendwie hing er ja da auch mit drin. Ihm war außerdem unangenehm klar geworden, dass sie hier eventuell einem gewaltigen Verbrechen auf die Spur gekommen waren, was die Verantwortlichen ohne Zweifel dann erst recht nicht begeistern würde.

„Keine Ahnung! Vielleicht wird sie es erst einmal nicht glauben können.", mutmaßte Yanko. Ron sah Yanko plötzlich durchdringend an. Yanko bemerkte gleich, dass wieder etwas im Busch war, denn er kannte diesen Ausdruck in Rons Augen nur zu gut. „Was?", fragte er deshalb bloß. Ron schnappte sich Yankos Arm und zog ihn rüber zu Yankos Wohnwagen, wo sie sich auf die Treppe setzten.

„Ich mache mir halt ein paar Gedanken... Was werden diese Jacksons, und vor allem ihr 'Vater' tun, wenn sie erfahren sollten, dass Cindys richtige Eltern aufgetaucht sind und ihre Tochter zurückhaben wollen? Das wollen sie doch dann bestimmt, oder? Und will das Cindy überhaupt? Sie werden Fragen stellen, zu Recht! Zum Beispiel: Warum ausgerechnet du dich überhaupt auf die Suche nach ihnen gemacht hast... usw."

Yanko seufzte, denn es nervte ihn irgendwie, dass Ron so viele ungeklärte Fragen aussprach. „Ja, Mann, keine Ahnung! Aber hätte ich es nicht tun sollen? Aber keine Angst, Ron, ich werde dich mit keinem Wort erwähnen!" maulte Yanko

deshalb nur knapp und wollte schon wieder aufstehen. Doch Ron hielt ihn zurück. „Jetzt warte doch mal! Darum geht es ja gar nicht! Ich meine nur... Ich habe Angst, dass du dich da eventuell wieder unnötig in Gefahr begibst und vielleicht in etwas hineingezogen wirst, was dich nichts angeht!" Und was du hinterher vielleicht bereuen könntest, dachte Ron noch im Stillen, doch er sprach es nicht aus.
Yanko musste plötzlich daran denken, wie es sich anfühlte in Cindy drin zu sein, und er atmete tief durch. Er war ja eh schon irgendwie involviert, und er drückte das leicht unangenehme Gefühl, das wohl irgendetwas mit einer Art Gewissen zu tun hatte, schnell weg. Sie hatte es so gewollt, sie hatte ihn verführt. So, und nicht anders war es ja tatsächlich gewesen! Und Yanko war heilfroh, dass Ron davon nichts wusste, sonst wäre dieses Gespräch mit Sicherheit ganz anders verlaufen, falls Ron dann überhaupt noch mit ihm gesprochen hätte.
Plötzlich stiegen ihm abwechselnd Irinas und Maries Duft in die Nase, und Yanko stand auf, als könnte er so die Erinnerungen an sie loswerden. „Kommst du mit?", fragte er deshalb ablenkend und hoffte, dass Ron mitgehen würde, damit er die verwirrenden Gedanken an die drei Frauen so schnell wie möglich wieder loswerden könnte.
Ron schaute Yanko an und versuchte mit seinem Blick ein Einsehen bei Yanko zu erreichen, nämlich, dass er auf sich aufpassen sollte. Yanko musste grinsen, denn er verstand schon auf was Ron wartete, aber er wollte sich nicht auf so ein Versprechen einlassen, denn er wusste selbst sehr genau, auf welch dünnem Eis er sich nach dem Ausrutscher mit Cindy bewegte. Doch war er sich mittlerweile absolut sicher, dass das nicht noch einmal passieren würde, obwohl er sich zugestehen musste, dass er irgendwie gerne daran zurückdachte. Und er fragte sich zum hundertsten Mal, warum zum Teufel er sich überhaupt darauf eingelassen hatte.

Dennoch fühlte es sich im Endeffekt immer noch nicht wirklich falsch an. Und deshalb hämmerte er sich nochmals ein, dass sie ihn mehr als eindeutig gewollt hatte. Sie hatte schließlich mit ihm schlafen wollen!

Yanko wartete nicht erst auf eine Antwort. Er packte Ron einfach und schob ihn in den Wohnwagen, wo er dann die Tür hinter ihnen verschloss.
Es tat Yanko gut, Ron in dieser Nacht an seiner Seite zu haben, denn er gab ihm das Gefühl, dass wenigstens etwas in seinem Leben einigermaßen normal war.

Yanko riss ein gellender Schrei aus dem Schlaf, von dem er erst nach Sekunden registrierte, dass er aus seinen eigenen Träumen gekommen war. „Nicht schon wieder!", fluchte er dann leise vor sich hin und fuhr sich mit den Händen übers Gesicht und durch die Haare. Doch er wollte jetzt nicht schon wieder sinnlos darüber nachgrübeln wie er den immer wiederkehrenden Alpträumen von dem Überfall auf die Cheyenne endlich entfliehen könnte. Alle bisher unternommenen Maßnahmen hatten ihm leider nur vorübergehend helfen können. Yanko hatte mittlerweile fast den Eindruck, dass dadurch nur noch ein weiteres Fass der Erinnerungen aufgemacht worden war. Er träumte mittlerweile von Sachen, die ihm jahrelang überhaupt nicht im Bewusstsein waren. Das musste wohl eine Art Schutzmechanismus der Seele gewesen sein, um nicht gleich mit der kompletten Grausamkeit konfrontiert zu werden, mutmaßte er deshalb. Und dass sich die Bilder von Keith, wie er ihn an dem zugefrorenen See in den Bergen verletzt und ohnmächtig gefunden hatte, unter die Cheyenne mischten, war mittlerweile schon fast normal geworden.

Yanko sah auf die Handyuhr, und ihm fiel schlagartig ein, was für ein Tag heute war. Heute war der Tag an dem Cindy bzw Marina ihre höchstwahrscheinlich echten Eltern treffen würde.

Yanko stellte sich unter die Dusche und ließ das Wasser über seinen Kopf laufen in der Hoffnung, dass es seine quälenden Erinnerungen mit fortschwemmen würde.

Später beim Frühstück, in einem der vielen Hotels in San Francisco, war Yanko wieder einigermaßen auf der Reihe, was wohl auch an dem vollkommen aufgeregten Geplapper von Livia lag.

Yanko hatte San Francisco als Ort der Begegnung ausgewählt, weil es ziemlich unwahrscheinlich war Cindys Adoptiveltern hier über den Weg zu laufen.
Noch zwei Stunden, dann würde Cindy ankommen.

Nach dem Frühstück gingen Nicolae und Livia zurück auf ihr Zimmer. Yanko blieb derweil unten und wartete auf Cindy. Er wollte sie erst einmal allein treffen.
Und sie fiel Yanko sofort um den Hals, als sie ihm gegenüberstand, und Yanko hatte Mühe sie zu bändigen. Daher beschloss er kurzerhand sie zuerst auf ihr Zimmer zu bringen, um kurz mit ihr allein und ungesehen reden zu können.
Kaum hatte Yanko die Zimmertür dann hinter sich geschlossen, klebte sie schon mit ihrem Mund auf seinem. Yanko riss sie sanft, aber deutlich von sich weg. „Cindy, hör auf damit! Bitte! Ich habe dir doch gesagt, dass wir das so nicht weitermachen können!", wehrte sich Yanko und versuchte dabei ganz ruhig zu bleiben. „Ja, schon, aber ich freue mich so dich wiederzusehen!!! Und du hast meine Eltern gefunden!!! Und... und ich habe dich sooo vermisst!!!", sprudelte es aufgeregt aus ihr heraus.
Yanko schob sie zu dem kleinen Tisch, der inmitten des Zimmers stand, und sie setzten sich. „Cindy, hör zu! Ich freue mich ja auch dich wiederzusehen, und ich weiß, das ist vielleicht blöd für dich, aber ich kann wirklich nicht mit dir zusammen sein, bitte versteh das doch!", sagte Yanko so klar und deutlich und freundlich wie möglich.
Cindy nickte viel zu schnell als Antwort, so, als ob sie gar nicht wirklich zugehört hätte, was Yanko eben zu ihr gesagt hatte, denn plötzlich zog sie ihr enges T-Shirt aus und saß blitzschnell wieder mal auf Yankos Schoß und begann damit völlig unbeirrt sein Hemd aufzuknöpfen. Yanko jedoch griff nach ihren Händen und hielt sie fest.

„Hey, Cindy! Hast du nicht gehört, was ich eben zu dir gesagt habe? Es geht nicht! Schluss jetzt!!!", protestierte er etwas vehementer und schob Cindy von seinen Beinen runter. Sie schaute ihn etwas verwundert an. „Aber ich werde dich nicht anzeigen! Ganz bestimmt nicht! Du brauchst wirklich keine Angst zu haben! Du willst es doch auch, nicht wahr? Wenn nur mein Alter der Grund ist, dann ist es kein wirklicher Grund!", versuchte Cindy ihn mit Argumenten zu überzeugen und angelte dabei nach Yankos Hand. Doch Yanko stand auf, warf Cindy wortlos ihr T-Shirt zu und knöpfte die beiden von ihr eben geöffneten Knöpfe an seinem Hemd wieder zu.
„Lass uns jetzt zu ihnen gehen! Na los! Deswegen sind wir ja schließlich hier!", sagte Yanko in einem etwas schärferen Ton, denn er wollte auch sich selbst dadurch verbieten, eventuell auch nur eine Sekunde lang schwach zu werden. Cindy streifte schließlich etwas enttäuscht ihr T-Shirt wieder über, raffte ihre Tasche zusammen und folgte dann Yanko über den Flur hinüber in den Fahrstuhl.

Sie hätte schwören können, dass Yanko sie eben eigentlich auch gewollt hatte. Sie konnte seine Angst überhaupt nicht nachvollziehen, denn sie liebte ihn doch, wieso sollte sie ihn also verraten? Sie wünschte sich so sehr, dass er bei ihr bleiben würde, dass sie derweil schon Pläne zum Untertauchen gemacht hatte. Sie würde mit ihm in ein fernes Land gehen, dorthin, wo sie niemand kennen, und keiner nach ihrem Alter fragen würde. Yanko sollte sie adoptieren, dann könnten sie sogar ganz legal zusammen unter einem Dach leben. Was dann hinter verschlossenen Türen abginge, würde ja keiner mitbekommen. Niemand würde also Wind davon bekommen, und nach ein paar Jahren nähme sowieso niemand mehr Anstoß daran, dass sie jünger war als er. Es gab schließlich unzählige Paare auf der Welt, bei denen der Altersunterschied sogar noch viel größer war, als der bei

ihnen. Sicherlich war Yanko nur deshalb nervös geworden, weil ihre vermeintlich leiblichen Eltern hier im Haus waren.
Ihre Eltern.
Kurz stockte Cindy der Atem. Sie hatte sich so darauf gefreut Yanko wiederzusehen, dass sie sich gar nicht wirklich darauf vorbereitet hatte, wie es denn nun sein würde ihre echten Eltern zu treffen. Das Gefühl, welches sich schlagartig in ihrem Bauch breit machte, jagte ihr einen Schauer über den Rücken, und deshalb beschloss sie ihren Blick lieber auf Yankos halb entblößte Brust zu fixieren und an die gemeinsamen Nächte in Santa Barbara zurückzudenken.

Dann standen sie schließlich vor der vielversprechenden Zimmertür, und Yanko klopfte an. Nicolae öffnete, und als Cindy die Beiden sah, verschlug es ihr die Sprache. Sie wusste weder was sie sagen, geschweige denn was sie tun sollte. Livia weinte sogleich in einem fort und begann dabei gleichzeitig und ohne Unterlass Cindy abzuknutschen und auf sie einzureden, was sie aber leider nicht verstehen konnte.
„Jetzt beruhigt euch erst einmal wieder und setzt euch!", rief Yanko dann irgendwann in das Chaos hinein, nahm schließlich Livia bei der Hand und führte sie zu einem der umherstehenden Stühle.
Als schließlich alle saßen, erfüllte plötzlich eine fast hörbare Stille den Raum, und Yanko konnte für einen Moment lang sogar seinen Herzschlag hören. Aufs Neue sah er sich selbst, wie bei einem Déjà-vu, in jenem Moment in der Küche seiner echten Mutter sitzen, als er das erste Mal bei ihr war und sie angesehen hatte.

Nicolae brach schließlich das Schweigen, und Yanko musste bis in die frühen Abendstunden hinein hin und her übersetzen. Später dann, beim gemeinsamen Abendessen, bei dem schon ein paar Annäherungshürden genommen waren, verkündete Yanko schließlich: „Für morgen habe ich einen Termin zum Elternschaftstest ausgemacht. Wir müssen einfach ganz sicher sein, wenn wir Cin... äh... Marinas Adoptiveltern damit konfrontieren!" Kurz sahen alle Yanko etwas erschrocken an, doch es leuchtete allen Beteiligten dann auch schnell ein, dass so ein Nachweis in ihrem Fall nun wirklich außerordentlich wichtig war.

Nach dem Abendessen dann, als Marina und Yanko zusammen im Aufzug in die Etage ihrer Zimmer hochfuhren, legte sie ihren Kopf erschöpft an seine Schulter und sagte dabei nur: „Danke, Yanko!" Yanko umarmte sie spontan und drückte sie ein bisschen an sich. Er wusste, dass das gefährlich sein konnte, doch irgendwie war das jetzt in dieser Situation etwas anderes, schließlich hatte Marina heute aller Wahrscheinlichkeit nach ihre echten Eltern kennengelernt, und das war mit Sicherheit sehr aufregend und auch anstrengend für sie gewesen. Und er rang mit sich, ob er sie nicht doch mit zu sich nehmen sollte, denn sie jetzt allein auf ihr Zimmer zu schicken, war nun auch irgendwie nicht das Gelbe vom Ei. Sie hatte momentan ja tatsächlich nur ihn als Vertrauten. Yanko beschloss deshalb erst einmal noch kurz abzuwarten und dann spontan auf sein Gefühl zu vertrauen, wenn sie gleich an seinem Zimmer vorbeigehen würden.
Marina blieb allerdings abrupt vor Yankos Zimmer stehen und sah ihm fest in die Augen. „Ich will jetzt nicht allein sein! Bitte Yanko, lass mich noch mit reinkommen.", bat sie ihn dann leise, und Yanko blieb eigentlich gar nichts anderes übrig, als ihrem Wunsch nachzugeben. Er konnte sie in dieser Situation jetzt beim besten Willen nicht allein lassen, das brachte er einfach nicht übers Herz.
„Ok, aber lass ja die Finger von mir!", sagte er schon fast aufgebend und musste plötzlich lachen. „Oh, Mann, du raubst mir noch den letzten Nerv!", fügte er noch hinzu und

tippte schließlich den vierstelligen Zimmercode ein, den sich Marina, für alle Fälle, sofort aus den Augenwinkeln heraus einprägte. „Du wirst es bestimmt nicht bereuen!", flüsterte sie schon fast und schlüpfte noch vor Yanko ins Zimmer hinein. „Ja, hoffentlich!", murmelte Yanko dann vor sich hin, während er das Licht einschaltete.
Wenn jemand Yanko am nächsten Morgen nach dem Grund gefragt hätte, warum sie dann doch die ganze Nacht geblieben war, und warum sie wieder in seinem Bett geschlafen hatte, und warum er sie, als er aufgewacht war immer noch in seinem Arm hielt, und warum er sie wider besseren Wissens nicht von sich gewiesen hatte, nachdem sie sich einfach auf ihn gelegt hatte, hätte er nur mit dem ausweichenden Satz, dass es halt so gekommen sei, antworten können. Aber zum Glück fragte ihn niemand danach.

Gegen Nachmittag hatten sie es dann endlich schwarz auf weiß in der Hand. Der Mann und die Frau, die Zoltan und Yanko in Rumänien ausfindig gemacht hatten, waren tatsächlich Cindys leibliche Eltern.
Und somit hieß Cindy in Wirklichkeit Marina.

Yanko ließ sich von dem Arzt schließlich noch eine beglaubigte Kopie der Unterlagen geben, wusste aber selbst nicht genau warum er das eigentlich tat. Dann steckte er die Kopie ungesehen in seine Hosentasche.

Für die kommende Nacht nahm sich Yanko fest vor die Liebelei mit Marina nun endgültig zu beenden. Bei dem Gedanken daran Nicolae und Livia könnten herausfinden, dass Yanko mit ihrer Tochter Sex hatte, schnürte es ihm irgendwie plötzlich äußerst unangenehm die Kehle zu. Er konnte sich sehr gut ausmalen wie groß Nicolaes Zorn sein würde, der eben erst seine seit über vierzehn Jahre lang totgeglaubte Tochter endlich wiedergefunden hatte, sollte er jemals davon Wind bekommen. Es wurde allerhöchste Zeit für einen klaren Schlussstrich in dieser Angelegenheit.

Doch Yanko musste zugeben, dass ihm das gar nicht so leicht fiel. Offenbar hatte er aber dann doch die richtigen Worte gewählt, denn Marina saß anschließend tränenüberströmt an seinem Tisch und verstand die Welt nicht mehr. „Aber gestern Nacht, da wolltest du dann doch! Warum denn jetzt nicht mehr? Lass mich jetzt bitte nicht allein!", schluchzte sie, was es Yanko nicht einfacher machte. Er mochte sie wirklich sehr, und wenn sie nur ein paar Jahre älter gewesen wäre, dann hätten sie ja auch einfach so weitermachen können, doch die Umständen sprachen einfach ganz klar dagegen.

„Cindy... ähm... Marina... Wie willst du denn jetzt eigentlich genannt werden?", fragte Yanko und hoffte sie damit etwas zu erheitern. „Das ist mir scheißegal!!! Hauptsache du schickst mich nicht fort!!! Ich will dich nicht verlieren!!!", machte sie ihm unmissverständlich klar. „Hey, du verlierst mich ja gar nicht! Versteh das doch bitte! Ich habe es dir schon so oft gesagt! Wenn das rauskommt, bin ich am Arsch und mein Zirkus gleich mit! Weißt du, was die mit mir dann machen würden? Hm? Nein, natürlich nicht... Ich würde wahrscheinlich mein Leben lang ins Gefängnis kommen, wenn ich das Gegenteil nicht beweisen könnte! Ich bin Zigeuner, mir glaubt dann eh keiner!"

Yanko wühlte allein schon der Gedanke ans Gefängnis ziemlich auf, und daran, dass er wegen der Drogensache damals in New Orleans jetzt vorbestraft war, wollte er ganz und gar nicht denken.

„Ich bin auch Zigeuner, Yanko! Warum sollten sie also mir glauben?", konterte Marina schlagfertig und putzte sich die Nase.

Yanko grinste kopfschüttelnd. „Du willst es nicht verstehen, oder? Ok, ich erkläre es dir jetzt noch einmal! Ich mag dich wirklich sehr, und es war echt schön mit dir! Ich habe dir aber von Anfang an gesagt, dass das mit uns nichts wird, und zwar aus den Gründen, die du ganz genau kennst! Du bist minderjährig, und wir leben hier in den USA, wo eben nun mal dieses Gesetz gilt, ob wir das gut finden oder nicht. Hast du das jetzt kapiert?" Yanko sehnte sich nach einer Zigarette und wünschte sich, er wäre mit ihr jetzt ganz weit weg von irgendwelchen Gesetzen. Es tat ihm richtig weh, sie so von sich zu weisen, was er im Grunde genommen ja gar nicht wollte.

„Ja, das hast du mir in der Tat schon oft gesagt, aber dann hast du doch wieder anders gehandelt, so wie gestern Nacht! Das verstehe ich nicht!", fauchte Marina fast trotzig und lehnte sich im Stuhl zurück. „Ich weiß, ich bin nicht gerade konsequent, was das betrifft, aber jetzt will ich einfach nicht mehr! Erfahrungsgemäß kann man sich anstrengen wie man will, irgendwann kommt es doch raus, und dann?" „Dann bin ich vielleicht schon Erwachsen!", trotzte Marina frech Yankos Argumenten. „Ja vielleicht! Marina, es tut mir echt leid, aber ich kann das nicht mehr!"

Marina sah Yanko an, und sie wollte einfach nicht aufgeben. „Dann lass uns wenigstens diese eine Nacht noch zusammen verbringen! Ab morgen bin ich ja dann eh erst einmal wieder Zuhause... Oh jeh... wie das klingt... Zuhause... Ist das denn jetzt überhaupt noch mein Zuhause? Oh, Scheiße... Wie soll ich mich denn jetzt meinen El... ähm Adoptiveltern gegenüber verhalten?"

Yanko spürte Marinas Unsicherheit und Orientierungslosigkeit und ärgerte sich, dass er sich jemals auf ein Verhältnis mit ihr eingelassen hatte, denn das machte jetzt alles nur wieder unnötig schwierig. An sich wäre es ja überhaupt kein Problem, wenn sie hier bei ihm übernachten

würde, und er ärgerte sich nochmals, weil er sich schon wieder dabei ertappte darüber nachzudenken, ob es nicht doch eigentlich in Ordnung wäre, wenn sie einfach noch diese eine einzige Nacht zusammen verbringen würden. Irgendwie hatte sie ja schon Recht, ab morgen wären sie sowieso erst einmal wieder getrennt; sie in Santa Barbara und er mit ihren Eltern in Sheddy.
Yanko hatte Marinas Eltern angeboten beim Zirkus bleiben zu können, bis alle rechtlichen Angelegenheiten geklärt wären. Er hatte ihnen sogar einen Arbeitsvertrag angeboten, der sie berechtigen würde zunächst einmal für ein Jahr in den USA bleiben zu dürfen, und so wie es momentan aussah, würde Nicolae bleiben, aber Livia erst einmal wieder zu den anderen Kindern nach Rumänien zurückkehren.

Yanko stand auf und öffnete ein Fenster, er lehnte sich auf den Rahmen und atmete die Luft tief ein. Marina ging zu ihm und umarmte ihn einfach von hinten. „Bitte schick mich nicht fort! Ich fühle mich total allein, auch wenn ich heute meine richtigen Eltern wiederbekommen habe. Es fühlt sich alles so seltsam an! Nur bei dir fühle ich mich sicher!"
Yanko wusste nur zu genau wie es ihr gehen musste, und er war deshalb zwischen Vernunft und seinem Mitgefühl hin und her gerissen. Er wusste aber auch exakt, wo das Ganze wieder hinführen würde, falls er sich jetzt hinreißen ließe sie zu umarmen. Es war eben so, sie ließ ihn einfach nicht kalt, so sehr er sich das auch einredete und anders wünschte.
Marina spürte seine zurückgekehrte Unschlüssigkeit und nutzte diese schnell aus, indem sie ihm eine Hand unters Hemd steckte und anfing sanft zuerst seine Brust und dann weiter unten über seinen Bauch zu streicheln. Sie spürte wie er reflexartig die Luft anhielt, und dann war sie sich wieder sicher, dass er sie doch eigentlich noch immer wollte, und sie

gab sich einen Ruck. Schnell quetschte sie sich zwischen ihn und das Fenster und sah ihm in die Augen.

Yanko fiel nichts mehr ein, was er dazu noch sagen sollte, und eigentlich sollte er sie einfach hochkant aus dem Zimmer werfen, oder besser noch gleich selbst gehen. Außerdem sollte er sie nicht so ansehen, und sein Herz sollte auch nicht so schlagen wie es gerade schlug. Er sollte ihren Geruch nicht mögen, und er sollte sich auch nicht so arg von ihr angemacht fühlen.

„Jetzt, da es ganz sicher ist, dass ich eine Romni bin, gilt für uns doch eigentlich nur noch unser Gesetz, oder?", raunte sie ihm verschmitzt ins Ohr und schmiegte sich dabei eng an seinen Körper. „Dein Wort in Devlas Ohr!", sagte Yanko daraufhin nur noch leise und zog ihr dabei das T-Shirt über den Kopf.

Marina strahlte von jenem Augenblick an übers ganze Gesicht, und dann war es Yanko scheißegal, was es für Gesetze gab.

Der Tag begann bei dichtem Nebel. Es war zwar schon Ende Mai, doch in den Rocky Mountains konnte es selbst im späten Frühjahr noch manchmal Nebel geben.
Yanko schreckte aus dem Schlaf hoch, weil es heftig an der Tür pochte. Er rappelte sich auf und öffnete. Draußen stand Dolores und stürmte aufgeregt in Yankos Blockhaus. „Yanko, schnell, zieh dich an! Na los, mach schon!", rief sie ihm zu und durchforstete dabei Yankos Couch nach etwas Brauchbarem zum Anziehen für ihn. Yanko sah sie verwundert an. „Was ist denn los?"
Dolores streckte ihm die gefundenen Klamotten hin, und Yanko zog sich etwas widerwillig an. „Das glaubst du nicht!!! Es ist fantastisch!!!", jubelte Dolores und war dabei fast außer Atem. „Was ist fantastisch? Jetzt rede doch mal!", forderte Yanko sie auf, der natürlich überhaupt keinen Schimmer davon hatte, von was Dolores die ganze Zeit über sprach.
Dolores hielt ihm seine Schuhe hin und schnappte sich schon Yankos Jacke und den Schlüsselbund. „Mach schon! Ich erzähle es dir unterwegs!" „Warum kommst du extra hierher? Hättest mich doch auch anrufen können!", stellte Yanko fest. „Ja, schon, aber... aber ich wollte dich einfach abholen! Los jetzt! Fertig?", antwortete Dolores, der es anscheinend nicht schnell genug gehen konnte. Sie drückte Yanko ihren Autoschlüssel in die Hand und befahl ihm, so schnell wie möglich zu fahren.
Trotz Nebel ließ es sich dennoch ganz gut fahren, und Yanko fuhr den Waldweg so schnell es ging hinunter nach Sheddy. „Sagst du mir jetzt endlich mal was los ist?" Yanko wurde langsam ungeduldig, zumal er in dieser Nacht ausnahmsweise einmal so richtig gut geschlafen hatte und das eigentlich sehr gerne noch um einiges länger getan hätte.
Schließlich räusperte sich Dolores und holte tief Luft. „Yanko...", begann sie. „Ja, was denn? Jetzt rede schon,

verdammt!", rief Yanko schon etwas genervt. „Yanko... Keith... Er ist aufgewacht!!!"
Gut, dass Dolores angeschnallt war, denn Yanko stieg so heftig in die Eisen, dass sie einen Schrei fahren ließ. „Was ist??? Ist das wahr???" Yanko schüttelte sie und konnte es gar nicht glauben. Das wäre ja ein Wunder! Doch Dolores nickte nur mit dem Kopf und sagte: „Ja, doch, es ist wahr! Ich war heute Morgen bei Mabel, und da ist er plötzlich wach geworden! Mabel hat sofort den Arzt angerufen, und der ist auch noch bei ihm, aber ich habe es nicht mehr ausgehalten, ich musste etwas tun, deswegen bin ich zu dir gefahren."
Yanko stieg aus, rannte um das Auto herum und öffnete stürmisch die Beifahrertür, zerrte Dolores dann aus dem Wagen und umarmte sie erst einmal kräftig. „Wow, das ist ja wunderbar!!! Wie geht es ihm? Kann er sprechen? Spürt er was?", prasselte es aufgeregt aus Yanko heraus. Dolores musste plötzlich lachen, denn so aufgedreht hatte sie Yanko noch nie erlebt. Er sah herzzerreißend süß aus, wie er da voller Freude gespannt vor ihr stand und ihre Antwort gar nicht erwarten konnte.
„Es geht ihm wohl ganz gut! Gesprochen hat er allerdings noch nichts, aber er hat signalisiert, dass er versteht, was man ihm sagt!" Yanko konnte sich gar nicht vorstellen, dass das jetzt wirklich passiert war und kniff sich innerlich in den Arm, damit er sicher sein konnte, dass das jetzt nicht nur irgendein Traum war.
Den restlichen Weg zu Keiths Haus raste er dann, und er konnte im Nachhinein froh sein, dass an diesem Tag keine Radarfallen aufgestellt waren.

Keith regenerierte sich ungewöhnlich schnell, und schon nach einer Woche konnte er wieder einigermaßen sprechen. Bald stellte sich außerdem heraus, dass Keith seinen Körper wieder

überall spüren konnte. Das gab natürlich große Hoffnung, und auch der Arzt schloss eine relativ vollständige Genesung auf einmal nicht mehr aus. Er bemerkte dazu selbst auch völlig erstaunt über die Wendung von Keiths Zustand zu sein, und dass man wohl immer mit einem Wunder rechnen sollte, was Mabel auch stets getan hatte. Sie hatte die Hoffnung nie aufgegeben und oft stundenlang bei Keith am Bett gesessen und dafür gebetet, dass er wieder gesund werden möge.
Yanko war ab sofort so oft es ging bei Keith und erzählte ihm alles Mögliche rauf und runter, denn er dachte sich, Keith würde bestimmt schneller wieder vollständig sprechen können, wenn er mit so vielen Worten wie möglich bombardiert werden würde. Und Yanko redete zu ihm in allen Sprachen, die er beherrschte und war so glücklich wie lange nicht mehr. Keith amüsierte sich sehr über das neue Plappermaul Yanko, wie er ihn jetzt manchmal liebevoll nannte und legte ihm bald nahe sich doch mal als Radiomoderator zu bewerben.
Das überdimensionale Schuldgefühl, was Yanko seit Keiths Unfall ständig begleitet hatte, begann nun endlich kleiner zu werden. Und als Keith sich letztendlich auch noch bei ihm dafür bedankte, dass er ihm das Leben gerettet habe, und ihm sagte, dass es ihm leid täte, dass er ihn damals im Krankenhaus darum gebeten hatte, die Geräte abzustellen, fiel auch der letzte Rest davon ab.

Nach nur zwei Wochen konnte Keith sogar schon wieder einen Arm heben und alle Finger bewegen. Seine Beine reagierten auch bald wieder auf Kälte und Wärme und auf Berührungen.
Keith war ein Kämpfer, und zusammen mit Yanko stellte er sich jeden Tag vor wieder auf einem Pferd zu sitzen und vor allem wieder selbstständig aufs Klo gehen zu können.

Und an jenem Tag, es war ein schöner sonniger Tag im Juni, als Keith das erste Mal im Rollstuhl sitzend wieder an die frische Luft konnte, klingelte Yankos Handy, und als das Gespräch beendet war, bat er Mabel um eine Zigarette.

Er hatte das Gefühl seine Zunge wäre aus Pappe, und seine Gliedmaßen fühlten sich mit einem Mal zentnerschwer und fast taub an.
Mabel sah Yanko wegen der Zigarette zwar fragend an, doch Yanko verabschiedete sich nur und bemühte sich dabei, sich nichts anmerken zu lassen. Offenbar gelang ihm das auch einigermaßen, denn es fragte ihn niemand danach, warum er auf einmal wieder rauchen würde und so schnell aufbrach.
Erst als er endlich zu Hause war, ließ er sich bleischwer auf sein Sofa fallen. Er hatte mit einem Mal das Gefühl in einem Land zu sein, dessen Sprache er plötzlich nicht mehr verstand, um dann langsam feststellen zu müssen, dass er sich auf einem komplett anderen Planeten befand, der nach völlig anderen Gesetzen funktionierte, als die, die er bisher kannte. Er konnte wirklich nicht begreifen, was der Mann ihm da vorhin am Telefon alles gesagt hatte, obwohl dessen Worte seitdem ununterbrochen in seinem Kopf widerhallten. Er sah zum x-ten Mal auf sein Handy und war sich sicher, dass es gleich wieder klingeln, und derselbe Mann von vorhin ihm lauthals lachend verkünden würde, dass es sich eben nur um einen Scherz gehandelt hätte, oder um ein Missverständnis, oder, dass er sich verwählt hätte und er sich jetzt bei ihm dafür entschuldigen wollte. Aber nichts dergleichen geschah.
Nach ungefähr zwei Stunden, die Yanko fast regungslos dagesessen hatte, rief er Marina an. Doch sie war gerade nicht erreichbar. Nur die Mailbox sprang an. Yanko sprach darauf und bat sie um einen Rückruf.
Doch auch am nächsten Tag rief sie nicht zurück.
Yanko drehte bald durch und beschloss gegen Nachmittag dann den Mann von gestern noch einmal zurückzurufen, dessen Nummer, ob er nun wollte oder nicht, immer noch bei den eingegangenen Anrufen verzeichnet war. Doch was Yanko ihn auch fragte, der Mann erzählte ihm nichts anderes

als gestern, ebenfalls wiederholte er erneut, dass er Yanko in drei Tagen in San Francisco erwarten würde.
Als Yanko nach dem Gespräch das Handy wieder zurück auf den Tisch legte, kämpfte er sehr mit sich nicht einfach loszufahren um sich Whisky zu besorgen. Doch er riss sich mit aller Kraft zusammen und blieb zu Hause.
Seine Gedanken und Gefühle jagten so schnell durch ihn hindurch, dass er sich völlig unfähig fühlte irgendetwas zu tun, oder gar noch irgendeine Entscheidung zu treffen, was er denn nun machen sollte, außer weiter hunderte Male Marinas Nummer zu wählen. Doch sie blieb weiterhin unerreichbar.
Er wusste auch nicht mit wem er darüber sinnvoll hätte reden können, denn es war nicht schwer sich die Reaktionen bestimmter Personen nur zu deutlich vorzustellen, und darauf konnte er jetzt absolut verzichten. Aber er musste sich unbedingt etwas einfallen lassen. Denn irgendwas musste er jetzt unternehmen.
Wie ein eingesperrter Tiger lief er dann stundenlang in seinem Blockhaus auf und ab und konnte selbst nach diesen Stunden immer noch nicht begreifen, dass das jetzt die Wahrheit sein sollte. Dennoch bohrte sich nach und nach etwas glasklar in seine Verwirrtheit. Wenn das alles tatsächlich so war, wie der Mann ihm gesagt hatte, dann musste er hier so schnell wie möglich verschwinden, denn alles andere würde er nicht ertragen.
Früh am nächsten Morgen klärten sich schließlich seine rotierenden Gedanken ein wenig auf, und er fühlte sich wieder etwas ruhiger. Für ein paar Sekunden war er sich sogar sicher, dass sich alles ganz schnell wieder aufklären würde, wenn er nur mit den richtigen Leuten darüber spräche. Doch dann fielen ihm die genauen Worte des Mannes von gestern wieder ein.
Yanko machte sich eine Tasse Kaffee, und dann schaltete er seinen Computer an, und tat schließlich das, was der Mann

ihm dringend empfohlen hatte, damit es nicht noch schlimmer kommen würde. Nach einer Weile hatte er dann fünf Telefonnummern auf seinem Zettel stehen, die er der Reihe nach anrief.

Nach etwa drei weiteren Stunden hatte er schlussendlich mit einem Mann aus L.A. gesprochen, der ihm zwar keine großen Hoffnungen machen konnte, aber bei dem Yanko zumindest das Gefühl hatte, dass er ihm zunächst einmal überhaupt ein gewisses Grundvertrauen entgegenbrachte. Sobald Yanko nämlich ganz bewusst erwähnt hatte, weil es sowieso herausgekommen wäre, dass er Roma sei, war bei den anderen die Klappe schon heruntergefallen, bevor Yanko überhaupt sein Anliegen vorbringen konnte, und sie hatten ihn dann, mehr schlecht als recht, sehr schnell wieder abgewimmelt, obwohl sie mit Sicherheit bei dieser Sache viel Geld verdient hätten. Doch die meisten wollten aus dieser Schlacht eben auch als hundertprozentige Sieger hervortreten, und das erschien ihnen anhand der vorliegenden Tatsachen wohl anscheinend eher als unwahrscheinlich.

Am selben Abend noch saß Yanko in einer Rechtsanwaltskanzlei in Downtown L.A. und sah in die schmalen Augenschlitze eines bulligen, fast glatzköpfigen Anwalts, der ihm eben gerade klipp und klar gesagt hatte, was auf ihn zukäme, für den Fall, dass keinerlei Entlastungen auftauchen würden, und er seine Unschuld nicht beweisen könnte. Der Anwalt glaubte zwar an Yankos Variante der Geschichte, musste ihm aber trotzdem auch deutlich klarmachen, dass er selbst im günstigsten Fall höchstwahrscheinlich mit einer Strafe rechnen müsste, die aber natürlich dann bei weitem nicht so hart ausfallen würde, wie er es momentan zu befürchten hatte.

Yanko hatte es für das Beste gehalten diesem Mann von Anfang an die ganze Wahrheit zu sagen, so, wie es eben passiert war. Ganz von vorne hatte er ihm dann die komplette

Geschichte erzählt und sich dabei bemüht kein Detail auszulassen, war es auch noch so winzig und in seinen Augen vielleicht auch völlig unwichtig. Es hätte ihm allerdings auch gar nichts genützt etwas anders zu behaupten, denn es gab offenbar ein eindeutiges Beweisstück, das Marinas Adoptivvater dem Staatsanwalt bereits übergeben hatte, welches ihn überführen würde. Yanko leugnete deshalb auch überhaupt nicht mit Marina geschlafen zu haben, doch gegen den Vorwurf er habe sie vergewaltigt, wehrte er sich allerdings sehr energisch. Auch erwähnte Yanko die gefälschte Adoption, doch der Anwalt sagte, dass das eine mit dem anderen nichts zu tun hätte. Falls Yanko wirklich wollte, dass dieser Adoptionsfall aufgerollt werden sollte, müsste er selbst Anzeige erstatten, doch davon riet ihm der Anwalt angesichts der momentanen Sachlage dringend ab. Kein Mensch würde sich jetzt für ein Waisenhaus in Rumänien interessieren, das illegale Adoptionen durchführte, wenn auf der anderen Seite ein Vergewaltigungsverfahren anstand. Yanko fragte den Anwalt schließlich noch, ob er wüsste wie es Marina ginge. Doch selbst wenn dieser es gewusst hätte, wäre er nicht befugt gewesen Yanko darüber eine Auskunft zu geben.

Alles, was der Anwalt ihm dazu noch sagen konnte, war, dass die Anzeige ein gewisser Edwin Jackson erstattet hatte, und das war niemand geringeres als Marinas Adoptivvater. Er riet Yanko noch dringend zum angesetzten Termin übermorgen zur Anhörung in San Francisco zu erscheinen, ansonsten würde er postwendend als Schwerverbrecher eingestuft und gejagt werden, und eine Untersuchungshaft wegen drohender Fluchtgefahr bis zur Verhandlung wäre dann nicht mehr, so wie jetzt, zu umgehen.

Später, als Yanko am Strand von Venice entlangging und sich das alles, was er heute gehört hatte nochmal durch den Kopf gehen ließ, konnte er sich keinen Reim darauf machen, wie es überhaupt passieren konnte, dass Edwin Jackson das

herausgefunden hatte. Er vermutete nur, dass Marina wahrscheinlich deshalb jetzt nicht mehr zu erreichen war. Doch noch bevor er den Gedanken richtig zu Ende gedacht hatte, meldete sich sein Handy. Und es war Marina.
„Yanko?", hörte Yanko ihre Stimme, wie durch einen Vorhang. „Ja, verdammt, Marina, was ist denn passiert?", fragte er und war total erleichtert, dass sie ihn endlich anrief. „Was soll schon passiert sein?", kam als Antwort durch den Lautsprecher, und Yanko hatte das Gefühl plötzlich in der Antarktis zu stehen. „Marina... Weißt du das noch gar nicht? Dein Adoptivvater hat mich angezeigt... wegen Vergewaltigung!", sagte Yanko etwas verwirrt und blieb stehen. Irgendetwas war komisch an der ganzen Sache, aber er kam nicht gleich darauf, was es war. „Doch, ich weiß, und das geschieht dir ganz recht!..." Yanko ließ Marina nicht ausreden. „Was??? Was sagst du da? Ich..." „Lass mich ausreden!", unterbrach ihn jedoch Marina fast mechanisch. „Du bist ganz allein daran schuld! Das hast du dir ganz allein eingebrockt! Jetzt erhältst du deine gerechte Strafe!", sagte Marina in einem kalten und abweisenden Ton, der Yanko schier die Sprache verschlug, und noch ehe er reagieren konnte, hatte sie ihn weggedrückt.
Nachdem Yanko gemerkt hatte, dass das Gespräch weg war, versuchte er es noch mindestens zwanzig Mal sie zu erreichen, doch vergebens. Der Teilnehmer war nicht mehr erreichbar.

Dann stand Yanko da und starrte auf den nachtschwarzen Pazifik, und er hatte das Gefühl im Treibsand zu versinken.

Diese Nacht schien kein Ende zu nehmen, und je länger Yanko da stand, desto mehr hatte er das Gefühl bereits von allen Menschen, die vorbeikamen misstrauisch beäugt zu werden. Schließlich hielt er es nicht mehr aus, und dann wusste er was er tun würde.
Schnurstracks lief er zur Main Street und ließ sich mit dem nächstbesten Taxi zum Flughafen fahren. Er hatte Glück, wenigstens jetzt, dachte Yanko, denn drei Stunden später saß er bereits wieder in einer Maschine, die ihn zurück nach Newly brachte.
Kaum zu Hause angekommen, fing er sofort damit an das Nötigste zusammenzupacken. Und das war nicht zu früh, denn er hatte bereits eine Nachricht von der Polizei unter seiner Tür vorgefunden, dass sie gestern Nachmittag bei ihm gewesen seien, und er sich dringend innerhalb der nächsten vierundzwanzig Stunden in Newly auf der Polizeidienststelle melden solle. Falls er das nicht tun würde, wäre die Fahndung nach ihm schneller raus, als er das Wort aussprechen könnte, stand dort noch handschriftlich von seinem bekannten Polizeibeamten Henk Morrisson persönlich hinzugefügt. Der Anwalt aus L.A. war wohl doch nicht ganz über alle Abläufe der Ermittlungen informiert.
Yanko veranlasste so schnell es ging alles Nötige, um das gesamte Geld von seinem Privatkonto bar ausbezahlt zu bekommen. Er überschrieb das SAN DANA Geschäftskonto auf seinen Sohn Stefan, verfasste gleich noch dazu eine Vollmacht für ihn, in der stand, dass er ab sofort alle Befugnisse über SAN DANA haben, und mit sofortiger Wirkung alleiniger Geschäftsführer sein würde. Er kündigte seinen Handyvertag, entfernte die SIM-Karte aus dem Handy, nachdem er alle wichtigen Nummern auf einem neuen E-Mailkonto abgespeichert hatte und sperrte anschließend sein bisheriges E-Mailkonto, um ja nicht in Versuchung zu

geraten, von irgendwoher leichtfertig seine Mails abzurufen oder zu telefonieren und damit seinen Standort zu verraten.

Dann schrieb er Ron einen Brief, in dem er ihm alles mitteilte, was zu seinem überstürzten Aufbruch geführt hatte. Er bat ihn um Verständnis und auch darum, es allen anderen zu erzählen. Er bot sowohl ihm, als auch Mykee und Dolores, und natürlich auch seinem Sohn Stefan sein Blockhaus an, um darin zu wohnen. Wer auch immer es brauchen könnte oder wollte, sollte es haben. Auch schrieb er ihm, dass er dafür gesorgt hätte, dass dem Zirkus dadurch so wenig Schaden wie möglich entstehen würde, und er sagte ihm, dass es ihm leid täte.

Als Yanko schließlich am frühen Nachmittag reisefertig in seinem Blockhaus stand, konnte er es immer noch nicht fassen was geschehen war, doch er wusste, dass das jetzt die einzige Möglichkeit für ihn sein würde überhaupt weiter zu machen. Er konnte einfach nicht hierbleiben und nur darauf warten, dass ihn irgendwann ein Gericht zu lebenslanger Freiheitsstrafe verurteilen würde, oder noch schlimmer. Er würde schon allein die sich wahrscheinlich lang hinziehenden Verhandlungen nicht überstehen. Früher hatte er noch den Glauben an Gerechtigkeit gehabt und hätte wahrscheinlich für sein Recht gekämpft. Doch heute fühlte er sich außer Stande auch nur eine einzige Anhörung über sich ergehen zu lassen, in der auch nur der Hauch eines Zweifels an seiner Glaubwürdigkeit auf Grund seiner Rasse aufkommen würde. Und er war sich sicher, dass dieser schon vor seiner körperlichen Ankunft anwesend wäre. So realistisch war er inzwischen geworden. Er hatte einfach keine Chance und schon gar nicht bei dieser Beweislage. Dem Anwalt zufolge war das angebliche und eindeutige Beweisstück auch schon auf dem Weg ins Labor, wo es bereits nach DNA Spuren untersucht wurde. Yanko ahnte außerdem zu Recht, dass sämtliche Untersuchungsergebnisse, auch die seines Blutes, als er nach dem Überfall auf die Cheyenne im Krankenhaus gelegen hatte, immer noch irgendwo abgespeichert waren. Soviel zum Datenschutz, dachte Yanko zynisch, obwohl ihm durchaus bewusst war, dass im Verdacht auf Vergewaltigung keinerlei Schutz dieser Art mehr gewährleistet wurde, was er auch irgendwie nachvollziehen konnte.

Wie oft hatte er sich schon gewünscht einfach fortzugehen und alles hinter sich zu lassen und ein völlig neues Leben anzufangen. Doch jetzt, wo er quasi dazu gezwungen wurde, hatte er überhaupt keine Lust mehr dazu aufzubrechen, zumal es in den Sternen stand, ob er jemals würde zurückkehren können.

Irina staunte nicht schlecht, als Yanko plötzlich am frühen Abend bei ihr in der Tür stand und sie angrinste, obwohl sie ihm sofort ansah, dass ihm gar nicht nach Späßen zumute war.
„Yanko... Was machst du denn hier? Ist was passiert?", fragte sie deshalb noch, bevor sie ihn hereinließ. Yanko stellte seinen Rucksack ab und nahm sie erst einmal wortlos in den Arm. Irina drückte ihn ganz fest an sich und spürte schon bei dieser kurzen Berührung, dass sie alle ihre guten Vorsätze wohl erneut zum Teufel jagen konnte. Es hatte sich nichts geändert. Sie begehrte ihn immer noch. Doch sie riss sich zusammen und ließ ihn erst einmal wieder los.
Yanko ging in der kleinen Wohnung auf und ab und hatte schon nach wenigen Minuten wieder das Gefühl zu ersticken. Wie konnte sie es nur hier drin aushalten? „Respekt, dass du immer noch hier bist!", stellte er ausweichend fest und öffnete dabei ein Fenster und sah hinunter in den trostlos grauen, mit Müllcontainern vollgestellten und leicht müffelnden Hinterhof.
Irina stellte sich neben ihn. „Ja... Ich weiß, es ist nicht besonders schön hier... aber alles andere ist einfach immer noch zu teuer!" Yanko nickte und sah sie an. Er musste es ihr sagen, wenn er hierbleiben wollte, doch er war sich nicht sicher was sie darüber denken würde.

Als Yanko überlegt hatte, wohin er in seiner Lage gehen sollte, war ihm immer wieder Irina in den Sinn gekommen. Er hatte allerdings keine Ahnung, ob das gut gehen würde, wenn sie beide auf so engem Raum zusammenleben würden. Yanko dachte schon darüber nach eine andere Wohnung zu mieten, doch dann ließ er den Gedanken erst einmal wieder fallen, schließlich wollte er ja nicht sein ganzes Leben mit ihr zusammen verbringen. Irgendwie hatte er die Hoffnung, dass sich ihre Affäre von ganz allein auflösen würde doch noch nicht ganz aufgegeben.

„Was ist denn passiert? Warum hast du mir nicht Bescheid gesagt, dass du kommst?" Irinas Frage riss Yanko aus den Gedanken. „Was?... Ja, komm, setz dich!", forderte Yanko Irina auf. Als Irina schließlich den heißen Kaffee vor Yankos Nase stellte und sich setzte, atmete Yanko tief durch und erzählte ihr die Geschichte mit Marina in wenigen Worten.
Als Yanko geendet hatte, sah Irina ihn mit großen Augen an und war entsetzt: „Was??? Du, und jemanden vergewaltigen??? Das hast du doch gar nicht nötig!!", rutschte es ihr heraus und musste ihn dabei kurz angrinsen. Yanko zuckte mit den Schultern. „Naja, wahrscheinlich geschieht mir das ganz recht!" „Wieso das denn? Was soll dieser Spruch? Das stimmt doch gar nicht! Sag sowas nicht!", setzte Irina ihm entgegen.
Yanko nahm einen Schluck Kaffee und sah aus dem Fenster. Wenn man in den Himmel schaut, ist der Ausblick gar nicht so schlecht, dachte Yanko und lehnte sich zurück. Er war müde von der langen Reise und eigentlich ganz und gar nicht in Redestimmung. Er wollte jetzt einfach nur noch eine Dusche und dann schlafen.
„Irina, wäre es ok für dich, wenn ich erst einmal hier bleibe?", fragte Yanko anstatt einer Antwort. „Na klar! Selbstverständlich! Du siehst müde aus! Wir können ja morgen weiter reden!", antwortete sie ihm, als ob sie seine Gedanken hätte lesen können und war schon aufgestanden, um ihm ein Handtuch zu bringen.
Kaum lag Yanko endlich im Bett war er auch schon eingeschlafen. Dass sie in der gleichen Nacht allerdings dann doch noch miteinander geschlafen haben, wunderte keinen der beiden wirklich.

Am nächsten Tag erzählte Yanko seiner Schwester dann genauer auf welchen Umwegen er nach Griechenland gereist war. Er wollte seine Spuren so schnell wie möglich verwischen, weswegen er zunächst nach London geflogen, anschließend mit einem Frachtkahn nach Frankreich hinüber geschippert und von dort aus dann schließlich mit dem Eurobus nach Thessaloniki gefahren war. So wie er erhofft hatte, wurde ab London dann auch sein Namen nirgends mehr auf irgendwelchen Tickets registriert, und deshalb war er sich sicher, dass momentan, außer Irina, keiner wusste wo er war. Und das sollte auch so bleiben. Die Angst erwischt zu werden, hatte die ganze Reisezeit über kalt in Yankos Nacken gesessen und ihn erst wieder verlassen, als er bei Irina in der Wohnung gestanden hatte.

Irina machte sich allerdings große Sorgen um ihren Bruder, denn sie konnte sich an drei Fingern abzählen, dass er bald über Interpol gesucht werden würde. Griechenland war nicht wirklich ein sicherer Platz für ihn. Zumal es zwischen Griechenland und den USA auch ein Auslieferungsabkommen gab, was sie übers Internet gleich recherchierte hatte. Vielleicht wäre es doch besser für ihn, wenn er sich stellen würde, überlegte sie bald fieberhaft, denn schließlich war er ja unschuldig. Er bräuchte nur einen sehr guten Anwalt, der ihn vor Gericht vertreten würde. Und je länger sie Yanko bei sich hatte und sah, wie er sich innerlich damit abquälte, desto sicherer wurde sie, dass es doch das Beste sein würde, wenn er so schnell wie möglich wieder zurück in die USA ginge, einfach um der Gerechtigkeit willen. Nach einer weiteren Woche beschloss sie schließlich Yanko ihre Gedanken und Meinung darüber mitzuteilen. Sie staunte dann allerdings nicht schlecht, als Yanko sich sofort einsichtig und verständnisvoll zeigte und ihr sogar Recht gab. Er sagte

dann nur, dass er noch ein, zwei Wochen am alten Lagerplatz verbringen wolle und dann wieder zurückfliegen würde.
Irina war sehr erleichtert und froh über seine Einsicht, konnte aber auch gut verstehen, dass er noch ein wenig Zeit schinden wollte, denn schließlich wartete in den USA eine sehr schwere und anstrengende Zeit auf ihn.

Kurz darauf verabschiedete sich Yanko von seiner Schwester, und es war in diesem Moment völlig unwichtig, dass sie ihre Angelegenheit immer noch nicht geklärt hatten.

Als Yanko dann schließlich im Bus Richtung Kavala saß, war er irgendwie froh, dass es so gekommen war, denn er hatte schon sehr schnell geahnt, dass Irina ihm das irgendwann raten würde. Es hätte aber keinen Sinn gehabt ihr zu erklären, warum er unter keinen Umständen zurück konnte. Er hatte mittlerweile einen anderen Plan, und der erschien ihm weitaus besser, als sich in irgendeinen Gerichtssaal zu setzen, um sich irgendwann dem unvermeidlichen Urteil beugen zu müssen.

Zwei Wochen später ließ Yanko den Motor seines kürzlich erworbenen Segelmotorboots an und steuerte damit hinaus auf die glitzernde Ägäis. Er hatte in einem Crashkurs schnell den dafür notwendigen Bootsführerschein gemacht und einem älteren Mann dann dessen Boot abgekauft.
Der Wind kam von Westen, und schon bald konnte er das Segel setzen. Und bereits nach wenigen Minuten waren alle Sorgen aus seinem Kopf und Körper geweht, und Yanko fühlte sich frei wie ein Vogel. So könnte ich mein Leben verbringen, dachte er bald, und als er gegen Abend das Boot vor einer kleinen Insel festmachte, sich danach ins Wasser fallen ließ und später rauchend an Deck saß, fragte er sich ernsthaft, wieso erst so ein Scheiß passieren musste, damit er auf diese Idee mit dem Boot gekommen war. Und Yanko beschloss so lange mit seinem Boot unterwegs zu sein, bis sie aufhören würden nach ihm zu suchen und vielleicht sogar noch darüber hinaus.

Nach etwa fünf Wochen traf er auf der Insel Folegandros eine kleine Gruppe Rucksacktouristen, die sich für eine Nacht unter freiem Himmel ausgerechnet dieselbe Bucht ausgesucht hatten in der auch er übernachten wollte. Doch Yanko hatte nicht das Gefühl, dass ihn jemand aus der Gruppe erkennen könnte, selbst wenn er schon international gesucht werden würde. Seine Haare waren vom Salzwasser und dem Wind noch zerzauster als vorher und rasiert hatte er sich auch schon eine Weile nicht mehr. Seine Haut war schnell gebräunt und sein Griechisch zu perfekt.
Er stellte sich als Costas vor und erzählte den Leuten fast wahrheitsgemäß, dass er Grieche sei und Urlaub auf seinem Boot machen würde. Yanko tat es gut nach so langer Zeit mal wieder mit Menschen zu sprechen, und so erfuhr er, dass die

Gruppe aus Athen war und sich auf einer Kykladeninseltour befand.
Als die Gruppe schließlich weiterzog, fehlte eine Person. Amelia hatte ihre Pläne kurzerhand geändert und wollte lieber ein wenig mit Yanko weiterfahren. Yanko empfand ihre Anwesenheit als sehr wohltuend, und ihre gute Laune vertrieb wenigstens am Tag die Gedanken an seine Kinder. Die Vorstellung sie wahrscheinlich über Jahre hinweg nicht mehr sehen zu können, stimmte ihn oft ziemlich traurig. Längst war sein Zigarettenkonsum wieder immens geworden, und oftmals versuchte Yanko die quälenden Gefühle zusätzlich mit viel Marihuana zu vertreiben.
Yanko hatte sich dazu entschlossen, sich als kinderlosen Musiker auszugeben, und um dies zu untermalen, hatte er sich bereits in Kavala eine Gitarre gekauft und sang Amelia ab und zu ein paar griechische Lieder vor, die er in seiner Kindheit von Minerva gelernt hatte.
Amelia war Ende zwanzig und arbeitete als Streetworkerin in Athen. Sie erzählte Yanko viel über ihre Arbeit, offenbar froh darüber, dass sie jemanden gefunden hatte, der das alles auch hören wollte. Yanko fand das auch wirklich äußerst interessant, vor allem die Dinge, die sie über die griechischen Roma in der Hauptstadt zu berichten hatte.

Am letzten Abend dann, als sie gerade davon erzählte, wie oft sie schon gesehen hatte, wie Romakinder auf der Straße von älteren Jungendbanden und auch von Erwachsenen beschimpft, mit Steinen beworfen oder sogar verprügelt wurden, hatte Yanko von jetzt auf nachher das Gefühl jemand würde ihm einen Strick um den Hals legen und in solch rasantem Tempo zuziehen, dass er reflexartig aufsprang und nach Luft rang. Seltsamerweise erinnerte ihn dieser Zustand an Momente, als er noch mit Maria zusammen

gewesen war, in denen er sich manchmal genauso elend und kraftlos gefühlt hatte wie jetzt gerade.
„Was ist los?", rief Amelia erschrocken, denn Yanko war trotz seiner tiefen Bräune sichtbar blass geworden. Yanko stützte sich mit den Armen auf der Reling auf und versuchte ruhig zu atmen. Am liebsten hätte er laut geschrien, um dem würgenden Gefühl in seinem Hals ein Ende zu bereiten. Er konnte ihr nicht antworten, und so blieb er einfach stehen und starrte auf das dunkle, leicht wogende Wasser hinunter.
Amelia stand schließlich auf und stellte sich neben ihn und versuchte ihm dabei in die Augen zu sehen. „Was ist mit dir? Sag schon! Du machst mir Angst!", drängte Amelia weiter auf eine Antwort.
Yanko hätte ihr in diesem Moment allzu gern alles erzählt. Davon, dass er auf der Flucht sei, dass er eigentlich Yanko hieß, und dass er nicht wolle, dass sie morgen von Bord ginge, weil er die, trotz des wunderbaren Meeres, einsetzende Einsamkeit nicht mehr spüren wollte. Er wollte ihr sagen, dass er viel lieber mit ihr nach Athen gehen würde, um den Romakindern dort zu helfen. Seinen Roma.
Stattdessen kramte er in seiner Hosentasche nach der Schachtel mit den Zigaretten und bot ihr auch eine an. Nachdem sie beide schweigend eine Weile geraucht hatten und Amelia immer noch keine Antwort erhalten hatte, nahm sie einfach seine Hand.
Sie hatte schon sehr viel Elend in ihrem Leben gesehen, und sie ahnte plötzlich instinktiv, dass diesem gutaussehenden Fremden irgendetwas Schreckliches widerfahren sein musste. Und je länger sie seine Hand hielt und dabei spüren konnte wie er innerlich bebte, war sie sich schließlich ganz sicher. Und nachdem sie ihre Zigarette fertig geraucht hatte, war ihr Entschluss unumstößlich. Morgen wäre es zu spät, denn da würden sie in Piräus ankommen, und sie würde von Bord gehen und ihn vielleicht niemals wiedersehen.

„Was auch immer es ist, du kannst es mir erzählen. Ich habe schon viele schlimme Sachen in meinem Leben gehört und gesehen, auch Dinge, die mehr als illegal waren, aber jemanden zu verraten oder Infos zu missbrauchen, das habe ich noch nie getan. Mein Job ist es zu helfen, und so bin ich auch privat! Du kannst mir echt vertrauen!"

Yanko sah sie an und überlegte, ob auf seiner Stirn 'Gesuchter Verbrecher' stehen würde, und er war sich unsicher was er tun sollte. Einerseits war es ungeheuer verlockend ihr sein Herz auszuschütten, andererseits waren ihm die möglichen Folgen, die damit verbunden sein könnten, durchaus bewusst. Wie würde sie reagieren, und was würde sie tatsächlich tun, wenn er ihr erzählen würde, dass er wegen Vergewaltigung gesucht wurde.

„Danke, Amelia, aber ich kann es dir nicht erzählen! Ich würde echt gerne, aber es geht wirklich nicht! Tut mir leid, ich wollte nicht, dass das eben passiert... Komm, lass uns schwimmen gehen!", brachte Yanko dann endlich über die Lippen. Amelia hielt seine Hand aber immer noch fest, und jetzt nahm sie noch seine andere. Und als sie ihm sagte, dass es nichts bringen würde, alles für sich zu behalten, weil man daran nur zerbräche, sah sie ihm fest in die Augen.

Yanko holte tief Luft, machte sich aber dennoch los. Er musste Abstand gewinnen, denn sonst würde ihr Blick ihn noch total aufweichen. Er musste ja jetzt schon mit den Tränen kämpfen, und er wollte absolut nicht, dass sie auch nur den leisesten Verdacht bekäme. Schnell zog er sich aus und sprang ins Wasser. Das erfrischende Nass löste den Knoten in seiner Brust langsam etwas auf, und als er nach ein paar Minuten wieder zurück an Bord war, ging es ihm etwas besser.

Amelia beobachtete seinen im Mondlicht schimmernden, nassen Körper und wunderte sich wieder darüber, dass Yanko sie noch in keiner Weise versucht hatte anzumachen. Das war

sie nämlich überhaupt nicht gewohnt, denn sie wusste, dass sie wirklich hübsch war, und es passierte ständig, dass Männer sie anmachten.
Daher beschloss sie Yanko danach zu fragen, denn wenn sie nach ihrer Wahrnehmung ging, war sie sich fast sicher, dass es schon von Anfang an irgendwie zwischen ihnen geknistert hatte. Aus welchem Grund sonst hätte er sie mit an Bord nehmen sollen. Da Yanko aber bis jetzt immer noch keinerlei Anstalten gemacht hatte sich ihr zu nähern, war sie mittlerweile etwas verunsichert, dennoch wollte sie es aber nicht unversucht lassen, sich diesen Mann doch noch zu schnappen, wenigstens für diese letzte Nacht. Dann ging sie schnell zu ihm rüber, und noch bevor er sich wieder sein Hemd überziehen konnte, nahm sie erneut seine Hand.

Yanko sah sie an und betete inständig, dass sie sich jetzt nicht an ihn heranmachen würde. Die ganzen Tage über hatte er es erfolgreich geschafft, sie auf Abstand zu halten, obwohl ihm das manchmal ziemlich schwer gefallen war, denn offensichtlich hatte sie es sich etwas anders vorgestellt, als sie sich entschlossen hatte mit ihm an Bord zu gehen. Er hätte sich auch nur zu gerne von ihr ablenken lassen, doch er wollte einfach kein Gefühlsdrama riskieren. Dramen hatte er bei weitem genug in seinem Leben. Das würde bestimmt nur wieder kompliziert werden, und auch, wenn er sie am liebsten weiterhin mitgenommen hätte, war er froh, dass sie morgen von Bord gehen würde. Denn lange könnte er diese Farce bestimmt nicht mehr aufrechterhalten, zumal er genau wusste, dass er manchmal im Schlaf redete, von seinen Alpträumen mal ganz abgesehen. Früher oder später würde er ihr wahrscheinlich doch alles erzählen, und spätestens dann würde sie ihn verraten, auch wenn sie jetzt steif und fest behauptete, dass er ihr vertrauen könnte. Bei Vergewaltigung

wäre auch ihre Toleranz mit Sicherheit schlagartig zu Ende, da war er sich ziemlich sicher.
Aber irgendwie schaffte er es nicht ihre Hände loszuwerden, und so stand er triefend nass weiterhin vor ihr und schaute sie einfach nur an. „Es ist ok, Costas, du musst mir nichts sagen! Es war dumm von mir, das zu erwarten, schließlich kennen wir uns ja erst seit kurzem. Es ist halt nur so, dass ich dich echt mag und eben zwangsläufig mitbekomme, dass es dir irgendwie nicht so gut geht, und dass dich irgendetwas quält. Manchmal ist es ja auch leichter jemandem etwas anzuvertrauen, der fremd ist und den man vielleicht nie wieder sieht!", eröffnete Amelia ihre einfühlsame Eroberung. Sie meinte auch wirklich, was sie sagte, und sie spürte, dass Yanko diesmal nicht gleich die Flucht vor ihren Worten ergreifen wollte. Das Meerwasser tropfte von seinen Haaren auf ihre Hand, und sie hätte ihn am liebsten sofort geküsst.
„Hör bitte auf damit, ich kann es dir wirklich nicht sagen, aber danke für dein Verständnis!", brachte Yanko noch raus, bevor sich die Schlinge wieder um ihn legte, aber er ließ Amelia nicht los. Im Gegenteil, unbewusst verfestigte er sogar mit einem Mal den Griff um ihre Hand, denn er hatte plötzlich das Gefühl augenblicklich zu ertrinken, und er musste sich einfach irgendwo festhalten. Er spürte erst, als Amelia sie mit ihrem Daumen sanft wegwischte, dass ihm ein paar Tränen die Wangen herunterliefen. Ohne noch mehr Worte zu verlieren, stellte sie sich dann auf ihre Zehenspitzen und küsste ihn einfach. Manchmal sagt eine Geste mehr als tausend Worte, dachte sie noch, bevor er sie dann doch in seine Arme nahm und in dieser Nacht auch nicht mehr losließ.
Am nächsten Tag beschloss Yanko Amelia dann doch noch nach Athen zu begleiten. Ihm war zwar durchaus bewusst, dass es sehr gefährlich werden könnte, sich in einer Großstadt blicken zu lassen, doch irgendwie vertraute er darauf, dass er

unentdeckt bleiben würde. Er blieb dann noch zwei Nächte bei ihr, bevor er sich etwas schweren Herzens von ihr verabschiedete. Yanko hatte nicht das Gefühl irgendwie in sie verliebt zu sein, aber die Aussicht darauf wieder ganz allein zu sein, behagte ihm momentan überhaupt nicht. Er wusste, dass er sie im Prinzip nur benutzt hatte, um seine Verzweiflung nicht so sehr spüren zu müssen, aber irgendwie machte es ihm nichts aus. Schließlich hatte er ihr nichts versprochen.
Amelia versuchte ihn noch mit allen Mitteln zum Bleiben zu überreden, aber ohne Erfolg. Yanko musste dringend fort, denn nachdem er nachts heimlich auf ihrem Laptop im Internet gewesen war, wurde ihm noch deutlicher als zuvor bewusst, dass er sich unbedingt wieder allein auf den Weg machen musste. Inzwischen kursierte sogar ein Fahndungsfoto von ihm auf der Titelseite einer griechischen Suchmaschine. Gott sei Dank konnte man auf diesem Foto seine Augenfarbe nur erahnen, und seine Haare erschienen darauf fast schwarz, aber wenn man ihn kannte und genauer hinsah, würde man ihn mit Sicherheit erkennen. Eigentlich war es auch nur logisch, dass sie ihn in seinem Geburtsland vermuteten, und damit lagen sie ja auch hundertprozentig richtig.

Als Yanko Amelias Wohnung endgültig verließ, zog er die Baseballkappe noch tiefer ins Gesicht, als die Tage zuvor. Er setzte sich in der Plaka in eine Taverne und bestellte einen Kaffee. Doch das hätte er sich eigentlich auch sparen können, denn er wusste sowieso schon, was er machen musste, aber irgendwie hoffte er durch den Kaffee und die Zeit, die das Trinken in Anspruch nehmen würde auf eine bessere Idee zu kommen, und noch mehr hoffte er irgendwie in dieser Zeit endlich aus diesem Alptraum zu erwachen. Doch auch nach der zweiten Tasse befand er sich immer noch in derselben

Taverne, und er musste irgendwann schweren Herzens einsehen, dass er in der Realität saß.
Schließlich bezahlte er und machte sich auf den Weg in ein Viertel der Stadt, das er bis jetzt nur vom Erzählen her kannte.

Als er spät nachts dann wieder zurück auf seinem Schiff war, hatte er nicht nur eine ordentliche Portion Opium bei sich, sondern auch die Adresse eines Passfälschers in der Tasche. Morgen würde er sich einen falschen Pass ausstellen lassen, und dann musste er Griechenland schleunigst verlassen, daran führte wohl leider kein Weg vorbei, auch wenn es ihm fast das Herz brach, denn er hatte keine Ahnung, wann oder ob er überhaupt jemals wieder in sein geliebtes Land bzw zu seinem geliebten griechischen Meer würde zurückkehren können. Dennoch war ihm die Freiheit, oder das, was von ihr noch übrig geblieben war tausendmal lieber, als jeder Gerichtssaal der Welt, vom Gefängnis ganz zu schweigen.
Er zog sich schließlich eine gute Portion Opium rein und holte dann das Papier heraus, das er sich in einem Internetcafé hatte ausdrucken lassen. Darauf waren sämtliche Länder aufgelistet, die kein Auslieferungsabkommen mit den USA hatten. Die Auswahl war nicht besonders erbaulich für Yanko, denn eigentlich wäre er am liebsten in Europa geblieben, doch das war einfach zu gefährlich, irgendwann würden sie ihn hier mit Sicherheit doch finden. Es musste also ein anderes Land sein, dessen Sprache er hundertprozentig beherrschte, und groß sollte es auch sein, damit er sich nicht eingesperrt fühlen würde. Und vor allem sollte es unbedingt am Meer liegen.
Als der Morgen graute, hatte er sich entschieden. Er würde auf einer Ranch in Argentinien versuchen Arbeit zu finden, und das, obwohl Argentinien ein Auslieferungsabkommen mit den USA hatte. Yanko konnte sich einfach mit keinem

der anderen Länder, die eigentlich in Frage kämen, irgendwie anfreunden, und plötzlich bekam er auch das Gefühl in der Weite des argentinischen Landes ausreichend untertauchen zu können.

Eine Woche später hatte er dann seinen neuen Pass in der Hand und ein Flugticket nach Buenos Aires in der Tasche. Sein neuer Name lautete: Diego Molina Gomez.

Yanko hatte sich gleich einen argentinischen Pass ausstellen lassen. Erstens fühlte sich das irgendwie sicherer an und zweitens konnte er damit auch gleich auf unbegrenzte Zeit in Argentinien bleiben, vorausgesetzt natürlich er würde auf der Reise nicht geschnappt werden. Dem Verstand zum Trotz fühlte es sich auch nach ein paar Tagen immer noch am Besten an nach Argentinien zu gehen, und außerdem gab es dort Leute, die Diego Molina Gomez hießen, wie Sand am Meer, was sollte also schon passieren.

Die letzte Nacht auf seinem Boot verbrachte Yanko draußen auf dem Meer. Schlafen konnte er nicht, und er hatte keine Ahnung, ob es der Abschiedsschmerz war, der ihn wach hielt, oder die Angst davor erwischt zu werden. Jedenfalls nützte auch das restliche Opium nicht viel, er konnte einfach kein Auge zumachen.

Am nächsten Morgen übergab er sein Boot dann dem neuen Besitzer und stieg schweren Herzens in den Linienbus ein, der ihn direkt zum Flughafen brachte.

Als er schließlich am Check-in stand und nach einer kurzen Wartezeit dran kam, spürte er, wie sein Herz ihm bis zum Hals hinaufschlug. Kurz überlegte er sein Hemd bis oben hin zuzuknöpfen, denn die Dame am Ticketschalter würde bestimmt entdecken, wie schnell seine Halsschlagader pulsierte. Doch sie musterte nur kurz sein Gesicht und fragte dann routinemäßig, ob er lieber am Fenster oder am Gang sitzen wolle. Yanko entschied sich schnell für einen

Fensterplatz, und kurz darauf hatte er seine Bordkarte in der Hand. Hier hatte sein falscher Pass offenbar gut funktioniert, jetzt musste er es nur noch in Argentinien durch den Zoll schaffen.
Als Yanko dann schließlich im Flugzeug auf seinem Platz saß, wünschte er sich sehnlichst eine Flasche Whisky herbei.

Der Flug verlief ruhig, und nachdem Yanko in Buenos Aires sein Gepäck abgeholt hatte, ging er sogleich zur Toilette, denn er musste erst einmal seinen erneut hochgefahrenen Herzschlag beruhigen. Die Angst, jetzt bei der bevorstehenden Einreise nach Argentinien entdeckt zu werden, jagte seinen Puls doch um einiges mehr nach oben, als er es sich eben noch im Flugzeug hatte vorstellen können. Auf dem Klo versuchte er sich dann einzureden, dass er der größte Bandit der Welt sei und deshalb natürlich obercool, und nach außen hin vollkommen souverän.
Und mit diesem inneren Bild ging er dann schließlich zur Passkontrolle. Seine Haare hatte er, so wie auf dem neuen Passfoto nach hinten gekämmt und mit Haargel platt gedrückt. Die Anzugjacke hatte er angezogen, und in der einen Hand trug er den Aktenkoffer mit dem Laptop, mit der anderen zog er sein Gepäck, sodass er mit seinem etwas längeren Dreitagebart aussah, wie ein seriöser argentinischer Geschäftsmann. Offensichtlich hatten die Beamten dann auch nichts zu beanstanden, denn sie fragten ihn noch nicht mal, was er denn in Griechenland gemacht hätte, oder ob er etwas zu verzollen habe.

Buenos Aires.
Der Lärm erschlug ihn fast, als er aus dem Taxi stieg.
Yanko hatte sich bald eine günstige Unterkunft erfragt und stand nun mit seinem Koffer, den er sich in Athen noch gekauft hatte, weil er sich dachte, dass ein Geschäftsmann wohl eher selten mit einem abgewetzten Rucksack reisen würde, und der Aktentasche in der Hand vor einem Billighotel mitten in der argentinischen Metropole. Yanko gab sich einen Ruck und ging hinein. Als er schließlich geduscht und rasiert im Bett lag, schlief er fast augenblicklich ein.
Am nächsten Morgen ging er dann erst einmal in die Stadt, kaufte sich ein paar Zeitungen und setzt sich in ein Café. Er wollte sich erst einmal akklimatisieren, und er musste sich unbedingt auch ein paar aktuelle Infos anlesen, damit er wenigstens etwas über sein angebliches Heimatland wissen würde.
Gegen Nachmittag schenkte er den Reisekoffer und die Aktentasche mitsamt dem Anzug einem Straßenjungen. Der konnte die Sachen bestimmt zu gutem Geld machen. Und Yanko hoffte, dass dieser sich dann davon etwas zu essen und keine Drogen kaufen würde.

Yanko ließ sich in den nächsten Tagen zunächst einfach treiben, und erst nach ungefähr einer Woche setzte er sich dann in seinem Hotelzimmer hin und schaute im Internet nach einer Pferderanch, die am besten am oder zumindest ganz in der Nähe des Meeres lag.
Ein paar Tage später verließ er schließlich die stickige Stadt und fuhr mit dem Bus nach Pinamar und ließ sich von dort aus mit einem Taxi zur Sanchez Ranch hinausfahren. Sie lag einige Kilometer außerhalb der Stadt am Rande eines wunderschönen Waldgebiets.

Yanko hatte seit seiner Ankunft in Argentinien das Gefühl, dass alles auf einmal ganz einfach war. Er fühlte sich seltsam entspannt und irgendwie erleichtert. Ihm war zwar glasklar, dass er mit dem Staat Argentinien auch gehörige Schwierigkeiten bekommen würde, falls herauskäme, dass er illegal unter einem falschen Namen und mit gefälschtem Pass eingereist war. Die Gefahr des Ausgeliefertwerdens lag ihm natürlich ständig auf der Lauer, und dennoch schien das alles irgendwie weiter weg zu sein als in Griechenland. Wahrscheinlich einfach deshalb, weil jetzt wirklich gar niemand mehr wusste wo er sich aufhielt.

Und als er dann ein paar Stunden später mit seinen neuen Gaucho Kollegen am Feuer saß und sich Geschichten der Gegend erzählen ließ, fühlte es sich so seltsam vertraut an, dass er sich wirklich darüber wunderte, denn er war noch niemals zuvor in Argentinien gewesen.

Seinem neuen Chef, Señor Juan Sanchez, erzählte Yanko, er wäre als Kind mit seinen Eltern nach Spanien ausgewandert, habe sich vor kurzem dann von seiner Frau getrennt und würde jetzt hier in seiner alten Heimat etwas Abstand davon suchen. Und da Yanko zwar perfektes Spanisch sprach, allerdings aber eben das europäische Spanisch, schöpfte bei dieser Geschichte keiner Verdacht, dass das alles nicht stimmte.

Yanko bekam die letzte Hütte in der Reihe, was ihm sehr recht war, denn diese Hütte hatte den weitesten Abstand zu den übrigen Unterkünften, und so hatte Yanko absolute Ruhe, wenn er allein sein wollte.

Die meisten Gauchos wurden von Señor Sanchez bar bezahlt, und so war also auch das Geldthema für Yanko kein Problem. Nachdem Yanko dann schließlich auch seine Pferdekenntnisse unter Beweis gestellt hatte, war er schneller in das Team einbezogen, als er schauen konnte.

Die Gegend, in der die Ranch lag, faszinierte Yanko sehr, und er war tief beeindruckt von der wilden Schönheit dieses Landes. Vor allem aber genoss er die Wellen des Atlantiks, und wann immer er Zeit fand, fuhr er hinunter ans Meer und ging surfen.

Nachts, wenn er dann allein in oder meistens vor seiner Hütte saß, hatte er etwas Zeit zum Nachdenken, und bald schon stellte er fest, dass er irgendwie ruhiger geworden war. Ihm ging es hier wirklich gut, außer, dass er seine Kinder schwer vermisste, aber sonst fehlte ihm irgendwie gar nichts. Er fühlte sich fast leer an, wohltuend leer, ohne hin und her reißende Gefühle oder Gedanken, ohne ständige innere Anspannung. Hier war niemand, der ihn ausfragte, niemand, der sich in irgendeiner Art besonders für ihn interessierte. Er war einfach ein Teil dieser Gauchotruppe, die alle hervorragende Pferdekenner und Reiter waren, und er machte seine Arbeit, wie jeder andere auch. Yanko vermied es auch, wo es nur ging, irgendwie aufzufallen, sei es auch nur dadurch, dass er viel lieber ohne Sattel reiten würde. Doch bei den vielen Sachen, die sie oftmals auf den tagelangen Ritten mitnehmen mussten, war ein Sattel sowieso meistens unverzichtbar.

Die Zeit floss dahin, und Yanko fühlte sich wie in einem angenehmen Dauerrausch. Er träumte nichts, er dachte an nichts besonderes, er tauchte völlig in das Leben auf der Ranch ein und vergaß dabei fast, warum er eigentlich hier war. Als ihn Carlos dann an jenem Mittwoch fragte, ob er beim jährlichen Gauchofest mitmachen wolle, hatte Yanko schon zugesagt, bevor er überhaupt darüber nachdachte, was das alles bedeuten könnte. Aber es war ihm auch dann irgendwie egal, denn er konnte sich einfach nicht vorstellen, dass so viele schlechte Zufälle auf einmal zusammenkommen

könnten. Damit er z.B. in der Zeitung abgebildet werden würde, müsste er überhaupt erst einmal den Wettbewerb gewinnen, was allerdings sowieso nicht geschehen konnte, weil es mit dem Lassowerfen immer noch etwas haperte. Seine rechte Hand konnte er dafür einfach nicht nehmen, er würde das Kalb, wenn es nach dem Einfangen anfängt sich zu wehren, mit ihr nicht festhalten können. Deswegen musste er also das Lasso mit der linken werfen, was ihm aber nur selten gut gelang und schon des Öfteren die Lacher der anderen eingebracht hatte. Und dann müssten noch die, die ihn suchten genau diese Zeitungsausgabe in die Hände bekommen und ihn zudem darauf auch noch unter dem großen Gauchohut erkennen. Außerdem wusste er nicht, wer sich in den USA für ein Gauchofest in der Pampa interessieren sollte.
Also fasste Yanko sich ein Herz und ritt mit.

Doch wider Erwarten gewann er den Wettbewerb völlig überraschend, und er wurde fotografiert, und sein Bild erschien groß in der Zeitung und natürlich auch in verschiedenen Foren im Internet.

Schlagartig kam damit die Angst zurück und legte sich ihm wie eine zweite Haut kalt um seinen Körper. Weg waren die wohltuende Leere und die Leichtigkeit. Zurück kamen die Träume und die Schlaflosigkeit. Und Yanko ärgerte sich über seine Naivität und Unvorsichtigkeit.

Und eines Mittags rief Señor Juan Sanchez nach ihm, dass er Besuch habe.

Die Hitze flimmerte, und Yanko konnte die Person erst gar nicht erkennen, die dort vor seiner Hütte stand. Deshalb näherte er sich ganz langsam und vorsichtig, damit er genug Zeit hatte zu prüfen, ob das eventuell auch eine Falle sein könnte.

Doch schließlich erkannte er die Person. Es war Dolores.

Yanko erschrak so sehr, dass er fast augenblicklich auf dem Absatz kehrt gemacht hätte und davongerannt wäre. Doch da hatte sie ihn schon entdeckt und kam freudestrahlend auf ihn zu gelaufen. Sie umarmten sich, obwohl Yanko sie am liebsten überhaupt nicht sehen wollte. Dolores und seine neue Welt schienen irgendwie überhaupt nicht zusammen zu passen.

Und als sie dann etwas später bei einem Pott Kaffee draußen vor seiner Hütte auf der kleinen, überdachten Veranda saßen, hatte er das Gefühl alle Kraft würde plötzlich völlig ungebremst aus seinem Körper fließen. Wenn Dolores ihn auf Grund des Bildes im Internet gefunden haben sollte, und etwas anderes konnte sich Yanko nicht vorstellen, dann hatten das die Ermittler mit Sicherheit auch schon längst getan.

„Wie hast du mich denn gefunden?", wollte Yanko deshalb natürlich gleich wissen und sagte ihr noch, dass er sich hier Diego nennen würde, nur für den Fall, dass einer seiner Gauchokollegen vorbeikäme.

Doch Dolores war so glücklich darüber Yanko endlich gefunden zu haben und ihm gegenüberzusitzen, dass sie darüber fast den Ernst der Lage vergaß. „Es war echt reiner Zufall! Ich habe im Netz herumgesurft und habe mir dabei versucht vorzustellen wo du hingegangen sein könntest. Klar, auf Griechenland bin ich schnell gekommen. Deshalb habe ich zunächst Irina angerufen, aber zu dem Zeitpunkt warst du schon wieder weg gewesen. Dann haben wir gemeinsam weiter gesucht, aber ohne Erfolg, bis eben an jenem Abend vor ein paar Tagen. Ich habe dich plötzlich vor meinem geistigen Auge auf einem Pferd einen langen Sandstrand entlang galoppieren sehen. Ich war schon ein paar Mal in Argentinien gewesen, und da kam mir eben die Idee, dass du hier sein könntest. Ich dachte mir halt, dass du in dem Fall bestimmt auf einer Ranch arbeiten würdest. Und dann bin ich eben auf argentinische Ranch- und Gauchoseiten gegangen und habe dort prompt dein Foto entdeckt!", erzählte Dolores aufgeregt und war heilfroh, dass es Yanko hier offenbar ganz gut ging. „Ich glaube nicht, dass die Ermittler irgendeine Ahnung davon haben, dass du in Argentinien bist!"; ergänzte Dolores noch und sah Yanko dabei fest in die Augen, so, als ob sie ihm damit noch verdeutlichen wollte, dass sie davon auch wirklich überzeugt war. Sie konnte natürlich nicht genau wissen, wie weit die Suche nach Yanko tatsächlich fortgeschritten war, jedoch hatte sie das Gefühl, dass sie ihn nicht in Argentinien vermuteten. Dennoch war sie aus einem ganz bestimmten Grund gekommen.

„Yanko...", begann sie deshalb mit klarem Ton, „Du musst trotzdem hier verschwinden!" Yanko sah sie an. „Warum?", murmelte er und hatte überhaupt keine Lust sich schon wieder von irgendjemandem diktieren zu lassen, wohin er gehen sollte. Ihm gefiel es hier, und er wollte einfach nur weiterhin an diesem Ort bleiben.

„Du weißt doch bestimmt, dass Argentinien auch ein Auslieferungsabkommen mit den USA hat, oder?" Dolores musterte sein Gesichtsausdruck und erkannte dabei, dass Yanko das offensichtlich wusste. „Ja, schon... Trotzdem bleibe ich hier!", antwortete Yanko daraufhin nur knapp und wäre am liebsten einfach aufgestanden und gegangen. Die ganze Geschichte mit Marina, die er hier bis jetzt so erfolgreich verdrängt hatte, kam soeben wieder hochgeschossen und schnürte ihm die Kehle zu. Er hatte das

Gefühl, als wäre ihm der Henkersstrick bereits um den Hals gelegt worden und warte jetzt nur noch begierig darauf seine Aufgabe zu erfüllen.

Yanko zündete sich eine Zigarette an und blies den Rauch gen Himmel. Kurz überlegte er, wie schön es sein müsste ein Vogel zu sein, ein freier Vogel, der einfach grenzenlos dahin fliegen konnte, wohin er wollte.

„Sei nicht so naiv, Yanko! Früher oder später werden sie dich hier aufspüren! Die geben niemals auf, da kannst du Gift drauf nehmen!", konterte Dolores, und die Angst um Yanko war urplötzlich zusammen mit ihren Worten wieder zu ihr zurückgekehrt. Was, wenn er sich nicht überreden ließe Argentinien zu verlassen? Was, wenn sie ihn hier schnappen würden? Dann wäre alles nur noch Schlimmer, als es eh schon war.

„Ich denke drüber nach, ok?", erwiderte Yanko schnell, nur damit Dolores endlich damit aufhören würde zu reden. Yanko überlegte fieberhaft, wie er Dolores so schnell wie möglich wieder loswerden könnte. Er hatte einfach kein gutes Gefühl dabei, dass sie hier bei ihm war, immerhin könnte es ja sein, dass sie als Mutter eines seiner Kinder überwacht wurde, oder vielleicht war ihr sogar jemand gefolgt.

„Dolores, sei mir bitte nicht böse, aber ich muss jetzt wieder an die Arbeit. Wir reiten morgen für ein paar Tage in die Pampa und müssen dafür noch alles vorbereiten. Ich habe jetzt einfach leider keine Zeit mehr!", sagte Yanko deshalb und hoffte inständig, sie würde den Wink verstehen und gehen.

„Ja, ich verstehe! Aber du musst hier weg! Versprich mir, dass du das tust! Ron dreht auch schon völlig am Rad vor lauter Angst! So wie wir alle!", antwortete Dolores mit Nachdruck, stellte ihre leere Kaffeetasse dann auf dem Verandageländer ab und stand auf, um sich zu verabschieden. Sie wäre sehr gerne noch geblieben, am liebsten auch über Nacht und vor

allem in Yankos Bett. Diese eine knappe Stunde war einfach viel zu kurz gewesen, und außerdem wusste sie ja auch nicht, wann sie ihn wiedersehen würde.
Yanko stand ebenfalls auf und umarmte Dolores. In diesem Moment hätte er sie dann allerdings doch am liebsten nicht wieder losgelassen. Ihre Nähe, oder besser gesagt überhaupt die Nähe eines bekannten, lieben Menschen löste in Yanko plötzlich eine für ihn fast nicht mehr auszuhaltende Sehnsucht nach Ron aus, die er jetzt durch diese Umarmung nur irgendwie hilflos zu ersticken versuchte.
Dennoch ließ er Dolores bald wieder los und bedankte sich bei ihr, dass sie die weite Reise auf sich genommen hatte, ihn zu besuchen und zu warnen.
Dolores verließ Yanko schließlich, nachdem sie ihre Tasche geschultert hatte und konnte nur mit Mühe die Tränen zurückhalten. Yanko sah ihr noch so lange nach, wie er sie erkennen konnte, und er fand es ganz schrecklich sie sofort wieder weggeschickt zu haben. Doch es war einfach für alle am besten so. Er wollte um keinen Preis, dass sie eventuell auch noch irgendwie mit in diese Sache hineingezogen würde.

Yanko versuchte den Besuch von Dolores, und das, was sie alles gesagt hatte, so schnell wie möglich aus seinen Gedanken zu verbannen, aber es funktionierte einfach nicht so, wie er es wünschte. Ihre Worte hallten, wie die Stimme einer Bahnhofsdurchsage, ständig in seinem Kopf nach. Und nachts, wenn er wach lag, musste er sich regelrecht dazu zwingen nicht zum Telefon in Sanchez' Büro zu gehen und Ron anzurufen. Ständig überlegte Yanko hin und her und wägte die möglichen Gefahren ab, doch er riss sich schlussendlich zusammen.
Er durfte ihn einfach nicht anrufen.

Die Wochen vergingen, und Yanko übernahm immer mehr Verantwortung auf der Ranch, ohne dass er es wollte. Doch seinem Chef blieben Yankos besondere Kenntnisse über Pferde ja auch nicht verborgen. Und so kam es, dass Yanko, die für seinen Chef sehr wichtige Aufgabe übernehmen sollte, Señor Martinez, einem mächtigen Ranchbesitzer in der Gegend, einen Gefallen zu tun. Sanchez versprach sich dadurch Martinez' immer wiederkehrenden Machtspielen und fiesen, trickreichen Versuchen andere Rancher in den Ruin zu treiben, den Garaus zu machen, und diese hinterhältigen Machenschaften insbesondere bei ihm in Zukunft zu unterlassen. Auch wollte er damit seine fachliche Kompetenz als Pferderancher unter Beweis stellen, denn Martinez machte ihm schon seit er denken konnte mehr oder weniger reizvolle Angebote seine Ranch abzukaufen, und dies stets mit einem äußerst beleidigendem Unterton, Señor Juan Sanchez sei kein gebürtiger Rancher und allein schon deshalb völlig inkompetent und dieser Ranch deshalb unwürdig.

Martinez' Tochter Valentina hatte von ihrem Vater einen Mustang geschenkt bekommen, um ihn bei wichtigen Dressurreitturnieren zu reiten. Das erste große Turnier sollte in vier Wochen sein, doch sie kam mit dem Hengst einfach nicht klar.

Yanko hatte schon mit dem Kopf geschüttelt, als er zum ersten Mal davon hörte. Einen Mustanghengst bei einem Dressurreitturnier konnte er sich beim besten Willen nicht vorstellen. Dennoch ging er der Bitte seines Chefs nach und begann die Tochter und das Pferd der Martinez Ranch zu trainieren. Das Pferd tat ihm sofort leid, denn erstens war dieses Tier wirklich nicht für die Dressur geschaffen, und zweitens entpuppte sich die Tochter als eine eingebildete, zickige, starrköpfige und eiskalte Geschäftsfrau, die nur mit diesem wunderschönen Pferd angeben wollte. Das Pferd

sollte ihren Befehlen ohne Wenn und Aber gehorchen, und das, wenn nötig auch mit Gewalt.
Valentina Martinez war das einzige Kind der Martinezfamilie und würde eines Tages natürlich die elterliche Ranch erben. Yanko wurde es fast schlecht bei dieser Vorstellung. Diese Frau war in Yankos Augen vielleicht fähig eine Armee zu führen, aber keine Ranch. Diesbezüglich konnte er Valentinas Vater nicht verstehen, er musste doch längst bemerkt haben, wie brutal seine Tochter mit den Tieren umging. Doch anscheinend waren hier die Traditionen wichtiger als Einfühlungsvermögen. Bald musste Yanko jedoch leider feststellen, dass Señor Martinez nicht weniger brutal war, als seine Tochter.
Yanko versuchte ihr dennoch geduldig alles beizubringen, was er im Laufe seines Lebens über Pferde gelernt hatte. Der Mustang machte das bei ihm auch alles sofort willig mit, denn das Pferd vertraute ihm schnell, doch seinen Willen konnten die Versuche von Valentina nicht brechen. Das Pferd weigerte sich einfach strikt Valentinas Befehle verlässlich auszuführen.
Eigentlich war Yankos Geduld schon am ersten Tag erschöpft, denn sein Gefühl sagte ihm sehr deutlich, dass diese Frau und der Mustang nie zusammenkommen würden, wenn sie sich weiterhin so ruppig, abstoßend und unkooperativ verhielte. Doch Valentina hatte sich, warum auch immer, in den Kopf gesetzt genau dieses Pferd zu reiten und ließ einfach nicht davon ab.
Als Yanko seinem Chef bald darauf das alles berichtete und ihm mitteilte, dass sie kaum Fortschritte machen, und er am liebsten damit aufhören würde, erzählte ihm sein Chef dann auch ausführlicher warum er diese Arbeit überhaupt angenommen hatte. Sie redeten lange an diesem Abend, und Señor Sanchez tat es gut mit Yanko darüber zu sprechen,

denn Yanko war der einzige seiner Gauchos, der ihn offenbar wirklich verstand.

„Diego, ich bitte Sie, geben Sie nicht auf! Es ist für die Zukunft meiner Ranch wichtig, dass Martinez aufhört uns und die anderen Rancher in dieser Gegend zu mobben. Er soll sich auf seine Geschäfte konzentrieren und uns in Ruhe unsere Arbeit machen lassen!"

Yanko fühlte sich plötzlich diesbezüglich irgendwie in der Pflicht, denn immerhin hatte Señor Sanchez ihn völlig problemlos einfach so angestellt und offenbar vertraute er ihm sehr. Yanko willigte dann schließlich doch ein, bis zu diesem ersten Turnier Valentina weiterhin zu unterrichten.

Doch nach einer weiteren Woche vergeblicher Mühe, war Yanko absolut ratlos. Er wusste einfach nicht, wie er an das Mitgefühl dieses verknöcherten Eisklotzes, wie er sie mittlerweile innerlich immer nannte, herankommen sollte. Wie sollte er nur diesem Menschen beibringen, dass Pferde auch Lebewesen waren, die nicht einfach wie eine Maschine funktionierten? Er musste sich etwas einfallen lassen, zumal der Hengst immer weniger Lust dazu hatte, Valentina überhaupt noch auf seinen Rücken zu lassen. Valentina bekam zudem ja auch deutlich mit, dass Yanko mit ihrem Pferd bestens zurechtkam, und das fuchste sie natürlich noch mehr, sodass sie Yanko bald sogar unterstellte, er würde ihrem Pferd absichtlich beibringen sie zu meiden. Sie wurde dabei teilweise richtig unverschämt zu Yanko und versuchte ständig ihn als primitiven Einfaltspinsel niederzumachen. Yanko störte das eigentlich nicht sonderlich, doch die Art und Weise wie sie mit dem Pferd umging, brachte ihn innerlich auf die Palme.

Als Yanko das nächste Mal nicht wieder einschlafen konnte, weil er erneut in aller deutlichster Weise davon geträumt hatte, wie er den einen Mann beim Überfall auf die Cheyenne

voller Hass getötet hatte, überlegte er fieberhaft, was er in Bezug auf Valentina noch unternehmen könnte, damit sie und vor allem das Pferd dieses Turnier unbeschadet überstehen würden, wobei ihm dabei Valentinas persönliches Wohl eigentlich ziemlich egal war.
Und plötzlich hatte er eine Idee, und es schien ihm irgendwie auch die letzte Möglichkeit zu sein. Obwohl es ihn bei dem Gedanken daran innerlich schauderte, beschloss er dennoch es dem Pferd zuliebe zu wagen. Valentina würde er schon irgendwie dazu bringen mitzumachen.
Und so kam es, das Yanko mit Valentina zu einem Dreitagesritt aufbrach, ohne Zelt und ohne Gepäck. Valentina erzählte er allerdings erst von seinem Plan, als sie an jenem ersten Nachmittag an einem kleinen Fluss ankamen, und Yanko einen Fisch gefangen hatte. Valentina wollte sich zunächst kräftig beschweren, doch sie bemerkte schnell, dass sie gar keine andere Wahl hatte, als mitzumachen. Sie kannte sich nämlich in der Gegend, in der sie momentan unterwegs waren, überhaupt nicht aus. Alleine zurückreiten war also völlig ausgeschlossen.
„Das können Sie doch nicht einfach so mit mir machen! Meine Eltern werden Sie wegen Entführung anzeigen! Und wo werden wir überhaupt übernachten? Was essen wir?", empörte Valentina sich dann doch. Yanko kam schmunzelnd mit dem Fisch in der Hand auf sie zu und ließ sich neben ihr im Gras nieder. Er sah sie an. „Wir werden diesen Fisch essen, wir werden unter freiem Himmel schlafen und Ihre Eltern wissen Bescheid!", sagte Yanko so ruhig wie möglich. Er genoss ihre Empörung richtiggehend und konnte sich ein verschmitztes Grinsen einfach nicht verkneifen. Der verknöcherte, eingebildete, großkotzige Eisblock war jetzt in seiner Hand. Sie würde das tun, was er sagte, denn er war sich ganz sicher, dass sie hier draußen alleine nicht weit kommen würde.

Valentina sah ihn an und ärgerte sich über seine scheinbar gute Laune deswegen. „Das werden Sie mir büßen, dafür sorge ich!", protestierte sie heftig, stand auf und klopfte sich den Staub aus der Hose. „Sie werden mich jetzt auf der Stelle nach Hause bringen! Das ist ein Befehl!", polterte sie aufgebracht los und stapfte sofort hinüber zu ihrem Pferd, das friedlich zusammen mit Yankos unten am Flussufer graste. Sie riss an den Zügeln und wollte schon aufsteigen, als Yanko plötzlich hinter ihr stand.

„Wir werden hierbleiben, und zwar solange, bis Sie es kapiert haben!", sagte Yanko leise, aber sehr bestimmt und nahm ihr unvermittelt die Zügel wieder aus der Hand und begann dann seelenruhig die Pferde abzusatteln.

Valentina stand wie vom Donner gerührt dabei und kämpfte innerlich mit ihrer Fassung. So etwas war ihr im ganzen Leben noch nicht passiert. Ein armseliger Stallbursche, denn mehr waren Gauchos für sie nicht, befahl ihr etwas, und sie war ihm dazu auch noch hilflos ausgeliefert. In diesem Moment bemerkte sie erst, dass ihr vor Wut eine Träne übers Gesicht lief. Sie wischte sie hastig weg, denn die sollte dieser unverschämte Bastard um keinen Preis zu sehen bekommen. Eine Schwäche, und sei sie auch noch so winzig, würde dieser mit Sicherheit nur wieder für weitere Unverschämtheiten ausnutzen.

Yanko machte anschließend in aller Gemütsruhe Feuer, nahm den Fisch aus und briet ihn anschließend auf einem selbst gebauten Rost aus nassem Schilfgras.

Yanko genoss es so sehr draußen zu sein, dass er die Anwesenheit von Valentina darüber fast hätte vergessen können, wenn sie nicht andauernd irgendetwas an allem möglichen auszusetzen gehabt hätte. Yanko beschloss deshalb, ihr nur sein Schweigen als Antwort zu geben. Irgendwann musste sie doch mal runterkommen und irgendwie menschlich werden.

Als sie nachts dann endlich schlief, konnte Yanko die sehnlichst erwartete Ruhe vollends genießen und überlegte sich schon dabei, überhaupt nicht mehr zur Ranch zurückzukehren, sondern einfach weiterzureiten, bis sie die Suche nach ihm aufgeben würden.

Und dann geschah doch noch ein Wunder.
Valentina wurde tatsächlich zusehends ruhiger und unterließ es am Ende des zweiten Tages sogar dann auch völlig Yanko ständig zur Sau zu machen. Yanko hatte sich gerade ans Feuer gesetzt, als er sah, wie sie zu ihrem Pferd hinüberging und es interessiert musterte, so, als hätte sie noch nie im Leben eines gesehen. Yanko legte sich zufrieden ins Gras und rauchte.
Schließlich kam sie fast lautlos zum Feuer zurück und beobachtete Yanko, der sie erst gar nicht bemerkte. Schon am Morgen, als sie das erste Mal unter freiem Himmel aufgewacht war und Yanko neben sich hatte schlafen sehen, war sie plötzlich einfach glücklich gewesen. Ein Gefühl, was ihr schon völlig fremd geworden war. Und jetzt, als sie Yanko dort so entspannt und friedlich im Gras liegen sah, hatte sie fast das Gefühl zu fliegen. Plötzlich schien alles ganz einfach zu sein. Sie erwischte sich sogar dabei, wie sie aufseufzte und somit Yankos Aufmerksamkeit erweckte.
Yanko grinste sie an und dachte das erste Mal, dass sie ja eigentlich ganz hübsch war, wenn sie ihren überheblichen Panzer ablegte. Valentina setzte sich plötzlich einfach neben ihn. „So schlimm ist es hier draußen gar nicht!", sagte sie schließlich, und dann musste sie auf einmal lachen, und Yanko setzte sich auf. „Ich weiß!", sagte er nur und hatte das Gefühl endlich neben einem lebendigen Wesen zu sitzen. Sie strahlte plötzlich Wärme aus und schien einfach entspannter zu sein.

Viel mehr redeten sie an diesem Abend nicht mehr, denn Yanko wollte, dass sie sich jetzt nicht durch Worte von ihrem neuen Zustand ablenken ließe.

Für den dritten und letzten Tag in freier Wildbahn hatte Yanko sich etwas Besonderes überlegt. Eigentlich hatte er es sich gar nicht überlegt, sondern er hatte es plötzlich wie einen Film vor sich gesehen und dann gewusst, dass er es genau so machen würde. Ein bisschen komisch zumute war ihm zunächst schon bei der Vorstellung, das, was er da gesehen hatte tatsächlich auch durchzuführen, zudem er auch überhaupt nicht einschätzen konnte wie Valentina reagieren, geschweige denn, ob sie sich überhaupt darauf einlassen würde. Dennoch beschloss Yanko seiner Eingebung zu folgen.

Am nächsten Morgen packte er also die wenigen Sachen zusammen und hatte es plötzlich eilig. Jetzt, nachdem er sich entschlossen hatte seinen Plan auch wirklich auszuführen, konnte er es kaum mehr abwarten. Es war allerdings mehr seine Sehnsucht, die ihn antrieb, nicht so sehr Valentina.

Gegen Nachmittag erreichten sie endlich das Ziel, und Yanko atmete auf, als er über das glitzernde Nass blickte. Schlagartig fühlte er sich pudelwohl, und Valentinas Anwesenheit war ihm plötzlich egal. Sollte sie doch denken, oder machen was sie wollte, er würde das jetzt genauso durchziehen wie geplant.

Valentina war überrascht, denn sie hatte nicht damit gerechnet auf diesem Ritt ans Meer zu kommen, und dass Yanko ihr dadurch in irgendeiner Weise Raum zum Flüchten geben würde, denn hier kannte sie sich aus. Doch sie hatte plötzlich gar keine Lust mehr auszureißen, und sie erschrak über sich selbst, als sie plötzlich entdeckte, dass sie sich in Yankos Anwesenheit begann wohlzufühlen.

Sie ritt hinter ihm hinunter zum Strand, der sich menschenleer und weit, links und rechts neben ihnen ausbreitete. Das tiefe Blau des Atlantiks wirkte erfrischend und fast kühl, und der kräftige Wind, der vom Meer her den Sand aufwirbelte, zerwühlte ihr Haar. Sie blieb einfach auf ihrem Pferd sitzen und genoss den Anblick der Wellen, die teilweise ziemlich lautstark ans Ufer rollten. Sie war so vertieft in diesen Anblick, dass sie gar nicht bemerkte, wie Yanko in der Zwischenzeit von seinem Pferd gesprungen war, es abgesattelt und dann seine Schuhe ausgezogen hatte.

Sie erschrak etwas, als Yanko plötzlich, wie aus dem Nichts hinter ihr auf dem Mustang saß. Sie wollte schon heftigst protestieren, doch Yanko sagte nur: „Schsch... Keine Angst!", und band ihr ein Tuch um die Augen. Dann glitt er wieder vom Pferd herunter und ließ Valentina ebenfalls mit seiner Hilfe absteigen. „Was haben Sie mit mir vor?", wollte Valentina dann aber doch zu gerne wissen, denn irgendwie hatte sie plötzlich Angst bekommen. Es war allerdings keine Angst vor Yanko direkt, und doch hatte sie irgendetwas mit ihm zu tun. Sie war in dem Moment gekommen, als er auf einmal ganz nah hinter ihr auf dem Pferd gesessen hatte, denn da war plötzlich etwas gewesen, was ihr ein wenig Unbehagen verursachte. Doch wenn sie jetzt genauer hinspürte, hatte es eher eine merkwürdige Aufregung in ihr ausgelöst, die sie ziemlich verunsicherte und deshalb beängstigte. Sie schluckte und beschloss dennoch einfach mutig zu sein und abzuwarten, was Yanko als nächstes vorhatte.

„Du wirst schon sehen! Vertrau mir, falls du das überhaupt kannst!", waren Yankos einzige Worte als Antwort, und die trafen sie in unterschiedlichster Weise. Das er sie geduzt hatte, war ihr zwar gleich aufgefallen, jedoch störte sie das seltsamerweise nicht, dass er aber ihr Problem so auf den Punkt gebracht hatte, traf sie unvermittelt so sehr, dass ihr die

Tränen in die Augen schossen. Doch dank des Tuches konnte Yanko das nicht sehen, und das beruhigte sie etwas.
„Bleib hier stehen, ich bin gleich wieder zurück!", hörte sie plötzlich Yanko sagen und nickte.
Yanko lief zu den Pferden und befreite beide noch vom Zaumzeug und Valentinas vom Sattel und wies die Tiere danach an ein Stückchen ins Wasser hineinzugehen. Dann ging er zu Valentina zurück und löste das Tuch von ihren Augen. Valentina musste zunächst etwas blinzeln, bevor sie die Pferde im Wasser erkennen konnte.
Und dann, wie auf ein unsichtbares Kommando hin, fingen beide Pferde an in den Wellen auf und ab zu galoppieren. Das Wasser spritzte in alle Richtungen, und die beiden schienen sich dabei prächtig zu amüsieren. Vor allem der Mustang tobte sich so richtig aus und konnte anscheinend gar nicht genug von dem salzigen Nass bekommen.
Yanko beobachtete Valentinas Reaktion, und er sah, dass sie zwischen der Sorge, ihr teurer Hengst könnte sich auf und davon machen und dem schönen Anblick, den die beiden Pferde dort im Wasser boten, hin und her gerissen war. Sie setzte ein paar Mal an etwas zu sagen, doch irgendwie schafften es die Worte aber nicht sich hörbar zu machen. Yanko musste innerlich schmunzeln. Irgendwie sah sie süß aus, so in ihrem inneren Kampf zwischen Kontrolle und Genuss.
Sie standen ungefähr eine Stunde lang so da und beobachteten die Pferde, wie sie den Strand für sich entdeckten und sich dabei ungezwungen und frei bewegten. Dann legte Yanko Valentina erneut die Augenbinde um. Diesmal ließ sie es ganz ruhig zu, fast so, als ob sie es herbeigesehnt hätte. Schließlich nahm Yanko ihre Hand und führte sie näher ans Wasser heran. Dann stellte er sich vor sie und begann nun vorsichtig ihre Jacke aufzuknöpfen. Er achtete genauestens darauf, sie dabei nicht zu berühren.

Valentina blieb wie versteinert stehen und wollte schon wieder anfangen zu protestieren, doch Yanko kam ihr zuvor: „Keine Angst, ich tu dir nichts, lass mich einfach mal machen!", sagte er in so einem sanften Ton, dass sie irgendwie gar nicht anders konnte. Sie fiel in eine Art Trance, sie nannte es später den Meeresrausch, und fühlte nur noch, wie dabei ihr Herz anfing schneller zu schlagen. Sie konnte plötzlich Yankos Körperwärme spüren, seinen Duft wahrnehmen, der sich irgendwie so mit dem salzigen Meeresgeruch verband, dass sie kaum einen Unterschied wahrzunehmen vermochte, und dennoch gab es einen. Seine unerwartet große Nähe ließ sie kurz schwindeln, und als er sie bis auf den Slip ausgezogen hatte und ihre Hand dann auf seine legte, damit sie spüren konnte, dass auch er sich auszog, wusste sie nicht, was sie sich mehr wünschte, dass er sein Versprechen ihr nichts zu tun einhalten würde, oder, dass er gelogen hätte.
Doch sein unvermitteltes: „Komm jetzt, los, renn!", riss sie blitzartig aus dem süßen Sinnestraum. Yanko zog an ihrer Hand und dann wusste sie, was er vorhatte. Doch er zog so stark, dass sie sich schon im Rennen befand, als ihr das klar wurde.
Die schäumende Gischt empfing Valentina, als sie kurz aufschreiend in die Fluten stürzte. Yanko hielt dabei ihre Hand fest und hatte offensichtlich auch nicht vor sie von dem Tuch um ihren Kopf zu befreien. Er forderte sie nochmals auf, ihm zu vertrauen und ihm zu folgen. Seine Hand gab ihr Sicherheit und schon bald fühlte sie sich immer sicherer an seiner Seite.
Plötzlich hörte sie ihn pfeifen und kurz darauf ein laut platschendes Getrappel. Und ehe sie es sich's versah, hatte Yanko sie auf einen der nassen Pferderücken gehoben und saß gleich darauf dicht hinter ihr. Dann ließ er den Mustang durch die Fluten galoppieren. Irgendwann nahm er Valentina

dann das Tuch ab und ließ sich selbst kurz darauf ins Wasser fallen.
Was er jetzt sah, würde er sein Leben lang nicht mehr vergessen. Er sah eine nackte Frau auf einem nackten Pferd. Beide vollkommen in ihrer einfachen Natürlichkeit.
Er hoffte jetzt nur noch, dass sie es endlich verstanden hatte, was für ein wundervolles Wesen so ein Pferd war, das man einfach nicht zwingen durfte etwas zu tun, was es absolut nicht tun wollte.
Yanko tauchte noch ein paar Mal in die Wellen, bevor er sein Pferd zu sich rief und zu den Kleidern zurücktritt. Dann sammelte er etwas Holz zusammen und machte ein schönes, kleines Lagerfeuer, an dem er anfing den mitgebrachten Fisch vom Vormittag zu grillen. Er warf noch ein paar Kartoffeln in die Glut und beobachtete dann am Horizont den wieder größer werdenden Fleck herannahen.

Als Valentina sich dann nach dem Essen einfach so in den Sand legte, wusste Yanko, dass sich etwas in ihr verändert hatte. Er konnte es regelrecht schmecken.
Irgendwann setzte sie sich wieder auf und sah ihn an: „Das war der schönste Tag in meinem Leben!", sagte sie noch, bevor ihr die Tränen kamen. Yanko sah sie an und war erleichtert darüber, dass sein Plan offensichtlich aufgegangen war. Ob sie natürlich jetzt auf die Dressurreiterei mit dem Mustang in Zukunft verzichten würde, stand noch in den Sternen, dennoch war etwas erreicht.

Als Yanko sich später zum Schlafen hinlegte und in den mit Sternen nur so übersäten Nachthimmel hinaufschaute, bemerkte er plötzlich, dass Valentina zu ihrem Pferd hinüber gegangen war, das friedlich grasend etwas weiter abseits in den Dünen stand. Er sah erleichtert, wie sie ihm sanft mit der

Hand über den Hals und Rücken fuhr, und dass sie ihm dabei irgendetwas zuflüsterte.
Nach einer Weile kam sie schließlich wieder zurück und setzte sich neben Yanko und erzählte ihm dann bis in die frühen Morgenstunden hinein, warum sie so verhärtet geworden war. Sie erzählte von ihrem Vater, der sich immer einen Sohn gewünscht hatte, weil er glaubte, dass nur Männer dazu fähig wären, erfolgreich eine Ranch zu führen. Sie erzählte ihm von ihrer Mutter, die niemals zu ihr stünde, wenn der Vater zugegen war, und von der von ihrer Familie für sie schon fix und fertig geplanten Hochzeit mit einem schmierigen Sohn einer sehr wohlhabenden, traditionsreichen Rancherfamilie aus dem Süden. Ihr Vater wollte einen fähigen Mann im Haus haben, damit die Frau dann das tun könnte, wofür sie geboren wäre, nämlich Kinder bekommen und den Haushalt führen.
Und Yanko verstand. Valentina wollte bei diesen Turnieren einfach beweisen, dass sie als Frau durchaus in der Lage war zu gewinnen. Der Mustang war ein Geschenk ihres Vaters, und er hatte ihr die Zügel mit den Worten: „Dann beweise mir, dass du es drauf hast!" überreicht.

Als sie am nächsten Morgen zurück zur Sanchez Ranch ritten, ritt Valentina auf Yankos Pferd und Yanko den Mustang. Und er erzählte ihr dabei, was er zu diesem Pferd fühlte. Es war das erste Mal, dass sie ihm wirklich zuhörte und ihn schließlich ernsthaft fragte, was sie denn jetzt tun solle.
„Meiner Meinung nach gibt es zwei Möglichkeiten. Entweder du gibst auf und reitest einfach ein anderes Pferd, oder du machst, was ich dir sage. Der Mustang ist einfach kein Dressurpferd, das hast du ja jetzt wohl selbst gemerkt, aber Mustangs können die besten Freunde sein! Und für Freunde tun sie manchmal Dinge, die sie nicht immer unbedingt besonders mögen. Ich kann dir da nichts versprechen, aber

ich werde dir helfen, wenn du mich machen lässt, ohne wenn und aber.", sagte Yanko so klar und bestimmt, dass sie plötzlich zu ihm aufschauen musste. Wie konnte sie nur so blind sein? Neben ihr ritt ein Mensch, der anscheinend in der Lage war sie zu verstehen, und er war der einzige, der das tat. Woher hatte er bloß gewusst was sie brauchte, um aus ihrer Starre wieder herauszukommen? Und plötzlich überkam sie Furcht, denn sie wusste noch überhaupt nicht, wie sie sich in Zukunft ohne dieses dicke Schutzschild zu Hause würde behaupten können. Aber irgendwie war ihr das plötzlich auch egal. Sie fühlte sich zum ersten Mal lebendig und frei. Sie hätte ihr ganzes Leben lang so weiterreiten können.

„Ja, ok!"; begann sie dann, weil sie eigentlich noch viel mehr hatte sagen wollen, doch sie zog es plötzlich vor lieber einfach diese wunderbare Stille und den offensichtlichen Frieden zwischen ihr und Yanko zu genießen. Immer wieder tauchten die Erinnerungen an den Vortag auf, als Yanko dicht hinter ihr auf dem Pferd gesessen, und sie seine nasse Haut und seinen Arm um ihren Bauch gespürt hatte. Und sie fragte sich plötzlich, ob sie es eventuell wagen könnte ihn noch um mehr zu bitten.

Erst als die Ranch schon in Sichtweite war, hielt sie an. Yanko sah sie fragend an. Valentina holte Luft: „Diego... Ich weiß, es war bestimmt nicht einfach für dich mit mir, aber ich denke, ich habe verstanden, was du mir zeigen wolltest! Es... es war wirklich wunderschön! Vielen Dank dafür! Ich werde das nie vergessen!" Yanko sah sie an und musste grinsen: „Ich hoffe es! War mir ein Vergnügen – zumindest der Tag gestern!" Valentina beugte sich plötzlich spontan zu ihm rüber und gab ihm einen schnellen Kuss auf die Wange.

Yanko schnalzte daraufhin grinsend mit der Zunge, und die Pferde galoppierten das letzte Stück bis zur Ranch, wo Valentinas Vater schon mit dem Hänger auf sie wartete.

Yanko blieb auf Bitten seines Chefs hin die letzten Tage vor dem besagten Turnier ganz auf der Martinez Ranch und trainierte eine völlig andere Valentina. Sie lernte plötzlich schnell und zeigte sich einfühlsam und überaus kooperativ. Der Mustang dankte es ihr, indem er zumindest die ihm abverlangten Aufgaben ordnungsgemäß absolvierte. Beiden war jedoch auch klar, dass diese Leistung niemals für einen Sieg in der höchsten Klasse des Dressurreitens reichen würde. Valentina machte zwar große Fortschritte, doch die restliche Zeit war einfach viel zu kurz, um aus ihr und dem Pferd noch ein richtiges Team zu machen.

Yanko jedoch nutzte die Zeit, in der Valentina sich um andere Dinge kümmern musste, heimlich aus und besuchte den Mustang so oft es ging auf der Weide. Er wollte zu gerne herausfinden, welches denn nun eigentlich das größte Talent dieses Pferdes war. Yanko vermutete zwar, dass es das Rennen sein könnte, jedoch war er sich nicht wirklich sicher, denn er hatte noch nie eine Zeit von ihm genommen. Natürlich wusste Yanko aus Erfahrung, dass es auch Tiere gab, die kein Talent zu irgendeiner Turnierdisziplin hatten, und am liebsten sah er die Pferde ja sowieso in freier Wildbahn.

Aber er wollte es einfach zu gerne wissen wie schnell der Hengst rennen konnte. Also nahm er bei der nächsten Gelegenheit eine Stoppuhr mit und maß eine Strecke ab, die ungefähr die Länge einer Rennbahn hatte. Er ritt ohne Sattel und Zaumzeug, doch Yanko war sich sicher, dass er auch ohne das Sattelzeug auf jeden Fall immer noch schwerer war, als so ein Hämpfling von Jockey zusammen mit allem drum und dran. Und als der Mustang die Strecke dann entlangjagte, dachte sich Yanko schon, dass er Recht behalten würde. Nachdem er dann im Internet die Rundenzeit des Mustangs mit anderen verglichen hatte, wusste er schließlich wo dessen Talent tatsächlich lag.

Yanko machte sich ab sofort einen Spaß daraus, nachts mit dem Hengst über die Wiese zu preschen und offensichtlich genoss das nicht nur er. Der Mustang wartete immer schon ungeduldig auf ihn und tänzelte erwartungsvoll am Gatter auf und ab. Yanko bat ihn dann allerdings auch immer wieder darum, dass er einfach dieses dämliche Turnier gewinnen sollte, damit Valentina die Ranch auch ohne Zwangsheirat erben könnte. Dennoch war Yanko sich nicht sicher, ob das Pferd willens war am Tag X wirklich alles zu geben.

Und in der letzten Nacht vor dem Turnier stand Valentina plötzlich hinter Yanko am Weidezaun. „Was machst du hier?", fragte sie etwas erstaunt. Yanko drehte sich um und hoffte, sie würde nicht bemerken, dass der Hengst noch etwas schwitzte. „Ich besuche dein Pferd.", erwiderte er schließlich wahrheitsgemäß.

Valentina lächelte. „Konntest du nicht schlafen?", fragte sie ihn, während sie etwas näher kam. Yanko wich ihr einen Schritt aus, denn er hatte plötzlich eine merkwürdige Ahnung, was sie vorhaben könnte. Irgendwie lag es auf einmal in der Luft und darauf hatte er jetzt absolut keine Lust. Kurz überlegte er aber dennoch, wann er das letzte Mal Sex gehabt hatte, und es erschien ihm eine Ewigkeit lang her zu sein. Doch er vermisste es nicht, und er hatte momentan absolut kein Verlangen nach ihr oder Sex überhaupt. Und auf einmal fühlte er sich schlagartig hundemüde und erschöpft. Fast wie auf Knopfdruck fiel ihm wieder ein, warum er eigentlich hier in Argentinien war, und dass er wegen Vergewaltigung inzwischen weltweit gesucht wurde. Offenbar war es ihm anzusehen, dass er sich plötzlich unwohl fühlte, denn Valentina kam zwei Schritte näher. „Hey, alles klar mit dir? Du siehst auf einmal so müde aus!"

Yanko winkte ab. „Ja, bin ich auch! Und deswegen gehe ich jetzt auch schlafen, und das solltest du auch tun! Morgen ist dein großer Tag!", erklärte er dabei.
Und dann ließ er sie einfach an der Weide stehen und ging mit einem kurzen „Gute Nacht!", zurück zum Haus.

Das Turnier begann recht turbulent, denn drei der gemeldeten Pferde waren erst gar nicht eingetroffen, dafür aber fünf unangemeldete dazu gekommen. Doch die Jury sah darin kein Problem und änderte kurzentschlossen einfach den Ablaufplan.
Valentina ging es gar nicht gut, sie war so aufgeregt, dass sie kaum die Riemen am Zaumzeug in die Schnallen brachte. Yanko half ihr dabei und redete beruhigend auf sie ein. „Du schaffst das schon! Sei einfach du selbst, egal welchen Platz du belegst! Jemand der Ahnung hat, sieht genau, was du da leistest! Kopf hoch und durch!" Valentina versuchte zu lächeln, doch es half irgendwie nichts, sie fühlte sich einfach nur elend. Der ganze Druck mit der Ranch und ihrem Vater und der drohenden Hochzeit mit einem Mann, den sie nicht liebte, ließ ihren Magen zu einem klobigen Stein werden. Sie sah Yanko dabei zu, wie er den Mustang fertig sattelte und fragte sich, wieso nicht einfach er dieser reiche Ranchersohn aus dem Süden sein konnte, den sie heiraten sollte.
Fast unbemerkt hatte sie sich irgendwie in ihn verliebt, und sie konnte sich gar nicht mehr genau daran erinnern, wann das passiert war. Sie vermutete allerdings bereits irgendwann zwischen dem ersten und zweiten Tag, als er sie zum ersten Mal trainiert hatte. Sie seufzte anscheinend so laut, dass Yanko aufsah.
„Was ist?", fragte er deshalb. „Kannst du nicht für mich reiten?", rutschte es ihr heraus, und sie wunderte sich selbst etwas über diese Idee, doch sie fand sie eigentlich perfekt. Wenn es überhaupt einer schaffen könnte, dann Yanko. Er

könnte den Mustang vielleicht doch zum ersten Preis führen. Yanko kam zu ihr und musste lachen: „Was ich? Das ist aber überhaupt keine gute Idee! Ich bin der schlechteste Dressurreiter der Welt! Mindestens! Ich hasse Dressurreiten!!! Sorry, aber das musst du schon selbst machen!"
Valentina hätte ihn plötzlich am liebsten geküsst, doch sie riss sich zusammen. Und vor lauter Zusammenreißen, riss sie ihm dann fast die Zügel aus der Hand und ging mit den Worten: „Na, dann eben nicht!" eine Spur zu zügig, um noch cool zu wirken, hinaus zum Aufwärmplatz.
Yanko sah ihr nach und schmunzelte in sich hinein. Dann folgte er ihr. Nach etwa einer halben Stunde stand sie dann fertig zum Start bereit, und Yanko hielt die Zügel fest. Er wollte gerade „Toi toi toi!", sagen, als Valentina wie von der Tarantel gestochen vom Pferd sprang, sich übergab und Yanko damit unmissverständlich zu verstehen gab, dass sie jetzt unmöglich reiten konnte. Yanko stand zunächst da wie ein begossener Pudel und überlegte fieberhaft, was er denn jetzt machen sollte. Valentinas Vater kam allerdings sofort herbeigerannt, drückte Yanko prompt Zylinder, Hemd, Hose, Frack und Stiefel in die Hand, die er wie aus dem Nichts aus seinem Auto herbeigezaubert hatte, und forderte ihn damit ebenso unmissverständlich auf, das zu tun, was Yanko eigentlich überhaupt nicht tun wollte. Doch Valentinas flehender Blick erweichte schließlich sein Herz, und er zog sich widerspenstig aber dennoch schnell um. Er hatte noch nie in seinem Leben so eine Kluft angehabt, und er fühlte sich, vor allem mit dem starren Hut auf dem Kopf selten dämlich. Und er fragte sich, was für ein Idiot das gewesen sein musste, der sich so eine unbequeme, sinnlose und obendrein potthässliche Kleidung ausgedacht hatte. Aber er riss sich zusammen und stieg auf. Und kaum war er oben, ertönte auch schon das Startsignal für seinen Ritt.

Dem Mustang war es anscheinend völlig egal wie Yanko aussah, denn er freute sich sichtlich, dass Yanko nun auf seinem Rücken saß und strengte sich außerordentlich an eine gute Figur zu machen. Yanko kam sich zwar vor wie in einem falschen Film, doch dann stellte er sich vor, er wäre in der Manege und würde einfach nur einen Programmpunkt vorführen. Und anscheinend wirkte das, denn die beiden belegten immerhin einen unverhofft guten dritten Platz.

Valentinas Vater war Yanko zwar sehr dankbar, dass er den Mustang bei der Dressur geritten hatte, war allerdings über den dritten Platz weniger erfreut und meldete deshalb den Hengst schließlich noch kurzerhand, und ohne vorher irgendeine Absprache mit Yanko zu treffen, bei dem hochdotierten Geländeritt an, der dann noch am selben Nachmittag stattfinden sollte. Yanko weigerte sich zunächst vehement dagegen, als Señor Martinez dann mit der fertigen Anmeldung rausrückte, denn er hasste solche Wettbewerbe sowieso, und diese Geländeritte waren zudem auch extrem gefährlich, weil die meisten Reiter keinerlei Rücksicht auf ihre Tiere nahmen und im Eifer des Gefechts überhaupt kein Pardon mehr kannten.

Als Valentinas Vater dann drohte den Mustang zum Schlachter zu bringen, wenn er sein Geld heute nicht verdienen würde, stimmte Yanko schließlich notgedrungen und zähneknirschend und zur großen Erleichterung von Valentina zu, den Wettbewerb doch zu reiten. Auch wenn es ihm zuwider war den Mustang durch diese Disziplin zu quälen, so war das immer noch besser, als ihn ganz zu verlieren, denn Yanko hatte insgeheim beschlossen, dieses Pferd zu kaufen, sobald er genügend Geld zusammen hätte. Yanko hatte zwar solche Wettbewerbe im Gelände ebenso noch nie persönlich mitgemacht, doch rechnete er sich dabei auf alle Fälle bessere Chancen aus als in der Dressur.

Und da diese Disziplin frei von irgendwelchen Auflagen war, was Kleidung, Zaumzeug oder Sattel betraf, entschloss sich Yanko kurzerhand auf den Sattel zu verzichten. Das war vielleicht bei den Springsequenzen ein gewisser Nachteil, doch insgesamt war es bestimmt besser so.
Und er sollte Recht behalten. Nach zwei Stunden und ein paar Minuten kamen Yanko und der Mustang schließlich als Erste ins Ziel. Die beiden hatten zwar ein paar blutige Kratzer abbekommen, aber sonst waren sie wohlauf, im Gegensatz zu den meisten, die überhaupt ins Ziel gekommen waren.
Yanko nutzte die Euphorie des Señor Martinez gleich aus und rang ihm geschickt das Versprechen ab, den Hengst zukünftig solche Rennen nicht mehr laufen zu lassen, sondern ihn lieber für die Zucht zu schonen.

Zurück auf der Ranch, versorgte Valentina an jenem Abend noch Yankos Schnittwunden, die er sich bei dem Geländeritt zugezogen hatte. „Ich weiß nicht, was ohne dich passiert wäre! Du hast den Mustang gerettet! Ich habe mich zwar in Grund und Boden blamiert, aber mein Vater hat dir das hoch angerechnet, das du eingesprungen bist und dann noch dazu den wichtigsten Geländeritt der Saison für ihn gewonnen hast! Damit ist er wieder besänftigt! Vielen Dank, Diego!", sagte sie dankbar und berührte dabei leicht seine Schulter an einer Stelle, an der die Haut heil war. Yanko bemerkte es natürlich, ließ es aber zu, denn irgendwie tat ihm diese Berührung gut.
Und plötzlich wurde er traurig, denn er vermisste seine Kinder auf einmal so sehr, dass es richtig wehtat, und der kurz darauf aufflammende Gedanke an Ron ließ ihn fast zusammenzucken. Plötzlich erschien auch noch Jim Wilsons fieses Lachen vor seinem inneren Auge, und da stand er auf, obwohl Valentina mit seinen Wunden noch gar nicht fertig war.

„Ja, schon gut! Das habe ich für dein Pferd getan! Bitte sorge dafür, dass es ihm immer gut geht!" Yanko nahm sein Hemd und wollte es gerade überziehen, als Valentina dazwischen kam und es festhielt. Ihr war plötzlich schlagartig klar geworden, dass ihre gemeinsame Zeit hier auf der Ranch mit diesem Turnier nun beendet war.

„Was ist?", fragte Yanko, denn er sah, dass sie wegen irgendwas bedrückt war. „Sehen wir uns wieder?", kam es schnell aus ihr heraus, und dabei hielt sie immer noch Yankos Hemd fest. Yanko wusste zwar überhaupt nicht, ob es richtig war oder nicht, aber er ließ das Hemd los und umarmte sie einfach. Irgendwie fühlte sie sich genauso verloren an, wie er es selbst in diesem Moment war. Irgendwo in einer Welt, die von anderen bestimmt wurde.

Valentina erwiderte seine Umarmung und wünschte sich, sie würde zu mehr führen, doch Yanko hatte wohl nicht diese Absicht. Er ließ sie nach einer Weile wieder los und sah sie einfach nur an. „Wenn du willst, dann komme ich ab und zu mal vorbei. Ich muss ja schließlich nach dem Mustang gucken, nicht, dass er irgendwann noch im Zoo landet!", versuchte Yanko aufmunternd zu sagen, um gleichzeitig festzustellen, was für einen Blödsinn er da geredet hatte. Eigentlich wäre er gerne geblieben, denn seit dem Tag am Meer hatte er wirklich angefangen sie zu mögen. Vielleicht sogar auch noch mehr als das, aber er wollte sich hier auf keinen Fall an jemanden binden, den er dann doch nur enttäuschen müsste. Allein schon wegen seiner falschen Identität.

Doch sie besuchten sich in der folgenden Zeit öfter als Yanko es je für möglich gehalten hatte, und es wurde für ihn immer schwieriger der klaren Richtung ihrer wachsenden Freundschaft auszuweichen.

Es war an einem der Tage, nachdem sich Valentina wieder einmal verabschiedet hatte und weggefahren war, obwohl Yanko eigentlich nicht wollte, dass sie ging, als Señor Sanchez ihn zu sich rief. Und als Yanko nach dem Gespräch wieder draußen vor seiner Hütte saß, konnte er immer noch nicht glauben, was er da eben alles gehört hatte.
Señor Sanchez hatte ihm soeben mitgeteilt, dass er sich so schnell wie möglich aus dem Rancherleben zurückziehen möchte, und dass er dies schon lange vorhabe, nur bis jetzt noch keinen geeigneten Nachfolger gefunden hätte, der die Ranch in seinem Sinne, und vor allem verantwortungsvoll den Mitarbeitern, sowie auch der Natur und den Tieren gegenüber führen könnte. Doch nun hätte er diesen Mann gefunden. Señor Sanchez war sich in seiner Entscheidung so sicher, dass es schien, als ob Yanko gar keine andere Wahl hätte.
Yanko wusste gar nicht über was er zuerst nachdenken sollte. Darüber, ob er das überhaupt wollte, oder darüber, ob das mit seinem falschen Namen überhaupt funktionieren könnte, denn schließlich hatte er hier in Argentinien kein Bankkonto, was er aber als Ranchbesitzer mit Sicherheit bräuchte. Kurz war er schon drauf und dran gewesen Señor Sanchez die Wahrheit zu sagen, einfach nur, damit der wüsste, mit wem er es eigentlich zu tun hatte. Er mochte diesen Señor Sanchez wirklich gerne, und es war ihm schon die ganze Zeit über sehr zuwider ihn andauernd anlügen zu müssen.
Andererseits würde die Polizei sicherlich keinen argentinischen Ranchbesitzer suchen. Vielleicht wäre er als eingetragener Rancher sogar sicherer als jetzt, zudem hatte Yanko auch immer noch überhaupt keine Lust darauf von hier wegzugehen. Er fand das Leben als Gaucho wirklich schön und konnte sich gut vorstellen, das auch noch lange Zeit zu tun.

Yanko fühlte sich wirklich geschmeichelt von Señor Sanchez Angebot, fand es aber irgendwie auch seltsam, dass ausgerechnet er diese wunderschöne Ranch bekommen sollte, und zwar einfach so als Geschenk. Señor Sanchez hatte auch noch zu Yankos Beruhigung gesagt, dass er mittlerweile genug Geld verdient, und auf die Seite geschafft hätte, dass er das alles gar nicht alles ausgeben könnte. Er würde in Zukunft ein einfaches Leben in den Bergen führen und jagen gehen. Seine Kinder wollten die Ranch nicht haben, wären aber finanziell ebenfalls gut abgesichert, und seine Frau zöge ein Leben in der Stadt vor. Keiner von seiner Familie war offenbar an der Ranch interessiert. Señor Sanchez hatte dann noch hinzugefügt, dass es schließlich seine Ranch wäre, und er ganz allein darüber bestimmen könne, was aus ihr werden sollte.
Yanko überlegte zwei Tage lang, dann hatte er sich entschlossen. Er würde es wagen. Und Ideen hatte er auch schon mehr als genug, was man aus der Ranch noch alles machen könnte, und allein deswegen hatte er schon ein recht gutes Gefühl bei der Sache.

Knapp vier Wochen später, saß Yanko dann mit den fertig unterschriebenen Papieren auf der wunderschönen, breiten und großzügigen Terrasse des Rancherhauses und blickte auf einen noch wunderschöneren Garten hinaus, in dem in der Mitte ein Springbrunnen plätscherte. Der Garten war zwar gepflegt, wirkte aber dennoch sehr natürlich. Yanko stand auf, legte die Papiere auf den Tisch und schlenderte im Haus umher. In seinem neuen Haus. Es war ein großzügig gebautes Gebäude mit großen Räumen, die alle mit einem edlen, dunklen und leicht glänzenden Holzboden ausgestattet waren. Ein paar Möbel hatte Señor Sanchez noch da gelassen. Möbel, die auch er schon übernommen hatte, als er vor vielen Jahren hierher gezogen war. Yanko fand es spannend in diesem leeren Haus zu sein, das doch irgendwie voller Leben war.

Von einem Leben, das er kaum kannte, und das jetzt einfach so zu ihm gekommen war.

Als Valentina das erste Mal zu Besuch kam, nachdem Yanko die Ranch übernommen hatte, hatte sie sich fest vorgenommen, ihm endlich von ihren Gefühlen für ihn zu erzählen. Schließlich war er ja jetzt in den Augen ihres Vaters zu einer guten Partie geworden. Und außerdem war sie sich mittlerweile sicher, dass auch er sie auf jeden Fall viel mehr mochte, als es für eine gewöhnliche Freundschaft noch angemessen wäre.
Sie setzten sich auf die Terrasse, und Yanko hörte schließlich all das, was sie sich vorgenommen hatte ihm an diesem Abend zu erzählen, und er hätte es nur zu gerne erwidert, doch er konnte einfach nicht. Schon sehr oft hatte er darüber nachgedacht ihr die Wahrheit zu sagen, aber es dann immer wieder verworfen. Und jetzt war es irgendwie zu spät geworden. Sie vertraute ihm, und das so sehr, dass sie ihm jetzt auch noch ihre Liebe gestand, aber Yanko musste ja ständig damit rechnen, dass er plötzlich von heute auf morgen verschwinden müsste, wenn es hart auf hart käme.
„Valentina...", begann Yanko deshalb, nachdem sie schon längere Zeit geendet hatte, denn irgendetwas musste und wollte er auch dazu sagen. Was er dann aber sagte, brach ihm genauso das Herz wie ihr. „Es tut mir leid, aber bei mir ist das nicht so... Ich hätte es dir schon viel früher sagen sollen, aber ich hielt es für nicht so wichtig... Ich bin verheiratet, und meine Frau kommt demnächst hierher. Sie arbeitet in den USA, deshalb sehen wir uns nicht so oft." Yanko wunderte sich selbst darüber, wie leicht ihm diese weitere Lüge über die Lippen gekommen war.
„Liebst du sie?", war Valentinas erste Schockreaktion darauf. „Ich will sie nicht verlassen.", antwortete Yanko schnell und hätte sich für all das, was er da gerade tat selbst ohrfeigen

können. Doch es war so alle mal besser, fand Yanko, als von Valentina am Ende vielleicht noch verraten zu werden.
Valentina allerdings verstand die Welt nicht mehr. Sie war sich so sicher gewesen, dass Yanko auch viel mehr für sie empfinden würde. „Liebst du mich denn gar nicht?", fragte sie deshalb gerade heraus und versuchte dabei seinen Blick zu erhaschen. Yanko zündete sich eine weitere Zigarette an und fragte sich kurz, warum es nur, um alles in der Welt, schon wieder so weit gekommen war.
Er seufzte und stand auf. Er hasste diese Situation und am allermeisten sich selbst dabei. Und trotzdem beschloss er das Gespräch jetzt einfach zu beenden. „Valentina, es tut mir leid, aber ich kann dazu nichts weiter sagen! Bitte respektiere das, auch wenn du es nicht verstehen kannst!" Yanko wusste nur zu gut, dass er da eigentlich etwas Unverschämtes von ihr verlangte, aber ihm fiel nichts Besseres ein. Valentina stand daraufhin notgedrungen ebenfalls auf, verabschiedete sich noch kurz und fuhr dann ziemlich verstört und unter Tränen davon.

Als Yanko am nächsten Tag zur Martinez Ranch kam, um sich bei ihr zu entschuldigen, war sie nicht da. Postwendend fuhr Yanko dann wieder zurück und grübelte den ganzen Tag lang darüber nach, was er nun tun sollte. Schließlich entschloss er sich dazu ihr doch die Wahrheit zu sagen, auch wenn das bedeuten könnte, dass er eventuell von hier verschwinden müsste. So konnte und wollte er jedenfalls nicht weiterleben, und schon gar nicht, wenn er vorhatte noch länger hierzubleiben. Sie war ihm einfach mit der Zeit viel zu sehr ans Herz gewachsen, als dass er sie noch länger belügen wollte. Er würde am Abend noch einmal zu ihr rausfahren und ihr dann alles erzählen.

Doch dann klingelte nachmittags das Telefon, und es war Ron.

Als Yanko danach hinaus auf die Veranda trat, ging es ihm noch beschissener als vorher. Ron hatte ihm erzählt, dass er nun schon seit längerem auch per Interpol gesucht werde, und sich die Suche nach ihm nun mittlerweile sehr intensiv auf Südamerika konzentriere, weil die Ermittler wohl doch herausgefunden hatten, dass Dolores vor einiger Zeit nach Argentinien gereist war. Sie selbst hätte den Beamten allerdings wohl wirklich nichts darüber gesagt, ihr Alibi wäre auch eigentlich absolut wasserdicht. Daraufhin hatte Ron ihm eindringlich sämtliche Länder aufgezählt, die kein Auslieferungsabkommen mit den USA hatten und dann in einer Tour auf ihn eingeredet, dass er Argentinien sofort verlassen, und sich in einem der genannten Länder verstecken sollte, falls er nicht jetzt doch freiwillig zurück in die USA kommen wollte, um sich der Sache endlich zu stellen.

Ron wusste um die Gefahr Yanko anzurufen, doch er hoffte einfach, dass er nicht ständig und überall beschattet wurde. Allerdings konnte er sich, genau wie Yanko, an fünf Fingern abzählen, dass es wirklich nur eine Frage der Zeit wäre, bis sie ihn dort auftreiben würden.

Die Freude darüber Rons Stimme endlich wieder zu hören, hatte sich bei Yanko nicht wirklich ausbreiten können, nach alldem, was Ron ihm berichtet hatte.

Nachdem Yanko anschließend die ganze Nacht hindurch gegrübelt hatte, was er nun tun sollte, war ihm bis zum nächsten Morgen schon ziemlich klar geworden, dass er in Argentinien auf Dauer nicht wirklich sicher sein würde.

Als die Vögel anfingen zu zwitschern, kochte er Kaffee und setzte sich dann mit der dampfenden Tasse und einem Weltatlas hinaus auf die Terrasse. Willkürlich schlug er zunächst das dicke Buch irgendwo auf und landete spontan in der Mongolei. Zwar fand er den Gedanken dort viele Pferde anzutreffen sehr reizvoll, doch irgendwie zog ihn trotzdem überhaupt nichts dorthin. Außerdem gab es in der Mongolei kein Meer, und Yanko kam auch nach längerem Nachdenken nicht darauf, welche Sprache dort überhaupt gesprochen wurde.

Er blätterte weiter nach vorne und schlug die Seite mit der Weltkarte auf. Lange saß er dann davor und spürte dabei sehr deutlich, dass er eigentlich genau da, wo er jetzt gerade saß, am liebsten bleiben wollte.

Doch dann riss er sich zusammen und holte die Liste mit den Ländern, die ihm Ron genannt hatte aus der Hosentasche heraus und breitete sie etwas genervt neben dem Atlas aus. Land für Land suchte er nun in den Karten auf, bis er irgendwann bei Namibia hängen blieb.

Dieses Land lag immerhin am Meer, und es gab viele Farmen, außerdem würde man dort mit Englisch und Deutsch gut zurechtkommen, und es erschien ihm schließlich auch groß genug, um sich dort auf Dauer nicht eingesperrt zu fühlen.

Yanko wusste instinktiv, dass Namibia für ihn wohl momentan die einzig mögliche Option war. Schließlich atmete er tief durch, stand plötzlich auf und leerte den Rest Kaffee wütend und schlechtgelaunt auf den Rasen.

Dann ging er hinauf, setzte sich ins Büro und versuchte Señor Sanchez erfolglos zu erreichen. Schließlich entschloss er sich dann das Ganze notgedrungen auch ohne dessen Einverständnis durchzuziehen, denn plötzlich hatte er das Gefühl keine Zeit mehr verlieren zu dürfen. Er musste jetzt so schnell wie möglich aus Argentinien verschwinden, bevor es zu spät wäre. Yanko verfasste daraufhin einen Kaufvertrag für Martinez, den der hoffentlich nicht ausschlagen würde.

Vier Stunden später saß er dann bei Señor Martinez im Büro und schaute in die total verdutzten Augen von Valentina.

Yanko wusste, dass die Sanchez Ranch, also seine, eigentlich mehr wert war, als er in den Vertrag hineingeschrieben hatte, doch für ihn war es viel wichtiger so zu verkaufen, dass er genügend Geld zum Leben haben würde, aber vor allem auch so, dass die Ranch in gute Hände überginge. Deswegen hatte er als Bedingung gefordert, dass ausschließlich Valentina die Besitzerin seiner Ranch werden sollte. Martinez bekäme in diesem Fall eine Gewinnbeteiligung von 20%. Yanko wusste, dass diese Klausel ihm womöglich auch das Geschäft versauen könnte, doch das Risiko musste er eingehen. Falls Martinez nicht einwilligen würde, müsste er halt weitersehen. Er wollte aber auf jeden Fall, dass Valentina die Ranch bekommen sollte.
Doch Señor Martinez ließ sich nicht lange Zeit zum Überlegen. Das war die Gelegenheit endlich die Sanchez Ranch unter seinen Namen zu bekommen, auch wenn er nur mit 20% dabei wäre.
Binnen der nächsten zwanzig Minuten war das Geschäft perfekt, und sie verabredeten sich für den nächsten Tag beim Notar.

Valentina war natürlich äußerst überrascht und gleichzeitig total verwirrt über Yankos Aktion, und sie versuchte Yanko noch zu erwischen, der sich nämlich nach dem Unterschreiben so schnell wie möglich versuchte vom Acker zu machen. Er wollte jetzt nicht mit ihr reden. Später ja, oder morgen, oder übermorgen, aber nicht jetzt. Doch sie war schneller und hatte ihn noch erreicht, gerade als er den Motor anlassen wollte.
„Jetzt warte doch mal! Yanko! Warte!", rief sie etwas außer Atem, und Yanko ließ den Zündschlüssel notgedrungen wieder los. Er kurbelte das Fenster ganz hinunter und sah sie an.

„Hau doch nicht gleich ab! Kannst du mir wenigstens etwas davon erklären? Ich meine, vorgestern schickst du mich weg, weil angeblich deine Frau kommt, und heute schenkst du mir sozusagen deine Ranch. Irgendwie verwirrt mich das! Kannst du das nicht verstehen?" Valentina wusste nicht, ob sie wütend oder einfach nur glücklich sein sollte. So irgendwas dazwischen war es jedenfalls.

„Klar wirkt das verrückt, aber es ist das Beste so! Du hast jetzt deine eigene Ranch, und ich weiß, dass du das hervorragend machen wirst!", versuchte Yanko knapp zu erklären, was ihn dazu bewogen hatte, ihr die Ranch zu überlassen. Doch Valentina reichte diese Erklärung überhaupt nicht. „Aber warum? Warum tust du das? Und was ist mit dir? Hast du plötzlich keine Lust mehr auf die Ranch? Ich verstehe dich einfach nicht!" Yanko fuhr sich durch die Haare, und die Lügerei schlug ihm auf den Magen. Er wäre am liebsten sofort losgefahren. „Ich kann dir das jetzt nicht erklären, aber ich werde es noch tun! Ok?! Ich muss jetzt los! Wir sehen uns morgen beim Notar!", sagte Yanko dann schnell und ließ den Motor an. „Ok, dann hau halt ab! Du machst es dir echt einfach!", sagte Valentina aufgebend und trat dann ein paar Schritte zurück, denn sie spürte deutlich, dass sie heute nicht mehr aus ihm herausbekommen würde. Dann sah sie dem davonfahrenden Jeep hinterher und fragte sich, was mit Yanko wohl los war, das sein merkwürdiges Verhalten, welches so gar nicht zu dem passte, was sie bisher von ihm kennengelernt hatte, erklären könnte.

Erst als sie schon im Bett lag, wurde ihr so richtig bewusst, dass sie soeben die Besitzerin der wundervollsten Ranch, die sie sich nur erträumen konnte, geworden war.

Am übernächsten Tag, als Yanko notgedrungen seine Sachen zusammenpackte, überlegte er noch fieberhaft wie er nun am besten sein ganzes Geld, und das war ein gewaltiger Batzen

von fünfundzwanzig Millionen Argentinische Peso, was in etwa vier Millionen Dollar waren, nun nach Namibia schaffen sollte, ohne dadurch aufzufallen. Er hatte sich den Betrag gestern in Wertpapieren aushändigen lassen, was zum Glück ohne weitere Nachfragen geklappt hatte, und hoffte nun inständig bei der Einreise nach Namibia nicht gefilzt zu werden. Eine bessere Idee hatte er einfach nicht, und kurz verfluchte er deshalb sein bisheriges Desinteresse an Geldgeschäften.
Den Brief an Valentina legte er ihr unten auf das Sideboard, allerdings hatte er darin nur geschrieben, dass er sich melden würde, sobald er darüber reden könnte.

Yanko wollte die letzte Nacht, genau wie alle anderen in diesem Haus, auch bei weit geöffneten Fenstern in dem Bett verbringen, das er halb draußen auf die Terrasse gestellt hatte. Morgen Abend würde er, wenn alles glattginge, schon in Windhoek in irgendeinem Hotelzimmer liegen und sich fragen, ob er das alles hier nur geträumt hat, oder er würde in einem argentinischen Untersuchungsgefängnis sitzen und sich selbst verfluchen, dass er nicht einfach geblieben wäre.

Seine fertig gepackten Sachen standen schon an der Wand im Flur und sahen aus, als würden sie jemand anderem gehören, als es am Hoftor läutete. Und durch die Kamera sah Yanko dann Valentina dort stehen.
„Scheiße!" murmelte Yanko vor sich hin. Doch er öffnete schließlich und ließ sie herein. Valentina erschrak, als sie Yankos Gepäck sah und drehte sich fragend zu ihm um.
„Willst du was trinken?", fragte Yanko, statt ihr eine Antwort auf ihren fragenden Blick hin zu geben. Valentina entspannte sich etwas und nickte. „Tee, Kaffee oder Wasser? Mehr habe ich nicht da!" „Wasser ist gut!", antwortete Valentina und

ging hinaus auf die Terrasse, während Yanko Wasser in einer Glaskaraffe und zwei Gläser aus der Küche holte.
Er schenkte ein und setzte sich dann zu ihr an den Tisch. Zunächst tranken sie schweigend, und Yanko rauchte. Dann gab er sich einen Ruck. „Valentina, es tut mir wirklich leid, aber ich kann dir beim besten Willen nicht sagen, warum ich von hier weggehe. Sobald ich kann, sage ich es dir, aber damit musst du jetzt halt vorlieb nehmen!"
Ihre Blicke trafen sich, und Yanko sah, dass sie fieberhaft darüber nachdachte, was denn nur, um alles in der Welt, der Grund für all das sein könnte. „Muss ich wohl! Aber Yanko, wenn du irgendwelche Schwierigkeiten hast, dann kannst du mir das wirklich anvertrauen!", wagte Valentina schließlich ihre vage Vermutung preiszugeben. Yanko überlegte kurz, doch er wollte einfach kein Risiko eingehen, eventuell doch noch in letzter Minute aufzufliegen. „Das ist echt lieb von dir, aber ich kann wirklich nicht! Ich hoffe dir ist es überhaupt recht, dass du ab morgen die neue Besitzerin dieser wunderschönen Ranch bist!", versuchte Yanko elegant das Thema zu wechseln.
„Oh ja, das bin ich!!! Und wie!!! Und dafür wollte ich mich auch noch persönlich bei dir bedanken! Jetzt bin ich echt froh, dass ich mich doch heute noch dazu entschlossen habe zu dir zu fahren! Wann gehst du denn fort?" „Morgen!", antwortete Yanko nur knapp.
„Hat das irgendetwas mit mir zu tun?", hakte Valentina dann doch wieder nach. Der Gedanke, dass sie Yanko womöglich heute Abend das letzte Mal sehen würde, konnte sie kaum zu Ende denken. Es tat einfach zu weh.
Yanko sah sie an: „Nein, gar nichts! Bitte hör auf! Ich werde dir nichts sagen! Es gibt jetzt zwei Möglichkeiten, entweder du bleibst diese Nacht bei mir, und wir tun so, als ob alles ok wäre, was es ja eigentlich auch ist, oder du gehst jetzt!"

Valentina schluckte, denn sie hatte überhaupt nicht damit gerechnet, dass Yanko sie nach alldem plötzlich und so direkt in sein Bett einladen würde. Sie war inzwischen schon fest davon ausgegangen, dass er sie überhaupt nicht wollte.
„Möchtest du denn, dass ich bleibe, oder bloß irgendjemand?", wollte sie deshalb gerne noch genauer wissen.
Doch als Yanko ganz ruhig und fast traurig sagte: „Ich würde mich echt freuen, wenn du bleibst!", begann ihr Herz sanft zu schlagen, und sie stand auf, um diese eine letzte Nacht mit ihm zu verbringen.

Die klare Luft überraschte ihn, als Yanko das Flughafengebäude verließ. Doch er fühlte sich sofort wohl. Er hatte sich vorher noch nie intensiver mit Afrika, geschweige denn mit Namibia beschäftigt, und dennoch fühlte sich das Land für ihn seltsamerweise augenblicklich irgendwie vertraut an.

Er checkte zunächst in einem Hotel in der Stadt ein, und dankte dem Himmel tausendfach dafür, dass er ohne gefilzt worden zu sein, eingereist war. Das löste in ihm sogar ein Gefühl von fast schelmischer Schadenfreude aus, das er mit einem breiten Grinsen in Richtung Edwin Jackson schickte. „Fuck you!", rief er dann noch seinem Grinsen hinterher und ging unter die Dusche.

Er wollte nun erst einmal ein paar Tage in Windhoek bleiben und sich in aller Ruhe ein Auto kaufen, in dem er auch leben könnte. Er hatte vor zunächst für eine unbestimmte Zeit einfach nur durch die Gegend zu ziehen, und sich von Ort zu Ort treiben lassen. Geld hatte er ja nun mehr als genug, und ihm wurde auch langsam klar, dass er wohl nie wieder etwas arbeiten müsste um Geld zu verdienen. Das war ein seltsames Gefühl, und er musste sich erst einmal daran gewöhnen, und dennoch trieb es ihm irgendwie immer mal wieder ein Grinsen ins Gesicht.

Der Gedanke an Valentina trieb ihm allerdings eher einen Dolch ins Herz, und er fragte sich, ob er sich womöglich doch noch in sie verliebt hatte, und ob das jetzt eventuell die Ironie des Schicksals wäre. Jedenfalls konnte er partout nicht einschlafen, und so beschloss er irgendwann in die nächstbeste Bar zu gehen, um sich einfach von neuen Eindrücken ablenken und berieseln zu lassen.

Als Yanko dann am nächsten Morgen neben einer schwarzen Frau in seinem Hotelbett aufwachte, und er sich mit einem

Schlag daran erinnerte, wie viel Koks er sich in der letzten Nacht reingeföhnt hatte, beschloss er, doch so schnell wie möglich aus der Stadt zu verschwinden.

Yanko kaufte sich erst ein Handy und dann einen Pickup, der als Aufsatz eine Schlafkabine hatte. Dann legte er sich Zelt, Schlafsack, Decken, Benzinkocher, Reservebenzinkanister, Wasserbehälter und alles, was man so für ein Leben draußen in der Wildnis brauchte, zu und ging dann zu guter Letzt zurück in sein Hotelzimmer, um endlich mit Ron zu telefonieren.

„Gott sei Dank!!!", war das erste was Ron ins Telefon rief, als Yanko ihm sagte, dass er jetzt in Namibia sei.
Die Sehnsucht nach Ron stieg allerdings so plötzlich wieder in ihm auf, das er erst einmal gar nicht weitererzählen konnte.
„Hey, bist du noch da? Yanko? Ist das jetzt deine Nummer? Jetzt können wir ja endlich wieder telefonieren, und ich kann zu dir kommen! Ok?", plapperte Ron im Gegensatz zu Yanko munter drauflos. Yanko rappelte sich wieder zusammen und sagte dann etwas leiser: „Ja, ja, das ist meine Nummer. Besuchen? Geht das denn? Ich denke ihr werdet ab und zu beschattet?" „Ja, schon, aber Namibia ist wirklich ein sicheres Pflaster für dich! Aber ich pass dann schon auf! Ich werde eben über Umwege kommen, habe mir da schon was überlegt.", erwiderte Ron so überzeugend, dass Yanko ein wenig Vertrauen fasste.
Ron erzählte ihm schließlich alle Neuigkeiten, die er vom Zirkus wusste und davon, dass alle Vorstellungen auch wieder ausverkauft seien. Er sagte auch, dass sie ihn alle schrecklich vermissen würden, allen voran Kenia, die jeden Abend vor dem Schlafengehen hinausging und zu den Sternen hinaufsah, um sie darum zu bitten ihren Daddy so schnell wie möglich wieder nach Hause zu bringen. Das jedenfalls habe Keith ihm

erzählt, als sie vor kurzem mal wieder miteinander telefoniert hatten.

„Und was gibt's Neues vom Staatsanwalt?", fragte Yanko schließlich, obwohl er es eigentlich gar nicht so genau wissen wollte. Und plötzlich bemerkte er, wie sehr er dieses Nichtwissen in Argentinien genossen hatte. Da war er einfach ganz weit weg von jeglichen Informationen über seinen Fall gewesen, abgesehen von Dolores' Besuch und Rons Anruf.

„Ich sag's nicht gerne, Yanko, aber die suchen dich, als wärst du der schwerste Verbrecher des Jahrhunderts! Dass du Stefan San Dana überschrieben hast, war wirklich die beste Idee gewesen! Sonst hätten sie dir den Zirkus schon komplett auseinandergenommen! Am Anfang gab es, was den Zirkus betraf fast eine Boykottwelle, aber Stefan und Keith haben das wirklich toll gemanagt! Alles läuft wieder gut, und auch deine Familie lassen sie jetzt wieder in Ruhe! Da ja bis auf Dolores später, wirklich niemand wusste wo du warst, hat auch niemand lügen müssen, und das haben sie dann wohl, Gott sei Dank, irgendwann geglaubt und ihre Suche anderweitig organisiert. Pass trotzdem bitte auf, und sei nicht zu vertrauensselig!", fügte Ron seiner Rede noch hinzu.

„Klar passe ich auf! Danke für die Infos! Ron, ich melde mich wieder... Ich will heute noch ans Meer fahren.", würgte Yanko die erneut aufkommende Welle der Sehnsucht in sich wieder ab, und er hätte am liebsten sofort, oder nie mehr aufgelegt.

„Ja, ähm, Yanko, warte mal! Wie geht's dir eigentlich? Ich meine so ganz allein da unten in Afrika?", haspelte Ron schnell ins Telefon, der überhaupt nicht wollte, dass Yanko das Gespräch jetzt schon beenden mochte, immerhin hatten sie sich eine gefühlte Ewigkeit weder gehört noch gesehen.

„Beim nächsten Mal, ok? Ich will jetzt echt los, es wird bald dunkel, und ich würde gerne noch was von der Gegend sehen. Wir hören uns... und... fühl dich umarmt!", sagte

Yanko und drückte dann das Gespräch schnell weg, ohne noch auf Rons Antwort zu warten.
Erschöpft ließ er sich nach hinten aufs Bett fallen und beschloss in diesem Moment, erst am nächsten Morgen zu fahren. Irgendwie hatte ihm das Gespräch eben alle Kräfte abverlangt, und er fühlte sich außer Stande jetzt noch knapp 400 Kilometer zu fahren, zumal ihn ja nichts und niemand dazu zwang, noch ihn dort erwartete.
Als sein Handy aufgrund einer ankommenden SMS kurz piepte, fühlte er sich so leer und schwach, dass er nur mit Mühe lesen konnte, dass Ron es nicht gerade nett fand einfach so abgewürgt worden zu sein. Außerdem stand da noch, dass er ihn vermisse und sich hoffentlich bald auf den Weg zu ihm machen könnte.
Yanko überlegte kurz, ob er sich vollsaufen, und/oder in die Bar vom ersten Tag gehen sollte, um eventuell diese schöne schwarze Frau wiederzusehen, oder ob er sich besser gleich eine Hure bestellen sollte. Er fühlte sich auf einmal wie ein namenloser Penner unter einer Autobahnbrücke im tiefsten Winter. Ihm war plötzlich wieder alles so egal geworden, dass er sich in diesem Moment am liebsten diesem aufkommenden Selbstmitleid voll und ganz hingegeben hätte, einfach deshalb, weil er keinen anderen Ausweg sah. Die Angst niemals wieder in sein altes Leben zurückkehren zu können, hatte sich klammheimlich wie ein undurchdringlicher, schwerer Nebel um ihn gelegt.
Da klingelte auf einmal sein Handy. Yanko zuckte derart zusammen, dass sein Herz zu rasen begann. Seine Hände fingen an zu zittern, und kalter Schweiß brach ihm aus. Sein Verstand wollte ihm beruhigend zureden, dass so schnell keine Polizei der Welt seine Nummer herausbekommen konnte, doch er brachte es einfach nicht fertig den Anruf entgegenzunehmen. Da er sein altes Handy benutzte, in dem alle alten Nummern noch gespeichert waren, und er anhand

der angezeigten Nummer nicht erkennen konnte, wer ihn da anrief, beruhigte ihn das nicht wirklich.

Als kurze Zeit später dann eine SMS von Irina kam, wurde ihm klar, dass sie der unbekannte Anrufer von vorhin gewesen war, und er musste erst ein paar Mal tief durchatmen, um die innerliche Panik wieder loszuwerden. Sie hatte sich nur schlicht und ergreifend eine neue Handynummer zugelegt. Nachdem er dann mit ihr gesprochen hatte, machte er das Licht aus und wünschte sich augenblicklich zurück nach Argentinien. Zurück auf seine Ranch, zurück in die Ruhe.

Jetzt, da er wieder mit allen Kontakt haben konnte, machten seine Freunde und Familie natürlich davon regen Gebrauch, was Yanko einerseits schon auch sehr freute. Doch das dadurch ständig aufrecht gehaltene Bewusstsein, dass er wegen Vergewaltigung angeklagt war, und vielleicht nie wieder zurück in die USA oder nach Europa könnte, nagte verdammt schwer an seiner Substanz.

Yanko verließ Windhoek dann am nächsten Tag, ohne sich vollgesoffen zu haben. Auch war er weder ausgegangen, noch hatte er sich eine Hure gekauft. Er war einfach im Bett liegen geblieben und hatte sich die Decke über den Kopf gezogen.

Die nächsten zwei Wochen fuhr Yanko quer durchs Land und besuchte viele Sehenswürdigkeiten, doch vor allem hielt er sich in den Naturparks auf. Irgendwie zog es ihn seltsamerweise hier mehr ins Landesinnere als ans Meer. Vielleicht einfach deshalb, weil es dort fast menschenleer war. Die Nächte verbrachte er meistens im Freien, ganz oben auf dem Dach seines Pickups, und nach den zwei Wochen beschloss er, sich für eine unbestimmte Zeit in die Savanne zurückzuziehen.
Die ständigen Anrufe nervten ihn mittlerweile so sehr, dass er oft schon gar nicht mehr ranging. In der Savanne gab es kein Handynetz, dort hätte er wieder seine Ruhe.

Und so kam es, dass Yanko schließlich über zwei Monate hinweg unerreichbar blieb und seine Liebsten zu Hause vor Sorge fast gestorben wären.
Yanko hingegen verschmolz regelrecht mit der Natur, und er wusste bald nicht mehr welcher Tag gerade war. Er genoss diesen Zustand unheimlich, der ihn auch bald dazu brachte fast nichts mehr zu denken. Er lebte einfach und ließ seinen Körper bestimmen, was er machen wollte. Wollte dieser laufen, dann ging er laufen, wollte er ruhen, dann legte er sich hin, wenn dieser schlafen wollte, dann schlief er und wenn er wach war, dann war er eben wach.
Manchmal überkam ihn allerdings ein so heftiger Sehnsuchtsschmerz, dass er schreien könnte, und das tat er dann auch, denn es war ja niemand da, der ihn hören konnte, und er musste es auch niemandem erklären. Dann krallten sich seine Finger in den harten, sandigen Steppenboden, oder er rannte drauflos, bis er nicht mehr konnte.

Und irgendwann dann war Yanko wieder bereit für die Zivilisation. Doch als er schließlich in einem Café sitzend

seine E-Mails abrief, wäre er am liebsten gleich wieder an seinen Platz in der Steppe zurückgefahren.
Wieder einmal hatte er all die Menschen, die ihm etwas bedeuteten, verletzt und enttäuscht. Das war ihm natürlich klar gewesen, als er hinausgefahren war, doch es war ihm einfach nicht möglich gewesen früher zurückzukommen. Aber irgendwie brachte dafür niemand Verständnis auf. Wenn er wenigstens Bescheid gegeben hätte, hatten sie alle immer wieder geschrieben. Auch das konnte er natürlich verstehen, und dennoch war es eben so gekommen.

Als Ron sich wieder einigermaßen beruhigt hatte, teilte er Yanko mit, dass er vorhabe ihn bald zu besuchen. Yanko antwortete ihm dann, dass er sein Ticket bezahlen würde, und dass er sich beeilen solle.

Doch Irina kam ihm zuvor.
Sie blieb eine Woche, und danach war immer noch nichts klarer, als vorher. Dadurch, dass in Namibia niemand die beiden kannte, hatten sie erst gar nicht damit begonnen sich zu verstecken, und so war auch dieses Hindernis aus dem Weg gewesen. Fast wünschte sich Irina schon, Yanko und sie würden einfach für immer in Namibia bleiben. Und als sie sich schließlich verabschiedeten, wusste Yanko, dass sich das Chaos in seinem Leben nicht wirklich verändert hatte.

Wieder allein grübelte er irgendwann darüber nach, ob er Valentina nun endlich die Wahrheit sagen sollte oder doch lieber nicht. Aber er konnte sich zu keinem echten Entschluss durchringen, und so hoffte er nur, dass sie trotzdem nicht aufhören würde ihm zu schreiben, obwohl der Kontakt mit ihr ihn ständig an seine Lügen erinnerte. Und Yanko erwischte sich manchmal dabei sich auszumalen, falls eines Tages das Verfahren gegen ihn eingestellt werden würde, nach

Argentinien zurückzukehren und mit Valentina zusammen auf der Ranch zu leben, und irgendwie fühlte sich diese Vorstellung momentan richtig gut an.

Als Ron dann endlich da war, fuhr Yanko mit ihm hinaus zu seinem Platz in der Savanne. Er wollte einfach völlig ungestört mit ihm allein sein und ihn mit Haut und Haar rund um die Uhr so lange genießen und spüren, wie nur irgend möglich. Ron wollte zwar eigentlich mit ihm nochmal über die Sache mit Nino sprechen, aber das Verlangen nach Yanko war einfach größer. Deshalb hatte er natürlich überhaupt nichts gegen dieses Vorhaben einzuwenden, und so verbrachten sie die zwei Wochen seines Aufenthalts so eng zusammen, dass sie sich hinterher wirklich fragten, wie sie das nur solange ohne den anderen hatten aushalten können.
Yanko fand nach einer Weile auch den Weg zu seinen Worten zurück und erzählte Ron, was er so alles in der letzten Zeit erlebt hatte, und auch ein wenig darüber wie es ihm eigentlich ging. Ron versprach alles daranzusetzen, damit sich die Sache mit Marina aufklären würde, sodass das Verfahren gegen ihn eingestellt werden müsste. Und er versprach ihm, ihn in der Zwischenzeit so oft wie möglich zu besuchen und im schlimmsten Fall auch für immer zu ihm nach Namibia zu kommen.
Yanko fühlte sich allerdings bald hin und her gerissen zwischen seinem Wunsch Ron am liebsten für immer hier zu behalten und dem großen Bedürfnis auch allein zu sein. Aber da Ron sowieso erst einmal wieder zurück musste, war es auch nicht so wichtig das jetzt schon grundsätzlich zu entscheiden.

Nachdem Yanko danach wieder eine Weile lang allein gewesen war, zog es ihn plötzlich dann doch ans Meer, und er

mietete sich in einem der Hotels in Longbeach etwas nördlich von Walvis Bay ein.
Und schon am zweiten Tag hatte er von einem Filmregisseur namens Frank Bergan, der dort am Strand gerade ein paar Szenen seines neusten Films drehte, überraschenderweise das Angebot erhalten in seinem Film mitzuspielen. Offenbar war jemand krank geworden und nun suchte er händeringend nach einem geeigneten Ersatz.
Der Film handelte von einer amerikanischen Frau, die sich in internationale Drogengeschäfte verwickelt hatte und nun krampfhaft versuchte aus der Nummer wieder herauszukommen. Es war eine Hollywood Produktion, und Yanko sollte nun einen Mann spielen, der immer wieder in den Träumen dieser Frau auftauchte. Die Rolle war Yanko wie auf den Leib geschrieben, denn er musste eigentlich nur am Meer entlangreiten, mal alleine und mal zusammen mit der Frau. Er stellte sozusagen ihre innere Stimme dar, sollte ihre Sehnsucht nach Freiheit verkörpern und ihre Zuflucht in den Träumen sein.
Und als es Abend war, und Yanko sich seine leicht geprellten Rippen hielt, ärgerte er sich ziemlich über sich selbst, denn er hätte einfach darauf beharren sollen, dass das Pferd erst einmal eine ordentliche Hufpflege bekommt. Dann wäre es jedenfalls nicht dazu gekommen, dass das Pferd im gestreckten Galopp über eine kleine Unebenheit am Boden gestolpert, und Yanko deshalb im hohen Bogen heruntergeflogen war. Zum Glück war er zwar ins Wasser gefallen, was aber an dieser Stelle nicht besonders tief war.
„Morgen kommt erst einmal ein Hufschmied, sonst kannst du das mit dem Pferd und mir vergessen!", fauchte Yanko gleich los, als sich Frank nach dem Dreh neben ihn setzte. „Hey, das tut mit echt leid, das war mir nicht klar gewesen, dass das so wichtig ist! Es war sowieso schon schwer genug überhaupt ein geeignetes Pferd zu finden!", verteidigte sich Frank sofort

entschuldigend, dem es wirklich peinlich war, das ausgerechnet der Neue sich gleich am ersten Tag verletzte. „Soll ich dich nicht doch lieber ins Krankenhaus bringen?", fragte er deshalb noch voller Sorge. Aber Yanko schüttelte den Kopf. „Nein, danke, geht schon!" „Wie du meinst! Dann lass mich dir wenigstens einen Drink ausgeben! Die anderen sind schon in die Bar vorgegangen. Ok?", bot Frank Yanko noch als Wiedergutmachung an.
Yanko stand auf und nahm sein Hemd in die Hand, denn er war noch nicht wieder ganz umgezogen gewesen. „Nee, lass mal! Du brauchst mir nichts auszugeben. Aber danke!", versuchte sich Yanko aus dem Angebot zu winden. „Dann geh aber trotzdem wenigstens noch auf ein Bier mit, oder so!" Frank ließ nicht locker, denn er mochte den Neuen und wollte ihn gerne näher kennenlernen. Immerhin rettete dieser gerade seinen Film, zumal er noch viel besser zu der Rolle passte und tausendmal besser reiten konnte, als der ursprünglich dafür vorgesehene Schauspieler.
Yanko willigte schließlich doch ein, obwohl er erst gar keine große Lust auf irgendeine verrauchte Bar mit vielen Leuten verspürte. Aber nach kurzer Zeit entspannte er sich dann und unterhielt sich schließlich ganz angeregt mit Francis, seiner Filmpartnerin. Francis machte sich zwar hier und da über ihn lustig, weil er partout keinen Alkohol trinken wollte, fand ihn aber sonst schon ziemlich interessant und äußerst attraktiv.
Als Yanko allerdings irgendwann merkte, dass sie versuchte ihn anzumachen, ging er innerlich sofort auf Abstand. Er hatte nun wirklich genug Affären am Start, und es stand ihm bis zum Hals. Kann es nicht mal eine Frau geben, fragte er sich dann, mit der ich mich einfach nur so gut verstehe, ohne dass sie gleich mehr von mir will? Und plötzlich fühlte er sich wie eine umherstreunende Hure. Vielleicht sollte er daraus ein Geschäft machen und sich den Liebesdienst einfach bezahlen lassen, wenn die alle angeblich so scharf auf ihn waren,

überlegte er zynisch. Und auf einmal hatte er das Gefühl von keinem mehr um seiner selbst Willen geliebt zu sein, sondern nur über seinen Körper definiert zu werden. Wieso wollte diese Frau schon am ersten Tag mit ihm ins Bett gehen? Sie kannte ihn doch gar nicht, was also sollte sie an ihm wirklich mögen? Es konnte ja nur sein Körper sein, den sie wollte, denn den hatte sie ja immerhin schon den ganzen Tag über gesehen und auch berührt, so, wie es eben das Drehbuch vorgesehen hatte.

Yanko fiel dann auf, dass er selten sofort auf jemanden scharf war, den er erst kurze Zeit kannte, außer er war betrunken oder von sonstigen Drogen berauscht. Bei ihm baute sich das normalerweise erst über eine gewisse Zeit hinweg auf, dann nämlich, wenn er wirklich auch Gefühle für denjenigen hatte. Bei all diesen Überlegungen hatte er allerdings nicht vergessen, dass es durchaus Phasen gab, in denen es ihm scheißegal war mit wem er Sex hatte, Hauptsache, es war dann überhaupt jemand da.

Doch wie er jetzt dort in der Bar mit Francis zusammenstand und an seiner Colaflasche nippte, fühlte sich das alles total mies an, und er beschloss deshalb, dass er ab sofort nur noch mit den Menschen schlafen würde, die er wirklich liebte. Gleichzeitig wusste er aber auch, dass er das eigentlich schon immer nur so hatte machen wollen, denn Sex war für ihn grundsätzlich etwas Besonderes, was ihm auch immer, während er es tat stets bewusst war, und er meistens jedenfalls auf den anderen vollkommen eingehen, und darin auch die spezielle, wundersame Freude finden konnte, die jedes Mal wieder zum ersten Mal werden ließ. Vielleicht war es ja auch das, was die Menschen so zu ihm hinzog, weil sie genau das beim Liebesakt mit ihren eigentlichen Partnern oder überhaupt vermissten. Auch wenn er oftmals keine Worte für das fand, was er fühlte, sein Körper konnte im Gegensatz dazu sehr gut kommunizieren. Und auf diesem Weg zu

zeigen, was ihn bewegte, war Yanko schon immer viel leichter gefallen, als zu reden.
Und ihm fiel schlussendlich auf, dass er eigentlich viel mehr Nähe zulassen konnte, als er bisher immer geglaubt hatte. Denn seiner Erfahrung nach konnte man niemandem näher kommen, als durch liebevollen und zugewandten, auf wahrer Liebe beruhenden Sex, der nämlich dann einfach bedingungslos war und es den Beteiligten geradezu einfach machte, sich dem anderen vollkommen hinzugeben.
Yanko beschloss deshalb ins Hotel zurückzugehen und Francis mit ihren Anmachversuchen allein zu lassen. Er hatte genug davon.

Die kommende Woche war dann ausgefüllt mit Dreharbeiten, und Yanko machte seine Sache wirklich gut. Frank war so begeistert von Yankos Talent und Kamerapräsenz, dass er ihn schon für seinen nächsten Film verpflichten wollte, der allerdings dann in den USA gedreht werden würde. Yanko erklärte ihm daraufhin nur, dass er gerade auf Weltreise wäre und daher noch nicht wüsste, ob er zu dem angedachten Zeitraum überhaupt in den USA sein könnte.
„Schade!", sagte Frank und forderte Yanko auf sich zu setzen. „Du, ich habe hier deinen Vertrag für diesen Film, damit du auch dein Geld bekommst, du müssest nur noch das was fehlt ausfüllen!", erklärte Frank und ließ Yanko dann mit den Blättern Papier allein, um zur Toilette zu gehen.
Yanko überlegte hin und her, und als Frank dann zurückkam, hatte er sich entschlossen. „Frank, vielen Dank, aber ich brauche das Geld nicht! Ich habe das gerne getan, und es hat mir viel Spaß gemacht! Fertig!", sagte Yanko und hoffte im Stillen Frank würde es ohne Weiteres annehmen.
Doch Frank sah ihn zunächst völlig verdutzt an. „Das ist mir jetzt auch noch nie passiert! Hier macht nie jemand etwas umsonst! Bist du sicher?" Aber Yanko nickte. „Ja, absolut!",

bestätigte er und war nochmals froh darüber, dass er sich hier am Set weiterhin als Diego ausgegeben hatte, denn es war ja klar, dass er im Bezug auf den Film namentlich erwähnt werden würde, und er wollte sich und den Film einfach nur soweit im Voraus beschützen wie es nur ging. Was allerdings passieren könnte, sollte ihn jemand von der Polizei später in diesem Film erkennen, falls sich bis dahin die Sache nicht geklärt hätte, wollte er sich jetzt lieber nicht ausmalen.
„Dann hast du auf jeden Fall was gut bei mir! Denk dran! Hey, vielen Dank, Mann!!!", bedankte sich Frank überschwänglich und umarmte Yanko spontan. „Komm, lass uns das feiern gehen!", lud Frank Yanko dann ein, noch mit in die Bar zu kommen. Und da es sein letzter Abend mit der Filmcrew sein würde, willigte Yanko schnell ein.

Francis war natürlich hocherfreut, als sie Yanko zusammen mit Frank in die Bar kommen sah und beschloss innerlich, dass sie ihn heute endlich herumkriegen würde. Sie war es überhaupt nicht gewohnt, dass ein Mann sie abblitzen ließ. Normalerweise sagte keiner Nein, und schon gar niemand, der eigentlich nicht vom Film war. Die meisten Männer waren jedenfalls immer ganz wild darauf, sie ins Bett zu bekommen, gerade deshalb, weil sie eine berühmte Schauspielerin war, aber diese Tatsache ließ diesen Fremden anscheinend irgendwie völlig kalt. Und genau das machte sie, neben seinem attraktiven Körper, den sie in letzter Zeit ja bereits sehr ausgiebig bewundern konnte, neugierig und ließ sie nicht mehr los. Es muss einfach großartig sein ihn im Bett zu haben, dachte sie dabei, während sie auf ihn zusteuerte. Yanko hatte sich vorgenommen, sich heute Abend einfach nur gut zu amüsieren und mit allen den Spaß zu haben, den sie auch schon die ganze Woche über gehabt hatten. Deswegen ließ er Francis einfach gewähren, ohne ihr besondere Aufmerksamkeit zu schenken. Er mochte sie schon, und das Drehen mit ihr hatte ihm wirklich viel Freude gemacht, aber mehr war bei ihm auch bis heute nicht aufgekommen.

Doch Francis verletzte sein Verhalten mächtig, denn es war für sie völlig neu mal nicht im Mittelpunkt des Geschehens zu stehen, sodass sie sich eine kleine List überlegte, von der sie überzeugt war, dass diese funktionieren würde. Sie redete sich nämlich mittlerweile ein, dass Yankos Abweisungen sicherlich nur mit einer Unsicherheit seinerseits zu tun hätten, und er eigentlich schon wollte, sich aber nicht recht traute, weil sie so berühmt war. Er musste einfach lockerer werden, deshalb fragte sie schließlich die Jungs, was sie noch trinken wollten und ging dann zur Bar.

Nach ein paar Minuten kam sie mit den Getränken wieder zurück und drückte Yanko sein bestelltes Bitter Lemon in die Hand „Diego, ich wollte mich bei dir noch für die gute Zusammenarbeit bedanken!", sagte sie dann und prostete ihm zu. Yanko prostete zurück und nahm einen großen Schluck aus der kühlen Flasche. Erst als er schon alles geschluckt hatte, schmeckte er plötzlich, dass da auf einmal etwas in seinem Körper war, was ihn zusammenzucken ließ.

Es war Alkohol.

„Was ist da drin?", fauchte er deshalb postwendend Francis wütend an, die ihn aber nur amüsiert anlächelte: „Wodka, mein Schatz, damit du endlich ein bisschen auftaust!"

Doch anders als sie erwartete, knallte Yanko plötzlich die Flasche auf den Tisch und verließ die Bar, zur großen Verwunderung aller, ziemlich überstürzt und ohne ein weiteres Wort.

Draußen angekommen, steckte er sich den Finger in den Hals und kotzte alles raus, was in seinem Magen drin war, aber es war bereits zu spät, denn er spürte schon, wie der Alkohol sich in seinem Körper ausbreitete.

Er ärgerte sich über seine eigene Leichtsinnigkeit, und dann kam die Panik. Fast rannte er zurück in sein Hotelzimmer und schloss schnell die Tür hinter sich ab und legte den Schlüssel oben auf den Türrahmen. Sollte er Krämpfe bekommen, dann würde er dort jedenfalls nicht hinkommen.
Yanko hatte überhaupt keine Ahnung was jetzt passieren würde, ihm war aber klar, dass er auf keinen Fall wieder saufen wollte. Er ging ins Bad und putzte sich die Zähne, damit er den Alkoholgeschmack aus seinem Mund bekäme, denn das war momentan gerade das Schlimmste, und obwohl er nicht trinken wollte, war das Verlangen nach der Wirkung schlagartig so groß geworden, dass es ihm kurz schwarz vor Augen wurde. Er setzte sich auf den Klodeckel und raufte sich die Haare. Sein Herz klopfte so wild, dass er das Gefühl hatte, es würde jeden Moment explodieren. Er musste sich unbedingt wieder beruhigen und versuchen den Mut aufzubringen, zu spüren, was tatsächlich vor sich ging.
Aber er schaffte es nicht. Die Angst wieder rückfällig zu werden, war so vehement, dass er überhaupt keinen klaren Gedanken fassen konnte. Er hatte auch überhaupt keine Ahnung, ob diese geringe Menge, die er zu sich genommen hatte, überhaupt ausreichen würde, um Entzugserscheinungen zu bekommen, allerdings war sie wohl vollkommen ausreichend sein Verlangen so derart anzustacheln, dass er sich kaum beherrschen konnte nicht doch loszustürmen und sich in der nächsten Bar die Kante zu geben, zumal er von allen Rauschzuständen, die er kannte, den des Alkohols immer schon und immer noch am liebsten hatte.
Yanko stand auf und schüttete sich kaltes Wasser ins Gesicht. Dann sah er sich kurz im Spiegel an. „Du wirst das schaffen! Du schaffst das! Alles ist gut!", murmelte er währenddessen ein paar Mal zu sich selbst.
Danach ging er ins Zimmer zurück, knöpfte sein Hemd auf, pfefferte seine Schuhe in die Ecke und schaltete den

Fernseher an. Er setzte sich aufs Bett und steckte sich eine Zigarette an. Seine Hände zitterten so sehr, dass er das Gefühl hatte schon mitten in einem Entzug zu sein, aber das konnte, wenn es überhaupt dazu kommen würde, noch gar nicht sein. Es war einfach die pure Panik und vor allem die gewaltige Anstrengung seinem gierigen Verlangen Einhalt zu gebieten. Yanko hoffte zunächst, dass sich alles schnell wieder beruhigte, sobald er den Alkohol nicht mehr schmecken würde, doch selbst nach mehreren Stunden war es nicht besser geworden. Im Gegenteil, er schwitzte immer mehr, und er konnte sich nur unter allergrößter Anstrengung auf das konzentrieren, was er im Fernsehen zu sehen bekam. Immer wieder schüttelte er dabei fassungslos den Kopf über seine eigene Dummheit und Naivität.
Dann wurde es mit einem Mal so schlimm, dass er kurz nicht mehr kontrollieren konnte, was er tat. Sein Körper stand plötzlich einfach auf und ging hinüber zur Tür. Gerade noch rechtzeitig und nur unter Aufgebot seiner gesamten Willensanstrengung gelang es ihm dann doch noch die Bremse zu ziehen und sich zum Umkehren zu zwingen.
So geht das nicht, so schaffe ich das nicht, dachte Yanko dann nur und war schier am Verzweifeln.
Dann hatte er eine Idee. Er kramte so schnell es ging sein Handy heraus und schaffte es schließlich nach mehreren Anläufen Rons Nummer anzuwählen. „Bitte geh ran!", flehte Yanko schon vor sich hin, als Ron nicht sofort abnahm. Aber dann hörte er seine Stimme.
„Hey Yanko! Wie schön! Was machst du? Wie geht's dir?", hörte Yanko dann, und ihm schossen vor Erleichterung ein paar Tränen in die Augen. „Du bist da... Das ist gut... Sehr gut... Bitte leg nicht auf, bleib dran, hörst du?", redete Yanko gleich etwas wirr und fast flehend drauflos, und Ron wusste sofort, das etwas nicht stimmte. „Um Gottes willen, was ist

denn passiert? Yanko, bist du ok? Bist du verletzt? Los, rede schon!". Rons Stimme klang schlagartig ziemlich besorgt.
Und dann erzählte Yanko ihm kurz, was passiert war.
„Ach du Scheiße! Und jetzt? Was hast du vor?" Ron war entsetzt. Yanko zündete sich noch eine Zigarette an. „Ich weiß nicht... Ich halte es kaum aus hier im Zimmer zu bleiben... Ich habe mich eingeschlossen... Ich habe Angst, dass ich die Kontrolle verliere und mich doch noch vollsaufe. Bitte Ron, du musst mir helfen! Rede mit mir, am besten solange bis es aufhört. Geht das?"
„Klar, ich bin da... Du schaffst das, hörst du? Ich weiß, dass du den Willen dazu hast! Ok?! Abgemacht?! Und wenn du es geschafft hast, setzte ich mich sofort in den Flieger und komme zu dir! Alles klar?", sagte Ron, während er schon fieberhaft nach Flügen recherchierte. Er würde für den übernächsten Tag buchen. Falls Yanko Entzugserscheinungen bekäme, wären sie an diesem Tag wahrscheinlich so schlimm, dass er sowieso nicht mehr telefonieren könnte. Ihn aber jetzt schon allein zu lassen, um sofort los zu fliegen, ginge gar nicht, und Yanko wollte partout auch mit niemand anderem außer ihm sprechen. Obwohl Ron gerade in Griechenland bei Maria war, würde die Reise mit allem drum und dran trotzdem mindestens 24 Stunden dauern, und das war einfach zu lange, um sofort zu fliegen, was Ron allerdings eigentlich am liebsten getan hätte. Und er wünschte sich, dass das mit dem Beamen doch auch in der Realität funktionieren würde.
Im Laufe der ersten Nacht erzählte Ron sich schier den Mund fusselig. Manches erzählte er auch mehrmals, denn er erwischte Yanko sehr oft dabei, dass der gar nicht mehr richtig zuhörte. Dann fragte er Yanko Löcher in den Bauch, nur, um ihn abzulenken. Doch je länger die Nacht andauerte, desto schwieriger wurde das ganze Unterfangen.
Yanko merkte auf einmal, dass er bald keine Zigaretten mehr hatte, und er bekam plötzlich die fixe Idee, er könnte es

überhaupt nur mit ganz vielen Zigaretten aushalten und am besten noch mit einer großen Portion Shit dazu.
Da Ron ihn jetzt nicht persönlich festhalten konnte, war er Yankos Handeln hilflos ausgeliefert. Tausende Male musste Yanko ihm dann allerdings versichern, dass er nur rausgehen würde, um sich Zigaretten und Shit zu besorgen, welches er dann auch nicht im Hotel rauchen würde. Ron wurde es dennoch ganz anders bei der Vorstellung, dass Yanko jetzt mitten in der Nacht irgendwo in der Nähe von Swakopmund herumirrte, um an Zigaretten und Shit dranzukommen. Er kannte zwar auch Yankos Geschick darin immer irgendwo etwas aufzutreiben, aber in seinem Zustand, und er konnte sich auch ungefähr ausmalen wie fertig er momentan wohl aussah, könnte das auch irgendwo im Vollrausch, oder schlimmstenfalls sogar dort im Gefängnis enden.

Mit dem Telefon am Ohr zog sich Yanko dann die Schuhe wieder an und schaffte es auch nach ein paar Anläufen den Schlüssel ins Schloss zu bekommen. Er wusste, dass die eine Bar, unten am Hafen, rund um die Uhr geöffnet hatte. Er musste es einfach versuchen.
Yanko holte tief Luft und begab sich mit Ron am Ohr hinaus an die frische Luft. Die Nacht neigte sich schon fast dem Ende zu, und kurz vergaß Yanko, warum er überhaupt hier draußen war. Doch Rons Stimme zwang ihn dazu, genau zu berichten, was er sah und wohin er ging. Das Gehen fiel ihm irgendwie schwer, obwohl er eigentlich am liebsten gerannt wäre. Nach kurzer Zeit erreichte er schließlich die Bar, und sie war zum Glück auch tatsächlich geöffnet, und Yanko ging hinein. Jetzt nur nichts Falsches bestellen, und am besten überhaupt gar nichts bestellen, redete sich Yanko selbst nochmal ein, obwohl ihm Ron das ständig, wie eine Souffleuse, ins Ohr wiederholte.

Als Yanko dann am nächsten Nachmittag in seinem Hotelzimmer aufwachte, wusste er zunächst überhaupt nicht mehr was passiert war. Das erste, woran er dachte, war Whisky, und da wurde er mit einem Schlag hellwach. Fieberhaft versuchte er feststellen, ob er was getrunken hatte, aber das konnte er nicht. Sein Körper fühlte sich zwar an wie Blei, und in seinem Kopf war alles dumpf, doch er konnte sich nicht daran erinnern wovon. Plötzlich fiel ihm Ron ein, und er suchte nach seinem Handy, das er dann auch bei seinen Schuhen fand. Das Handy war aus, offenbar war der Akku leer geworden. Yanko kramte das Netzkabel heraus und lud sein Telefon wieder auf. Als es wieder anging, rief er Ron an, doch der meldete sich nicht.
Yanko ging im Zimmer auf und ab und suchte nach irgendwelchen Hinweisen auf die vergangenen Stunden. Alkohol fand er jedenfalls nicht, dafür aber irgendwann eine Plastiktüte mit jede Menge Shit und Opium drin. „Wunderbar!", murmelte Yanko erleichtert, und dann ging er zum Meer hinunter und ein gutes Stück den Strand entlang und zog sich schließlich die Birne nochmal mit Shit voll und rauchte am Schluss noch eine Opiumpfeife obendrauf. Vollgedröhnt, aber offensichtlich doch nüchtern, fand er anschließend irgendwann ungesehen den Weg wieder zurück ins Hotel, wo er dann in kompletter Montur ins Bett fiel und einschlief.

Yanko wachte davon auf, dass ihm jemand die Schuhe auszog, und als er die Augen öffnete, sah er Ron vor sich.
„Hey, alter Zigeuner, na, wie geht es dir?", fragte Ron gleich, als er bemerkte, dass Yanko wach war. Yanko setzte sich auf und blinzelte in die Sonne, die bis ins Zimmer hineinschien. Er fühlte sich zwar wie gerädert, aber das Zittern hatte aufgehört und sein Herz schlug wieder ganz ruhig. Yanko sah Ron an und zog ihn einfach zu sich ins Bett. „Ich glaube mir

geht's gut! Aber was zum Teufel machst du hier?" Yanko war total überrascht und gleichzeitig unglaublich froh, dass Ron plötzlich bei ihm war. Ron streifte seine Schuhe ab und umarmte Yanko erst einmal ausgiebig.

„Du hättest dich am Telefon mal hören sollen! Da hättest du auch nicht lange gezögert! Ich musste einfach nach dir sehen! Schlimm?", erklärte Ron seinen Spontanbesuch. „Schlimm? Oh ja, das ist echt schlimm! Ich weiß gar nicht, was ich sagen soll, so schlimm ist das... Du bist echt der Hammer! Das ist das Beste, was du tun konntest! Echt jetzt, das ist großartig! Danke, Mann!", sagte Yanko und zog dabei die Bettdecke über sie beide.

Nach drei, vier Tagen hatte sich Yanko weitestgehend wieder erholt und ging hinüber zum Filmset, um das zu erledigen, was er einfach tun musste.
Erst hatte er nicht so recht gewollt, aber Ron hatte ihn dann nach einiger Zeit davon überzeugt, dass er das so nicht stehen lassen könnte. Und als es Yanko nach und nach wieder besser ging, spürte er auch immer deutlicher, dass er dazu wirklich etwas sagen wollte. Denn eigentlich war er richtig wütend darüber, und mit dieser Wut im Bauch stürmte er dann an jenem Morgen das Set und platzte mitten in eine Szene hinein. Frank war zwar nicht besonders erfreut über diese Störung, sah aber gleich, dass da etwas nicht stimmte.
„Diego... was für eine Überraschung! Ich dachte du wärst schon abgereist! Hast dich ja nicht mal verabschiedet...", begrüßte ihn Frank. „Ja... Morgen Frank! Ist Francis auch da?", kam Yanko gleich auf den Punkt. „Ähm, ja! Sie ist in ihrer Garderobe. Wo warst du denn? Wieso bist du denn an dem Abend letztens so schnell abgehauen?", wollte Frank dann wissen, denn er hatte sich schon ein paar Gedanken über den seltsamen Abgang von Yanko letzte Woche gemacht. Doch dann hatte er sich eingeredet, dass Yanko wahrscheinlich weitergereist wäre und vielleicht einfach keine Zeit mehr zum Verabschieden gefunden hätte.
„Danke! Entschuldige bitte die Störung! Mach's gut!", sagte Yanko daraufhin aber nur, gab ihm kurz die Hand und verschwand so schnell, wie er gekommen war. Frank sah ihm noch etwas verdutzt hinterher, hatte aber in dem Moment gar keine Zeit sich weiter Gedanken darum zu machen, was mit Yanko los sein könnte, aber das würde er dann später nach Feierabend noch tun.

Ohne anzuklopfen riss Yanko die Tür auf und erntete dadurch einen leichten Aufschrei, denn Francis hatte sich

ziemlich erschreckt. Sie saß vor ihrem Schminkspiegel und drehte sich zu ihm herum. „Diego, wo kommst du denn her? Ich dachte du hast die Schnauze voll von uns und bist längst über alle Berge!", flachste Francis lächelnd und freute sich sehr ihn zu sehen. War er vielleicht doch noch auf den Geschmack gekommen sie zu wollen, überlegte sie kurz und schmunzelte bei dem Gedanken an sein stürmisches Eintreten von eben. Aber so war er halt, auf der einen Seite charmant und unwiderstehlich und auf der anderen fast unverschämt, was allerdings seiner Attraktivität überhaupt keinen Abbruch tat, wie sie fand.
„Ich bin nur gekommen, um dir zu sagen, dass du so etwas nie wieder tun solltest! Du kannst nicht einfach jemandem Alkohol in sein Getränk mischen lassen, ohne dass derjenige davon weiß!", fauchte Yanko sie sogleich an und fegte damit all ihre süßen Phantasien mit einem Atemzug vom Tisch. Francis starrte ihn verwundert an, überspielte dann aber ihre Verunsicherung mit einem schnellen Lächeln. „Jetzt hab dich doch nicht so! Das war doch nicht so schlimm, das bisschen Wodka! Das hat noch niemandem geschadet! Oder bist du etwa Moslem?" Francis überhebliche Art stachelte Yankos Wut nur noch mehr an. „Nein, ich bin kein Moslem, aber Alkoholiker! Und das hat mich fast umgehauen!", schleuderte Yanko ihr dann kurz und knapp die Wahrheit entgegen.
Francis war geschockt. Damit hatte sie natürlich nicht gerechnet, und sie schämte sich plötzlich zutiefst. Sie stand auf und sah Yanko in die Augen. „Ach herrje! Oh, nein! Oh, Diego, das tut mir leid, das wusste ich ja nicht! Und jetzt? Ist alles ok mit dir?"
Yanko sah, dass sie das offensichtlich wirklich getroffen hatte, und dass sie bereute, was sie getan hatte. „Du hast aber gewusst, dass ich nichts trinke, sonst hättest du mich ja nicht andauernd damit aufgezogen! Und außerdem ist das

scheißegal, ob man das weiß oder nicht, das macht man einfach nicht!"
Francis war total geknickt. „Das tut mir echt leid! Du hast Recht, ich hätte das nicht tun sollen, aber ich dachte, du würdest mich vielleicht dann doch noch wollen, wenn du betrunken wärst!", gab Francis schließlich zerknirscht zu.
Und Yanko schüttelte nur mit dem Kopf. „Tolle Aktion! Vielleicht hättest du mir das einfach mal ganz normal gezeigt, dann hätte ich mich vielleicht sogar darauf eingelassen. Ich habe schon bemerkt, dass du mich angebaggert hast, aber deine ganze aufgesetzte und teilweise überhebliche Art ging mir ziemlich auf den Keks, und die Sache dann mit dem Wodka hat mir echt den Rest gegeben! Nur so ein Tipp, Männer stehen nicht alle auf Schnickschnack, wenn du so natürlich bist wie jetzt gerade, oder bei den Dreharbeiten, hast du viel bessere Karten! Es sei denn du liebst oberflächliche Spielchen." Yanko war immer noch auf hundertachtzig, obwohl sie sich schon entschuldigt hatte und es offensichtlich wirklich bereute, aber er konnte es sich nicht verkneifen ihr auch noch zu sagen, dass weniger Parfum ihr ebenfalls besser stünde, weil es einem sonst eher schlecht als heiß werden würde.
„Bist du auch gekommen, um mich jetzt total fertig zu machen? Ich habe es ja verstanden, und meine Aktion in der Bar war echt nicht die beste, aber dafür habe ich mich entschuldigt! Doch jetzt gehst du echt zu weit, das lasse ich mir nicht bieten! Bitte verlass jetzt meinen Raum!", forderte Francis Yanko unmissverständlich auf zu gehen.
Sie war zutiefst gekränkt, noch niemals zuvor hatte es jemand gewagt, so mit ihr zu sprechen. Und das Schlimmste dabei war, dass Yanko damit einen ihrer wundesten Punkte getroffen hatte, nämlich ihre Überzeugung, dass sie im Grunde nichts Besonderes, und dazu noch völlig unattraktiv und überhaupt nicht liebenswert sei. Ihre ganze Art war ein

reiner Schutzmechanismus, damit niemand ihre Angst und Selbstzweifel bemerken würde.

Doch anstatt zu gehen, setzte sich Yanko plötzlich auf den Stuhl neben ihr und sah ihr fest in die Augen. „Francis, ich wollte dich nicht beleidigen, aber dieses ganze Getue passt einfach nicht zu dir! Du bist eine wunderschöne Frau, und du hast das echt nicht nötig! Sei einfach so wie du bist! Das ist bestimmt nicht immer einfach, aber letztendlich hast du viel mehr davon, weil du nämlich dann weißt, dass du um deiner Selbst willen gewollt bist." Yanko sah, dass Francis plötzlich mit den Tränen kämpfte und nahm sie spontan in den Arm. Sie klammerte sich an ihn und schluchzte ein wenig. Nachdem sie sich nach einer Weile wieder etwas beruhigt hatte, ließ er sie allerdings schnell wieder los.

„Du schaffst das! Kopf hoch! Na, komm schon!", versuchte Yanko sie aufzuheitern und erntete daraufhin tatsächlich ein kleines, unsicheres Lächeln. „Ich muss jetzt los! Pass auf dich auf, ja?!", sagte Yanko dann, während er aufstand. Francis wollte noch etwas sagen, konnte aber außer: „Ja, mache ich! Du auch!", nichts weiter sagen. Deswegen stand sie auch auf und umarmte ihn einfach nochmal.

Dann war Yanko verschwunden, und sie ließ sich wieder auf ihren Stuhl zurücksinken. Schon Wahnsinn, wie sich die eigene Welt innerhalb von fünf Minuten ändern kann, dachte sie und schnupperte dabei an ihrem Arm, der überraschenderweise ein wenig nach Yanko roch.

Dann sprang sie hoch und riss die Türe auf, doch Yanko war bereits außer Sichtweite.

Als Yanko zurück zu Ron ins Hotel kam, fühlte er sich wesentlich besser. Es hatte ihm richtig gutgetan sich Luft zu machen und dieser Frau mal ordentlich die Meinung zu sagen.

Später dann, als Ron schon länger wieder fort war, begriff er erst so richtig, dass er es tatsächlich geschafft hatte nicht rückfällig zu werden, und plötzlich war er Francis fast ein wenig dankbar dafür, dass sie ihm diese Prüfung auferlegt hatte. Yanko fühlte sogar ein wenig Stolz und klopfte sich innerlich ein paar Mal selbst auf die Schulter.

Und plötzlich kehrte seine gute Laune zurück. Er fühlte sich auf einmal voller Tatendrang, deshalb packte er schnell seine Sachen zusammen und fuhr los, gen Süden. Das Land war groß, und er hatte noch längst nicht alles gesehen.

Die Monate verstrichen, und als Yanko eines Tages darüber nachdachte, wie lange er schon auf der Flucht war, kam er auf über ein Jahr.

Immer wieder hatte er in letzter Zeit versucht Marina zu erreichen, aber jedes Mal war nur erneut die Mailbox dran gewesen. Auf seine unzähligen E-Mails war ebenfalls nie eine Antwort gekommen, und Yanko begann sich langsam ernsthafte Sorgen um Marina zu machen. Denn je mehr Abstand er zu der ganzen Sache bekam, desto seltsamer erschien ihm der ganze Fall. Ihre Worte, die sie ihm beim letzten Telefonat entgegen geworfen hatte, passten irgendwie überhaupt nicht zu ihr, und vor allem ihre Stimme hatte dabei sehr merkwürdig geklungen. Yanko konnte zwar gut nachvollziehen, dass sie sich verletzt gefühlt haben musste, nachdem er ihr gesagt hatte, dass das mit ihnen nicht laufen würde, aber irgendwie war da etwas dabei gewesen, was ihn mittlerweile sehr stutzig machte. Sie hatte so kalt und abweisend geklungen, fast wie ein Roboter, und Yanko versuchte sich immer öfter konkret vorzustellen wie das alles bei Marina zu Hause wohl tatsächlich abgelaufen sein mochte. Er konnte sich gut vorstellen, dass es für sie sehr schwierig gewesen sein musste, mit dem Wissen adoptiert worden zu sein, und eigentlich aus Rumänien zu stammen, nach Santa Barbara zu ihren Adoptiveltern zurückzukehren. Sicherlich war sie verschlossener als vorher, und vielleicht hatten deshalb irgendwann ihre Adoptiveltern sie darauf angesprochen und gefragt, was denn mit ihr los wäre, und vielleicht hatte sie ihnen dann im Affekt die Wahrheit einfach so an den Kopf geworfen. In diesem Fall wäre natürlich die Fragerei losgegangen, woher sie das denn alles angeblich wisse usw. Vielleicht hatte sie ihnen daraufhin dann die ganze Geschichte erzählt, einfach deshalb, weil sie es nicht mehr ausgehalten hatte. Gesetzt den Fall, vermutete Yanko weiter, sie hätte ihnen wirklich alles erzählt, wäre ihr Adoptivvater höchstwahrscheinlich danach ausgerastet. Und da er Zigeuner ja abgrundtief hasste, läge es sehr nahe, dass er sehr wütend auf ihn geworden wäre. Vielleicht hatten ihre Adoptiveltern schließlich bemerkt, dass Marina Yanko sehr mochte und vielleicht deshalb einfach erst einmal nur vermutet, dass da mehr gelaufen sein könnte, als Marina ihnen bisher gesagt hatte, und vielleicht hatte ihr Adoptivvater sie dann nach und nach so unter Druck gesetzt, dass sie ihnen schließlich auch von ihrer Affäre mit ihm erzählt hatte. Daraufhin hatten sie dann Marinas Wäsche untersucht und dabei diesen Slip mit seinen Spermaspuren gefunden, der ihn jetzt als Beweisstück so heftig belastete. Yanko konnte sich jedenfalls sehr gut vorstellen, dass Marinas Adoptivvater sich diese Vergewaltigungssache als reinen Racheakt gegen ihn ausgedacht haben könnte.

Je öfter sich Yanko diese Variante der vielen Möglichkeiten durch den Kopf gehen ließ, desto mehr bekam er das Gefühl, dass irgend so etwas in dieser Richtung geschehen sein musste. So wäre auch erklärbar, warum sie nicht ans Telefon ging und seine Mails nicht beantwortete, denn unter diesen Umständen hätte sie ihr Handy höchstwahrscheinlich abgeben müssen, und der Internetzugang wäre ihr mit Sicherheit entzogen worden, da bestimmt keiner der beiden Adoptiveltern wollen würde, dass die Adoptionssache ans Licht käme. Und wahrscheinlich wäre sie unter solchen Umständen sogar zu jenem Telefonat mit ihm gezwungen worden, bei dem sie ihm eiskalt gesagt hatte, dass er selbst an allem schuld sei.

Das Gefühl, dass da etwas nicht stimmte, ließ Yanko bald gar nicht mehr los, und schließlich bat er Ron darum mal nach Santa Barbara zu fahren, um herauszufinden was wirklich geschehen war. Außerdem sah Yanko mittlerweile darin seine einzige Chance wieder freigesprochen zu werden. Wenn Marina ihre Aussage widerriefe, käme er wahrscheinlich mit einer Bewährungsstrafe davon. Vielleicht würde sogar Geld ausreichen.

Ron war allerdings überhaupt nicht davon begeistert Yankos Bitte nachzugehen, denn er hielt dessen Überlegungen für völlig utopisch. Er würde sich da nur etwas vormachen und reines Wunschdenken hineininterpretieren, gab er als Begründung an. Yanko spürte sehr schnell, dass es ein Fehler war ihn darum zu bitten und tat daraufhin so, als ob er Rons Argumente akzeptiert hätte. Doch wider Erwarten willigte Ron dann doch noch ein, nach Marina zu sehen, denn irgendwie wollte er auch nichts unversucht lassen, Yanko zu helfen.

Und da er zu diesem Zeitpunkt sowieso in seinem Pub in L.A. war, fuhr er gleich am nächsten Tag nach Santa Barbara. Er parkte dann sein Auto bei Marinas Schule um die Ecke und wartete dort bis Schulschluss. Und tatsächlich kam sie schließlich zusammen mit ein paar Freundinnen aus dem Gebäude geschlendert.

Ron kroch plötzlich eine für ihn vollkommen unerklärliche Wut so schnell in ihm hoch, dass er fast unkontrolliert aus dem Auto gesprungen wäre und sie vor allen angeschrien hätte. Aber er konnte sich in letzter Sekunde noch zusammenreißen und beobachtete schließlich wie sie in den Schulbus stieg. Ron verfolgte den Bus, bis Marina ein paar Straßen weiter wieder ausstieg. Kaum war der Bus außer Sichtweite und Marinas Haus noch einige Meter entfernt, fuhr er rasch an die Seite und stieg aus.

„Marina!", rief er dann und achtete dabei genau darauf nicht zu laut zu rufen, denn schließlich sollte am besten niemand mitbekommen, dass er da war.

Marina drehte sich so schnell und erschrocken um, dass Ron auch etwas zusammenfuhr. Doch als sie Ron schließlich erkannte, fing sie an davonzurennen. Ron setzte ihr aber schnell hinterher, und stellte sich ihr einfach in den Weg, jedoch ohne sie dabei zu berühren, denn er hatte sich fest vorgenommen, das auf keinen Fall zu tun, nicht, dass ihn auch noch jemand zum Beispiel wegen Körperverletzung anzeigen würde. Er wusste, dass einem das sehr schnell angehängt werden konnte.

„Marina, bitte, warte! Bitte!", sagte Ron dann so ruhig und klar wie möglich. Marina blieb schließlich stehen und sah sich ängstlich um. „Du darfst nicht hier sein! Wenn dich jemand sieht!", haspelte Marina prompt los, und Ron spürte, dass das Mädchen richtig Angst hatte. Sie zitterte förmlich. „Aber deine Adoptiveltern kennen mich doch gar nicht!", versuchte Ron sie zu beruhigen. „Keine Ahnung, was die wissen und was nicht!", gab Marina zur Antwort. „Marina, bitte sprich mit mir, es ist echt wichtig! Sehr sehr wichtig! Wegen dieser ganzen Sache ist Yanko seit über einem Jahr schon auf der Flucht. Und wenn das nicht geklärt wird, dann kann er nie wieder hierher zurückkommen, außer er würde ins Gefängnis gehen! Willst du das? Du weißt, dass die Anzeige nicht rechtmäßig ist! Er hat dich nicht vergewaltigt!", raunte Ron so schnell und leise wie nur möglich zu Marina, und bemerkte dabei, dass er Yanko wirklich glaubte. Eine Vergewaltigung konnte er sich beim besten Willen nun wirklich nicht vorstellen, nur die ganze Geschichte drumherum, die Yanko sich da so zusammenkonstruiert hatte, fand er sehr an den Haaren herbei gezogen. Sicherlich war das allein Marinas Idee gewesen, einfach, um ihm eins auszuwischen, weil er sich nicht für immer auf sie eingelassen hatte, und die Adoptionssache war gar nicht der Grund. Und dass Adoptiveltern, die ihr Kind sicherlich liebten, nicht wollten, dass es die Wahrheit erfuhr, konnte er auch nachvollziehen, obwohl er das grundsätzlich nicht in Ordnung fand. Aber dem angeblichen Racheplan des Adoptivvaters, den Yanko hinter alldem vermutete, wollte Ron einfach keinen Glauben schenken.

Marina schluckte, und Ron sah, dass sie ganz blass geworden war und fast etwas schwankte. „Bitte Marina, komm nachher ins Hotel. Ich bin im selben Hotel wie Yanko damals. Hier ist meine Nummer, falls du mich anrufen willst.", sagte Ron noch und streckte ihr seine Visitenkarte hin. Marina sah Ron nur stumm an, nahm dabei fast mechanisch die Karte an sich und eilte dann schnell nach Hause.
Ron sah ihr kurz hinterher und bemerkte dabei, dass in diesem Moment tatsächlich kein Mensch auf der Straße war, und das beruhigte in etwas.

Ron wurde im Laufe des Nachmittags immer sicherer, dass Marina doch etwas zu verbergen hatte, denn er spürte genau, wenn jemand log oder etwas verheimlichte. Das hatte er während seiner Laufbahn bei der Army wirklich einschätzen gelernt, und bald konnte er sich dann doch nicht mehr wirklich vorstellen, dass das alles allein auf Marinas Mist gewachsen war. Doch, dass Yanko sie vergewaltigt haben soll, war für ihn trotzdem nach wie vor völlig ausgeschlossen.
Ron begann schließlich auf Marina zu warten. Und er wartete lange, denn sie kam erst am nächsten Abend. Ron hatte sich schon vorgenommen sie am kommenden Morgen nochmals an der Schule abzupassen, falls sie heute nicht aufgetaucht wäre.

Marina wirkte fahrig und ziemlich nervös, als sie sich setzte. Und als sie schließlich in Tränen aufgelöst in Rons Armen lag, wussten beide, dass sie nicht mehr würde nach Hause gehen können. Sie war am Ende ihrer Kräfte. Daher beschlossen sie das Jugendamt zu informieren und ihre richtigen Eltern wieder einfliegen zu lassen. Außerdem wollte Ron am nächsten Tag zu Yankos Rechtsanwalt nach L.A. fahren und ihm alle Neuigkeiten berichten.

Im Prinzip war es anscheinend doch genauso geschehen, wie Yanko es bereits geahnt hatte, nur noch mit dem schrecklichen Zusatz, dass Marinas Adoptivvater ihr unter Schlägen angedroht hatte, sie zu entführen und in ein Verlies zu sperren, wo sie niemals gefunden werden würde, falls sie es wagen sollte noch jemandem die Wahrheit über die Adoption zu verraten und ihre leiblichen Eltern weiterhin zu kontaktieren. Und trotz Marinas Beteuerungen, Yanko habe sie niemals vergewaltigt, wollte ihr Adoptivvater das nicht glauben. Schließlich hatte er Marina den amtlichen Gennachweis aus der Hand gerissen und im Kaminfeuer vernichtet.

„Es tut mir so leid! Ich hatte wirklich nicht damit gerechnet, dass dieses Arschloch so etwas tun, und so weit gehen würde!!! Ron, bitte, das musst du mir glauben! Ob Yanko mich noch beachten wird, nach alldem was ich ihm angetan habe?" Marina war verzweifelt. Ron legte tröstend einen Arm um sie. „Wir kriegen das schon wieder hin, aber du musst ab jetzt immer die Wahrheit sagen, sonst hat Yanko keine Chance! Denn es ist ja so: Er muss beweisen, dass er dich nicht vergewaltigt hat! Verstehst du? Wenn du ihm jetzt helfen willst, dann musst du alles so sagen wie es wirklich war, auch wenn das für dich vielleicht etwas peinlich ist!", erwiderte Ron und sah sie dabei an. Doch er wusste, dass sie ab jetzt nicht wieder lügen würde, sie war einfach selbst so sehr durch die Drohungen ihres Adoptivvaters in Angst und Schrecken versetzt worden, dass sie schon allein darauf keine Lust mehr hatte.

„So, und jetzt rufst du Yanko an und erklärst ihm das alles!", fügte Ron noch sehr bestimmt hinzu. Marina schluckte. „Yanko will bestimmt nicht mehr mit mir reden! Kannst du das nicht machen, bitte?", flehte Marina schon fast, doch Ron

blieb hart. „Ich glaube, du spinnst! Das machst du schön selbst! Du hast ihm doch die ganze Scheiße erst eingebrockt, jetzt bring das auch wieder in Ordnung!! Hier ist mein Handy, und da drückst du drauf. Ich gehe solange runter in die Lobby."
Gesagt, getan, und dann saß Marina da und hielt sich zitternd das Handy ans Ohr.

Yanko fuhr gerade auf der Landstraße Richtung Windhoek, weil er dort neue Reifen für den Pickup kaufen wollte, als sein Handy klingelte. Erfreut ging er dran. „Hey Ron, wie schön, dass du anrufst! Wie geht's dir?", plapperte er gleich drauflos. Und Marina schluckte. Sie hatte schon fast vergessen wie schön seine Stimme klang. „Ron, bist du noch dran?", hörte sie dann Yanko fragen, und sie holte tief Luft und kniff die Augen zusammen. „Yanko...", sagte sie dann, allerdings ziemlich leise, weil ihre Stimme irgendwie versagte.
In diesem Moment stieg Yanko in die Eisen, und Gott sei Dank war zu jenem Zeitpunkt niemand hinter ihm gewesen. Er fuhr links ran und hielt. „Marina? Bist du das?", rief er ins Telefon und schaltete den Motor aus. „Ja, ich bin's!", gab sie kaum hörbar zur Antwort. „Hey, du musst ein bisschen lauter reden, ich höre dich kaum! Wo bist du? Und warum hast du Rons Handy? Was ist passiert? Warum hast du dich nicht gemeldet?" Yankos Kopf schwirrte vor lauter ungeklärten Fragen, und er zündete sich eine Zigarette an.
„Ich... ich... ich konnte nicht! Mein Adoptivvater hat gedroht mich einzusperren, wenn ich was sage. Er hat mich zu alldem gezwungen! Es tut mir so leid! Ich wollte das niemals! Bitte, du musst mir glauben! Als Ron dann auf einmal vor mir stand, brach alles in mir zusammen. Ich kann nicht wieder zurück, und ich weiß auch nicht, wie es jetzt weitergehen soll! Ich habe kein Handy und auch keinen Computer mehr, das

hat er mir alles weggenommen!", haspelte Marina so schnell, dass Yanko Mühe hatte mitzukommen.
Dennoch hatte ihr aufgeregtes und hektisches Gerede etwas Beruhigendes auf Yanko. Er spähte in die Abendsonne und hatte das erste Mal seit Monaten das Gefühl, dass doch wieder alles gut werden könnte. „Hey, Marina, langsam! Immer mit der Ruhe! Wo ist Ron jetzt?" „Er wartet unten in der Lobby.", antwortete Marina und schnallte dabei so langsam, dass Yanko offenbar doch noch mit ihr reden wollte, und sie schöpfte neue Hoffnung, dass er nicht ganz so wütend auf sie sein würde, wie sie vermutet hatte.
„Gut, dass du endlich anrufst! Ich habe mir schon die größten Sorgen gemacht. Ich habe Ron zu dir geschickt, damit er der ganzen Sache mal auf den Zahn fühlt. Ich habe irgendwie geahnt, dass was mit dir nicht stimmt!", erklärte Yanko dann und fühlte sich zusehends wohler. Am liebsten hätte er Marina jetzt in den Arm genommen und ihr gesagt, dass alles gut wird. Seltsam, dass ich gar nicht wütend bin, dachte Yanko dann.
„Was??? Du hast dir Sorgen um mich gemacht? Aber... aber ich habe dir das doch alles eingebrockt!!!" Marina war total verwundert und etwas verwirrt über Yankos Worte.
Yanko setzte sich neben der Straße auf die Erde und zündete sich noch eine Zigarette an. „Naja, zunächst war ich ja auch total geschockt, aber ich habe mich dann immer wieder fragen müssen, warum du deinen Adoptiveltern das mit uns überhaupt erzählt hast. Da bin ich einfach nicht schlau draus geworden, und je länger ich darüber nachgedacht habe, desto seltsamer kam es mir vor. Jedenfalls bin ich saufroh, dass du mich jetzt endlich mal angerufen hast! Wie geht's dir denn überhaupt?"
„Mir ging es echt beschissen! Ich hatte ja auch keine Möglichkeit mit dir Kontakt aufzunehmen, und jetzt hatte ich solche Angst mit dir zu sprechen, weil ich die ganze Zeit

dachte du hasst mich bestimmt, was ich dir auch nicht verübelt hätte. Aber jetzt geht es mir schon viel besser! Ich weiß bloß nicht, was ich jetzt machen soll!", sagte Marina dann zusehends ruhiger.
In diesem Moment kam Ron wieder zurück ins Zimmer. Er wollte nur mal kurz nach ihr sehen. Er ahnte zwar, dass Yanko nicht sauer auf sie war, aber dennoch wollte er sicher gehen, dass es ihr gut ging. Marina lächelte ihn ein wenig an und zeigte ihm mit der freien Hand, dass er doch bleiben solle. Ron setzte sich daraufhin an den Tisch und wartete.
„Ich denke, am besten wird es sein, wenn ich zurückkomme und wir dann gemeinsam zum Rechtsanwalt gehen und die Sache klären!", schlug Yanko vor, obwohl er keinen blassen Schimmer davon hatte, wie er unbemerkt in die USA kommen sollte. „Spinnst du??? Die nehmen dich doch sofort fest!!! Du bleibst schön da wo du bist, und wir machen das hier!" Marina bekam es mit der Angst zu tun, denn sie wusste genau, wie fieberhaft Yanko gesucht wurde. Sie stand auf und drückte Ron das Handy in die Hand. „Sag du ihm bitte, dass er nicht hierher kommen soll, bevor er offiziell entlastet ist!", flehte Marina Ron an.
„Hey Yanko, ich bin's! Na, was sagst du? Habe ich das nicht gut gemacht?", grinste Ron ins Telefon. „Oh ja, das hast du allerdings! Vielen vielen Dank! Das ist echt ganz groß! Und wie geht's jetzt weiter? Ich denke, jetzt könnte ich es doch wagen wieder zurückzukommen. Was meinst du?" Yanko hatte das einfach so spontan gesagt, aber sicher war er sich deswegen noch lange nicht, ob das eine gute Lösung wäre.
„Keine Ahnung! Ich denke, ich werde erst einmal mit deinem Anwalt sprechen. Wenn Marina dann bei der Polizei ihre Aussage revidiert und ihnen die wahre Geschichte präsentiert, werden die mir dann hoffentlich sagen, was du tun sollst!", versuchte Ron ebenfalls sich selbst zu erklären.

„Hm, ja, das klingt gut! Oh Mann, ich bin so erleichtert! Hoffentlich reicht das aus, damit der Idiot seine Anzeige zurückzieht! Ron, bitte frag den Anwalt auch gleich, was für eine Strafe mich trotzdem erwartet, weil…" „Ja, ich weiß!", fiel ihm Ron ins Wort. „Weil du dich mal wieder nicht beherrschen konntest! Eigentlich geschieht es dir ja ganz recht, dass du mal einen Denkzettel bekommen hast!", rutschte es Ron dann doch etwas zu vehement heraus, und Marina sah ihn entsetzt an. „Aber ich wollte es doch!", rief sie deshalb sofort zu Yankos Verteidigung. Und Ron seufzte. „Jaja, nehmt ihn nur alle in Schutz, den alten Bastard! Hast du gehört, was Marina eben gesagt hat?", fragte er Yanko dann schon fast wieder ruhig. „Ja, habe ich… Ron, du musst mit nicht helfen, wenn du nicht willst!", antwortete Yanko deshalb schnell.

Rons Aussage eben über den Denkzettel löste in Yanko ein sonderbares Unbehagen aus, und er spürte gleichzeitig eine grenzenlose Erschöpfung in sich aufkommen. Durch diese Anmerkung schimmerte irgendwie wieder Rons übermäßige Eifersucht durch, die Yanko mittlerweile schon fast völlig vergessen hatte. Bei seinen beiden letzten Besuchen war davon nämlich nichts zu spüren gewesen, vielleicht aber auch nur aufgrund der außergewöhnlichen Situation, mutmaßte Yanko jetzt. Doch eben war sie wieder da, und Yanko hatte von jetzt auf gleich keine Lust mehr darauf mit Ron zu telefonieren. Dennoch riss er sich zusammen. Ron war gerade seine einzige Chance sich wieder frei in der Welt bewegen zu können, und die wollte er natürlich nicht kaputtmachen.

„Oh Yanko! So war das ja nun auch gar nicht gemeint! War nur Spaß! Also, ich lass mir morgen gleich einen Termin bei deinem Rechtsanwalt geben, und dann melde ich mich wieder. Ich kläre das alles ab, auch mit dem Jugendamt usw, nicht, dass ich noch wegen Entführung ins Gefängnis komme!", sagte Ron besänftigend und versuchte dabei extra gutgelaunt und optimistisch zu klingen. „Ok, ich warte auf deinen Anruf! Und lass ja die Finger von Marina, hörst du?", antwortete Yanko wieder etwas beruhigter, und die schlechte Stimmung verflog.

Als Yanko später in seinem Hotelzimmer in Windhoek im Bett lag, fühlte er sich ganz seltsam, und er stellte fest, dass er sich eigentlich schon fast mit seinem neuen Leben hier allein in Namibia abgefunden hatte. Auf eine für ihn völlig unverständliche Weise störte ihn fast die bevorstehende Möglichkeit wieder vollkommen frei zu sein. Denn dann müsste er sich sicherlich wieder bei allen dafür rechtfertigen, warum er was tat und vor allem dafür, wenn er mal allein sein wollte.
Auf der anderen Seite versuchte er die aufkommende Freude noch etwas zu bändigen, denn er wollte sich auf keinen Fall zu früh freuen. Keiner konnte zum jetzigen Zeitpunkt genau sagen, wie die Geschichte ausgehen würde. Vielleicht reichte Marinas Revision, vielleicht aber auch nicht, und Yanko müsste im schlechtesten Fall weiterhin beweisen, dass er sie nicht vergewaltigt hatte. Dennoch wurde er sich immer sicherer, dass die neue Sachlage jetzt erst einmal gründlich untersucht, und dabei vor allem Marinas Adoptivvater genauer unter die Lupe genommen werden würde.

Nachts wachte Yanko davon auf, weil er Fams Stimme gehört hatte. Sie war so klar und deutlich zu vernehmen gewesen, dass er davon überzeugt war, sie säße direkt neben ihm. Doch, als er die Augen aufschlug, war niemand da. Yanko versuchte sich dann krampfhaft daran zu erinnern, was sie zu ihm gesagt hatte, aber ihre Worte blieben verschwunden, genauso wie sie selbst. Yanko drehte sich um, sodass er zur Balkontür hinaussehen konnte.
Er versuchte erst gar nicht sich gegen die aufkommenden Gedanken und Erinnerungen zu wehren, und seltsamerweise tat es ihm auch heute nicht weh.
Die Bilder glitten einfach durch ihn hindurch wie Wasser und sickerten nach einer Weile wieder irgendwo ins Nichts. Was hätte Fam ihm wohl jetzt geraten? Hätte sie gewollt, dass er zurückkehren solle, um die Angelegenheit endgültig zu klären, jetzt wo die Chancen deutlich besser standen als vorher, oder hätte sie ihn zur Vorsicht ermahnt und ihm geraten noch etwas Geduld zu haben. Yanko konnte es nicht wirklich erfühlen, dennoch war er sich irgendwie sicher, dass sie ihm auf jeden Fall dazu geraten hätte nicht aufzuhören für die Gerechtigkeit zu kämpfen.
Später musste er noch an Valentina denken, und er versuchte sich dann vorzustellen wie es ihr mit seiner Ranch wohl bis jetzt ergangen war. Er stellte sich vor, wie sie mit ein paar Reiturlaubern hinunter zum Meer ritt und mit ihnen dort das gleiche unternahm, wie er mit ihr damals. Yanko konnte sich ein Grinsen dabei nicht verkneifen, als er daran zurückdachte wie sie leicht zitternd vor ihm gestanden hatte, als er sie das erste Mal auszog, um sie nackt ins Meer zu jagen.
Ob sie sich jemals wiedersehen würden? Yanko fühlte dazu nichts. Er wusste es einfach nicht.

Gegen Morgen fiel er endlich in einen leichten Dämmerschlaf und träumte von Jony und Kenia, wie sie auf einem hohen Berg standen und nach ihm riefen.

Als Yanko nach zwei Tagen immer noch keinen Anruf von Ron erhalten hatte, versuchte er ihn zu erreichen. Doch es empfing ihn nur seine Mailbox, und Yanko hinterließ ihm die Nachricht, dass er ihn doch bitte zurückrufen möge.
Yanko musste jedoch noch einen ganzen weiteren Tag lang auf Rons Rückruf warten, und als der dann endlich kam, war er gerade dabei sein Hotelzimmer zu verlassen, um sich wieder auf den Weg in die Wüste zu machen.
„Wieso rufst du mich nicht an? Was habt ihr denn noch herausgefunden? Was hat der Rechtsanwalt gesagt?" Yanko war plötzlich total nervös, denn er konnte überhaupt nicht verstehen, warum Ron ihn erst nach drei Tagen wieder anrief.
Ron räusperte sich. „Ja, ich weiß... aber ich musste da nochmal in mich gehen, denn es geht ja schließlich auch um was!", begann Ron dann langsam, denn er wollte nicht, dass Yanko auflegte noch bevor er alles gesagt hätte.
„Ja, genau! Es geht um meine Freiheit!", sagte Yanko, so, als ob er sich das selbst noch einmal verdeutlichen wollte. „Ja, du sagst es! Um deine Freiheit! Und was ist mit mir? Wenn ich mit Marina zur Polizei gehe, dann bleibt es nicht aus, dass auch ich da mit hineingezogen werde! Die können sich doch dann an einer Hand abzählen, dass ich weiß wo du bist! Ich habe mich ja in gewisser Weise eh schon mitschuldig gemacht, weil ich, nachdem ich ja dann wusste wo du bist, dich nicht verraten habe! Außerdem fragen die sich doch mit Sicherheit dann auch, woher ich Marina überhaupt kenne, und wenn dann rauskommt, dass wir, bzw ich den Safe bei Jacksons geknackt habe, um an die Adoptionspapiere zu kommen, dann droht auch mir eine saftige Strafe! Und wenn die Marina nicht glauben, und die Anzeige gegen dich

bestehen bleibt, dann werde ich wegen Falschaussage und wahrscheinlich wegen Beihilfe zur Vergewaltigung und Mitwisserschaft ebenfalls verurteilt!", erklärte Ron seine neue Sichtweise.
Der Ton, den Ron dabei anschlug, jagte Yanko einen eiskalten Schauer über den Rücken. Kaum fand er so schnell Worte zur Antwort, dennoch zwang er sich dazu etwas zu sagen. „Ron, ich glaube, ich kann dir da gerade nicht folgen... Du solltest doch auch zuerst zum Rechtsanwalt gehen. Wer redet denn gleich von Polizei? Du warst also noch gar nicht beim Rechtsanwalt? Was ist denn los?" Yanko öffnete die Balkontür und ging hinaus, um eine zu rauchen.
„Nein, noch nicht!", bestätigte Ron, und plötzlich stieg in ihm das notwendige Gefühl herauf, um Yanko genau zu sagen, warum er noch nicht dort gewesen war. „Immer geht es nur um dich! Deine Gefühle, deine Bettgeschichten, deine Vorlieben, deine Neigungen, deine speziellen Gemütszustände, deine Freiheiten usw. Und wann geht es mal um mich? Du sitzt jetzt in der Scheiße, weil du mal wieder deinen Schwanz nicht unter Kontrolle hattest! Wieso zum Teufel musstest du nur mit diesem jungen Mädchen vögeln? Warum? Reiche ich dir nicht? Ah, was für eine dämliche Frage! Niemand ist gut genug oder ausreichend für dich, dass du es länger mit ihm aushältst! Ein paar Mal gefickt und ein bisschen Gefühlsduselei und dann, wenn es etwas tiefer geht, oh, ja, dann wird es dem Herrn zu viel, zu nah, zu was weiß ich! Es steht mir bis weit über meinen Hals hinaus!!! Und ich habe ehrlich gesagt überhaupt keine Lust mehr dazu für dich jetzt auch noch die Hand ins Feuer zu legen! Tut mir leid, aber da musst du alleine raus! Ohne mich! Es ist deine Sache! Ich kann das nicht mehr!"
Ron hatte sich richtig in Rage geredet, und Yanko hielt den Hörer etwas weiter weg, weil seine laute Stimme ihm im Ohr wehtat. „Hey, jetzt beruhige dich mal! Ich habe nie von dir

verlangt, dass du das für mich regeln sollst! Ich habe dich nur darum gebeten, und du hast eingewilligt!" Yanko blieb seltsamerweise völlig ruhig dabei.

Ron spürte, dass seine Worte Yanko eben anscheinend gar nicht sonderlich getroffen hatten, und das machte ihn noch wütender. „Ich dachte wirklich, dass wir uns nach der Sache mit Nino wieder näher gekommen wären, und es für uns doch noch eine reelle Chance gibt. Ich rufe dich in Argentinien an, um dich zu warnen, dann besuche ich dich in Namibia, lasse kurz darauf wieder alles stehen und liegen und komme dir zu Hilfe geeilt, als das mit dem Alkohol passiert war! Aber du hast mich kein einziges Mal gefragt, ob ich bleiben wollte! Warum sagst du mir nicht gleich, dass du mich doch nicht wirklich willst, dann brauche ich mir auch keine Gedanken mehr darum zu machen!" Ron brüllte fast, als er Yanko das alles an den Kopf warf.

Yanko wurde es langsam zu bunt, und es fing an ihn zu nerven. „Hey, und dafür bin ich dir auch total dankbar!! Aber ich habe dich weder gebeten mich zu besuchen, noch habe ich dich gezwungen mir zu helfen! Was soll das ganze jetzt? Du weißt genau, dass ich dir nicht so treu sein kann, wie du es gerne hättest, das haben wir doch nun schon so oft durchgekaut und ausprobiert! Und außerdem hast du momentan einen festen Partner und nicht ich! Wo ist also das Problem? Kannst du das nicht einfach mal genießen, wenn wir uns sehen und es dann auch wieder loslassen? Du weißt ganz genau, dass ich dich liebe, und das wird auch immer so sein! Jetzt komm mal wieder runter!" Yanko machte die eine Zigarette aus und gleich eine neue an.

Doch Ron konnte sich nicht beruhigen, zu sehr hatte er die ganze Zeit über seine Gefühle unterdrückt, weil er sich selbst damit beweisen wollte, dass er jetzt Maria liebte und mit ihr glücklich war. Er liebte sie auch tatsächlich, aber er vermisste

Yanko mit jedem Tag mehr und wünschte sich eigentlich nichts sehnlicher, als wieder mit ihm, und ausschließlich nur mit ihm zusammen zu sein.

„Warum sollte ich? Damit es dir besser geht? Nein, Yanko! Schluss damit! Entweder du kommst zu mir zurück, oder das war's! Anders kann ich das nicht!" Endlich war es raus, was ihm schon solange auf dem Herzen lag, und Ron fühlte sich seit langem wieder etwas besser.

Yanko schluckte hingegen erst einmal und wusste gar nicht, was er auf die Schnelle dazu sagen sollte. Er liebte Ron wirklich, dessen war er sich absolut sicher, nur ausschließlich mit ihm zusammensein, wollte er einfach nicht. Er wollte, wenn überhaupt mit jemandem, lieber mit einer Frau zusammenleben, das sagten ihm jedenfalls seine Erfahrung und auch sein Gefühl.

„Warum fängst du damit immer wieder an? Du weißt wie ich das sehe, und wenn du damit nicht zurechtkommst, dann müssen wir es halt lassen, da hast du vollkommen Recht! Ist es das, was du wirklich willst?", fragte Yanko schließlich und musste sich hinsetzen. Irgendwie schlug ihm das Gespräch jetzt doch gehörig auf den Magen, und er spürte sein Herz bis zum Hals hinaufschlagen.

„Nein, das ist überhaupt nicht das, was ich will, aber ich kann dich einfach nicht teilen!", gab Ron dann wieder etwas gefasster, aber ehrlich zurück.

„Ron, bitte, jetzt lass uns das, wenn überhaupt, nicht einfach am Telefon tun. Wenn ich wieder da bin, reden wir nochmal in Ruhe darüber, oder du kommst nochmal hierher, wenn es noch länger dauern sollte! Ich bezahle dir auch den Flug. Du wirfst mir da Sachen an den Kopf, und ich kann dir dabei nicht in die Augen sehen, das ist auch nicht gerade fair! Und was die Sache mit Marina angeht, lass mal gut sein, ich regele das auch allein! Ok?"

„Ok! Dann denk bitte in der Zwischenzeit mal ganz genau darüber nach, was ich dir gesagt habe und sag mir dann dein Ergebnis! Und wegen Marina, sie ist wieder zurück bei ihren Adoptiveltern. Anscheinend haben sie nichts davon mitbekommen, dass sie mit mir gesprochen hat." Rons Stimme war wieder zu ihrer kalten Tonlage zurückgekehrt, und Yanko resignierte fast. „Was??? Sie ist was??? Aber..." Yanko seufzte, denn er verstand überhaupt nichts mehr, bzw, er begann gerade erst richtig zu verstehen. „Ok, gut! Ich danke dir trotzdem für deine Hilfe! Mach's gut, Ron!"', sagte Yanko noch, bevor er das Gespräch einfach beendete.
Er hatte genug gehört.

Völlig vor den Kopf gestoßen, ging er hinunter auf die Straße und irrte noch stundenlang einfach ziellos durch die Stadt. Und dann war er sich sicher. Ron hatte sich nur aus purer Eifersucht aus dieser Geschichte herausgezogen. Er wollte sich mit dieser Aktion bei ihm für all seine Verletzungen, die er im Laufe ihres Zusammenseins erlitten hatte, einfach nur rächen. Er nahm dafür sogar in Kauf, dass Marina eventuell von ihrem Adoptivvater entführt werden könnte. Und Ron nahm ebenfalls in Kauf, dass Yanko vielleicht nie wieder richtig frei wäre. Der Gedanke, der Yanko dann kam, würgte ihn schon im Hals, bevor er ihn fertig gedacht hatte. Vielleicht wollte Ron ja auch ganz bewusst, dass er für immer in Namibia festsäße, einfach deshalb, damit er dann genau wüsste wo er wäre, und er nicht einfach von heute auf morgen in ein anderes Land abhauen könnte.
Yanko kannte Rons Verhalten diesbezüglich ja bereits. Schon ein paar Mal hatte er diese eifersüchtige Seite von ihm abbekommen. Anfangs hatte er es allerdings noch für irgendwie angemessen gehalten, da er ja selbst nicht genau gewusst hatte, was er wollte, und er mit ihrer Liebesgeschichte zunächst genauso überfordert war. Später hatte es dann aber

auch heftigere Züge angenommen, und Ron wurde dabei zunehmend beleidigender. Das heute war bis jetzt allerdings die absolute Krönung gewesen, weil er damit eigentlich Marina am meisten traf. Sie musste nur deshalb wieder zu ihren Adoptiveltern zurückkehren, weil Ron sein Hilfsangebot plötzlich wieder zurückgezogen hatte.
Yanko war absolut ratlos, was er nun als nächstes tun sollte. Er überlegte hin und her, ob er nicht doch jemand anderen noch um Hilfe bitten sollte, aber irgendwie fühlte sich keiner dafür richtig an. Keith hätte er vielleicht darum bitten können, aber der konnte noch nicht wieder alleine reisen.
Yanko zog sich schließlich noch ein paar Joints rein, vor allem nachdem ihm auch wieder jene Nacht bildhaft vor Augen erschienen war, in der Ron aus purer Eifersucht auf ihn geschossen hatte. Danach ging er ins Bett.

Als Yanko am nächsten Tag aufwachte, wusste er, er würde nicht länger warten können. Er musste einfach zurück, ganz egal was dann passierte.
Lange dachte Yanko darüber nach, auf welchem Weg er am schnellsten, und vor allem am sichersten zurück in die USA gelangen könnte. Über das Internet suchte er dann schließlich nach den Einreisebestimmungen für Kanada und Mexiko. Doch zu seinem Erschrecken erfuhr er dabei, dass auch Kanada mittlerweile den digitalen Fingerabdruck eingeführt hatte. Dennoch erschien ihm der Weg über Kanada trotzdem irgendwie leichter, als der über Mexiko, vielleicht aber einfach nur deshalb, weil er das von Mexiko aus schon erlebt hatte, damals als Ron und er gemeinsam Dolores und seinen Sohn Manuel unter abenteuerlichen Umständen illegal in die USA geschleust hatten.

Yanko war sich auch dann immer noch nicht sicher, ob sein Vorhaben wirklich eine gute Idee war, oder einfach nur naiv, als er ein paar Tage später im Flugzeug zurück nach Argentinien saß.

Er hatte seinen Pickup und die komplette Ausrüstung an ein Pärchen aus Deutschland verkauft, das sich am Anfang einer Afrikarundreise befand. Fast sein gesamtes Geld hatte er anschließend auf ein Konto einbezahlt, das er nach langem Überlegen dann doch auf seinen falschen Namen eröffnet hatte. Denn nur so konnte er sicher sein, dass er weltweit unentdeckt Geld abheben konnte. Wie er das dann später mit dem Transfer auf sein richtiges Konto machen würde, wusste er jetzt noch nicht, zur Not müsste er halt deswegen nochmal nach Windhoek zurück.

Yankos Plan war von Buenos Aires aus mit dem Auto nach Valparaíso in Chile zu fahren, um dort auf einem Containerschiff anzuheuern, das ihn nach Vancouver bringen sollte. Von dort aus würde er dann mit einem Bus weiter in die Rocky Mountains fahren und den Rest des Weges über die Grenze schließlich zu Fuß absolvieren. Black Wolf hatte ihm schon einige Male von illegalen Grenzüberquerungen seiner Leute erzählt und ihm die Stellen auf der Landkarte gezeigt, an denen ein solcher Grenzübergang möglich wäre. Yanko war es zwar durchaus bewusst, dass diese Geschichten aus vergangenen Tagen stammten, an denen es unter anderem noch keine so ausgefeilte Satellitenüberwachung gegeben hatte, dennoch erschien ihm dieser Weg sicherer, als eine Einreise am Flughafen oder per Auto.

Als das Essen serviert wurde, dachte Yanko, dass er sich so langsam an das Leben als Diego Molina Gomez gewöhnt hatte, denn dieses Mal spürte er kaum eine Aufregung in sich, allerdings würde diese bestimmt, spätestens bei der Einreise in Kanada noch kommen, dessen war er sich ziemlich sicher. Doch das, was ihm aber momentan viel mehr Kopfzerbrechen bereitete, war die bevorstehende Entscheidung, ob er Valentina besuchen sollte, oder lieber doch nicht. Irgendwie passte das alles jetzt nicht mehr zusammen. Das Leben auf der Ranch, Valentina, Diego, seine Flucht und die bevorstehende Rückkehr erschienen ihm wie zwei völlig verschiedene Sachen. Und je länger er darüber nachdachte, desto klarer wurde ihm, dass er im Grunde eigentlich nur Angst davor hatte sie wiederzusehen. Er hatte nämlich überhaupt keine Lust auf irgendeinen wiederholten Trennungsschmerz. Obwohl er sich auch genauso gut dafür entscheiden könnte später nach Argentinien zu ziehen, wenn alles wieder im Lot wäre, wusste er in diesem Moment, dass er sich fast unbemerkt schon längst dazu entschieden hatte, es nicht zu tun. So schön es dort war, aber das Kapitel war trotzdem irgendwie abgeschlossen.

Die Einreise in Argentinien verlief zum Glück auch wieder völlig problemlos und der Autokauf ebenso. Und Yanko dachte für einen Moment lang, dass es vielleicht doch eine ausgleichende Gerechtigkeit gäbe und irgendein Engel seine schützende Hand über ihn hielte, während er unter falschem Namen auf der Flucht war.
Yanko machte sich dann sofort, nachdem er einen geländetauglichen Jeep gekauft hatte, auf den Weg nach Chile. Er besorgte sich unterwegs noch ausreichend Proviant und eine genaue Landkarte, denn von GPS hielt er nicht besonders viel, wenn man nicht gerade Taxifahrer in einer Großstadt war. Und dann fuhr er los.

Die Nachtwachen übernahm Yanko immer am liebsten, vor allem deshalb, weil er da mit dem Meer fast allein war.
Als sie schließlich an L.A. vorbeifuhren, überlegte sich Yanko ernsthaft einfach von Bord zu springen. Doch er wusste auch, dass die Chance ohne Hilfsmittel lebend an Land zu kommen fast gleich null war. Die Strömung hier draußen war einfach viel zu stark.
Manchmal hatte Yanko auch schon in die andere Richtung geblickt, in die Richtung, in der sich der Pazifik schier unendlich gen Westen hin ausdehnte, und in die Richtung in der Hawaii lag. Und dann erwischte er sich oft dabei, dass er begann wie ein kleines Kind von einem Delfin zu träumen, der vorbeikommen, und ihn auf seinem Rücken direkt zu seiner Hütte bringen würde.

Die Arbeit an Bord war anstrengend, aber Yanko empfand es als angenehm, denn so kam er wenigstens während den Schichten nicht allzu oft zum Nachdenken. Seine Kollegen waren alle nicht sehr gesprächig und daher auch nicht besonders an Yanko interessiert. Hier und da schnappte er allerdings dann doch ein paar für ihn sehr wichtige Informationen auf, denn es war anscheinend öfter mal der Fall, dass jemand aus Südamerika über diesen Weg versuchte illegal nach Kanada oder in die USA zu gelangen. Er hörte Geschichten von Leuten bei denen es geklappt hatte, und ebenso von Leuten, die geschnappt worden waren, und auch von Leuten, die bis heute verschollen geblieben sind. Geschickt versuchte Yanko dann manchmal genauere Hinweise zu erhalten, zum Beispiel welcher denn nun der beste Einreiseweg wäre, ohne digital registriert zu werden.
Als Yanko schließlich erfuhr, dass sie ziemlich sicher nachts in Vancouver ankämen, beschloss er dann doch kurz vorher schon von Bord zu gehen.

Es fügte sich auch ohne sein Eingreifen von ganz allein, sodass Yanko kurz wieder an den Engel dachte, dass er für diesen Tag die Frühschicht zugeteilt bekam. So hatte er nämlich danach noch genug Zeit, alles für seine nächtliche Flucht vorzubereiten. Yanko wusste, dass es gefährlich werden könnte, kurz vor Victoria von Bord zu gehen, da es in diesen schmalen Gewässern von Patrouillenbooten der US amerikanischen und kanadischen Wasserschutzpolizei, sowie des Grenzschutzes nur so wimmelte. Dennoch fühlte sich die Variante auf Vancouver Island an Land zu gehen und dann am nächsten Morgen mit einem kleinen Flugzeug, oder der normalen Passagierfähre nach Vancouver überzusetzen weitaus besser an, als direkt im Hafen anzukommen. Denn laut den Berichten der anderen, war es schier unmöglich das Hafengelände zu verlassen, ohne kontrolliert zu werden.

In jener Nacht also, nachdem sie gerade in den Juan de Fuca Strait, der Wasserstraße, die vom offenen Meer an Vancouver Island vorbei nach Vancouver Stadt führt, eingebogen waren, zog Yanko das kleine Schlauchboot am Heck des Frachters hervor und ließ es vorsichtig an einem Seil hinunter ins Wasser gleiten. Unbemerkt gelang es Yanko schließlich auch mitsamt seinem Gepäck in das Boot zu gelangen. Der Frachter hatte nun auf Grund der Nähe zum Land seine Fahrt stark gedrosselt, und so war Yanko der Einstieg in das kleine Boot auch ohne nass zu werden gelungen, und das war auch gut so, denn es war November und somit schon tiefster Winter in Kanada. Yanko hatte deshalb auch bereits in Chile vorgesorgt und sich eine dicke Winterjacke, und andere warme Kleidungsstücke, sowie feste Winterstiefel zugelegt.
Und Yanko hatte wirklich Glück, denn in dieser Nacht war Neumond, und über der Wasseroberfläche lag eine knapp zwei Meter hohe Nebelbank. Wie bestellt, dachte sich Yanko, als er losruderte.

Das, was er allerdings nicht wie bestellt empfand, waren die Schmerzen in seiner rechten Hand, die schlagartig mit der Arbeit an Bord wiedergekommen waren. Aber er wollte ja um keinen Preis irgendwie auffallen, also hatte er die Zähne zusammengebissen. Yanko versuchte nun die Stiche in seiner Hand zu ignorieren und konzentrierte sich mit aller Kraft auf sein Ziel. Er hatte sich vorgenommen an der Südwestküste von Vancouver Island an Land zu gehen. Und obwohl er die Insel, wenn er aufstand, selbst durch die Nebelschwaden hindurch schon relativ gut sehen konnte, wusste er dennoch, dass es mindestens noch sechs bis sieben Kilometer dorthin waren.

Nach ungefähr einer Stunde hörte er plötzlich ein Motorengeräusch näherkommen. Yanko stellte sich auf und versuchte über die Nebeloberfläche hinauszuspähen und konnte gerade so erkennen, dass ein größeres Boot direkt auf ihn zu steuerte. Er konnte allerdings nicht erkennen, um was für ein Boot es sich handelte, und wusste daher auch nicht, ob sie ihn gegebenenfalls auf dem Radar wahrnehmen würden. Yanko wusste nur, dass er jetzt ganz schnell aus dessen Fahrlinie heraus musste. Deshalb setzte er sich sofort wieder hin und ruderte so schnell er konnte, aber das Geräusch kam dennoch immer näher.

„Verfluchte Scheiße!", schimpfte Yanko vor sich hin und überlegte schon, ob er lieber schwimmen sollte, dabei würde ihm wenigstens die Hand nicht so wehtun, aber er durfte jetzt auf keinen Fall eine Pause machen. Beinahe hätte er allerdings wenig später aufgeben müssen, weil ihm vor Schmerzen schon übel wurde, doch da drehte zum Glück das Motorengeräusch plötzlich ab und wurde endlich leiser.

Yanko hielt die Luft an und hörte kurz auf zu rudern, dabei versuchte er zu hören, ob sich das Geräusch auch wirklich konstant entfernte, oder ob es nicht doch wieder näher kam.

Aber auch nach ein paar Minuten war nichts mehr davon zu hören, und Yanko atmete auf.

Kurz stand er auf, um nachzusehen, ob er noch in die richtige Richtung unterwegs war, doch zu seiner großen Erleichterung sah er dann, dass er der Küste bereits ein gutes Stück näher gekommen war. Er konnte sogar schon die einzelnen Lichter in einigen Häusern erkennen. Er ahnte allerdings, dass er etwas weiter südlich, als ursprünglich geplant, landen würde, doch soweit er schon sehen konnte, schien man dort auch gut an Land kommen zu können.

Die letzten Meter dann zum rettenden Ufer kamen ihm fast vor, als wäre er im Urlaub. Vor ihm lag ein wunderschöner, einsamer Strand, den sogar ein Wald umschloss. Besser kann es ja gar nicht sein, dachte Yanko erleichtert. Dann zerrte er das Schlauchboot an Land, zerschnitt es mit seinem Messer, trennte die Bootsnummer heraus und vergrub die Gummifetzen anschließend im Sand so, dass man sie nicht sofort finden würde. Die herausgeschnittene Nummer würde er dann nachher irgendwo in einem großen Müllcontainer loswerden.

Als Yanko schließlich gegen Mittag in Victoria ankam, waren die Schmerzen in seiner Hand fast unerträglich geworden. Kurz entschlossen, wagte er es an einer Straßenecke etwas Marihuana zu kaufen, nachdem er erst einmal erfolgreich versucht hatte von seinem Konto in Namibia Geld abzuheben.

Danach fragte er sich zum Strand durch und fand schließlich auch ein geschütztes Plätzchen, an dem er sich dann in aller Ruhe einen dicken Joint reinzog.

So, dachte er irgendwann, die erste Etappe ist geschafft, jetzt muss ich nur noch über die schneebedeckten Rockys laufen.

Die Versuchung, einfach in die andere Richtung zu rudern und direkt in den USA an Land zu gehen, war letzte Nacht schon sehr groß gewesen, aber das wäre mit Sicherheit schief gegangen, denn die Küstengewässer der USA werden noch intensiver bewacht.

Die Wirkung des Joints ließ Yanko plötzlich hundemüde werden, die Kälte hingegen hielt ihn zum Glück jedoch wach. Er sehnte sich plötzlich nach der Wärme Namibias und Argentiniens. Erst jetzt wurde ihm bewusst, dass er über ein Jahr lang nie gefroren hatte. Das hole ich jetzt bestimmt alles nach, mutmaßte Yanko, während er sich noch einen Joints drehte. Den machte er aber nicht so stark wie den ersten, denn er wollte ja noch Herr seiner Sinne bleiben.

Und als er dann schlussendlich abends in Vancouver in einer kleinen Privatpension im Bett lag, nachdem er sich mit einem Helikopter hatte hinübersetzen lassen, schlief er sofort ein.

Die Sonne glitzerte so stark auf dem weißen Schnee, dass Yanko froh war, sich noch eine Sonnenbrille besorgt zu haben. Sein Gepäck hatte er auf das Nötigste reduziert und alles in einen Wanderrucksack verpackt. Trotzdem hatte er sich einen Schlitten gekauft, denn er wollte auch ein geeignetes Zelt, einen wintertauglichen Schlafsack, Isomatte und ausreichend Proviant mitnehmen. Außerdem hatte er sich noch einen Benzinkocher besorgt, denn er wollte die Zeit lieber mit laufen verbringen, als sie mit Holzsammeln und Jagen zu verplempern. Niemand hatte ihm besondere Aufmerksamkeit geschenkt, als er diese Artikel gekauft hatte, denn nicht nur im Winter war es in Kanada nichts Außergewöhnliches, dass sich jemand solche Dinge zulegte. Dann war Yanko bereit.

Das Wetter sah am Morgen seines Aufbruchs sehr einladend aus, doch war für die nächsten Tage ein Wetterumschwung vorausgesagt. Wenn er sich beeilte, könnte er es jedoch noch vor dem Sturm schaffen, über die Grenze zu kommen. Zu seiner Beruhigung wusste er aber auch von einigen Schutzhütten in der Gegend.

Yanko holte tief Luft und machte sich schließlich, diesmal sogar zusätzlich mit einem GPS-Gerät ausgerüstet auf den Weg. Aufgrund des vielen Schnees konnte er nicht damit rechnen den Weg immer nur über die Landkarte sicher zu finden, und verlaufen wollte er sich bei diesen eisigen Temperaturen dann doch lieber nicht.

Er startete seine Wanderung im Waterton National Park. Sein Plan war dann über ein paar alte Indianerwanderwege hinüber nach Montana zu laufen. Wenn alles gut ginge, würde er bis zur nächsten Stadt in den USA ungefähr zehn Tage brauchen. Yanko hatte in seinem ganzen Leben noch nie Schneeschuhe benutzt, und zunächst war es sehr ungewohnt für ihn so zu laufen, doch bei dem vielen Schnee war er sehr froh darüber welche zu haben, und nach einer kurzen Eingewöhnungszeit kam er mit ihnen auch gut voran. Das einzige was ihn zunächst sehr störte, waren die immer noch recht starken Schmerzen in seiner Hand. Doch die Anstrengung durch den Schnee zu waten, ließ ihn die Schmerzen allerdings nach einer Weile vergessen. Und dank seiner, über Jahre hinweg, tagtäglichen Ausflüge in die Rocky Mountains von Colorado, Utah und Wyoming hatte Yanko keinerlei Mühe damit in den Bergen zurechtzukommen und sich zu orientieren.

Bald schon hatte Yanko allerdings Schwierigkeiten damit sich zu konzentrieren, denn die Natur faszinierte ihn so sehr, dass er darüber fast vergaß, warum er hier überhaupt unterwegs war. Manchmal lief er schon fast wie in Trance und schreckte dann um so mehr auf, wenn er registrierte, dass er soeben vollkommen unaufmerksam durch die Gegend gelaufen war, denn er hatte nicht die geringste Ahnung wie stark, und ob überhaupt das Grenzgebiet hier in den Bergen überwacht wurde. Vielleicht gab es sogar eine Satellitenüberwachung, oder irgendwo einen Parkrancher, der die Aufgabe hatte jede Bewegung in diesem Gebiet zu melden. Womöglich gab es sogar Grenzkontrollflüge, die mit einer Wärmebildkamera ausgerüstet die Gegend inspizierten. Er sollte also besser immer auf der Hut sein, zumal die Grenze zur USA nicht sehr weit weg war, weshalb er auch dafür sorgte, weit ab der eingezeichneten Wege zu gehen.

Am vierten Tag stieß er plötzlich auf die frische Spur eines beschlagenen Pferdes, und ihm stockte zunächst der Atem, denn er befand sich mitten in einer schneebedeckten Landschaft, in der es weit und breit keinen offiziellen Weg gab.

Yanko stellte seinen Schlitten im Schutz eines großen
Gebüsches ab und nahm die Verfolgung der Spur auf. Dabei
verwischte er seine Fußstapfen sorgfältig, und sorgte für eine
nur für ihn erkennbare Markierung an den Bäumen, die er
von Gefleckter Wolf gelernt hatte, sodass er den Weg zurück
auch bei eventuell einsetzendem Schneefall und Sturm
wiederfinden würde.
Nach ungefähr einer Stunde erspähte er dann im Schutz
einiger Felsbrocken eine kleine Hütte. Kurz darauf sah er
einen Mann, der gerade sein Pferd absattelte und es mit Futter
aus einem Sack fütterte. Für Yanko war in diesem Moment
klar, dass dieser Mann ein Rancher sein musste. Offenbar
hatte er Yanko aber nicht bemerkt, denn sonst hätte er ihn
aufsuchen müssen. Es war oberstes Gebot für einen Rancher
jeder unbekannten Spur abseits der Wege zu folgen, denn es
könnte ja immerhin auch sein, dass jemand dringend Hilfe
benötigte.
Yanko blieb noch eine Weile dort stehen um sicher zu gehen,
dass der Rancher ihn wirklich nicht registriert hatte und
drehte danach wieder um. Diese ganze Aktion kostete ihn
schließlich über drei Stunden Zeit, und es wurde schon
dämmrig, als er wieder an seinem Schlitten ankam. Doch zwei
Dinge waren ihm nun klar: Erstens die Grenze lag direkt vor
ihm, und zweitens war sie nicht völlig unbewacht. Er musste
sich also eigentlich unsichtbar machen. Yanko kramte in
seinen Erinnerungen nach allem was Gefleckter Wolf ihm
über Spurenverwischung beigebracht hatte, und nach und
nach fiel es ihm auch wieder ein.
Und obwohl Yanko schon ziemlich müde war, entschied er
sich die Grenze heute Nacht noch im Schutz der Dunkelheit
zu passieren. Zwar wusste er nun von einem Rancher im
Grenzgebiet, doch sein Trumpf war, dass dieser wohl noch
nicht einmal ahnte, dass er hier war. Yanko hingegen wusste
zudem, dass jener jetzt gerade in seiner Hütte war, und er

wusste außerdem noch ganz genau wo diese lag. Natürlich musste er davon ausgehen, dass es noch mehrere solcher Hütten und Rancher hier gab, aber er rechnete sich dennoch gute Chancen aus, die Grenze unbemerkt zu überqueren.
Er präparierte seinen Schlitten und die Schneeschuhe so, dass man wirklich nur bei genauestem Hinsehen eine Spur sah. Wehte aber auch nur ein klein wenig Wind darüber, würde sie augenblicklich verschwinden, und in der mittlerweile einsetzenden Dunkelheit war sie sowieso nicht zu erkennen.
Vor lauter fieberhafter Vorbereitung hatte Yanko überhaupt nicht auf das Wetter geachtet und deshalb auch nicht bemerkt, dass inzwischen dunkle Wolken aufgezogen waren und der Wind schon ziemlich auffrischte. Als er schließlich startklar war, freute er sich natürlich über den Wind, der einsetzende Schneefall hingegen machte ihm jedoch extrem Probleme, denn er konnte sich von jetzt auf nachher nicht mehr an den umliegenden Bergrücken orientieren. Das GPS wollte er aber jetzt auch nicht mehr einschalten. Die Grenze war einfach zu nah. Deshalb kramte er noch einmal die Landkarte hervor und machte sich dann mit Hilfe eines gewöhnlichen Kompasses auf den Weg.
Nach ungefähr einer Stunde wäre er um ein Haar plötzlich einen Abhang hinunter gestürzt, wenn nicht in diesem Moment eine durch ihn aufgeschreckte Eule davon geflattert wäre. Dabei flog sie direkt an Yankos Gesicht vorbei und brachte ihn somit zum Stehen. Diesen Moment nutzte Yanko dann, um nochmals in die Karte zu sehen und zu pinkeln. Und dabei stellte er fest, dass er offenbar direkt auf der Grenze zwischen Kanada und den USA stand.
Irgendwie war das ein seltsames Gefühl.
Dann schnappte er sich aber schnell seinen Schlitten und zog ihn zügig über die Grenze. Wie in Trance lief Yanko dann noch ein gutes Stück weiter, denn er wollte die Grenze so weit wie möglich hinter sich gelassen haben, wenn der Tag

anbrach. Dabei horchte er ständig auf mögliche Geräusche um sich herum, doch außer seinem eigenen Knirschen im Schnee hörte er in dieser Nacht nichts weiter.
Und als der Morgen schließlich graute, stellte er sein Zelt im Schutz einiger dichtstehender Bäume auf, aß noch eine Kleinigkeit und schlief dann sofort ein.

Yanko wusste nicht wie lange er geschlafen hatte, als er plötzlich durch das Geräusch eines Hubschraubers aufgeschreckt wurde. Schnell riss er den Reißverschluss vom Zelt auf, sprang hinaus, legte sich auf den Boden und schaufelte in Windeseile so viel Schnee über sich, wie er nur konnte. Der Hubschrauber kam jedoch immer näher und blieb, zu Yankos Entsetzen, auf einmal direkt über dem Wäldchen stehen. Yanko war sich schon sicher, dass der Helikopter landen würde, als das Geräusch plötzlich wieder leiser wurde.
Und zum Glück kam es auch nicht wieder, aber Yanko verharrte noch so lange in seinem Schneeversteck, bis er anfing vor Anspannung und Kälte zu zittern. Dann erst wagte er sich wieder heraus, packte schnell seine Sachen zusammen und ging, so schnell es der Schnee zuließ, weiter.
Es dauerte lange, bis Yanko wirklich glauben konnte, dass sie ihn offenbar tatsächlich nicht entdeckt hatten, und erst dann merkte er, wie groß seine Angst davor erwischt zu werden eigentlich gewesen war.
Doch auch als sich seine Wanderung dem Ende zuneigte, war ihm nichts dergleichen widerfahren.
Und dann sah er die Lichter einer Stadt.

Die warme Dusche in dem kleinen Motelzimmer empfand Yanko fast wie den ersten Kuss in seinem Leben.
Den Schlitten, sein Gepäck und die Wanderklamotten hatte er zunächst in einem Waldstück in der Nähe der kleinen Stadt versteckt. Er wollte erst einmal die Lage erkunden. Und so war er die letzten paar Kilometer in seinen normalen Kleidern gelaufen. Yanko war sich ziemlich sicher, dass ihn hier niemand erkennen würde, denn er hatte sich, seitdem er in Chile an Bord gegangen war, bewusst kein einziges Mal mehr rasiert. Er hatte seine Mütze tief ins Gesicht gezogen und dann auf sein Glück gehofft.
Schnell hatte er eine Bank mit einem Geldautomaten gefunden und etwas nervös die Karte hineingesteckt. Jetzt würde es sich entscheiden, ob er wieder umkehren müsste, oder ob seine Reise weitergehen würde. Doch auch hier hatte seine Karte einwandfrei funktioniert. Danach hatte er sich bei einem Gebrauchtwagenhändler nach einem guten Jeep umgesehen, den er dann auch ziemlich schnell gefunden hatte und gleich bar bezahlte. Der Autoverkäufer war zum Glück auch nicht besonders scharf darauf gewesen einen Kaufvertrag abzuschließen. Bargeschäfte wären immer noch das Beste, hatte er dann noch leicht schmunzelnd bemerkt, als Yanko ihm einfach die Scheine auf den Tresen gelegt hatte. Er hatte keine Fragen gestellt, und Yanko war anschließend schnell mit seinem neuen Auto im Alltagsverkehr untergetaucht. Yanko wusste um die Gefahr, für den Fall, dass er in einen Unfall verwickelt werden würde, dennoch entschloss er sich das Auto nicht zu versichern, denn dazu hätte er seinen Führerschein vorlegen müssen, und er hatte nur den einen, den er auf keinen Fall vorlegen konnte. Daran, dass er sich ganz gehörig in die Scheiße reiten würde, falls er auch nur in eine harmlose Verkehrskontrolle käme, wollte er jetzt lieber nicht denken.

Dann hatte er unbemerkt seine Sachen geholt und war noch ein paar Kilometer bis zum nächsten Motel gefahren. Auch dort hatte ihm weder jemand irgendwelche zweideutigen Fragen gestellt, noch seinen Ausweis sehen wollen.
Nach dem Duschen bestellte sich Yanko beim Zimmerservice noch etwas zum Essen und legte sich anschließend ins Bett. Trotz seiner Erschöpfung hatte er zunächst Schwierigkeiten beim Einschlafen, denn er vermisste die frische Luft, doch er war auch froh, dass es jetzt in dem Zimmer so schön warm war, und deshalb ließ er das Fenster trotzdem geschlossen.

Am nächsten Morgen nervte ihn der Bart dann doch so sehr, dass er ihn kurzerhand abrasierte. Erst jetzt bemerkte er, dass die Schmerzen in seiner Hand fast völlig verschwunden waren. Offensichtlich hatte er sie während seiner Wanderung durch die Berge gut geschont.
Wenn er jetzt seine Mütze weiterhin tief ins Gesicht zog und die Sonnenbrille aufsetzte, sowie den Kragen aufschlug, war es mit Sicherheit immer noch sehr schwer ihn zu erkennen, zumal ihn auch momentan bestimmt niemand in den USA vermutete.

Am nächsten Tag machte sich Yanko dann auf den Weg nach Santa Barbara. Er wählte die zwar etwas längere Route über Seattle, aber er wollte es sich nicht entgehen lassen noch einmal einen kurzen Blick auf Vancouver Island zu werfen. Und als er das dann am nächsten Morgen auch tat, musste er unwillkürlich in sich hineingrinsen, denn so nah wäre es eigentlich unter normalen Umständen gewesen hierher zu kommen. Dann fuhr er weiter südwärts durch Oregon hindurch runter nach Kalifornien, bis er schließlich die insgesamt knapp 1700 Meilen, innerhalb von drei Tagen und zum Glück auch ohne Kontrollen und dergleichen, geschafft hatte.

Als er abends dann in Santa Barbara ankam, fühlte es sich sehr seltsam an. Da war er nun wieder, und was war alles in der Zwischenzeit passiert! Yanko mietete sich diesmal in einem anderen Hotel ein, denn er dachte sich dabei, dass er der ganzen Situation durch einen Ortswechsel vielleicht frischen Wind und damit eine positive Richtung einhauchen könnte, außerdem wollte er nicht das Risiko eingehen erkannt zu werden.

Yanko ärgerte sich darüber, dass Ron Marina nicht wenigstens noch ein neues Handy gekauft hatte, denn in diesem Fall hätte er sie jetzt einfach anrufen können. So musste er eben, genau wie Ron vor ein paar Wochen, versuchen sie vor der Schule abzupassen.

Am nächsten Nachmittag also parkte Yanko dann sein Auto um die Ecke an der Schule und begann zu warten.
Nach ungefähr einer halben Stunde wurde er allerdings richtig unruhig, denn die meisten Schüler waren bereits gegangen, doch von Marina war weit und breit keine Spur. Yanko wollte schon wieder losfahren, als er plötzlich ein größeres Auto mit verdunkelten Fensterscheiben vorfahren sah, und den Mann, der dann ausstieg, hätte er mit Sicherheit auch bei Nacht und Nebel erkannt. Es war niemand anderes als Edwin Jackson, Marinas Adoptivvater. Er ging schnurstracks in das Schulgebäude hinein und kam wenig später mit Marina im Schlepptau wieder zurück. Yanko erschrak, denn Marina sah überhaupt nicht gut aus. Sie war ziemlich dünn geworden und sehr blass im Gesicht. Fast wäre Yanko aus dem Auto gesprungen, hätte sie geschnappt und wäre einfach mit ihr davongefahren, doch er konnte sich noch rechtzeitig zurückhalten.
Yanko sah die beiden dann einsteigen und losfahren, und ohne weiter darüber nachzudenken, ließ er ebenfalls den Motor an und fuhr ihnen hinterher. Er hatte zwar selbst keine

Ahnung was das bringen sollte, denn er wusste ja wo das Haus der Jacksons lag, aber dennoch tat er es.
Nach ein paar Minuten hielt Jackson sein Auto plötzlich an einem Zeitungsladen an. Zu Yankos Erstaunen stieg Marina aus und ging ohne nach rechts oder links zu schauen schnell in den Laden hinein. Yanko überlegte nicht lange. Er parkte einfach in zweiter Reihe, und ohne darauf zu achten, ob Jackson ihn dabei beobachtete oder nicht, schlüpfte er ebenfalls in das Geschäft. Ein prüfender Blick nach draußen verriet Yanko dann allerdings, dass Jackson wohl nichts bemerkt hatte.
Marina stand gerade vor einem Regal mit Zeitschriften, als Yanko sie entdeckte. Er ging zu ihr und stellte sich hinter sie. „Nicht erschrecken, bitte!", sagte er dann leise. Doch Marina erschrak trotzdem ein wenig, obwohl sie Yankos Stimme sofort erkannt hatte. Sie drehte sich so schnell um, dass sie dabei mit der Zeitschrift, die sie gerade in der Hand hielt, Yanko fast ins Gesicht getroffen hätte. „Oh mein Gott! Was machst du hier?", strahlte sie dann bis über beide Ohren. Yanko musste grinsen. „Ich konnte dich ja wohl schlecht mit dem ganzen Scheiß hier allein lassen, oder?!", antwortete Yanko leise und hätte sie am liebsten umarmt. Er freute sich plötzlich so sehr sie zu sehen, dass er kurz vergaß, was alles auf dem Spiel stand.
Marina schien es genauso zu gehen, doch sie machte reflexartig einen Schritt zurück, und Yanko war sehr froh darüber, dass sie das tat. „Mein...", begann Marina fast flüsternd und sah dabei ängstlich zur Eingangstür hinüber. „Ich weiß! Er hat mich nicht gesehen.", unterbrach Yanko sie schnell. „Wann können wir uns treffen? Ich muss mit dir reden!", kam er deshalb gleich auf den Punkt. „Ja natürlich! Unbedingt!!! Moment, lass mich kurz überlegen! Ähm, ja, vielleicht morgen, da könnte ich zu einer Freundin gehen. Ja, morgen so gegen fünf.", schlug Marina dann vor, und Yanko

nickte zustimmend. Dann nannte er ihr sein Hotel, schnappte sich schnell eine Zeitung und tat so, als ob er lesen würde. Er wollte, dass Marina zuerst den Laden verließe, nicht, dass Jackson ihn doch noch entdecken würde.
Den Abend verbrachte Yanko dann auf dem Meer mit Surfen. Er fühlte sich ganz merkwürdig, so, als ob er gar nicht wirklich existierte. Er wusste, dass er sehr vorsichtig sein musste, denn jeder Polizist in diesem Land kannte ja mittlerweile sein Gesicht, aber Yanko spekulierte einfach darauf, dass sie ihn nicht hier vermuteten. Sorgfältig achtete er dennoch darauf, dass er seine Sonnenbrille nicht aus Versehen abnahm, und, dass die Baseballkappe immer tief in der Stirn saß. Offensichtlich reichte das auch völlig aus, denn er hatte nicht einmal das Gefühl, dass irgendjemand ihn auffällig ansehen, oder ihm ungewöhnlich lange nachschauen würde.

Sehnsüchtig erwartete Yanko am nächsten Tag Marina. Und als sie dann endlich da war und die Tür hinter ihr ins Schloss gefallen war, streckten beide wie auf Kommando gleichzeitig ihre Arme aus. Die darauf folgende Umarmung tat beiden ziemlich gut, und vor allem Yanko bekam dadurch endlich das sichere Gefühl, dass jetzt alles wieder gut werden würde. Er spürte, dass Marina wirklich nicht gewollt hatte, dass es soweit gekommen war. Doch seinen ersten Impuls sie zu küssen, konnte er dann doch erfolgreich unterdrücken. Der Schock saß einfach noch zu tief.
Marina sagte ihm dann, dass sie den ganzen Abend Zeit hätte und erst gegen 10 Uhr wieder zu Hause sein müsste.
Yanko bestellte etwas zu essen und zu trinken aufs Zimmer, und dann erzählte Marina, was sie in der Zwischenzeit alles erlebt hatte, und sie betonte dabei noch mehrere Male wie sehr es ihr leid täte, Yanko in solch eine Lage gebracht zu haben. Auf Marinas mehrfaches Bitten hin, erzählte Yanko

dann auch ein bisschen über seine Erlebnisse, doch er hielt es sehr kurz. Er wollte die verbleibende Zeit, bis Marina nachher wieder nach Hause müsste, lieber damit verbringen, zu überlegen, was sie als nächstes tun könnten.

Kurz wurde es Yanko ganz flau im Magen, als er sich zwangsläufig und ernsthaft fragen musste, ob er ihr denn jetzt wirklich vertrauen könnte. Es wäre immerhin ein Leichtes für sie ihn noch heute Abend zu verraten. Doch dann schüttelte er dieses unangenehme Gefühl zur Seite und besann sich auf die Fakten. Soviel stand jedenfalls fest: Sie war zum ihm ins Hotel gekommen und litt offensichtlich selbst sehr stark an der ganzen Situation.

Als Yanko sie dann später eine Straßenkreuzung weiter von ihrem Haus entfernt, absetzen wollte, lehnte sie sich zu ihm rüber und gab ihm einen Kuss auf die Wange, dabei streichelte sie über sein Gesicht und sagte nochmal: „Es tut mir so leid! Ich verspreche dir, dass ich das wieder in Ordnung bringe!" Yanko sah sie an und spürte dabei wie die ganze Anspannung der letzten Wochen mehr und mehr von ihm abfiel. Ohne weiter darüber nachzudenken, nahm er sie in die Arme und hielt sie für eine Weile einfach so.

Marina legte ihren Kopf an seine Brust und schluchzte plötzlich auf. Yankos unverhoffte körperliche Nähe hatte den Knoten in ihr im Handumdrehen gelöst, und sie konnte endlich ein paar erlösende Tränen verlieren. Die ganze Zeit über, während Yanko weg war, und sie nicht gewusst hatte wo er sich aufhielt, hatte sie sich nicht erlaubt auch nur eine einzige Träne zu vergießen, denn sie hatte sich dazu nicht würdig genug gefühlt. Zu groß waren ihre Schuldgefühle gewesen, als dass sie sich erlaubt hätte, ihren Kummer wichtiger zu nehmen, als Yanko.

Doch jetzt an seiner Schulter konnte sie nicht mehr, und so weinte sie all den Kummer und Schmerz heraus, der sich in

ihr angestaut hatte. Und Yanko hielt sie einfach tröstend im Arm und streichelte ihr ab und zu zärtlich übers Gesicht.
Und als sie dann schließlich gegangen war, war Yanko sich sicher, dass er sich zu hundert Prozent auf sie verlassen konnte.

Am nächsten Tag fuhr Yanko dann nach L.A. und saß wenig später am Schreibtisch seines völlig überraschten und dann aber auch ziemlich wütenden Rechtsanwalts, der aufbrausend im Raum auf und ab lief und ihn erst einmal verbal zur Sau machte, was ihm denn eingefallen wäre, sich damals einfach so von heute auf morgen aus dem Staub zu machen. Und ob er noch ganz bei Trost sei, jetzt bei dieser Sachlage auch noch quasi illegal wieder zurückzukommen. Nach etwa zwanzig Minuten beruhigte er sich dann allerdings etwas, und er setzte sich wieder.

Als Yanko anschließend nach etwa zwei Stunden wieder ins Freie trat, atmete er erst einmal tief durch und zündete sich eine Zigarette an. Falls alle Wenns und Danns so ausfallen würden, wie der Rechtsanwalt gerade spekuliert hatte, dann sah die Sache für ihn jetzt gar nicht mal so schlecht aus. Es müssten allerdings wirklich alle Wenns und Danns auch so eintreffen, denn nur ein einziges Aber könnte schon ausreichen, dass er trotz Marinas Widerruf ins Gefängnis müsste.

Dann fuhr Yanko nach Venice und setzte sich an den Strand. Er ließ sich den Wind ins Gesicht wehen und versuchte dabei zu spüren, was er nun tun sollte.

Sollte er das Risiko einer Verhandlung jetzt doch eingehen? Wenn er allerdings erst einmal dort säße und trotz allem schuldig gesprochen werden würde, gäbe es keinen Weg mehr zurück. Dann würde er in den Knast wandern, zwar wahrscheinlich nicht so lange, als wenn Marina bei ihrer ersten Aussage geblieben wäre, doch lange genug für ihn um da drin kaputt zu gehen, das war Yanko klar. Für den Fall allerdings, er würde vom Vorwurf der Vergewaltigung komplett freigesprochen werden, dann könnte er sich ab diesem Zeitpunkt wieder frei auf der ganzen Welt bewegen. Die generelle Strafe für Sex mit Minderjährigen würde dann höchstwahrscheinlich nur auf Bewährung ausgesetzt werden. Die im günstigsten Fall aller Wahrscheinlichkeit nach aber trotzdem ausstehende Geldbuße, könnte er jedoch locker bezahlen.

Yanko legte sich in den Sand und starrte in den Himmel. Im Geiste malte er sich dann aus, wie es wäre wieder zurück nach Namibia zu gehen, zurück nach Afrika, zurück in die totale Einsamkeit. Und plötzlich hatte er wieder das Gefühl, Fam säße direkt neben ihm und sähe ihn an. Yanko schreckte regelrecht auf, denn das Gefühl war erneut so real, dass er sogar meinte ihre Körperwärme zu spüren. Yanko setzte sich auf und blickte um sich, doch da war niemand. Er seufzte und zündete sich noch eine Zigarette an, obwohl das am Strand ja eigentlich verboten war, doch die meisten hier scherten sich eh nicht darum, und eine Strandwache war jetzt im Winter auch recht selten unterwegs.

Yanko erwischte sich dabei, dass er anfing mit Fam laut zu sprechen, und er fragte sie, was er denn jetzt tun solle, was sie dazu meinen würde, und, warum sie nicht mehr da sei. Er fühlte ihre Antworten mehr, als dass er sie hören konnte, und es war für ihn schließlich ziemlich eindeutig, dass sie ihn zum Bleiben aufmuntern wollte und auch dazu, sich zu stellen und dabei auf die Kraft der Wahrheit zu vertrauen.

Nachdem er schließlich mehr als zwei Stunden so verbracht hatte, stand er auf und verließ den Strand. Die Begegnung mit Fam hatte ihm zwar auf der einen Seite Mut und Zuversicht gegeben, auf der anderen aber löste sie in ihm wieder diese schier unstillbare Sehnsucht nach ihr aus, die er jetzt nicht

spüren wollte. Und eigentlich wollte er diese Sehnsucht überhaupt nie wieder spüren.
Kurz überlegte er, als er auf dem Weg zurück zu seinem Auto war, ob er sich noch irgendwelche Drogen besorgen sollte, um sich dann damit so zuzuballern, dass er ihre Stimme nicht mehr hören würde, die immer noch so präsent in seinem Kopf war, als hätte er soeben tatsächlich mit ihr gesprochen. Aber er tat es nicht.
Als er dann zu seinem Auto kam, hatte er aber auf einmal überhaupt keine Lust mehr schon ins Hotel zurückzufahren, denn die dort schon auf ihn wartende, gähnende Leere flößte ihm solch ein Unbehagen ein, dass er plötzlich das Bedürfnis verspürte zu rennen. Daher beschloss er spontan zurück zum Strand zu gehen und genau das zu tun. Kurz erinnerte er sich an Dolores und ihre Wettrennaktion und auch daran, wie gut ihm das Rennen damals getan hatte.

Nachdem Yanko dann ein paar Stunden später verschwitzt im Hotel angekommen war und geduscht hatte, konnte er allerdings überhaupt nicht verstehen, warum sich das brennende Gefühl in seinem Herzen immer noch nicht wieder gelegt hatte.
Fam wollte partout nicht mehr verschwinden, und je mehr er sich dagegen wehrte, desto schlimmer wurde es. Die Gedanken an sie türmten sich in ihm auf, aber er konnte keinen von ihnen fertig denken. In seinem Kopf herrschte ein heilloses Durcheinander und dementsprechend schmerzte irgendwann auch sein ganzer Körper davon. Yanko versuchte immer krampfhafter an etwas anderes zu denken, doch es gelang ihm einfach nicht. Schließlich schaltete er den Fernseher an, aber das half auch nichts. Ihr Bild und das Gefühl, sie sei ganz nah bei ihm, blieben hartnäckig da, so, als ob sie ihm damit ständig etwas Wichtiges sagen wollte.

Doch Yanko mochte sich dem einfach nicht hingeben, zu oft hatten ihn diese Zustände schon zur Verzweiflung gebracht, und er hatte jetzt schlicht und ergreifend Angst davor, dass das dann wieder passieren könnte.
Schließlich hielt er es nicht mehr aus. Er fuhr zurück nach Venice und kaufte sich dort dann doch noch eine ordentliche Portion Opium und Gras. In einer abgelegenen Seitenstraße rauchte er dann beides, bis er nicht mehr denken konnte und verbrachte anschließend die Nacht im Auto.

Drei Tage später saß er dann zusammen mit Marina bei seinem Anwalt, der manchmal vor lauter Staunen den Mund offen hielt. „Und Sie sind sich sicher, dass Sie diese Geschichte dem Richter genauso erzählen wollen?", fragte er Marina, als sie schließlich geendet hatte. „Ja! Denn das ist die Wahrheit! Yanko hat mich nicht vergewaltigt! Ich habe ihn damals ausdrücklich darum gebeten mit mir zu schlafen, und dann ist eben etwas mehr daraus geworden.", wiederholte Marina alles nochmal in einem Ton, der so selbstbewusst und klar war, dass der Rechtsanwalt ihr Glauben schenkte. „Da haben Sie aber Glück Mr Melborn, dass diese junge Dame hier so mutig und ehrlich ist! Ich denke, wenn Sie, Miss Jackson, Ihre Aussage vor Gericht genauso vortragen, könnte sich das sehr positiv auf Mr Melborns Strafmaß auswirken! Natürlich lege ich das alles jetzt erst einmal dem Staatsanwalt vor, und der ganze Fall muss selbstverständlich noch einmal ganz neu aufgerollt werden. Auch, und jetzt dann doch ganz besonders die ganze Geschichte mit Ihrer Adoption. Das allein könnte ihren Adoptivvater Edwin Jackson schon zu Fall bringen, und hoffen wir fest, dass er dann die Anzeige zurückziehen wird! Ich hoffe auch, dass der Weg, wie Sie an die Adoptionspapiere gekommen sind in Anbetracht der ganzen Geschichte, als unwichtig erachtet werden wird!", sprach der Rechtsanwalt zu den beiden und sah zum ersten

Mal erleichtert aus. „Ich bin schon ein alter Hase in diesem Geschäft. Ich spüre, dass sie beide sich wirklich mögen, und ich glaube mittlerweile ganz fest an Ihre Unschuld, Mr Melborn, und ich werde alles dafür tun, dass Ihnen Gerechtigkeit widerfährt!" Der Rechtsanwalt schloss daraufhin Yankos Akte und stand auf, um sich zu verabschieden, denn er hatte noch einen anderen Termin. Eindringlich bat er Yanko dennoch das Land nicht wieder zu verlassen, bis alles geklärt wäre. Und auf die Risiken einer erneuten Flucht brauchte er Yanko nicht erst aufmerksam zu machen.

Yanko und Marina fuhren zurück ins Hotel, wo sie sich erst einmal vor Freude umarmten. Der Rechtsanwalt hatte Marina außerdem noch versprochen, sich sofort um eine rechtmäßige Aufenthaltsgenehmigung für ihre leiblichen Eltern zu kümmern, denn er hatte großes Verständnis dafür, dass sie unter keinen Umständen mehr zurück in ihr altes Zuhause bei den Adoptiveltern gehen könnte, bis dahin dürfe sie sogar bei Yanko bleiben.
Yanko rief dann gleich darauf Nicolae und Livia in Rumänien an, erklärte ihnen soweit alles nötige und bat sie schließlich darum, dass einer von ihnen sich sofort auf den Weg machen möge, was Marinas Vater dann auch sofort tat. An seiner Reaktion konnte Yanko zu seiner sehr großen Erleichterung erkennen, dass er anscheinend nie an eine Vergewaltigung geglaubt hatte. Im Gegenteil sogar, denn Yanko hatte während dem Gespräch irgendwie das Gefühl bekommen, dass Nicolae eine Beziehung zwischen seiner Tochter und ihm durchaus sehr gerne sähe. Yanko konnte das erst einmal nicht so recht glauben, bis ihm allerdings wieder bewusst wurde, dass er sich soeben mit einem Roma unterhalten hatte, der nach alten Traditionen lebte.

In Nicolaes Augen war Yanko sogar ein perfekter Ehemann für seine Tochter, denn er war ein erfolgreicher Mann mit einem bekannten Zirkus, der offensichtlich seine Tochter sehr mochte, denn sonst hätte er sich ja schließlich nicht auf den ungewissen Weg gemacht um ihre richtigen Eltern zu finden. Dieser Mann hatte ihm seine Tochter zurückgebracht, und er war Roma. Das war alles was für ihn zählte. Und es war die Wahrheit. In zwei Tagen würde Nicolae in L.A. ankommen und Yanko genau diesen Vorschlag unterbreiten.

Zwei Tage.
Nachdem sich Marina und Yanko in seinem Hotelzimmer hingesetzt hatten, sahen sie sich lange an, und beide wussten genau, worüber der andere in diesem Moment gerade nachdachte. Sollen wir, oder sollen wir nicht, war die Frage, die schon zum Greifen nah im Raum stand.
„Ich weiß Yanko, eigentlich darf ich dich um gar nichts mehr bitten, und es ist ja auch gerade ein merkwürdiger Zeitpunkt, aber, vielleicht... Ich meine, du weißt doch jetzt, dass du mir vertrauen kannst... Mein Adoptivvater ist Geschichte, zumindest fast... und ich bin wirklich eine richtige Zigeunerin...", begann Marina sich dann langsam mit Worten dem Thema zu nähern, und während sie sprach, musste Yanko anfangen zu grinsen. „Hey, Marina, stopp! Ist ja gut! Das ist aber trotzdem immer noch eine sehr diffizile Angelegenheit... Und ich weiß auch nicht, was das Beste ist. Könnte aber gut sein, dass es das Beste wäre, wenn wir einfach so tun, als wärst du schon 25!", fiel Yanko ihr ins Wort, denn er wollte jetzt irgendeine Entscheidung herbeiführen. Diese Unschlüssigkeit nervte ihn plötzlich total, vor allem, weil er seit dem Tag vor kurzem am Strand von Venice Fam, trotz der ganzen Sache wegen seiner Anklage, keine Sekunde mehr aus seinem Kopf bekam. Fast wäre ihm sogar ein 'Bitte' über die Lippen gerutscht, doch Marinas

plötzliche überschwängliche Umarmung ließ seine Bitte sich auch ohne Worte erfüllen.
Sie verließen das Bett in den kommenden zwei Tagen nur, um mal zu duschen oder aufs Klo zu gehen. Yanko tauchte so gierig in die Welt der Sinne ein, dass er fast das Gefühl hatte in einem Dauerrausch zu sein, und er sog die betäubende Wirkung der Leidenschaft in sich auf und scherte sich erneut einen Dreck um irgendwelche Gesetze.
Und Marina genoss Yankos Wildheit und gleichzeitige Zärtlichkeit in vollsten Zügen. Sie trank sie förmlich, so, als ob sie für ihr ganzes Leben einen Tank füllen wollte. Und im Prinzip tat sie das auch ganz bewusst, denn sie wusste auch dieses Mal, dass Yanko nicht bei ihr bleiben würde. Sie spürte das in diesen zwei Tagen so deutlich wie nie zuvor. Sie hatte es sich vorher sehr genau überlegt, ob sie sich noch einmal auf ihn einlassen wollte, weil sie ja schon aus Erfahrung wusste, wie sehr ihr Yanko über die Maßen fehlen, und ihr eine wiederholte Trennung wehtun würde. Doch die Möglichkeit ihn noch einmal, wenn auch nur für zwei weitere Tage ganz für sich allein zu haben, hatte sie dann doch zu sehr gelockt.
Und als dann der Tag des Abschieds kam, stellte sie sich vor, sie würde nun ein Wildpferd wieder in die freie Wildbahn entlassen. Diese Vorstellung half ihr ganz gut dabei Yanko wieder loszulassen, denn genauso wie ein Wildpferd in der freien Natur am Schönsten ist, so war auch Yanko am Schönsten, wenn er frei dorthin gehen konnte, wo auch immer sein Herz ihn hinzog.

Mit Hilfe von Santa Monicas Bürgermeister Adam Brown, sorgte Yanko dann schließlich dafür, dass Marina und Nicolae dort eine Wohnung bekamen. Adam Brown stellte Marinas Vater sogar postwendend als Reinigungskraft im Rathaus ein, und so waren binnen kürzester Zeit optimale Bedingungen für Marina geschaffen, denn alle waren sich darin einig, dass es sinnvoller sei, wenn sie ihren kurz bevorstehenden Schulabschluss noch in den USA absolvieren würde. In einem Jahr dürfte sie ja dann sowieso selbstständig entscheiden, was sie in Zukunft tun, und wo sie wohnen wolle, denn in Rumänien war man ja bereits mit achtzehn volljährig.

Yanko zog es dann vor die Zeit, die er jetzt abwarten musste, wie sich sein Fall weiterentwickelte, in Sheddy zu verbringen. Er wollte jetzt einfach nicht mehr andauernd Angst haben müssen erwischt zu werden, wenn er sich mit Marina traf, denn obwohl Nicolae nichts dagegen hatte und ihm zudem in einer stillen Minute auch von seinem Heiratsangebot erzählte, was Yanko allerdings sofort respektvoll abgelehnt hatte, blieb ein Verhältnis mit einer Minderjährigen in den USA ein heißes Eisen, und Yanko hatte momentan wirklich genug von irgendwelchen Aufregungen.

Marina musste jetzt einfach mal mit ihrem Vater alleine klarkommen. Das war zwar
bestimmt nicht einfach, schon der Sprache wegen, aber auch das würde sie mit Sicherheit hinbekommen, dessen war Yanko sich sicher.

Und er wollte endlich mal wieder in sein Haus.

Sheddy empfing ihn mit einer weißen Schneedecke.
Da keiner seiner Leute wusste, dass er wieder zurück in den USA war, gelang es ihm unbemerkt zu seinem Blockhaus zu kommen. Drei ganze Tage brauchte er dann, um alles soweit wieder in der Reihe zu haben, sodass man es dort gemütlich hatte. Yanko schippte Schnee, hackte Holz und putzte das ganze Haus von oben bis unten. Er hatte zwar keine große Lust dazu, doch ein unbewohntes Haus sammelte meist mehr Staub und Dreck an, als ein bewohntes.

Yanko tat, was er tun musste, und trotzdem wurde er das bedrückende Gefühl, wenn er an Fam dachte auch jetzt nicht los. Und er musste immer noch ständig an sie denken, so, als ob jemand eine Schallplatte in seinem Inneren angestellt hätte, und die Nadel jetzt in einer der Rillen hängengeblieben wäre.
Als Yanko schließlich auch mit der Umgebung seines Blockhauses soweit fertig war, legte er nochmal Holz in den Kamin und setzte sich dann aufs Sofa.
Ok, dachte er, dann muss ich mich halt wohl oder übel damit beschäftigen, auch wenn ich keine Lust dazu habe. Schließlich lehnte er sich zurück, schloss die Augen und sagte: „Ok Fam, was soll das? Was willst du mir sagen?"
Zunächst passierte nichts weiter, doch auf einmal erschien ihm der Tag, an dem er vor einigen Jahren bei Jim Wilson in der Küche gestanden, und ihn an einen Stuhl gefesselt hatte. Und dessen Worte begannen langsam in seinem Kopf widerzuhallen. „Du Hurensohn von einem Bastard besitzt die Unverfrorenheit einfach hier in mein Haus einzudringen, mich zu überfallen und mich so einen Scheiß zu fragen. Ich weiß, wer du bist! Du hast zwei von meinen Männern auf deinem Gewissen und meinen Bruder schwer verletzt. Was glaubst du macht ein Jim Wilson mit so einem dreckigen Arschlochficker, wie dir? Hä?? Du hast es nicht anders

verdient! Kommst hierher in die Staaten und meinst, du kannst dich hier in alles einmischen. Die Indianer... Ja... Die passen zu dir! Die sind genauso dreckig und dumm wie ihr Zigeuner!!! Du hast ein paar schwere Fehler gemacht, Junge... Du bist im falschen Land, hast die falschen Freunde, hast die falschen Männer umgebracht und warst mit der falschen Frau verheiratet... Sie... Ich... Sie kam ab und zu vorbei und wollte mit mir über die Indianersache reden... Ich... Sie... war sehr schön... und... Aber sie war ja so uneinsichtig... Ich habe ihr ein Angebot gemacht, aber sie wollte ja nicht... Ich war bereit für einen Kompromiss! Nur sie wollte sich nicht von einem reinen, weißen Schwanz verwöhnen lassen... Nur der Teufel weiß warum sie deinen dreckigen vorgezogen hatte... Ich wollte, dass du dein Leben lang an diese schweren Fehler denkst. Dich leiden zu sehen, war und ist mir das größte Vergnügen! Es hat mich nur einen Anruf gekostet. Er war ein Profi. Ich wollte sicher sein, dass auch das richtige Ziel getroffen wird! Du wirst hier niemals Frieden finden! Niemals! Auch wenn ich wieder hinter Gittern wandern sollte, es gibt noch viele hier, die so denken, wie ich, und die alles tun werden, um dich von hier zu vertreiben, du dreckiger, schwuler Zigeuner!"

Immer wieder spielte sich diese Szene von damals vor seinem inneren Auge ab und vermischte sich im Laufe der Zeit mit den Bildern von Fam wie sie in seinen Armen gestorben war. Alles kam so deutlich in ihm hoch, dass Yanko das Gefühl hatte einen Film im Fernsehen zu sehen. Selten zuvor hatte er solch glasklare Erinnerungen an einem Stück gehabt.

Yanko musste tief Luft holen. Er stand auf und holte sich Zigaretten. Aber heute hatte er keine Lust dazu raus zu gehen, und so rauchte er im Haus, was er eigentlich sonst nicht so mochte. Doch heute war ihm das egal, zumal es draußen auch noch eisig kalt war, und er in letzter Zeit genug gefroren hatte.

Nach drei weiteren Stunden fühlte er sich schließlich total gerädert, und er suchte verzweifelt nach dem Grund, der ihn schier so plötzlich überrollenden Vergangenheit. Hatte er denn immer noch nicht genug aufgearbeitet und getrauert? Er verstand es einfach nicht. Kurz dachte er darüber nach Ron anzurufen und ihn zu fragen, was er dazu meinte, doch dann fiel ihm das letzte Telefonat mit ihm wieder ein, und das stimmte ihn nicht gerade heiterer. Im Gegenteil, irgendwie gab ihm das den Rest, weshalb er bald darauf zermürbt die Tüte mit dem Opium hervorkramte und sich eine ordentliche Dröhnung gab. Irgendwann schlief er dann ein, um in dieser Nacht zum x-ten Mal sowohl von Fam, als auch von dem Überfall auf die Cheyenne zu träumen. Zwischendurch tauchte auch immer wieder Jim Wilson auf, der einfach nur dastand und ihn höhnisch auslachte.

Am nächsten Tag hielt es Yanko daheim nicht mehr aus, und er fuhr hinunter zum Zirkusplatz. Da ja keiner mit ihm gerechnet hatte, waren natürlich alle total aus dem Häuschen, als sie Yanko erblickten.
Ein riesiges Hallo und Umarmungen in Hülle und Fülle musste Yanko dann über sich ergehen lassen, bis er überhaupt dazu kam, etwas zu sagen. Kurzerhand beschloss er dann alle ins große Zelt zu bitten, sodass er das, was er sagen wollte nur einmal zu erzählen brauchte. Und nachdem er schließlich geendet hatte, klatschten alle vor Freude Beifall und versicherten ihm, dass die Anzeige gegen ihn nun bestimmt fallen gelassen werden würde.
Den ganzen Tag lang musste Yanko dann aber trotzdem noch hunderte von Fragen beantworten, und gegen Abend hatte er schließlich soviel geredet, wie das ganze letzte Jahr über nicht. Kenia wich ihm nicht mehr von seiner Seite, und Yanko knuddelte sie im Prinzip den ganzen Tag hindurch. Und das Fest im Anschluss ging bis in die frühen Morgenstunden

hinein. Yanko war das alles nur recht so, denn je mehr Trubel, desto weniger Platz für Gedanken an Fam und vor allem für die damit einhergehenden Gefühlszustände.

Die weiteren Tage vergingen, ohne dass sich an der Intensität der ihn belagernden Gedanken irgendetwas änderte. Yanko stürzte sich deshalb regelrecht in die Arbeit beim Zirkus, und zum Glück gab es jede Menge zu reparieren und zu renovieren. Er genoss es auf einer Seite sehr, endlich wieder mit seinen Leuten, seinen Kindern, auch wenn mehr als die Hälfte davon nicht da waren, und vor allem mit seinem Bruder Keith zusammen zu sein, doch auf der anderen Seite fühlte er sich auf eine merkwürdige und für ihn ganz unbekannte Art und Weise total allein und richtiggehend einsam. Er konnte sich das selbst nicht erklären, aber das Gefühl wurde eher stärker als schwächer, und zusammen mit den wieder zurückgekehrten Alpträumen, der Ungewissheit in Bezug auf seine Anklage, der Streit mit Ron und die permanente Anwesenheit von Fam und ihrer gemeinsamen Vergangenheit, führte dies schließlich dazu, dass sich Yanko immer öfter mit Drogen vollpumpte, und das bald nicht mehr nur mit Opium. Mittlerweile griff er, so wie damals in der Zeit mit seinem Kumpel Moon und seiner Tanzschule auch mehrfach zum Kokain, damit er wenigstens tagsüber einsatzfähig war.

Irgendwann war er dann wieder soweit, dass er lieber zu Hause blieb und keinen mehr sehen wollte. Zwar bemerkte es zunächst niemand, doch als er nach zwei Tagen immer noch nicht wieder auf dem Platz aufgetaucht war und auch das Telefon nicht abnahm, gingen bei Keith automatisch die Alarmglocken an. Schnell entschlossen stieg er deshalb ins Auto und fuhr zu Yanko raus.

Als Keith dann an die Tür klopfte, ahnte er schon, was ihn drin empfangen würde, und er überlegte sich sogleich, was er tun würde, falls Yanko ihm nicht aufmachen sollte. Doch überraschender Weise öffnete Yanko ziemlich schnell die Tür und ließ Keith kommentarlos eintreten.
Keith konnte an Yankos Augen ablesen, dass er zumindest ziemlich bekifft war, und er fühlte plötzlich wieder die uralten Ängste um ihn in sich hochsteigen.
Keith zog Jacke und Schuhe aus und setzte sich neben Yanko aufs Sofa. Der Fernseher lief, und Yanko hatte wohl auch nicht vor ihn auszumachen. Stattdessen bot Yanko Keith eine Zigarette an und zündete sich selbst gleich eine mit an. Dann machte er aber plötzlich den Fernseher leiser.
„Sorry, ich wollte ja heute runterkommen... Keith, ich weiß auch nicht, aber ich fühle mich mal wieder einfach nur scheiße!", begann Yanko plötzlich ohne Umschweife, und Keith war total überrascht über soviel Offenheit. Das löste seine innere Anspannung etwas, und er wagte es Fragen zu stellen, die Yanko ihm dann auch ziemlich zügig und für seine Verhältnisse recht ausführlich beantwortete, fast so, als ob er dieses Gespräch herbeigesehnt hätte. Und irgendwie hatte Yanko das auch, nur der Antrieb jemanden zum Reden anzurufen, hatte ihm komplett gefehlt.
Und Yanko erzählte Keith in jener Nacht von seiner Flucht nach Griechenland, dann von Argentinien, vom Mustang, von Valentina, davon, wie er zu der Ranch bekommen war, von Namibia, von der Wüste und von Ron. Er erzählte ihm vom Film, und davon, wie Francis ihm Wodka ins Bitter Lemon hatte mischen lassen, und dass Ron extra gekommen war, um ihm beizustehen. Schließlich erzählte er seinem Bruder auch von der letzten Auseinandersetzung mit Ron, und dass sie seitdem nicht mehr miteinander gesprochen hätten. Später gelang es Yanko dann Keith noch mitzuteilen, wie sehr ihn gerade die wiederkehrenden Erinnerungen an den Überfall

auf die Cheyenne, vor allem aber auch an jene Männer, die er getötet hatte und an Fam zusetzten.
Keith war total berührt von Yankos Zugänglichkeit, und als Yanko schließlich mit dem Kopf auf seinem Schoß liegend, eingeschlafen war, legte er einen Arm um seinen Bruder und wachte die restliche Nacht über ihn. Yanko blieb für ihn sein Bruder, auch wenn es rein familiär gesehen nicht mehr der Wahrheit entsprach. Eigentlich waren sie ja nur Cousins, aber in seinem Herzen blieb Yanko immer sein kleiner Bruder, den er über alles liebte, und dem er mittlerweile sogar noch sein Leben verdankte.
Und während Keith so dasaß und ihm beim Schlafen zusah, kam ihm eine Idee.
Als sie dann am nächsten Morgen bei einer Tasse Kaffee am Tisch saßen, rückte Keith damit raus. „Yanko, ich habe mir letzte Nacht sehr viele Gedanken gemacht, und mir ist aufgefallen, dass du völlig aufgehört hast mit Fams Familie Kontakt zu haben. Du warst zwar mal vor ein paar Jahren drüben gewesen, und mal abgesehen von den zweimaligen Besuchen von Fams Vater, nachdem seine Frau gestorben war, habt ihr euch nicht mehr gesehen, oder?" Yanko sah Keith an. „Ja, das stimmt! Auch noch nicht mal mehr telefoniert." „Ja, und irgendwie habe ich das Gefühl du solltest dich da nochmal drum kümmern, immerhin gehören Arthur und Fams Schwester Eileen ja auch irgendwie zu deiner Familie! Vielleicht würde es dir und ihnen ja gut tun, wenn ihr euch mal in Ruhe treffen würdet. Die letzten Male waren ja nicht gerade sehr entspannend gewesen! Was meinst du dazu?", erklärte Keith seine Idee. Keith hatte einfach das unerklärliche Gefühl, Yanko müsste unbedingt nochmal nach Irland.
Yanko trank eine Weile schweigend seinen Kaffee und rauchte dabei, dann sagte er: „Ja, vielleicht hast du Recht, aber

ich kann hier jetzt noch nicht weg, erst muss ich abwarten, was aus der Jackson-Scheiße wird!"
„Klar, aber du kannst ja schon mal darüber nachdenken und Arthur oder Eileen mal anrufen!" „Hmm, das könnte ich machen!" Yanko holte Luft. „Keith, danke, dass du gekommen bist! Ich wollte dich anrufen, wirklich, aber es ging halt wieder mal nicht." Keith stand auf, rückte seinen Stuhl neben Yankos und legte einen Arm um ihn. „Hey Bruder, du warst aber dennoch ziemlich gut! Du hast angefangen zu reden noch bevor ich gefragt hatte. Das grenzt schon an ein Weltwunder! Ich bin zutiefst berührt davon. Echt jetzt, das war wirklich schön! Und ich danke dir für deine Offenheit und dein Vertrauen!"
Yanko zündete sich schon die zweite Zigarette an, doch antworten konnte er Keith jetzt gerade nichts, obwohl er ihn eigentlich sehnlichst darum bitten wollte noch länger zu bleiben und am besten mindestens bis zum übernächsten Tag. Yanko hatte plötzlich bei dem Gedanken daran gleich wieder allein zu sein einen unerklärlich großen Anflug von Panik. Er zuckte dabei regelrecht zusammen. Doch noch ehe Keith dazu etwas bemerken konnte, stand Yanko auf und verschwand im Bad. Ihm war eben am Tisch davon auf einmal kotzübel geworden. Er kniete sich vor die Toilettenschüssel und würgte ein paar Mal, aber es kam nichts. Schließlich kauerte er sich auf den geschlossenen Klodeckel und vergrub sein Gesicht in den Händen. Sein Herz klopfte wie wild und ihm war ein wenig schwindlig. Nach ein paar Minuten stand er auf, um sich kaltes Wasser ins Gesicht zu schütten und atmete danach ein paar Mal tief durch. Dann riss er sich zusammen und kehrte zu Keith zurück, der gerade die Kaffeetassen ausspülte.

„Yanko, du gehst jetzt duschen, dann ziehst du dich an, und wir fahren zusammen runter zum Zirkus! Ich könnte

dringend eine helfende Hand beim Ausbau des neuen Wohnwagens gebrauchen. Also raff dich auf und beeil dich!", forderte Keith Yanko unvermittelt auf.
Keith sagte das aus einer Mischung von Befehl und liebevoller Bemutterung, was Yanko zum Grinsen brachte, und er drehte sich prompt wieder um und ging zurück ins Bad um zu duschen.

Draußen wehte ein kräftiger Schneesturm, als Yankos Handy ein paar Tage später klingelte. Es war sein Rechtsanwalt aus L.A.
Yanko hielt die ganze Zeit über angespannt die Luft an, während der Rechtsanwalt zu ihm sprach. Wie angewurzelt war Yanko genau da stehen geblieben, wo er gerade gestanden hatte, und starrte dabei aus dem Fenster zum See hinüber. Er würde diesen Blick, hinaus auf die tanzenden Schneeflocken, nie mehr vergessen.
Das Gespräch war schon lange vorbei, doch Yanko wusste hinterher nicht mehr wie lange er noch so dagestanden hatte. Er konnte sich nur an diese wundervolle Stille erinnern, die eingetreten war, als der Rechtsanwalt den Anruf beendet hatte. Eine Stille, die nur von den umherwirbelnden Schneeflocken erfüllt war. Yanko fragte sich, ob sie eigentlich nur vom Wind herumgewirbelt wurden, oder ob sie ihren eigenen, selbstbestimmten Tanz vollführten. Er fand es seltsam, dass er sich vorher noch nie darüber Gedanken gemacht hatte, warum die Schnellflocken, trotz soviel Bewegung, lautlos zu Boden fielen.
Die Leere, die eingetreten war, als der Rechtsanwalt aufgehört hatte zu sprechen, war wunderbar. Eine leere Leere, die sich fast wie Schwerelosigkeit anfühlte. Yanko spürte in diesem Moment auch seinen Körper kaum mehr, obwohl er fast überdeutlich wahrnahm wie seine Fußsohlen den Boden berührten. Er registrierte seine Atmung und seinen Herzschlag, wie sie ruhig dahinflossen und seinen Körper mit Wärme erfüllten. Warum waren Schneeflocken kalt, und warum gab es sie nur im Winter?
Plötzlich war Yanko wieder vollkommen bei sich. Er riss die Haustür auf und rannte barfuß wie er war in den Schnee.
Er war frei!

Langsam schmolz der Schnee und ließ die Hoffnung auf den Frühling erwachen.
Yanko war allerdings inzwischen, trotz seines Freispruchs und das auch ohne irgendwelche Bewährungsauflagen, völlig fix und fertig. Keine einzige Nacht verging mehr ohne schreckliche Träume, und die Tage waren immer noch angefüllt mit permanenten Gedanken an Fam und Jim Wilson.
Dieser Typ ging Yanko nicht mehr aus dem Sinn, sodass er sich eines Tages dazu entschloss Wilson im Gefängnis zu besuchen. Yanko wusste, dass er früher oder später in der Lage dazu sein sollte ihm zu vergeben, wenn er selbst mit dieser ganzen Geschichte irgendwann Frieden schließen wollte. Denn je mehr er darüber nachdachte, desto klarer wurde ihm, dass er im Prinzip kein Stück besser war als dieser Jim Wilson. Genau wie Wilson hatte er Menschenleben auf dem Gewissen, und je mehr Zeit verstrich, desto schlechter ging es ihm damit. Zwar fühlte er sich nicht wirklich schuldig, aber ihm wurden immer mehr die möglichen Folgen seines Handelns bewusst. Womöglich hatte auch er jemandem die Liebe seines Lebens, und Kindern ihren Vater genommen. Was ihm allerdings diesbezüglich am meisten zu schaffen machte, war die Tatsache, was er in jenem Moment gefühlt hatte, als er vor allem den zweiten Mann tötete. Den ersten hatte er völlig unabsichtlich im Chaos des Gefechts erwischt, aber den zweiten hatte er aus vollstem Hass und Verzweiflung vorsätzlich getötet. Lange Zeit hatte er sich damit auch vollkommen im Recht gefühlt, denn es war ja schließlich dieser Mann gewesen, der den hinterhältigen Überfall mit begangen hatte, und hätte er ihn nicht ausgeschaltet, hätte dieser mit Sicherheit noch mehr Indianer gelyncht. Er hatte sich zwar während des gesamten Überfalls ganz klar in Todesgefahr befunden, doch seine tödliche Attacke gegen

den zweiten Mann war nicht aus direkter Notwehr entstanden.
Das alles türmte sich immer mehr in ihm auf, aber allem voran bohrte sich die nagende Frage, was um alles in der Welt Fam damals bei Jim Wilson verloren hatte, vorausgesetzt natürlich Wilson behauptete die Wahrheit, immer mehr in den Vordergrund. Denn wenn das wahr wäre, dann müsste das Ganze auf jeden Fall vor dem Überfall geschehen sein, doch als das Foto von Wilson im Zusammenhang mit der Verhandlung in der Zeitung abgebildet war, hatte Fam auf seine allgemeine Nachfrage hin behauptet den Mann noch nie gesehen zu haben.
Je länger Yanko darüber nachgrübelte, und je mehr er einfach mal seine Gefühle dazu zuließ, kam er immer mehr zu dem Schluss, dass da irgendetwas nicht stimmte. Entweder hatte Jim Wilson gelogen oder Fam. Wobei er sich überhaupt nicht vorstellen konnte, warum Fam ihm das dann nicht erzählt hätte.

Ohne sich vorher mit irgendjemandem abzusprechen, holte er sich über Henk Morrisson eine Besuchserlaubnis und fuhr kurzentschlossen nach Denver zu Jim Wilson ins Gefängnis.
Was ihn dort erwartete, verschlug ihm zunächst fast den Atem, denn sofort kamen die Erinnerungen an seinen eigenen Gefängnisaufenthalt in New Orleans wieder hoch. Die müssen die gleichen Putz - oder Desinfektionsmittel benutzen wie in New Orleans, dachte Yanko sofort und wäre am liebsten wieder umgedreht. Doch er riss sich zusammen und trat in den Besucherraum. Ihm wurde dann mitgeteilt, dass Jim Wilson sogleich geholt werden würde.
Und dann kam er, und Yanko war entsetzt über dessen Zustand. Gott sei Dank war eine Scheibe zwischen ihnen, denn Yanko konnte sehen, dass Wilson stinken musste, wie eine halbverweste Ratte. Wilson setzte sich dann

gezwungenermaßen auf den Stuhl und starrte stumm vor sich hin. Yanko wurde dann noch gesagt, dass er zehn Minuten Zeit hätte.
Zunächst hatte Yanko Schwierigkeiten damit überhaupt Worte zu finden, denn es war schon etwas anderes sich das Gespräch bzw. die Begegnung nur vorzustellen, oder demjenigen dann tatsächlich gegenüberzusitzen, der Fam hatte umbringen lassen.
Doch dann atmete Yanko durch und begann: „Ich weiß, dass du mich wahrscheinlich nicht sehen willst, und ich will dich eigentlich auch nicht sehen, aber es gibt da etwas, was ich unbedingt von dir wissen möchte!" Yanko wartete kurz ab, ob Jim Wilson eventuell schon darauf reagieren würde, doch der saß mehr oder weniger weiterhin apathisch da und stierte vor sich hin. „Ich kann mir schon denken, dass du mir nicht helfen willst, aber vielleicht denkst du mal darüber nach, dass du dir damit auch selbst helfen könntest, einfach nur in dem du mit mir redest! Ich kann mir einfach nicht vorstellen, dass dich das, was du getan hast, alles total kalt lässt. Mich lässt es jedenfalls nicht kalt, was ich getan habe!" Yanko wartete wieder ein wenig, doch er sah, dass Wilson sich immer noch nicht bewegte. Kurz überlegte er, ob das Mikrofon auch funktionierte, doch plötzlich musste Wilson husten, und das hörte Yanko ziemlich gut.
„Hey, jetzt sieh mich wenigstens mal an! Na los! Oder bist du feige geworden!", versuchte Yanko ihn dann herauszufordern, und siehe da, das funktionierte. Jim Wilson hob tatsächlich seinen Kopf und glotzte Yanko dann mit leeren, wässrigen Augen an. Yanko war entsetzt über dessen ausdruckslosen und fast durchsichtigen Blick.
„Was willst du?", hörte Yanko dann Wilsons Stimme über den Lautsprecher. Sie war leise und zittrig, und klang so, als ob er sie schon sehr lange nicht mehr benutzt hätte.

„Ich will die Wahrheit! War Fam wirklich damals bei dir gewesen, und wenn ja, was wollte sie wirklich?", ließ Yanko seine Frage gleich auf ihn los.
Yanko sah, dass dieser Mensch hinter der dicken Glasscheibe eigentlich gebrochen war, und irgendwie bekam er plötzlich eine Art Mitgefühl für diese Kreatur, das er überhaupt nicht haben wollte, und außerdem drängte die Zeit, denn mehr als die Hälfte der Besuchszeit war schon vorüber.
„Die Neugier bringt dich noch ins Grab! Sind alle Bastarde deiner Zunft so?", gab Wilson statt einer richtigen Antwort zum Besten.
Yanko spürte, wie er innerlich anfing zu kochen, und doch hätte er in diesem Moment Wilson wenigstens mal für eine Stunde aus diesem miefigen Gebäude zerren wollen, damit er mal wieder an die frische Luft käme. Er sah wirklich erbärmlich aus.
„Jim, ich bin nicht hier um mit dir zu streiten, obwohl ich allen Grund dazu hätte, immerhin hast du meine Frau umbringen lassen! Ich will einfach nur wissen, ob sie tatsächlich bei dir gewesen war! Und wenn ja, warum!"
Da fing Jim Wilson plötzlich aus heiterem Himmel an lauthals zu lachen. „Das habe ich dir doch schon mal gesagt, aber wenn du mir nicht glauben willst, kann ich nichts dafür! Sie war eben nicht so heilig, wie du dir das immer zusammengereimt hast! Du hast keine Ahnung, und das ist auch gut so! Glaub mir, das ist wirklich besser so!"
Jim Wilson fiel danach augenblicklich in seine Starre zurück, und kurz darauf wurde er auch schon wieder von dem Wärter abgeführt. Und Yanko starrte ihm immer noch hinterher, als auch er aufgefordert wurde, den Raum zu verlassen.
Irgendetwas war in Wilsons Stimme gelegen, was es Yanko schwer machte ihm nicht zu glauben. Es war vor allem dieser letzte Satz, den er eigentlich schon wieder eher mehr zu sich selbst, als zu Yanko gesagt hatte. Er hatte dabei irgendwie

eine Spur zu nachdenklich, ja, fast traurig und resigniert geklungen.

Als Yanko abends dann wieder Zuhause in Sheddy vor seinem Kamin saß, fühlte er sich sehr seltsam. Eigentlich wusste er nicht mehr als vorher, denn er hatte keinerlei neue Informationen erhalten, und dennoch war er sich jetzt fast sicher, dass Wilson die Wahrheit gesagt hatte. Allerdings würde das wiederum bedeuten, dass Fam ihn belogen hätte, und das konnte sich Yanko einfach immer noch nicht vorstellen.
Sein Kopf war mit einem Schlag total leer. Er stand auf, legte eine CD mit Gypsymusik auf, drehte den Lautstärkeregler ordentlich hoch und rauchte dann so viel Opium, dass er irgendwann nicht mehr wusste wo er war, aber das war ihm auch völlig egal.

Ein kalter, stürmischer Wind empfing Yanko und blies ihm so stark ins Gesicht, dass er kurz den Kopf abwenden musste, um Luft zu bekommen. Die Pubtür hinter ihm fiel knackend ins Schloss, und Yankos fühlte sich wie leergefegt.
Nachdem er lange mit Fams Schwester Eileen über die merkwürdige Angelegenheit mit Wilson und Fam geredet hatte, gab Eileen ihm schließlich den Rat, er solle sich doch mal mit ihrer Tante Rose in Belfast treffen. Yanko wusste zwar nicht wofür das gut sein sollte, und Eileen gab ihm auch keinerlei Gründe an, warum sie ihm das vorschlug. Nur ihr Blick verriet Yanko, dass er es unbedingt tun sollte, wenn er Antworten auf seine Fragen erhalten möchte. Eileen fügte allerdings noch hinzu, dass sie nicht wirklich wüsste, ob ihn dort die Lösung des Rätsels erwarte. Yanko fragte sie auch mehrmals, was sie zu Jim Wilson und Fam vermutete, doch sie hielt sich stets bedeckt und ließ sich nicht zu einer Aussage bewegen.
Das Gefühl irgendetwas auf der Spur zu sein, verstärkte sich bei Yanko allerdings zusehends. Dennoch hatte er keinen blassen Schimmer, was Fams Tante damit zu tun haben sollte, falls es da überhaupt einen Zusammenhang gab.
Yanko konnte sich zwar keinen Reim auf Eileens Vorschlag machen, fuhr aber dennoch am nächsten Tag nach Belfast rüber.

Als Yanko schließlich in die nordirische Stadt hineinfuhr, beschlich ihn ein beklemmendes Gefühl, und das ließ ihn auch lange Zeit danach nicht wieder los.
Eileen hatte Tante Rose angerufen und sie von Yankos bevorstehendem Besuch informiert. Und als er dann unten an ihrer Haustür stand, wurde er sogleich hineingelassen.
Tante Rose hieß ihn herzlich willkommen und wies ihn dann bald darauf an, sich in die Küche zu setzen. Sie kochte Kaffee

und vergewisserte sich danach, kurz bevor sie sich ebenfalls setzte, dass die Küchentür auch wirklich geschlossen war.
Yanko wunderte sich immer mehr, und er verstand überhaupt nicht, was diese ganze Geheimnistuerei überall sollte. Erst war Eileen so komisch und jetzt auch noch diese Tante Rose.
Doch dann sah Tante Rose ihm direkt in die Augen. „Ich habe schon viel von dir gehört, Yanko! Und ich habe mir sehnlichst gewünscht, dass dieses Gespräch niemals stattfindet! Auch wenn ich dich immer schon gerne mal kennengelernt hätte, aber das war einfach nicht möglich gewesen. Ich kann mir gut vorstellen, dass du nichts von all dem verstehst was passiert, und warum ich zum Beispiel eben die Tür zugemacht habe. Aber du wirst es gleich verstehen! Eigentlich darf ich es dir gar nicht anvertrauen, aber von Eileen weiß ich, dass du unbedingt eine Antwort brauchst. Ich verstehe dich, obwohl es wahrscheinlich besser gewesen wäre, wenn du nicht gekommen wärst!" Tante Rose räusperte sich leise und fuhr dann fort: „Fam hat dich zum Mann gewählt, weil sie dich wirklich über alles geliebt hat, das weiß ich, und das musst du ihr auch glauben, egal, was du jetzt hören wirst! Ok?!"
Tante Rose sah Yanko eindringlich an, und Yanko spürte dabei wie er sich innerlich anspannte. „Ja, ich weiß das! Aber was um Himmels willen ist denn los?", antwortete er schon leicht genervt und fragte sie dann noch, ob er hier rauchen dürfe. Tante Rose stand statt einer Antwort auf und reichte ihm einen Aschenbecher.
„Hör zu, und du musst mir versprechen, dass du niemandem von unserem Gespräch erzählen wirst! Das ist wirklich lebenswichtig für mich!" Yanko blies den Rauch aus und sagte: „Ja, klar!", obwohl ihm überhaupt nichts klar war.
„Gut!", begann Tante Rose mit gedämpfter Stimme. „Also, Fam war bei der IRA... Sie stieß dazu als sie gerade mal zwölf Jahre alt war. Sie kam freiwillig. Sie hatte irgendwie erfahren,

dass ich auch dabei bin, und dann war sie allein mit dem Bus zu mir gefahren, und ab da haben wir dann zusammengearbeitet. Niemand sonst aus unserer Familie weiß das, außer Eileen, obwohl sie bis jetzt immer noch nicht weiß, dass Fam niemals komplett ausgestiegen war... Als Fam sechzehn Jahre alt war, sollte sie in einem Hauseingang eine mit kleinen Briefbomben gefüllte Tasche an einen Mittelsmann übergeben, der diese dann nach England schmuggeln sollte. Doch das war ein Hinterhalt gewesen. Fam hatte es, Gott sei Dank, noch rechtzeitig bemerkt, aber die Tasche dann im Reflex demjenigen einfach vor die Füße geworfen, dabei sind ein paar von den Briefbomben hochgegangen und hatten den Mann schwer verletzt. Daraufhin musste sich Fam natürlich verstecken. Der Mann war von einer englischen Patrioten Gruppe, und er hatte sie dabei zu deutlich gesehen. Deshalb ist sie dann nach Deutschland geflohen. Erst danach hatte meine Schwester sie aus der Familie verbannt. Sie kannte den wahren Grund ihres Aufbruchs natürlich nicht und hatte deshalb fälschlicherweise angenommen, dass Fam einfach nur so, aus einer dummen, rebellischen Teenielaune heraus, abgehauen wäre. So, jetzt weißt du es!" Tante Rose sah sich noch einmal prüfend zur Küchentür um, bevor sie Yanko wieder eindringlich musterte. Yanko fühlte sich wie erschlagen. Er konnte gar nichts daraufhin sagen, und so saß er erst einmal schweigend da und starrte vor sich hin.
„Und was hat dieser Jim Wilson damit zu tun?", fragte Yanko dann nach einer Weile, nachdem er sich wieder etwas gefasst hatte, obwohl er sich immer noch wie in Watte gepackt fühlte. Tante Rose nahm seine Hände und sah ihn fest an. „Ob und wie Fam und dieser Wilson zueinander gestanden hatten, das kann ich dir leider nicht sagen! Vielleicht weiß er, dass Fam bei der IRA war, und hat sie deshalb sogar ganz gezielt gesucht, oder er hat das mit der IRA und Fam nur durch

Zufall erfahren, oder er hatte sie auf irgendwelchen Fotos erkannt. Oder er hat gar nichts damit zu tun. Es ist alles möglich! Die IRA ist jedenfalls sehr gut informiert und gibt so schnell nicht auf eine Tat zu rächen, von der sie glaubt, dass ein Verräter im Spiel ist!", erklärte Tante Rose leise und ließ Yankos Hände wieder los, der die Gelegenheit gleich nutze, um sich noch eine Zigarette anzustecken. „Wenn du willst, kann ich dir aber einen Kontakt herstellen, der vielleicht etwas über diese Wilsons wissen könnte.", fügte sie noch schnell und noch leiser hinzu.

Yanko lehnte sich zurück und ließ Tante Rose dabei aber nicht aus den Augen. „Das ist alles echt schwer zu glauben, aber durchaus auch alles möglich! Das würde zumindest vieles erklären!", sagte Yanko nach einer Weile. „Ich würde diese Kontaktperson gerne treffen!", ergänzte Yanko noch, obwohl er sehr daran zweifelte, ob er das alles wirklich so genau wissen wollte. Fam und diese ganze Geschichte passten für ihn irgendwie nicht zusammen, aber eigentlich nur deshalb, weil sie ihm das nie erzählt, und ihm dadurch einen so wichtigen Abschnitt ihres Lebens einfach verschwiegen hatte.

„Ich kümmere mich gleich darum!", sagte Tante Rose und wollte schon aufstehen, doch Yankos Frage bewegte sie zum Sitzenbleiben. „Warum hat sie mir davon nie etwas erzählt?"

Tante Rose atmete aus. „Yanko, die IRA ist eine illegale Organisation, die es mittlerweile ja gar nicht mehr offiziell gibt. Es existieren aber bis heute dennoch viele Splittergruppen, deren Mitglieder, wie eh und je, als schlimmste Verbrecher überall gesucht werden, teilweise auch zu Recht, aber es war und ist nach wie vor das oberstes Gebot niemals irgendjemandem davon zu erzählen, der nicht selbst in der IRA ist, und auch da ist vorgesorgt, denn um sich gegenseitig vor zu großer Mitwisserschaft zu schützen, kennen sich viele untereinander auch gar nicht. Es kann also sein, dass meine beste Freundin einer IRA Einheit angehört und ich weiß nichts davon. Fam musste ständig damit rechnen, dass sie irgendwann von britischen Faschisten oder sogar von ihren eigenen Leuten geschnappt werden würde, sie wollte dich da einfach nicht mit hineinziehen! Ich kann ja verstehen, dass dich das verletzt, aber sie wollte dich damit nur davor schützen auch von ihnen gejagt zu werden! Ich weiß das deshalb, weil sie sich von mir diesbezüglich einmal Rat erbeten hatte. Es gibt mittlerweile so viele schreckliche Geschichten von Rachezügen auf beiden Seiten, das ist wirklich unvorstellbar haarsträubend! Also pass bitte auf, ja?!", vervollständigte Tante Rose noch ihre Erklärung.

Die kommende Nacht begann damit, dass Yanko sich zunächst schlaflos im Gästezimmer von Tante Rose, deren Mann mit Sicherheit auch keine Ahnung davon hatte, was seine Frau so alles trieb, im Bett herumwälzte. Yanko konnte ja gut nachvollziehen, dass man als Ire sich der IRA anschloss, aber dass Fam ihm davon überhaupt nichts gesagt hatte, traf ihn so tief, dass er fast nicht glauben konnte, was Tante Rose ihm da vorhin alles erzählt hatte. Yanko wagte sich gar nicht erst auszumalen, was diese mysteriöse Kontaktperson ihm morgen Nachmittag noch so alles berichten könnte. Und Yanko wurde den Gedanken einfach nicht mehr los, dass Wilson Fam tatsächlich schon länger gekannt haben könnte, denn unter diesen Gegebenheiten würden sogar auch Wilsons letzte Sätze, die er im Gefängnis zu Yanko gesagt hatte, einen Sinn ergeben.
„Sie war eben nicht so heilig, wie du dir das immer zusammengereimt hast! Du hast keine Ahnung, und das ist auch gut so! Glaub mir, das ist wirklich besser so!", hatte er gesagt. Vielleicht hatte er damit tatsächlich auf Fams Vergangenheit bei der IRA angespielt.
Plötzlich hatte Yanko das Gefühl, die Wände würden immer näher rücken und ihn zerquetschen wollen. Jäh fuhr er aus

dem Bett und stürzte zum Fenster, um es zu öffnen. Als er dann die frische, kühle Luft einatmen konnte, wurde er etwas ruhiger. Doch sein Herzschlag wollte nicht wirklich wieder herunterfahren.

Yanko legte eine Hand auf seine Brust und spürte dabei, wie sein Herz an die Handinnenfläche pochte. Während er versuchte gleichmäßig zu atmen, fiel sein Blick auf die menschenleere Straße unter ihm, und das löste augenblicklich ein noch beklemmenderes Gefühl in ihm aus. Doch nach einer Weile fiel ihm auf, dass er dieses Gefühl bereits wahrgenommen hatte, als er nach Belfast hineingefahren war. Kurzerhand zog sich Yanko wieder an und verließ leise das Haus. Die mehrfachen Warnungen von Tante Rose sich in dieser Stadt nicht ohne Begleitung zu bewegen und schon gar nicht wenn man fremd sei, schlug Yanko in den Wind und ging einfach drauflos. Er wusste, dass er aufpassen musste nicht aus Versehen in irgendwelche falschen Straßen abzubiegen, denn der Hass zwischen Iren und Briten war hier erst recht noch nicht begraben.

Doch in dieser Nacht schien der Kampf zu ruhen, denn Yanko schlenderte, soweit er es wahrnahm, völlig unbemerkt durch das Viertel, rauchte dabei ein paar Zigaretten und kehrte schließlich gegen fünf Uhr morgens auch völlig unversehrt ins Haus von Tante Rose zurück.

Nach ein paar weiteren Fehlversuchen fand er schließlich dann doch noch ein paar Stunden Schlaf, bis Tante Rose ihn mit einer dampfenden Tasse Kaffee in der Hand weckte.

Am späten Nachmittag fuhr Yanko dann die kleinen Straßen entlang, die Tante Rose ihm genannt hatte. Sie hatte ihm allerdings verboten den Weg aufzuschreiben, deshalb war es nun etwas schwierig sich bei der ungeheuren Anzahl von kleinen Straßen genau zu orientieren. Yanko dachte schon, dass er sich irgendwie verfahren hätte, als er schließlich dann doch die besagte letzte Wegabzweigung fand.

Die kleine, halb verfallene Ruine stand am Rand eines dichten Wäldchens und lag trotz des Tageslichtes irgendwie im Dunkeln. Yanko bekam das Gefühl augenblicklich in eine völlig andere Welt einzutauchen.

Kaum war er ein paar Schritte gegangen, fielen ihm plötzlich die fünf maskierten Männer ein, die ihn vor ein paar Jahren in seinem Stall in Sheddy hinterrücks überfallen und zusammengeschlagen hatten. Yanko blieb kurz stehen und überlegte ernsthaft, ob er nicht doch ein Messer oder wenigstens ein Seil mitnehmen sollte. Immerhin war ihm dieser Mensch, den er gleich treffen würde, völlig unbekannt, und das Wissen um dessen Zugehörigkeit zur IRA löste bei Yanko irgendwie eine gewisse Vorsicht aus.

Yanko konnte den Ursprungsgedanken der IRA zwar sehr gut nachvollziehen, denn irgendwie hatte dieser mit dem Kampf der Roma um Anerkennung, Gleichberechtigung und Gerechtigkeit viel gemeinsam, obwohl es den Iren in seinen Augen immer noch besser ging, denn die hatten immerhin ein Land, das ihnen eigentlich rechtmäßig zustand. Mit einem eigenen Land im Rücken ließ es sich seinem Gefühl nach weitaus besser für etwas kämpfen, als es freie, landlose Nomaden der Welt ohne einen eigenen Staat je tun könnten. Es gibt jedenfalls keine Regierung, die sich den Roma gegenüber wirklich verpflichtet fühlt. Welche Regierung sollte das auch sein, denn es gibt ja kein Romaland.

Es war Yanko vollkommen bewusst, dass jedes falsche Wort hier in Nordirland auch heute noch einem den Kopf kosten konnte. Und allem Anschein nach war es auch nicht gerade einfach genau zu wissen, wem man gegenüberstand. Yanko nahm sich deshalb vor seine eigene Meinung hier am besten gar nicht zu äußern, selbst wenn er diverse Standpunkt gut nachvollziehen konnte.

Yanko versuchte so lautlos wie möglich zu sein, und doch hatte er das Gefühl seine Schritte schallten bis nach Carrickfergus hinein. „Hallo?", rief er dann leise in die neblige Stille hinein. Doch zunächst erhielt er als Antwort nur sein eigenes Atmen. „Hallo? Ist da jemand?", wiederholte Yanko nach einer Weile wieder, doch wiederum bekam er keine Antwort. Yanko zündete sich dann eine Zigarette an und lehnte sich mit dem Rücken an eine der Ruinenmauern.
Plötzlich löste sich aus dem Schatten eine Gestalt heraus und kam langsam auf ihn zu. Im Abstand von ungefähr zwanzig Metern hielt diese an, gerade so, dass Yanko sehen konnte, dass es sich um einen Mann handelte.
Yanko rief ihm das Wort entgegen, welches Tante Rosa ihm genannt hatte, und daraufhin sagte der Mann: „Du musst verstehen, dass ich mich dir nicht zu erkennen geben kann! Das ist nun mal so, und dient nur zu unser beider Schutz!"
„Ja, alles klar!", erwiderte Yanko nur und ihm wurde leicht übel. Auf irgendeine Art und Weise hatte diese Situation etwas mit seiner eigenen Vergangenheit zu tun, was ihm plötzlich auch einen Schauer über den Rücken jagte. Yanko drehte sich kurz um, damit er sich sammeln konnte. Er hatte das Gefühl in einem Déjà-vu zu stehen, von dem er aber nicht den leisesten Schimmer hatte, es schon einmal erlebt zu haben. Irgendwie musste er auch kurz an den schon so lange währenden Kampf seines Volk um Gleichberechtigung denken.
„Ist alles ok mit dir?", hörte Yanko dann die Stimme des Mannes sprechen, und drehte sich wieder um. „Ja... Nein... Ich weiß nicht, sag du es mir! Ich weiß rein gar nichts! Keine Ahnung was Fam mit der I..." „Schscht! Stopp! Nenne bitte weder ihren Namen noch den Verein um den es geht! Du weißt nie, wem du gegenüberstehst, noch wer mithört, auch wenn du noch so vorsichtig bist!", fuhr ihm der Fremde leise aber dennoch vehement über den Mund.

Yanko seufzte vor sich hin und drehte sich wieder um. Sollte doch dieser Unbekannte gerade wieder dorthin zurückkehren wo er hergekommen war. Er konnte sich plötzlich überhaupt nicht mehr vorstellen, dass ausgerechnet dieser komische Typ ihm irgendetwas über Fam erzählen könnte. Ihm kam das Ganze mit einem Mal so lächerlich, vollkommen unrealistisch und unnötig vor. Mit Sicherheit hatte sich Tante Rose geirrt.
„Du bist also ihr Mann! Sie stand wohl auf gutaussehende und etwas wilde Typen!", sagte der Mann plötzlich in die Stille hinein, und Yanko fuhr herum. „Was?" „Ja, ich kannte sie! Und ich glaube, ich kannte sie sogar sehr gut... zumindest früher.", fuhr der Fremde dann fort und kam, zu Yankos Erstaunen ein paar Schritte auf ihn zu. Allerdings achtete er weiterhin darauf im Schatten der Ruinenmauern zu bleiben.
„Warum bist du hier?", fragte der Mann ihn dann so, dass es Yanko nochmals kalt den Rücken herunterlief. Kurz ärgerte er sich, dass er sein Taschenmesser nicht doch mitgenommen hatte. Dann aber beschloss er diesem Unbekannten einfach die Wahrheit zu sagen, allerdings blieb er dabei hellwach, für den Fall, dass dieser Fremde doch vorhaben sollte ihm etwas anzutun.
„Ich habe sie über alles geliebt. Sie ist ermordet worden. Ich kenne denjenigen, der den Mord in Auftrag gegeben hat, und ich weiß, dass es da etwas gibt, was ich nicht weiß. Vielleicht ist es auch gut so, dass ich es nicht weiß, aber vielleicht wäre es doch besser wenn ich es wüsste?!" Yanko wusste selbst nicht, woher seine Worte gekommen waren, dennoch zeigten sie bei seinem Gegenüber Wirkung, denn der Fremde kam noch ein paar Schritte näher, und fast hätte Yanko schon seine Gesichtszüge erkennen können, ehe er wieder in den Schutz des Gemäuers huschte.
„Ich weiß... Ich weiß alles! Und es tut mir leid, dass du da mit hineingezogen wurdest, obwohl es dich eigentlich gar nichts angeht! Du bist Grieche, richtig? Was hast du schon für eine

Ahnung, was hier damals abging und heute immer noch abgeht. Aber nun bist du schon mal da, obwohl es besser gewesen wäre, wenn du nicht gekommen wärst! Glaube mir, das ist absolut kein Spaß, und dir würden die Haare zu Berge stehen, wenn du wüsstest was hier immer noch so los ist! Ich selbst sollte auch gar nicht hier bei dir sein, und ich sollte auch nicht soviel reden, aber manchmal muss man einfach reden...", begann der Mann im Schatten plötzlich sehr offen zu sprechen, und Yanko hatte auf einmal das Gefühl, dass dieser den Tränen nah war.
„Hey, kannst du nicht mal hierherkommen? Ich würde dir gerne in die Augen sehen. Ich bin kein Verräter! Und ich habe auch kein Interesse daran dich oder das, was wir hier reden irgendjemandem weiterzuerzählen! Ich will einfach nur wissen, ob und wie Jim Wilson und meine Frau in Kontakt standen, einfach nur, damit ich meinen Frieden mit der Sache schließen kann! Es lässt mich einfach nicht los, und ich weiß, dass da etwas nicht stimmt. Das ist alles! Obwohl... da ist doch noch was... Ich kann euch besser verstehen, als du denkst... Ich weiß wie das ist, wenn man gegen eine Übermacht ankämpft!" Yanko trat, während er das sagte ein paar Schritte auf den Unbekannten zu, und zu seiner Überraschung blieb derjenige ganz ruhig stehen. Yanko holte sein Päckchen Zigaretten heraus und bot dem anderen über die Distanz hinweg eine an. Der Mann machte eine Geste, die Yanko unmissverständlich zeigte, dass er ihm eine hinüberwerfen sollte. Yanko tat es und zündete sich dann selbst eine an.
Als der Fremde seine Zigarette auch angezündete hatte, kam er dann tatsächlich noch näher, blieb aber dabei weiterhin so im Schatten, dass Yanko ihn nicht wirklich erkennen konnte.
„Keiner wusste vom anderen in welcher Splittergruppe er war, und das ist auch heute noch oft so. Und es gibt unzählige solcher Gruppen. Deine Frau war damals eine Art Kurier. Sie

sollte eine Sendung einem für sie völlig Unbekannten übergeben. Sie sollten sich nur durch ein Codewort verständigen und sich eigentlich gar nicht sehen, nur hören, verstehst du? Doch der andere wurde kurz vorher hinterrücks ermordet, und statt ihm kam ein britischer Spitzel zu ihr und wollte sie auf frischer Tat ertappen. Doch sie war gut, sehr gut, sie konnte sich befreien, doch der Brite hatte sie gesehen, obwohl er dabei verletzt worden war, und schon wenige Stunden später war die Fahndung nach ihr raus gewesen. Sie hatte keine zwei Tage, um zu verschwinden, verstehst du? Keine zwei verdammte Tage! Wir haben sie dann in einer Hauruckaktion mit einem unserer Boote nach Frankreich hinübergebracht, und von dort aus ist sie dann weiter nach Deutschland. Davon wusste aber nur ich, denn sie... ich... wir waren damals zusammen gewesen!" Der Fremde unterbrach seine Rede, um an seiner Zigarette zu ziehen.
„Und du hast sie nach Frankreich gebracht?! Richtig?", mutmaßte Yanko anschließend. „Ja... so war es. Ich habe sie geliebt! Wenn das nicht passiert wäre, dann hätten wir geheiratet, verstehst du? Wir hätten geheiratet!", hörte Yanko dann aus dem immer dämmriger werdenden Licht.
Und plötzlich stand der Fremde Yanko fast gegenüber. Es war allerdings mittlerweile so düster geworden, dass Yanko ihn auch in diesem Abstand kaum ausmachen konnte. Es war ihm aber eigentlich auch ganz egal wie dieser Mann aussah, wenn er sich ihm nicht zu erkennen geben wollte, dann sollte er halt wegbleiben.
Eine ganze Weile lang standen die beiden dann schweigend auf die Randmauern der Ruine aufgestützt und rauchten vor sich hin.
„Wer ist Jim Wilson?", knallte Yanko dann endlich nach einer Weile die Frage in die Stille, auf die er so brennend eine Antwort suchte. Der Absatz des anderen knirschte im Kies, als dieser sich umdrehte und sich Yanko zuwandte. „Wer bist

du, der du das ganze angeblich so gut verstehst, wie du sagst?", setzte der Fremde, statt einer Antwort, Yanko plötzlich eiskalt entgegen.
Yanko sah zu ihm rüber. „Ich bin Roma. Und ich habe im Gegensatz zu dir noch nicht mal ein Land für das ich kämpfen könnte. Wir kämpfen überall immer noch teilweise einfach nur um eine simple Existenzberechtigung!", warf Yanko ihm daraufhin knallhart vor die Füße, so, als ob dieser Fremde etwas damit zu tun hätte, und spürte dabei wieder einmal die ganze Tragweite dessen. Und von jetzt auf nachher kam Yanko das alles hier so unnütz und schwachsinnig vor, dass er diesem Fremden am liebsten seine, für ihn in diesem Moment lächerliche Geheimnistuerei mit Worten vor die Füße gekotzt hätte.
Aber Yanko riss sich zusammen, schließlich konnte dieser Mann nun auch nichts dafür, dass seine Roma kein eigenes Land hatten, wobei das mit dem eigenen Staat nun auch wiederum nicht das war, was Yanko unbedingt als notwendig erachtete. Aber auf eine ganz subtile, und für ihn kaum zu beherrschende Art und Weise, hatte dieser Fremde in ihm genau diesen unspezifizierten, uralten Hass, und die damit unmittelbar einhergehende, schier unbändige Wut so vehement wieder hervorgeholt, dass Yanko mehrmals tief durchatmen musste, um sich unter Kontrolle zu halten.
„Du wärst der richtige Partisan für uns! Deine Wut gefällt mir!", stellte der Fremde prompt und leicht grinsend fest, und Yanko erschrak, denn er hatte gar nicht bemerkt, dass der Mann plötzlich direkt neben ihm stand. „Ich glaube, sie hatte es echt gut bei dir! Ich bin jetzt doch sehr froh, dass du gekommen bist! Mehr weiß ich aber leider nicht! Habe von ihr nie wieder etwas persönlich gehört. Alle weiteren Informationen gelangten nur über ihre Tante zu mir."
„Jim Wilson! Was hat er mit dieser ganzen Sache zu tun? Bitte sag's mir endlich!", forderte Yanko nun noch vehementer,

denn das ganze Gerede ging ihm mittlerweile irgendwie auf die Nerven. Auch wenn dieser Mann angeblich Fam heiraten wollte, so hatte er es dennoch nicht getan, und was auch immer Fam mit ihm gehabt hatte oder auch nicht, er sollte ihm jetzt endlich die Antwort geben, weswegen er überhaupt den langen Weg hierher gemacht hatte.
„Dieser Wilson...", begann der Mann dann schließlich. „Du musst wissen, seine Vorfahren waren alle Briten. Als Jim Wilson sechs Jahre alt war, sind seine Eltern bei einem unserer Anschläge ums Leben gekommen. Das war von uns aus keine Absicht gewesen, es war einfach dumm gelaufen, aber egal jetzt... Er und sein Bruder kamen dann zu den nächsten Familienangehörigen. Etwas später ist die Familie zu ihren Angehörigen in die USA ausgewandert. Da hat Jim dann diesen Streit der Cheyenne mit seinen Verwandten um diesen sogenannten 'Heiligen Platz' mitbekommen und daraufhin beschlossen, seiner Familie ihren, in seinen Augen rechtmäßig zustehenden Ort wieder zurückzubringen. Ich weiß, dass er deshalb mit seinen Leuten einen heimtückischen Überfall auf die Indianer verübt hat, und ich habe auch mitbekommen, was er da alles angerichtet hat."
„Du weißt davon? Woher?" Yanko war total perplex und merkwürdig berührt von dem, was der Fremde ihm da gerade mitgeteilt hatte.
„Auch wenn wir eigentlich untereinander nichts voneinander wissen sollten, wissen wir doch fast alles. Ich weiß auch, dass du da irgendwie mit involviert warst, und ich weiß auch, dass du zwei seiner Männer getötet hast.", ergänzte der Mann im Dunkeln und hielt Yanko eine Zigarette vor die Nase.
Yanko nahm sie, ohne noch weiter darüber nachzudenken, ob das jetzt eher gut oder schlecht war, dass dieser Mann dort im Dunkeln solche Sachen über ihn wusste und löcherte ihn weiter. „Und was hat das alles mit Fam zu tun?"

„Schscht, bitte nenne doch ihren Namen hier nicht so laut!"
Der Fremde seufzte. „Ich weiß auch nicht genau, woher er das alles weiß! Klar ist aber, dass er es weiß! Dieser britische Bastard hat es jedenfalls irgendwann, irgendwie herausgefunden, oder es wurde ihm verraten, keine Ahnung. Jedenfalls war ihre Ermordung ein reiner Racheakt gewesen! Dieses Schwein hat seine Eltern damit rächen wollen, obwohl sie mit dem Tod seiner Eltern rein gar nichts zu tun hatte!"
Daraufhin schwieg der Fremde, und Yanko war für den Moment auch völlig sprachlos. Sein Gehirn versuchte irgendwie zu verstehen, was der Mann im Schatten dort neben ihm gerade erzählt hatte, und Yanko versuchte krampfhaft das Gehörte mit dem zu verbinden, was er damals erlebt hatte. Und vor allem versuchte es das, was er von Fam zu glauben meinte, mit dem zusammenzubringen, was er eben vernommen hatte. Obwohl es theoretisch gesehen irgendwie auch sogar eine logische Geschichte war, hatte Yanko das Gefühl, er müsste seinem Gehirn jetzt wiederum klarmachen, dass die Erde auf einmal doch nur eine Scheibe wäre.

Yanko wollte den Mann gerade noch fragen, ob er etwas darüber wüsste, ob Fam auch von den USA aus die IRA irgendwie weiterhin unterstützt hatte, als er bemerkte, dass er allein war.

Geistesabwesend rauchte Yanko noch eine weitere Zigarette und machte sich anschließend wieder auf den Rückweg zurück nach Belfast. Kaum war er aber ein paar Meilen gefahren, wurde ihm so schlecht, dass er anhalten musste. Kurz dachte er schon, er müsste sich übergeben.
Die Unterhaltung von eben rief in ihm sämtliche Erinnerungen an die an ihm schon verübten Gewalttaten hoch, dass sein Körper ihn auf einmal sämtliche Schmerzen fühlen ließ, die er im Laufe seines Lebens schon erlitten hatte,

vor allem aber die Stichverletzung am Bauch, die er sonst eigentlich gar nicht mehr spürte. Als Yanko dann auf einmal dämmerte was der Fremde, Tante Rose und Jim Wilson mit ihrer Aussage, dass es besser wäre, wenn er es nicht wüsste, gemeint haben könnten, musste er doch aussteigen. Er setzte sich, ans Auto gelehnt, ins Gras des Seitenstreifens und rauchte erst einmal ein paar Zigaretten. Der Gedanke, dass Jim Wilson womöglich hauptsächlich einfach nur eifersüchtig auf ihn gewesen war, fühlte sich zwar sehr fremd und äußerst merkwürdig an, war aber plötzlich irgendwie nicht mehr auszuschließen. Im Angesicht des IRA Hintergrunds von Fam hielt es Yanko plötzlich nicht mehr für völlig abwegig, dass er, so wie Jim Wilson auch immer schon zu ihm gesagt hatte, tatsächlich im falschen Moment am falschen Ort gewesen sein könnte. Er war jedenfalls völlig unwissend zwischen die Fronten eines uralten irisch-britischen Krieges geraten, und damit Jim Wilson vermutlich ständig ein Dorn im Auge gewesen, einfach nur deshalb, weil er auf der einen Seite seiner Rache immer irgendwie im Weg gestanden war, bis zu jenem Tag jedenfalls an dem er es geschafft hatte Fam ermorden zu lassen, und auf der anderen ihm wahrscheinlich auf eine sehr schmerzhafte Weise ständig eine perfekte Liebesbeziehung vorgelebt hatte, ausgerechnet mit der Frau, die Jim höchstwahrscheinlich und groteskerweise mehr als alles andere auf der Welt geliebt hatte, es aber nicht durfte. Dass er außerdem Roma war, setzte dem ganzen womöglich noch die Krone auf.

Nach ungefähr einer halben Stunde beschloss Yanko dann doch heute Abend noch zu Eileen nach Ennis zurückzufahren, und dann nach Sheddy zu fliegen, sobald er einen Flug bekäme.

Er hatte genug gehört, um zu wissen, dass er diesen Krieg für niemanden mehr gewinnen konnte, selbst wenn er noch tiefer bohren würde. Und dann wurde ihm klar, was er vor allem jetzt für sein eigenes Wohl tun musste, und er ließ los.

Seit Yanko wieder zurück in Sheddy war, verging allerdings immer noch kein Tag und vor allem keine Nacht, in der er sich wirklich entspannen konnte, trotz aller Bemühungen die Vergangenheit endlich ruhen zu lassen.
Obwohl Yanko sehr gut nachvollziehen konnte, dass jemand, der der IRA, oder einer ähnlichen Organisation angehörte, seine Nächsten beschützen wollte, bekam er es allerdings nicht hin zu verstehen, geschweige denn zu akzeptieren, dass Fam mit ihm darüber nie gesprochen hatte. Yanko konnte überhaupt erst gar nicht anfangen zu kapieren, warum sie ihn nicht wenigstens ein bisschen eingeweiht hatte. Hatte sie so große Angst um ihn gehabt? Oder hatte sie womöglich an seiner Loyalität gezweifelt? Hatte sie vielleicht sogar Angst davor gehabt, er würde sie verraten?
Yanko wurde und wurde einfach nicht schlau daraus, und die Tatsache, dass sie ihm damals auch ihre Schwangerschaft und die anschließende Fehlgeburt verschwiegen hatte, machte Yanko noch ratloser. Hatte er sich so sehr in ihr getäuscht? Oder war das ganze nur eine Verwechslung, und es ging in Bezug auf die IRA gar nicht um Fam? Yanko konnte an gar nichts anderes mehr denken und verschanzte sich nach und nach aufs Neue in seinem Blockhaus.

An einem dieser endlos scheinenden Tage, an denen Yanko sein Gehirn nach Antworten zermarterte, rief plötzlich Frank an und lud ihn zu einer Party nach L.A. ein. Der Film sei nun fertig, und der Premierentermin rücke immer näher, daher wolle er mit sämtlichen Leuten von der Filmcrew ein Fest feiern. Er machte Yanko zudem klar, dass es außerdem an der Zeit wäre, seine gebührenden Lorbeeren von der zuständigen Filmwelt abzuholen.

Yanko sagte sofort zu, obwohl ihm dieser Anruf in jenem Moment vorkam, als käme er aus einer fernen Galaxie. Aber er sehnte sich regelrecht nach Abwechslung, und diese Einladung kam ihm jetzt gerade recht. Außerdem könnte er dann endlich auch Frank gegenüber die Dinge richtigstellen. Und er könnte Ron besuchen.

Als die Party bei Frank dann unmittelbar bevorstand, mietete sich Yanko wieder im Santa Monica Beach Hotel ein, denn er brauchte jetzt unbedingt das Meer. Morgen oder übermorgen würde er dann zu Ron nach Hollywood fahren. Doch heute Abend war erst einmal Party angesagt.
Yanko duschte, fühlte sich allerdings danach immer noch wie erschlagen. Die letzten Wochen hatten ganz schön an seiner Substanz genagt, und er war plötzlich total genervt. Unlustig riss er ein Hemd aus seiner Tasche und pfefferte es auf einen der Stühle, die neben dem Tisch standen. Yanko ließ sich daraufhin aufs Bett fallen und rieb sich übers Gesicht. Eigentlich war er hundemüde und ganz und gar nicht in Feierstimmung. Schon überlegte er, ob er nur kurz, oder am besten einfach gar nicht erst hingehen sollte. Da klingelte aber sein Handy, und er musste aufstehen, um dran zu gehen, denn es steckte in seiner Hose, und die lag noch im Bad.
Es war Frank, und er fragte Yanko, ob er jemanden schicken solle um ihn abzuholen. Was soll's, dachte Yanko dann und sagte Frank wo er war, und dass er gleich fertig sein würde.
Dann schnappte sich Yanko missmutig seine Klamotten und zog sich an. Ihm war auch egal, dass er sich weder rasiert noch die Haare gekämmt hatte, aber sauber war er immerhin.

Kaum war Yanko bei Frank zur Tür rein gekommen, stürmte schon Francis hocherfreut auf ihn zu und fiel ihm ohne zu zögern einfach um den Hals. Yanko war so überrumpelt davon, dass er sie nicht sofort von sich stieß.

Nach einer kurzen Begrüßungsrunde zog Yanko dann Frank beiseite und erzählte ihm in kurzen Sätzen, warum er eigentlich in Namibia gewesen war, und dass sein richtiger Name eigentlich Yanko Melborn sei. Frank staunte darüber nicht schlecht, als er die Story hörte, und auf Yankos Frage hin, ob er denn unter diesen Umständen immer noch mit ihm zusammenarbeiten wolle, zögerte Frank nicht lange und sagte: „Arbeiten? Und wie!! Daraus machen wir einen Film sag ich dir!" „Was? Wie bitte? Spinnst du?", fiel ihm Yanko sofort ins Wort und sah ihn dabei erstaunt an.
„Ja, Mann, warum denn nicht? Dein Leben ist eine super Filmstory!! Das sag ich dir! Gibt es denn noch mehr solcher aufregenden und unglaublichen Geschichten in deinem Leben?" Frank schien wirklich Feuer und Flamme zu sein, und Yanko schluckte. Kurz überlegte er, und irgendwie musste er Frank dann innerlich Recht geben. Sein Leben war allerdings filmreif, aber er war sich zugleich auch hundertprozentig sicher, dass er es auf keinen Fall auf irgendeiner Leinwand nochmal sehen wollte.
„Naja, da gäbe es bestimmt die eine oder andere Geschichte, aber ich will das nicht! Das geht niemanden etwas an!", antwortete Yanko schließlich und wollte schon wieder zu den anderen gehen. Doch Frank hielt ihn am Arm fest. „Es muss ja keiner wissen, dass es deine Geschichte ist... Du erzählst mir einfach, was so alles passiert ist, und ich mache dann daraus ein Drehbuch und danach den Film... Na, was meinst du? Ein Versuch ist es doch wert, oder etwas nicht?" Frank sah Yanko erwartungsvoll an.
Yanko zündete sich eine Zigarette an und blies den Rauch aus. „Lass mich wenigstens mal in Ruhe darüber nachdenken, ok?" „Ok! Klar! Natürlich! Dann lass uns doch darüber morgen oder übermorgen nochmal in aller Ruhe reden! Einverstanden?", schlug Frank dann vor, und Yanko sah ihn an. „Ok!", bestätigte er dann nur kurz. „Alles klar! Super! So,

und jetzt hinein ins Getümmel und amüsier dich gut, du alter Zigeuner!", sagte Frank dann und schlug Yanko dabei freundschaftlich auf die Schulter.
Yanko grinste ihn kurz an und überlegte, ob auf seiner Stirn 'Ich bin ein Zigeuner' stand, denn davon, dass er ein Roma war, hatte er ihm nichts gesagt.

Kaum war Yanko aus der Nische, in der er mit Frank gestanden und gesprochen hatte, herausgekommen, klebte auch schon wieder Francis an seiner Seite. Sie war etwas aufgedreht und hatte anscheinend schon einen leichten Schwips, denn sie redete ohne Punkt und Komma drauflos. Yanko wurde das bereits nach wenigen Sekunden schon zu viel, und er schaffte es schließlich sich bald darauf geschickt aus ihren Fängen zu befreien.
Er trat hinaus auf die großzügige Terrasse und ging vor ans Geländer. Vor ihm tat sich ein beeindruckender Blick über Santa Monica und L.A. auf. Franks Villa lag ziemlich weit oben auf einem der Hügel Richtung Malibu. Rechts lag der Pazifik und vor ihm die Stadt. Links erhoben sich die Berge und direkt neben ihm tummelten sich ein paar Gäste im Swimmingpool. Als diese Yanko erblickten, riefen sie ihm fast kreischend zu, er solle doch auch ins Wasser kommen, doch Yankos Stimmung war alles andere als unbeschwert. Allein schon der Gedanke, er würde Frank seine Lebensgeschichte erzählen, und der würde dann auch noch einen Film daraus machen, raubte ihm den letzten Funken an guter Laune, die er sich unterwegs hierher noch aus den Fingern gesogen hatte.
Er war mit einem Mal wieder so genervt, dass er die Leute im Pool fast angeschrien hätte, wie sie nur auf so eine Scheißidee kämen, er würde in einen Pool steigen, obwohl das Meer direkt vor der Nase lag. Doch Yanko riss sich zusammen, und als er bemerkte, was er da am liebsten gesagt hätte, entschloss er sich die Party schnell wieder zu verlassen. Er war einfach

momentan überhaupt kein geselliger Mensch, und bevor er den anderen noch die Stimmung versauen würde, wollte er lieber gehen.
Jedoch kam er nur bis ins Wohnzimmer, wo plötzlich Francis wieder an seinem Arm hing. „Hey, du machst ja ein Gesicht, wie drei Tage Regenwetter!", raunte sie Yanko ins Ohr und drückte dabei ihre Brust verführerisch an seinen Oberkörper. Da platzte Yanko dann doch ein wenig der Kragen, und er zischte sie wütend an: „Jetzt lass mich verdammt nochmal endlich in Ruhe! Hast du es immer noch nicht kapiert? Ich will nichts von dir! Und jetzt verschwinde!". Dabei schüttelte er ihre Hand von seinem Arm.
Francis trat zunächst einen Schritt zurück und sah ihn völlig entgeistert an. „Also der Diego in Namibia hat mir gefallen, doch der Yanko hier ist allerdings ganz schön hart!" Yanko holte tief Luft. „Und du bist ganz schön penetrant!", konterte er schnell, allerdings wieder etwas gelassener. „Und du bist ganz schön schlechtgelaunt! Wieso eigentlich? Ist doch eine schöne Party!", erwiderte Francis und spürte, dass Yanko eigentlich nicht wegen ihr so komisch war. Er war schon mit dieser miesen Stimmung hergekommen, das jedenfalls fiel ihr in diesem Moment wieder ein, und da kam ihr eine Idee.
Yanko fluchte für Francis etwas Unverständliches vor sich hin, und dann fasste sie Mut. „Komm mal mit! Ich zeig dir was! Vielleicht hellt das ja deine umwerfende Laune etwas auf!", sagte sie und packte ihn erneut entschlossen am Arm und schleifte ihn durchs Haus in den ersten Stock hinauf, wo sie dann vor einer geschlossenen Tür stehenblieb.
Sie spürte, dass Yanko in jeder Sekunde auf dem Sprung war zu flüchten. „Hey, jetzt entspann dich doch mal! Dahinter ist nicht das, was du denkst! Aber du musst mir jetzt Frank zuliebe versprechen, dass du das, was du gleich sehen wirst für dich behältst! Ok?", sagte Francis eindringlich und klang dabei aber plötzlich etwas normaler, und Yanko entspannte

sich tatsächlich etwas. „Ok, aber versuch ja keine faulen Tricks, denn dann bin ich sofort weg!", stimmte Yanko zwar immer noch missmutig zu, ohne jedoch ihr noch einmal zu verdeutlichen, dass sie ihre unangenehmen und nervigen Annäherungsversuche gefälligst unterlassen sollte. Francis grinste und klopfte schließlich leise, jedoch klar und deutlich an die Tür, und als sich niemand meldete, drückte sie die Klinke herunter.
Yanko hatte ja schon viel in seinem Leben erlebt, und auch davon hatte er schon reichlich gesehen, aber das übertraf dann doch seine kühnsten Vorstellungen, zumal er auch in diesem Moment überhaupt nicht mit so etwas gerechnet hatte.
Vor ihm tat sich ein Buffet auf, an dem es allerdings keine Speisen gab, sondern eine überwältigend grandiose Auswahl an x-verschiedenen Drogen jeglicher Art. Von Gras bis Heroin gab es hier alles, was das Herz begehrte, sofern man es begehrte. Kurz war Yanko entsetzt, einfach deshalb, weil es so unvermittelt gekommen war, doch schon nach weniger als einer Minute hatte er sich eine Portion Koks durch die Nase gezogen und einen dicken Joint gedreht. Francis sah ihm dabei amüsiert zu und schmunzelte. „Habe ich es mir doch gedacht, dass dich das aufheitern wird! Du scheinst dich ja interessanterweise auch noch bestens mit diesen Sachen auszukennen!"
Yanko sah sie an. „Das ist echt krass! Da liegen mindestens zwei Millionen Dollar herum... Macht Frank das immer so?", bemerkte Yanko statt eine Antwort auf ihre Frage zu geben.
„Frank liebt es eben seinen Gästen alles zu bieten, was es so auf der Welt gibt!", sagte Francis und ging auf Yanko zu. „Yanko, ich bin mittlerweile mit Frank zusammen, aber wir halten es nicht so streng mit allem... Vielleicht beruhigt dich das ja ein wenig!", ergänzte sie dann noch mit einem Unterton in der Stimme, den Yanko zwar eindeutig wahrnahm, jedoch

diesmal ignorierte. Der Joint und das Koks, das er sich schon reingezogen hatte, beruhigten ihn und seine schlechte Stimmung verschwand daraufhin ziemlich schnell. Plötzlich war ihm auch Francis gar nicht mehr so zuwider, und es wurde ihm auch immer egaler, dass er sich eigentlich nicht auf sie einlassen wollte, und dann nahm er noch eine Prise von diesem verführerischen, schneeweißen Pulver, obwohl er wusste, dass zu viel Kokain ihn manchmal ziemlich geil machte. Das Risiko ging er aber ein, und wenn es tatsächlich so kommen sollte, und sie ihn dann womöglich doch nicht wollte, hätte sie eben Pech gehabt. Dann würde er hier bestimmt auch jemand anderen finden.

Doch sie hatte ja schon so lange darauf gewartet Yanko zu ergattern, und als sie dann spürte, dass er auftaute und lockerer wurde, nutzte sie die Gelegenheit und ging voll in die Offensive. Dieses Mal jedoch musste sie gar nicht viel machen, denn Yanko war es inzwischen völlig egal geworden, was er noch vor wenigen Minuten gesagt und gefühlt hatte. Schnell schob er sie ins nächste Zimmer und riss ihr dabei das hautenge Kleid vom Leib.

Nachdem sie in der folgenden Stunde ziemlich heißen Sex gehabt hatten, und Francis sich schon dabei ertappte, wie sie sich vorstellte, das jeden Tag so zu haben, stand Yanko auf und zog sich wieder an. „Wo willst du hin?", fragte sie deshalb schnell. „Ich muss an die frische Luft!", antwortete Yanko, und Francis spürte, dass seine miese Stimmung von vorhin schon wieder im Anflug war. „Hey, kommst du wieder?", musste sie dann aber unbedingt noch von ihm wissen, denn sie wollte nicht, dass er ging. Sie wollte überhaupt, dass er nie wieder gehen würde. Sie hatte soeben den Sex ihres Lebens gehabt, und der dafür verantwortliche Mann durfte um keinen Preis der Welt jetzt einfach so wieder verschwinden.

„Weiß nicht! Francis... das war eben echt klasse, aber mehr ist halt nicht, ok?", versuchte Yanko ihr geduldig zu erklären, obwohl er am liebsten Hals über Kopf aus dem Zimmer gestürmt wäre. Er hatte plötzlich das Gefühl als wäre jemand hinter ihm her und jage ihn bis aufs Blut. Er bekam wieder Schwierigkeiten durchzuatmen, und das sich eben noch so gut angefühlte Beisammensein mit Francis kehrte sich augenblicklich komplett in ein schales Gefühl der Leere und schon fast des Ekels um.
Francis griff nach seiner Hand und Yanko zuckte zusammen, denn es lief ihm ein Schauer der Übelkeit durch seinen Körper. Er wusste, dass dieser nicht durch das Koks kam, sondern nur deswegen, weil er sich schon wieder jemandem hingegeben hatte, den er nicht wirklich liebte und eigentlich auch noch nicht einmal mochte.
„Schade! Mir würde das von eben durchaus für immer reichen! Mehr brauche ich gar nicht! Es war wunderschön, und es war verdammt heiß! Ich kann dich leider nicht zwingen zu bleiben, aber falls du vielleicht doch nochmal irgendwann Lust auf eine Wiederholung hast, dann lass es mich bitte wissen, ok?" Und Francis versuchte Yanko das so zu sagen, dass er sich eingeladen fühlen würde wiederzukommen.
Yanko nickte, gab ihr dann noch einen flüchtigen Kuss auf die Stirn und verließ daraufhin, so schnell wie möglich, das Zimmer.

Kurzentschlossen ging er dann nochmal am Drogenbuffet vorbei, stopfte sich die Taschen mit Gras, Koks und Opium voll, ließ das LSD allerdings nach kurzer Überlegung lieber liegen, verabschiedete sich noch kurz von Frank und den anderen und ließ sich dann mit dem Taxi zurück ins Hotel fahren. Dort nahm er noch einmal eine Linie, drehte sich einen weiteren Joint, verstaute den Rest der Drogen in seiner

Tasche und ging wieder hinunter. Er lief zum Strand und dann am Ufer entlang in Richtung Venice.

Die Gedanken an den Sex eben mit Francis hätten ihn beinahe kotzen lassen, so übel wurde ihm schlagartig davon, und Yanko nahm plötzlich wahr, dass er noch überall nach ihr roch. Schnell entschlossen, riss er die Klamotten runter und stürzte sich ins Wasser.

Als er dann eine halbe Stunde später wieder angezogen im Sand saß und sich das mitgebrachte Gras reinzog, fühlte er sich wieder etwas besser. Doch irgendetwas brodelte weiterhin unaufhörlich in ihm und ließ ihn nicht wirklich zur Ruhe kommen.

Als der Joint irgendwann fertig geraucht war, stand Yanko auf und schlenderte ziellos und total unter Strom durch die Straßen von Venice. Ihm war durchaus bewusst, dass er mittlerweile ziemlich vollgedröhnt war, und trotzdem wurden seine aggressiven Gefühle nicht weniger. Im Gegenteil, er hätte am liebsten laut losgeschrien, oder noch besser irgendwo wild drauf eingeschlagen. Er konnte in diesem Moment nicht dafür garantieren, dass er nicht irgendeinem unschuldigen Passanten einfach so eine verpassen würde, sollte dieser ihm auch nur eine noch so harmlose Frage stellen.

Als ihm das klar wurde, kehrte er sofort um und wollte zum Hotel zurücklaufen. Er sollte sich jetzt zusammenreißen und einfach schlafen gehen, doch er wusste ebenso, dass das nicht funktionieren würde.

Wieder zurück am Strand angekommen, setzte er sich auf eine kleine Mauer, zündete sich eine Zigarette an, und es war ihm dabei wieder einmal scheißegal, dass das hier eigentlich nicht erlaubt war.

„Kannst du auch nicht schlafen? Oder warum lungerst du hier so spät nachts noch herum?", hörte Yanko plötzlich eine Stimme neben sich und sah, wie sich ein etwa dreißigjähriger

Jamaikaner neben ihn setzte und sich sogar in aller Ruhe einen Joint ansteckte. Wortlos reichte er Yanko dann den Joint rüber, nachdem er ein paar Mal daran gezogen hatte, und Yanko nahm ihn ohne zu zögern entgegen. „Ja, kein Schlaf!", antwortete Yanko ihm nur, als er den Joint kurz darauf zurückgab. „Und du? Kein Zuhause?", fragte Yanko dann, obwohl er diese Frage niemals so gestellt hätte, wenn er nüchtern gewesen wäre.

„Wie man's nimmt... Komme aus Jamaika. Ich heiße Johnny! Und du?", antwortete Johnny und reichte Yanko seine Hand rüber. „Yanko! Komme aus Romaland.", sagte Yanko und nahm Johnnys Hand entgegen. Johnny fing an zu lachen. „Romaland? Wo ist das denn? Das habe ich ja noch nie gehört!" Und Yanko stimmte lachend zu: „Ich auch nicht, weil's das nämlich gar nicht gibt!" Und dann begannen die beiden sich köstlich darüber zu amüsieren und lauthals zu lachen.

Nach dem zweiten Joint hatte Yanko Johnny dann erklärt, was es mit dem mysteriösen Romaland so auf sich habe, und Johnny hatte Yanko erzählt, wie er sich seine Aufenthaltserlaubnis ergaunert hatte.

Doch auch die wirklich gute und angenehme Unterhaltung mit Johnny brachte Yanko nicht runter, und er wippte die ganze Zeit über nervös mit einem Bein, oder rutschte auf der Mauer hin und her.

„Sag mal, du Gypsy, könnte es sein, dass du mal ein bisschen Dampf ablassen musst? Ich bekomme hier ja neben dir noch Ameisen in den Arsch! Was issn los? Stress daheim?" Johnny nahm kein Blatt vor den Mund, und das gefiel Yanko irgendwie, auch wenn sich das Gespräch auf einmal wieder ihm zuwendete, was er heute erst recht nicht haben konnte.

„Dampf ablassen klingt gut! Nur wo? Hast du 'ne Idee?" Yanko sah Johnny an, und Johnny erkannte in dem Moment erst so richtig, dass sein Gegenüber vor Anspannung fast platzte. Kurz überlegte Johnny, ob er das, was er im Sinn hatte diesem schier vor Wut überkochenden, sympathischen und irgendwie angenehm verrückten, aber dennoch immer noch fremden Zigeuner anvertrauen sollte. Allerdings konnte er sich auch sofort gut vorstellen, dass dieser nahezu perfekt dorthin passen würde.

„Hey Mann, pass mal auf!", begann Johnny dann. Und, als er Yankos Augen sah, war er sich auf einmal ganz sicher, dass er ihm vertrauen konnte. Augen, die er so schnell nicht mehr vergessen würde. Ein Blick voller Trauer und Verzweiflung und dennoch gleichzeitig strahlend vor Wärme und Mitgefühl, ein Blick, der ihn in diesem Moment zutiefst berührte, vielleicht einfach nur deshalb, weil er ihm wie ein Spiegel seiner eigenen Seele vorkam, einer Seele, die zwar im Prinzip von Grund auf irgendwie authentisch lebte, und trotzdem vergessen hatte wo sie zu Hause war.

„Ich habe da 'ne Idee, aber du musst mit versprechen niemandem, und das meine ich auch so, wirklich absolut niemandem zu sagen, was das ist und wo das ist, wo wir jetzt hingehen werden! Alles klar?", fasste Johnny dann schließlich seine Idee kurz zusammen.

Yanko dachte zwar, dass er so etwas ähnliches heute schon einmal gehört hatte und wollte eigentlich schon abwehren, doch irgendetwas hielt ihn dann aber zurück, und er nickte bloß und sagte knapp: „Ok!" Johnny sprang daraufhin von der Mauer, und Yanko folgte ihm einfach.

Nach ungefähr zwanzig Minuten standen sie vor einem halb zerfallenen Gebäude, das teilweise mit Graffiti besprüht war. Die Gegend, in der das Haus stand, schien irgendwie verlassen zu sein, obwohl Yanko wusste, dass auch hier der ein oder andere noch wohnte. Yanko konnte nicht erkennen, was sich in diesem Gebäude so Geheimnisvolles verstecken sollte, und so sah er Johnny fragend an. „Ja, nur Geduld, Mann! Du wirst dich schon noch wundern, glaub mir, und dich hoffentlich gut amüsieren!", schmunzelte Johnny, dem der fragende Blick von Yanko irgendwie das Grinsen ins Gesicht trieb.

Nachdem sich Johnny dann vergewissert hatte, dass niemand auf der Straße in Sicht war, gingen sie durch die Hofeinfahrt hindurch zum Hinterhaus. Johnny hielt an einer verschlossenen, etwas zerbeulten Metalltür an und klopfte eine Kombination aus mehreren langen und kurzen Signalen an das Metall. Es dauerte nicht lange und ein großer, muskulöser Mann in Unterhemd öffnete ihnen. Als er Johnny erkannte, und der ihm einen Blick zuwarf, der 'Der Typ neben mir ist ok!' bedeutete, ließ er sie eintreten.

Noch immer hatte Yanko keinen blassen Schimmer wohin dieser Johnny ihn geschleppt hatte. Als er eben jedenfalls den Mann im Unterhemd gesehen hatte, vermutete er schon kurz in einem Puff oder so etwas ähnlichem gelandet zu sein, doch die Geräusche, die jetzt immer deutlicher wurden, konnte er irgendwie nicht mit einem Puff in Verbindung bringen. Dann öffnete Johnny eine große Holztür, und Yanko verschlug es zunächst die Sprache. Vor ihm tat sich ein Kreis mit ungefähr fünfzig Männern auf, in deren Mitte zwei weitere standen, die sich nach Strich und Faden verprügelten.

„Na, ist das was für dich?", holte Johnny Yanko wieder ins Jetzt zurück. Yanko musste auf einmal nur noch grinsen und schüttelte fassungslos mit dem Kopf. „Du hast echt Nerven! Du meinst, ich soll mich hier verprügeln lassen? Mir reicht das eigentlich vollkommen, was ich in meinem Leben schon alles abgekriegt habe!", raunte Yanko ihm zu und sah gleichzeitig, wie in diesem Moment der eine dem anderen so heftig in die Seite boxte, dass der zu Boden ging und nach Luft japste.

„Naja, oder du bist jetzt mal an der Reihe! Nur Mut! Keine falsche Bescheidenheit! Hier ist alles möglich! Aber es gibt strenge Regeln, denn jeder sollte so gesund wie möglich aus

der ganzen Sache wieder rauskommen!", erklärte Johnny dann ernst und drückte Yanko einen Zettel in die Hand, auf dem die Regeln des Clubs klipp und klar aufgeschrieben waren. „Komm jetzt, du Niemandsländler!", sagte Johnny schließlich, und schob Yanko dabei weiter in den Raum hinein. Dann gesellten sie sich zu den anderen in den Kreis, und Yanko hatte nun Zeit, sich das ganze in Ruhe zu Gemüte zu führen.
Die Stimmung in dem Raum war angefüllt mit Aggression, dennoch war sie nicht unkontrolliert, sie gab einem sogar das merkwürdige Gefühl von Sicherheit. Yanko dachte auf einmal gar nichts mehr, und vor allem dachte er auch nicht mehr an seine lädierte rechte Hand, als er schließlich sein Hemd auszog und sich mit einem der Männer in die Mitte des Kreises begab. Und dann ließ er es einfach laufen. So wie sein Gegenüber auch, boxte und schlug sich Yanko sämtliche Aggressionen aus dem Leib, und die Schläge, die er einsteckte, taten ihm seltsamerweise genauso gut wie die, die er austeilte.
Hinterher wusste er nicht mehr, ob es vielleicht nur an den Drogen lag, dass er sich doch noch geprügelt hatte, oder einfach an der ganz speziellen Stimmung dort unten im Keller.
Schließlich hatte er den Kampf gewonnen, aber das war ihm eigentlich scheißegal. Das Gefühl jedoch, das er jetzt nach dem Kampf hatte, war ihm jedenfalls ganz und gar nicht egal. Es fühlte sich einfach nur gut an, und das, obwohl ihm so ziemlich alles wehtat.
Plötzlich stand der Mann im Unterhemd vom Eingang neben ihm und reichte ihm die Hand. „Hey Mann, das war wirklich ein guter Kampf! Schon öfter so gekämpft?" „Nur in echt!", war Yankos Antwort daraufhin, und schüttelte die Hand des Mannes, wobei er sich wunderte, dass seine rechte ihm nicht über die Maßen schmerzte. Sicherlich lag das noch an der dämpfenden Wirkung der Drogen, aber es war ihm auch egal,

ob er morgen mehr Schmerzen haben würde. Er hatte schließlich noch genug Stoff in seinem Hotelzimmer.
„Wenn du die Regeln in unserem Club akzeptierst, dann bist du jeder Zeit hier herzlich willkommen! Das war echt ein großer Kampf eben! Respekt, Mann! Ehrlich!", fügte der große Mann noch hinzu und klopfte Yanko dabei immer wieder anerkennend auf die Schulter. „Ok! Ja, klar, mach ich! Gefällt mir echt gut hier. Ich komme bestimmt wieder.", sagte Yanko und verspürte plötzlich schon wieder die Lust auf einen Kampf. Doch das zwar leichte aber permanente Pochen in seiner Hand mahnte ihn dazu, sich zurückzuhalten, und fürs Erste war sein Hunger Dampf abzulassen auch tatsächlich etwas gestillt.

In den kommenden Wochen jedoch traf sich Yanko jede Nacht mit Johnny in dem illegalen Boxclub, und er entpuppte sich als richtig guter Kämpfer. Seine Hand tat zwar teilweise höllisch weh, aber es machte ihm nichts aus, im Gegenteil, irgendwie taten ihm diesmal sogar die körperlichen Schmerzen richtig gut. Sie hielten auf eine sehr angenehme Weise sämtliche Gedanken an Fam und Jim Wilson im erträglichen Zaum, und die Drogen taten ihr Übriges dazu.

Eine der wichtigsten Regeln im Club besagte allerdings auch, dass man eigentlich weder betrunken, noch mit irgendwelchen harten Drogen vollgedröhnt kämpfen durfte. Deshalb zog sich Yanko die härteren Drogen erst rein, wenn er wieder zurück im Hotel war, oder danach mit Johnny zusammen noch irgendwo in Venice auf der Straße oder am Strand herumlungerte. Johnny und er wurden schnell Freunde, und schon nach kurzer Zeit hingen sie ständig zusammen ab.
Yanko tauchte völlig in diese Welt ein und vergaß darüber den Film und Frank und vor allem Francis. Yankos Handy lag

irgendwann mit leerem Akku im Hotelzimmer, und er ließ es dort einfach so liegen.
Er vergaß die IRA, und er vergaß dabei sogar Ron. Yankos Welt bestand momentan nur noch aus Gras, Koks, Opium und dem Boxclub. Und bereits nach wenigen Wochen wurde er dort schon als 'Der Unbesiegbare' gehandelt, aber auch das interessierte Yanko recht wenig. Denn das, was ihn momentan wirklich interessierte, bekam er dort, selbst dann wenn er mal einen Kampf verlieren sollte. Sein Gewinn war das Vergessen können, ob er nun in deren Augen siegte oder verlor.

Eines späten Vormittags dann, als Yanko ausnahmsweise mal wieder im Hotelzimmer war und sich nach einer harten Kampfesnacht geduscht, und das Blut von den letzten Gegnern vom Körper gewaschen hatte, klopfte es an seiner Tür. Doch erst als das Klopfen einfach nicht von allein aufhören wollte, band sich Yanko schließlich genervt ein Handtuch um die Hüfte und ging zur Tür. „Wer ist da?", rief er schließlich. „Ich bin's, Ron!", hörte Yanko dann leise durch die Tür und erstarrte innerlich. Scheiße, dachte er nur, muss das jetzt sein?! Dennoch wusste er, dass er aus dieser Nummer jetzt nicht mehr rauskam.
„Moment mal kurz, ich mache gleich auf!", sagte er deshalb schnell und zog sich in Windeseile an. Sorgfältig achtete er darauf, dass die vielen blauen Flecken gut verdeckt waren. Sein immer noch leicht verfärbtes Auge konnte er allerdings nicht so schnell verstecken, aber da würde ihm gegebenenfalls bestimmt spontan eine plausible Erklärung einfallen.

Ron war dann innerlich förmlich zu Eis erstarrt, als er Yanko nach unzähligen Monaten endlich wiedersah. Yanko redete zwar ganz normal und tat so, als ob alles in bester Ordnung

sei, dennoch spürte Ron ziemlich schnell, dass es Yanko im Grunde überhaupt nicht gut ging.
Ron entschuldigte sich bei ihm zunächst tausendmal für seine harten Worte in der Sache mit Marina, und sagte, dass es ihm sehr Leid täte, dass er ihn mit dieser ganzen Geschichte hatte hängen lassen. Und je länger sie zusammensaßen, desto sicherer wurde sich Ron, dass mit Yanko etwas ganz gehörig nicht stimmte, doch was er ihn auch diesbezüglich fragte, Yanko ließ sich wieder einmal nichts entlocken. Und vor allem, nachdem Ron wissen wollte, warum er sich nicht bei ihm gemeldet hätte, jetzt, wo er ja schon anscheinend mehrere Wochen in L.A. war, bekam er noch mehr das Gefühl, dass Yanko ihm etwas verheimlichte. Yanko hatte ihm zwar daraufhin als Antwort gesagt, dass er mit dem Film noch soviel zu tun hätte, und deshalb keine Zeit habe. Aber genau diese Erklärung machte ihn stutzig, denn wenn Yanko ihm vor die Füße geknallt hätte, dass er enttäuscht von ihm sei, weil er ihn in der Sache mit Marina im Stich gelassen hatte, hätte er es verstanden und ihm geglaubt.
Yanko fühlte sich denkbar unwohl, und obwohl er Ron am liebsten sofort ins Bett gezerrt, und ihm gerne gesagt hätte, wie sehr er ihn vermisst habe, und dass er sich unbeschreiblich nach ihm sehne, überlegte er fieberhaft, wie er Ron so schnell wie möglich wieder loswerden könnte. Ron passte einfach irgendwie überhaupt nicht in seine neue Welt, und er hatte auch nicht vor, diese schon wieder zu verlassen.
Doch da stand Ron plötzlich auf. „Ich habe mir mal wieder die größten Sorgen um dich gemacht! Du bist ja auch wieder mal nicht ans Telefon gegangen... Irgendwann habe ich schließlich mit Keith telefoniert, und der hat mir dann gesagt, dass du wegen dem Film hier in L.A. seist. Danach habe ich die Agentur von diesem Frank angerufen, aber die wollten mir weder eine Auskunft, noch seine Nummer geben. Dann ist mir dieses Hotel hier eingefallen, und ich bin halt mal auf

gut Glück hierher gefahren. Naja, hat ja geklappt... Yanko, mach mir doch nicht schon wieder was vor, ich sehe doch, dass was mit dir nicht stimmt!", führte Ron seine Gedanken dann aus, und erschrak noch mehr, als er dann plötzlich Yankos Veilchen entdeckte. „Und was, um Himmels willen, ist das?", fragte Ron deshalb und deutete mit dem Finger auf Yankos Auge.
„Ist bei den Dreharbeiten passiert. Wir haben noch was nachdrehen müssen.", redete sich Yanko raus und stand auf, dabei hätte er um ein Haar einen leisen Schrei fahren lassen, denn die Prellungen an seinem Oberkörper schmerzten beim Aufstehen oder Hinlegen besonders heftig.
Yanko ging auf den Balkon hinaus und zündete zwei Zigaretten an, eine davon reichte er dann Ron. „Ich weiß, ich wollte mich ja auch melden... aber es ging jetzt halt nicht, und außerdem war ich echt stinkig auf dich! Das hat mich alles so dermaßen angekotzt! Mich mit dem ganzen Scheiß allein lassen... Ok, ich war zwar selbst daran schuld, schon klar, aber du hast dich ja nur aus purer Eifersucht zurückgezogen, und das war mir einfach 'ne Nummer zu viel! Sorry, ich hatte einfach keine Lust darauf dich zu sehen!", erklärte Yanko ihm dann schließlich wahrheitsgemäß.
Ron rauchte zunächst kommentarlos weiter, denn mit dieser plötzlichen Offenheit hatte er jetzt gar nicht mehr gerechnet. Nachdem sie dann noch eine weitere Zigarette schweigend geraucht hatten, fügte Yanko dann aber noch leise hinzu: „Ich habe dich trotzdem vermisst! Ich habe dich sogar tierisch vermisst!"
Und plötzlich war es Yanko egal, dass Ron seine Prellungen und Verletzungen sehen, und ihn dann höchstwahrscheinlich diesbezüglich mit noch mehr Fragen löchern würde, und er sich vielleicht sogar noch verplappern könnte, dass er sich in einem illegalen Boxclub jede Nacht die Wut herausprügelte und mit Gleichgesinnten die Köpfe einschlug, er wollte jetzt

nur noch eins: Endlich diese verdammte Sehnsucht nach diesem verfluchten Typ stillen, um diese dann am besten auch nie wieder spüren müssen.

Deshalb hielt er sich auch nicht lange mit Umwegen auf, sondern zog sich schnell sein Hemd aus, ließ es geradewegs auf den Boden fallen, trat einen Schritt auf Ron zu und zog ihm dann ebenfalls wortlos sein T-Shirt aus.

Und Ron ließ es geschehen, denn er konnte in diesem Moment auch gar nichts anderes mehr tun, als Yankos Umarmungen und Liebkosungen und später seine Leidenschaft zu genießen. Es tat ihm so unendlich gut, Yankos Lebendigkeit zu spüren, dass es ihn zu Tränen rührte.

Die schrecklichen Erinnerungsträume, sowie die zermürbenden Gedanken an Fam und Jim Wilson suchten sich trotz der Drogen und Boxkämpfe dennoch irgendwie nach kurzer Zeit einen neuen Weg in Yankos Bewusstsein, sogar oftmals dann auch recht heftig in Form von Halluzinationen wenn die Wirkung der Drogen nachließ, was Yanko bald schier zur Verzweiflung brachte. Auch die vielen zu Tode misshandelten Cheyenne und die Männer, die er umgebracht hatte, kamen ungebremst zurück. Immer mehr vergessene Details offenbarten sich ihm, und er sah Dinge, an die er sich gar nicht mehr bewusst erinnerte. Wortfetzen und gellende Schreie seiner sterbenden Freunde drangen wie in Zeitlupe in sein Gedächtnis zurück. Wenn er dann endlich doch mal, meist kurz nachdem er sich mit neuen Drogen zugeballert hatte, Schlaf fand, dauerte es nicht lange, und er wurde durch diese Träumereien wieder jäh aus dem Schlaf gerissen.

Nach ein paar Tagen, die außer mit Drogen und Boxkämpfen nur noch mit Alpträumen ausgefüllt waren, fing Yanko plötzlich an am ganzen Körper zu zittern.
Johnny und er waren nachts gerade nach einem Kampf auf dem Weg zum Strand unterwegs, um dort noch baden zu gehen. Yanko lehnte sich zunächst an eine Hauswand, doch im nächsten Augenblick sackten seine Knie ein, und er musste sich auf den Boden kauern. Zum Glück war er nicht allein, denn sonst hätte einer der vorbeikommenden Passanten bestimmt sofort einen Arzt gerufen. Doch Johnny war da, und er signalisierte den Vorbeigehenden, dass alles ok wäre.
Johnny hatte schon seit längerem bemerkt, dass Yanko zunehmend fertig war, doch heute übertraf es die Tage zuvor um einiges. „Oh mein Gott, Yanko, was ist denn mit dir

los?", fragte er deshalb voller Sorge, setzte sich schnell neben ihn und legte dabei seinen Arm um Yankos Schultern. Johnny fragte sich, neben seiner eigentlichen Vermutung, ob sich Yanko eventuell beim Kampf eine schwerere Verletzung zugezogen haben könnte.

Yanko rann der Schweiß von der Stirn, und ihm war kotzübel geworden. Und noch bevor er etwas sagen konnte, musste er sich übergeben. Johnny gefiel das ganz und gar nicht, und er dachte kurz darüber nach, doch einen Arzt anzurufen. Johnny sagte dann aber zu Yanko, er möge kurz dort sitzen bleiben, er käme gleich wieder zurück.

Doch Yanko hätte in diesem Moment sowieso nicht aufstehen können. Er fühlte sich so elend, dass er überhaupt nichts mehr denken konnte. Dennoch wusste er ganz genau, dass es für ihn höchste Zeit wurde, etwas zu unternehmen, wenn er weiterleben wollte, denn so, wie er momentan drauf war und mit sich umging, konnte das nicht mehr lange gut gehen, falls es nicht sowieso schon zu spät dafür war. Yanko fühlte sich nicht mehr in der Lage auch nur einen Finger zu heben. Am liebsten hätte er sich einfach an dieser Hauswand, in den nach Pisse stinkenden Dreck gelegt und wäre für immer eingeschlafen.

Doch gerade, als er drohte umzufallen, kam Johnny mit einer Flasche Wasser zurück. Ohne erst zu überlegen, kippte er einen Teil des Wassers Yanko einfach so über den Kopf und hielt ihm anschließend die Flasche an den Mund. Yanko nahm ein paar Schlucke, musste sich dabei aber sehr anstrengen, die Flüssigkeit auch zu schlucken, denn es würgte ihn immer noch im Hals.

Johnny setzte sich wieder neben ihn, legte erneut den Arm um ihn und zog ihn ein wenig zu sich. „Hey, geht's wieder?", fragte er leise und spürte allerdings dabei wie sehr Yanko noch zitterte. Doch Yanko konnte immer noch nichts sagen.

Sein Kopf war komplett ausgefegt, und er starrte mit leerem Blick vor sich hin.
Plötzlich stand ein Polizist vor ihnen. „Was machen Sie da? Schlafen dürfen Sie hier nicht, das wissen Sie doch bestimmt, oder?" Johnny sah ihn an und überlegte fieberhaft, wie er es jetzt bloß anstellen sollte, dass der Polizist nicht bemerken würde, dass es Yanko so schlecht ging, und der ihn dann womöglich noch in ein Krankenhaus brächte, wo dann mit Sicherheit festgestellt würde, dass Yanko unter mächtigem Drogeneinfluss stand. Dann würde Yanko nämlich mit Sicherheit noch erklären müssen, woher seine vielen Blessuren stammten, und dann stünde garantiert noch eine polizeiliche Haus– bzw Hotelzimmerdurchsuchung an, bei der sie dann Yankos Drogenvorrat fänden, und Johnny kannte Yanko zumindest schon mal so gut, dass er genau wusste, dass dieser weder in ein Krankenhaus noch in eine Entzugsklinik und schon gar nicht ins Gefängnis wollte.
„Ja, ich weiß, es tut mir leid, wir gehen auch gleich wieder. Mein Freund hier hat sich nur etwas den Fuß verstaucht und da er ein wenig betrunken ist, haben wir uns kurz hierher gesetzt. Ich bringe ihn gleich nach Hause!", erklärte und versicherte Johnny dem Polizisten so ruhig wie möglich und betete dabei, dass dieser seine Lüge schlucken würde.
„Bitte weisen Sie sich aus!", forderte der Polizist dann aber in einem sachlich kühlen Ton, statt eine Antwort zu geben, und Johnny begann der Angstschweiß den Rücken herunter zu laufen. Er hatte weder eine Ahnung, ob Yanko überhaupt einen Ausweis dabei hatte, noch wenn ja, wo er den bei sich trug. Und seine eigenen, gefälschten Papiere waren auch nicht unbedingt ein Mittel der Beruhigung. Doch Johnny griff schließlich mit einer aufgesetzten, jedoch gekonnten Souveränität in seine Hosentasche und zog den Geldbeutel mit seinem Ausweis hervor. Er reichte dem Polizist dann seine ID Karte entgegen, denn aufstehen konnte er jetzt

nicht, Yanko wäre sonst einfach umgekippt. Der Polizist musterte den Ausweis eingehend, gab ihn aber schließlich mit einem „Danke, alles in Ordnung!" Johnny wieder zurück. „Und was ist mit ihm?" Versteht er unsere Sprache nicht?", begann der Polizist dann jedoch erneut und deutete dabei etwas missbilligend auf Yanko. „Doch, doch!", erwiderte Johnny schnell und stupste Yanko in die Seite mit der kaum realistischen Hoffnung, dass Yanko irgendwie darauf reagieren würde. Doch auf einmal bewegte sich Yanko und griff, zwar völlig geistesabwesend, ebenfalls in seine Hosentasche und fischte zitternd seinen Ausweis hervor. Johnny nahm ihm die Karte schnell aus der Hand und übergab sie ebenfalls dem Polizist. Der schaute kurz drüber und verließ dann mit einem „Jetzt aber weg von der Straße!" schnellen Schrittes den Ort des Geschehens.
Johnny lehnte, begleitet von einem Seufzer der Erleichterung seinen Kopf an die Hauswand. „Gott sei Dank! Hey, Yanko wir müssen hier weg! Schaffst du das? Na los, aufstehen! Ich helfe dir! Ok? Wenn der Bulle zurückkommt und uns hier nochmal sieht, dann bringt der uns mit Sicherheit aufs Revier! Also los!!", sagte Johnny schnell und versuchte dabei Yanko in den Stand hoch zu zerren.
Yanko ließ es einfach mit sich machen, konnte sich zwar kaum auf den Beinen halten, aber mit Johnnys Hilfe schaffte er es sogar dann in ein Taxi zu steigen und ins Hotel zurückzufahren.
Auf seinem Zimmer half Johnny ihm dann aus den Klamotten und ins Bett. Johnny blieb die ganze Nacht bei ihm und sorgte dafür, dass Yanko nicht an seiner eigenen Kotze erstickte. Er kannte diesen Zustand ziemlich gut, denn er hatte das selbst auch schon mal erlebt, damals, als er nach seiner illegalen Einreise unter großem psychischem Druck gestanden hatte, und er sich noch mit überhaupt keinen Papieren hier in den USA aufgehalten hatte. Über lange Zeit

hinweg hatte er viele harte Drogen zu sich genommen, dazu noch heftigst getrunken und geboxt bis zum Umfallen. Das hatte sein Körper dann irgendwann auch nicht mehr mitgemacht.

Als es Yanko am nächsten Nachmittag wieder etwas besser ging und Johnny nach Hause gegangen war, fasste Yanko den Entschluss nach Sheddy zurückzukehren. Er wusste, dass es sein sicherer Tod wäre, wenn er dieses Leben so noch länger fortsetzten würde. Dann rief er Ron an und fragte ihn, ob er Lust hätte mit ihm zusammen nach Sheddy zu fahren. Yanko hatte keine Lust aufs Fliegen, und die Vorstellung ein paar Tage allein mit Ron durch die Wüste und die Berge zu fahren, löste in ihm eine angenehme Beruhigung aus.

Und Ron hatte Lust, und wie er Lust dazu hatte! Zwar war er immer noch etwas gekränkt darüber, dass es Yanko bei dieser einen gemeinsamen Nacht letztens belassen hatte, dafür freute er sich jetzt aber umso mehr über die Idee mit der gemeinsamen Reise.
Sie mieteten sich einen Jeep, und als Yanko signalisierte, dass Ron fahren sollte, wusste Ron, dass es Yanko seinem Aussehen entsprechend gehen musste. Denn normalerweise liebte Yanko das Autofahren und gab eigentlich nie freiwillig den Schlüssel her.
Doch Ron riss sich zusammen und fragte ihn diesmal nichts. Er ließ ihn einfach schweigend neben sich sitzen und erlaubte sich ohne Absprache die Fahrt noch um einige Meilen zu verlängern. Er wollte nicht so schnell wie möglich nach Sheddy, sondern er wollte so lange wie möglich mit Yanko zusammen sein. Maria war momentan noch in Griechenland, und so hatte er endlich mal wieder die Gelegenheit eine Weile ganz allein mit Yanko zu sein.

Es dauerte zwei Tage, bis Yanko anfing zu erzählen, und Rons Gefühle wechselten darüber von großem Staunen, dass Yanko sich freiwillig geprügelt hatte, bis hin zu blankem Entsetzen, dass er außer Heroin so ziemlich alles an Drogen genommen hatte, was es gab und das wohl auch nicht zu knapp.
Sie saßen in der Wüste, als Yanko ihm das alles erzählte, und über ihnen wölbte sich derweil ein gigantischer Sternenhimmel, sodass man das Gefühl bekam, man könnte die Sterne einzeln vom Himmel pflücken. Yanko rauchte schon die letzte Zigarette der zweiten Packung von heute und hatte vorhin nur mit Mühe etwas von den Lammsteaks gegessen, die Ron am offenen Feuer gegrillt hatte. Schließlich rückte er näher zu Ron und begann noch mehr zu reden.
Und Yanko erzählte dann von seinem Besuch in Irland, von dem, was er alles von Tante Rose und dem mysteriösen Fremden über Fam und Jim Wilson und die IRA erfahren hatte, und davon, dass ihn seitdem noch schlimmere Alpträume, vor allem vom Cheyennemassaker plagten. Und schließlich gab er endlich zu, dass er wieder mal am Ende seiner Kräfte war, und keine Ahnung hatte, was er tun sollte.
„Komm her!", antwortete Ron daraufhin nur und nahm ihn einfach in den Arm.
Doch schon nach kurzer Zeit sprang Yanko auf. Ihm war schon wieder schlecht geworden, doch dieses Mal bezwang er den Würgereiz, und er hoffte, dass sein Körper die Entgiftung von den vielen Drogen bald geschafft hatte. Es war zwar lange nicht so schlimm wie früher die Entzüge vom Alkohol, doch Yanko machte der von jetzt auf nachher total auf Null reduzierte Drogenkonsum mehr zu schaffen, als er angenommen hatte. Allerdings vermutete er zu Recht, dass es wohl auch deshalb so anstrengend war, weil er durch das wenig Schlafen kräftemäßig ziemlich ausgelaugt war.

„Lass uns schlafen gehen!", sagte Yanko dann nur und fing an die Matten und Decken auf dem staubigen Boden auszubreiten. Ron wusste, dass Yanko mit Sicherheit heute Nacht aus dem Zelt ins Freie geflüchtet wäre, also machte er erst gar nicht den Vorschlag es aufzubauen.

Später, schon lange nachdem sie sich unter freiem Himmel geliebt hatten, drehte sich Yanko zu Ron und legte einen Arm um ihn. Er blieb dann fast regungslos so liegen, bis Ron wieder aufwachte und ihn schließlich auch in den Arm nahm.

Und als Yanko dann Rons Arme um seinen Körper spürte, kam er sich vor wie ein Stück Treibgut, das nach Jahrhunderten auf dem Meer plötzlich irgendwo wieder an Land gespült worden war.

Es wurde schließlich Frühling, und nachdem der Boden in Sheddy wieder vollkommen aufgetaut war, wusste Yanko was er zu tun hatte.

Wenn Fam wirklich für die IRA gearbeitet hatte, dann hatte sie das bestimmt nur aus einem einzigen Grund getan: Sie hatte es für Irland, für ihr Volk getan. Sie wollte Gerechtigkeit, aus dem einfachen Grund heraus, weil sie ihr Volk geliebt hatte. Sie musste Hals über Kopf ihr geliebtes Land verlassen, und war danach nie wieder zurückgekehrt. Und wenn Yanko so darüber nachdachte, fiel ihm auf, dass sie immer mit einem ganz besonderen Glanz in den Augen von Irland gesprochen hatte, immer voller Begeisterung und Liebe. Er hatte sie damals oft danach gefragt, ob sie Heimweh hätte, doch Fam hatte ihn dann immer nur liebevoll angesehen und ihm gesagt, dass er jetzt ihr Zuhause sei und ihr nichts und niemand fehlen würde. Yanko hatte es ihr auch immer abgenommen, doch wenn er jetzt daran dachte, wie verschüttet seine eigene Sehnsucht nach einem richtigen Zuhause gewesen war und teilweise immer noch ist, musste er sich eingestehen, dass er es ihr heute nicht mehr abnehmen würde. Sie hatte mit Sicherheit Heimweh gehabt, und nur aufgrund ihrer wunderbaren Liebesbeziehung hatte sie den Schmerz, wenn er ihr überhaupt bewusst gewesen war, nicht so sehr gespürt.
Je länger Yanko darüber nachdachte, desto mehr konnte er sich in ihre Lage von damals hineinversetzen und sich dann gut vorstellen, wie schwierig ihre Lage gewesen sein musste. Und er musste sich schließlich eingestehen, dass er wahrscheinlich ihr auch nichts von seiner IRA Vergangenheit erzählt hätte, wenn es umgekehrt gewesen wäre, und er sie oder sich selbst damit nur unnötig in Gefahr gebracht hätte.

Yanko dachte dann aber nur flüchtig daran, dass er selbst es ja auch meistens nicht auf die Reihe bekam den Menschen, die er am meisten liebte zu sagen, was los war.

Auf einmal fiel Yanko Ron wieder ein, der auf ihrer kürzlich gemeinsamen Fahrt von L.A. nach Sheddy eines Tages plötzlich wütend geworden war und Yanko vorgeworfen hatte, die ganze Sache damals mit Fam sehr egoistisch behandelt zu haben, in dem er zum Beispiel niemals eine offizielle Trauerfeier für sie erlaubt hätte. Ron hatte ihm ziemlich laut zu verstehen gegeben, dass er das unmöglich finde, dass er Fams Freunden und vor allem ihrer Familie nie einen Ort gegeben hatte, an dem sie ihrer Trauer Ausdruck verleihen konnten. Fams Vater sei der einzige, der überhaupt wüsste wo Fam begraben liege. Nicht einmal eine Pseudograbstelle auf dem Friedhof in Sheddy habe er gestattet.
Zunächst hatten Yanko diese Vorwürfe ziemlich getroffen, denn so hatte er das alles noch nie gesehen. Er hatte damals tatsächlich nur an sich gedacht, bzw gar nicht erst an andere denken können, weil er zu dieser Zeit überhaupt nicht mehr denken konnte.

Wieder einmal schlug er sich dann eine schlaflose Nacht um die Ohren, während Ron, der erneut zu Besuch war, friedlich neben ihm schlief, und als der Morgen schließlich graute, hatte er sich entschlossen.

Und trotz der Erkenntnisse von letzter Nacht erzählte er niemandem etwas von seinem Vorhaben, denn er wollte nicht, dass ihm irgendjemand diesbezüglich irgendwelche, und wären es auch noch so lieb gemeinte Ratschläge erteilen würde. Er wollte das erst einmal ganz für sich allein durchziehen.

Er erfand deshalb eine kleine Notlüge und erzählte Ron am nächsten Morgen, dass er zu einer Ranch reiten würde und in ein paar Tagen wieder zurück wäre. Auf der Ranch würde er sich auf Bitten eines Freundes hin ein paar Pferde ansehen, weil ein Freund seines Freundes sich ein neues Pferd zulegen wollte und dabei seine Hilfe bräuchte. Ron fand das zwar etwas blöd, nutzte aber die Zeit um seine Kinder zu treffen.

So kam es dann, dass Yanko mit seinem Pinto in die Berge ritt um Fam ein zweites Mal auszugraben. Denn er wollte sie jetzt nach Hause bringen, zurück auf ihre geliebte Insel, zurück zu ihren Wurzeln.
Nachdem Yanko dann auf der Lichtung angekommen war, begann er sofort mit der Arbeit, denn er wollte den leise aufkommenden Zweifel erst gar nicht zu Wort kommen lassen. Bis auf die immer noch deutlich zu verspürenden Schmerzen in seiner Hand waren aber alle anderen Verletzungen, die von den Boxkämpfen herrührten, abgeheilt, und Yanko kam gut voran. Gegen Abend hatte er dann die Erde soweit entfernt, dass er Fams Knochen freilegen konnte. Fast musste Yanko plötzlich lachen, denn irgendwie hatte diese Situation einfach etwas seltsam Bizarres und Groteskes an sich.
Yanko sammelte anschließend noch etwas Holz und machte dann Feuer. Schließlich setzte er sich neben Fams Skelett auf den Boden und rauchte. Lange saß er da und starrte abwechselnd auf ihr Gerippe und ins Feuer. Und plötzlich wurde ihm doch etwas anders zumute. Sollte er das jetzt wirklich tun? Er spürte auf einmal ziemlich deutlich, dass es ihm sehr schwer fallen würde Fam 'herzugeben', obwohl ja kaum mehr etwas von ihr übrig war. Das Wesentliche von ihr war sowieso schon lange nicht mehr hier, und doch musste Yanko zugeben, dass er ihre Überreste tatsächlich irgendwie als sein Privateigentum betrachtete.

Er schüttelte über sich selbst den Kopf und legte sich dann auf den Rücken. Lange starrte er anschließend in den Himmel und versuchte sich dabei vorzustellen, was Fam jetzt wohl über diese Situation denken würde. Ob sie wirklich lieber in Irland begraben wäre, als hier? Oder wollte sie vielleicht sogar lieber auf den Friedhof in Sheddy? Doch wie Yanko es auch drehte und wendete, er kam immer wieder zu dem Schluss, dass es ihr bestimmt egal wäre, wo ihre Knochen herumlagen, denn hier ging es ausschließlich nur noch um die Hinterbliebenen, so auch um ihn. Denn jetzt, als er hier lag, spürte er deutlich, dass ihn dieses Grab auf eine mittlerweile fast erdrückende Art festhielt. Und ihm wurde schlagartig klar, dass solange Fam hier begraben lag er an Sheddy gebunden wäre, ob ihm das nun gefiel oder nicht.
Die ganze Nacht hindurch unterhielt sich Yanko dann mit Fam, und die Verbundenheit zu ihr war dabei wieder so deutlich zu spüren, dass er darüber manchmal vergaß, dass er mit einem Gerippe sprach.
Als Yanko am nächsten Mittag aufwachte, hatte ein paar Knochen im Arm und lag neben ihr in der Erde. Yanko gab sich dann aber einen Ruck und holte schließlich alle Überreste, die er in dem Grab noch finden konnte heraus und legte sie sorgsam auf einer Decke zu einem Haufen zusammen. Und als die nächste Nacht hereinbrach, nahm er langsam einen Knochen nach dem anderen in die Hand und übergab sie allmählich dem Feuer.
Yanko fühlte sich seltsam dabei, fast so, als würde er das alles nur träumen. Mit jedem Knochen, den er ins Feuer legte, und somit bewusst dem ewigen Kreislauf des Lebens zurückgab, hatte er das merkwürdige Gefühl sich von Zentnern Last zu befreien, denen er sich überhaupt nicht bewusst gewesen war. Es war ein seltsamer, kaum zu beschreibender Zustand, doch als Yanko schließlich den letzten Knochen in die Flammen legte, wurde es plötzlich vollkommen still in ihm.

Für einen kurzen Augenblick lang spürte er gar nichts, weder in sich, noch um sich herum, und dann sank er in die unendliche Müdigkeit des Loslassens.

Spät in der Nacht, nachdem Yanko ihre Asche schon in die mitgebrachte Blechkiste gefüllt hatte, rollte er sich mit der Kiste im Arm in seine Decke und fiel anschließend in einen traumlosen Schlaf, während er gleichzeitig Fam ganz nah bei sich fühlte.

Als der Abend schließlich unmittelbar bevorstand, an dem nun die offizielle Trauerfeier für Fams Freunde stattfinden sollte, hätte sich Yanko dann doch am liebsten verkrochen. Kurz ärgerte er sich fast darüber, dass er diesem Impuls überhaupt gefolgt war sie auszubuddeln und zu verbrennen. Doch im Grunde hatte er eigentlich nur panische Angst vor diesem erneuten Abschied.
Nachdem er all jenen, die Fam gekannt und gemocht hatten, mitgeteilt hatte, was er vorhatte, waren alle davon total positiv überrascht gewesen. Jeder fand die Idee toll und versprach zu kommen. Besonders Keith und Ron waren von Yankos Aktion sehr berührt und freuten sich darüber, dass Yanko mittlerweile offensichtlich soweit über ihren Tod hinweggekommen war, dass er so etwas tun konnte. Für sie war das im Prinzip sogar der symbolische Beweis schlechthin dafür, dass es Yanko nun endlich geschafft hatte.
Kurz bevor Yanko dann doch notgedrungen zum Zirkusplatz aufbrach, füllte er noch ein wenig Asche aus der Blechkiste in eine kleine Dose um, die er dann neben den Karton mit den Fotos stellte. Die Hälfte der übrigen Asche gab er dann in eine Teedose, die er in der Küche stehen ließ.
Danach holte er tief Luft und fuhr mit der Blechkiste auf dem Beifahrersitz hinunter zum Zirkus.

Ron und Keith hatten schon ein schönes, großes Lagerfeuer entzündet und in der unmittelbaren Nähe einen kleinen Altar mit einem schönen Bild von Fam aufgestellt. Daneben hatten sie noch ein paar Rosen und viele Kerzen drapiert. Es hatten sich rund dreißig Menschen eingefunden, und Yanko musste, als er die vielen Leute sah, sich sehr zusammenreißen nicht einfach kehrt zu machen und wieder davonzufahren. Doch Ron war schon an seiner Autotür und hatte sie aufgemacht, bevor er dem Impuls hätte nachgeben können.
Yanko stellte die Blechkiste mit Fams Asche schließlich auf dem kleinen Altar ab und spürte dabei sein Herz kräftig an die Innenseite seiner Brust pochen. „Bist du ok?", hörte er Ron dann plötzlich neben sich, und Yanko nickte. „Ja, geht schon! Lass mich einfach!", antwortete Yanko knapp und sehnte sich gleichzeitig nach irgendwelchen Drogen, Hauptsache, er würde den altbekannten Schmerz nicht mehr länger spüren müssen.
Keith hatte die schöne Idee gehabt, dass jeder, der Fam noch etwas sagen wollte, dies zuerst alles auf ein Blatt Papier schreiben möge, welches derjenige dann später zusammen mit einer der Rosen ins Feuer werfen könnte, um auf diesem Wege Fam noch zusätzlich die besten Wünsche mit auf ihre Reise zu geben.
Dann begann jeder der Anwesenden der Reihe nach sich auf seine Weise von Fam zu verabschieden, und nach und nach verschwanden die beschriebenen Zettel in den Flammen und die Rosen wurden weniger. Als schließlich Yanko an der Reihe war, riss er sich zusammen, nahm die Blechkiste in die Hand und trat zum Feuer.
Es wurde plötzlich mucksmäuschenstill, obwohl es vorher auch schon sehr ruhig gewesen war. Dann öffnete Yanko wortlos die Kiste und übergab Fam erneut den Flammen.

Kurz darauf ging Yanko zu seinem Wohnwagen, holte die Gitarre heraus und begann einfach zu singen.
Lange saßen sie dann alle noch um das Feuer herum, sangen, erzählten, tranken, aßen und gaben Fam so die letzte Ehre in aller Liebe und Trauer.

Als Ron dann spät nachts neben Yanko im Wohnwagen lag, konnte er sehen, dass Yanko das alles doch ziemlich mitgenommen hatte. „Wie geht's dir?", fragte er deshalb, allerdings äußerst zaghaft, denn er wollte Yanko jetzt nicht noch unnötig mit einer übertriebenen Sorge auf die Nerven gehen. „Geht schon! Es ist ok! Das war schwer, aber ich habe eingesehen, dass ich damit viel zulange gewartet habe. Ich habe die Trauer der anderen gar nicht wahrgenommen. Es ist gut so, dass ich das jetzt gemacht habe!", sagte Yanko dann aber zum Erstaunen von Ron doch sehr offen und direkt.
„Das ist echt groß von dir, dass du das fertig gebracht hast! Hut ab! Wirklich!", drückte Ron dann seinen Respekt aus, denn er konnte sich ja sehr gut vorstellen, was das für Yanko bedeutete.
„Keith und du, ihr habt das echt wunderschön gemacht! Das bedeutet mir sehr sehr viel! Vielen Dank, Ron!", sagte Yanko dann noch und nahm Ron zum Dank in die Arme. So lagen sie noch eine ganze Weile da, und Ron spürte, dass jetzt jedes weitere Wort überflüssig war. Und dass Yanko ihn wegen der ganzen Sache erst einmal angeschwindelt hatte, konnte Ron ihm diesmal schnell verzeihen.
Am nächsten Morgen am Küchentisch erzählte Yanko Ron schließlich dann, was er noch vorhatte, nämlich die andere Hälfte der Asche nach Irland zu bringen, damit auch Fams Familie endlich zu ihrer Trauerfeier käme. Ron war zunächst sprachlos, zum einen, weil er einfach davon ausgegangen war, dass Yanko gestern die gesamte Asche dem Feuer übergeben hatte, und zum anderen vor allem wegen Yankos Idee, die ihn

zutiefst berührte. „Soll ich dich begleiten?", fragte Ron ihn dann einfach spontan, denn er konnte sich gut vorstellen, dass dieser Gang für Yanko auch nicht gerade leicht werden würde. Doch Yanko schüttelte den Kopf. „Nein, lass mal! Das muss ich allein machen. Aber danke!", bemerkte Yanko dazu und sah Ron in die Augen.

Ron erkannte Yankos Entschlusskraft und fühlte sich plötzlich wieder außen vor und eiskalt im Regen stehen gelassen. Warum wollte er das denn jetzt wieder unbedingt allein machen? Warum wollte Yanko denn nicht, dass er mitging? Und dann schoss ihm plötzlich ein Gedanke durch den Kopf, der ihm schier den Dolch ins Herz rammte. Hatte Yanko womöglich in Irland jemand anderen? War das sogar der eigentliche Grund, weswegen er überhaupt schon wieder dorthin wollte? Vielleicht hatte Yanko ihnen allen mit der Asche ja auch nur etwas vorgemacht, und in Wahrheit lag Fam immer noch seelenruhig in den Bergen begraben und die ganze Jim Wilson und IRA Geschichte war erstunken und erlogen.

„Was ist? Kannst du das nicht verstehen? Ich muss damit alleine klarkommen, sonst hat überhaupt nie eine andere Beziehung irgendeine Chance. Wenn du jetzt mitkommst, dann bin ich einfach abgelenkt, ich reiße mich wieder zusammen und verdränge und will, dass du nicht mitbekommst wie es mir geht, weil ich genau weiß, dass du dir dann wieder Sorgen machst – ob berechtigt oder nicht, aber das ist mein Ding, und Fam war meine Frau, und deswegen muss ich das allein durchziehen! Ich verlange ja gar nicht, dass du das verstehst, aber bitte respektiere es wenigstens! Außerdem kommt doch Maria übermorgen zurück, schon vergessen?", erklärte Yanko daraufhin recht ausführlich und wurde plötzlich das Gefühl nicht los, dass Ron ihm irgendetwas vorenthielt.

„Nein, natürlich nicht, aber ich wusste ja bis eben auch nichts von deinen Irlandplänen. Maria könnte ja auch mal ein paar Tage hier alleine verbringen, sie kennt doch die Leute vom Zirkus alle!", sagte Ron so überlegt, dass Yanko sich anfing zu wundern. „Jetzt Moment mal! Du klingst nicht gerade so, als ob du dich darüber freust, dass sie kommt! Oder habe ich mich da eben verhört?", hakte Yanko gleich nach.
Ron griff nach den Zigaretten und zündete sich eine an. Er wollte nicht, dass dieses Thema aufkommt, denn er hatte vorgehabt Yanko unbedingt weiterhin in dem Glauben zu lassen, dass mit ihm und Maria alles in Ordnung sei. Im Grunde genommen war es das ja auch, und trotzdem wünschte sich Ron sehnlichst Yanko nach Irland begleiten zu dürfen.
„Doch, doch! Klar freue ich mich! Natürlich! Es ist halt nur, dass ich mir schon ein wenig Sorgen mache, wenn du jetzt allein unterwegs bist, nach alldem was du in L.A. so getrieben hast!", erklärte Ron dann und war mit seiner Ausführung recht zufrieden. Doch Yanko konnte man eben nicht so leicht etwas vormachen. „Komm schon, was ist los? Lenk nicht ab!" Yanko fixierte Ron dabei mit seinem Blick, und er spürte es jetzt deutlich in seinem ganzen Körper, dass Ron irgendetwas auf dem Herzen hatte.
„Drehen wir jetzt den Fragespieß um? Du löcherst mich ganz schön! Aber es ist so, wie ich gesagt habe!", versuchte Ron sich herauszureden, dabei hätte er ihm tatsächlich viel lieber etwas anderes gesagt, doch das würde jetzt überhaupt keinen Sinn mehr machen, denn schließlich hatte er es ihm schon so oft gesagt, und es hatte letztendlich gar nichts gebracht.

Da klingelte Yankos Handy. Es war Frank, der ihn fragte, wie er sich denn nun entschieden hätte. Yanko wusste im ersten Moment gar nicht was er meinte, doch als Frank ihm dann kurz auf die Sprünge half, kam es ihm wieder in den Sinn.

Yanko erbat sich dann aber noch etwas mehr Bedenkzeit, doch Frank bekniete ihn eindringlich sich innerhalb der nächsten Woche zu entscheiden, weil er sich dann noch die Zeit dafür nehmen könnte, ansonsten müsste er zunächst mit einem anderen Projekt anfangen, jedoch würde er am liebsten eben erst seine Geschichte verfilmen.

„Wer war das?", fragte Ron, als Yanko das Handy zurück auf den Tisch gelegt hatte. Ohne aufzusehen, antwortete Yanko: „Das war Frank, der Regisseur. Er will einen Film über mich drehen!" „Was?? Wie, warum?". Ron war irgendwie davon merkwürdig getroffen, wusste aber im ersten Moment nicht, was das genau für ein Gefühl war. „Naja, keine Ahnung ehrlich gesagt. Ich habe ihm in L.A. halt erzählt, warum ich in Namibia gewesen bin usw. Das fand er wohl sehr spannend, und dann hat er mich gefragt, ob ich noch mehr solche interessanten Geschichten erlebt hätte... Ich weiß nicht, ob ich das will. Du würdest übrigens ja dann auch darin vorkommen...", sagte Yanko und grinste Ron an. „Was? Wieso das denn?" Ron war verwirrt, und er war sogar fast wütend geworden, als Yanko eben davon erzählt hatte.

„Naja, du spielst ja immerhin eine sehr wichtige Rolle in meinem Leben. Wenn ich das machen sollte, kann ich dich ja nicht einfach weglassen! Oder? Die Namen würden natürlich dann alle geändert werden.", erklärte Yanko und stellte sich dabei kurz vor, wie er bei Frank sitzen, und ihm sein Leben erzählen würde.

Yanko hatte immer noch kein klares Gefühl dazu, ob ihm das ganze eher gut oder eher schlecht tun würde. Es könnte auf der einen Seite schon auch eine weitere Chance sein noch mehr aufzuarbeiten, auf der anderen Seite fühlte sich aber genau das auch total anstrengend an, und Yanko hatte seinem Empfinden nach momentan genug an Aufarbeitung geleistet und gerade auch noch unmittelbar vor sich.

Ron lehnte sich vor. „Naja, vielleicht ist das ja auch eine Gelegenheit, so eine Art Therapie?! Jemand völlig fremdes alles zu erzählen, ist mit Sicherheit eine interessante Erfahrung und kann dir vielleicht sogar weiterhelfen noch besser mit der Vergangenheit zurechtzukommen.", überlegte Ron schließlich, als ob er Yankos Gedanken eben gelesen hätte. „Hmm, naja, fremd ist Frank ja jetzt gerade nicht mehr!", räumte Yanko kurz dazu ein, stand auf und schenkte sich noch Kaffee nach.
„Warum? Hast du was mit ihm?", schoss es so schnell aus Ron heraus, dass Yanko fast zusammenfuhr. „Was? Nein! Wie kommst du denn jetzt auf so was?" Yanko setzte sich wieder. „Wie komme ich nur auf so etwas? Lass mich mal kurz überlegen! Ach ja, kann ja gar nicht sein! Du bist ja der treuste Mann auf Erden!", erklärte Ron mit einem gehörigen Anflug von Zynismus.
Yanko knallte daraufhin die Tasse so heftig auf den Tisch, dass der Kaffee überschwappte und stand erneut auf. „Verdammt, nicht schon wieder! Hör auf damit! Was soll das andauernd?" Yanko schnappte sich die Zigaretten und ging hinaus. „Ach ja, und du bist ja auch der Mann, der geduldig und gerne Rede und Antwort steht!", rief Ron ihm noch etwas zynischer hinterher.
Yanko zog die Haustür hinter sich zu und zündete sich eine Zigarette an. Was zum Teufel sollte das denn jetzt schon wieder? Immerhin war Ron es ja, der momentan in einer festen Beziehung war und Maria mit ihm betrog. Plötzlich fiel Yanko sein letzter Sex mit einer Frau ein, aber er schaffte es den Gedanken an Francis dann schnell wieder zu verdrängen. Warum konnte Ron die Zeit, die sie zusammen verbrachten, nicht einfach genießen und ihn danach wieder gehen lassen, wobei es ja im Moment eigentlich Ron war, der ging, nämlich zu Maria. Und wieder beschlich Yanko plötzlich das unangenehme Gefühl, dass mit Ron irgendwas grundsätzlich

nicht stimmte. Nachdem er die Zigarette fertig geraucht hatte, beschloss er der Sache etwas intensiver auf den Zahn zu fühlen und ging wieder hinein.

Ron war gerade dabei im Schlafzimmer seine Sachen zusammen zu suchen. Yanko packte ihn an den Schultern. „Ron, was ist los mit dir? Warum wirfst du mir etwas vor, was du gerade selbst tust? Was soll das? Wir haben doch schon so oft darüber geredet, und du weißt ganz genau, wie das bei mir ist, und ich weiß, wie das momentan bei dir ist! Wo ist also das verdammte Problem?"
Ron sah Yanko an und das Verlangen nach ihm brach erneut schmerzhaft auf. Und er musste sich eingestehen, dass jeder Tag, den er nicht mit Yanko verbringen konnte, einfach ein Tag war, den er nicht haben wollte. „Sieh mich nicht so an!", war das, was dann aus Ron herauskam, und er versuchte sich halbherzig irgendwie aus Yankos Umklammerung zu befreien, obwohl er ihn viel lieber einfach ins Bett gezogen, und die ganze andere Welt um sich herum ausgesperrt hätte.
„Warum denn nicht? Ich sehe dich halt gerne an!", rutschte es Yanko dann einfach so raus. „Ja, genau! Das ist ja das Problem!", konterte Ron plötzlich scharf. „Ich verstehe nur Bahnhof! Also was ist jetzt? Was genau ist dein verdammtes Problem?" Yanko stupste Ron etwas von sich, so, dass er direkt aufs Bett fiel. Dann setzte sich Yanko neben ihn und wartete einfach.
Ron seufzte schließlich und begann zunächst etwas zögerlich: „Yanko, ich liebe dich, mehr als ich will, und mehr, als uns beiden wohl gut tut! Ich will mit dir zusammen sein, immer! Verstehst du? Das mit Maria, das... Ich wollte das so unbedingt, weil ich dachte damit endlich von dir loszukommen. Ich bin schon auch irgendwie in Maria verliebt, und immerhin funktioniert es ja auch im Bett, aber ich denke jeden verfluchten Tag an dich! Ich denke ständig an

dich! Du bist in meinem Herzen, und ich kann einfach nichts dagegen machen, und es tut einfach so verdammt scheiße weh, wenn du nicht bei mir bist, oder wenn du mit irgendjemand anderen was hast, auch wenn ich gerade mit Maria zusammen bin. So, jetzt weißt du es! Aber das hilft uns ja auch nicht weiter, weil du das mit uns ja nicht so willst wie ich!"

Yanko sah Ron an, und er musste schlucken, denn das, was Ron da gerade gesagt hatte, aber vor allem wie er es gesagt hatte, berührte ihn so sehr, dass ihm ein paar Tränen in die Augen schossen. Yanko nahm Rons Hand und streichelte sie etwas. „Ich liebe dich doch auch! Und es tut mir so leid, dass ich das bis jetzt nicht hinbekommen habe! Aber vielleicht schaffe ich es ja eines Tages..."

Ron sah Yanko an und hatte auch Tränen in den Augen. „Im Sommerhaus, am Anfang, das war so schön mit uns! Ich kann das einfach nicht vergessen!", flüsterte Ron, denn seine Stimme war irgendwie verschwunden.

Statt einer Antwort nahm Yanko Rons Gesicht in die Hände und küsste ihn. Und Ron zog Yanko sofort sein Hemd aus, er konnte und wollte ihm jetzt einfach nicht widerstehen, so sehr ihm das Ganze auch das Herz brach.

„Ich auch nicht!", hörte er Yanko noch sagen, bevor er ihn vollends zu sich zog.

Die letzten Sonnenstrahlen trafen auf die Meeresoberfläche und verwandelten den Atlantik in einen goldglitzernden See. Und als Yanko Fams Asche in Anwesenheit ihres Vaters Arthur, ihrer Schwester Eileen und deren Kinder, sowie Bridget, Fams bester Jugendfreundin, an den Klippen in den Wind streute, kam eine auflandige Böe und trug ihre Asche weit über das Land.
Arthur und Eileen hatte darauf bestanden, dass Yanko die Asche verstreuen sollte. Allein die Tatsache, dass er Fam zurückgebracht hatte, bedeutete ihnen schon genug.

Die Tage darauf vergingen ruhig, und Yanko fühlte sich im Haus von Eileen sehr wohl. Und Eileen war sehr froh darüber, dass Yanko noch ein wenig bei ihr bleiben wollte, denn so hatten sie endlich einmal Zeit sich in aller Ruhe besser kennenzulernen und über Fam zu sprechen. Für beide war es zunächst sehr ungewohnt jemandem gegenüberzusitzen, den man zwar aus Erzählungen eigentlich schon recht gut kannte, aber dann eben doch nicht wirklich.
Yanko half Eileen bei einigen Sachen rund ums Haus, und er reparierte hier und da etwas, oder hackte Holz wenn sie zur Arbeit war, und so hatte er genug Zeit über vieles nachzudenken. Zunächst schien ihm diese Ruhe und Gelassenheit auch gut zu tun, und er bekam sogar manchmal das Gefühl für immer bei Eileen bleiben zu können, obwohl er sich dabei nicht vorstellen konnte mit ihr zusammen zu sein. Jedenfalls erlaubte er sich diesen Gedanken erst gar nicht, denn das war einfach absolut unmöglich, noch viel unmöglicher als ein Verhältnis mit seiner Schwester.
Es dauerte jedoch nicht lange, da besorgte sich Yanko wieder Gras und rauchte sich des Nachts, wenn alle schliefen den Kopf leer.

Als er dann am Ende der dritten Woche früh morgens in Eileens Bett aufwachte und ihren nackten, schmalen Körper an seinem spürte, wusste er, dass er so schnell wie möglich abhauen musste. Das konnte schließlich nur schiefgehen. Er fühlte dies so klar und deutlich, dass er sich schon darüber wunderte, wie deutlich das jetzt war, denn die vergangene Nacht war eigentlich sehr schön gewesen, und sie hatte sogar irgendwie etwas Versöhnliches gehabt.
Yanko sah Eileen an, die ruhig atmend noch immer in seinem Arm schlief und bat dabei Fam innerlich um Vergebung, obwohl er fast sicher war, dass sie unter diesen Umständen bestimmt nichts dagegen hätte.
Doch blitzartig wurde es Yanko schlecht, und er schlich sich so leise wie möglich aus dem Zimmer. Er zog sich an und stürmte an die frische Luft. Es regnete, und Yanko streckte sein Gesicht zum Himmel. Plötzlich überfiel ihn ein so immenses Verlangen danach sich zu betrinken, dass er es fast nicht unter Kontrolle bekam. Erst nach einigen Minuten schaffte er es wieder klar zu denken, und dann lief er los. Er begann schließlich zu rennen, und er rannte bis er auf einen Hügel kam. Dort hielt er an und rang erst einmal nach Luft. Die plötzliche Gier nach Alkohol erschreckte ihn ziemlich, denn so heftig hatte er sie seit Namibia nicht mehr verspürt. Doch damals war sie ja nur deshalb gekommen, weil er vorher etwas Alkohol zu sich genommen hatte, heute dagegen war er völlig nüchtern.
Plötzlich bekam er Angst, dass er es vielleicht eines Tages nicht mehr schaffen könnte sich zu beherrschen, und dann stieg Panik in ihm auf irgendwann doch noch vollkommen durchzudrehen und den Verstand zu verlieren.
In diesem Moment klingelte sein Handy, und Eileen fragte ihn, wo er denn sei, und sie bat ihn zurückzukommen, damit sie miteinander reden könnten. Eileens Stimme beruhigte

Yanko wieder etwas, und er machte sich schließlich auf den Rückweg.
Klitschnass und mit tropfenden Haaren erklärte Yanko dann Eileen in knappen Worten, warum er auf keinen Fall bleiben könne. Und obwohl sich Eileen sehr wünschte, dass Yanko bei ihr bliebe, konnte sie ihn dennoch gut verstehen. Ihr ging es schließlich ein Stück weit genauso. Fam würde immer bei ihnen sein, sie würde auch immer zwischen ihnen stehen, und vor allem würde Yanko Fam immer mehr lieben als sie. Auf Dauer würde sie das genauso wenig aushalten, wie er.
Yanko packte deshalb seine Sachen und verließ Irland noch am selben Tag.

Eigentlich wollte er gleich wieder zurück in die USA, doch auf dem Weg zum Flughafen gestand er sich endlich ermattet ein, dass er unbedingt Hilfe brauchte. Sein plötzlich heftiges Verlangen nach Alkohol heute Morgen saß ihm immer noch eiskalt im Körper. Deshalb rief er kurzentschlossen Peter an, der gerade ein Seminar in Thailand gab, und Peter befahl ihm dann schon fast sofort dorthin zu kommen.
So kam es schließlich, dass Yanko seinen Flug umbuchte und sich auf den Weg nach Thailand machte.

Sechs Wochen später saß Yanko dann mit Peter zusammen in dessen Zimmer in Barcelona, und Peter versuchte Yanko davon zu überzeugen, dass er unbedingt die Ausbildung zum Trainer machen solle. Peter war von Yankos einfühlsamer und intuitiver Art so begeistert, dass er ihn sehr gerne in seinem Team haben wollte. Mehrmals hatte Yanko in den vergangenen Wochen ihm mit seiner klaren und tief sehenden Wahrnehmung bei einigen Teilnehmern erfolgreich zur Seite gestanden. Bei einer Frau, die schon jahrelang zu Peters Seminaren kam, hatte Yanko einen alten Missbrauch aufgedeckt, der sich auch nach langer, sehr genauer und tiefer Seelenarbeit bis dahin nicht gezeigt hatte. Doch Yankos Art den Menschen in die Augen zu sehen und einfach mit dem Herzen voll und ganz bei ihnen zu sein und das alles mit einer Engelsgeduld, brachte dieses bereits in der Kindheit geschehene Trauma schließlich ohne Worte hervor.
Peter war so berührt und fasziniert davon, wie Yanko das geschafft hatte, dass er es für unumstößlich hielt, ihn sogar als seinen Partner mit ins Team zu nehmen. Peter wusste zwar nur zu gut, dass Yanko selbst noch viel zu verkraften und zu heilen hatte, dennoch hatte er das klare Gefühl, dass Yanko es gut täte vermehrt anderen auf diese Weise zu helfen.
„Du spinnst doch!", gab Yanko Peter zur Antwort. „Das mit dieser Frau war Zufall! Ich hatte bei ihr einfach vom ersten Moment an irgendwie das Gefühl, dass sie missbraucht wurde. Das war einmal!" Peter sah Yanko fest an. „Du hast weit mehr als nur einmal geholfen! Yanko, niemand ist perfekt, und jeder ist immer auf einem Weg! Du brauchst nicht erst erleuchtet zu sein, um anderen helfen zu können. Manchmal ist es nur ein winziger Schritt, den du einem anderen voraus bist, wobei 'voraus' auch keine Bewertung darstellt!", versuchte Peter Yanko seine Überzeugung zu

erklären. Yanko stützte seinen Kopf auf die Hände und sah zum Fenster hinaus.

Er fühlte sich zwar mittlerweile um einiges besser als noch in Irland, aber er konnte sich nicht vorstellen, jeden Tag das zu tun, was er bei dieser Frau im Seminar in Thailand getan hatte. An jenem Tag war es ihm recht gut gegangen, und er hatte auf einmal körperlich gespürt, dass es dieser Frau schlecht ging. So wie seinen eigenen Schmerz hatte er den ihrigen plötzlich wahrgenommen. Dann hatte er schließlich mit den Augen sehen können, wo dieser in ihrem Körper festsaß und sie quälte. Wie bei einem Pferd hatte er es in ihren Bewegungen gelesen.

Yanko selbst hatte die letzten Wochen damit verbracht, seine bis dahin nicht bewusst gewesene, existentielle Angst in Bezug auf Nicht-Zigeuner zu heilen. In seinem ganzen System war bis auf die Zellebene hinab eine abgrundtiefe Urangst vor Zerstörung und Vernichtung verankert gewesen. Er hatte dann zusammen mit einer englischen Frau dieses Thema bearbeitet, in deren Ursprungsfamilie einige ihrer Vorfahren noch Sklavenhandel in Afrika betrieben hatten.

„Peter, es gibt für mich nur sehr wenige Heilmethoden, die mir wirklich etwas gebracht haben, und es immer noch tun, und deine gehört definitiv dazu! Aber ich kann das nicht jeden Tag tun, das ist einfach nicht mein Ding! Ich helfe dir gerne, wenn ich kann und wenn ich etwas bemerke, aber ich fühle mich bei weitem nicht so weit, als dass ich in dein Team gehören würde!", versuchte Yanko dann seine Gedanken dazu Peter zu erläutern.

Peter grinste Yanko an. „Hey du alter Zigeuner, du musst endlich mal lernen zu erkennen, was du den Menschen um dich herum, allein nur mit deiner umwerfend charismatischen und natürlichen Art gibst! Das heißt nicht immer unbedingt, dass es den Menschen zunächst gefällt, was sie durch dich bekommen, denn oftmals berührst du, wenn auch völlig

unbewusst, ihre wundesten Punkte. Die meisten wollen aber eigentlich so sein wie du! Weißt du das nicht? Männer wie Frauen schauen dir hinterher und fragen sich, was sie nur um alles in der Welt tun könnten, um so natürlich zu sein wie du! Naturschön, nennen sie es mir gegenüber immer."
Yanko lehnte sich zurück und sah Peter erstaunt an. „Was? Wieso das denn? Glaub mir, niemand will so sein wie ich, spätestens dann nicht, wenn sie wüssten, was ich alles getan habe und wie es mir geht! Niemand, sage ich dir!" Yanko stand auf und trat hinaus auf den Balkon und zündete sich eine Zigarette an. Dabei überlegte er sich etwas verunsichert, ob das von Peter eben eventuell auch eine Anmache gewesen sein könnte, gleichzeitig konnte er sich das allerdings bei ihm gar nicht vorstellen, zumal er wusste, dass er mit seiner Frau mehr als glücklich verheiratet war.
Peter trat neben ihn ans Geländer. „Yanko, das ist aber die Wahrheit! Und glaube mir, du bist ein sehr sehr starker Mensch! Und genau das muss dir so langsam mal ganz klar bewusst werden! Die meisten, die so etwas wie du erlebt hätten, würden schon längst nicht mehr leben! Aber du stehst hier und willst es! Du willst vorankommen! Du willst glücklich sein! Und dafür schaust du in die tiefsten Abgründe deiner Seele. Das ist keine Schwäche, sondern zeugt von großer inneren Stärke!"
Yanko blies den Rauch aus. „Nein, Peter! Das ist reiner Eigennutz! Wenn ich diesen tiefen Schmerz, die Verwirrung und die Sucht in mir nicht geregelt bekomme, dann sterbe ich daran genauso! Ich habe keine Ahnung, ob ich das schaffe! Ehrlich! Momentan fühle ich mich ganz gut, aber ich habe schon so oft gedacht, dass ich es geschafft hätte, und dann hat es mich wieder eiskalt erwischt. Und wenn ich dann in so einem Moment am falschen Ort bin, kann es gut sein, dass ich genauso draufgehe!"

Peter legte einen Arm um Yanko. „Ich weiß! Aber es ist zu jedem Zeitpunkt und an jedem Ort immer deine eigene Entscheidung was du tun willst, und ich kann es nur wiederholen: Ich bin immer, egal wo ich bin und was ich gerade tue, für dich da! Du kannst mich jederzeit anrufen, immer zu mir kommen und stets mit meiner Hilfe rechnen! Es liegt einzig und allein an dir, mein Freund!"
Yanko sah Peter an und wusste, dass dieser es ernst meinte. Und gleichzeitig spürte er wieder einmal das unangenehme Gefühl in sich aufsteigen, dieser uneingeschränkten Offenheit und Zuwendung auf Dauer nicht wert zu sein.
„Danke, Peter! Es fällt mir echt schwer das anzunehmen!", gab Yanko dann zu, denn er wusste, dass Peter das eh schon über ihn wusste. Es hatte sowieso keinen Sinn Peter etwas vorzumachen, und es nützte ihm viel mehr und schneller, wenn er ehrlich war.

Nach den Seminaren in Thailand und Spanien entschied sich Yanko dazu den Film zu machen. Peter und er hatten diesbezüglich noch in ein paar Einzelsitzungen herausgefunden, dass es wohl zu seiner Lebensaufgabe gehören würde diesen Film über sein Leben zu machen.
Daraufhin rief Yanko Frank an, und sie verabredeten sich noch für die kommende Woche. In weiser Voraussicht sagte Yanko Frank dann noch ganz klar, dass er sich aber auf gar keinen Fall selbst spielen werde, was Frank zwar überhaupt nicht gefiel, es aber dennoch verstehen konnte.

Das Sonnenlicht fiel durch die großen Fensterscheiben in Franks Wohnzimmer, in dem außer ihm noch Yanko und eine Drehbuchautorin saßen, die gebannt Yankos Berichten lauschten.
Zunächst fiel es Yanko wie erwartet ziemlich schwer zu erzählen, denn er wusste gar nicht womit er eigentlich anfangen sollte. Daraufhin entschieden sie dann gemeinsam einfach chronologisch Jahr für Jahr durchzugehen und erst danach zu entscheiden, was davon in den Film sollte und was nicht. Nach drei Tagen hatten sich die Drehbuchautorin und Frank allerdings dazu entschlossen mindestens zwei Filme über Yankos Leben zu drehen.
Yanko ging es zu seinem eigenen Erstaunen ziemlich gut damit seine Geschichte zu erzählen, denn es war fast so, als ob er das Leben eines anderen präsentieren würde. Manchmal spürte er nur anhand der fast ungläubig dreinblickenden und teilweise sehr entsetzten Gesichter, dass es tatsächlich er selbst war, der das alles erlebt hatte.
Nur die Nacht, in der seine Cheyenne Freunde überfallen und brutalst abgeschlachtet worden waren, floss ihm überhaupt nicht leicht in Worten aus dem Mund, und er musste zwischendurch immer wieder mal eine Pause einlegen.
Während jener Momente blieb bei keinem ein Auge trocken.

In diesen vier Wochen mied er den Boxclub und verbrachte seine freie Zeit lieber am Pazifik mit Surfen. Er fühlte sich seltsamerweise von Tag zu Tag besser und stärker und wohler. Er war froh, dass Ron gerade nicht in L.A. war, und er konnte auch erfolgreich die immer wiederkehrenden zweifelnden Gedanken an ihn zur Seite schieben. Es würde der Tag kommen, an dem er sich wieder damit beschäftigen würde, aber jetzt wollte er erst einmal dieses merkwürdig süße

Gefühl der wiedergewonnenen Freiheit in seinem Herzen genießen.
Ob es eventuell daher kam, dass er Fam nach Hause gebracht hatte? Jedenfalls konnte er in diesen Tagen an sie denken, ohne Schmerz dabei zu empfinden, im Gegenteil, die Gedanken an sie zauberten sogar endlich wieder ein leises Lächeln auf sein Gesicht. Auch die Nächte verliefen erholsam ruhig und endlich wieder ohne Alpträume. Manchmal träumte Yanko einfach nur von einem schnellen Surfbrett und perfekten Wellen.

Frank beschloss, so schnell wie möglich mit den Dreharbeiten zu beginnen, denn wie Yanko schon bald mitbekam, hatte Frank in der Zwischenzeit auch schon alles so weit vorbereitet, um sofort zu starten. Er hatte bereits alle Schauspieler, die er dabei haben wollte, unter Vertrag gebracht und ebenso die ersten Vorschläge für die Musik auf dem Papier. Nur ein paar Schauplätze fehlten noch und die exakten Dialoge. Aber Frank hatte die fixe Idee, das gesamte Projekt sich auch kreativ und selbstständig, nur anhand eines ungefähren Fahrplans entwickeln zu lassen, sodass eventuell auch abweichende Dialoge stattfinden könnten. Yanko fand diese Idee auch ziemlich gut, denn das gab ihm das gute Gefühl, sich in einem geschützten Rahmen zu bewegen. Die Filme würden sich an Fakten aus seinem Leben orientieren, ohne dabei allzu persönlich zu werden.

Nachdem die restlichen Locations gefunden, und die ersten Probeszenen gedreht waren, bat Frank Yanko vorbeizukommen und sich ein Bild von den ersten Filmaufnahmen zu machen. Yanko wollte eigentlich gar nicht bei den Dreharbeiten dabei sein, einfach weil er befürchtete, dass ihn die gespielten Szenen mit echten Menschen, dann doch zu sehr mitnehmen könnten. Aber nachdem Frank nicht aufgehört hatte ihn zu bitten, sagte er dann doch zu sich die ersten Szenen mal anzusehen.

Als die Crew dann mitbekam, dass Yanko am Drehort war, kamen die beiden Schauspieler, die Ron und ihn darstellten, persönlich zu ihm und baten Yanko eindringlich darum wenigsten ein einziges Mal sich selbst in einer Szene zu spielen, sodass sie eine authentische Orientierung bekommen könnten. Yanko fand die Idee allerdings gar nicht gut, auch wenn er durchaus ihr Anliegen verstehen konnte. Doch die beiden und bald darauf auch Frank ließen einfach nicht mehr locker, und als Frank ihm zu hundert Prozent zusicherte, dass er wirklich nur ein paar kurze Szenen spielen solle, die ausschließlich als Hilfe für seinen Darsteller dienen würden, stimmte Yanko, allerdings mit flauem Magen, schließlich doch zu.

Da es ja typische Szenen sein sollten, die ihn maßgeblich charakterisierten, suchte Frank diese besonders sorgfältig aus. Er entschloss sich dann für eine Liebesszene mit Ron, eine, in der sich Yanko mit seinem Bruder stritt und eine, in der er allein war und Fam vermisste.

Im ersten Moment fand es Yanko ziemlich schwierig plötzlich in einem fremden Mann Ron sehen zu müssen, und gleichzeitig sich selbst zu spielen. Doch nach wenigen Minuten schon glitt er wie von selbst in eine Art Trancezustand über, und seine Erinnerung reichte vollkommen aus das Geschehene nachzuspielen, und gleichzeitig gelang es ihm innerhalb der Szene die beteiligten Schauspieler auch noch mit hindurch zu ziehen. Dadurch, dass Yanko ja bestens wusste, wie alles abgelaufen war, strahlte er eine Sicherheit aus, die es den anderen sehr leicht machte sich seiner Führung einfach hinzugeben.

Nach wenigen Stunden waren die Szenen im Kasten und die Crew total begeistert. Frank schielte zu Yanko rüber und wagte erst gar nicht irgendetwas dazu zu sagen. Fast schon spitzbübisch wartete er nur darauf, dass der Hauptdarsteller selbst die Initiative ergreifen, und Yanko fragen würde, ob er jetzt nicht doch sich selbst spielen wolle, einfach, weil das das Beste wäre. Frank hatte sich auch schon überlegt, wie er das dann mit dem bereits abgeschlossenen Vertrag von seinem Hauptdarsteller machen könnte.

Yanko ließ sich nach dem Dreh noch dazu überreden mit den anderen zu essen, und plötzlich saß William neben ihm. Frank bemerkte es und schielte gespannt zu ihnen rüber. Er konnte zwar nicht hören, was die beiden redeten, aber er sah an Yankos Reaktion, dass William ihm wohl gerade ans Herz gelegt hatte, seine Rolle doch selbst zu übernehmen.
Irgendwann stand Yanko dann auf und ging zu Frank rüber. „War das deine Idee? Hast du mich deswegen herbestellt?" Yanko war nicht sauer, aber er wurde einfach das Gefühl nicht los, dass Frank irgendetwas mit dem zu tun hatte, was William ihm da gerade gesagt hatte, obwohl der steif und fest behauptete, dass das seine ganz persönliche Meinung sei.
Frank sah ihn so verwundert wie möglich an. „Was für eine Idee? Keine Ahnung, was du meinst!" „Jaja! Komm schon! Tu nicht so! Du wolltest doch von Anfang an, dass ich mich selbst spiele, oder etwa nicht?" Yanko sah Frank forschend ins Gesicht. Frank konnte sich plötzlich ein Grinsen nicht mehr verkneifen. „Ja, schon!", gab er dann zu. „Aber was William dir da anscheinend gerade gesagt hat, davon weiß ich wirklich nichts!" „Wer es glaubt! Aber egal! Frank, danke für dein Vertrauen, aber ich glaube das geht wirklich nicht!" Frank nahm Yanko am Arm und schob ihn mit sich hinaus. Sie zündeten sich jeweils eine Zigarette an.
„Hör zu, Yanko! Ich kann ja verstehen, dass du davor Angst hast, das hätte mit Sicherheit jeder andere auch, der sich selbst spielen soll, und dazu noch so viele schreckliche Dinge erlebt

hat, aber die Szenen, die wir heute mit dir gedreht haben, sind einfach unschlagbar gut! Dem muss ich nichts mehr hinzufügen, das ist authentisch, berührend und packend! Du hast eine, wie ich dir ja schon öfter gesagt habe, umwerfende Kamerapräsenz, und du bist einfach natürlich, siehst gut aus, bist wirklich schön, du bist sexy und charismatisch! Alles was ein super guter Schauspieler haben muss, damit die Essenz das Publikum auch erreicht. Ich weiß, das könnte für dich sehr anstrengend werden, aber bitte überlege es dir noch einmal!"
Yanko schluckte. „Frank, übertreibst du da nicht gehörig?" Frank sah Yanko an und schüttelte den Kopf. „Nein, ich übertreibe nicht! Ganz und gar nicht! Glaub mir, ich habe schon mit vielen ausgebildeten Schauspielern gearbeitet, aber das was du hast, das kann man nicht lernen!"
„Hey Frank, das klingt ja fast wie ein Liebeserklärung!", schmunzelte Yanko etwas ungläubig und wusste nicht so recht was er mit diesem Kompliment anfangen sollte. Deswegen schob er gleich eine Frage hinterher: „Und was wäre dann mit William? Meinst du nicht, dass William das perfekt machen würde?" Frank lachte auf. „Ja, da hast du Recht! Das war eine Liebeserklärung! Und nein, William würde das nicht perfekt machen! Er ist sehr gut, aber im Vergleich zu dir, wäre er in diesem Fall nur ein Kompromiss! Und was seinen Vertrag betrifft, das lass mal meine Sorge sein! Außerdem war er es ja, der dich zuerst gefragt hat! Yanko, aber jetzt mal im Ernst. Ich will dich für diese/deine Rolle! Bitte!"
Yanko holte tief Luft und seufzte. Er musste zugeben, dass ihm das Drehen durchaus Spaß gemacht hatte, und dass er fast das Gefühl dabei hatte eine völlig andere Person zu spielen. „Wann musst du es denn definitiv wissen?" Franks Gesicht hellte sich auf. „Morgen!", sagte er dann nur, und die Hoffnung kam schlagartig wieder zurück, denn Yankos Frage

zeigte ja offensichtlich, dass er doch nicht mehr ganz so abgeneigt war, wie noch vor wenigen Stunden. „Ok!", sagte Yanko abschließend und verabschiedete sich. Er musste jetzt in Ruhe darüber nachdenken, vor allem aber sein Gefühl befragen.

In dieser Nacht träumte er von Fam. Er hörte ihre Stimme und fühlte ihre Wärme ganz nah bei sich, und als er am nächsten Morgen aufwachte, wusste er, dass er die Kraft haben würde, den Film doch selbst zu spielen.

Die Dreharbeiten begannen, und Yanko durchlebte rasante Berg- und Talfahrten der Gefühle, sodass er manchmal nicht mehr wusste, wie ihm geschah. Manche Szenen liefen wie geschmiert und machten ihm sogar Spaß und sorgten so dafür, dass sie ihn mit Kraft versorgten. Bei anderen Szenen hatte er es wiederum ziemlich schwer sie gefühlsmäßig überhaupt auszuhalten, denn sie verlangten einfach die hundertprozentige Beherrschung seines momentanen Zustandes verbunden mit der gleichzeitig vollkommenen Hingabe an die Gefühle, die er damals hatte. Manchmal überschnitten sie sich knallhart und verdoppelten so die Last auf sein Gemüt, und er hatte dann das Gefühl augenblicklich unter ihrem Gewicht auseinanderzubrechen, und dann musste er sich so krampfhaft konzentrieren, um in solch einer Szene präsent zu bleiben, dass es ihn fix und fertig machte. Dieses permanente Hin und Her zwischen seiner Vergangenheit und der Gegenwart, die ja ein Resultat dieser Vergangenheit war, kostete Yanko manchmal alle Kraft. Am Ende eines solchen Drehtages saß er dann oftmals am ganzen Körper zitternd einfach auf einem Stuhl und brauchte Stunden um sich davon wieder einigermaßen zu erholen.

Vor allem die Szenen mit Fam waren für ihn teilweise wie ein innerlicher Spießrutenlauf, denn die Darstellerin, spielte sie so täuschend echt, dass Yanko bald kurz davor war, alles abzubrechen.

Frank machte sich, wie alle anderen vom Set auch, ernsthaft Sorgen um Yanko und verordnete ihm schließlich drei Tage Zwangspause. Innerlich machte er sich bereits Vorwürfe, dass er Yanko so vehement darum angefleht hatte, sich selbst zu spielen, und heimlich betete er darum, dass Yanko letztendlich alles gut verkraften würde. Frank wurden erst jetzt die ungeheuren Auswirkungen dieser Geschehnisse auf

Yanko richtig bewusst, und ihm wurde ebenfalls klar, was für Wahnsinnsfilme er da eigentlich drehte.

Frank fand Yanko an einem dieser Tage am Ufer des Sees, an dem sie gerade die Blockhausszenen drehten und setzte sich neben ihn ins Gras. „Yanko, ich muss mal mit dir sprechen! Es tut mir wahnsinnig leid, dass ich dich im Prinzip dazu überredet habe mitzumachen! Mir war nicht wirklich klar, was du da alles durchgemacht hast, und vor allem nicht, dass du ja immer noch unter den Folgen leidest! Ich bin mir jetzt erst der vollen Verantwortung bewusst geworden, die ich mit der Verfilmung deiner Geschichte eingegangen bin! Yanko, wenn du aussteigen willst, dann steh ich dir da nicht im Weg! Hauptsache es geht dir gut!"
Yanko sah Frank an. „Schon gut, Frank! Ich habe diese Entscheidung selbst getroffen, du bist dafür nicht verantwortlich! Auf der einen Seite ist es genauso gekommen, wie ich es befürchtet habe, aber auf der anderen Seite tut es mir auch irgendwie verdammt gut das zu machen! Klingt vielleicht merkwürdig, aber so anstrengend das gefühlsmäßig auch ist, meinem Körper tut es irgendwie gut! Ich möchte die Filme gerne zu Ende drehen. Das einzige was ich ab und zu brauchen könnte, ist, so wie jetzt, ein paar Tage Pause. Allerdings kann ich dir nicht versprechen, ob ich die Szenen mit den Cheyenne drehen kann. Vielleicht holst du dafür dann doch lieber wieder William oder jemand anderen. Ich glaube, das packe ich wirklich nicht!"
Frank legte einen Arm um Yanko. „Bist du dir sicher, dass das wirklich gut für dich ist? Du siehst echt fertig aus – ich meine, perfekter geht es natürlich in den Augen eines Regisseurs nicht, aber ich mache mir echt große Sorgen um dich!"
Yanko sah Frank an. „Ist wirklich ok!" Frank musterte Yanko ausgiebig und nickte dann. „Ok! Aber du sagst mir rechtzeitig

Bescheid, wenn du eine Pause brauchst, und du kannst solange Pause machen wie du es brauchst, ok?" Yanko nickte. „Ist ok! Danke!" Frank wünschte ihm noch schnelle Erholung sowie eine gute Nacht und verschwand daraufhin.

Yanko legte sich ins Gras und versuchte dabei zu entspannen, als plötzlich Frank wieder zurückkam und ihm mitteilte, dass er Besuch habe. Jemand namens Ron hätte nach ihm gefragt. Und anhand seines fragenden Blickes, konnte Yanko sich denken, was Frank jetzt liebend gerne wissen wollte.
Yanko stand auf. „Ja, es ist der Ron! Aber bitte sag es keinem!" Frank klopfte ihm auf die Schulter. „Klar! Ich schweige wie ein Grab!", versprach er Yanko ernsthaft. Frank hatte nicht gerade das Gefühl, dass Yanko sich über den überraschenden Besuch besonders freute, und das bereitete ihm noch mehr Sorgen, denn eine noch zusätzliche Belastung könnte definitiv seine Filme mit Yanko selbst in der Hauptrolle gefährden.

Und damit lag Frank nicht ganz daneben. Yanko freute sich zwar einerseits schon über Rons Überraschungsbesuch, andererseits hatte er genau dieselbe Angst. Hoffentlich war Ron gut drauf, und machte jetzt nicht irgendeinen Stress. Immerhin hatten sie sich seit seiner Reise nach Irland nicht mehr gesehen, und Yanko hatte sich auch nicht gerade häufig bei ihm gemeldet, und als er kurz darüber nachgrübelte, wie oft er eigentlich Ron angerufen hatte, fiel ihm dazu nichts ein. Ron hingegen hatte es mindestens dreißig Mal versucht, Yanko jedoch hatte keinen seiner Anrufe entgegengenommen.

Als Yanko vor das Absperrtor trat, welches das Drehgelände vor unliebsamen Besuchern schützen sollte, freute er sich dann doch unheimlich Ron zu sehen, und es war ihm auch auf einmal egal, dass die beiden Securitymänner sie mit versteckter Neugier beobachteten, wie sie sich zur Begrüßung umarmten.

Yanko nahm Ron kurz darauf mit in seinen Trailer und schloss die Tür hinter ihnen ab. Eigentlich hatte er erwartet, dass sie jetzt gleich übereinander herfallen würden, doch Rons Mine verfinsterte sich plötzlich schlagartig, als er auf Yankos Tisch eine Dose Haarspray entdeckte. „Wem gehört das?", fragte er deshalb sofort und zeigte dabei auf die Dose. Yanko sah ihn verwundert an. „Die gehört Aimee. Sie... sie spielt Fam, weißt du, und ich habe ihr letztens ein wenig von Fam erzählt, und dann hat sie das wohl vergessen wieder mitzunehmen.", antwortete Yanko und fühlte sich plötzlich wie in einem Verhör, und er bemerkte, dass er sich eben fast dafür verteidigt hatte, dass er mit Aimee hier in seinem Trailer geredet hatte. „Warum willst du das wissen? Gefällt dir das Haarspray? Soll ich sie fragen, ob du es mitnehmen darfst?", versuchte Yanko die Situation wieder aufzulockern.
Doch Ron trat zu ihm und funkelte ihn wütend an. „Nein, das brauchst du nicht! Ich will ihr beschissenes Haarspray nicht! Hast du sie gevögelt? Hä? Hast du? Was für eine Frage! Natürlich hast du! Du kommst ja an keiner Frau vorbei, die einigermaßen hübsch ist! Und sie ist bestimmt hübsch, sonst würde sie ja nicht Fam spielen!" Yanko wich einen Schritt zurück und versuchte Ron zu beruhigen. „Hey, was ist denn mit dir los? Ich habe nichts mit ihr, wenn dich das zu wissen beruhigt, obwohl ich eigentlich nicht so genau weiß, was dich das angeht!"
Doch Ron ließ sich nicht beruhigen. „Genau, was geht es mich an? Du machst ja eh was du willst! Fährst allein nach Irland, wobei das für uns eine tolle Gelegenheit gewesen wäre nochmal eine längere Zeit zusammen zu sein! Dann fliegst du zu irgend so einem esoterischen Scheißseminar einfach mal so

nach Thailand, dann zu einem weiteren nach Spanien und dann, anstatt mal nach Hause zu kommen, fliegst du direkt nach L.A., um dann doch diesen Film zu machen, und als Krönung spielst du jetzt auch noch dich selbst, was du eigentlich überhaupt nicht machen wolltest! Ich verstehe dich nicht! Warum haust du immer ab? Und warum sagst du mir das nicht selbst? All das musste ich wieder einmal durch Keith erfahren!" Ron war so wütend und außer sich, dass er richtig außer Atem war, als er endete.

Yanko sah ihn befremdlich an und war von jetzt auf nachher total genervt von Rons wiederholten Vorwürfen und Eifersuchtsattacken, dass er ihn am liebsten einfach rückwärts aus dem Trailer geschubst hätte. Solch ein Affenzirkus hatte ihm gerade noch gefehlt.

„Was ist eigentlich dein Problem? Ich wüsste nicht, was ich jetzt schon wieder falsch gemacht haben soll! Ich habe mich darum gekümmert Fam loszulassen, war bei einem super genialen Seminar, einem Therapieseminar, und jetzt setze ich mich durch diese Filme wieder mit meiner Vergangenheit auseinander, alles Sachen, von denen du doch immer wolltest, dass ich sie tun soll! Und jetzt stehst du da und kackst mich deswegen an! Toll! Wow! Das kann ich jetzt echt gut gebrauchen!" Yanko setzte sich an den Tisch und zündete sich eine Zigarette an.

Ron lief derweil im Trailer auf und ab und konnte sich gar nicht beruhigen. Er war so enttäuscht, verletzt und wütend darüber, dass sich Yanko erst ohne ihn auf den Weg nach Irland gemacht hatte, und es dann auch nicht einmal für nötig empfunden hatte, ihn von sich aus mal anzurufen, um ihm seine weiteren Pläne persönlich mitzuteilen.

„Du hast mit ihr geschlafen, gebe es doch einfach zu! Es wäre ja schließlich nicht das erste mal, dass du herumhurst!", schrie Ron dann schon fast.

Yanko schüttelte nur den Kopf. „Ron, jetzt beruhige dich doch mal! Bist du nur hergekommen, um mich anzuschreien? Weil dann kannst du nämlich grad wieder gehen! Ich habe genug Stress hier! Da muss ich mir jetzt nicht auch noch deine Vorwürfe anhören!", bemerkte Yanko inzwischen etwas gereizt. Sein Kopf fing an zu schwirren, und er fühlte sich schlagartig hundemüde und hatte mittlerweile weniger als überhaupt keine Lust mehr auf Rons Gezeter.

Aber Ron schien in absoluter Kampfeslust zu sein, und seine Verzweiflung trieb ihn jetzt dazu an völlig auszurasten. „Oh ja! Selbstverständlich! Dem Herrn ist es zu viel! Dir ist immer alles zu viel! Hauptsächlich wenn ich mal was sage! Ich bin dir doch scheißegal, genau wie deine Kinder dir auch scheißegal sind! Alles dreht sich bei dir nur um dich selbst! Du bist ein egoistisches, selbstgefälliges Arschloch!!! Ich hätte dich damals besser treffen sollen, am besten genau hier!", schrie Ron und tippte dabei mit seinem rechten Zeigefinger auf Yankos Herz. „Dann wäre mir das ganze Leid mit dir jedenfalls erspart geblieben! Und glaube ja nicht, dass du was Besseres bist! Du bist nämlich erbärmlich! Vielleicht liegt das aber auch einfach nur daran, dass du ein zurückgebliebener, verdammter Zigeuner bist! Maria und Keith sind da wohl tatsächlich Ausnahmen! Aber in dir habe ich mich wirklich total getäuscht!!!"

Yanko wartete noch darauf bis Ron fertig war, dann schnappte er ihn fest am Kragen, zerrte ihn quer über das Filmgelände bis hinaus vor das Tor. Ron hatte dazu nur schallend gelacht, und somit natürlich die Aufmerksamkeit einiger Anwesender geweckt.

Als sie draußen vor dem Tor standen, sagte Yanko dann ganz ruhig, aber sehr klar zu ihm: „Komm nie wieder zu mir, hast du gehört? Nie wieder! Ich will dich nie wieder sehen! Und jetzt verpiss dich!"

Yanko machte auf dem Absatz kehrt, sagte dem Wachmann am Tor noch, dass Ron ab jetzt absolutes Eintrittsverbot hätte und verschwand ganz schnell wieder auf dem Gelände.
Nachdem Yanko dann erfolgreich die paar Neugierigen wieder beruhigt hatte, ging er an den See und drehte sich erst mal einen Joint.
Yanko spürte nichts, er fühlte sich total leer und taub an. Er konnte nicht fassen, dass das eben tatsächlich Ron gewesen war, der ihm so eine Szene abgeliefert hatte und ihn obendrein noch als zurückgebliebenen und verdammten Zigeuner bezeichnet hatte, und vor allem nicht, dass er gesagt hatte, dass er sich wünschte ihn damals in San Francisco nicht nur verwundet, sondern tatsächlich getötet zu haben.
Als der Morgen dämmerte, stand Yanko auf. Er würde diese Filme zu Ende bringen, und er würde auch die Szenen mit dem Überfall auf die Cheyenne selbst spielen, auch wenn es das letzte wäre, was er tun würde. Selbst wenn Ron das alles als egoistischen Egotrip von ihm betrachtete, Yanko wusste jetzt genau, dass es für ihn nichts anderes zu tun gab, als sich genau darum zu kümmern, nämlich um sich selbst.

Und als nach drei Monaten die Dreharbeiten für Yanko abgeschlossen waren, fühlte er sich gut. So gut, dass er beschloss, sich in die Höhle des Löwen zu wagen und nach Sheddy zurückzugehen, um seine Kinder wiederzusehen, und Ron.

Doch Ron war nicht da.
Laut Keith hatte er sich wieder nach L.A. zurückgezogen, kurz nachdem er mit Maria Schluss gemacht hatte. Yanko wunderte sich nicht besonders über diese Entwicklung der Dinge. Und wenn Ron bei Maria auch so drauf gewesen war, wie bei ihm das letzte Mal, konnte Maria eigentlich nur froh sein, ihn los zu sein.
Yanko blieb ein paar Wochen in Sheddy und genoss sein Blockhaus und das Wiedersehen mit seinen Kindern, auch wenn sie nicht alle da waren. Doch Kenias Anwesenheit war ihm, wie immer, am wichtigsten. Und hätten sich nicht plötzlich die Gedanken an Irina wieder in sein Tagesbewusstsein geschlichen, wäre er bestimmt noch länger geblieben. Doch je mehr er versuchte die zurückwabernden Gedanken an seine Schwester zur Seite zu schieben, desto mehr rückten sie wieder in seine Realität. Yanko war klar, dass es langsam Zeit wurde die Geschichte mit seiner Schwester endgültig zu klären, obwohl er immer noch keine Ahnung hatte, wie. Erfolgreich hatte er der Konfrontation durch seine Flucht und mit allem was danach geschehen war aus dem Weg gehen können. Und er erwischte sich plötzlich dabei, dass er darüber nachgrübelte, ob sein Trip in L.A. mit dem Boxclub und den Drogen vielleicht auch etwas mit der ungeklärten Lage mit seiner Schwester zu tun gehabt haben könnte.
Schließlich ließ es ihn nicht mehr los, und er machte sich erneut auf die Reise. Dieses Mal wieder nach Griechenland, um die Sache mit Irina ein für alle mal zu klären. Und Yanko war sich zum Zeitpunkt seines Abfluges in Newly fast sicher, dass Irina mittlerweile bestimmt wieder einen festen Freund hätte, und sich ihre Affäre somit von ganz allein in Luft aufgelöst haben würde.

Doch zu Yankos tatsächlichem Erstaunen, hatte Irina allerdings immer noch keinen neuen Freund, und als sie ihn, von seinem Besuch vollkommen überrascht, in die Arme schloss, wusste Yanko, dass sich hier rein gar nichts in Luft aufgelöst hatte.

So sehr er die Nähe und Verbundenheit mit seiner Schwester auch genoss, genauso sehr wusste er, dass diese Verbindung so immer noch keine Zukunft hatte. Allein nur, wenn er sich kurz ausmalte, wie seine Kinder ins Kreuzfeuer kommen könnten, sollten andere davon erfahren, dass er mir seiner Schwester zusammen war, reichte ihm das vollkommen aus, um genau zu wissen, dass er ihnen das nicht zumuten wollte. Er hatte schließlich schon genug schlechte Erfahrungen als schwuler Zigeuner gesammelt, da war es nicht schwer sich vorzustellen, was seinen Kindern blühen könnte, falls bekannt werden sollte, dass er mit seiner Schwester ins Bett ging. Ganz abgesehen davon was passieren könnte, sollte Irina von ihm ein Kind bekommen. Und Yanko wusste, dass sie unbedingt Kinder haben wollte.

Irina sah das alles nicht so schwarz wie Yanko. Sie sagte immer, dass es ja kein Fremder mitbekommen müsste, dass sie seine Schwester sei. Doch Yanko konnte sich einfach nicht mit dieser naiven Sichtweise anfreunden. Außerdem, gab er dann immer zu bedenken, würde er in kürzester Zeit kein Unbekannter mehr sein, denn spätestens wenn seine Filme in die Kinos käme, wäre es mit der Unsichtbarkeit vorbei.

Sie drehten sich wieder einmal im Kreis und wussten einfach keinen Ausweg aus ihrer Situation. Yanko begann die ungeklärte Zukunft ihrer Beziehung wieder mächtig aufs Gemüt zu schlagen, und er wurde von Tag zu Tag stiller und mürrischer. Irina versuchte ihn jedoch dann stets aufzumuntern, aber bald fiel es ihr ebenso schwer angesichts ihrer Lage optimistisch zu bleiben.

Bis jetzt hatte zwar noch niemand von ihrer Affäre erfahren, und beide hatten eigentlich auch das Gefühl, dass das gut so war, doch sie spürten auch sehr deutlich, dass sie höchstwahrscheinlich über kurz oder lang nicht mehr alleine damit klarkommen würden.

An einem dieser Abende waren sie mal wieder zum alten Lagerplatz hinausgefahren und lagen nebeneinander am Strand und spähten in den sternenübersäten Nachthimmel. Es war Neumond, und das Meer schimmerte in grünschwarzem Blau.

Yanko rauchte und zermarterte sich erneut den Kopf auf der Suche nach einer Lösung, als ihm plötzlich ein Gedanke durch Mark und Bein fuhr, der ihn augenblicklich hochfahren ließ. Vielleicht war Fam ja von Jim Wilson schwanger gewesen. Vielleicht hatte dieser miese Typ sie womöglich vergewaltigt und dann damit erpresst.

„Was ist los?", fragte Irina und schaute Yanko an. Sie sah, dass sein Atem schneller ging und er nervös war. Doch Yanko wollte jetzt nicht auch noch seine Probleme mit Fams Vergangenheit auf Irina abladen, deshalb sprang er schnell auf, zog sie an den Händen hoch und wäre am liebsten mit ihr ins Meer gerannt, doch das Wasser war jetzt im Januar leider definitiv zu kalt dafür. Stattdessen umarmte er sie einfach.

Yanko versuchte dann diesen unangenehmen Gedanken zur Seite zu drücken und stürzte sich voll in die Gemeinsamkeit mit Irina. Er beschloss die Entscheidung über ihre Zukunft abermals zu verschieben und jetzt einfach nur zu genießen.

Doch nach einer weiteren Woche hatten sich die Gedanken an Fam und die damals vor ihm verheimlichte Schwangerschaft zu riesigen Wänden aufgetürmt. Und die immer wiederkehrende Frage, warum sie ihm nie etwas davon erzählt hatte, nagte sich bis tief in seine Seele hinein. Und je länger Yanko darüber nachdachte, desto weniger konnte er es verstehen. Die einzige Erklärung, die ihm dahingehend einigermaßen plausibel erschien, war die, dass Fam vielleicht von Jim Wilson wegen ihrer IRA Vergangenheit erpresst und deshalb von ihm als Schweigegeld zum Sex gezwungen worden sein könnte. Dann war sie vielleicht von ihm schwanger geworden und hatte das Kind deshalb abtreiben lassen. Und weil sie ja nicht wollte, dass Yanko etwas von ihrer IRA Zugehörigkeit erfährt, hatte sie ihm das Ganze natürlich verschwiegen. Das einzige, was zu diesem Versuch einer Erklärung nicht passte, war, dass Fam Keith später erzählt hatte, dass sie eine Fehlgeburt gehabt hätte, und Yanko es deshalb nicht erfahren sollte, weil sie ihn damit nicht noch zusätzlich zu seinen schweren Verletzungen belasten wollte.

Dennoch konnte er sich einfach überhaupt nicht vorstellen, dass Fam, falls sie tatsächlich vergewaltigt worden wäre, ihm das verheimlicht hätte, und er konnte sich auch beim besten Willen nicht vorstellen, dass sie mit Jim Wilson freiwillig ins Bett gestiegen wäre. Und er konnte noch so lange in seinen Erinnerungen wühlen, er fand einfach nichts, was darauf hindeutete, dass Fam in der Zeit um den Überfall herum irgendwie anders gewesen war als sonst. Allerdings musste er auch zugeben, dass er in den ersten drei Monaten nach dem Überfall nicht viel um sich herum mitbekommen hatte. Es war also durchaus denkbar, dass er es nicht bemerkt hätte.

In einem Punkt war sich Yanko jedenfalls sicher, irgendetwas stimmte bei dieser ganzen Sache nicht. Irgendwie konnte sein Gefühl sich nicht mit der einfachen Erklärung von einer Verkettung ungünstiger Zufälle zufrieden geben. Das Schlimmste war für Yanko aber in diesem Moment, und auch später immer wieder, dass er wahrscheinlich damit leben müsste die Wahrheit nie zu erfahren.

Yanko spürte, dass es ihm nicht gut tat zu oft darüber nachzudenken, dennoch konnte er es auch nicht einfach abstellen. Die ungeklärten Fragen wühlten ihn so auf, dass die schlaflosen Nächte sich wieder häuften, und falls er dann doch mal einnickte, überfielen ihn schreckliche Träume von mystischen Verschwörungen irgendwelcher Geheimbünde, fiesen Intrigen und Verfolgungen bis hin zu Kreuzigungen wegen Inzucht.

Nach wenigen Wochen verließ er Irina wieder mit dem Argument, er müsse unbedingt wegen dem Film zurück nach L.A. Für ihn war diese Notlüge in Ordnung, denn er wollte sie nicht mit noch mehr ungeklärtem Kram belasten. Sie hatte schließlich schon genug Probleme.
Und er verließ Irina mit dem Wissen, dass sich zwischen ihnen nichts geändert hatte, und sie immer noch genauso zusammen waren, wie vor seinem Besuch, und dass sie immer noch keinen Weg gefunden hatten.

Der markante Klang, einer ins Schloss fallenden Metalltür, und das sofort im Anschluss daran einsetzende Geräusch eines sich umdrehenden Schlüssels, ließen Yanko immer noch die Luft anhalten. Augenblicklich hatte er wieder den leicht beißenden Geruch aus dem New Orleanser Gefängnis in seiner Nase und verspürte dabei einen leichten Brechreiz.
Doch er riss sich zusammen. Einmal, hatte er sich geschworen, nur noch ein einziges Mal würde er versuchen aus Jim Wilson etwas herauszubekommen. Wenn es jetzt nicht klappen sollte, würde er versuchen mit dem Ungeklärten zu leben, schließlich bliebe ihm dann auch notgedrungen nichts anderes mehr übrig.
Yanko erschrak, als sich Wilson auf ihn zu bewegte und hinter der Scheibe schließlich Platz nahm. Er schien noch ausgemergelter zu sein, als bei seinem letzten Besuch, und er wirkte nur noch wie der Schatten seiner selbst. Doch zu Yankos Erstaunen sah ihm Jim Wilson gleich zu Beginn an sofort in die Augen.
„Hast du Langeweile? Oder wieso bist du schon wieder hier? Du wirst doch nicht etwa Sehnsucht nach mir haben?", ergriff er auch gleich das Wort, was Yanko noch mehr verwunderte und gleichzeitig auch Hoffnung gab. Vielleicht würde er ja heute tatsächlich endlich etwas erfahren.
Und so begann Yanko ihm seine Gedanken über das Vergangene zu schildern, und er bemühte sich dabei nichts auszulassen. Er fühlte sich plötzlich, als würde er vor einer riesigen Spalte stehen, die er mit nur einem einzigen Sprung überwinden musste. Denn mehr als einen Versuch gab es nicht, würde er es schaffen die andere Seite zu erreichen, oder würde er abstürzen? Oder, was für ihn momentan am Schlimmsten wäre, er würde auf derselben Seite stehen bleiben, und es würde sich rein gar nichts verändern.

Yanko sagte ihm am Ende noch: „Ich weiß nicht, was dazu geführt hat, dass du so bist wie du bist, aber ich weiß, dass man so nicht von Geburt an ist! In deinem Leben müssen schreckliche Dinge geschehen sein, die dich jetzt in Hass und Rache festhalten. Auch wenn du jetzt vielleicht denkst, dass ich ein Schwätzer bin oder so, aber Hass und Rache bringen dir das, was du verloren hast auch nicht wieder zurück! Ich denke, ich weiß wovon ich rede. Vielleicht waren die Dinge so, wie du sie mir erzählt hast, und vielleicht ist das Chaos in meinem Kopf nur deshalb, weil ich dir bis jetzt noch nicht verziehen habe. Und ich gebe zu, das es immer noch verdammt schwer für mich ist diesbezüglich auch nur über Vergebung nachzudenken, aber ich weiß, dass ich genau das tun muss, wenn ich Frieden haben will. Und ich weiß auch, dass es dir nicht gut geht. Und ich nehme an, dass du höchstwahrscheinlich niemanden hast, mit dem du reden kannst. Ich weiß, dass du mich nicht leiden kannst, und meine Sympathie für dich hält sich aus gegebenem Anlass auch sehr in Grenzen, aber ich bitte dich, sag mir, was damals mit Fam und dir passiert ist. Ich glaube wirklich, wenn du mir das alles erzählst, dass dir das auch gut tun würde! Du brauchst es mir nicht jetzt zu sagen, du kannst es mir auch schreiben."
Als Yanko endete, meinte er für einen Moment lang zu spüren, wie sich die Wogen zwischen ihnen glätteten, und er hatte das erste Mal das Gefühl, dass er es vielleicht doch schaffen könnte diesem Menschen seine Taten zu vergeben.
Die Sekunden, die jetzt folgten, waren angefüllt mit schweigenden Worten, die zwischen ihren Blicken hin und her zu wandern schienen. Und plötzlich sah Yanko etwas, was er nie für möglich gehalten hatte.
Jim Wilson hatte Tränen in den Augen.

Yanko hatte vorher mit dem Wachmann gesprochen und die Erlaubnis eingeholt, dass er Jim Wilson einen Zettel mit

seiner Postadresse durchschieben könnte. Und das tat er dann auch.
Jim Wilson sprach kein einziges Wort mehr, er saß einfach nur da und starrte Yanko an, als käme dieser vom Mond. Schließlich jedoch nahm er Yankos Zettel, steckte ihn in die Hosentasche und gleich darauf wurde er auch schon wieder abgeführt.

Als Yanko anschließend hinaus in das grelle Sonnenlicht trat, kam es ihm so vor, als käme er geradewegs von einer langjährigen Expedition durch unbekannte Dschungelgebiete zurück in die Zivilisation. Er zündete sich erst einmal eine Zigarette an und starrte eine Weile in die warme Wintersonne. Zwar wusste er jetzt kein einziges Detail mehr als vorher, aber dennoch hatte er das Gefühl, dass das, was er gesagt hatte auch irgendwie bei Jim Wilson angekommen war. Jetzt konnte er nur noch abwarten und den Dingen ihren Lauf lassen. Für den Moment hatte er genug getan.

Eines Nachts, als Yanko wieder einmal keinen Schlaf finden konnte, dachte er plötzlich daran, was Irina ihm bei seinem letzten Besuch vorgeschlagen hatte. Sie hatte ihn gefragt, wieso er eigentlich nicht für immer zurück nach Griechenland kommen würde. Yanko hatte dazu zunächst keine Erklärung gehabt. Er hatte einfach auch noch nie wirklich darüber nachgedacht. Selbst als er noch mit Maria zusammen war und manchmal auch sehr lange auf Mykonos geblieben war, hatte er es dennoch nie wirklich in Erwägung gezogen vollständig nach Griechenland zurück zu gehen. Auch als Irina davon angefangen hatte, gab es kein spontanes Gefühl in ihm, das ihm sagte, ob er es tun sollte oder nicht.
Doch jetzt, plötzlich mitten in der Nacht kam es, und Yanko sehnte sich auf einmal so sehr nach dem Meer, dass er sofort

im Internet nach Bildern vom Meer surfte. Und je länger er sich dann die soeben aufgekommene Idee, auf Mykonos eine Bucht zu kaufen und in einer der Felsenhöhlen dort am Strand eine einfache Wohnung hinein zu bauen, durch den Kopf gehen ließ, gefiel sie ihm immer besser.

Er wäre dann jedenfalls in ständiger Nähe von zumindest drei seiner Kinder, und vielleicht bestätige sich ja dann auch Irinas zeitweilige Vermutung, dass Maria und er eigentlich doch zusammen gehören würden. Und Yanko musste plötzlich zugeben, dass er jetzt sogar irgendwie froh darüber war, dass Ron sich von Maria getrennt hatte, und das, obwohl Yanko ja lange Zeit diese Beziehung für äußerst gut befunden hatte. Nicht, dass er sich jetzt wieder romantischen Vorstellungen in Bezug auf eine dauerhaft funktionierende Beziehung mit Maria hingab, sondern einfach nur deshalb, weil er überhaupt den leisen Hauch einer allgemeinen Hoffnung auf Besserung verspürte. Der Weg zu ihr war nun wieder frei, vorausgesetzt Maria würde überhaupt auch nur einen Millimeter wieder auf ihn zukommen wollen. Vielleicht wäre es sogar die Lösung in Bezug auf Irina, wenn er offiziell wieder mit Maria zusammen wäre. Irina und er könnten sich ja dann trotzdem öfter treffen, damit sie ihren Hunger nacheinander einigermaßen gestillt bekämen. Vielleicht könnten sie auf diese Weise einer offiziellen Beziehung aus dem Weg gehen. Zwar bliebe ihre Liebe so immer im Verborgenen, doch seine Kinder müssten nicht darunter leiden, vorausgesetzt sie bekämen keine eigenen. Vielleicht könnte es so funktionieren.

Yanko fühlte plötzlich einen Energiestrom in sich aufkommen, der ihn von jetzt auf nachher gutgelaunt machte. Was wollte er hier noch? Was Fam betraf, so hatte er alles getan, was er noch tun konnte. Er hatte sie ihren Freunden und ihrer Familie zurückgegeben. Er hatte sich selbst dadurch von den Fesseln ihres geheimen Grabplatzes befreit. Und sein Zirkus kam auch wunderbar ohne ihn zurecht, und Ron sollte erst einmal selbst eine Therapie machen, oder was auch immer er dazu bräuchte, um von seinem Eifersuchtstrip wieder runter zu kommen. Kenia würde er mitnehmen und alle anderen könnten ihn ja jederzeit auf Mykonos besuchen kommen.

Und was Jim Wilson betraf, so war er auf dem besten Weg diesem Typ zumindest mal ein gutes Maß an Verständnis entgegenzubringen, jetzt konnte er eh nur noch seinen Brief abwarten, und plötzlich wurde ihm sogar auch das immer egaler. Was auch immer damals zwischen ihm und Fam geschehen war, oder auch nicht geschehen war, er würde sich ab jetzt nicht mehr davon runterziehen lassen. Er konnte, was auch immer damals passiert war, ob nun mit dem Wissen darum oder nicht, sowieso nichts mehr daran ändern. Das einzige, was er dahingehend noch tun musste, war, allen Beteiligten irgendwie zu vergeben, aber das könnte er auch auf Mykonos lernen.
Und dann stand Yanko auf, um seine Sachen zu packen.

Das sanfte Plätschern der Wellen umspülten Yankos Füße, als er zwei Monate später in seiner Bucht im Süden der Insel Mykonos stand und zu seiner Höhlenwohnung hinaufsah. Es war einfach genial. Alles war genial, seit er die USA verlassen hatte. Kenia war zwar nicht gleich mitgekommen, weil Jenny meinte, dass es besser für die Kleine sei, wenn sie erst käme, nachdem Yankos Wohnung fertiggestellt wäre. Und da sie nun fertig war, freute sich Yanko noch mehr, denn Kenia würde nun bald kommen und endlich so lange bei ihm bleiben, wie sie wollte.

Seine Felsenwohnung bestand aus nur einem größeren Raum, und einem kleineren Teil, den er als Bad mit einer selbst hochgezogenen Steinmauer abgetrennt hatte. Die Duschdüse kam direkt aus dem Felsen und man hatte beim Duschen das Gefühl unter einem natürlichen Wasserfall zu stehen. Yanko hatte nur das allernötigste hineingestellt und fand es herrlich auf dem selbst gebauten Strohbett zu schlafen, das er mit vielen Decken und Fellen ausgelegt hatte. Draußen führte eine kleine Steintreppen hinunter zum Meer, das sich etwa zehn Meter tiefer vor seiner Felsenwohnung ausbreitete. Als Wetterschutz hatte Yanko eine Schiebewand aus Glas einziehen lassen, die er im Sommer oder auch an warmen Wintertagen einfach zur Seite hin fast vollständig öffnen konnte, sodass man sich im Prinzip auch in der Höhle wie auf einer überdachten Terrasse fühlte. Die Öffnung des Felsens betrug in der Breite mehr als zehn Meter, und Yanko konnte deshalb auch vom Bett aus immer das Meer sehen und hören. Nach und nach fühlte er dann, wie sich sein Energietank zu füllen begann und ihn wieder mit guter Laune und Lebendigkeit versorgte. Und nachdem Irina auch noch eine Stelle als Lehrerin in einer Grundschule in Mykonos Stadt bekommen hatte und bei Maria eingezogen war, rundete sich Yankos Wohlbefinden fast vollständig ab.

Irina war oft bei ihm, blieb das ein oder andere Mal auch über Nacht, aber nur so oft, wie es sich Maria und schließlich auch Kenia gegenüber vertreten ließ, meistens ergab es sich auch von ganz allein, dann nämlich, wenn Kenia bei Maria übernachtete. In diesem Fall schliefen nämlich Kenia und Jony zusammen in dem Zimmer, welches Irina derzeit bewohnte.

Maria, die von der heimlichen Geschwisteraffäre ja nichts wusste, räumte Yanko tatsächlich innerlich bald eine weitere Chance ein. Sie hatte ihm sogar verziehen, und ihm schließlich gebeichtet, dass sie trotz allem immer nur ihn gewollt hätte, selbst nachdem er sie zum x-ten Male betrogen und verlassen hatte. Und Yanko versuchte sie mit allen Mitteln wieder in sein Herz zu lassen, aber er erkannte ziemlich schnell, dass das, wenn überhaupt, noch sehr lange dauern würde. Vielleicht hatte er auch nur wieder Angst vor seiner Untreue und davor, dass er erneut versagen könnte, vielleicht war es aber auch die Angst, dass sich diese merkwürdige Erschöpfung wieder einstellen könnte, die beim letzten Mal mit der Hauptgrund gewesen war sie zu verlassen.

Doch hier auf Mykonos ging es ihm psychisch von Tag zu Tag besser, und das Zusammensein mit Irina nährte ihn so tief, dass er schnell ahnte, dass Maria da momentan bei ihm jedenfalls keine Chance hatte. Und eines Tages sagte er ihr auch, dass er definitiv keine Liebesbeziehung mehr mit ihr haben wolle, und dass er hoffe, sie damit nicht wieder verletzt zu haben, und sie sich trotzdem weiterhin so gut verstehen würden wie momentan. Denn das taten sie auf jeden Fall. Da Yanko ihr während der ganzen Zeit, die er jetzt schon auf der Insel war, nichts vorgemacht hatte und auch eindeutig ihre zaghaften Versuche ihn anzumachen klar hatte abblitzen lassen, war sie darauf schon irgendwie vorbereitet gewesen, dass es auch dieses Mal nicht klappen könnte. Im ersten Moment war Maria dann zwar doch enttäuscht, aber schon bald hatte sie es verkraftet, und sie konnte sich einfach wieder an dem Spaß erfreuen, den sie zusammen mit ihren Kindern hatten. Und wer weiß, dachte sie insgeheim, vielleicht gibt es ja irgendwann in der Zukunft doch noch eine Chance für uns. Maria wusste nur zu gut, dass Yanko erst jetzt überhaupt anfing sich von all dem zu erholen, was er in den letzten Jahren erlebt hatte. Sie sah, wie er jeden Tag kraftvoller und lebendiger wurde, und sie freute sich aus tiefstem Herzen darüber.

Ein bisschen bittersüß war es für sie natürlich, denn je besser es Yanko wieder ging, desto unwiderstehlicher wurde er für sie, sodass sie es manchmal kaum aushielt. Seine durchdringende Schönheit und umwerfend charismatische Ausstrahlung begannen sich immer stärker in seinem Körper auszudrücken, sodass sie ihm deswegen manchmal aus dem Weg gehen musste. Doch Irina schien sich daran ebenso zu erfreuen, und ihre Begeisterung zog Maria dann meistens auch mit, und damit wurde die Sehnsucht nach Yanko für sie etwas erträglicher.

Für Yanko und Irina war es aber oft nicht einfach damit klarzukommen, dass sie im Prinzip Maria die ganze Zeit über etwas vormachten, dennoch entschieden sie sich jedes Mal wieder dafür ihre Liebe weiterhin für sich zu behalten.

Yanko fühlte sich jeden Tag besser, und erst jetzt spürte er so deutlich wie nie zuvor, wie sehr er die letzten Jahre am Limit seiner Kräfte gelebt hatte. Mit jedem neuen Tag gewann er mehr an Leichtigkeit zurück und vor allem ließen ihn die Alpträume endlich mal wieder in Ruhe. Die Nächte, in denen er Ruhe fand, häuften sich wieder und zu seiner größten Erleichterung kehrte auch der erholsame Schlaf zurück. Es gab sogar Tage, an denen er einfach durchschlief, und manchmal gab es Nächte, in denen er entspannt oben oder unten auf seiner Treppe saß, aufs Meer hinaussah und sich einfach nur gut fühlte, und immer öfter sogar richtig glücklich dabei war. Es fühlte sich so an, als ob seine Vergangenheit tatsächlich zur Ruhe gekommen wäre und ihn endlich freigelassen hätte.

Er konnte an Ron denken, und es tat ihm nicht weh, und er konnte sogar an Fam denken, und er empfand einfach nur Frieden. Selbst die Erinnerungen an seine Cheyennebrüder ließen ihn ruhig bleiben. Manchmal versuchte Yanko die Beständigkeit seines Zustandes regelrecht zu testen, und er zwang sich in solchen Fällen an etwas Schreckliches zu denken, aber auch dann fühlte er sich weiterhin gut.

Es dauerte allerdings eine ganze Weile, bis Yanko anfing diesem positiven Wohlbefinden Vertrauen zu schenken. Er spürte mit jedem Anflug von Zweifel, wie sehr er eigentlich schon die Hoffnung auf dauerhafte Besserung oder gar Heilung aufgegeben hatte. Doch ganz allmählich fasste er Mut seinem momentan konstanten und sich gut anfühlenden Zustand zu vertrauen.

Yanko wusste, dass damit noch längst nicht alles in seinem Leben geklärt oder geheilt war, doch offensichtlich war die Wahl nach Mykonos zu gehen, die richtige gewesen.

Auch Irina entspannte sich mehr und mehr, und solange sich niemand heimlich in seine Felsenwohnung schleichen würde, was eigentlich auch nicht passieren konnte, denn der Zufahrtsweg war durch eine Schranke gesperrt, könnten sie nach ihrem momentanen Gefühl, bis in alle Ewigkeit so weitermachen.

Es gab Tage, an denen Yanko nichts weiter tat, als am oder im Meer zu sein. Er surfte oder schwamm oder legte sich einfach halb in den Sand halb ins Wasser. Das Meer spülte sich dann durch seinen Körper hindurch bis in seine Seele

hinein, und das gab ihm ein unbeschreibliches Gefühl des Zuhauseseins.
Und wenn die Kinder bei ihm waren, taten sie das gleiche, jedoch fuhr Yanko mit ihnen dann allerdings lieber mit dem kleinen Segelboot hinaus, als auf dem Surfbrett.

So verstrichen die Wochen, und Yanko hatte das Gefühl endlich wieder am Leben zu sein.
Irina verglich ihn schon bald mit einem Fisch, denn er schmeckte schon vom ersten Tag an wieder wie das Meer. Das Salz vermischte sich mit seinem Körpergeruch, so, als ob es fehlen würde, wenn es nicht dabei wäre.

Dann klingelte irgendwann sein Telefon, und Yanko freute sich so sehr darüber, dass Ron ihn anrief, dass er dabei völlig vergaß, dass er ihn eigentlich nie wieder hatte sehen wollen. Ron schien sich indes wieder völlig gefangen zu haben, entschuldigte sich mehrfach bei Yanko für seinen etwas peinlichen Auftritt am Set, und als Yanko sein Handy zur Seite legte, freute er sich wie ein Schneekönig darauf, dass Ron ihn in der folgenden Woche besuchen kommen würde.

Das Sonnenlicht brach sich auf seiner nassen Haut, als Ron aus dem Wasser kam und sich neben Yanko auf sein Handtuch fallen ließ. „Herrlich!", rief er dabei und Yanko grinste ihn an.
Seit vier Tagen war Ron nun bei ihm auf der Insel, und es war zwischen ihnen wie früher im Sommerhaus, als sie sich das erste Mal unbeschwert und frei geliebt hatten.
Ron schien seinen alten Humor und seine Leichtigkeit wieder gefunden zu haben, und Yanko konnte sich deshalb nur noch mehr entspannen. Sie lachten und alberten herum, so, als ob sie sich gerade eben erst ineinander verliebt hätten.

Irina und Maria freuten sich sehr für die beiden, denn sie wussten genau, dass diese abrupte Trennung nicht die Endlösung hätte sein können. Ron entschuldigte sich auch tausendmal bei Maria für sein Verhalten ihr gegenüber und auch dafür, dass er sich selbst etwas vorgemacht hat, und Maria konnte ihm das nur zurückgeben, denn im Grunde genommen hatte sich nicht wirklich etwas verändert. Beide liebten sie Yanko, und beide wollten mit ihm zusammen sein, und als Yanko sich immer mehr zurückgezogen hatte, fanden sie schließlich Trost und Verständnis beieinander.

Irina fühlte unmissverständlich, dass es Yanko sehr wichtig war, die Freundschaft mit Ron wieder in Ordnung zu bringen, denn sie sah wie er neben Ron jeden Tag noch mehr aufblühte, und obwohl sie als seine Geliebte lieber in seinen Armen geschlafen hätte, machte es sie als Schwester sehr glücklich, dass es ihm so gut ging, und sie wünschte sich nichts sehnlicher, als dass die beiden nun endlich ihre Liebe auf Dauer gemeinsam leben könnten und auch würden.
Yanko machte Ron schließlich irgendwann den Vorschlag gemeinsam nach Athen zu fliegen, um in Piräus das Segelboot

zurückzuholen, welches er damals auf seiner Flucht in Kavala erstanden hatte und notgedrungen dann wieder verkaufen musste. Yanko hatte den jetzigen Besitzer gleich angerufen, nachdem er auf Mykonos angekommen war, und zu seinem großen Glück war der sofort damit einverstanden gewesen ihm das Boot wieder zurückzugeben, weil er es doch nicht so nutzen würde, wie es zunächst geplant war.

Ron kam natürlich sehr gerne mit, und als sie schließlich auf Yankos Boot hinaus auf die Ägäis fuhren, wünschte sich Ron nichts sehnlicher, als nie wieder irgendwo anzukommen.

Nach etwa drei Tagen fasste Ron sich dann ein Herz. Er musste einfach nochmal mit ihm reden, er musste sich nochmal Luft verschaffen und die alte/neue Situation klären, er musste es ihm nochmal sagen, er musste einfach noch einmal alles auf eine Karte setzen. Er wusste sonst keinen Ausweg mehr.

Yanko hatte sich am späten Abend gerade auf die Bank an der Reling gesetzt und eine Zigarette angezündet, als Ron kam und sich neben ihn setzte. Yanko legte sofort einen Arm um ihn und fühlte sich einfach nur gut.
Das Meer war ruhig und umspülte sanft das Boot, während sich das Mondlicht in den leichten Wogen brach.
„Hey, alles klar bei dir?", fragte Yanko Ron, als der ihn einfach nur ansah, doch da lag auf einmal etwas in seinem Blick, was Yanko augenblicklich ein bisschen nervös machte. Da war etwas, was er nicht mehr sehen und spüren wollte, etwas, mit dem er sich eigentlich nicht mehr beschäftigen wollte, und doch war es unübersehbar da.
Ron sah ihn allerdings zunächst schweigend an, so, als ob er sich erhoffte, dass sich sein Anliegen vielleicht auch von ganz alleine erfüllen könnte, wenn er nur lange genug darauf

wartete. Yanko jedoch zog seinen Arm plötzlich zurück und rückte auf der Bank etwas weiter von Ron weg, damit er ihm besser in die Augen sehen konnte. „Was ist los? Sag schon!", forderte Yanko Ron erneut auf.
Aber Ron rang immer noch mit sich, denn schließlich konnte das, was er Yanko sagen wollte auch ihre romantische Zweisamkeit mit einem Schlag zerstören. Ron hatte, als er die Reise nach Mykonos antrat, nicht damit gerechnet, dass es Yanko so gut gehen, und er sich auf solch hinreißende Art ihm wieder hingeben würde. Und doch begann er schließlich und versuchte dabei ganz ruhig zu wirken. „Yanko, ich will mit dir zusammen sein! Verstehst du? Ich habe es ohne dich versucht, ich habe es halb mit dir versucht, so, wie du es gewollt hast, ich habe es wieder mit einer Frau versucht, und ich habe es auch mit anderen Männern versucht, aber es bleibt immer das Gleiche übrig. Ich will einfach nur mit dir zusammensein, und mit niemand anderem sonst! Ich liebe dich, und nur dich!". Rons Stimme klang dabei zwar etwas zaghaft, aber dennoch klar. Das war seine Wahrheit, und er musste es Yanko einfach nochmals mitteilen, dass er so fühlte.
Yanko atmete tief durch. Irgendetwas in seinem Innern strebte danach augenblicklich die Flucht zu ergreifen, doch er zwang sich dazu sitzen zu bleiben. Schließlich empfand er diese Zeit gerade mit Ron als wunderschön, und die wiedergewonnene Leichtigkeit, die ja in ihrer Beziehung in den letzten Jahren eher selten gewesen war, genoss er ganz besonders, und all das tat ihm sehr gut. Doch in Bezug auf diese Ausschließlichkeit hatte er einfach immer noch kein anderes Gefühl als noch vor ein paar Monaten.
Yanko versuchte schließlich sachte Worte für seine teilwise immer noch unklaren Gefühle zu finden, um Ron nicht wieder verletzend vor den Kopf zu stoßen und die friedliche Stimmung zu zerstören. „Ron, ich weiß jetzt nicht so genau,

was ich dazu sagen soll... Verstehe mich bitte nicht falsch... Es ist gerade wunderschön mit dir, und ich genieße jede Sekunde, die wir hier zusammen sind, aber ich weiß einfach nicht, ob ich das für immer so aufrechterhalten kann... Und ehrlich gesagt, will ich immer noch nicht nur ausschließlich mit einem Mann zusammen sein... Es tut mir echt leid, aber bei mir hat sich dahingehend nichts geändert... Ich hoffe wirklich sehr du kommst damit klar!"

Ron sah Yanko an und spürte dabei einen so starken Schmerz in seiner Brust, dass er kurz nach Luft schnappen musste. Konnte es tatsächlich sein, dass er sich wieder einmal so in ihm getäuscht hatte. Er hatte in den letzten Tagen wirklich den Eindruck gewonnen, dass Yanko jetzt genauso fühlen würde wie er, und dass es deshalb eigentlich nur logisch wäre, wenn sie wieder zusammenleben würden. Welches Spiel trieb Yanko da mit ihm, und warum tat er ihm immer wieder so weh? Warum konnte er sich denn nicht einfach mit ihm zusammentun und bei ihm bleiben? Es fühlte sich für ihn jedenfalls einfach total richtig an, wenn sie, so wie jetzt, zusammen waren, dass sich Ron einfach nicht vorstellen konnte, dass Yanko noch irgendetwas anderes wollte.
Die gefühlten Stunden des Schweigens, die Yankos Antwort folgten, empfand Yanko so, als ob ihm bei vollem Bewusstsein die Haut vom Leib gezogen würde. Rons Blick hatte sich binnen Minuten von einem liebevoll zugewandten Ausdruck in den eiskalten eines jagenden Bussards verwandelt. Yanko musste aufstehen, denn er hatte das Gefühl in seiner Nähe augenblicklich zerstückelt zu werden.
„Es tut mir leid, wenn du da wieder was falsch verstanden hast! Ich habe dir nichts versprochen, als du gesagt hast, dass du hierherkommen würdest!", wiederholte Yanko nochmal ganz ruhig und hoffte inständig, dass Ron sich wieder fangen

würde und sie zu dieser wunderbaren Leichtigkeit zurückkehren könnten.

Doch plötzlich sprang Ron auf und stellte sich Yanko in den Weg. „Du machst es dir wieder mal echt verdammt einfach! Spielst mir hier den perfekten Lover vor! Du gibst dich mir hin, als ob ich die Liebe deines Lebens wäre!", begann er schon ziemlich laut, doch er steigerte sich noch mehr hinein, bis er schließlich brüllte: „Aber wahrscheinlich spielst du das allen vor! Vielleicht tust du nur so, als wärst du einfühlsam, und in Wahrheit bist du ein oberflächlicher, arroganter, eingebildeter Schnösel, der sich auf Kosten der Gefühle von anderen sein Ego bepinseln lässt! Warum kannst du nicht einfach bei mir bleiben? Weißt du, was ich manchmal glaube? Vielleicht hast du ja Fam umgebracht, weil du es nicht mehr länger ausgehalten hast eine Ehe zu führen! War dir wohl auf Dauer zu langweilig, hä? War es so? Komm gib es zu! Du warst es! Hab ich Recht? Na los, du Feigling, kannst es ruhig zugeben! Wahrscheinlich ist sie dir irgendwann genauso am Arsch vorbeigegangen, wie ich dir! Bestimmt hast du sie auch dauernd betrogen, und dann ist sie dir irgendwann mal auf die Schliche gekommen, und deshalb hast du sie dann getötet! Das wäre ja auch nicht das erste Mal gewesen, dass du einen Menschen umgebracht hättest! Schließlich weißt du ja ganz gut wie das geht!" Ron war außer Rand und Band und riss eine Zigarette aus der Packung, die er sich dann zitternd vor Wut anzündete.

Und Yanko war sprachlos vor Schock. Er stand einfach nur da, unfähig sich zu bewegen, geschweige denn etwas dazu zu sagen. Das einzige, was ihm in diesem Moment durch den Kopf ging, war der Knall aus Rons Pistole, als Ron damals auf ihn geschossen hatte. Wenn Ron jetzt eine Waffe zur Hand hätte, wären das wahrscheinlich meine letzten Minuten, vermutete Yanko daraufhin nur.

Yanko blieb dann einfach bloß weiterhin unbeweglich stehen und versuchte dabei schlichtweg zu begreifen, was in Ron vorgehen musste. Es berührte ihn sehr, und es tat ihm in der Seele weh Ron so zu erleben, dennoch rief Rons Wunsch wieder dauerhaft mit ihm zusammen sein zu wollen, keine Veränderung in ihm hervor. Yanko war es durchaus klar, dass diese Zeit, die sie auf Mykonos und jetzt auf dem Boot verbrachten eine neue Chance offenbarte, aber er fühlte sich einfach noch überhaupt nicht in der Lage dazu irgendeine weitgreifende Entscheidung zu treffen. Zumal er sich sehr sicher war, dass er auf jeden Fall weiterhin mit Irina zusammen sein wollte, und er wusste ganz genau, dass er Ron jetzt einfach kein Treueversprechen geben konnte. Und er war dreimal heilfroh darüber, dass niemand von seiner Affäre mit Irina wusste, und schon gar nicht Ron.
Ron lief derweil nervös und immer noch außer sich vor Wut auf und ab und wartete ungeduldig auf eine Erklärung von Yanko.
„Ron, ich dachte, wir hätten das längst geklärt! Ich habe dir schon so oft gesagt, wie das bei mir ist. Ich weiß ehrlich gesagt nicht, warum du mich jetzt schon wieder so dermaßen ankackst, wegen etwas, was eigentlich klar ist! Und wenn du das hier jetzt falsch verstanden hast, dann tut mir das echt leid! Ich wollte dich weiß Gott nicht schon wieder verletzen!!! Wirklich nicht!!!", versuchte Yanko dann aufrichtig Rons Gemüt zu beruhigen.
„Das ist ja auch so neu, dass ich dich liebe, oder? Ich dachte echt, du meinst es jetzt ernst, als du gesagt hast, dass du dich freuen würdest wenn ich komme! Ich dachte, du hast deinen Entschluss dich von mir zu trennen aufgehoben! Was ist nur los mit dir? Hä? Oder hast du schon wieder jemand anderen? Ist es das?"
Ron war immer noch auf hundertachtzig, und Yanko wurde mit einem Mal ganz ruhig. Er wusste nur zu genau, dass unter

diesen Umständen sowieso kein vernünftiges Gespräch mehr zustande käme, und so beschloss er, Ron erst einmal irgendwie davon zu überzeugen dieses Thema auf den nächsten Morgen zu vertagen. Und anscheinend wählte er die richtigen Worte, denn Ron ließ sich wider Erwarten schneller darauf ein, als Yanko dachte und zog sich schließlich verbittert mit einer Flasche Wein in die Kajüte zurück.

Nach ungefähr zwei Stunden hörte Yanko dann endlich, dass Ron eingeschlafen war. Jetzt ließ er den Motor an und nahm Kurs auf die nächstgrößte Insel. Während der ganzen Fahrt überlegte Yanko dann weiterhin fieberhaft, was er denn nun tun sollte, und er kam dabei immer wieder zu dem einen Schluss, dass Ron offenbar ein ernstzunehmendes Problem hatte. Er brauchte dringend Hilfe, dessen war sich Yanko nach einer Weile sicher, und dass er diese Hilfe nicht sein konnte, war ihm dann auch schnell klar.

Als Yanko Ron dann unter Anwendung eines kleinen Tricks auf der Insel zurückließ, von der aus Ron aber mit Leichtigkeit zurück nach Athen fliegen konnte, fühlte er sich nicht wirklich gut dabei, aber es war das einzige, was ihm eingefallen war, um Ron eindeutig klarzumachen, dass er eine weitere Beziehung zu ihm, egal wie sie aussehen mochte, unter diesen Umständen auf gar keinen Fall führen wollte und auch nicht könnte.

Nach ungefähr einer Stunde hatte Yanko Ron dann angerufen und ihm kurz und knapp erklärt, warum er das eben so gemacht hätte, und dann, ohne noch auf seine Antwort zu warten, aufgelegt.

Das Rauschen der Wellen hörte schlagartig auf, als Yanko sein Handy zur Seite legte. Er musste sich setzen. Schnell nahm er noch das Päckchen Zigaretten mit hinaus und hockte sich dann auf die oberste Stufe seiner Steintreppe. Die erste Zigarette rauchte er, ohne es zu merken. Die zweite und dritte ebenfalls. Erst dann durchdrangen auch allmählich die anrollenden Wellen wieder sein Bewusstsein, und Yanko wusste nicht, ob er laut 'Scheiße' kreischen, oder kotzen sollte. Marianna hatte ihm eben am Telefon mitgeteilt, dass Ron sich vor einigen Wochen als Freiwilliger bei der Army für einen Sondereinsatz in Afghanistan gemeldet hatte.

Bei dieser Art von Einsätzen ist es der Army dann anscheinend plötzlich scheißegal, ob jemand schwul war oder nicht, kam es Yanko in den Sinn und er fluchte vor sich hin. Yanko hatte zwar nicht besonders viel Ahnung darüber, was eigentlich so ganz genau in Afghanistan abging, dennoch war ihm die Tatsache, sich dort jederzeit in größter Lebensgefahr zu befinden, durchaus bewusst.

Yanko konnte es einfach nicht fassen, dass Ron sich freiwillig zu so einem Einsatz entschlossen hatte. Seit Yanko Ron auf der Insel abgesetzt hatte, hatten sie nicht mehr miteinander gesprochen. Aber Yanko ahnte unweigerlich, dass Rons Afghanistantrip etwas damit zu tun hatte.

Gegen Abend fuhr er dann zu Maria und Irina und berichtete den beiden, was er mittags von Marianna erfahren hatte. Die Vorstellung, dass sich Ron im selben Moment irgendwo in Afghanistan im Krisengebiet befand, traf die beiden ebenfalls schockartig, und sie mutmaßten noch die ganze Nacht darüber, was wohl der genaue Beweggrund von Ron gewesen sein mochte, aus freiem Willen dorthin zu gehen. Maria und Irina gingen zwar, genau wie Yanko, davon aus, dass Rons Entschluss etwas mit der für ihn sehr unbefriedigenden

Beziehungssituation der beiden zu tun haben könnte, dennoch wollten sie von vornherein verhindern, dass Yanko sich deswegen eventuell Vorwürfe machen, oder sogar noch Schuldgefühle entwickeln würde.

Spät in der Nacht hatte sich Yanko dann entschlossen. Er musste einfach. Trotz heftiger Gegenargumente der beiden Frauen, buchte er für den übernächsten Tag einen Flug nach Kabul. Er musste einfach wissen, warum sich Ron für diese Sache entschieden hatte, und er musste auf jeden Fall versuchen ihn da wieder rauszuholen.

Der Staub und die merkwürdige Mischung aus Alltagslärm und der, trotz aller Geräusche um ihn herum, anwesenden Stille, legten sich wie ein bleiernes Gewand um Yankos Brust. Yanko wollte keine Zeit verlieren und ließ sich deshalb mit einem Taxi sofort zu dem US amerikanischen Stützpunkt fahren, wo Ron laut Marianna stationiert war.
Dort sagte man ihm dann, dass Ron gerade auf einem Manöver sei, er aber gegen Abend wieder zurück sein würde. Er könne gerne hier warten, hatte der eine Offizier ihm dann noch angeboten.
So hatte Yanko Zeit sich das Gelände etwas genauer anzusehen, und er musste feststellen, dass er es sich nicht so dermaßen kahl und öde vorgestellt hatte. Das Dorf an dessen Rand sich der Stützpunkt befand, bestand eigentlich nur noch aus Trümmern. Nur mit viel Phantasie konnte sich Yanko vorstellen, wie das alles hier einmal ausgesehen haben mochte, doch so wirklich gelang ihm das nicht. Yanko ging langsam durch die verstaubten Gassen und sah in die Gesichter einiger Einwohner, die ihn zwar anschauten, aber dennoch keine Miene dabei verzogen. Ihre Blicke waren leer und teilweise schon fast gespenstisch durchsichtig. Überall

begegnete Yanko Menschen, die verkrüppelt oder verletzt waren, und die ihn augenblicklich an den Cheyenneüberfall erinnerten. Er sah viele Frauen, die einfach vor ihren zerfallenen Häusern saßen und sich selbst hin und her wiegten, während sie mit trockenen Augen vor sich hin gafften, offensichtlich waren ihnen die Tränen ausgegangen. Und zwischendrin konnte er Kinder beobachten, die mit herumliegenden Trümmern und Müll Krieg spielten.

Merkwürdig berührt und geschockt zugleich kehrte Yanko gegen Abend wieder zum Militärstützpunkt zurück. Ron war inzwischen auch angekommen und wartete schon auf ihn. Man hatte ihm bereits mitgeteilt, dass Yanko da sei.
„Was machst du hier?", schleuderte ihm Ron entgegen, sobald Yanko nah genug war, dass nicht alle Herumstehenden hören konnten, was Ron sagte. „Das gleiche will ich von dir wissen!", konterte Yanko, der plötzlich wütend wurde. Er hatte auf einmal das unmissverständliche Gefühl bekommen, dass Ron ihm damit tatsächlich eins auswischen, und sich mit dieser Aktion an ihm rächen wollte.
„Komm, lass uns in die Kantine gehen, da ist momentan nichts los!", schlug Ron dann plötzlich vor.

Kaum hatten sie sich an einen der vielen Tische gesetzt, fragte Yanko: „Warum hast du das getan? Warum bist du hier?" Ron rieb sich sein Gesicht, er war noch völlig verdreckt von seinem heutigen Einsatz. „Das fragst du noch? Ausgerechnet du? Dabei müsstest du es doch eigentlich am besten wissen!"
Yanko lehnte sich zurück. „Also doch! Du willst mir jetzt damit echt sagen, dass du nur hier bist, weil ich nicht so mit dir zusammen sein will, wie du es willst? Das glaube ich einfach nicht!"
Ron sah Yanko an und war ganz ruhig dabei. „Glaube was du willst, doch genau deswegen bin ich hier! Ich musste die

Army damals notgedrungen wegen uns verlassen! Schon vergessen? Sie haben mich wegen dir gefeuert, falls du dich noch daran erinnerst! Aber ich liebe die Army nun mal, daran hat sich bei mir nichts geändert! Was sollte ich also deiner Meinung nach anderes tun, als wieder genau das zu machen, was ich wirklich gerne tu? Yanko, ich konnte so nicht weitermachen! Bei mir gibt es nur entweder oder, aber dieses nur ab und zu mal, das macht mich einfach kaputt! Kannst du das nicht verstehen?"
Yanko sah Ron lange in die Augen, und er wünschte sich nichts sehnlicher, als dass er plötzlich genau spüren könnte, dass er nur ausschließlich mit Ron zusammen sein wollte, einfach nur, damit er ihn wieder hier heraus bekäme, doch es tat sich nichts bei ihm. Es war wohl einfach nicht seine Wahrheit. Seine Brust zog sich dennoch zusammen und sein Herz tat weh, aber er konnte nichts daran ändern.
„Ron, ich kann ja verstehen, dass du das nicht aushältst, aber muss es denn gleich Afghanistan sein? Kannst du nicht irgendeinen anderen Job bei der Army machen?"
„Warum? Hast du etwa Angst ich könnte hier sterben?", erwiderte Ron etwas spöttisch und kramte seine Zigaretten hervor.
Yanko zündete sich auch eine an und fühlte sich, als wäre er soeben in ein Morastloch gefallen, und die einsinkende Erde söge ihn langsam aber stetig mit hinab. „Ja, habe ich! Und wie! Du bist mir doch deswegen nicht egal! Ron, bitte, such dir einen anderen Job! Denk an deine Kinder!", flehte Yanko schon fast, und Ron musterte ihn.
„Nein Yanko, ich bleibe hier! Hier habe ich wenigstens das Gefühl wirklich gebraucht zu werden! Und irgendjemand muss diese Arbeit ja schließlich auch tun! Die Landminen verschwinden jedenfalls nicht von allein!"
Yanko sah Ron entsetzt an. „Was?? Du suchst nach Landminen? Spinnst du??" Yanko war total geschockt, und

augenblicklich erschienen vor seinem geistigen Auge die Bilder der vielen verstümmelten Leute, die er heute gesehen hatte.
„Ja, das tue ich, und das ist eine wirklich sehr sinnvolle Tätigkeit! Ich denke, du hast heute bestimmt schon ein paar Verkrüppelte gesehen! Die meisten von ihnen sind auf so eine verdammte Mine getreten! Das ist einfach wirklich das Beste, was ich momentan tun kann!", erklärte Ron und freute sich plötzlich ungemein darüber, dass Yanko da war. „Hey, alter Gypsygauner! Ich weiß das echt zu schätzen, dass du hierher gekommen bist, aber ich werde nicht mit zurückkommen! Ich bleibe! Es sei denn, du hast dich anders entschieden! Das soll keine Erpressung sein, aber es ist meine Wahrheit!", fuhr Ron dann noch ergänzend fort und sah Yanko dabei in die Augen. Yanko schüttelte daraufhin nur mit dem Kopf. „Ron, ich kann ja verstehen, dass diese Arbeit sinnvoll und wichtig ist, aber dass du dich damit in ständige Lebensgefahr begibst, das will ich nicht verstehen! Und das hat meiner Meinung nach auch überhaupt nichts mit uns zu tun! Wenn du diesen Weg wählst, nur weil ich nicht so mit dir zusammen bin, wie du es dir wünschst, dann liebst du mich nicht wirklich, sondern du benutzt uns nur, um etwas anderem aus dem Weg zu gehen! Sorry, wenn ich das jetzt so sagen muss... Ron, ich liebe dich, und ich werde dich immer lieben, daran hat sich überhaupt nichts geändert! Und wenn dir das nicht reicht, dann weiß ich auch nicht... Ich glaube echt, dass du dir Hilfe holen solltest, damit du diese verdammte Eifersucht endlich in den Griff bekommst! Dann wäre doch alles gut mit uns."

Ron stand auf. „Gar nichts wäre dann gut! Yanko, du verstehst mich immer noch nicht! Ich will einfach nicht nur ab und zu mit dir zusammen sein, das reicht mir einfach nicht! Ich will dich immer! Jeden Tag, jede Nacht! Verstehst du? Immer!" Ron hatte sich schon wieder etwas in Rage

geredet. Er lief auf und ab und versuchte sich aber zusammenzureißen, denn er wollte nicht, dass irgendeiner seiner Kameraden draußen mitbekäme, was er mit Yanko hier drin zu besprechen hatte.
Yanko ging zu Ron und sah ihm in die Augen. „Hey, Mann, das verstehe ich schon, und es tut mir wirklich leid, dass es für dich so scheiße ist! Wir finden bestimmt eine gute Lösung für uns beide, aber ich brauche einfach noch Zeit dafür! Ich kann jetzt nicht einfach 'Ja' sagen, das wäre nicht ehrlich! Es tut mir echt leid! Das ist auch für mich nicht leicht!"
Ron nickte. „Ja, ich weiß, Yanko! Ich weiß! Aber ich denke eher, dass du Hilfe brauchst, damit du dich endlich wieder auf jemanden einlassen kannst! Aber ich kann solange nicht mehr warten. Ich muss irgendetwas tun! Ich kann nicht dauernd in Warteposition verharren, und mir jeden Tag vormachen und einreden, dass du mit Sicherheit ganz bald zu mir zurückkommen wirst! Du brauchst Hilfe, nicht ich, aber das willst du ja nicht wahrhaben! Yanko, ich finde das echt sehr schön von dir, dass du hierher gekommen bist, aber ich werde unter diesen Bedingungen nicht mit zurückkommen! Da kannst du machen was du willst! Und jetzt muss ich wieder an die Arbeit!"
Ron nahm seine Mütze und wollte schon gehen, aber Yanko packte ihn am Arm. „Ron, warte! Bitte!" Ron blieb stehen und sein Blick traf auf Yankos. „Was noch? Für mich gibt es dazu nichts mehr zu sagen!"
Yanko sah ihn an, und er wusste, dass es so war, trotzdem murmelte er noch: „Pass bitte auf dich auf! Ok?"
Kurz darauf riss sich Ron aus Yankos Umklammerung los und ging schnell hinaus. Er wollte nicht, dass Yanko seine Tränen sah.
Yanko blieb noch für einen Moment lang wie angewurzelt stehen, doch im nächsten Augenblick stürzte er Ron

hinterher, aber als er draußen war, konnte er ihn nirgends mehr finden.

Die restlichen zwei Tage verbrachte Yanko mehr oder weniger in seinem Hotelzimmer und starrte gefühlte Stunden auf sein Handy, aber Ron meldete sich nicht. Er fühlte sich matt und ausgelaugt, und Rons Worte hallten in seinem Gehirn nach, wie das Echo in einem Gebirgstal.

Am ersten der beiden Abende in Afghanistan lernte Yanko bei einem Rundgang durch die Straßen noch Will kennen. Will war seit sieben Jahren Sanitäter hier. Er zeigte Yanko die Krankenstation auf der er arbeitete, und als Yanko ihn fragte, warum er seitdem nie wieder einen freien Tag gehabt hätte, antwortete Will ihm nur, dass er das normale Leben gar nicht mehr aushalten würde. Nur ein Tag Ruhe brächte ihn schon schier zur Verzweiflung. Will wollte erst gar nicht damit beginnen seine Erlebnisse aufzuarbeiten. Er war sich sicher, dass er das nicht überleben würde, deswegen hatte er beschlossen jeden Tag bis zum Umfallen zu arbeiten und weiterhin die Überreste verletzter Menschen von den Straßen zu kratzen. Und bei dem ganzen Elend, welches Yanko in der Krankenstation begegnete, konnte er sich gut vorstellen, wie so ein Tag in Wills Leben aussehen mochte.
In jener Nacht schlief Yanko kaum, denn das, was er an diesem Tag alles gesehen hatte, verband sich zusammen mit seinen eigenen Erlebnissen zu einem dicken Tau, das sich fest um seinen Körper zurrte und ihm schier den Atem raubte.

Als Yanko Afghanistan wieder verließ, war er keinesfalls beruhigt. Im Gegenteil, die Bilder von den verstümmelten Menschen, der ständig präsent gewesene Panzerlärm, welcher immer noch in seinem Kopf dröhnte, die leeren Augen der Einwohner, Ron in Soldatenuniform, sowie der Geruch von im Staub getrocknetem Blut hatten sich fest in sein Gemüt gepflanzt und seine Heiterkeit und wiedergewonnene Lebensfreude binnen weniger Tage aus seinem Herzen gewischt.

Nur mit großer Mühe fand er die Muße weiterhin den gutgelaunten Daddy für seine Kinder zu spielen, doch sobald sie wieder bei Maria waren, prasselten die Bilder wieder auf ihn ein, wie ein zusammenstürzendes Kartenhaus.

Yanko spürte zwar irgendwie, dass er Ron nicht davon abhalten konnte in Afghanistan zu blieben, und dennoch zermarterte er sich den Kopf nach einem Ausweg. Aber er fand keinen.

Die Sonne war gerade untergegangen, da stand er auf einmal vor ihm. Yanko traute seinen Augen kaum, doch als Nino ihn stürmisch umarmte, freute sich Yanko sehr. Der kam ihm gerade recht. Endlich Abwechslung! Nino würde ihm bestimmt die zermürbende Angst um Ron ein wenig austreiben können.
Und so kam es dann auch. Nino brachte eine solch gute Stimmung mit, dass Yanko nicht lange brauchte, um sich ihr anzuschließen. Ausgiebig gingen sie surfen und segeln und verbrachten die Nächte in stürmischer Leidenschaft. Ninos Anwesenheit fegte die trüben Gedanken an Ron und Afghanistan aus Yankos Kopf und Herz, und er ließ es gerne zu.
Yanko erzählte Nino natürlich davon, aber nur in groben Zügen, denn er wollte die Zeit, die er mit Nino haben würde nicht mit Problemen belasten, die er eh nicht ändern konnte.
Nino erzählte Yanko bald, dass Mala und er sich mit dem Gedanken trugen auch nach Mykonos zu ziehen, damit Flores und Cheyenne zusammen aufwachsen, und öfter zusammen sein könnten. Yanko fand die Idee sofort ziemlich gut. Es werden immer mehr, überlegte Yanko und dachte dabei an Irina. Und er fragte sich, ob Irina heute wohl schon eine Wohnung gefunden hatte. Denn nachdem sie doch immer öfter bei Yanko war, suchte sie jetzt nach einer kleinen Wohnung ganz in der Nähe von Yankos Bucht. Es war für sie einfach nicht mehr länger tragbar in Marias Haus zu wohnen, und Maria im Prinzip ständig zu hintergehen.

Ninos Anwesenheit tat Yanko richtig gut, und er erzählte ihm schließlich auch, was er in Irland über Fam in Erfahrung gebracht hatte und ebenso von seinen Besuchen im Gefängnis bei Jim Wilson. Nino war erstaunt darüber, dass Yanko so redefreudig war, und er genoss es sehr ihn so offen

und direkt zu erleben. Das machte Yanko für ihn nur noch attraktiver, und Nino zweifelte deshalb ab und zu daran, ob die Idee nach Mykonos zu ziehen wirklich so gut für ihn wäre. Nino spürte, dass Yanko sich zwar immer noch Gedanken um die Sache mit Fam machte, einfach auch deshalb, weil es einige ungeklärte Dinge und unbeantwortete Fragen gab, dennoch nahm er wahr, dass Yanko irgendwie viel gelassener damit umging. Er strahlte jedenfalls nicht mehr diese Zerrissenheit und Verzweiflung aus, die er bei ihrem letzten Treffen noch mit sich herumgetragen hatte. Offenbar hatte ihm das Verfilmen seiner Geschichte und alles, was er sonst noch so unternommen hatte, um über den Tod seiner Frau hinwegzukommen, sehr genützt, um wieder etwas mehr Frieden und Ausgeglichenheit zurückzubekommen.
Manchmal war Yanko so ausgelassen fröhlich und gutgelaunt, dass er sich aus vollstem Herzen wünschte, Ron solle sich endlich in jemand anderen verlieben. Mit Nino lief es jedenfalls wunderbar, und außerdem stellte bei ihnen auch keiner einen Ausschließlichkeitsanspruch an den anderen.

In dieser Zeit wurden auch die Pläne für eine Europatour von SAN DANA konkreter. Eigentlich war auch alles schon fix und fertig geplant, nur die Entscheidung auf welche Weise die Tiere über den Atlantik gebracht werden sollten, war noch nicht gefällt worden. Yanko plädierte fürs Fliegen, da er der Meinung war, dass eine Schiffsreise einfach zu lange dauern würde, Keith war darüber jedoch anderer Meinung. Aber letztendlich überließ Yanko diese Entscheidung seinem Bruder, denn schließlich musste er das alles organisieren.
So wie es aussah, würden wahrscheinlich tatsächlich bald alle hier in Europa sein, vielleicht sogar für immer, je nachdem wie die Tour laufen, und was sonst noch so alles passieren würde. Yanko gefiel die Vorstellung, obwohl sie in ihm auch

eine gewisse Skepsis hervorrief, die er allerdings nicht so wirklich verstehen konnte.

Sie waren gerade alle bei Maria zum Abendessen, als Yankos Telefon klingelte.
Yanko zuckte unwillkürlich zusammen, und als er auf das Display sah, zog sich sein Magen augenblicklich zusammen, denn dort war eine ausländische Nummer angezeigt, die er nicht kannte, und dennoch ahnte er, dass es eine afghanische sein könnte. Yanko konnte sich allerdings so schnell nicht erklären, warum Ron ihn vom dortigen Festnetz aus anrief.
Doch es war gar nicht Ron.
Es war Will, der ihm erst einmal riet sich hinzusetzen.
Aber Yanko ging stattdessen lieber hinaus, denn urplötzlich schnürte sich seine Kehle so zu, dass sein Körper dringend nach Sauerstoff verlangte. Warum rief Will ihn an, und woher hatte er überhaupt seine Nummer? Er konnte sich nicht daran erinnern sie ihm gegeben zu haben. Yanko wollte erst gar nicht zu Ende überlegen, was das alles heißen könnte. Zitternd fischte er eine Zigarette aus der Packung und zündete sie an. Er stand an der Mauer, an der er das erste Mal Maria geküsst hatte und sah aufs Meer hinaus.

Hinterher wusste er nicht mehr, wie sie das Gespräch beendet hatten, doch Wills Worte hämmerten weiterhin durch seine Adern.
Wie betäubt ging Yanko nach einer Weile zu den anderen zurück und sagte ihnen, während er seinen Schlüssel in die Hand nahm, kurz und knapp was passiert sei. Irina sprang sofort auf und wollte mit Yanko mitgehen, während alle anderen erst einmal völlig erstarrt sitzen blieben. Doch Yanko wimmelte sie ab und sagte, dass er jetzt schnell seine Sachen packen gehe, und noch versuchen wolle mit der Nachtmaschine nach Athen zu kommen.

Er musste einfach auf dem allerschnellsten Weg nach Afghanistan zurück. Zurück in das blutgetränkte Land, in dem Ron auf der Krankenstation im Koma lag, nachdem er von Minensplittern schwer verletzt worden war, und Will keine großen Hoffnungen mehr hatte, dass er nochmal aufwachen, geschweige denn es überleben würde.

Das kalte Neonlicht warf seltsame Schatten an die Wand, als Yanko leise in Rons Zimmer trat. Das Piepsen der Herzüberwachungs- und Beatmungsmaschinen drang sofort in sein Ohr, und die übrige Stille in diesem Raum traf ihn wie eine Faust mitten in die Magengrube. Yanko schloss die Tür hinter sich, und dann war er mit Ron allein.
Will hatte Yanko über sämtliche Verletzungen Rons unterrichtet, und ihm einfühlsam, aber dennoch klipp und klar gesagt, dass die Chance äußerst gering wäre, dass Ron es schaffen würde. Kurz musste Yanko ans Johnsons Garden Hospital in San Francisco zurückdenken, als Ron dort vor ein paar Jahren wegen eines Zusammenbruchs gelegen hatte. Doch das Ganze hier hatte eine für Yanko kaum auszuhaltende Endgültigkeit, die sich sofort in Tränen bemerkbar machte. Rons Anblick war so elendig, dass sich Yanko einfach nicht zusammenreißen konnte. Er setzte sich an Rons Bett, nahm seine Hand und flennte Rotz und Wasser.
Nach einer Weile kam Will ins Zimmer, und Yanko war froh, dass sein Heulanfall für diesen Moment vorbei war, denn er wollte nicht, dass Will solche Tränen sah, das ging ihn einfach nichts an.
„Du kannst gerne bei mir schlafen, wenn du willst! Ich wohne ein Haus weiter wie du weißt, da wärst du also im Handumdrehen wieder hier, falls sich sein Zustand ändern sollte. Ich sage dem zuständigen Personal dann Bescheid!", sagte Will und reichte Yanko einen Schlüssel. Yanko antwortete aber nur: „Danke Will, aber ich denke, ich bleibe hier, wenn das geht."
Will musterte Yanko und nickte. „Klar geht das! Wenn du was brauchst, dann lass es mich wissen, ok? Es ist vielleicht sogar gut, dass jemand immer bei ihm ist, dann können wir uns mehr um die anderen kümmern. Wir haben einfach sehr

wenig Personal. Ich sehe später nochmal nach ihm. Momentan können wir eh nur für ihn beten! Ich lege dir den Schlüssel hier auf den Tisch, falls du es dir doch mal anders überlegst!", bemerkte Will noch, bevor er Yanko dann mit Ron wieder alleine ließ.

Die erste Nacht verbrachte Yanko damit Ron Geschichten zu erzählen, die er als kleiner Junge von seinen Leuten oft gehört hatte. Yanko erzählte so lange, bis er vor Müdigkeit am Bett sitzend einschlief. Er wurde erst wieder wach, als der diensthabende Arzt zusammen mit einer Schwester hereinkam. Er untersuchte Ron und zeigte Yanko dabei dessen äußere Verletzungen, bei denen es Yanko schon halb schlecht wurde, allein durch die Vorstellung wie viel Schmerzen Ron ertragen müsste, für den Fall, dass er wieder aufwachen würde. Der Arzt bat Yanko noch der Schwester beim Waschen zu helfen, und nachdem er Ron über eine Infusion seine Medikamente verabreicht hatte, verschwand er wieder. Yanko bat die Schwester dann ihm alles zu zeigen, damit er das in Zukunft alleine machen könnte, und die Schwester war für seine Hilfe sehr dankbar angesichts der vielen Arbeit, die sie im Laufe einer Schicht zu erledigen hatte.
Yanko verließ das Zimmer nur noch, wenn er mal aufs Klo musste, oder sich etwas zum trinken oder essen holte, was aber nicht besonders häufig vorkam. Ansonsten saß er an Rons Bett, streichelte seine Hand oder fuhr ihm liebevoll über den Kopf oder das Gesicht und flehte ihn hunderte Male an, er solle bitte wieder aufwachen und gesund werden.
Manchmal saß er aber einfach nur da und sah ihn schweigend an, ohne an irgendetwas Bestimmtes zu denken. Die Welt um Yanko herum verschwand zusehends und bestand nach kürzester Zeit nur noch ausschließlich aus diesem Krankenzimmer und Ron.

Alles andere interessierte Yanko nicht mehr.
Ab und zu riefen Maria oder Marianna an, weil sie natürlich wissen wollten, wie es Ron ging. Yanko berichtete ihnen dann fast mechanisch, was wichtig war zu wissen und versank danach wieder völlig in Rons verschwiegener Welt.

Nach ein paar weiteren Tagen kam Will ins Zimmer und forderte Yanko dringend auf mit ihm zu kommen. „Du drehst hier sonst noch ab! Du musst jetzt mal eine Pause machen! Mein Freund James hat heute Nachtdienst. Sobald sich irgendetwas ändern sollte, sagt er mir Bescheid! Du kommst jetzt mit zu mir, und ich koche uns was! Los jetzt!" Will zerrte Yanko am Arm hoch und überzeugte ihn schließlich durch einen ernsten Blick mitzukommen.

Will hatte wirklich gut gekocht, doch Yanko brachte fast keinen Bissen herunter. „Mann, du machst mir bald mehr Sorgen, als dein Kumpel! Was ist los mit dir? Ich verstehe ja, dass du dir Gedanken um ihn machst, aber so ist das eben! Er hat sich dazu entschlossen hier auf den Minenfeldern zu arbeiten, er wusste ganz genau auf was er sich da einlässt! Hier stirbt dauernd jemand, Einheimische und Soldaten! Da gibt es keinen Unterschied. Die Medien berichten nicht alles."
Yanko sah auf und Will in die Augen. „Ich weiß... Ich weiß das! Aber Ron ist nicht einfach nur ein Kumpel... Er ist mein bester Freund seit über zwanzig Jahren... Das ist nicht so einfach!"
Will sah Yanko weiter an. „Hmm, ja, das ist niemals einfach jemanden zu verlieren, den man mag, noch weniger einen Freund! War das eigentlich ok, dass ich dich angerufen habe? Ich dachte mir nur, wer extra nach Afghanistan kommt, um einen Freund zu besuchen, der muss ein wahrer Freund sein. Ich kenne ja nur dich, und ich habe dich auch sofort in seinem Adressbuch gefunden."

Yanko zündete sich eine Zigarette an, nachdem Will einen Aschenbecher auf den Tisch gestellt hatte. „Ja, klar war das ok! Das war genau richtig so! Ron und ich, wir... wir waren mal zusammen, und wir sind es immer noch irgendwie, aber für ihn ist das so nicht ok, er will mehr, aber ich nicht. Und nur deshalb ist er hier!", erzählte Yanko Will dann kurz, und es erleichterte ihn irgendwie, dass er es jemandem von hier anvertraut hatte.
Will stand auf und sah aus dem Fenster. „Da ist dein Freund nicht der einzige!", bemerkte Will, während er sich zu Yanko umdrehte. „Wie meinst du das?", hakte Yanko nach. „Es gibt viele Männer, die hierher kommen, weil sie zu Hause Probleme haben, und für viele von ihnen gibt es kein Zurück mehr, weil sie einfach unvorsichtiger sind als andere.", erklärte Will und setzte sich danach wieder.
Yanko starrte vor sich hin, während er weiter rauchte. Der Gedanke, dass Ron nur aufgrund ihrer ungeklärten Situation hierher gekommen war, nagte plötzlich noch schwerer an ihm. Yanko musste sämtliche Kräfte mobilisieren, um nicht doch noch ein schlechtes Gewissen zu bekommen und sich schuldig zu fühlen, obwohl er ganz genau wusste, dass er weder an Rons Verletzungen schuld, noch für seine Entscheidung verantwortlich war. Es war ausschließlich Rons eigene Verantwortung, und trotzdem wurde Yanko nicht wirklich Herr über das sich doch bereits kräftig ausdehnende Schuldgefühl in seinem Inneren.
„Yanko, ich will ehrlich zu dir sein! Wunder gibt es zwar immer wieder, aber ich glaube wirklich nicht, dass dein Freund das überleben wird! Er hat so viele schwere innere Verletzungen, das ist echt kaum möglich! Klar, letztendlich weiß ich es nicht, aber ich möchte, dass du darauf vorbereitet bist! Und das Beste, was du jetzt für deinen Freund tun kannst, ist, dass du auch mal an dich denkst!"

Yanko sah Will an. „Ja, ich weiß! Aber Wunder gibt es tatsächlich! Mein Bruder war auch einmal im Koma gelegen, und die Ärzte sagten damals, falls er es überhaupt überleben sollte, dann würde er aber nie wieder laufen können. Und jetzt reitet er sogar wieder! Aber danke für deine Offenheit!"
„Willst du was trinken?", fragte Will dann. Doch Yanko winkte ab. „Nein danke! Aber was zum Rauchen wäre nicht schlecht, wenn du verstehst was ich meine!"
Und Will verstand. So saßen sie dann noch Stunden am Fenster, schauten auf die menschenleere Straße hinunter und rauchten einige Joints hintereinander, während Will ein bisschen über seine Arbeit erzählte, nachdem Yanko ihn darum gebeten hatte.
Irgendwann gegen Morgen dann legten sich die beiden hin und schliefen für ein paar Stunden einen traumlosen Schlaf.

Zwei Tage später, kurz nachdem Yanko Rons Hand genommen hatte und sie an sein Gesicht drückte, bewegten sich Rons Augenlider. Yanko war sofort hellwach, und er begann wie auf Knopfdruck mit Ron zu sprechen. Und plötzlich schlug Ron die Augen auf. Als er Yanko erblickte, huschte ein Lächeln über sein Gesicht, doch im nächsten Augenblick irrte sein Blick durch das Zimmer. Es war offensichtlich, dass er momentan weder wusste wo er sich befand, noch was passiert war.
„Hast du Schmerzen?", fragte Yanko als erstes, und als Ron daraufhin ganz leise „Nein." hauchte, durchströmte Yanko eine belebende Flut von Hoffnung. Yanko war viel zu aufgeregt, um gleich daran zu denken einen Arzt zu holen. Ron erkannte und verstand ihn ganz offensichtlich, und so erzählte Yanko ihm dann in knappen Sätzen was passiert war. Dabei ließ er Rons Hand nicht los, und Ron drückte die seine etwas, nachdem er geendet hatte. Erst dann stand Yanko auf, um einen Arzt zu holen.

Die Untersuchung dauerte lange, und Yanko bekam schon Angst, doch als der Arzt nach einer weiteren halben Stunde Ron wieder zurück ins Zimmer schob, beruhigte sich Yanko etwas. „Er schläft jetzt.", begann der Arzt. „Wir müssen ihm eine Dauermorphiuminfusion geben, damit er hoffentlich keine Schmerzen hat. Falls doch, sagen Sie mir bitte Bescheid! Es ist ein echtes Wunder, dass er überhaupt aus dem Koma erwacht ist, das bedeutet aber leider noch lange nicht, dass er es geschafft hat! Wenn Sie wollen, dann kläre ich Sie gerne genauer darüber auf, was Sache ist!", erläuterte der Arzt Yanko. Doch Yanko wehrte ab, denn er wollte das alles lieber nicht so genau wissen, einfach deshalb, weil das aus Erfahrung nur seine Hoffnung lähmen würde. So fühlte er sich eher in der Lage Ron gut zuzureden, als wenn er durch das exakte Wissen, was bei Ron noch alles kaputt sei, eventuell noch selbst die Zuversicht verlieren würde. Er wusste schon genug, und das, was er äußerlich dazu noch sehen konnte, reichte ihm vollauf.

Yanko wich in den folgenden Tagen noch seltener von Rons Bett. Nur wenn Ron offensichtlich schlief, ging er mal ein paar Schritte auf und ab, rauchte ein paar Zigaretten, oder schnappte mal kurz frische Luft. Ansonsten verbrachte er die Zeit auf dem Stuhl neben Rons Bett oder direkt neben ihm im Bett. Das Bett war zum Glück so breit, dass Yanko sich zumindest auf der Seite liegend neben Ron legen konnte, ohne ihn dabei an seinen verletzten Stellen zu berühren.

Oftmals schwiegen sie auch, wenn Ron wach war, denn Ron war sehr schwach, und das Reden viel ihm ziemlich schwer. Aber er forderte Yanko immer wieder auf etwas zu erzählen und vor allem wollte er ständig, dass Yanko ihm etwas vorsang.

So verbrachte Yanko oft Stunden damit Ron sämtliche Lieder, die er kannte rauf und runter vorzusingen. Manchmal schlief Ron dabei ein, aber Yanko sang oftmals einfach weiter,

auch weil er damit die ständig wiederkehrende Verzweiflung ganz gut im Zaum halten konnte.
Sobald sich die Gelegenheit ergab, sagte Yanko ihm immer wieder, dass er ihn liebe, und dass es ihm so sehr Leid tun würde, wie alles gekommen sei. Und Ron drückte dabei stets Yankos Hand und sagte ihm, dass es ihm auch Leid täte.

„Weißt du Yanko...", begann Ron dann eines Nachmittags. „Ich bereue nichts! Gar nichts! Keine Sekunde, die ich mit dir verbracht habe, außer die, in denen ich dich fertiggemacht habe!" „Hey, das ist doch jetzt völlig unwichtig!", unterbrach Yanko ihn, doch noch bevor Yanko weiterreden konnte, fuhr Ron fort: „Nein, das ist nicht unwichtig! Das ist sogar sehr wichtig! Du musst wissen, dass ich dich aus tiefstem Herzen liebe, und dass ich viel zu lange gebraucht habe, um das zu verstehen und um mir das selbst einzugestehen! Ich hatte mich schon in dich verliebt, als wir uns überhaupt das erste Mal gesehen haben!"
„Was??", unterbrach Yanko erneut, doch Ron fiel ihm wieder ins Wort. „Lass mich bitte ausreden! Ich muss das einfach jetzt loswerden, bevor es zu spät ist! Es tut mir leid, wenn ich dich unter Druck gesetzt habe, aber es war einfach so, ich konnte nicht anders! Ich liebe dich, und ich wollte einfach nichts anderes als nur mit dir zusammen sein, sonst gibt es für mich nichts! Die Army hat mir in all den Jahren immer Halt gegeben. Keine Ahnung warum, aber es war so... Für mich ist das in Ordnung so! Ich bin zufrieden! Ich habe dich lieben dürfen und dich ganz oft ganz nah bei mir gehabt, und ich habe dich, glaube ich, sehr gut kennengelernt, und das erfüllt mich mit tiefer Freude und Dankbarkeit! Yanko, ich bereue es zutiefst, dass ich dich so fies beschimpft habe... und dass ich dich fast umgebracht habe! Und ich wünsche mir, dass du mir vergeben kannst, dass ich damit nicht zurechtgekommen bin! Bitte verzeih mir, dass ich dich angeschossen habe! Ich weiß,

damit habe ich sehr viel kaputt gemacht!" Ron musste eine Pause machen, denn das viele Reden erschöpfte ihn sehr, dennoch musste er jetzt reden. Er musste Yanko einfach alles sagen.
Yanko streichelte Rons Hand und kämpfte mit den Tränen. Er wollte nicht spüren, was er spürte, und er wollte nicht wahrhaben, dass sich Ron offenbar gerade von ihm verabschiedete. „Ron... Ich habe dir schon längst alles vergeben! Ich bin daran ebenso beteiligt wie du! Ich habe es dir mit Sicherheit meistens nicht gerade leicht gemacht überhaupt mein Freund zu sein! Ich hoffe, dass du mir das vergeben kannst! Und ich bereue auch überhaupt nichts! Im Gegenteil... Ron, du darfst jetzt nicht aufgeben! Hörst du? Du musst weiterkämpfen! Es ist doch noch nicht zu spät! Auch für uns nicht! Es gibt immer einen Weg!", fing Yanko vor lauter Angst an auf Ron einzureden. Auch wenn er selbst im Moment immer noch keinen passenden Weg wusste, so fühlte er doch eine gewisse Hoffnung und Kraft aus diesem Satz heraus schimmern.

Rons und Yankos Blick trafen sich, und in diesem Augenblick wusste Yanko, dass Ron sterben würde. Noch war er da, und doch hatte er plötzlich das Gefühl, das etwas von ihm bereits woanders war.
Unwillkürlich umklammerte er Rons Hand noch zusätzlich mit der anderen, so, als ob er ihn damit daran hindern könnte ganz wegzugehen.
„Yanko, alles ist gut! Ich werde nicht mehr gesund, dass weiß ich! Dafür ist es zu spät... Es ist schön, dass du hier bei mir bist und mich nicht allein lässt! Danke, dass du gekommen bist!", flüsterte Ron, und er musste für einen Moment lang seine Augen schließen, um sich zu erholen.
Yanko rang mit seiner Fassung, denn er konnte sich überhaupt nicht vorstellen, dass Ron plötzlich nicht mehr da

wäre. Und schlagartig wurde ihm klar, dass er Ron die ganze Zeit über mit seinen Problemen nicht ganz ernst genommen hatte, beziehungsweise, dass er meistens so sehr mit sich selbst beschäftigt war, dass er für Rons Anliegen, Wünsche und Wahrheiten keinen angemessenen Raum mehr übrig hatte.

Da öffnete Ron plötzlich wieder seine Augen und sah Yanko liebevoll an. „Würdest du mich bitte in den Arm nehmen?" bat Ron ihn dann. „Aber was ist mit deinen Verletzungen? Wenn ich dich in den Arm nehme, mache ich vielleicht noch was kaputt.", sagte Yanko und sah Ron dabei fragend an.
Doch Ron hob matt die Decke etwas an und sagte nur müde lächelnd: „Da gibt es nichts mehr was du kaputt machen könntest! Bitte, komm her und leg dich zu mir! Bitte!" Ron sah Yanko so eindringlich an, dass er dem nicht mehr widersprechen wollte, und so legte sich Yanko, so vorsichtig wie möglich, neben Ron ins Bett und legte einen Arm um ihn. „Nein Yanko, nimm mich bitte ganz in deine Arme, ganz nah und ganz fest!!", sagte Ron und drehte seinen Kopf zu ihm.
Und Yanko spürte plötzlich das dies jetzt das Wichtigste überhaupt war. Deshalb schob Yanko seinen linken Arm unter Rons Kopf und zog ihn ganz nah zu sich.
Erleichtert seufzte Ron auf, als er schließlich eingehüllt in Yankos Armen dalag und sein Kopf an dessen Brust ruhte. Ron konnte Yankos Herz schlagen hören, und er war glücklich. Yankos Arme auf seinem Körper gaben ihm das Gefühl getragen zu werden und die letzte Angst verschwand.
Er war dort, wo er immer sein wollte.
Er war bei Yanko und lag in seinen Armen.

„Yanko, versprich mir bitte, dass du nie wieder Alkohol trinkst! Geht das?", bat Ron ihn auf einmal, und Yanko schluckte. Er hatte schon einmal so ein Versprechen

abgegeben und es nicht halten können. „Ron, das kann ich dir nicht versprechen! Aber ich bemühe mich! Ok?" Yanko holte tief Luft, denn plötzlich sah er Fam vor sich, wie sie in seinen Armen gelegen hatte, als sie starb. „Ron, hör zu! Du darfst jetzt nicht sterben! Was soll ich denn dann ohne dich machen? Ich kann dich nicht auch noch verlieren! Reiß dich also gefälligst zusammen!", redete Yanko dann eindringlich auf Ron ein. Doch Ron schien ihn gar nicht zu hören. Er schmiegte sich mit sanfter Kraft an Yankos Körper und umklammerte mit seinem linken Arm Yankos Bauch.
„Ich liebe dich, hörst du? Ron, hörst du mich? Ich liebe dich!", sagte Yanko dann ein paar Mal, aber Ron schien auf einmal ganz weit weg zu sein. Doch plötzlich antwortete er: „Ja, ich weiß! Ich weiß, dass du mich liebst! Und das ist wunderschön! Du bist wunderschön! Alles an dir ist wunderschön!"
„Nein, du bist wunderschön! Verwechsle das nicht!", flüsterte Yanko daraufhin, während ihm wieder die Tränen in die Augen schossen. Yanko zog Ron noch ein wenig stärker zu sich und küsste ihn ein paar Mal auf die Stirn. „Singst du mir bitte wieder etwas vor?", fragte Ron kurz daraufhin. Und Yanko flüsterte: „Na klar!".
Und dann begann er leise zu singen.

Yanko hatte keine Ahnung wie lange sie so dalagen, und er ein Lied nach dem anderen sang. Manchmal erfand er auch einfach spontan ein neues Lied, das er dann solange wiederholte, bis ihm etwas anderes einfiel. Yanko verlor jegliches Zeitgefühl, und irgendwann sang er plötzlich nur noch eine ganz bestimmte Melodie, nämlich die, die just in diesem Moment tief aus seiner Seele kam.

Irgendwann lehnte Ron dann seinen Kopf leicht zurück. „Bitte küss mich!", flüsterte er Yanko ins Ohr, der sich in diesem Moment auch nicht zweimal bitten ließ. Yanko spürte daraufhin Rons Lippen auf seinen und wie sie ineinander verschmolzen, so, als ob sie sich nie wieder trennen wollten. Doch von Jetzt auf Nachher wurden Rons Lippen plötzlich ganz still, und er sank noch tiefer in Yankos Arme. Und Yanko wusste, noch bevor er es körperlich wahrnahm, dass Ron soeben gestorben war.

Yanko hatte später keine Ahnung mehr wie lange er danach noch so mit Ron im Arm dagelegen hatte. Er nahm erst wieder etwas wahr, als Will ihn ansprach: „Yanko! Hey! Komm, du musst jetzt aufstehen! Na los, komm!"
Ganz behutsam legte Yanko Ron daraufhin zurück auf das Kissen und streichelte ihm noch ein paar Mal über sein Gesicht. Ron war zwar schon fast nicht mehr spürbar, doch für Yanko ging das alles viel zu schnell.
„Gib mir noch ein paar Minuten, bitte!", sagte Yanko dann wie aus einem Traum. „Ok, aber gleich kommen sie und holen ihn ab! Wir brauchen jedes Bett, es tut mir echt leid! Du kannst ihn aber bis zum Stützpunkt begleiten!", antwortete Will schnell, und es brach ihm schier das Herz, als er Yanko sah, wie er um seinen toten Freund trauerte.

Die letzten Minuten, die Yanko dann mit Ron alleine war, verbrachte er damit, Ron von allen Kabeln und Schläuchen zu befreien. Er öffnete das Fenster sperrangelweit und hoffte, dass Rons Seele den Weg in den Himmel so besser finden würde. Dann setzte er sich zu ihm aufs Bett, sang seiner Seele noch ein Lied und küsste ihn ein letztes Mal.

Yanko war nicht dabei, als die Offiziere Ron dann zum Stützpunkt fuhren. Er wollte Ron nicht mit ihnen teilen. Dennoch war er geistesgegenwärtig genug gewesen, den ranghöchsten Offizier um eine private Bestattung für Ron in den USA zu bitten. Der Offizier versprach Yanko daraufhin sein Gesuch an die dafür verantwortliche Stelle weiterzuleiten.

Dann war er allein.

Yanko wusste, dass seine einzige Chance jetzt überhaupt darin bestehen würde, sofort seine Gefühle zuzulassen und so schnell wie möglich darüber zu reden, was alles passiert war und wie er sich jetzt fühlte. Doch in diesen ersten Momenten fühlte er irgendwie gar nichts. Er war plötzlich einfach nur hundemüde und hätte auf der Stelle einschlafen können.

Erst als er bei Will zu Hause war und der ihn einfach wortlos in die Arme nahm, schossen ihm plötzlich die Tränen in die Augen. Sie weinten schließlich beide, bis sie keine Luft mehr bekamen.
Anschließend rauchten sie unzählige Joints, und Yanko bekam es tatsächlich hin, Will einigermaßen zu erzählen, was sich die letzten Tage am Bett von Ron zugetragen hatte.

Als Yanko zurück auf Mykonos war, brachte er es zu seinem eigenen Erstaunen ganz gut hin über all das zu reden, was er erlebt hatte. Es gelang ihm sogar seine Trauer zuzulassen und ebenso seine Tränen. Maria, Irina und Nino waren darüber äußerst erleichtert und schöpften deshalb berechtigte Hoffnung, dass Yanko Rons Tod in einem angemessenen Zeitraum einigermaßen gut verkraften würde. Neben ihrer eigenen Trauer, hatten sie dennoch stets ein wachsames Auge auf Yanko, doch es hatte auch nach mehreren Tagen immer noch den Anschein, dass Yanko den Umständen entsprechend einigermaßen damit klarkommen würde.

Als Yanko allerdings nach einem Surftrip abends nicht nach Hause kam, schlug die Sorge dann jedoch sofort in Panik um, und Maria alarmierte sofort die Küstenpolizei, aber die Suche blieb erfolglos. Yanko war von jetzt auf nachher wie vom Erdboden verschluckt.
Allerdings nur für die Suchenden.
Yanko selbst legte sich in dieser Nacht auf Delos an den Strand und starrte in den Himmel. Er war am Nachmittag surfen gegangen und hatte plötzlich keine Lust mehr gehabt nach Hause zurück zu surfen. Er hatte mit einem Mal das dringende Bedürfnis gehabt allein sein zu müssen, und so war er auf die Idee gekommen nach Delos hinüber zu surfen. Er wollte die Nacht alleine verbringen. Morgen würde er den anderen allerdings eine andere Geschichte erzählen, denn er wollte natürlich nicht, dass sie unnötig auf ihn sauer wären, dennoch nahm er in Kauf, dass sich Maria, Irina und Nino jetzt wahrscheinlich die allergrößten Sorgen um ihn machten, aber es war ihm in diesem Moment trotzdem wieder einmal scheißegal. Seit er wieder zurück war, hatten sie ihn keine Minute aus den Augen gelassen. Yanko wusste natürlich warum, und dennoch nervte es ihn mittlerweile ziemlich.

Yanko atmete tief durch und war froh, dass er den Thermoanzug angezogen hatte, denn die Nacht würde doch recht kühl werden, wenn man nichts weiter als eine Badehose anhätte.

Yanko hörte tief in sich hinein, und er konnte fühlen, dass Ron bei ihm war. Es tröstete ihn, und es linderte seinen Verlustschmerz insoweit, dass er zwar sehr traurig, aber nicht verzweifelt war. Und Yanko dankte dem Himmel und den Sternen dafür, dass Ron nochmal aus dem Koma erwacht war, und sie dadurch die Möglichkeit erhalten hatten, sich noch einmal zu sehen, miteinander zu sprechen, sich gegenseitig zu vergeben, zu berühren, und was am allerwichtigsten war, sich zu sagen, dass sie einander liebten. Das Schlimmste wäre gewesen, wenn Ron einfach so gestorben wäre.

Als Yanko am nächsten Morgen aufwachte, fühlte er sich ganz gut. Und nachdem er dann Maria, Irina und Nino später seine kleine Lügengeschichte aufgetischt hatte, die sein unabgemeldetes Wegbleiben erklären sollte, indem er ihnen erzählt hatte, dass er testen wollte wie lange man nach Delos mit dem Surfbrett bräuchte, und es dann plötzlich zu spät zum Zurückfahren gewesen wäre, und dass es ihm sehr leid täte, packte auch er schlussendlich seine Sachen, um am nächsten Morgen in die USA zu Rons Beerdigung zu fliegen.

Yanko hatte es tatsächlich erreicht, dass Ron eine private Bestattung bekommen durfte. Die Army hatte sich damit einverstanden erklärt, dass Ron auf seinem Heimatfriedhof in Sheddy begraben werden konnte, und dass es von Seiten des Militärs dann erst am nächsten Tag in Newly eine offizielle Ehrung und Gedenkfeier geben sollte.

Yanko brachte die Beerdigung einigermaßen über die Bühne, denn er bemühte sich erst gar nicht irgendeine Fassung zu bewahren, und das schafften die anderen genauso wenig. Und als Rons Sarg schließlich in die Erde hinuntergelassen wurde, hatte niemand mehr ein trockenes Auge.

Später, als fast alle dann schon zu Bett gegangen waren, saßen Keith und Yanko noch zusammen im Zirkuszelt, und Yanko erzählte seinem Bruder von den ganzen Streitereien und Eifersuchtsszenen mit Ron, die im Vorfeld seiner Afghanistanaktion gelaufen waren. Und er erzählte ihm ebenfalls von den letzten Wochen mit Ron auf der Krankenstation. Keith nahm Yanko schließlich in den Arm und sagte ihm, wie froh er darüber sei, dass er sich jetzt nicht damit verkriechen würde.

Als Nino allerdings ein paar Tage später im Blockhaus vor ihm stand, wusste Yanko, dass er erst einmal von hier verschwinden musste. Hier gab es einfach viel zu viele Erinnerungen. Und mit Nino einfach so weitermachen, wie vorher, ging beim besten Willen auch nicht.

Also packte Yanko erneut seine Sachen, obwohl er an sich sehr gerne länger in seinem Blockhaus geblieben wäre. Aber die vielen Menschen, die andauernd nach ihm sahen und ihn, so wie er es empfand, ständig mit Fragen nach seinem Befinden durchlöcherten, waren für ihn auf Dauer einfach mehr nicht auszuhalten.
Außerdem gab es da noch etwas zu erledigen, und er konnte es dann irgendwann auch einfach nicht mehr länger aufschieben. Er musste nach L.A. und Rons Wunsch erfüllen.

Das Loch sog ihn so urplötzlich in sich hinein, das Yanko schier das Gleichgewicht verlor. Er taumelte zu einem der Sessel, während hinter ihm die Tür ins Schloss fiel. Dann saß er da und alles um ihn herum stürzte auf ihn ein. Yanko fühlte nur noch wie er fiel und fiel, und dass der Schmerz ihn eigentlich schon tödlich getroffen hatte. Er rang nach Luft und schaffte es gerade noch so auf die Toilette, bevor er sich übergeben musste.

Was in den folgenden Stunden und Tagen mit ihm geschah, war für Yanko selbst unbegreiflich, weil er doch bis jetzt auf einem so guten Weg gewesen war mit Rons Tod bewusst umzugehen. Doch in jenem Moment, als er Rons Wohnung betreten hatte, war ein riesiger, schwarz dunkler Trümmerhaufen über ihm zusammengestürzt und hatte ihn in Sekundenschnelle unter sich begraben, und Gefühle wühlten sich plötzlich nach oben, die er lieber nicht fühlen wollte.

Nino war schließlich doch noch mitgekommen, nachdem er Yanko versprochen hatte, einfach nur als Freund dabei zu sein, und Yanko war dann schon auch froh darüber gewesen, dass er nicht allein in L.A. sein würde. Sie hatten sich im Santa Monica Beach Hotel eingemietet, damit sie, wann immer sie wollten ganz schnell und bequem surfen gehen könnten.

Doch Yankos Stimmung war bald auf dem Nullpunkt angekommen, und er spürte, dass er immer aggressiver und genervter wurde. Nino erzählte er nichts darüber wie scheiße er sich fühlte, denn plötzlich waren auch wieder seine Worte verschwunden. Eigentlich war er ja nach L.A. geflogen um Rons Bitte nachzukommen, Jason und Lynn, die jahrelang schon in Rons BLUE MOON Pub in West Hollywood arbeiteten, und diesen in seiner Abwesenheit auch immer verlässlich geführt hatten, den Pub zu schenken und Rons

Wohnung über der Kneipe leer zu räumen. Doch dazu fühlte er sich momentan ganz und gar nicht mehr in der Lage.
Und irgendwann wusste Yanko was ihm helfen könnte. Und dann fuhr er nach Venice, um sich den Trauerschmerz aus dem Körper zu prügeln.

Ab da blieb er immer öfter weg und das auch über Nacht. Er sagte Nino nicht Bescheid, sodass Nino logischerweise nach kürzester Zeit wieder anfing sich die allergrößten Sorgen zu machen. Und wenn Yanko dann doch mal zufällig da war, half auch alles Reden nichts. Yanko war plötzlich wieder in eine Welt eingetaucht, in der Nino ihm nicht mehr folgen konnte, weil er auch überhaupt nicht wusste in welcher Welt er war. Schließlich setzte Yanko Nino kommentarlos vor die Tür und war von dem Zeitpunkt an allein.
Nino konnte es kaum fassen, dass ihm so etwas mit Yanko passierte, doch ihm blieb nichts anderes übrig als zu gehen. Er sah ein, dass er da im Moment einfach nichts machen konnte, und daher beschloss er nach Sheddy zurückzufliegen, um Keith von Yankos beängstigendem Wandel zu erzählen.
Dass Yanko seinen alten Kumpel Johnny im Club wieder getroffen hatte, konnte Nino ja nicht ahnen, weil er ja gar nichts von ihm wusste. Und dass Yanko schon ab dem ersten Abend wieder Drogen konsumierte, hatte Nino auch nicht mitbekommen, da er auch so etwas überhaupt nicht vermutete.

Doch Yanko wollte nichts mehr spüren, keinen Schmerz und keine Verzweiflung und vor allem keine Schuldgefühle. Deswegen hatte er Johnny gebeten ihm alles zu besorgen, was er nur auftreiben könnte, allerdings bestand Yanko dennoch darauf, dass der Stoff nur von allerbeste Qualität sein sollte. Horrortrips hätte er ihm realen Leben bereits genug erlebt.

Und nach nur ein paar Tagen entschloss sich Yanko dann dazu es doch auszuprobieren. Er wusste natürlich um die Gefahren, doch irgendwie war ihm das scheißegal geworden. Er hatte zwar zu Ron gesagt, dass er sich darum bemühen werde keinen Alkohol mehr zu trinken, aber wenn er das alles überleben wollte, brauchte er jetzt irgendetwas, was ihm darüber hinweghelfen würde, so wie es damals bei Fam der Alkohol gewesen war.
Und dann hatte er es getan.
Die Wirkung war so überaus überraschend angenehm für ihn, dass er sich tatsächlich fragte, warum dieses Zeug nicht jeder nehmen wollte. Aber er begriff auch augenblicklich, warum Heroin so schnell süchtig machte. Das Gefühl, das es nämlich auslöste, war einfach unbeschreiblich wundervoll. Er hatte zwar in jener Zeit in Deutschland schon ab und zu mal Heroin zu sich genommen, aber damals hatte er es nur geraucht, heute hatte er es sich gespritzt.
Doch Yanko war in diesem Moment einfach nur heilfroh darüber, dass es etwas gab, das ihm das Gefühl vermittelte irgendwo einen Halt zu haben. Und auch wenn er einerseits wusste, dass das nicht die Wahrheit war, so war es ihm andererseits auch vollkommen egal, was es mit ihm machen würde.

Nachdem Nino abgereist war, gab es keine Minute mehr, in der Yanko clean war. Er pumpte sich mit Drogen oft so voll, dass er mehrmals zum Kämpfen nicht zugelassen wurde. Johnny und Yanko dröhnten sich meistens zusammen die Hucke voll und ließen sich dann oftmals einfach durch die Straßen von Venice treiben, und nach kurzer Zeit kannte Yanko dort sämtliche Verstecke, in die man sich zurückziehen konnte, wenn die Polizei auftauchte.
Erst nach einigen Wochen fuhr er mit einem Taxi wieder zu Rons Wohnung hinaus. Eigentlich wollte er nur schnell Jason

die Schlüssel in die Hand drücken. Doch als er dann vor dem Pub stand, konnte er nicht einfach nur mal eben schnell die Schlüssel abgeben. Er ging abermals hinauf in die Wohnung, und dann wusste er, dass er es noch nicht übers Herz bringen würde die Wohnung herzugeben. Kurz entschlossen besorgte er sich daraufhin noch vor Ort, und das auch ziemlich unvorsichtig, bei unbekannten Dealern einen gehörigen Drogenvorrat und verschanzte sich dann regelrecht in Rons Wohnung und ließ niemanden herein.

Yanko schlief seine Trips in Rons Bett aus, meistens zugedeckt mit Kleidern von ihm. Er tauchte völlig in eine Phantasiewelt ein, in der Ron noch lebte. Yanko redete mit ihm und sah ihn förmlich vor sich. Und Rons Geruch, der noch überall in der Wohnung und vor allem in seinen Klamotten deutlich wahrnehmbar war, erleichterte ihm diese Vorstellung ungemein.

Das Heroin war mittlerweile fester Bestandteil seines täglichen Drogenkonsums, das er noch mit unzähligen Joints und Koks ergänzte. Längst wusste er nicht mehr welcher Tag war und wann er das letzte Mal etwas gegessen hatte. Ab und zu überkam ihn jedoch ein großer Heißhunger, den er dann mit irgendwelchem Fastfood aus den umliegenden Imbissbuden zu stillen versuchte. Oft kotzte er aber das gerade Gegessene an der nächsten Straßenecke wieder raus. Sein Magen war äußerst angeschlagen von den vielen Drogen, sodass dieser das plötzliche und viele Essen dann einfach nicht bewältigen konnte.

Yanko ließ sich immer mehr in diese Welt der Illusionen fallen, und er machte sich auch nicht die Mühe das zu verbergen. Er sehnte sich so sehr nach diesem Vergessen und der Betäubung, dass es ihm immer egaler wurde womöglich dabei draufzugehen. Sein einziger Halt noch waren die Träume von Ron während seiner Trips. Sobald die Wirkung

jedoch nachließ und er den Verlustschmerz wieder spürte, sorgte er so schnell es ging für Nachschub.
Yanko ging nicht mehr ans Telefon, und er schrieb auch keine Nachrichten mehr. Es war ihm durchaus bewusst, dass er mit seinem Leben spielte, aber er konnte einfach nicht anders. Sich dem Schmerz zu stellen, fühlte er sich vollkommen außerstande. Vor allem deswegen, weil er massive Panik davor hatte dann eventuell vollkommen durchzudrehen und in seinem Wahn vielleicht noch irgendjemanden ernsthaft zu verletzten oder am Ende sogar noch zu töten. Die letzten Kämpfe im Club hatten ihm jedenfalls ziemlich deutlich vor Augen geführt, wie es um sein Aggressionspotential stand. Und das machte ihm gehörig Angst.

Das Hämmern und Pochen an der Tür nahm Yanko überhaupt nicht wahr, denn er hatte sich gerade eine gute Portion Heroin gedrückt. Yanko lag auf Rons Bett und war irgendwo.
Keith trat schließlich die Tür ein und erstarrte, als er Yanko völlig zugedröhnt auf dem Bett liegen sah. Keith dachte zunächst Yanko wäre betrunken, doch als er bemerkte, dass Yanko gar nicht nach Alkohol roch, wurde ihm schlagartig klar, dass er sich wohl auf irgendeinem massiven Drogenkick befand. Kurz überlegte Keith fieberhaft, ob er seinen Bruder ins Krankenhaus bringen sollte, doch dann beschloss er erst einmal mit ihm zu reden. Und so begann Keith ungeduldig und voller Sorge darauf zu warten, bis Yanko wieder einigermaßen wieder bei Sinnen sein würde.
Keith nahm sich derweil vor, die Sache ganz ruhig anzugehen, denn aus Erfahrung wusste er ja, dass er bei Yanko nur mit sehr viel Fingerspitzengefühl weiterkommen würde, wenn er so drauf war. Wobei Keith sich natürlich trotzdem extreme Sorgen machte, denn so ausgemergelt und fertig hatte er ihn, falls überhaupt schon mal, nicht oft erlebt, und mit Drogen

kannte sich Keith nicht besonders gut aus. Yanko hatte zwar schon des Öfteren mal Opium zu sich genommen, aber meistens nur wenn er körperliche Schmerzen hatte, jedoch beschlich Keith zunehmend das Gefühl, dass sich Yanko diesmal mit irgendetwas anderem weggebeamt hatte.

Einige Stunden später dann kam Yanko nach und nach wieder zu sich, und als er Keith erblickte, wäre er am liebsten sofort auf und davon gerannt, aber er konnte noch nicht einmal aufstehen ohne sich dabei festzuhalten. Wortlos schleppte er sich dann erst einmal an seinem Bruder vorbei auf die Toilette.
Danach setzte er sich Keith gegenüber an den Tisch und zündete sich mit zittrigen Händen eine Zigarette an. Yanko war es plötzlich auch egal, dass Keith ihn so sah, und er beschloss, sich nicht mit ihm zu streiten. Er hatte auch gar keine Kraft mehr dazu, er fühlte sich total ausgelaugt und jedes leiseste Geräusch hallte in seinem Kopf wider, als führe ein Güterzug mitten hindurch.
Keith rang mit seiner Fassung, und er suchte krampfhaft nach den richtigen Worten. Worte, mit denen er nicht gleich die Tür zu seinem Bruder zuwerfen würde, die ihm aber auch irgendwie helfen könnten. Minuten vergingen, bevor Yanko dann sogar von selbst den Mund aufmachte. „Ich dachte, ich komme damit klar, aber da habe ich mich wohl geirrt. Ich komme überhaupt nicht damit klar!", murmelte er dann leise vor sich hin.
Keith stand auf und nahm ihn einfach in den Arm. Wider Erwarten, stieß Yanko ihn nicht von sich, sondern ganz im Gegenteil, er klammerte sich förmlich an seinen Bruder und die Tränen flossen plötzlich nur so aus ihm heraus.
Keith hielt Yanko in seinen Armen und versuchte ihn irgendwie damit zu trösten. Sanft streichelte er Yanko über den Kopf und hoffte dabei nur inständig, dass sein Bruder die

Kraft besaß, über diesen weiteren, schweren Verlust hinwegzukommen.
Später, als Yanko sich wieder etwas beruhigt hatte, sagte Keith schließlich: „Ich bin nicht gekommen, um dir irgendeinen Vorwurf zu machen, oder so. Auch nicht, um dir zu sagen, was du tun sollst. Das musst du ganz allein entscheiden! Aber ich werde dir ab jetzt nicht mehr von der Seite weichen, bis es dir wieder einigermaßen gut geht!" Keith strich Yanko dann liebevoll und fürsorglich eine Strähne aus dem Gesicht.
„Ich will auch gar nicht, dass du gehst!", erwiderte Yanko daraufhin matt, und Keith wunderte sich erneut. So kannte er Yanko überhaupt nicht, und es beruhigte ihn keineswegs. Es war etwas mit Yanko geschehen, was ihm gehörig Angst machte.
„Hör zu! Du darfst jetzt nicht aufgeben, verstanden Bruder? Ich bin bei dir! Ich werde dich nicht verlassen, und ich kümmere mich jetzt um dich, ok?", redete Keith dann auf Yanko ein, und wiederholte diese Sätze ein paar Mal, nur um sicher zu gehen, dass Yanko sie auch verstand.
Yanko sah ihn daraufhin an, und Keith brach es das Herz, in diese Augen zu sehen. Jeglicher Glanz war aus ihnen gewichen und ihre Farbe kaum mehr zu erkennen, so rot waren sie unterlaufen. Und plötzlich hatte Keith eine Idee. Yanko musste unbedingt aus dieser Wohnung raus, das wurde ihm in diesem Moment glasklar. Er musste ihn hier ganz dringend wegbringen, irgendwohin, wo er nicht in diesem Maße dauernd an Ron erinnert werden würde.
„Yanko, ich mache dir einen Vorschlag! Ich miete uns ein Auto, und dann fahren wir zurück nach Sheddy! Dann können wir uns solange Zeit lassen, wie du willst. Ich bin nur fest davon überzeugt, dass es wirklich besser für dich wäre, wenn du hier aus dieser Wohnung weggingst. Das macht dich

nur noch deprimierter, wenn du dich ständig in Rons Umgebung aufhältst! Was meinst du?"
Yanko rauchte schon wieder, und er sehnte sich nach einem neuen Kick. „Keith, das ist lieb, aber es ist vollkommen egal wo ich bin! Ich will hier nicht weg! Tut mir leid! Ich mache das auf meine Art, und ich will auch nicht nach Sheddy!"
„Warum denn nicht? Da sind deine Freunde, deine Familie, deine Kinder! Sie alle werden dir bestimmt helfen!", gab Keith sanft zu bedenken.
Doch Yanko schüttelte nur den Kopf. „Nein, Keith! Ich halte das nicht aus, wenn mich ständig jemand fragt, wie es mir geht. Jeder macht sich Sorgen, was ich ja auch verstehen kann, aber dann versuche ich mich dauernd zusammenzureißen, damit ihr euch keine Sorgen macht, aber das ist eben nicht die Wahrheit! Das, was du jetzt siehst, das ist die Wahrheit! Keith, ich kann nicht mehr! Das ist echt zu viel! Ich weiß auch nicht, warum es mich jetzt doch so derbe runtergerissen hat, aber es ist eben passiert. In dem Moment, als ich hier zur Tür rein bin, habe ich jeglichen Halt verloren. Ich weiß nicht, ob ich das nochmal schaffe, aber es ist ok für mich!"
Keith kämpfte mit den Tränen, als Yanko das alles zu ihm sagte, doch er riss sich zusammen. „Ich weiß, es ist bestimmt verdammt hart für dich! Und es ist für uns alle hart damit fertig zu werden, was mit Ron geschehen ist! Ich will dir auch nicht vorschreiben, was du tun sollst! Ich weiß auch nicht, was am besten ist... Hey, komm mal her!", sagte Keith daraufhin etwas resigniert und nahm seinen Bruder abermals in den Arm. Dabei konnte er spüren wie Yanko am ganzen Körper zitterte.
„Was hast du denn alles genommen?", fragte Keith dann irgendwann, als sie ihre Umarmung wieder gelöst hatten. „Glaub mir, das willst du lieber nicht wissen! Das ist mein Ding, ok?", antwortete Yanko und stand auf, denn urplötzlich

überfiel ihn ein Aggressionsschub, den er fasst nicht kontrolliert bekam, und am liebsten hätte er alle umherstehenden Sachen genommen und einfach zerschmettert. Kurz entschlossen sagte er dann zu Keith: „Hör zu! Was hältst du davon, wenn du uns im Santa Monica Beach Hotel einquartierst, und ich bringe mich derweil etwas in die Reihe, und dann gehen wir heute Abend was essen?!"
Keith sah Yanko daraufhin zwar etwas erstaunt an, aber Yanko hatte dabei so überzeugend geklungen, dass er sich darauf einließ. Er nahm sich also ein Taxi und ließ sich nach Santa Monica fahren. Dann mietete er ein Doppelzimmer mit Meeresblick, duschte, wanderte ein wenig am Strand auf und ab und wartete schließlich vergebens auf Yanko.

Yanko war in der Zwischenzeit ebenfalls mit einem Taxi in Richtung Santa Monica unterwegs gewesen, nachdem er sich noch eine ordentliche Portion Koks reingezogen hatte, nur er hatte sich etwas weiter bis nach Venice fahren lassen. Dann war er in den Boxclub gegangen und hatte sich die Aggressionen aus dem Leib geprügelt, zu denen er noch imstande war. Außerdem hatte er sich die Gedanken an Fam, die IRA und Jim Wilson aus dem Hirn geschlagen, und obendrein noch das nagende Schuldgefühl in Bezug auf Ron, was sich in den letzten Wochen kontinuierlich weiter ausgebreitet hatte. Von dem einen großen, breitschultrigen Mann hatte er sich dann schlussendlich das vernichtende Gefühl des Versagens herausprügeln lassen, jenes Versagens, weil schon wieder jemand gestorben war, den er über alles liebte. Das schlimmste Gefühl von allen jedoch war die Machtlosigkeit darüber, dass er Ron nicht hatte retten können, und dass Ron an seiner Liebe zu ihm letztendlich zerbrochen war, und er nichts dagegen hatte unternehmen können. Und er fragte sich deshalb ständig, ob es nicht doch letztendlich nur an ihm gelegen hatte. Und dieses Gefühl

schickte er mit seiner Rechten zum Teufel, noch bevor es von ihm vollständig Besitz ergreifen könnte, jedenfalls hatte er es so versucht.
Yanko hatte keine Ahnung woher sein Körper diese Kraft noch genommen hatte so zu wüten wie in dieser Nacht. Danach hatte er sich jedenfalls noch mit neuem Stoff versorgt und war schließlich gegen Morgen wieder in Rons Wohnung zurückgekehrt. Er verrammelte die Tür, und als der Stoff endlich zu wirken begann, spürte er auch die rasenden Schmerzen in seiner Hand nicht mehr. Übersät mit Schürfwunden und Prellungen legte er sich schließlich aufs Bett und gab sich der wunderschön einlullenden Wirkung des Heroins hin, bis er das Bewusstsein verlor.

Nachdem Keith an jenem Abend dann mehrmals vergeblich versucht hatte Yanko zu erreichen, ahnte er schon sehr schnell, dass ihn Yanko verarscht hatte. Wutentbrannt und fast verrückt vor Angst, war er dann kurz darauf wieder in ein Taxi gestiegen und zurück zu Rons Wohnung gefahren. Als er Yanko dort aber nicht angetroffen hatte, ließ er sich die halbe Nacht quer durch L.A. kutschieren, in der irren Hoffnung Yanko irgendwo zufällig zu finden. Nachdem er gegen zwei Uhr nachts nochmals erfolglos in Rons Wohnung nachgesehen hatte, ließ er sich schließlich wieder nach Santa Monica zurückfahren. Bevor Keith dann in einen unruhigen Schlaf fiel, hatte er eindringlich nur noch dafür gebetet, dass er Yanko später finden würde, und zwar lebend.
Sofort, nachdem Keith am nächsten Morgen aufgewacht war, begab er sich erneut auf den Weg zu Rons Wohnung. Es dauerte zwar ein bisschen, bis er es schaffte die Haustür zu öffnen, denn Yanko hatte sie ordentlich zugestellt, aber dann konnte er eintreten. Zunächst war er zwar sehr erleichtert, als er Yanko dann dort auf dem Bett liegen sah, doch als er näher trat, wurde ihm ganz anders.

Yanko lag mit verdrehten Augen da und atmete kaum noch. Keith zerrte an ihm herum und tätschelte ihm einige Male, erst zaghaft, dann allerdings auch kräftiger ins Gesicht. Er rüttelte ihn durch, doch Yanko regte sich nicht. Als Keith begriff, dass Yanko bewusstlos war, wurde ihm kurz schwarz vor Augen, doch dann handelte er rasch. Er legte Yanko auf die Seite und holte schnell einen Eimer mit kaltem Wasser, den er ihm dann komplett überleerte. Das hatte gewirkt. Yanko bewegte sich etwas, wurde aber immer noch nicht richtig wach davon. Doch Keith war wieder etwas ruhiger, denn immerhin war Yanko nicht mehr bewusstlos.

Dann erst entdeckte Keith die blauen Flecken und Verletzungen, denn Yankos Hemd war offen, und zudem bemerkte er noch seine geschwollene rechte Hand. Ratlos und traurig setzte er sich auf die Bettkante und überlegte fieberhaft, was er denn jetzt bloß tun sollte.

Doch es dauerte nicht lange, bis er sich dazu entschlossen hatte, seine ursprüngliche Idee auch in die Tat umzusetzen. Keith versicherte sich dann noch, dass Yanko stabil lag und machte sich postwendend auf den Weg ein Auto zu mieten.

Dann bat er Jason um Mithilfe, denn allein konnte er Yanko unmöglich sicher die Treppen hinuntertragen. Mit vereinten Kräften legten sie Yanko schließlich auf die Rückbank des Mietautos, und Keith packte noch schnell alles ein, was er von seinem Bruder in Rons Wohnung finden konnte. Die Tüte mit den Drogen nahm er nach kurzer Überlegung dann aber doch mit, obwohl ihm dabei nicht ganz wohl zumute war, denn schon bei dem Gedanken, womöglich in eine Polizeikontrolle zu geraten, wurde ihm schlecht. Yanko jedoch unfreiwillig irgendwelche Entzugserscheinungen zumuten, wollte er dann allerdings auch nicht.

Als Keith dann schließlich auf dem Highway Richtung Las Vegas unterwegs war und L.A. langsam im Rückspiegel verschwand, atmete er auf. Er war sehr froh, dass er Yanko endlich aus dieser Wohnung herausgebracht hatte. Keith war sich ziemlich sicher, dass das der denkbar schlechteste Platz für seinen Bruder war, um mit Rons Verlust klarzukommen. Selbst auf die Gefahr hin, dass Yanko stinkwütend auf ihn sein würde, fühlte Keith, dass er das Richtige getan hatte.

Es dauerte drei Tage bis Yanko endlich seinen Mund aufmachte und anfing zu reden. Sie waren mitten in der Wüste von Nevada, fast an der gleichen Stelle, wo Ron und Yanko vor gar nicht all zu langer Zeit ebenfalls übernachtet hatten.
Keith hatte das Zelt schon aufgestellt und Feuer gemacht, an dem er ein paar Würstchen grillte. Er hatte sich fest vorgenommen Yanko einfach machen zu lassen und keinen Kommentar dazu abzugeben. Und Yanko hatte einiges getan, was Keith die Haare zu Berge stehen ließ. Ohne sich darum zu scheren, ob Keith ihm dabei zusehen würde oder nicht, hatte sich Yanko mehrmals Heroin gedrückt und nach Keiths Wahrnehmung Kilometerweise das Koks reingezogen.
An jenem Abend jedoch setzte sich Yanko plötzlich neben seinen Bruder und erzählte ihm, was er so alles in L.A. bereits getrieben hatte. Er erzählte ihm von der Party bei Frank, wo er das erste Mal wieder nach der Tanzschulzeit mit Moon gekokst hatte, und er erzählte ihm auch ein wenig von Johnny und dem Boxclub. Dann erzählte er ihm von Fam, der IRA und Jim Wilson. Und er erzählte seinem Bruder wie er sich fühle, und dass er manchmal so wütend werden würde, dass er Angst davor habe durchzudrehen und etwas Schlimmes anzustellen. Anschließend kramte Yanko dann aber das restliche Heroin hervor und warf es ins Feuer.
Keith war total geschockt gewesen, denn er hatte bis jetzt nicht gewusst, dass Yanko in jener Zeit auch schon einmal Drogen genommen hatte. Ihm war nur bekannt, dass Moon damals an einer Überdosis Heroin gestorben war.

In dieser Nacht hielt Keith seinen Bruder fest und ließ ihn bis zum nächsten Morgen nicht mehr los. Und Yanko klammerte sich an ihn, als ob er der einzige wäre, der ihn noch mit dem Leben verband.

Yanko war froh, dass Keith schließlich eine andere Strecke wählte, als Ron damals, sonst wäre er wahrscheinlich irgendwann abgehauen.
Rund zwei Wochen lang waren sie unterwegs, und Yanko erholte sich rascher, als Keith geglaubt hatte. Yanko rauchte zwar immer noch Unmengen von Gras, womit er aber auch die doch etwas heftiger ausfallenden Entzugserscheinungen lindern konnte, und auch das Koksen ließ er nach und nach sein. Am letzten Tag streute er sogar den Rest einfach so, während der Fahrt, auf die Straße.

Erst als er in Buenos Aires landete, schrieb er Keith eine SMS, wo er sei und mit der dringenden Bitte ihm ein wenig Zeit und Raum zu geben. Zwar war keiner von Yankos Abreise begeistert, doch die Gewissheit, dass Yanko dort auf der Ranch nicht allein sein würde, beruhigte schließlich alle. Keith konnte ihn sogar ein wenig verstehen. Eine Umgebung, in der Ron und er noch nie zusammen gewesen waren, machte es Yanko mit Sicherheit einfacher über den Verlust hinwegzukommen. Nur die Art und Weise seiner Abreise verletzte Keith etwas, nach alldem, was er mit ihm in letzter Zeit durchgemacht hatte.
Keith war Yanko über vier Wochen lang nicht von der Seite gewichen. Er hatte Tag und Nacht auf ihn aufgepasst, hatte ihm zugehört und vor allem hatte er ihn getröstet, wenn Yanko wieder von Alpträumen geplagt wurde, oder einfach nur nicht schlafen konnte. Yanko hatte die Hilfe seines Bruders, soweit er es vermochte auch angenommen, und er hatte es immerhin auch geschafft selbst das Kiffen wieder ganz sein zu lassen. Doch nach und nach ging Yanko das Bemuttern von Keith auf die Nerven, und dann war er Keith mit einem etwas gemeinen Trick losgeworden. SAN DANA hatte mittlerweile sein Zelt in Europa aufgeschlagen, und Yanko hatte Keith vorgeschlagen zusammen nach München zu fliegen, dorthin, wo der Zirkus momentan Station machte. Keith war hocherfreut darüber gewesen, denn er nahm an, dass es Yanko anscheinend wieder besser ginge.
Doch kaum in München angekommen, war Yanko schon wieder verschwunden.

Yanko wollte nach Argentinien. Er sehnte sich nach dem Frieden, den er dort am Anfang seines Aufenthalts auf der Ranch empfunden hatte, obwohl ihm durchaus klar war, dass er diesen Frieden jetzt wahrscheinlich so nicht wieder verspüren würde. Und dennoch zog es ihn dorthin zurück. Vor allem aber wollte er Valentina endlich die Wahrheit erzählen, angefangen damit, warum er überhaupt in Argentinien gewesen sei, warum er so Hals über Kopf dann geflohen war, und warum er gewollt hatte, dass sie die Ranch bekam, und vor allem wollte er ihr seinen richtigen Namen sagen.

Valentina freute sich sehr Yanko wiederzusehen, und Yanko fühlte sich augenblicklich besser, als er die Ranch betrat.
Yanko erzählte Valentina dann was alles passiert war. Er erzählte ihr, dass er wegen Vergewaltigung gesucht worden war, dass sich aber mittlerweile zum Glück alles aufgeklärt habe, dass er eigentlich Yanko hieße, und dass sein bester Freund vor kurzem gestorben sei. Valentina hatte Tränen in den Augen, als er endete. Yanko sagte ihr auch noch, dass er noch nicht wüsste wie lange er bleiben würde, und dass er es durchaus verstehen könne, wenn sie ihn unter den gegebenen Umständen gar nicht hier haben wolle. Doch Valentina breitete nur ihre Arme aus und umarmte ihn lange.
Endlich hatte sie die Antworten auf ihre vielen bohrenden Fragen bekommen, und ihre Vermutung, dass Yanko damals vor irgendetwas auf der Flucht gewesen war, hatte sich bestätigt.

Yanko stürzte sich in die Arbeit auf der Ranch und versuchte dadurch wieder eine gewisse Normalität in sein Leben zu bekommen. Mit Bea, einer neuen Hilfe auf der Ranch verstand er sich sofort sehr gut, und sie war begierig darauf von Yanko zu lernen, was er alles über Pferde wusste.
Die Wochen flogen nur so dahin, und dann kam die Nacht, in der Valentina und Yanko das große Bett wieder in den Flur an die Terrassentür schoben. Es war das erste Mal, dass Yanko wieder Sex hatte, nachdem Ron gestorben war, und es fühlte

sich äußerst merkwürdig an, fast so, als ob er Ron damit betrügen und hintergehen würde, und er brauchte noch ein paar weitere Nächte, damit er dieses miese Gefühl wieder los wurde.

Der Schmerz über Rons Tod kam mittlerweile in Wellen. Manchmal ließen sie ihn in Ruhe, und er konnte an ihn denken, ohne dass sich seine Brust und sein Herz zusammenzogen, doch es kam ebenso vor, dass sie ihn schlagartig überrollten und ihm von jetzt auf nachher sämtliche Energie raubten. Dann sehnte sich Yanko nach den Drogen und vor allem nach dem Boxclub.
Valentina und Bea entging sein Zustand natürlich nicht, vor allem nachts, wenn Yanko schweißgebadet aus dem Schlaf hochfuhr. Meistens ging er dann hinaus in den Garten, damit niemand seine Tränen sehen konnte. Doch die beiden wussten auch so, dass er noch sehr unter dem Verlust litt.

Eines Abends nachdem Yanko mal wieder hervorragend gekocht hatte und Bea schon in ihre Hütte gegangen war, kam Valentina mit einem Umschlag in der Hand die Treppe herunter. Mit einem breiten Lächeln auf den Lippen überreichte sie Yanko dann feierlich den Umschlag. Yanko sah sie fragend an, und nachdem er schließlich gelesen hatte, was auf dem Papier stand, welches er aus dem Umschlag gezogen hatte, war er etwas sprachlos.
„Warum?", fragte er dann nur. „Weil es eigentlich dein Haus ist! Du hast es nur verlassen, weil du musstest! Du gehörst genauso hierher wie ich jetzt! Deswegen finde ich es nur angemessen und stimmig, wenn dir wieder ein Teil davon gehört! Und damit du dich jeder Zeit hier willkommen fühlst, habe ich dir einfach die Hälfte der Ranch und somit auch die Hälfte des Hauses wieder überschrieben, diesmal aber auf deinen richtigen Namen!", erklärte Valentina ihren

Entschluss. „Wow! Ich weiß gar nicht was ich sagen soll! Was sagt denn dein Vater dazu?" Yanko war echt baff, aber er spürte auch, dass er sich sehr darüber freute, und es wurde ihm mit einem Mal ganz warm ums Herz. „Mein Vater ist doch nur froh, wenn ein fähiger Mann mit im Boot ist, und da er sehr große Stücke auf dich hält, hat er bestimmt nichts dagegen, wobei er aber eigentlich gar nicht darüber bestimmen kann, was ich mit der Ranch mache!", grinste Valentina freudestrahlend. Dann nahm Yanko sie einfach in den Arm und ließ sie für den Rest des Abends auch nicht mehr los.

Der Abgrund tat sich ein paar Tage später dann aber so abrupt auf, dass Yanko davon völlig überrumpelt war. Es passierte an dem Abend, als sie für eine Gruppe Reitgäste ein Abschiedsfest feierten. Yanko saß am Feuer, als er plötzlich das Gefühl hatte Ron säße direkt neben ihm. Sein Geruch stieg ihm sogar in die Nase, und das Gefühl ebenso seine Körperwärme zu spüren, ließ ihn augenblicklich aufspringen. Ungesehen verzog sich Yanko daraufhin in den Stall, und dann brach alles erneut über ihn herein.
Der Schmerz schlug so heftig zu, dass Yanko förmlich zusammenbrach. Er ließ sich auf einen Strohballen fallen und krümmte sich, weil es ihm die Luft zum Atmen raubte. Der Schweiß brach ihm aus, und er musste sein Hemd aufreißen, weil er das Gefühl hatte augenblicklich zu ersticken. Als er irgendwann wieder Luft bekam, stand er auf und trat voller Zorn und aus purer Verzweiflung mehrere Male mit voller Wucht an eine der Boxentüren, bevor die Tränen kamen. Und dann saß er wieder da und weinte sich die Seele aus dem Leib. Bea war es, die irgendwann bemerkte, dass Yanko plötzlich nicht mehr da war, und nach einer Weile fing sie an nach ihm zu suchen. Es dauerte auch nicht lange, bis sie ihn fand, aber was sie sah, jagte ihr irgendwie Angst ein.

Yanko saß zusammengekauert und von Weinkrämpfen durchschüttelt auf dem Stallboden. Bea ging langsam auf ihn zu und setzte sich dann behutsam neben ihn. Als Yanko sie bemerkte, wollte er schon aufspringen und flüchten, aber Bea hielt ihn fest. „Lass mich bitte allein!", murmelte Yanko barsch. Er wischte sich mit den Händen und mit Hilfe seiner Hemdsärmel das Gesicht halbwegs trocken und wünschte sich er hätte zumindest etwas zum Rauchen hier.

„Ich wüsste da etwas, was dir bestimmt helfen wird! Es ist nicht unbedingt das, was auf Dauer hilft, aber manchmal hilft es über einen schweren Moment hinwegzukommen!", sagte Bea dann und lächelte Yanko aufmunternd zu. Yanko sah sie müde an, denn auf irgendwelche Rätsel hatte er jetzt gerade überhaupt keine Lust. Doch bevor er noch etwas sagen konnte, hatte Bea ihn hochgezogen und ihn an die Hand genommen.

Schnell und unbemerkt brachte sie Yanko zu ihrer Hütte und schenkte im Handumdrehen zwei große Gläser mit Whisky voll. Mit einem fast triumphierenden Gesichtsausdruck streckte sie ihm eines der beiden Gläser entgegen. „Na los! Trink schon, das tut dir bestimmt gut! Ich habe dich zwar noch nie Alkohol trinken sehen, aber ich sage dir, manchmal ist ein Vollrausch das Beste was man tun kann!" Yanko überlegte nicht lange, denn das war exakt das wonach er sich die ganze Zeit über schon gesehnt hatte. Zum Teufel mit seinen guten Vorsätzen Ron gegenüber. Der sollte grad was sagen, er musste ja schließlich nicht mit seinem Tod zurechtkommen. Yanko riss ihr fast das Glas aus der Hand und leerte es in einem Zug.

Ihm wurde es auch schlagartig scheißegal, ob er davon wieder körperlich abhängig werden würde, und es war ihm ebenso gleichgültig geworden, wie es jetzt mit ihm weiterginge. Seine ganzen Bemühungen in der letzten Zeit waren zum Teufel

seit dem Erlebnis vorhin am Feuer und sämtliche Hoffnung auf Besserung war aufs Neue wie ausgelöscht.
Yanko verbrachte die Nacht mit Bea, und als der Tag graute, fühlte er sich nicht wirklich besser. Bea hatte Valentina zwar Bescheid gegeben, dass Yanko zu betrunken wäre, um noch hoch ins Haus laufen zu können, doch mehr wollte sie Valentina dann doch lieber nicht mitteilen.

Yanko versuchte das Geschehen der letzten Nacht einfach zu vergessen, aber so wirklich gelang ihm das nicht. Was ihn am meisten nervte, war, dass er schon wieder mit einer anderen Frau geschlafen hatte, und dass er offensichtlich auf dem besten Weg war hier erneut ein Gefühlschaos zu kreieren. Er hatte zwar keinen Anspruch an sich selbst gestellt Valentina unbedingt treu zu sein, zumal er ja auch gar nicht wusste, ob er bei ihr bleiben wollte, doch nach der Nacht mit Bea schlug er es sich aus dem Kopf überhaupt nochmal darüber nachzudenken, es würde ja eh nicht klappen, wie er gerade sich selbst wieder bestens bewiesen hatte.
Yankos Zustand verbesserte sich kaum, und er trank immer öfter. Eines Tages fuhr er dann sogar in die Stadt und besorgte sich wieder Drogen. Diesmal kaufte er sich aber nur Gras und Opium. Als Yanko merkte, dass er jedenfalls nicht sofort vom Alkohol wieder körperlich abhängig wurde, obwohl er schon einiges wieder getrunken hatte, dachte er sich, dass er das Ganze etwas verteilen sollte. Ab und zu etwas trinken und den Rest mit Drogen betäuben. Obwohl er nah dran gewesen war sich auch wieder Heroin zu besorgen, hatte er es aber dann doch sein lassen.
Nach wenigen Tagen jedoch quälten ihn erneut die immer noch unbeantworteten Fragen bezüglich Fam, und die ungeheure Sehnsucht nach Ron gebündelt mit diesen ständig zurückkehrenden Schuldgefühlen, konnte er einfach nicht mehr ertragen. Obwohl ihm vollkommen klar war, dass er

nichts dafür konnte, was Ron oder auch Fam geschehen war, nützten seine Verstandeserklärungen einfach nichts mehr. Wieder einmal war er an dem Punkt angekommen, an dem er keinen anderen Ausweg mehr sah, als sich einfach zuzuschütten und mit Drogen so vollzupumpen, dass er irgendwann von ganz allein daran krepieren würde. So verspürte er wenigstens in den paar Stunden des Rausches eine Art Glücksgefühl. Doch die Mischung aus Drogen und Alkohol hatte nur zur Folge, dass Yanko sehr schnell wieder in die Traumwelt abdriftete und schon nach kürzester Zeit keinen Überblick mehr darüber hatte, was, und vor allem wie viel er konsumierte. Immer öfter hing er nur noch im Haus ab und dröhnte sich mit Whisky und Opium voll.
Valentina und Bea entging das natürlich nicht, und sie überlegten krampfhaft, wie sie Yanko nur helfen könnten.

Nach einer Nacht in der Yanko nicht nach Hause gekommen war, und Bea ihn schließlich draußen auf irgendeiner Wiese liegend vollkommen zugedröhnt und vollgesoffen gefunden hatte, kam ihr plötzlich eine Idee. Valentina hatte ihr einmal davon erzählt wie Yanko sie dazu gebracht hatte wieder ihr Herz zu öffnen, und genau das wollte sie nun auch mit Yanko machen.
Bea erzählte Valentina von ihrer Idee, und die beiden Frauen machten sich sofort daran ihren Plan in die Tat umzusetzen. Und zwei Tage später war es dann soweit. Sie brachten zunächst den Mustang ans Meer und danach Yanko.

Yanko war an diesem Tag, wie so oft in letzter Zeit, auch schon am frühen Morgen betrunken, doch er ließ sich dazu überreden mit ins Auto zu steigen. Es kümmerte ihn jedoch überhaupt nicht wohin sie fuhren, denn er bekam sowieso fast nichts mehr mit.

Als Valentina das Auto schließlich am Strandparkplatz abstellte, konnte Yanko noch nicht einmal mehr beim Anblick des Meeres Freude empfinden. Mühsam schälte er sich aus dem Auto, allerdings erst, nachdem Bea und Valentina ihn schon fast dazu angefleht hatten.
Lustlos ließ er sich dann von den beiden an den Strand hinunterziehen. Als Bea ihm schließlich ein Tuch um die Augen band, ließ er es einfach über sich ergehen. Er ahnte zwar dann ziemlich schnell, was die beiden mit ihm vorhatten, aber trotz seiner Unlust schaffte er es nicht sich dagegen zu wehren. Selbst dazu fehlte ihm die Kraft.
Teilnahmslos ließ Yanko es geschehen, dass die beiden Frauen ihn auszogen. Erst als der Mustang schließlich neben ihm stand, fühlte er sich etwas wacher, und plötzlich bekam er dann doch große Lust dazu mit ihm durch die Wellen zu preschen. Zum großen Erstaunen von Valentina und Bea, die schon am Erfolg ihres Plans zweifelten, sprang Yanko auf einmal ohne weitere Aufforderung auf den Rücken des Pferdes und war ihm Handumdrehen davongaloppiert.
Yanko ließ den Hengst rennen wohin er wollte, er übergab ihm komplett die Führung und ließ sich dabei das Wasser ins Gesicht spritzen. Jetzt ärgerte er sich sogar ein wenig darüber, dass er so betrunken und zugekifft war, aber trotz seines benebelten Zustands tat ihm das kühle Salzwasser auf der Haut richtig gut.
Irgendwann riss er dann das Tuch vom Kopf und schrie seinen Schmerz in den Wind.
Über eine Stunde lang raste der Mustang mit ihm am Strand entlang und schien dabei selbst die Möglichkeit voll auszuschöpfen mal so richtig Dampf abzulassen und sich auszutoben.
Bea und Valentina saßen derweil im Sand und schauten den beiden hinterher und hofften nervös, dass ihre Wasser-Pferd-Therapie Yanko irgendwie helfen würde.

Als Yanko schließlich triefend nass zurückkam, konnten sie sehen, dass seine Augen wieder etwas leuchteten, und ihre Hoffnung wuchs.
Yanko bedankte sich bei ihnen für ihre tolle und mutige Idee, doch gleichzeitig teilte er ihnen auch mit, dass er sie wieder verlassen würde. Ihm war auf seinem Ritt durch die Wellen plötzlich ganz klar geworden, dass er sich in diesem Zustand einfach niemandem zumuten konnte. Keiner sollte sich mehr wegen ihm Sorgen machen müssen, oder sich den Kopf darüber zerbrechen, was ihm helfen könnte. Er musste das selbst schaffen, und sollte er dazu doch keine Kraft mehr haben, würde er sich dem ergeben, aber allein.

Bea und Valentina gefiel Yankos Entscheidung allerdings überhaupt nicht, und sie machten sich ab sofort nur noch mehr Sorgen um ihn.
Doch Yanko blieb bei seinem Entschluss und reiste schon am übernächsten Tag ab.

Der Wind pfiff scharf, und der Regen peitschte Yanko von der Seite ins Gesicht, als er die Haustür zu seinem Blockhaus aufschloss.
Nachdem er dann die Tür erfolgreich hinter sich geschlossen hatte, streifte er seine Schuhe ab und ließ den Rucksack fallen. Fast mechanisch machte er sich daran Feuer im Kamin zu machen, welches nach kurzer Zeit schon eine mollige Wärme verbreitete. Yanko kramte danach die Unmengen mitgebrachten Whiskys aus dem Rucksack heraus und legte sich schließlich mit einer Flasche in der Hand aufs Sofa.

Seltsam, dachte er, als die wohlige Wirkung des Alkohols anfing sich in seinem Körper auszubreiten, jetzt sind alle mit dem Zirkus in Europa unterwegs, nur ich bin hier in Sheddy. Aber es fühlte sich gut an zu wissen, dass ihn hier jetzt niemand stören könnte. Er war jetzt ganz allein, und das war gut so. Keiner würde sich wegen seines Zustands Gedanken machen müssen, niemand würde ihn deswegen mit Fragen nerven, und er könnte so betrunken und zugedröhnt sein, wie es ihm passte.

Die Tage vergingen, ohne dass Yanko bewusst bemerkte, ob es Tag oder Nacht war. Er versank erneut in der Drogen- und Alkoholwolke und ließ sich von einem Rausch zum anderen treiben. Er hatte sich soviel Stoff und Whisky besorgt, dass er nur froh darüber sein konnte, dass die Polizei davon keine Ahnung hatte.
Keith und die anderen vermuteten Yanko weiterhin in Argentinien, und damit das auch so blieb, schrieb Yanko ihnen ab und zu mal eine SMS, dass alles gut wäre. Keiner ahnte momentan wie es tatsächlich um ihn stand, und das beruhigte Yanko ungemein.

Dann kam der Tag, an dem es Yanko von jetzt auf nachher nicht mehr in seinem Haus aushielt. Vor allem stieß ihm plötzlich die ganze Sache mit Jim Wilson so heftig auf, dass er schlagartig so aggressiv wurde, dass er vor die Tür stürmte und nach Luft rang. In diesem Moment war er sich wieder einmal nicht sicher, ob er sich im Griff gehabt hätte, wenn noch jemand da gewesen wäre. Die Angst und Wut packten ihn daraufhin so vehement, dass er in den Stall hinunterrannte und anfing auf die umherliegenden Strohballen einzudreschen und zu treten.
Nachdem er bis zur Erschöpfung gewütet hatte, kauerte er sich zusammen und blieb schließlich einfach liegen.
Er hatte jegliches Gefühl für sich verloren.

Später, am selben Tag noch packte er seine Sachen und verließ Sheddy erneut, um zurück nach Venice Beach zu gehen. Er musste einfach wieder in den Club.

Und das tat er dann auch. Manchmal konnte er sich am nächsten Tag kaum noch rühren, so sehr schmerzten ihn die zugefügten Prellungen, und seine rechte Hand spürte er oftmals kaum mehr, so betäubend war das innere Stechen und Pochen. Doch die körperlichen Schmerzen taten ihm seltsamerweise irgendwie gut, denn sie halfen ihm dabei seine innere Zerrissenheit, die Aggressionen und Verzweiflung nach außen zu transportieren. Und er sehnte sich fast schon danach noch mehr verletzt zu werden.
Nach den nächtlichen Kämpfen zog er sich meist mit Johnny zusammen in sein kürzlich erstandenes Strandhaus zurück, und dann stopften sie sich mit Alkohol und Drogen zu, bis sie jegliches Gefühl für die Realität verloren hatten.

Einige Wochen später stand Yanko gerade vor einem Supermarkt, als ihn plötzlich eine Frau fragend anstarrte.

„Yanko? Bist du es?", fragte sie zögerlich, und dann erkannte Yanko wer sie war. Es war Margret Brown.
Sie war so erschrocken über Yankos Aussehen, dass sie zunächst kein weiteres Wort herausbrachte. Yanko war zwar gerade mal nicht total betrunken, doch sie konnte riechen, dass er wohl noch ziemlich viel intus hatte, und ein Blick in seine Augen ließ sie auch Schlimmeres erahnen.
„Oh, hi, Margret!", sagte Yanko und versuchte dabei deutlich zu sprechen, was ihm aber nicht besonders gut gelang. Das helle Tageslicht brannte in seinen Augen, und er rieb mit einer Hand darüber. „Was machst du hier? Wie geht's dir?", fragte Yanko dann noch, was er eigentlich gar nicht wirklich wissen wollte.
Es nervte ihn, dass sie ihn entdeckt hatte, zumal sie mitten auf dem Gehweg standen und er um keinen Preis erkannt werden wollte. Er hatte keine Lust darauf, dass sein Name morgen in irgendwelchen Klatschblättern stehen würde, und dass seine Leute dadurch eventuell noch Wind davon bekämen, wo er war und was er trieb.
Bis jetzt war er dem Rummel um ihn, nachdem sein erster Film, in die Kinos gekommen war, erfolgreich aus dem Weg gegangen. Frank hatte ihn zwar noch einmal angefleht zur Premiere zu kommen, doch das wollte Yanko nicht. Er wollte einfach so frei bleiben, wie nur irgend möglich. Keine Roten-Teppich-Shows und keine Interviews. Vielleicht später mal, aber momentan fühlte er sich für so etwas absolut nicht in der Lage. Niemand vermutete ihn nun hier in Venice, und seine Vorsichtsmaßnahme nur mit Baseballkappe und Sonnenbrille auf die Straßen zu gehen, hatte bisher jedenfalls gut funktioniert. Aber Margret kannte ihn halt doch besser, und hatte ihn trotzdem erkannt.
„Mir geht es gut! Danke! Wie es dir geht, brauche ich wohl nicht erst zu fragen! Was um Himmels willen ist denn mit dir

passiert?" Margret konnte ihren Schock über Yankos Zustand überhaupt nicht verbergen.
Yanko nahm sie am Arm und ging mit ihr ein Stückchen die Straße herunter, denn ein paar Passanten hatten Margret Brown bereits erkannt und schon neugierig zu ihnen herüber geschaut. Offenbar waren sie sehr begierig darauf zu erfahren, was die Frau des Bürgermeisters von Santa Monica in Venice mit einem total abgefuckt aussehenden Typ zu bereden hatte.
Margret verstand und lud Yanko postwendend auf einen Kaffee zu sich nach Hause ein. Doch Yanko lehnte dankend ab. „Margret, es wäre mir lieber, wenn du einfach vergessen könntest, dass du mich gesehen hast!", fügte Yanko noch seiner Ablehnung hinzu, doch Margret protestierte energisch. „Was?? Wie soll das denn bitteschön gehen?? Wie soll ich das denn vergessen? Offenbar geht es dir total schlecht, und du verlangst von mir, dass ich dich einfach so wieder gehen lasse und so tue, als ob nichts wäre? Tut mir leid Yanko, aber das kann ich einfach nicht!!"
Yanko überlegte fieberhaft, wie er Margret am besten wieder loswerden könnte, denn er ahnte zurecht, dass sie ihm nachlaufen würde, sollte er sich jetzt einfach so aus dem Staub machen. „Also gut... Ich komme mit auf einen Kaffee, aber dann lässt du mich wieder gehen! Ich will einfach allein sein, bitte respektiere das! Ok?", willigte er dann halb zähneknirschend, halb aufgebend und gezwungenermaßen ein, mit Margret nach Hause zu fahren.
Margret nickte und nahm Yanko mit. Doch sie schwor sich in diesem Augenblick Yanko keinesfalls wieder einfach so seinem Schicksal zu überlassen. Sie spürte so deutlich, dass es ihr schon eiskalt den Rücken herunterlief, dass Yanko, wenn er so weitermachen würde, nicht mehr lange zu leben hätte. Sie wusste zwar nicht, was Yanko geschehen war und was dazu geführt hatte, dass er so erbärmlich und fertig aussah, aber sie vermutete bereits, dass er auch Drogen zu sich nahm.

Doch je mehr sie ihn danach fragte, was los wäre, desto weniger brachte sie aus ihm heraus. Yanko erzählte ihr notgedrungen nur, dass Ron gestorben sei, und es ihm deshalb so beschissen ginge. Aber er versicherte ihr am Schluss, dass er darüber ganz bestimmt nach einer gewissen Zeit hinwegkäme. Margret glaubte ihm diesbezüglich jedoch kein Wort. Und als Yanko schließlich gegangen war, zog sie ihre Sportschuhe an und hing sich lautlos an seine Fersen. Sie musste einfach wissen, was er machte und wo er schlief.

Nachdem sie Yanko dann bis zu seinem Strandhaus verfolgt hatte, war sie etwas beruhigter, immerhin hatte er wohl ein schönes Zuhause. Doch als sie ihn am nächsten Tag dabei beobachtete, wie er sich völlig betrunken draußen auf seiner Terrasse einen Schuss setzte, konnte sie einen Aufschrei kaum unterdrücken. Jetzt musste sie etwas unternehmen. Sie hatte ja mit vielem gerechnet, aber dass er Heroin nehmen würde, war für sie ein kaum zu ertragender Schock.
Völlig fassungslos stolperte sie deshalb schnell zum Haus hinüber. Doch das Tor war abgesperrt. Sie sah, dass Yanko mittlerweile total abgedreht in einem der beiden Liegestühle hing, die Spritze war einfach neben ihm zu Boden gefallen. Kurzentschlossen sah sich Margret um, und als sie sich unbeobachtet sah, kletterte sich geschwind über den doch fast mannshohen Zaun. Dann räumte sie blitzschnell das ganze Drogenbesteck weg und war nur heilfroh darüber, dass das Haus wenigstens an den meisten Stellen zusätzlich von einer leichten Hecke umgeben war, denn sie wollte sich keine Sekunde lang vorstellen, was passieren könnte, sollte ihn ein Polizist hier in diesem Zustand entdecken.
Völlig ratlos setzte sich Margret dann drinnen auf die Couch. Grübelnd sah sie dabei durch die offene Tür hinaus aufs Meer. Und dann hatte sie einen Gedanken, der sie schlagartig mit Energie füllte.

Kurzentschlossen rief sie ihren Mann an, und berichtete ihm in knappen Sätzen, dass es Yanko auf Grund einer Grippe nicht gut gehen würde und sie deshalb für ein paar Tage bei ihm bleiben wolle, bis er wieder auf den Beinen wäre. Sie sagte ihm allerdings mit keinem Wort, was tatsächlich mit Yanko los war. Da sie nicht so recht einschätzen konnte, was ihr Mann in so einem Fall unternehmen würde, hatte sie sich für die Halbwahrheits-Variante entschieden. Und anschließend wartete Margret dann, bis Yanko wieder einigermaßen bei Sinnen war.
Zunächst war Yanko erwartungsgemäß ziemlich wütend auf Margret, weil sie ihm offensichtlich doch nachspioniert hatte, aber plötzlich schlug seine Stimmung um, und er war von jetzt auf nachher sogar sehr froh darüber nicht allein zu sein. Margret ließ diese Chance nicht ungenutzt verstreichen und schaffte es sogar Yanko dazu zu überreden mit ihr ein Stückchen hinauszufahren.

Und so fuhr Margret dann mit Yanko aus L.A. hinaus, bis sie zu einem Ort kamen, den nur sie und eine Handvoll Frauen kannten. Hier kam sie immer her, wenn sie zum Beispiel eine wichtige Entscheidung zu treffen hatte, oder wenn sie in Ruhe über etwas nachdenken musste. Nach ihrer Affäre mit Yanko damals war sie auch ein paar Tage hier gewesen.
„Komm, ich will dir etwas zeigen!", forderte Margret Yanko auf auszusteigen. Yanko trat zu ihr und fühlte sich alles andere als gut. Sein Schädel schien mit der Fahrt hierher in die Berge nicht zurechtzukommen und reagierte mit Schwindel und Druckgefühl. Margret reichte Yanko eine der mitgebrachten Wasserflaschen und Yanko nahm einen Schluck.
„Besser?", erkundigte sich Margret dann. „Hmm!", erwiderte Yanko etwas mürrisch. Er sehnte sich nach seinem Whisky und nicht nach Wasser, außerdem wollte er sich lieber wieder

hinlegen. Aber Margret nahm einfach seine Hand und zog ihn noch ein kleines Stückchen den Weg hinauf. „Und jetzt musst du die Augen schließen! Ich führe dich! Vertraue mir!", sagte Margret schon fast geheimnisvoll, und Yanko tat lustlos was sie gesagt hatte.
Als Yanko dann die Augen wieder aufmachen durfte, staunte er allerdings nicht schlecht. Er befand sich mitten in einer kleinen Höhle, deren Wände im Licht einiger Kerzen sanft schimmerten. Die Luft war angenehm warm und die Höhle recht trocken. Yanko sah sich ein wenig um, und musste plötzlich an die wunderschöne, glitzernde Höhle denken, die Mala ihm bei einem ihrer ersten Treffen auf St. Lucia gezeigt hatte. So schön war diese Höhle hier zwar bei weitem nicht, aber dennoch ging von diesem Ort eine äußerst angenehme Ruhe aus, die Yanko als sehr wohltuend empfand.
Margret beobachtete Yanko, während er ein wenig umherging, und sie sah, was sie erhofft hatte. Der Ort gefiel ihm. Dann ließ sie ihn für einige Stunden allein in der Höhle zurück.
Yanko setzte sich auf einen Felsvorsprung und verfiel augenblicklich in eine Art Wachtraum, denn Margret hatte die Kerzen beim Hinausgehen ausgeblasen und ihn in fast völliger Dunkelheit zurückgelassen. Nur ein sehr schwacher Lichtschimmer von draußen, schaffte es durch den ca. 50 Meter langen Eingangstunnel bis in die Höhle hinein.
Das erste, was Yanko dann bewusst wahrnahm, war sein Herzschlag, und er konnte nicht unterscheiden, ob er ihn von außen oder von innen hörte. Nach einer Weile hatte er sogar das Gefühl das Fließen seines Blutes hören zu können. Und er tat nichts weiter, als weiterhin den Geräuschen seines Körpers, und später dann auch denen der Höhle zu lauschen. Fast erschrak er, als Margret plötzlich wieder bei ihm war.
Margret zündete erneut ein paar der Kerzen an, und dann sah Yanko, dass sie einige Tüten mitgebracht hatte. Als Margret

ihm dann den Grund dafür erklärte, wusste Yanko zunächst überhaupt nicht, was er davon halten sollte. Doch er ließ sich darauf ein, obwohl er es in keiner Weise nachvollziehen, geschweige denn erklären konnte. Irgendetwas in ihm hatte einfach zugestimmt, aber erst viel später wurde ihm klar, dass das der Teil in ihm gewesen sein musste, der unbedingt leben wollte.

Die folgenden drei Wochen verbrachte Yanko dann vollkommen allein in dieser Höhle. Er verließ die Höhle jeweils nur, wenn er mal aufs Klo musste. Die meiste Zeit der Tage und Nächte saß oder lag er dann auf dem Boden der Höhle und tat nichts weiter, als endlich damit anzufangen sich seinem Zustand zu stellen. Und er spürte auf eine durchweg intensive und fast schon überdeutliche Art und Weise, die Notwendigkeit dessen, falls er wirklich leben wollte. Und er kam ständig wieder zu diesem Thema zurück. Er wusste sehr genau, dass dies die einzige Frage überhaupt war, und dass er diese auch nur sich selbst beantworten konnte, und, dass ihm dabei auch niemand würde helfen können.

Margret hatte wirklich an alles gedacht, denn sie hatte ihm außer Lebensmittel auch noch ein paar Drogen da gelassen. Sie wusste, dass er den ungeheuren Konsum nicht von heute auf morgen auf Null zurückschrauben könnte, das würde sein Körper wahrscheinlich nicht verkraften. Und Yanko schaffte es auch tatsächlich nicht gleich alles auf einmal zu nehmen, sondern sich den Stoff so einzuteilen, dass er den Entzug einigermaßen aushalten konnte.

Was ihn allerdings sehr verwunderte, war, dass er trotz seines massiven Alkoholkonsums davon keine nennenswerten Entzugserscheinungen bekam. Und er dachte sehr oft an seinen Entzug damals bei Pupu auf Hawaii, der offenbar wirklich so tief gegriffen hatte, dass seine Alkoholsucht auf der Körperebene dadurch irgendwie verschwunden war.

Doch ihm wurde auch zunehmend bewusst, dass er sein allgemeines Suchtthema damit keineswegs schon geheilt hatte. Und er musste sich schließlich auch eingestehen, dass die vielen wechselnden Affären nichts anderes waren, als die Fortführung seiner Flucht vor sich selbst und dem, was ihn immer noch ständig quälte. Schließlich wurde ihm klar, dass diese ganz tief sitzenden, ihn schier in Stücke zerreißenden Zustände nicht ausschließlich etwas mit Fam oder Ron oder den Cheyenne zu tun hatten. Plötzlich konnte er glasklar spüren, dass er diese Gefühle latent schon immer irgendwie hatte, und dass sie durch all die schrecklichen Ereignisse in seinem Leben nur ständig wieder gefüttert und hochgeholt worden waren und sich dadurch einfach maßlos potenziert, und zu einem schier unüberwindbaren Berg aufgetürmt hatten und deshalb für ihn nicht mehr zum Aushalten waren.
Und als Margret ihn schließlich nach drei Wochen wieder abholte, hatte sich Yanko dazu entschlossen es noch ein einziges Mal zu versuchen. Eine Chance würde er sich noch geben, zu mehr fühlte er sich nicht mehr imstande.
Und das war seine Wahrheit.
Kaum nach Venice zurückgekehrt, rief er Pupu an und bat ihn um Hilfe. Yanko sah keine andere Möglichkeit mehr, als wieder nach Hawaii und zu Pupus einmaligen Heilungsmethoden zurückzukehren. Sollte dieser Weg versagen, und es ihm in absehbarer Zeit nicht deutlich besser gehen, würde er mit seinem Surfbrett losziehen und mit dem Meer eins werden.

Der umwerfend leckere, leicht süßliche Geruch der Regenwälder Big Islands empfing Yanko schon am Flughafen in Hilo. Doch er konnte sich nicht wie erwartet darüber freuen. Irgendwie schien sich alles in ihm dagegen zu sträuben hier zu sein, und es fiel Yanko richtig schwer nicht einfach wieder umzudrehen und nach L.A. in seine Drogen- und Boxclubwelt zurückzufliegen. Plötzlich erschien ihm schon allein die wieder aufgekommene Hoffnung auf Besserung wie eine lächerliche Farce.

Doch Pupus Worte holten ihn schnell aus den Gedanken, und als sie schließlich in seinem Jeep losfuhren, sog Yanko den bekannten Duft der Insel genussvoll ein.

„Yanko, ich mache das nur, wenn du für mindestens sechs Monate hierbleibst. Am liebsten wären mir sogar zwei Jahre!", erklärte Pupu später Yanko seine Meinung. „Du bist schon soweit gekommen, jetzt gilt es aber den nächsten Schritt zu machen, und der erfordert, dass du mir bedingungslos vertraust!", fuhr Pupu dann fort, und Yanko scharrte dabei mit einem Stock im Sand herum.

Sie waren in Pupus kleine Siedlung am Mauna Kea gefahren. Pupu wollte Yanko in seinem Zustand nicht gleich allein in seiner Hütte am Strand lassen, denn er hatte noch ein paar andere Dinge zu erledigen, bevor er sich Yanko ganz zuwenden konnte.

Yanko sah Pupu schließlich an. „Was meinst du genau?", fragte er ihn dann, denn er spürte, dass Pupu auf etwas ganz spezielles hinzielte. Pupu begegnete Yankos Blick, und nach einer Weile sagte er: „Kein Alkohol, keine Zigaretten, keine Drogen, kein Sex, und ausschließlich die Wahrheit, wenn ich dich etwas frage!"

Yanko musste daraufhin lachen. „Von mir aus! Ist ok!", willigte er schnell in Pupus Forderung ein, erstens weil es

irgendwie lustig klang und zweitens, weil er sowieso momentan keine Lust auf irgendetwas davon hatte. Pupu grinste zurück und fügte dann noch erklärend hinzu: „Versteh mich bitte nicht falsch, aber ich denke, wir müssen nach dem Ausschlussverfahren vorgehen. Wenn du deine Depressionen zum Beispiel mit Sex kompensieren würdest, dann bemerkst du es nur, wenn du einfach mal eine Weile komplett darauf verzichtest! Verstehst du?" Yanko nickte mit dem Kopf. „Schon klar!"
Dann stand Yanko auf und ging zu der kleinen Hütte rüber, die Pupu ihm gastfreundlich hergerichtet hatte und sah zum Himmel hinauf. Er fühlte sich ganz merkwürdig, fast so, als ob er gar nicht vollständig hier wäre. Der permanent nüchterne Zustand seit etwa drei Wochen hatte ihm zwar körperlich gutgetan, aber jetzt spürte er um so deutlicher wie es ihm eigentlich ging, und er konnte sich beim besten Willen nicht vorstellen, dass das jemals wieder anders sein könnte, außer es würde noch schlimmer werden.

Die nächsten Tage verbrachte Yanko damit seine schon etwas in Vergessenheit geratenen Hulakünste wieder hervorzukramen, und eines Nachts, als er wieder einmal nicht schlafen konnte, kreierte er seinen ersten eigenen Hula Kahiko, den er dann selbst mit einer soeben erfundenen Melodie auf Romanes singend begleitete.
Währenddessen stellte er fest, wie gut es ihm tat sich auf Romanes auszudrücken. Und dann dämmerte ihm auch, warum das so sein könnte. Ihm fiel es anhand des Wortes 'šukar' auf, was in vieler Hinsicht 'schön' und 'gut' aber auch 'zufrieden' oder 'im Wesen gut' bedeuten konnte. Sprach er es aus, hörte er nicht nur allein das Wort, sondern er fühlte vielmehr welche Bedeutung es in diesem Moment hatte.
Im Englischen, zum Beispiel, dachte Yanko weiter, gab es zwar manchmal viel mehr Wörter zur Auswahl, um ein

bestimmtes Gefühl oder eine Begebenheit zu beschreiben, aber die Essenz einer Empfindung konnte man eigentlich nur erspüren. Und Yanko vermutete schließlich, dass er vielleicht deshalb manchmal seine Gefühle nicht mit Worten ausdrücken konnte, weil es eigentlich gar keine Worte gab, die wirklich zutreffend waren. Und schlagartig wurde ihm klar, dass ein Roma stets fühlen konnte, was sich eigentlich hinter den Worten verbarg, weil Romanes eine Gefühlssprache war.

Am nächsten Tag erzählte er Pupu von seinem Tanz, der das ganze natürlich sofort sehen wollte. Und als Yanko mit seiner Performance fertig war, standen Pupu die Tränen in den Augen. Auch Yanko war von dieser neuen Kombination auf eine ganz merkwürdige Weise berührt, sodass er mit Pupus Erklärung, seine Seele habe sich damit puren Ausdruck verschafft, einverstanden war.

Die folgende Nacht verbrachte Yanko allerdings im Reich der Tränen, die anscheinend nicht vorhatten jemals wieder zu versiegen. Sein Körper wand sich in Weinkrämpfen, so sehr, dass Yanko teilweise kaum mehr Luft bekam. Erst gegen Morgen fiel er dann schließlich völlig erschöpft in einen leichten Schlaf.

Kaum hatte sich Yanko von der anstrengenden Nacht erholt, wartete schon die nächste Herausforderung auf ihn. Susannah hatte ihr Kommen angekündigt. Und genau wie Yanko es erwartete, ließ sie keine Gelegenheit aus ihm nah zu sein. Obwohl sie mittlerweile wieder in einer festen Beziehung war, hörte Susannah auch jetzt nicht auf Yanko ganz offensichtlich anzumachen. Kurz mutmaßte Yanko schon, dass Pupu sie bewusst auf ihn angesetzt haben könnte, nur um ihn zu testen.

Und als sie eines Abends dann doch noch mit in seine Hütte gekommen war, weil sie mit ihm noch ein wenig über ihre gemeinsame gescheiterte Beziehung reden wollte, spürte Yanko, dass er auf einmal wirklich Lust bekam mit ihr zu schlafen. Doch dann merkte er ebenfalls, dass er überhaupt keine Lust mehr dazu hatte, sich hinterher irgendwie mies zu fühlen, wenn jemand danach verletzt wäre, weil er die Erwartungen in Bezug auf Treue nicht erfüllen konnte.

Susannah war allerdings dann etwas überrascht, als Yanko ihr plötzlich direkt sagte, was ihm eben durch den Kopf gegangen war. Als sie dann aber noch anfing, so wie früher schon, und so wie alle seine Beziehungspartner irgendwann, zu behaupten, dass dem nicht so sei, und dass sie keine Erwartungen hätte, und sie ja schließlich selbst für all ihre Schritte die Verantwortung tragen würde, und dass er sich deswegen keinen Kopf machen bräuchte, wurde Yanko schlagartig klar, dass er sich die ganzen letzten Jahre über nur selbst etwas vorgemacht hatte. Er hatte irgendwann damit angefangen sich einzureden wieder eine Beziehung haben zu wollen, nachdem Fam gestorben war. Aber eigentlich hatte er gar keine mehr gewollt, und jeder Versuch, den er trotzdem gestartet hatte, war im Prinzip dadurch schon von vornherein zum Scheitern verurteilt gewesen. Und ihm fiel auf, dass er eigentlich immer noch ein sehr treuer Mensch war, denn in Bezug auf Fam war er total beständig, und im Prinzip war er immer noch mit ihr zusammen.

Auf einmal nervten ihn Susannahs Erklärungen und Beteuerungen, und er bat sie schließlich zu gehen und ihn allein zu lassen. Ihn nervte es einfach deshalb, weil diese Worte ihn ständig wieder an seine permanente Unstetigkeit erinnerten.

Nachdem Susannah, allerdings etwas enttäuscht, gegangen war, legte sich Yanko auf seine Schlafmatte und fühlte sich das erste Mal seit Rons Tod etwas erleichtert. Diese Erkenntnis nahm ihm eine ungeheure Last von den Schultern,

und ließ ihn sogar nach wenigen Minuten in einen sehr erholsamen Tiefschlaf fallen.
Er träumte von Fam, aber diesmal war es ein schöner Traum voller Liebe und Verbindung. Er tankte Kraft und Zuversicht allein durch die wiedergewonnene Wahrheit, dass Fam die Liebe seines Lebens war, und er durch diese Beziehung mit ihr soviel Glück und Erfüllung erfahren hatte, dass es ihm im Prinzip für ein ganzes Leben reichte. Er hatte all das mit ihr zusammen erlebt, wovon die meisten Menschen nur träumen, und als er aufwachte, war diese Energie, die ihn ständig dazu angetrieben hatte endlich wieder eine Beziehung einzugehen, ihn damit aber ständig unter Stress setzte, verschwunden.
Doch dahinter tat sich kurz darauf eine gähnende und schier unendlich tiefe Leere auf, deren Ausmaß Yanko fast ohnmächtig werden ließ. Er schreckte hoch und kauerte sich auf der Matte zusammen. Von einer Sekunde auf die andere hatte Yanko das Gefühl er würde sich vollkommen auflösen und in alle Himmelsrichtungen verteilen. Dieser Zustand war irgendwie auch mit einem unerklärlichen, allerdings nur in seinem Innern wahrzunehmenden, immens lauten und seltsam brummenden Ton gekoppelt. Yanko hielt sich reflexartig die Ohren zu, aber das half natürlich nichts.
Yanko hatte keine Ahnung, wie lange er so dagesessen hatte, als Pupu plötzlich bei ihm war und ihn im Arm hatte. Und nach einer weiteren gefühlten Unendlichkeit spürte Yanko langsam dann wieder etwas Boden unter den Füßen, und er konnte Pupu schließlich von seinen Erkenntnissen und dem Traum von Fam erzählen.
„So langsam nähern wir uns dem Kern! Was meinst du?", stellte Pupu dann liebevoll fest, nachdem Yanko schließlich geendet hatte. „Keine Ahnung!", erwiderte Yanko daraufhin nur. „Ich weiß nur, dass sich das einfach nur so richtig scheiße anfühlt! Was auch immer das zu bedeuten hat, es muss echt wichtig sein! Ich kann es bloß immer noch nicht

verstehen! Was soll das? Was will mir das alles sagen? Ich weiß nur, dass es mich umbringen wird, wenn ich nicht bald darauf komme!", ergänzte Yanko dann aber noch, und wischte sich den Erschöpfungsschweiß von der Stirn.

„Du wirst darauf kommen! Ganz sicher! Glaub mir!", ermutigte Pupu Yanko dann und schlug ihm vor, noch heute zur Hütte zu fahren und gleich damit anzufangen. Es sei nun an der Zeit sich endlich den Dingen zu stellen, sagte Pupu noch, bevor er aufstand um seine Sachen zu packen.

Eine Woche verbrachten Pupu und Yanko dann auf Yankos Platz, ohne dass Pupus Methoden irgendeine besondere Wirkung bei Yanko zeigten. Sie kamen einfach nicht vorwärts. Yanko war schließlich von dem Ganzen so entnervt, dass er kurz davor war, das alles hier einfach abzubrechen und wieder allein in Margrets Höhle zu gehen. Er hatte gar nicht das Bedürfnis unbedingt nach Venice und den Drogen zurückzukehren, das war es nicht, aber er wollte einfach nur seine Ruhe haben und niemanden, der irgendwie ständig versuchte etwas aus ihm herauszuquetschen, das offenbar nicht oder noch nicht heraus wollte, oder womöglich sogar überhaupt nicht existierte.

Schließlich teilte er Pupu mit, was er dachte, und Pupu sah ihn daraufhin lange an. „Vielleicht hast du Recht! Möglicherweise brauchst du eine andere Art Hilfe, als die, die ich dir geben kann. Ich spüre ja selbst, dass wir irgendwie nicht weiterkommen. Alles was du bisher hier an Erkenntnissen gewonnen hast, kam direkt von dir ohne meine Hilfe. Ich glaube, und das vermutete ich schon, als wir damals deinen Entzug hier gemacht haben, dass das einzige, was dir wirklich klar werden muss, ist, dass du ein sehr sehr starker Mensch bist! Allein, dass du nach alldem, was dir widerfahren ist, noch lebst und du dich erneut der Ursachenforschung stellst, zeugt schon von ungeheuer großer Kraft und innerer Stärke! Und das sage ich dir aus Erfahrung! Ich habe schon mit sehr vielen Menschen gearbeitet. Ich denke, du solltest endlich damit anfangen dir selbst und deinen Wahrnehmungen zu vertrauen! Du kennst die Antworten bereits, und du bist ganz nah dran, das spüre ich! Du musst jetzt nur noch den Mut aufbringen wirklich vorbehaltlos hinzusehen, und es dann zu akzeptieren, egal was du sehen und spüren wirst, und das permanent und immer wieder aufs Neue! Was spricht deine Seele zu dir? Was sagt sie? Wo fühlst

du dich hingezogen? Was ist passiert, dass du dich so schrecklich fühlst? Frage dich selbst, und dann lausche! Die Antworten liegen in dir! Du weißt es!"
Pupus und Yankos Blick trafen sich, und sie versanken in den Augen des anderen. Und je länger der Blickkontakt dauerte, desto tiefer sank Yanko hinein und verlor dabei kurzzeitig jegliches Zeitgefühl.
Da war er wieder. Hier auf Hawaii bei Pupu, der ihm im Prinzip genau dieselben Fragen stellte und das gleiche erzählte, wie das letzte Mal. Pupus Worte hallten aber plötzlich in seinem Inneren nach, und Yanko hatte das Gefühl, als würden sie durch sämtliche Adern pulsieren, und dann sprach er etwas aus, was er vorher gar nicht erst gedacht hatte. Die Worte kamen irgendwo anders her. „Ich vermisse mich selbst! Ich weiß nicht wer ich bin und wohin ich gehöre!"
Pupu ließ Yankos Worte erst einmal so stehen, und nach einer Weile stand er dann langsam auf und malte in einigen Metern Abstand einen größeren Kreis in den Sand. Dann ging er zu Yanko zurück und sagte zu ihm: „Der Kreis dort hinten steht für deine Wurzeln, dein Volk, deine Seelenheimat! Da vorne ist dein Zuhause! Du bist als Roma geboren worden, weil deine Seele dies beschlossen hatte! Also warum bist du nicht dort, wo du hingehörst?"
Yanko sprang plötzlich auf, denn Pupus Worte trafen ihn so tief, dass er im Sitzen das Gefühl hatte, er würde vor lauter Schwere schon nach kürzester Zeit sich nicht mehr bewegen können.
Allein Pupus Worte setzten in Yanko schlagartig reflexartige Fluchtimpulse frei, die er nur mühsam unterdrücken konnte. Am liebsten wäre er auf der Stelle ganz weit weggerannt, oder hätte das Surfbrett geschnappt und wäre einfach mal aufs Meer hinaus gesurft. Doch aus Erfahrung wusste Yanko mittlerweile, dass er genau jetzt die Chance hatte etwas

zumindest einmal verstehen zu lernen, und deswegen zwang er sich mit aller Kraft dazu stehenzubleiben.

Yanko zitterte plötzlich am ganzen Leib, und der Schweiß brach ihm aus. Es war eine Mischung aus Angst und der Anstrengung nicht fortzulaufen, und er fühlte, dass es nur zwei Möglichkeiten gab: Hinschauen und sich dem stellen was kommt, oder sich der Panik hingeben und die Flucht ergreifen.

Binnen Sekunden raste in Yankos Kopf eine Bilderflut von Erinnerungen hindurch, die ihm, wie ein gut geschnittener Film blitzartig sämtliche Situationen aufzeigte, in denen er schon davongelaufen war, irgendwann erschienen auch Fam und Ron und seine Kinder, und zu guter Letzt tauchten seine Trink- und Drogenexzesse auf.

Yanko konnte sich zwar kaum auf den Beinen halten, so anstrengend war es für ihn aufrecht stehenzubleiben und zu dem Kreis im Sand hinüber zu schauen, aber er entschied sich dennoch dafür es zu tun, koste es was es wolle. Er würde zu diesem Kreis hinübergehen, oder, falls es nicht anders ginge notfalls auch kriechen.

Er wollte jetzt endlich wissen, was los war, denn er spürte plötzlich ganz deutlich, dass dort etwas sehr Wichtiges für ihn zu finden sein würde, vielleicht sogar etwas, das seine elenden Zustände erklären könnte.

Dann atmete Yanko tief durch und trat zitternd einen kleinen Schritt näher an den Kreis heran.

Doch Yanko brauchte fast den ganzen Tag dafür, um die restlichen paar Meter, die ihn von diesem Kreis im Sand trennten zu überwinden, und nachdem er dann schließlich den letzten Schritt in den Kreis vollzogen hatte, sank er augenblicklich in die Knie und setzte sich erst einmal erschöpft in den Sand.

Pupu ließ ihn dann einfach dort sitzen und beobachtete ihn nur. Er konnte aus eigener Erfahrung ahnen, was das für Yanko bedeutet hatte diese wenigen Meter zu dem Kreis hinüber zurückzulegen, und er fühlte, dass Yanko jetzt erst einmal sehr viel Zeit brauchte, um sich davon zu erholen.
Erst als die Nacht hereinbrach, trat Pupu zu ihm und reichte ihm eine Flasche Wasser. Yanko nahm sie wortlos und trank ein paar Schlucke. Yanko konnte überhaupt nichts sagen, er fühlte sich seltsam leer und gleichzeitig vollkommen erfüllt an. Etwas in ihm hatte sich auf wundersame Weise wie ein Puzzle zusammengefügt. Ein längst vergessener Teil war plötzlich zu ihm zurückgekehrt und tankte Yanko von innen her wieder auf.
Einen ganzen weiteren Tag verbrachte Yanko dann noch in dem Kreis, bevor er schließlich aufstehen konnte und ins Meer sprang. Das kühle Nass holte ihn wieder zurück aus dem wundervollen Zustand der leeren Leichtigkeit, der ihn trotzdem sehr deutlich hatte spüren lassen, was alles geschehen war.
Später fand Yanko schließlich ein paar erklärende Worte, die er Pupu dann mitteilte: „Es ist, als ob ich mich irgendwann ganz bewusst aus dem Romakollektiv heraus genommen habe. Ich weiß jetzt, dass ich diese Gefühle schon hatte, bevor ich geboren wurde. Ich habe sie schon mitgebracht. Ich habe das schon immer gefühlt, und ich hatte immer schon Angst vor diesem immensen Ausmaß an Schmerz gehabt. Es ist so, als ob ich sämtliches Leid meines Volkes am eigenen Leib spüren kann. Ich will das nicht, aber es ist irgendwie so. Und es macht mich rasend vor Wut und Traurigkeit. So viele Tränen habe ich gar nicht, die da nötig wären, um das alles auszudrücken und zu heilen, was da los ist! Aber es ist ok! Ich weiß jetzt auch, dass ich mein Volk wirklich über alles liebe, und dass meine Seele zur Romaseelenfamile gehört! Es ist gut, dass ich wieder daran angebunden bin. Das gibt mir echt

Kraft! Dennoch weiß ich überhaupt nicht, was ich damit anfangen soll. Ich fühle mich jetzt zwar um einiges kompletter und irgendwie ruhiger, aber mehr weiß ich nicht!"
„Du wirst es wissen! Eines Tages wirst du es genau wissen! Du musst nur Geduld haben, und in der Zwischenzeit einfach nur dafür sorgen, dass du gut zu dir selbst bist und dich liebevoll behandelst!" war Pupus Antwort darauf und umarmte ihn.
„Einfach nur...", murmelte Yanko dann noch vor sich hin, bevor er nochmal schwimmen ging.

Erst einige Tage später spürte Yanko langsam, wie sich ein sonderbar vertrautes Gefühl begann in ihm breit zu machen. Das passende Wort dafür kam allerdings erst zu ihm, als er bereits im Flugzeug nach Griechenland saß.
Zuhause.
Endlich fühlte er sich auf dieser Erde zuhause und am richtigen Platz. Vorbei war das Gefühl ständig vor etwas davonlaufen zu müssen, um dadurch panisch dem Schmerz entfliehen zu wollen. Yanko blickte zum Fenster hinaus, und er dachte an Fam. Und plötzlich war es ihm egal, ob Jim Wilson ihm jemals schreiben würde oder nicht. Es war ihm auch gleichgültig geworden, was damals wirklich geschehen war. Er spürte auf einmal nur noch, dass er sie einfach immer noch über alles liebte, und dass dies das Wichtigste überhaupt war. Seine bedingungslose Liebe zu ihr war das größte Geschenk, welches er überhaupt geben konnte. Yanko spürte auf einmal, wie Fam sich einen Weg zurück in sein Herz bahnte und sich in seinen Körper ergoss wie das sprudelnde Wasser einer frischen Quelle. Ein ungeheuer warmes Glücksgefühl durchströmte ihn, und er wusste plötzlich felsenfest, dass diese Liebe niemals zerstört werden könnte. Sie war unumstößlich.

Yanko lehnte sich im Sitz zurück und sah zu Pupu rüber, der spontan beschlossen hatte Yanko nach Mykonos zu begleiten, zumal er schon sein Leben lang neugierig auf Griechenland war.

Pupu hatte bald eingesehen, dass die Therapie, die er ursprünglich für Yanko vorgesehen hatte, sich schon von Beginn an völlig anders entfaltet, und sich in einer ungeahnt schnellen Art und Weise dem Kern genähert hatte, sodass er mit Yankos Entschluss Hawaii vorzeitig zu verlassen, schnell einverstanden war. Pupu wusste aber auch, dass Yanko noch einen weiten Weg zu gehen hatte.

Zwei Wochen später machte sich Yanko zusammen mit Irina und seinen beiden Kindern Kenia und Jony auf den Weg quer durch Europa. Im Gepäck hatte er eine Kamera mir der er Romafamilien in den unterschiedlichsten Lebensumständen filmen und interviewen wollte. Er hatte sich vorgenommen einen Dokumentarfilm zu erstellen, der die Zerrissenheit des Romavolkes untereinander aufzeigen sollte, und er erhoffte sich dadurch auch für sich selbst eine Idee für eine Lösung dieses Problems zu finden.

Als Yanko schließlich ein paar Wochen später, Anfang Juni, bei Frank im Studio in L.A. saß, bezweifelte er allerdings, dass sein Volk jemals wieder zusammenfinden würde.
Das Leid, das die meisten Familien ertragen mussten, sowie der Kampf ums Überleben generell, nahmen oft immer noch einen so großen Platz im Leben vieler Roma ein, dass diese Leute an solche Dinge wie Verbundenheit, Heilung oder gar Vergebung überhaupt gar nicht erst dachten. Manche hatten Yanko unter anderem auch als 'arroganten und unverschämten Nichtsnutz' beschimpft. Und manche hatten sogar angefangen an seiner Herkunft zu zweifeln, denn ein echter Roma käme gar nicht auf die Idee solche sinnlosen Fragen zu stellen. Yanko wusste zwar, dass viele Roma oft auch aus unbewusster Angst nichts von Individualität hielten, einfach deshalb, weil in ihren Augen nur der gemeinschaftliche Zusammenhalt überhaupt irgendeine Art von Sicherheit und Schutz bieten konnte, aber dass das für viele immer noch so immens wichtig war, hatte er nicht vermutet. Vor allem hatte er nicht mit so vielen, derart schlechten, überzogenen, falschen und verallgemeinernden Vorurteilen gegenüber den Nicht-Roma gerechnet.
Und Yanko dachte bald resigniert, dass selbst wenn das Romavolk sich eines Tages wieder als zusammengehörig

empfinden sollte, eine Versöhnung oder gar ein harmonisches Zusammenleben mit Nicht-Roma Menschen fast utopisch sei. Der Hass und die dadurch entstandene Ablehnung und das leider oftmals begründete Misstrauen gegenüber den Gadje, waren so tief in den meisten Roma verankert, dass es Yanko schon übel davon wurde, wenn er nur daran dachte. Es gab kaum ein Einsehen von Seiten der Roma, die er befragt hatte, dass auch sie an ihrem Verhalten etwas verändern müssten. Er fand kaum Verständnis dafür, dass eine Annäherung von beiden Seiten her Offenheit und Vertrauen erfordere. Von Frieden wollte Yanko erst gar nicht sprechen. Das wäre fast zu schön um wahr zu sein, dachte er oft. Nur bei den Roma, die als Künstler arbeiteten und die in der Öffentlichkeit bekannter waren, fand Yanko mildere Worte vor. Hier zeigte sich durchaus der eine oder andere seines Volkes offener und auch verständnisvoller. Jedoch hatte keiner eine wahrhafte Vision von einem friedlichen und integrierten Zusammenleben mit den Gadje. Ein Rest Misstrauen und Zweifel war stets vorhanden.

Die erhoffte Erleichterung, die die Reise mit sich bringen sollte, hatte sich jedenfalls bei Yanko nicht eingestellt. Im Gegenteil, je länger er sich mit dem Film beschäftigte und tagelang bei Frank im Studio verbrachte, desto schwermütiger wurde es Yanko wieder zumute.
Zwar spürte er jetzt deutlicher, dass sein eigener depressiver Zustand zum Teil mit der Tragödie seines Volkes in Zusammenhang stand, und, dass er, soweit man das sagen konnte, über Fams Verlust nun endlich hinweggekommen war. Jedoch bahnten sich die Sehnsucht nach Ron, und die seit der Filmreise wieder häufiger aufkommenden Bilder, und vor allem auch die gellenden Schreie der misshandelten Cheyenne aufs Neue ihren Weg zurück in sein Bewusstsein. Ständig erschien ihm außerdem haarklein wie er damals aus

purem Hass und vorsätzlich getötet hatte. Nachts, wenn er dann wieder einmal nicht schlafen konnte, suchte er in seinem Innern fieberhaft nach Gefühlen der Reue oder der Schuld, aber er fand sie immer noch nicht. Ihm war es zwar schrecklich zuwider, dass er diesen Mann und seinen Mitstreiter getötet hatte, und dass er zu solch einer entsetzlichen Tat überhaupt fähig gewesen war, dennoch schaffte er es einfach nicht genügend Verständnis und Vergebung für diese beiden Männer aufzubringen, damit er es wirklich bereuen könnte.

Als Yanko schließlich wieder einmal zum x-ten Mal schweißgebadet aus einem dieser Alpträume aufschreckte, zog er sich, ohne noch weiter zu überlegen, an und erlaubte sich erst wieder zu denken, als er ausgepowert und betrunken in seinem Strandhaus lag. Doch denken konnte er in seinem Zustand jetzt eh nicht mehr, und daher beschloss er mit Johnny zusammen noch ein paar Joints zu rauchen, bis er von alleine wieder einschlafen würde.
Die kommenden Wochen empfand Yanko dann wie Urlaub von sich selbst, als er wieder mit Drogen vollgepumpt und sturzbetrunken vor sich hinvegetierte. Kein zermürbendes Gefühl in seinem Herzen, keine Bilder von krepierenden Cheyenne, keine leidenden Roma, kein Ron, nichts, was ihn aus diesem herrlich entspannenden Wattegefühl herausholte.

Die erste Fuhre Drogen hatte er sich wieder bei Frank mitgenommen, nachdem Francis wieder andauernd versucht hatte Yanko erneut mit Hilfe einer Prise Koks ins Bett zu kriegen, während Frank und er an dem Dokumentationsfilm arbeiteten. Es war ihr dann schließlich auch gelungen. Yanko war an jenem Tag schon völlig kaputt im Studio angekommen, nachdem er sich die Nacht vorher bis in die frühen Morgenstunden hinein geprügelt hatte. Die Schmerzen in seinem Oberkörper von den vielen Schlägen, die er eingesteckt hatte, spürte er an jenem Tag bei jeder kleinsten Bewegung, was ihn ziemlich abnervte. So hatte Francis dann ein relativ leichtes Spiel gehabt.

Als Yanko kurz daran zurückdachte, wie geil er wieder einmal durch das Koks geworden war, schüttelte er nur mit dem Kopf und trank den Rest Whisky auch noch aus, bevor er sich dann auf den Weg zum Boxclub machte. Heute wollte er es sich richtig geben. Irgendjemand sollte ihm so dermaßen einschenken, dass die körperlichen Schmerzen den Zustand seiner Seele widerspiegeln würden.

Johnnys Zusammenbruch erweckte Yanko allerdings schlagartig aus seinem Drogenrausch. Doch Johnny wollte partout nicht in ein Krankenhaus, und so beschloss Yanko ihn kurzerhand ins Auto zu packen und mit ihm nach San Francisco ins Johnson Garden Hospital zu Tyron zu bringen. Yanko wachte dann Tag und Nacht an Johnnys Bett und bangte um ihn. Die Angst Johnny könnte es nicht schaffen, raubten Yanko fast den Verstand. Ständig sah er Ron vor sich wie er in Afghanistan im Krankenhaus im Sterben gelegen war. Johnnys Entzug war ziemlich hart, und er litt schrecklich unter den Entzugserscheinungen. Während Yanko Johnny dabei Mut zuredete, wurde ihm erst so richtig bewusst, welch Glück er bis jetzt gehabt hatte, denn so dreckig war es ihm bei einem Drogenentzug bis jetzt noch nicht ergangen. Er wusste nur zu gut, dass er absolut mit dem Feuer spielte, und er nahm sich augenblicklich vor wieder damit aufzuhören, und es in Zukunft ausschließlich mit der Boxclubtherapie zu versuchen.

Tyrons Anwesenheit gab Yanko überraschender Weise einen neuen Halt, und er ließ sich einfach vorbehaltlos wieder auf Tyron ein, obwohl ihm die erste Male wieder mit einem Mann zu schlafen fast das Herz herausrissen. Aber auch dieser Schmerz tat ihm auf eine merkwürdige Art fast gut, denn ihm wurde dadurch langsam bewusst, wie unglaublich groß seine Liebesfähigkeit eigentlich war, was ihn manchmal sogar zum lachen brachte.
Tyrons Zuwendung und Warmherzigkeit floss in Yankos brennendes Herz und tröstete ihn auf wundersame Weise. Und wenn er seine kräftigen, muskulösen Arme um Yanko legte, wollte Yanko am liebsten gar nicht mehr von ihm fort.

Kurz nachdem Johnny entlassen wurde und mit Yankos Auto wieder zurück nach L.A. gefahren war, um sich für ein paar Monate bei seiner Familie auf Jamaika zu erholen, machte Yanko nachts einen Spaziergang. Er wollte einfach nur kurz an die frische Luft, um sich Gedanken darüber zu machen, was er als nächsten tun wollte, und ob es überhaupt noch Sinn machen würde zu Irina zurückzugehen.

Er liebte sie nach wie vor, und die Wochen in denen er mit ihr und seinen Kindern unterwegs gewesen war, waren wirklich toll gewesen, doch irgendetwas hielt ihn immer noch davon ab sich voll und ganz darauf einzulassen, und er stellte nach einigem Hin und Her schlussendlich fest, dass er es besser aushalten konnte nicht bei ihr zu sein, als dieses ständig anwesende Gefühl zu ertragen, das immer da war, vor allem wenn er morgens nach einer wunderbaren Nacht neben ihr aufwachte. Er schaffte es nicht dieses genauer zu benennen, aber es sagte ihm irgendwie, dass es nicht richtig sei mit ihr auf diese Art zusammen zu sein. Er konnte zwar immer noch keine Schuldgefühle in sich entdecken, und dennoch fühlte er sich nicht zu Hundertprozent wohl damit.

Da wurde er plötzlich jäh aus seinen Gedanken gerissen. „Hey, du bist doch dieser Zigeuner aus dem neuen Film von Frank Bergan? Richtig? Diese Missgeburt von einem dreckigem Zigeunerarsch!" hörte Yanko jemanden rufen. Und ehe er sich's versah standen vier Männer um ihn herum, die offenbar nicht besonders friedliche Absichten hatten. Yanko blieb stehen und sah dem Mann, der ihn eben lauthals beschimpft hatte direkt in die Augen. Er verspürte keine Angst. Im Gegenteil, er hatte sogar plötzlich Lust darauf sich zu prügeln. Sollten sie ihn ruhig noch mehr beschimpfen, das würde seine Wut nur noch ordentlich anstacheln.

Der Anführer kam ihm dann auf einmal so nah, dass Yanko dessen Mundgeruch riechen konnte. Unwillkürlich schnaubte er aus und trat einen Schritt zurück. „Du hast wohl Angst?

Was? Und die solltest du auch haben! Wir können Zigeuner nämlich auf den Tod nicht ausstehen! Verstehst du? Und in unserer Straße macht sich ein Zigeuner ganz und gar nicht gut! Überhaupt nicht gut!", erklärte er Yanko dann sehr eindringlich, und die anderen lachten dabei höhnisch auf. „Gar nicht gut!", wiederholten sie dann der Reihe nach wie auf Kommando. Yanko fixierte den Anführer weiterhin und wartete nur noch auf den richtigen Augenblick, denn anfangen wollte er nicht, aber er spürte deutlich wie seine Aggressionen hochstiegen und sich seine Hand schon zur Faust ballte.

Plötzlich zerrte ihn jemand unwirsch am Hemd und riss es dabei ein wenig auf. „Fass mich nicht an!", zischte Yanko und fuhr blitzschnell herum. „Fasst mich ja nicht an!", wiederholte er nochmal für alle anderen. „Oh, unser Zigeunerbastard wird aufmüpfig! Ich glaube wir sollten ihm unsere Meinung mal etwas deutlicher machen!", raunte der Anführer in die Runde und im Handumdrehen hatte er Yanko so blitzschnell mit einem Messer den rechten Unterarm aufgeschlitzt, dass Yanko reflexartig etwas zurückwich Doch fast ebenso schnell war dann allerdings Yankos Faust in dessen Gesicht gelandet, und der Anführer flog augenblicklich zur Seite.

Die vier Männer hatten anschließend alle Hände voll zu tun, um Yanko überhaupt zu treffen, was ihnen hier und da zwar gelang, aber Yanko kämpfte wie ein Tier, und er war so richtig in Fahrt, und das auch noch, nachdem die vier Männer völlig verdutzt alle auf dem Boden lagen und erst einmal nicht mehr aufstehen konnten.

Yanko spuckte dem Anführer zu guter Letzt noch vor die Füße und trollte sich dann. An der nächsten Ecke rief er die Polizei an und bestellte gleich für die vier einen Krankenwagen mit dazu.

Als Yanko dann später, mit genähtem und verbundenem Arm und mit dem Wissen, dass die Schmerzen in seinem Oberkörper zum Glück nur von Prellungen herrührten und nichts gebrochen war, aus dem Krankenhaus trat, fühlte er sich merkwürdig wohl. Die Polizei hatte ihm jedenfalls seine Version der Geschichte sofort abgenommen, und der Beamte und ebenso der Arzt hatten ihn außerdem noch um Autogramme gebeten, welche er in diesem Moment außerordentlich gerne geschrieben hatte. Total verrückt, dachte Yanko, als er sich eine Zigarette anzündete und sich auf den Weg in die Stadt machte, um sich Opium zu besorgen, denn er konnte sich schon ungefähr ausmalen, wie die kommenden Tage werden würden.

Tyron war natürlich vollkommen geschockt darüber, was Yanko passiert war, doch Yanko fühlte sich außer den höllischen Schmerzen in seinem Arm eigentlich ziemlich gut. Es hatte ihm so richtig gutgetan diese rassistischen Arschlöcher, wie er sie nannte, mal gehörig in die Schranken zu weisen. „Da siehst du mal für was so ein Boxclub alles gut sein kann!", schmunzelte Yanko. „Naja, da magst du wohl Recht haben! Aber du kannst auch von Glück sagen, dass der eine überlebt hat! Mein Gott, stell dir nur mal vor, der wäre gestorben!", gab Tyron zu bedenken. „Ist er aber nicht!", murrte Yanko schnell, der natürlich auch sehr erleichtert darüber war, dass der Mann, dem er einen so derben Tritt verpasst hatte, dass dieser rückwärts mit dem Kopf auf dem Pflaster aufgeschlagen war, neben diversen Platzwunden nur eine Gehirnerschütterung davongetragen hatte. „Du weißt aber schon, dass diese Leute überall ihre Verbündeten haben, und die wissen bestimmt jetzt alle schon über diesen Vorfall Bescheid! Du musst dich wirklich vorsehen!", warnte Tyron Yanko eindringlich und fand das alles nur schrecklich schlimm. „Ja, ich weiß das! Der Polizist hat es mir schon

gesagt. Ich pass schon auf!", sagte Yanko und stand auf, um eine rauchen zu gehen.
Tyron hätte ihn am liebsten eingesperrt, aber das konnte er ja nun wirklich nicht tun, und so ließ er ihn eine Woche später voller Sorge und schweren Herzens wieder abreisen.

Yanko kehrte schließlich in sein Strandhaus nach Venice zurück und stellte zusammen mit Frank in den folgenden Wochen seinen Dokumentarfilm fertig, den er dann noch ins Englische, Griechische, Deutsche und Französische übersetzte. Frank sagte ihm, dass der Film beim kommenden Sundance Filmfestival im Januar seine Premiere haben würde. Gleichzeitig machte er ihm dann noch das Angebot in seinem nächsten Film wieder die Hauptrolle zu übernehmen, doch Yanko lehnte dankend ab. Er wollte nicht noch mehr in der Öffentlichkeit stehen, so wie es jetzt gerade war, konnte er es noch gut händeln. Yanko wusste aber nur zu gut, dass sich das schnell ändern könnte, wenn er jetzt weitermachen würde. Außerdem stand ja noch der zweite seiner beiden Filme über sein Leben in den Startlöchern. Frank war außerdem nicht der erste, der ihn für einen weiteren Film haben wollte. Im Laufe der Zeit waren schon einige interessante Angebote zu ihm geflattert. Vielleicht würde er irgendwann mal wieder einen Film drehen, aber momentan verspürte Yanko überhaupt keine Lust dazu.

Die nächsten Tage verbrachte Yanko damit am Strand und an der Strandpromenade auf und ab zu laufen, und dabei zu versuchen, alles, was in letzter Zeit geschehen war einfach durch sich hindurchrieseln zu lassen wie durch ein Sieb. Er wollte sich an nichts mehr festbeißen und sich aber auch keinem der immer wieder aufflammenden Schmerzen hilflos hingeben, weder den körperlichen noch den seelischen. Er wollte sich einfach vom Leben selbst treiben lassen.

Die einzigen Drogen, die er momentan zu sich nahm, waren Zigaretten, Gras und ein wenig Opium zur Schmerzlinderung. Wegen der Verletzung am Arm konnte er momentan noch nicht wieder in den Boxclub gehen, und darum bemühte sich Yanko völlig ruhig und gelassen zu bleiben, was ihm auch zu seiner eigenen Überraschung ganz gut gelang. Vielleicht lag das tatsächlich an der Tatsache, dass er sich nun endlich wieder mit seinen Wurzeln verbunden, und seiner Seele dadurch den nötigen Raum gegeben hatte zu ihm zu sprechen. Immerhin hatte er seit Hawaii einen Film über seine Roma gedreht und sich außerdem erfolgreich gegen eine Gruppe Rassisten gewehrt. Und immer wenn er an diesen Vorfall zurückdachte, musste er unwillkürlich grinsen, denn es tat ihm, nach all den Verletzungen und traumatischen Erlebnissen in der Vergangenheit, einfach nur gut dieses Mal als Sieger hervorgegangen zu sein, obwohl er ebenfalls wusste, dass das kein echter Sieg war und schon gar nicht das Ende des Konflikts zwischen den Roma und den Gadje.

Neben einem Bluesgitarristen setzte sich Yanko eines Tages auf die kleine Mauer am Venice Boulevard und hörte diesem stundenlang zu, wie er aus vollstem Herzen diese herrlich gefühlvolle Musik spielte. Und wenn dieser sang, spürte Yanko regelrecht die Seele des Mannes fast wie seine eigene. Sie drückte sich einfach durch die Töne seiner Musik unmittelbar und herzberührend aus.
Und plötzlich wusste Yanko, was er noch tun konnte. Er musste auch so einen Weg finden, um seiner Seele die Möglichkeit zu geben sich auszudrücken. Das war ihm zwar schon länger irgendwie klar, doch egal was er sich dazu schon überlegt hatte, der Funke der Begeisterung war nie so richtig, und vor allem nicht auf Dauer übergesprungen. Und in diesem Moment wurde ihm erst so richtig bewusst, dass er, seit Fam gestorben war, nie wieder für jemanden oder etwas

derart Feuer und Flamme gewesen war wie für sie. Ein Feuer, das ihm lebensspendende Kraft gab, und das sich durch sich selbst nähren konnte. Yanko bekam trotz der Wärme plötzlich eine Gänsehaut. Alles um ihn herum schien plötzlich klarer und deutlicher zu werden, und auch der Bluesmann spielte auf einmal noch intensiver. Er sang von *Find the way, I'll be the one to set you free* und *Send some love*, und die Töne drangen direkt in Yankos Herz, wo sie langsam begannen sich zu einer Idee zu formieren.

Plötzlich sah Yanko tausende Roma mit ihren Pferdewagen frei und glücklich über die Erde ziehen, durch jedes Land und über jede Grenze hinweg. Er fühlte sich mit einem Mal so intensiv mit ihnen verbunden, dass er das Gefühl hatte auf jedem Fleckchen Erde gleichsam anwesend zu sein. Auf einmal hörte er Pupus Stimme, die ihm sagte, dass er es eines Tages wüsste. Eines Tages würde er die Seelenessenz seines Volkes wieder spüren können und wissen, welcher Teil dabei seine Aufgabe wäre, um die ursprünglich vorgesehene Qualität der Roma hier auf der Erde zu manifestieren.

Und auf einmal wusste Yanko, dass die Ursprungsseele seines Volkes für alle Menschen das Geschenk der Ungebundenheit, der Freiheit, des Glücklichseins, der ungezähmten Lebensfreude und des grenzenlosen Lebens überall auf der Welt bereithielt. Das alles, sowie auch das Einssein mit der Natur und das natürliche ausdrücken können der Gefühle lebte in jedem Roma, nur war dies bei den meisten durch Schmerz, Not und Zerrissenheit über die Jahrhunderte hinweg verschüttet worden. Und Yanko konnte zum ersten Mal nachvollziehen, dass diese geballte, pure Lebensenergie bei Nicht-Roma-Menschen durchaus Ängste auslösen konnte. Die ursprünglich verankerte Fähigkeit immer wieder alles vollkommen loslassen zu können und zu wissen, dass man außer sich selbst nichts weiter besaß, war zwar aufgrund seiner Herkunft tief in Yanko verwurzelt, doch er bemerkte es erst jetzt. Und er verstand plötzlich auch, warum es so viele Menschen gab, die einander besitzen wollten, sich selbst darin eingeschlossen, denn nichts anderes zeigte sein immenser Schmerz über die Verluste, die er erlitten hatte. Er hatte durch die Trennung von seinen eigenen Wurzeln dieselbe panische Angst vor dieser Kraft wie die meisten anderen auch.

Dann holte er kurzentschlossen sein Handy heraus und rief zunächst Nino, danach Marina und schließlich seinen alten Sintikumpel Marko an. Die fielen natürlich zunächst aus allen Wolken. Zuerst darüber, dass Yanko überhaupt anrief und dann natürlich aufgrund seiner Idee, die aber alle sofort hervorragend fanden.

Marko aus Deutschland kontaktierte daraufhin gleich seinen französischen Kollegen Joel aus Reims, der wiederum seinen Freund Silvo in Irland aktivierte. Kurz darauf hatten sie noch David aus Kanada und Fabio aus Italien an Bord. Und damit hatte sich Yankos Idee binnen weniger Stunden schon in eine konkrete Form manifestiert:

In drei Wochen würden sich neun Romamusiker aus neun verschiedenen Ländern zu einer Probe in Paris treffen, um einen ganz bewussten Schritt in Richtung Verbindung zwischen den einzelnen Romagruppen zu machen.

Yanko fühlte sich danach seltsam wohl. Zwar spürte er immer noch diese ungeheure Sehnsucht nach diesem heilen Zustand auf der Erde, sobald sich alle Völker in Frieden miteinander verbunden hätten, dennoch konnte er auch wahrnehmen, dass bereits allein seine Erkenntnisse von eben anfingen ihn ganz essenziell von sehr tief innen heraus zu nähren. Und er fragte sich wieso er das erst jetzt so deutlich spüren konnte, schließlich war es ihm damals auf den Touren mit der Band aus Rumänien auch schon so ähnlich ergangen, doch irgendwie war der Groschen damals nicht gefallen.

Spät in der Nacht fiel Yanko in einen erschöpften Schlaf und hoffte am nächsten Morgen, dass es ab jetzt nun endlich dauerhaft mit ihm bergauf ginge.

Doch in der kommenden Nacht kamen sie wie auf Kommando alle auf einmal in seine Träume zurück und belagerten hartnäckig sein Herz. Ron, Fam, Jim Wilson, die beiden Männer, die er getötet hatte, Gefleckter Wolf, seine Mutter, sein Vater, Bilder von vergasten Roma, sämtliche Typen, die ihn schon zusammengeschlagen hatten, Marina und seine Flucht, sowie Maria und alles was er bis dahin noch erfolgreich hatte abwehren können.

Yanko fuhr schließlich zitternd aus dem Schlaf hoch und wusste zunächst gar nicht wo er war. Der Schmerz in seinem Oberkörper, der durch diese ruckartige Bewegung eben ausgelöst wurde, raubte ihm kurz den Atem. Reflexartig stützte er sich mit den Armen rückwärts auf, was ihm allerdings einen erneuten Stich durch den Körper jagte.

Schlagartig wurde ihm nochmals bewusst, warum er es unter anderem nicht ausgehalten hatte mit Maria auf Dauer zusammenzusein. Denn jedes Mal wenn er bei ihr war, fühlte er zwangsläufig auch sein Volk, dessen Vergangenheit, seine Wurzeln und auch das, was sein Volk alles schon durchlebt hatte, all das Leid nämlich, was noch nicht geheilt war. Vielleicht hätte er es besser machen können, wenn er das alles damals schon gewusst hätte. Doch er hatte auch jetzt noch keine Ahnung, wie er damit umgehen sollte, geschweige denn wie er sich in Zukunft davor schützen könnte.

Trotz Schmerzen rappelte sich Yanko auf, zog sich schnell was über, und dann lief er so schnell er konnte zu einem der Dealer, den er kannte und kaufte ihm alles ab, was dieser gerade dabei hatte.

Kaum wieder zurück pumpte er sich so viel Koks rein, dass er die Schmerzen nicht mehr spürte. Dann verließ er sein

Strandhaus und holte sich den Rest im Boxclub ab, so sehr, dass er sich am nächsten Tag kaum mehr rühren konnte und die Wunde am Arm teilweise wieder aufgegangen war.

Aber das alles war Yanko nur recht, denn so hatte er wenigstens einen guten Grund sich auch in nächster Zeit wieder mit Drogen und Whisky zum x-ten Mal den Verstand wegzudröhnen. Zwischendrin stellte er allerdings fest, dass er keine Angst mehr vor alldem hatte, was ihn erwarten könnte, wenn er sich dem stellen würde, was das Leben andauernd von ihm verlangte. Denn er hatte, momentan jedenfalls, auf einmal keine Angst mehr davor auch nur irgendetwas oder irgendjemanden zu verlieren.

Yanko wusste später nicht mehr wie viele Tage seit dieser Nacht vergangen waren, als plötzlich Margret neben ihm stand und ihn versuchte wach zu rütteln.

Yanko war noch völlig berauscht und brauchte erst eine ganze Weile um einigermaßen zu sich zu kommen. Margret hatte Yankos Verletzung am Arm gleich entdeckt und war sofort in eine Apotheke geeilt und hatte Verbandszeug und eine Salbe besorgt. Vorsichtig wollte sie dann Yankos Arm versorgen, doch Yanko zog ihn weg, und dabei stellte sie fest, dass Yanko wohl schon seit Tagen nichts mehr gegessen haben musste.

Als Yanko dann einigermaßen wieder bei Sinnen war, fragte sie ihn deshalb, was er essen möchte, und konnte ihn schließlich nach einer halben Stunde endlich dazu bewegen, sich für eine Portion Sushi zu entscheiden.

Margret kannte Yanko auch schon gut genug, um zu wissen, dass es jetzt keinen Sinn machen würde ihn mit Fragen zu bedrängen, er würde schon reden, sobald ihm danach wäre. Deshalb trug sie gleich ihr Anliegen vor, obwohl sie innerlich über seinen Zustand total entsetzt war. „Mein Mann sucht dich! Wir versuchen schon seit Tagen, dich zu erreichen! Jetzt hat er mich gebeten mal nachzusehen, ob du vielleicht sogar hier sein könntest. Er möchte dich übermorgen gerne zu einem Kongress nach Washington mitnehmen. Es geht um die Integration von Minderheiten in den USA usw. Du bist offiziell eingeladen, und die übrigen Abgeordneten freuen sich schon auf den Besuch eines Filmstars und natürlich auch darauf, was du zu berichten hast!" Margret sah Yanko eindringlich an und fragte sich dabei ernsthaft, ob er diese Reise überhaupt durchstehen würde, für den Fall, dass er überhaupt mitginge.

Yanko konnte sich kaum rühren, so sehr taten ihm die Prellungen am Oberkörper weh, aber Margrets Anwesenheit tat ihm irgendwie gut, und sie hauchte wieder etwas Leben in ihn ein. Sein rechter Arm schmerzte ebenso bei jeder Bewegung, und er sehnte sich nach irgendwas, das seine Schmerzen wieder zum Stillstand bringen würde. Die Drogen waren fast aufgebraucht, und er müsste sowieso dringend aufstehen, um sich neue zu besorgen, also biss er die Zähne zusammen und rappelte sich nach einer Weile hoch und schleppte sich unter die Dusche. Als er fertig war, unternahm Margret nochmal einen Versuch seinen Arm zu verarzten, und dieses Mal ließ es Yanko zu.

„Ich hole jetzt schnell unser Sushi, und du wartest hier! Klar?!", sagte Margret, nachdem sie mit seinem Arm fertig war, und sah Yanko dabei fest in die Augen. Yanko nickte nur und versuchte sich auf einem der Stühle so hinzusetzen, dass er es eine Weile aushalten würde. Kaum war Margret weg, suchte er schnell alles Opium zusammen, was er noch besaß und rauchte es auf. Danach ging es ihm etwas besser, denn als Margret zurückkam, saß er wieder am Tisch und wartete auf sie.

Doch Yanko brachte einfach nichts hinunter. Beim Anblick des Essens verschnürte es ihm augenblicklich den Magen. Margret versuchte so liebevoll und trotzdem so klar wie

möglich zu sein. Dass sie wieder einmal riesige Angst um ihn hatte, wollte sie ihn aber um keinen Preis spüren lassen. „Komm, iss doch was! Wenigstens ein bisschen Reis!", schlug sie ihm vor und legte ihm ein Reiskorn auf seinen Finger.
Yanko musste grinsen, denn ihr Gesichtsausdruck dabei war einfach zu köstlich. Yanko führte schließlich den Finger zum Mund und aß das Reiskorn. Kurz darauf gab sie ihm dann zwei Reiskörner, und tatsächlich schaffte sie es mit dieser Methode ihm ein wenig Appetit zurückzubringen, denn am Ende hatte er immerhin zwei ganze Gemüsesushi verzehrt.
Margret wollte sehr gerne, natürlich in Absprache mit ihrem Mann, die ganze Nacht über bei Yanko bleiben, und nachdem sich Yanko dann noch ein paar Drogen besorgt hatte und wieder etwas benebelt, aber wenigsten fast schmerzfrei im Bett lag, fing er an zu reden. Und das, was er dann sagte, würde Margret nie wieder vergessen.
„Ich glaube mittlerweile echt, dass irgendetwas in mir kaputt gegangen ist, was mich jetzt einfach unfähig zurücklässt irgendeine Beziehung zu führen, und ich glaube nicht, dass das jemals wieder anders sein wird in diesem Leben. Aber es ist ok, und es macht mir eigentlich auch gar nichts aus, denn mir ist klar geworden, dass ich nach Fam eigentlich überhaupt keine Beziehung mehr haben wollte. Und mit wenigen Ausnahmen ist das alles auch nie von mir ausgegangen... Und manchmal fühle ich mich selbst missbraucht davon, weil es den meisten doch irgendwie nur um Sex mit mir geht, denn sobald ich das mache, was ich von Anfang an immer gesagt habe, fangen fast alle an mich verändern zu wollen. Zumindest kommt das so bei mir an. Ich verüble das auch keinem, denn es ist sicherlich nicht einfach mit mir klarzukommen. Aber die ganzen Sorgen um mich kann ich einfach nicht mehr aushalten. Es geht mir gar nicht so schlecht, wie es vielleicht den Anschein hat. Ich weiß zum Beispiel jetzt, im Gegensatz noch bis vor ein paar Wochen,

worum es wirklich geht! Ich habe die Verbindung zu meinem Volk irgendwann mal selbst gekappt, weil ich schlicht und ergreifend Angst vor dem ganzen unsäglichen, ungeheilten Leid hatte, einfach weil ich das alles spüren kann. Ich muss das jetzt erst einmal unzensiert durch mich hindurchlaufen lassen. Entweder es zerstört mich, oder ich gehe mit neuer Kraft daraus hervor. Ich weiß nicht was passieren wird, aber ich habe keine Angst mehr davor. Und wie ich das mache, will ich selbst bestimmen, sodass ich wenigstens die Illusion dabei habe es zu schaffen. Dazu muss ich aber erst einmal meinen Körper wieder schmerzfrei bekommen, sonst geht das überhaupt nicht. Und dazu brauche ich jetzt die Drogen. Ich halte das sonst nicht aus. Und wer das nicht akzeptieren kann, der soll einfach wegbleiben und mich in Ruhe lassen!"
Margret hatte Tränen in den Augen, als Yanko endete, denn sie konnte einfach nicht herausspüren, ob das nun eine lebensbejahende oder eher eine Abschiedsrede war.
„Wenn du willst, dann bleibe ich gerne heute Nacht hier bei dir!", sagte sie plötzlich daraufhin, obwohl sie sich im selben Moment dafür hätte ohrfeigen können. Jetzt hoffte sie nur, dass Yanko sich nicht auch von ihr missbraucht fühlte. Margret musste dennoch im Stillen zugeben, dass sein Sexappeal sie am Anfang tatsächlich auch am meisten an ihm gereizt hatte. Doch mittlerweile wusste sie, dass sie ihn wirklich liebte, und das, obwohl sie ihren Mann niemals verlassen würde. Vielleicht war es aber auch genau das, was Yanko meinte. Sie wollte unbedingt bei ihm sein, mit ihm schlafen und sein großartiges Einfühlungsvermögen genießen, aber ihren Mann wollte sie nicht für ihn verlassen. Und dann wusste sie auch plötzlich warum. Yankos ungezähmte Natürlichkeit war das, was sie so überaus magisch anzog, aber gleichzeitig auch das, vor dem sie am meisten Angst hatte. Er gab ihr nämlich nie das Gefühl sie dauerhaft retten oder beschützen zu wollen, denn ihre Bedürftigkeit nach Sicherheit

und Geborgenheit erfüllte er immer nur im Hier und Jetzt, aber nie für die Zukunft. Erschrocken musste sie dann feststellen, dass er der einzige Mensch in ihrem Leben war, der sie nie angelogen, oder ihr etwas vorgemacht hatte. Und plötzlich wurde ihr klar, dass diese vermeintliche Sicherheit, die sie immer durch andere erfüllt haben wollte, gar nicht existierte. Sie war eine reine Illusion.
„Margret, ich will nicht, dass dein Mann das mit uns damals erfährt! Er tut soviel für mich und mein Volk! Ich will das dadurch nicht kaputt machen. Auch wenn ich heute Nacht, oder überhaupt im Moment eigentlich gar nicht gerne allein bin. Aber ich bin lieber allein und habe dabei ein gutes Gewissen!", sagte Yanko matt und zündete sich schon wieder eine Zigarette an. „Es war Adams Vorschlag, dass ich heute Nacht bei dir bleiben soll! Er mag dich eben auch sehr, und er macht sich ebenso Sorgen! Tut mir leid!", antwortete Margret und wünschte sich dabei innigst, dass Yanko sie nicht wegschicken würde. Daraufhin quälte sich Yanko wortlos aus dem Bett und ging aufs Klo. Danach rauchte er noch schweigend eine gehörige Portion Opium, legte sich dann neben Margret ins Bett und schlief einfach ein.

Am nächsten Tag brachte Margret Yanko schließlich zu Adam ins Rathaus, wo er ihm erklärte, was da in Washington auf ihn zukommen würde. Nachdem Yanko dann bei Margret und Adam zu Hause ins Bett gefallen war, konnte er sich nicht vorstellen, wie er das alles körperlich verkraften sollte. Doch er wollte diese Chance unbedingt wahrnehmen in Washington diese Leute vom Senat zu treffen.
Den Flug am nächsten Tag überstand Yanko mehr schlecht als recht, und er war völlig fix und fertig, als sie endlich im Hotel ankamen. Adams Einladung zum Abendessen sagte Yanko notgedrungen ab, zumal er sowieso keinen Hunger verspürte. Yanko war dann heilfroh darüber, dass er sich doch

dazu entschlossen hatte die Gefahr einzugehen und ein paar Drogen mitzunehmen, und so saß er anschließend im zehnten Stock eines Washingtoner Hotels am Fenster und zog sich das Opium rein, bis er fast im Stehen einschlief.

Am nächsten Morgen fühlte sich Yanko eigentlich ganz gut, und als Adam mit ihm zusammen den Raum betrat, in dem sich schon weit über die Hälfte aller Beteiligten eingefunden hatten, war Yanko nochmals froh darüber, dass er es vorgestern erfolgreich geschafft hatte Margrets Annäherungsversuche abzuwimmeln. Ihre Art tat ihm zwar wirklich gut, aber er wollte einfach um keinen Preis Adams Unterstützung und Loyalität in Gefahr bringen.
Obwohl Yanko zwischendrin manchmal das Gefühl hatte aufgrund der starken Schmerzen in einem Arm ohnmächtig zu werden, hatte er es dennoch am Ende des Tages geschafft alles zu sagen, was er sagen wollte. Adam hatte dann zwar die Sprache auch noch auf den erst kürzlich geschehenen Vorfall in San Francisco gebracht, was Yanko eigentlich nicht gewollt hatte, doch am Schluss musste Yanko zugeben, dass das eigentlich perfekt zu dem Ganzen gepasst hatte. Die Kongressteilnehmer waren jedenfalls alle zutiefst berührt und erschüttert zugleich von all dem gewesen, was Yanko ihnen erzählt hatte und daher einstimmig beschlossen, sich ab sofort intensiver um die Integration der Roma in den USA zu kümmern. Yankos Vorschlag daraufhin in Santa Monica einen Pilotversuch mit einem integrierenden Schulprojekt, bei dem auch Romanes zum festen Bestandteil des Unterrichtsplans gehören sollte, zu starten, war ebenfalls einstimmig abgesegnet worden.

Yanko entschied noch am selben Abend nicht wieder mit zurück nach Los Angeles zu fliegen. Er würde die Woche, die noch bis zur ersten Probe mit der Band in Paris blieb, lieber einfach hier im Hotel verbringen und sich erholen.

Adam versorgte Yanko noch mit frischen Papayas und Mangos, sowie Telefonnummern von diversen Pizza- und Sushilieferanten, versicherte sich dann noch hundertfach, dass es ihm auch wirklich soweit gut ginge und verabschiedete sich dann schließlich, allerdings immer noch etwas skeptisch, und auch erst, nachdem Yanko ihm versprochen hatte, sich zu melden falls er doch noch Hilfe bräuchte.

Danach kehrte wieder eine wohltuende Stille ein, die Yanko diesmal auch schlafend genießen konnte. Am nächsten Tag fiel ihm ein, dass er sich warme Umschläge auf die Prellungen legen könnte, und das tat er dann auch mit Hilfe des kleinen Wasserkochers, der eigentlich zum Zubereiten von Tee und Kaffee in seinem Zimmer stand, denn das Warmwasser aus dem Hahn war nicht heiß genug.

Und als die Woche dann rum war, konnte er sich immerhin schon fast wieder schmerzfrei bewegen, was den Flug nach Paris für ihn um einiges erträglicher machte, als den nach Washington.

Als der erste Probentag vorbei war, bat Yanko Marina um einen Spaziergang.
Die Probe war ein einziges Vergnügen gewesen, und Yanko fühlte sich wunderbar. Seit langem hatte er mal wieder das Gefühl, dass etwas richtig lief. Binnen nur eines Tages hatten sie schon zehn Songs festgelegt und herausgearbeitet, und alle waren mit ganzem Herzen dabei. Sie würden sich nun einen Manager suchen und dann mehrmals im Jahr für ein paar Wochen auf Tour gehen.
Zunächst spazierten sie wortlos nebeneinander her. Es war schon irgendwie seltsam für beide, denn sie hatten sich seit einer gefühlten Ewigkeit nicht mehr gesehen. „Wie geht es dir?", ergriff Yanko dann endlich das Wort und blieb auf einer der Brücken, die über die Seine führten, stehen. Marina sah ihn an. „Mir geht es wirklich gut! Danke! Und was ist mit dir? Was hast du eigentlich mit deinem Arm gemacht?" Yanko zündete sich eine Zigarette an, lehnte sich aufs Geländer und blickte hinüber zum Eiffelturm, der hell erstrahlte. „Mir geht es auch gut! Und das mit dem Arm erzähle ich dir später!", sagte Yanko. „Hast du mittlerweile einen Freund?", fragte er dann plötzlich noch und sah sie dabei an.
Marina konnte sich ein Grinsen nicht verkneifen. Warum fragte er sie jetzt nach einem Freund? Wollte er etwa doch noch was von ihr? Insgeheim hoffte sie ja immer noch darauf, und sie spürte ein wohliges Gefühl in sich aufsteigen, als sie daran dachte, dass sie ja mittlerweile zwanzig Jahre alt war.
„Nun ja, vielleicht!", antwortete sie diplomatisch, denn sie wollte nicht, dass er das Gefühl bekäme, sie wäre immer noch so kindlich naiv hinter ihm her. Diesmal wollte sie, dass er sie erobere, falls da noch etwas bei ihm sein sollte. Schnell jagte sie diesen Gedanken dann aber aus ihrem Kopf, denn es kam ihr plötzlich wieder zu albern vor.

„Was heißt da vielleicht? Hast du, oder nicht?", holte Yanko sie aus den Gedanken. „Ja, ähm nein, also wie gesagt, es ist noch nicht so klar... Aber Yanko, ich muss dir noch etwas ganz anders sagen! Ich habe dir das zwar schon einmal gesagt, aber ich muss es dir einfach nochmal sagen! Es tut mir immer noch so leid, was damals abgelaufen ist! Dass mein Adoptivvater dich angezeigt hat, das ist so schlimm für mich gewesen und ist es immer noch! Ich weiß jetzt, was du immer gemeint hast, als du sagtest, dass du Angst vor den Konsequenzen hättest, wenn das mit uns rauskommen sollte! Ich war damals einfach nur naiv und total verliebt gewesen. Ich wollte dich um jeden Preis haben, aber mir war der Preis überhaupt nicht bewusst gewesen! Ich bete immer noch jeden Tag dafür, dass du mir verzeihen kannst!" Marina hatte Tränen in den Augen, als sie fertig geredet hatte.
Yanko sah sie an und nahm sie einfach in den Arm. „Alles ist gut! Das hatten wir doch schon! Ich war nie wirklich böse auf dich! Ich habe es halt erst überhaupt nicht verstanden! Aber jetzt ist doch alles gut! Alles ist gut!" Yankos Worte trösteten Marina ungeheuer, und sie sah ihn erleichtert an.
„Komm, lass uns zurückgehen!", schlug Yanko dann vor, dem die Prellungen an seiner Seite nach dem langen singen heute etwas zu schaffen machten.
Ohne noch ein weiteres Wort darüber zu verlieren, stand Marina wenig später plötzlich in Yankos Zimmer und genoss seine zärtlichen Küsse, dass ihr die Knie weich wurden. Nach einer Weile grinsten sie sich an, und Yanko bemerkte nur kurz: „Jetzt kann mir ja nichts mehr passieren! Du bist ja mittlerweile eine alte Schachtel..." Marina lachte und nickte. „Ja, Gott sei Dank!", hauchte sie dann noch, bevor er sie auszog.

Die untergehende Sonne glitzerte auf der sich nur leicht kräuselnden Ägäis, während Yanko am Strand saß und hinaus aufs Meer blickte. Die Flasche Whisky war schon fast leer und die erste erfolgreiche Tour mit der Band lag hinter ihm. Ihre Musik hatte eingeschlagen wie eine Bombe, und die nächste Tour war schon gebucht.

Irina war inzwischen nach Athen gezogen und hatte sich endlich in einen hübschen Griechen in ihrem Alter verliebt. Es war zwar nicht ganz einfach, wenn sie sich begegneten, doch so war es einfach am besten. Mit Andros konnte sie wenigstens die Kinder bekommen, die sie sich wünschte. Immer wenn Yanko daran dachte, wie das wohl geworden wäre, wenn Irina ein Kind von ihm bekommen hätte, schnürte sich sein Magen zusammen. Seiner Familie das zu erklären, war eine Sache, und mit der Zeit hätten sie sich bestimmt zwangsläufig daran gewöhnt, aber wie hätte dann dieses Kind seinen Freunden erklären sollen, dass Mutter und Vater gleichzeitig auch ihre Tante und Onkel wären. An die Fragen und Kommentare der Eltern wollte Yanko lieber erst gar nicht denken. Aber zum Glück war es ja anders gekommen.

Marina hatte schließlich auch eingesehen, dass es besser für sie war mit einem jüngeren Mann etwas anzufangen, der außerdem auch noch Lust auf Kinder hatte. Yanko blieb jedoch nach wie vor ihre heimlich Liebe und manchmal passierte es, dass sie sich in seinem Bett wiederfand. Doch es hatte aufgehört wehzutun, denn sie wusste mittlerweile ganz sicher, dass er für immer ihr Freund bleiben würde.

Yanko kippte den Rest Whisky in sich hinein und stand dann auf um sich noch eine Flasche zu holen. Heute wollte er nichts mehr denken und sich einfach nur willenlos besaufen, denn heute jährte sich Rons Todestag zum ersten Mal, und Yanko wollte damit allein sein.

Niemand wusste, dass er auf Mykonos war. Er hatte allen erzählt, dass er nach der Tour noch ein paar Wochen nach Argentinien wolle, bevor er dann zurück nach Sheddy käme. Yanko drehte sich ein paar Joints und hatte sich auch noch anderes Zeug beschafft, für den Fall, dass er Lust darauf bekäme oder es anders nicht aushalten würde.

Er hatte es satt sich selbst zu verurteilen und sich andauernd zusätzlich noch mies dafür zu fühlen, wenn es ihm schlecht ging. Und es ging ihm immer mal wieder richtig schlecht. Während der Tour war es ein ständiges Auf und Ab, doch jedes Mal wenn er dann auf der Bühne gestanden und gesungen hatte, war es einfach nur genial gewesen. Yanko hatte das auch selbst gespürt, genau wie das Publikum, das ihn stets gefeiert hatte. Die Lieder waren dann fast wie von selbst, ganz leicht aus ihm herausgeflossen, und er hatte sich einfach nur dem hingegeben, was aus seiner tiefsten Seele hervorgekommen war. Das erfüllte ihn auch jetzt immer noch, und er wusste, dass dies absolut sein Weg der Heilung war, aber er konnte nicht genau spüren, wie lange er noch die Kraft dazu haben würde auf der Bühne zu stehen, wenn es ihm nicht bald deutlich besser ginge.

Er fühlte sich einfach immer noch so unendlich müde, dass es ihn oftmals alle Kraft kostete überhaupt aufzustehen. Aber er hatte mittlerweile damit irgendwie seinen Frieden gefunden und auch damit, dass er immer noch keine feste Beziehung hatte. Yanko war sich mittlerweile ziemlich sicher geworden, dass er auch in Zukunft wirklich keine mehr haben wollte, wenn sie nicht annähernd so sein würde wie die mit Fam.

Er war zufrieden, wenn er an Fam und ihre gemeinsame Zeit zurückdachte, und er fühlte sich reich beschenkt solch eine tiefe Liebe kennengelernt und gelebt zu haben.

Yanko hoffte jetzt nur inständig, dass sich dieses friedliche Gefühl auch bald in Bezug auf Ron einstellen würde. Aber irgendwie wollte die Sehnsucht nach ihm nicht weniger werden, und das kostete Yanko alle Beherrschung, die er aufbringen konnte, um daran nicht vollends zu verzweifeln.
Zwar war Yanko fest davon überzeugt, dass die Seelen an sich unsterblich waren, aber das half irgendwie nicht immer. Und Rons Verlust war für ihn in den letzten Tagen wieder kaum zum Aushalten gewesen.
Die nächsten drei Tage verbrachte Yanko dann damit auch die anderen Drogen zu konsumieren, die er noch besorgt hatte, auch letztendlich das Heroin, und er genoss den benebelten Zustand so sehr, dass er sich gar nicht mehr vorstellen mochte, wie es dann wieder sein würde, wenn die Wirkung nachließe. Deshalb sorgte er stets für kontinuierlichen Nachschub.

Und als sich schließlich einer der kommenden Tage irgendwann langsam dem Ende zuneigte, zog Yanko sein Neoprenanzug an, schnappte sich noch immer total strack sein Surfbrett und fuhr seinen Tränen davon hinaus aufs Meer.
Es war ein recht stürmischer Tag, und der Wind peitschte das Wasser, obwohl der Himmel in herrlichem Blau erstrahlte. Und als schließlich am Horizont Delos auftauchte, wusste Yanko wohin seine Reise gehen würde. Danach zog er das Segel straff und schrie sich mit dem Wind die Seele aus dem Leib, bis er nicht mehr konnte.
Er wäre wie der Wind, hatten ihm schon so viele gesagt, und so soll es sein, beschloss Yanko dann, als dieser ihm mit einer Böe die Tränen aus dem Gesicht fegte.
Und so geschah es, dass Yanko mit ihm eins wurde und er den Wind bestimmen ließ, wohin er ihn haben wollte.

DANKE * THANK YOU * OVEN SASTE

Adax, Antonio, Antony, Brad, Chan, Charlie, CP3, Christine, Christina, Chuck, Colin, Doyle, Franz, Heath, Heather, Jason, Jesus, Joachim, Johnny, Jony, Karlheinz, Katja, Kathy, Keith, Kylee, Lulo, Lysa, Manfred, Mechthild, Melanie, Michael, Michiel, Micky, Monel, Naupany Puma, Neville, Paul, Pünktchen, Ric, Sanne, St Germain, Tesi, Titi, Travis, Verena

Rick, Jasmin, Mila, Lio - Lena, Skystar

Erika

Ekkehard, Brunhilde, Sven, Tatjana, Seastar

Meiner gesamten Familie, meinen Ahnen,
Mutter Erde, Vater Universum,
Bruder Sonne, Schwester Mond
und natürlich den Drachen

*

Übersetzungen:
Romanes / Deutsch

devel - Gott
dromenca – auf dem Weg
gadje – Nicht-Roma
kumpania – Romagruppe, Gesellschaft
o devel tumenca – Gott sei mit euch!
romni – Zigeunerfrau

MAKING OF - Nach einer wahren Begebenheit
Anžy Heidrun Holderbach 308 Seiten ISBN: 9783748193425

Cheyenne Ehrlinspiel hegt schon lange einen Traum - sie möchte, dass ihre ausgedachte Geschichte von Yanko Melborn, einem in Griechenland geborenen Roma, ein Kinofilm wird. Über zwei Jahrzehnte vergehen, bis sie im Fernsehen zufällig den dazu passenden Schauspieler entdeckt, der, wie sie kurz darauf erfährt, niemand geringerer ist als Tristan Button, eine echte Hollywood-Legende. Durch ihn inspiriert, beschließt Cheyenne ein Drehbuch zu dieser Geschichte zu schreiben, welches sie Tristan Button am liebsten persönlich überreichen möchte. Damit beginnt für sie eine unglaublich spannende, ereignisreiche und ebenso emotionale Zeit, die sie auf viele verschiedene äußere wie innere Reisen schickt...

*

MOTHER EARTH - Fotografien
Anžy Heidrun Holderbach 56 Seiten ISBN: 9783750426962

88 wunderschöne Fotos aus aller Welt

*

HOMELESS
Anžy Heidrun Holderbach 256 Seiten ISBN: 9783741283635

Rangy Turner, ein gutaussehender und begnadeter Hollywood-Schauspieler auf dem Weg ganz nach oben, lebt zusammen mit seiner Frau Bianca und ihren drei Kindern ein Leben von dem viele nur träumen. Trotz erfolgreicher Jahre im Filmgeschäft bemerkt der charismatische Rangy eine wachsende innere Unzufriedenheit. Eines Tages freundet er sich mit dem obdachlosen Bob in Venice Beach am Boardwalk an, was nach und nach zu drastischen Auswirkungen in seinem Leben führt.

YANKO - Die Geschichte eines Roma
Anžy Heidrun Holderbach 416 Seiten ISBN: 9783744829878
Das Buch erzählt die berührende Geschichte eines Roma, der in den USA lebt und nach dem Tod seiner Frau verzweifelt versucht mit seinem Leben wieder zurechtzukommen. Dabei gerät er in eine folgenschwere Liebesbeziehung, durch die er nicht nur zur Zielscheibe der Leute wird, sondern sich auch seiner Vergangenheit stellen muss.

YANKO II - Baro Mangipe
Anžy Heidrun Holderbach 432 Seiten ISBN: 9783744829885
Baro Mangipe, was soviel bedeutet wie „große Leidenschaft", stammt aus dem Romanes und ist die Fortsetzung des Romans „YANKO – Die Geschichte eines Roma". Auch nach Yankos schwerer Zeit, in welcher er sich mit der Gesellschaft und seinem Liebesleben auseinandersetzen musste, überschlagen sich weiterhin die Ereignisse. Die Aufdeckung eines vor ihm lang gehüteten Geheimnisses führt ihn schließlich an den Tiefpunkt seines Lebens.

YANKO IV - Sunrise
Anžy Heidrun Holderbach 432 Seiten ISBN: 9783735794260
Nachdem sich Yanko wieder einmal nur mit Alkohol, Drogen und schließlich auch durch ziemlich ausuferndem Sex versucht hatte irgendwie über Wasser zu halten, um überhaupt eine Art Leben zu leben, erleidet er einen Zusammenbruch. Notgedrungen beginnt er wieder eine Therapie, die er allerdings wegen unvorhergesehener Dinge bereits nach kurzer Zeit abbricht. Mehr oder weniger freiwillig gerät er schließlich in die kriminellen Machenschaften eines Motorrad Clubs, während er weiterhin massiv unter den Folgen seiner bisherigen Traumata leidet - und ihn erneut schreckliche Ereignisse an den Rand dessen bringen was er ertragen kann.

YANKO V - Romale!
Anžy Heidrun Holderbach 432 Seiten ISBN: 9783753441757
Romale! bedeutet 'Ihr Roma!' und ist Band Nr 5 der Geschichte von Yanko Melborn. Immer noch schlimm gebeutelt von den Folgen seiner traumatischen Erlebnisse versucht Yanko irgendwie sein Leben zu meistern. Nach einem alles entscheidenden Zusammenbruch bekommt er jedoch unerwartet Hilfe, die ihn chließlich auf einen ungewöhnlichen Weg schickt, der sowohl für ihn persönlich, als auch für sein Volk endlich neue Hoffnung bereithält.